她如灯塔般闪耀

伍尔夫女性主义三部曲

[英]弗吉尼亚·伍尔夫 著
汪畅 唐男 谢妤婕 译

 开明出版社

图书在版编目（CIP）数据

她如灯塔般闪耀：伍尔夫女性主义三部曲 /（英）弗吉尼亚·伍尔夫著；汪畅，唐男，谢妤婕译. -- 北京：开明出版社，2025.6. -- ISBN 978-7-5131-9639-0

Ⅰ.I561.15

中国国家版本馆 CIP 数据核字第 20257NG272 号

责任编辑：卓玥

书　　名：	她如灯塔般闪耀：伍尔夫女性主义三部曲
作　　者：	[英]弗吉尼亚·伍尔夫
出　　版：	开明出版社（北京市海淀区西三环北路25号青政大厦6层）
印　　刷：	保定市中画美凯印刷有限公司
开　　本：	880mm×1230mm 1/32
成品尺寸：	145mm×210mm
印　　张：	16.75
字　　数：	420千字
版　　次：	2025年6月第1版
印　　次：	2025年6月第1次印刷
定　　价：	68.00元

印刷、装订质量问题，出版社负责调换。联系电话：（010）88817647

CONTENTS 目录

总序：伍尔夫——生命的潮起潮落／角恩	1
一间自己的房间	17
序：砍向内心冰封的大海／角恩	18
第一章	20
第二章	40
第三章	54
第四章	69
第五章	89
第六章	103
译后记／谢好婕	120

到灯塔去 123

　　序：父亲母亲／角恩 124

　　第一部　窗 126

　　第二部　岁月流逝 239

　　第三部　灯塔 257

　　译后记／汪畅 317

达洛维夫人 321

　　序：人造鲜花／角恩 322

　　正文（达洛维夫人说她会亲自去买花） 324

　　译后记／唐男 527

总序

伍尔夫——生命的潮起潮落

角恩[1]

1941年4月,一具尸体被人们从河里捞起。在长达一个月的浸泡后,尸体早已肿胀不堪。

肉体已在生命的拷打下消亡,灵魂却在死亡的永恒中救赎。那是一个诗人的复兴,一段周而复始的潮起潮落、潮落潮起。生命的悲剧没有粉碎她的心智,反而成就了她。她成了意识流大师、女性主义先驱、独特而唯一的作家,珀西瓦尔[2]般的弗吉尼亚·伍尔夫。

伍尔夫肖像

---

1 角恩,那个在B站讲故事的角恩。梦想是在下雪天的早晨吃到草莓冰激凌。感谢所有在这个时代看书的人。
2 珀西瓦尔:伍尔夫作品《海浪》中指引所有角色的英雄形象。

01 潮起

1882年1月25日,伍尔夫出生于英国伦敦的富裕家庭。父亲是一个作家,母亲是一位艺术模特。因为父母是重组家庭,伍尔夫的家里总共有八个孩子。繁杂的家庭配置让伍尔夫很少能得到母亲的关爱。她总是看着母亲一遍又一遍地围绕在父亲的身边,不断打点着所有事情。她看着她做饭,看着她讲故事,看着她打扫房间。母亲就像太阳一般温暖着整个家庭。凡是她走过的地方都散发着温馨的感觉。

这温馨如此令人着迷,让女孩迫切地想要抓住它。当母亲照顾完其他孩子,来到伍尔夫房间里时,伍尔夫的心就兴奋得狂跳。她像抓住救命稻草一般,恳求母亲能停留得更久一些。可是她的哀求往往没有任何效果,母亲总是在亲吻过她的额头后就匆匆离去。这位美丽的天使总是很忙。她有八个孩子和一个丈夫需要照顾。孩子需要牛奶和玩具,而丈夫则需要同情与宽慰。

母亲的牺牲是广阔且深远的。她不仅让孩子们度过了一个完整的童年,还让丈夫控制住了自己躁郁的情绪。和伍尔夫一样,伍尔夫的父亲也被怀疑患有双相情感障碍。在生命的大多数时间,他的情绪都像大峡谷那样分裂。他心中时常燃烧着痛苦的火焰。在没有遇到妻子之前,这火焰常常将他那颗天才的心脏折磨得脆弱不堪。但是妻子的牺牲拯救了这个男人。遇见妻子之后,他胸中那燃烧着的熊熊烈火便再也没有将他灼伤。正相反,太阳抚慰了火焰,让它以一种温暖而柔和的方式在男人的心里流淌。夜里,急促的呼吸变成安详的鼾声,天才的内心终于得以释放,静谧的文字伴着星光悄悄来到纸上。

父亲的文字十分优雅。他就像生活在古代城堡里的绅士一样,用他无人能比的智慧掌控着领地里的一切。一切的污垢都将在他的笔下成为辉煌。没人能在他的世界里将他打败。伍尔夫深深崇拜着父亲。虽然他常常把怒火随意地撒在孩子身上，但他的才华还是感染了伍尔夫。

女孩从父亲那里继承了对文学的热爱。在随后的日子里，她把越来越多的时间都花在家中的图书馆。她在那里阅读，在那里成长。在那个梦幻一般的儿童时代，伍尔夫静静地仰卧在自己的梦里。所有的东西都是那么纯洁美好。

在夏天，全家会一起去康沃尔度假。在这个小镇里，伍尔夫度过了生命中最美好的时光，她看着远处洁白的灯塔，听着海浪沙沙拍打岸边。阳光照耀着金色的沙滩，一层坚硬而又温暖的护盾帮助女孩躲过了所有烦恼。

不过，这样的美好并没有维持太久，在伍尔夫13岁那年，一场将她生活撕得四分五裂的风暴，来袭了。

年轻的伍尔夫

1895年，伍尔夫的母亲因流感去世。这个原本看起来"再正常不过"的家庭开始失衡，没有了母亲的安慰与帮助，父亲那凶猛的情绪很快就失控了。他时而暴躁，时而抑郁，成了家里的暴君。而伍尔夫也无法承受这样的打击。她还只有13岁，她不能失去这样一个温柔的母亲，她不能面对这样一个狂躁的父亲。在这次悲剧后，伍尔夫的情绪开始起伏不定，她的生活失去了稳定的依靠。所有的一切开始失衡。之前被母亲遮掩住的创伤，现在全部暴露在现实面前。

　　根据伍尔夫后来的作品所言，她在6岁时曾遭到自己同母异父哥哥的猥亵。只不过当时她年龄还小，并不清楚发生了什么。可随着年龄的渐长和父亲的病危，伍尔夫这几位哥哥的行为愈发猖狂了起来。在后来的回忆里，伍尔夫进一步写道：

> 　　我那时还非常小，同母异父的哥哥杰拉尔德把我抱到木板上。我坐下来的时候，他就开始抚摸我的身体。我清楚地记得他的手游走在我衣服下面，一直往下摸。我还记得当时我多么希望他能够停下来。他碰到我私处的时候，我身体变得无比僵硬，我痛苦地扭动，但他却没有停手。[1]

　　被猥亵的经历是伍尔夫一生都无法摆脱的回忆。对一个手无寸铁的小女孩来说，那些大手和他们所包含在内的欲望是如此凶猛。她没有办法也没有能力去反抗那些掀开她裙底的蟒蛇。所以在那之后的每一分每一秒，女孩都生活在巨大的恐惧中。她眼睁睁地看着自己被玷污、被分解，看着正常的生活一步一步离她而去，看着自己从一个少女变成一摊淤泥。

---

[1] 该文节选自埃尔米奥娜·李（Hermione Lee）的 *Virginia Woolf*，由笔者翻译。

1904年2月，随着父亲的逝世，伍尔夫的精神彻底崩溃。再也忍受不了的她，从窗户跳了下去，被送到了精神病院。而医生对她病因的诊断是：接受了太多女性不应该接受的教育。

在精神病院里，伍尔夫的精神迅速恶化，她开始看见自己死去的朋友和家人，他们和她说话，他们让她发疯。但与此同时，她的精神世界也开始飞速成长。病床上的呆卧让伍尔夫有了大量时间去回忆过往的生活。坐在床上，她忽然觉得所有事都不对头。她才是那个被侮辱和被伤害的人，是他人暴行的受害者。可为什么她的哥哥不用发疯，不用被关进精神病院里？一种屈辱的感觉在女孩的心中升起，迫使她反思起所有发生在她身上的事情。

女孩想起了她的母亲。母亲的温暖和自信曾让家里所有人都为之着迷。她是那么的美丽、聪明、迷人。可是为什么母亲要把自己的光芒局限在这样一个小小的房子里？还有，还有伍尔夫的那些哥哥。他们哪一个比她聪明，哪一个比她伶俐？为什么这些人去了学校，自己却只能待在家里？流光的飞蛾被关在了窗户里，愤怒与怀疑堆积在伍尔夫的心中。虽然现在的她还找不到答案，但漆黑的房间已然有了缝隙。黑夜与屈辱已经在女孩的心底育出痛苦的枝丫。这枝丫既让她每分每秒都承受着现实不公的折磨，也让她紧握双拳，有了反抗的动力。她再也不想当那个被蔑视、被玷污的女孩了。她要反抗，她只有反抗，她也只能反抗。

02 河流与大海

伍尔夫是幸运的。在她生活的那个年代，世界的思想正发生着重大的改变。因为科学和技术的飞速发展，人们曾产生过用理性与智慧掌握一切的幻想。这样的想法放在工业革命的初期自然很正常，因为一个又一个崭新的发明似乎证实了人类对世界的征服。可当革命的浪潮褪去，当人们的思维又来到了一个新的瓶颈后，长久的停滞又让人们怀疑起他们一直信仰的理性来。如果理性真能帮助他们掌握一切，那为何现在的他们却又止步不前呢？

这种明显的反例与人们心中日益累加的忧虑缠绕，迫使着人们踏上了寻找新信仰的旅途。在哲学界，克尔凯郭尔、叔本华、海德格尔等人找到了非理性哲学。在绘画界，莫奈与他的朋友们找到了印象派。而在刚刚萌芽的心理学界，弗洛伊德则决定把人的意志三分，分成本我、自我和超我三个部分。这种分类方法强调了人无法控制自己的所有意识。在我们所能触碰到的意识之下，还有一层深厚的潜意识在主导着我们的状态与行为。所有的这些，都意味着一阵反绝对理性的热潮正在世界兴起。而浪潮下，文学界的作家们自然也不甘示弱。现代主义的重要流派——意识流，就在这样的背景下乘着波涛，应运而生。

在传统文学的背景下，读者常常被放在一个全知全能的位置上。他们能够随时随地知晓一个角色当下的喜怒哀乐。这是由作家的传统描写方式导致的。因为当一个角色高兴时，作家会用语言明确地刻画出角色的高兴，所以读者才会像阅读了一则告示一样了解角色的心理。

这样的写法当然很好地服务了情节，因为清晰的情绪转变能让所有读者意识到角色的特点，了解内含在这些转变中的作者想要表现的主题。但问题就在于，现实世界里很少有人会这么思考问题。一个人不会因为高兴就对着他周围的人喊："我现在真是太高兴了！"况且，很多时候人们自己都不知道自己的内心在想些什么。我们总是处在一种模模糊糊的状态，一种既说不上来是高兴，又说不上来是悲伤的状态。

那既然现实如此，文学家们又凭什么这么武断地去猜度一个角色的心理呢？亨利·詹姆斯在他1884年发表的文章《论小说的艺术》中，明确表示真实性应该是凌驾于所有小说元素之上的东西。如果一个作家没办法捕捉这个世界的真实，那么他所创造的一切便都是虚构且无用的杂物。詹姆斯的结论让作家们开始了反思。他们从经验主义和非理性主义那里获取了灵感。准备用直觉和感受去诠释角色，用人的经验与印象替换之前那种明确的解释。而这种改变的内核，我们用哲学家柏格森的话来概括就是：

理性认识事物的外表，直觉认识事物的内在。

03 澎湃的海浪

当然，对于1904年只有22岁的伍尔夫而言，这一切还太过遥远。现在的她还处于父亲去世的悲痛之中。难以忍受的情绪让她的精神状态变得很不稳定。为了改变这种现状，一家人准备把家搬到一个名叫布鲁姆斯伯里的地方。而就是在这里，伍尔夫认识了很多新的知识与朋友。时间与新事物的冲洗让她慢慢从过往生活的废墟里走了出来。那具曾被疾病支配的身体又一次回到了它的主人手上。

趁着这难得的健康时期，伍尔夫与她的姐姐范妮莎组织了一个名叫"布鲁姆斯伯里派"的文学社团。这个社团里充斥着当时英国知识界有名的先锋人物。他们交往甚密的对象包括且不限于：罗素、T. S. 艾略特、乔伊斯、亨利·詹姆斯和赫胥黎。布鲁姆斯伯里派几乎就是当地所有知识分子和作家的交流中心。他们举办了诸如"星期四俱乐部"和"星期五俱乐部"等非常著名的文化沙龙。这些对现存体制不满的年轻人动用他们所有的脑筋去挑战既成秩序。

大量的交流与思考让伍尔夫对当时的先锋艺术和女权思想都有了一定的研究。耳边流过的漂亮语言让她写作的冲动变得无以复加。看着所有的朋友都在出版自己的作品，伍尔夫也动了成为作家的想法。

1907年，伍尔夫着手自己的第一部小说《远航》。事实证明，伍尔夫不仅可以写作，而且她还可以写得很好。与生俱来的敏感让伍尔夫看到了很多不可思议的景象。过去，那些幻象只是作为疾病不断地折磨着她。现在，她却能把这些痛苦倾泻在纸上，创造出无与伦比的文字。在那薄如蝉翼的纸上，她与小说的主人公一起起舞、哭泣。她的世界里，黑色的月亮现在也绽放出美丽的白光。这白光让所有人都感到兴奋、喜悦。伍尔夫的朋友也发现了她的转变。他们意识到这个可怜的女孩终于找到了生命的意义。

生命是多么美好啊！阳光是多么温暖啊！所有的一切都是那么美丽！在无人注意的角落，伍尔夫大口大口地呼吸着新鲜的空气。她发誓自己一定要闯出一些名堂来。在1908年的日记中，她表达出了这种愿望，她说她要：

> 实现一种不一样的美，以无限的嘈杂达成某种和谐；展现思想在世界里穿行所留下的全部痕迹；最终完成某种由无数碎片构成的完整性。于我而言，这是自然的归宿，是心灵的桃源……

对于一个被生活反复抛弃的人来说，写作无疑为她敞开了一条救赎之路。它让人从无尽的迷茫中挣脱出来，在失望的河流里重新拾起自己的生活。但是，也许是命运弄人。在这万物伊始的重要关口，疾病又一次找上了这个不幸的孩子。

1910年6月，伍尔夫又一次被送进了疗养院。她被迫与她爱的文学分离，每天接受护工的强制喂食。药物的作用让她头昏脑涨。写作带给她的冲动与灵感此刻全都被恐惧遮盖。黑夜抹杀了希望。所有的光明都在短暂地闪烁之后回到黑暗。就好像绝望才是这个世界的旋律，而幸福只是一场意外。伍尔夫又开始计划自杀了。她看着旁边的窗台，无法抑制跳下去的冲动。而就在这样绝望的时刻，一位名叫伦纳德的作家喊住了她。他拉住她的手，担忧地望着她的眼睛，对她说：他爱她。

伦纳德——伍尔夫在很久以前就认识的作家，与伍尔夫一样，他也是布鲁姆斯伯里派的成员。伦纳德在第一次遇见伍尔夫时，就注意到了这位沉默的天才。他惊讶于她的才华，崇拜于她的美貌。1909年，当伦纳德第一次向伍尔夫求婚时，伍尔夫严厉地拒绝了。那时的她正处于所有疑惑的旋涡之中。她虽然爱着伦纳德，但同时又对他猛烈的关心与意愿感到害怕。她意识到伦纳德是那样爱她，这样的爱会让她在之后的婚姻生活里受到无限的包容与鼓励。

可这份爱又是如此强大，强大到让她害怕自己没有能力去回报。因为童年时不堪的经历，伍尔夫对伦纳德的身体没有感觉。她没有办法像伦纳德爱她一样地爱这个男人。这就使得她对他的感觉变得复杂且不清晰。这种模糊感甚至让她对伦纳德的坚定感到愤怒。有些时候，她虽然喜欢他带来的爱，但这种爱又同时让她感到一种被强迫、被绑架的感觉。这种感觉反反复复，不断互相矛盾着。不过最后，他们俩仍然决定成婚。至于未来如何？这段婚姻到底能够持续多久？俩人都没有明确的答案。伍尔夫的病实在是太重了。大多数时候，她混乱的脑子根本无法思考这些问题。

随着伍尔夫的病情日趋严重，伦纳德不得不放下自己手中的

伍尔夫与伦纳德出行照

所有事务，全心全意地照顾她。也许伍尔夫的决定是正确的。他确实非常爱她。与之前出现在伍尔夫生命里的大多数男性不同，伦纳德几乎像她的母亲一般无微不至地照顾她。为了让她好好写书，他放弃了自己的事业与作品，跑遍全城去找医生。为了让她的世界能够清静一些，他们先是把家搬到了戈登广场。随后又搬到了里士满、塔维斯托克广场和蒙克楼。多次的搬家让伦纳德的额头爬上了岁月的横斑。温热的汗水融化了长久以来一直横隔在伍尔夫心头的坚冰。

妻子从丈夫的身上看到了男性的另外一种可能。这不禁让她思索起了男性与女性之间的关系。到底是什么定义了一个性别，而这种定义的界限又在哪里？伍尔夫那天才般的思绪开始流淌，她抓住发病的间隙，努力地在纸上写下一篇又一篇不朽的文章。她的思想贯穿了男性与女性，贯穿了时间与痛苦、生命与死亡。她写下了那个雌雄同体的奥兰多[1]，写下了那个准备自己去买花的《达洛维夫人》。在这创作的鼎盛时期，伍尔夫把思绪又送回了童年。父母的离去彻底改变了她的人生，她决定以父母为原型，写一部关于生命与死亡的小说——《到灯塔去》。

《到灯塔去》取得了不错的反响，伍尔夫对此十分高兴。书中拉姆齐夫妇的形象不仅成就了意识流文学史上的一对标志性人物，他们的出现还标志着伍尔夫对于性别议题的思考进入了前所未有的新境界。在日复一日的观察中，伍尔夫意识到了社会对于性别的刻板要求。她发现人们似乎一出生就被框定在了一个密闭的角落。在这个社会里，人们似乎默认着一个女性一辈子都不能成事，默认着一个男性一辈子都不能哭泣。当然，这样的划分确实已运转了千年。但这运转的代价却是由一次次的压抑和痛苦换来的。这是不公平也不公正的。

所以，在随后出版的《一间自己的房间》中，伍尔夫就尝试为被压迫的女性发声。在文章中，她提到了那些男性的自欺欺人。他们虽然意识到了女性的才华与能力。但是为了自己的身份与"尊严"。他们一次又一次选择了忽视。在很多的文学作品中，他们要么将女性当作母亲，要么就将她们看作娼妓。他们在渴望女性力量的同时又不承认自己拥有这种依赖。于是他们所有对女性的描写都成了腐烂甚久的垃圾，成了充斥着发了霉的自尊的自我蒙蔽。

这种情况是诡异的。因为这与其说是一种对立，倒不如说是一种长久的误解与压抑。而要根除这种问题，伍尔夫指出，男性就必须承认自己在情感上的薄弱，并通过自发地学习来弥补这种不足。

---

[1] 奥兰多，伍尔夫的小说《奥兰多》的主人公，讲述了一个男人变成女人后的感悟与经历。被誉为小说版的《第二性》。

更重要的是，伍尔夫指出，女性必须成为自己生活的主人。她们必须有权利，而且还要有自己的经济来源。只有当她们不再是任何人的附庸，不再靠除自己以外的任何人生活后，她们才能真正被当作一个平等的人来对待，而不是被神化成母亲，又或是性化成娼妓。于是，伍尔夫在《一间自己的房间》中写道：

> 女性要想写小说，就必须有钱，还要有一间自己的房间。

伍尔夫把自己细腻敏感的思绪注入各种社会问题中，她不断地观察与反思，想要给问题一个完美的解答。可她的身体却不断地阻挠她，在一次又一次发狂中，伍尔夫的生命濒临崩溃。她像是被人丢进了一口深井，怎么挣扎都毫无意义。所有的东西都在下沉，绝望与无助感在没有任何预兆的情况下降临在她的身上。在病魔面前，她所有的事业，所有的爱好和成就似乎都成了最可笑的玩具。此时的伍尔夫已经做好了自杀的准备，但在这一切发生之前，她必须搞清楚一个问题，一个纠缠了她一生的问题：死亡。

04 潮落

伍尔夫在13岁时见证了母亲的死亡，又在20岁时目睹了父亲的离去。那些曾给予自己无限温暖的人，在转瞬间就成了一具冰冷的尸体。而在过去的三十多年里，她一直饱受精神疾病的折磨。疯癫就像刮骨刀一样一点一点凌迟着她的灵魂。是的，有时她确实能够抑制住自己的病情。但过不了多久，那疯癫的幽灵就又缠上了她。她没有办法，唯一能做的就是眼看着疾病将自己变成一个完全陌生的人。

望着伦纳德日渐苍老的背影，伍尔夫的心里感到更加痛苦。这个男人对她的体贴与照顾让她感到温暖，可她对他的连累又让伍尔夫感到自责。如果他们没有结婚，伦纳德现在会在干什么？他分明可以有更好的工作、更好的生活。但是现在，他只能在这里忙前忙后地照顾她。她讨厌自己的病症，有时她甚至讨厌起自己来。年轻的时候她还有那种"一定要完成什么事情不可"的热情。这样的热情曾促使着她写完了一本又一本书。这些书是伍尔夫的生活以及才华的写照。它们作为时间长河中的刹那，向所有读者证明这位作家曾努力生活。可随着岁月的变迁，这些曾经支撑着伍尔夫的才华与动力也在逐渐消退。最近写完的那本《幕间》也让人感到大不如前。伍尔夫预感自己的生命将要走向尽头，在写给伦纳德的最后一封信里，伍尔夫写道：

我感到我一定又要发狂了。我觉得我们无法再一次经受那种可怕的时刻。而且这一次我也不会再痊愈。我开始听见种种幻声，我的心神无法集中。因此我就要采取那种看来算是最恰当的行动……

我要说的是：我生活中的全部幸福都归功于你。你对我一直十分耐心，你是难以置信地善良。这一点，我要说——人人也都知道。假如还有任何人能挽救我，那也只有你了。现在，一切都离我而去，剩下的只有确信你的善良。我不能再继续糟蹋你的生命。

我相信，再没有哪两个人像我们在一起时这样幸福。

在给伦纳德留下这封信后不久，1941年3月，伍尔夫便在口袋里装满了石子，永远地沉入了欧塞河中。

伍尔夫给伦纳德的信件

　　伍尔夫的尸体在她投河后四周才被发现。看着爱人的尸体，伦纳德的精神陷入了不可避免的绝望。他在看到她留下的遗书后就不顾一切地找她。可如今，当他们再一次见面，已是天人永隔。他在她的尸体旁哭泣。

　　伍尔夫是"自私"的，她不理解这个男人对她的爱有多么深厚。他爱她，胜过爱自己。她的离去让伦纳德承受着一种难以言喻的荒谬。这位向来坚强的丈夫也在这么多年后第一次崩溃了，眼泪浸湿了他苍老的面颊。在之后的很长时间里，他的家门口都很少出现人影。他闭门谢客了很长一段时间。

当这位饱经沧桑的丈夫再一次决定出发，便立志要把妻子的才华带到所有人那里去。他费尽心思整理并出版了伍尔夫的众多作品。虽然说伍尔夫在生前就已经在文学界取得了很高的声誉，但伦纳德对其作品完整性的保护无疑是让她走进大众读者的重要因素。而也正是在伍尔夫丈夫和诸多朋友的努力下，今天的我们才得以齐聚在这里，一起去回望这位女性作家的生平。

追忆往昔，我们也许会为作家难以启齿的痛苦经历感到震撼。但在我们叹为观止之余，我们也应当记住，正是这样一个重病缠身的女子，帮助了千万女性推开了女性运动那扇尘封的大门。她用她的语言与艺术，在白纸上书写着她对这个世界以及那无妄命运的反抗。诚然，她也像所有伟大的人一样，不可避免地走向了死亡。但是，我们应当把这种死亡当作一种延续。就像今天的人们更应该重读她的文字，更应该捡起她不得不掉落在地上的那些书页，并在这书页里写下我们的篇章。

推荐阅读与观看

[1] 2002年电影《时时刻刻》（*The Hours*），导演史蒂芬·戴德利（Stephen Daldry）。

[2] 林德尔·戈登，《弗吉尼亚·伍尔夫：作家的一生》，上海文艺出版社，2024年。

[3] 弗吉尼亚·伍尔夫，《思考就是我的抵抗：伍尔夫日记选》，中信出版社，2022年。

序：砍向内心冰封的大海

角恩

当所有人都在时代的浪潮里庸庸碌碌时，作家用他们刀锋般的语言刺穿了谎言与虚伪。《一间自己的房间》就是这样一部作品。

作为女性主义萌芽时期的代表作，伍尔夫为她所处的那个时代发出了一声振臂高呼。因为伍尔夫不仅在人群中看见了盲人和聋人，还看见了更多装聋作哑的卑鄙之徒。所以伍尔夫要用纸张代替空气，用文字代替歌喉。在大雾尚未散去之际，冲到那些尚未苏醒的人们耳边高声喊叫。她要喊到他们再也不能忽视这些不公，再也无法无视她们的诉求。她要告诉他们觉醒已然出现，他们唯一能做的，就是接受它。

伍尔夫用六个章节说清了性别问题的一切。与其他作品不同的是，《一间自己的房间》在保持了伍尔夫游离、繁复的个人文风特点的同时，还直言强调了很多明确的观点。这对于一位通过意识流写作的作家来说，是不多见的。因为意识流作家一般会跟随着自己不断变更的意识写作，所以稳定的观点往往很难出现。

稳定观点产生的唯一可能性在于，女性面临的问题在本质上大多相似。所以在伍尔夫看似轻描淡写地说出"女性要想写小说，就必须有钱，还要有一间自己的房间"背后，直指的就是男权社会的压迫和女性经济能力匮乏的本质问题。这种同一的本质使得它们作为一种意识在作家的脑海里不断出现，并间接堆积出了一座座显眼的沙堆。沙堆零零散散地出现在书的各个角落，使得读者可以享受一种寻宝式的阅读过程。

伍尔夫是一位天赋型的诗人,她的语言总是如海浪般流畅,浪花般的文字会在不经意间为读者传达出意向。阅读她的作品就如同一场漂流将要启航,海水开始在人们的脚下聚集。

而海的那边,站着一个年迈的女人,她眼神坚定、话语温柔,指引着我们发现浪潮的力量。

第一章

你们也许会感到疑惑，我们要谈的是"女性与小说"，这和一间自己的房间有什么关系呢？请听我解释。当我接到"女性与小说"这个演讲主题后，我坐在河边，开始思索这几个字意味着什么。要谈这个话题，或许我该简要地评一评范妮·伯尼[1]；多聊几句简·奥斯汀；向勃朗特姐妹致敬，再描绘一下她们在霍沃斯小镇的故居落雪的景致；可以的话，还要开一开米特福德小姐[2]的玩笑；再谈谈令人敬佩的乔治·艾略特[3]；最后提一下盖斯凯尔夫人[4]，这个话题就聊完了。但我一转念，觉得"女性与小说"的内涵不止于此。关于这个话题，你们期望我谈的或许是女性和女性的形象；或是女性和女性创作的小说；抑或女性和关于女性的小说；又或许这三个方面密不可分，你们希望我结合三者来讨论。我觉得将三者结合起来最有意思，但很快我就发现了一个致命的问题，那就是我永远也没法得出一个结论。作为一名演讲者，我的首要任务是在长达一小时的讲话结束时，为你们呈上一行凝练的真理，让你们能够为自己的笔记画上圆满的句号，然后永久地供奉在壁炉台上。然而，我永远也无

---

1 范妮·伯尼（Fanny Burney，1752—1840），英国小说家、剧作家，著有《埃维莉娜》（Evelina）。——译者注（后文若无特殊说明，均为译者注。）
2 玛丽·拉塞尔·米特福德（Mary Russell Mitford，1787—1855），英国散文家、小说家、诗人、剧作家，著有《我们的村庄》（Our Village）。
3 乔治·艾略特（George Eliot，1819—1889），原名玛丽·安·伊万斯（Mary Ann Evans），英国小说家，著有《米德尔马契》（Middlemarch）、《弗洛斯河上的磨坊》（The Mill on the Floss）等。
4 伊丽莎白·盖斯凯尔（Elizabeth Gaskell，1810—1865），英国小说家、传记家，著有《南方与北方》（North and South）、《勃朗特传》（The Life of Charlotte Bronte）等。

法完成这项任务了。我能做的，仅仅是从一个较小的角度谈谈我的看法——女性要想写小说，就必须有钱，还要有一间自己的房间。如你们所见，我无法道明女性的本质和小说的真谛。我本应围绕着女性与小说得出一个结论，但我绕开了这个任务。在我看来，女性与小说仍然是悬而未决的问题。作为补偿，我会尽可能地向你们阐明我是如何得出这个关于房间和钱的观点的。我将尽量完整而流畅地讲述我的思路。当我倾吐出这个观点背后的思考与偏见，你们或许会发现，它既关乎女性，又关乎小说。无论如何，在面对极具争议性的话题时，谁也无法道出其中真理，而所有关乎性别的话题都是如此。我们只能说说自己是如何形成某个观点的。作为演讲者，我只能袒露出自己的局限、偏见和癖好，然后由听众们自己得出结论。虚构的小说可能比现实更接近真理，因此，我要行使身为小说家的全部自由和特权，和你们讲讲我来这儿之前的两天发生了什么——你们交给我的这个演讲主题分量太重了，使我在日常生活的每时每刻都苦思冥想。当然，我接下来要讲的故事纯属虚构：牛桥大学是捏造出来的；芬汉姆学院也是杜撰的；"我"只是一个代称，而非某个真实存在的人。我的嘴唇将吐出谎言，但其中也混杂着几分真相。你们要做的，则是从我的讲述中找出这些真相，并自行判断其中有没有可取之处。你们若认为我说的没有一句真言，就尽管将它们一股脑儿地丢进废纸篓，就此抛诸脑后。

这个故事始于一两个星期以前，一个风光晴好的十月天，我（你可以叫我玛丽·贝顿、玛丽·赛顿、玛丽·卡迈克尔，或是其他任何你喜欢的名字，这无关紧要）坐在一条河边。如我方才所说，"女性与小说"这个话题会引发各种偏见和愤慨，而我作为演讲者又需要就此得出一个结论，这巨大的压力弄得我喘不过气。我身旁的灌木丛满溢着金黄的、深红的秋意，仿佛一团团火焰在燃烧。河对岸的柳树秀发低垂，正诉说着道不完的忧思。水面如镜，将天空、小桥和鲜艳的灌木组合成一幅画，泛舟的学生用船桨荡过画面，在他身后，一层层水波旋即收拢，恢复原样，仿佛不曾有人经过。这样一个地方很适合坐下来，忘掉时间，任由自己在思维的秘境中迷失。思考——这两个字未免有些夸大其词——我将它的渔线放入河中。伴着时间的流逝，它随波漂荡，穿梭在倒影和水草之间，任由水流携着它浮浮沉沉。直到鱼钩被轻轻地拽了一下——思绪突然聚合成一个念头上钩了。我小心翼翼地收起渔线，将这个念头轻轻铺展在岸边的草地上。唉，多么微不足道的一个念头！一个老练的渔夫钓到这种小鱼，会把它放回河里，等它长肥后再钓上来，做成一盘佳肴。我现在不会拿这个小念头来让你们烦心，不过，你们如果留心听我接下来的讲述，或许能捕捉到它的蛛丝马迹。

这个念头虽小，却有着和它同类一样的神秘特质——一被放回脑海中，它立即变得无比活跃，而且举足轻重。它横冲直撞地窜向我的脑海深处，忽左忽右地跃动，激起一股思想的急流，让我再也坐不住了。我回过神来时，正快步穿过一片草坪。突然，一个男人的身影拦住了我的去路。这个古怪的男人身穿衬衫和晚礼服，脸色又惊又怒，正比画着一连串手势。我一时间没反应过来他是在对我示意，但我的本能赶在理智的前面帮我认清了状况：他是一名学监，而我是一个女人。这边是草坪，那边才是人行道。只有研究员和学者可以踏足草地，石子路才是我该走的地方。这些想法在一瞬间闪现。见我走回人行道上，学监便放下了胳膊，神情也重归冷漠。虽然石子路走起来不如草坪舒服，但这也无伤大雅。对这些不知道是哪个学院的研究员和学者，我能控诉只有一件事：为了这片他们养护了三百年的草皮，他们把我的小鱼吓跑了。

方才是什么样的小念头牵引我如此大胆地擅闯那片草坪，我已经想不起来了。在这样一个美好的十月清晨，一种只应天上有的宁静心绪像一缕云彩，落在牛桥大学的四方庭院里。我信步穿行在几个学院古老的回廊间,现实中的不愉快似乎都被抚平了。我仿佛置身于一顶曼妙的玻璃罩中,一切声音被隔绝在外。我得以抛开现实世界的嘈杂(除非再踏上那片草坪),任由大脑陷入沉思,只要我的思索与此情此景相称便可。就这样,我不经意地想起了一篇年代久远的散文,写的是在一段悠长假期重访牛桥大学,这篇散文让我想到查尔斯·兰姆[1]——萨克雷[2]曾把一封兰姆的信抵在额前,称他为"圣人兰姆"。的确,在所有已故的作家中(我想到哪儿就说到哪儿),兰姆是最亲切的一个,你可以当面问他:"你是怎样写出你的散文的呢?"在我心中,马克斯·比尔博姆[3]的散文已近乎完美,但也比不上兰姆。兰姆的散文中有着瞬间爆裂的想象力,如同纸面上划过的一道闪光,在词句间留下不完美的裂缝,而从裂缝中迸发出的是诗意的星光。兰姆大概是在百年以前来到牛桥大学的。我很确信他当时写了一篇散文——我记不得它的标题了——关于他在这里看到的弥尔顿[4]一首诗的手稿。那首诗大概是《利西达斯》。兰姆在文中写道,一想到《利西达斯》的诗稿与它现存的版本可能存在任何出入,他就非常震惊;想到弥尔顿会改动那首诗中的一词一句,他都觉得是种亵渎。于是我开始回想《利西达斯》中的诗句,自娱自乐地猜想哪一个词曾被弥尔顿改过,又是为什么修改。突然,我意识到兰姆看过的那份手稿就在离我几百码的地方,我可以跟随他的脚步穿过庭院,走进那座久负盛名的图书馆,一睹那份宝藏。我立即朝那儿走去,刚走几步又想到,那里还保存着萨克雷的《亨

---

1 查尔斯·兰姆(Charles Lamb, 1775—1834),英国散文家、剧作家、诗人,代表作为《伊利亚随笔集》(*Essays of Elia*)。
2 威廉·萨克雷(William Makepeace Thackeray, 1811—1863),英国小说家,代表作为《名利场》(*Vanity Fair*)。
3 马克斯·比尔博姆(Max Beerbohm, 1872—1956),英国作家、漫画家。
4 约翰·弥尔顿(John Milton, 1608—1674),英国诗人,代表作为《失乐园》(*Paradise Lost*)。

利·埃斯蒙德》手稿。批评家们常常把它誉为萨克雷最完美的小说。但在我的印象中，这部作品模仿了18世纪的文学风格，有些矫揉造作，还称不上完美；除非萨克雷是自然练就了18世纪的文风，不过只要读一读这部小说的手稿，看看哪些修改是为了迎合风格，哪些修改是合情合理的，就能找到答案。但我首先要弄明白"何为风格、何为文意"这个问题——此时我已经来到图书馆的门前。我想必是擅自推开了门，因为当我回过神来时，一位满头银发、面目和善的绅士正挡在我面前，仿佛把守大门的天使，只不过他身后并非雪白的羽翼，而是黑色的长袍。他挥挥手叫我后退，有些抱歉地低声告诉我，女士必须在学院研究员的陪同下，或持有介绍信，才能进入图书馆。

　　对一座大名鼎鼎的图书馆而言，一个女人的咒骂完全无关痛痒。它坦然地享受着人们的敬重，将这么多宝藏牢牢锁在怀里，拍拍肚皮，高枕无忧。我觉得它将这样长眠不醒。我怒气冲冲地走下台阶，发誓再也不会试图用我的脚步声唤醒它，祈求它对我敞开。可离午餐会还有一个小时，我要怎么打发时间呢？去草地上散步？在河边坐坐？红叶翩翩飘落，在这样一个宜人的秋日上午，散步或小坐都很自在。但就在这时，一阵音乐拂过我的耳畔，大概是前面有人在做礼拜或是举行什么庆典。我迈进这座小教堂的大门时，管风琴用它动人的音色发出抗议。基督教式的哀伤弥漫在安宁的空气里，变得不再像是纯粹的伤感，更像是对哀伤过往的回忆。在这一片空寂中，就连管风琴古老的悲鸣，也随着层层叠叠的回音沉静下来。就算我有权利，我也不想进去，因为这一次大概轮到教堂的管理人拦住我了，要求我出示受洗证明或教长的介绍信。但是没关系，因为这些华丽建筑的外观往往和内里一样好看。我还可以从外面看着那些聚集到这里的教徒，像一大群在蜂巢口瞎忙活的蜜蜂似的，在小教堂的门口进进出出。他们中有不少人戴着方帽，穿着长袍；有人肩上披着毛皮垂布；有人坐在巴斯轮椅上；还有人没到中年，看上去已如一团被生活揉皱、压扁的废纸，他们古怪的身形让我想到蹒跚在水箱底部的巨大螃蟹和螯虾。我倚墙望着他们，觉得这座大学就像一座收容所，让形形色色的怪人有个安身之处；如果把这些人丢到斯特兰德大街上自谋生路，他们肯定很快就活不下去了。我的脑中浮现关于老院长和老教授们的一些古老传言，据说他们一听到口哨声便撒腿就跑，可还没等我鼓足勇气吹口哨，那群肃穆的教徒就已经进入教堂了。不过，我还可以欣赏这座教堂的外墙。如你想象的那样，这座小教堂有着高耸的穹顶和尖塔，它会在夜间亮起灯火，仿佛一艘帆船点亮一方海面，就算隔着重峦叠嶂也能遥遥地望见它，这艘小船永远在航行，哪里都不是它的终点。我望着这片四方庭院和那修剪齐整的草坪、雄伟的建筑，还有这座小教堂，心想，不知多久以前，这里或许也曾是一片沼泽，野草肆意生长，野猪在泥地里拱食。后来，一群又一群的马和牛从遥远的城镇拖来整车整车的石料，工匠们夜以继日地砌起灰色的石墙，这些建筑投下的阴影，如今垂落在我的肩上。接着，画匠们把他们带来的玻璃安装在窗洞上，泥瓦匠们则握着小锹和瓦刀，用油灰和水泥在屋顶上修修补补了好几百年。每到星期六，就会有人掏出皮夹子，将大把的金银钱币倒到这群工匠的手里，好让他们吃喝玩乐一整夜。我想，一定有无穷无尽的金银被倾入这片地皮，才使得石料的供应源源不断，并得以让工匠们孜孜不倦地平地、挖土、开沟、排水。那是一个信仰的时代，大量的钱财被用来将这些建筑的地基打得又深又坚固；当高塔立起，王公贵族们会付出更多的钱，以确保这里的圣歌不绝于耳，经文教义不断传承。学校获得了大量土地，并且征收什一税。而当信仰的时代结束，人们迎来理性的时代，财富依然源源不断地流入学校，用以资助研究员和讲师职位。只不过，出资的不再是王室，而是生意人和制造商们。这些人曾在学校习得一技之长，作为回报，在遗嘱中向母校捐赠了大笔资金，来供养更多的教授、研究员和讲师。就这样，这片原本荒草萋萋、野猪横行的沼泽地，在几个世纪后矗立起了图书馆、实验室和天文台，还有许多造价高昂的精密仪器陈列在玻璃柜中。如今，我在这片院子里闲逛，金银铸就的地基已然坚固无比，用来铺设人行道的石块严严实实地压在野草之上。头顶托盘的男服务生匆忙地上下楼梯。窗台上的花盆里鲜花盛放。屋里传出留声机尖锐的咿呀声。这幅情景使我不禁陷入遐想，但很快，钟声打断了我的思绪，提醒我该去参加午宴了。

有趣的是，在小说家们的笔下，一场令人难忘的午宴总少不了某人说了什么机灵话或做了什么聪明事，但鲜少有人费笔墨去描写宴会上的菜品。他们似乎默认餐桌上的汤食、三文鱼和乳鸭不值一提，便约定俗成地不去写它们，仿佛午宴的宾客们连烟都不抽一支、酒都不喝一口。然而，我要擅自违背这则"小说家公约"，和你们说说牛桥大学的这场午宴上有什么菜品。前菜是鳎目鱼，盛在一个深碟里，学院的大厨在上面铺了一层洁白的奶油，零星地露出棕色的鱼肉，如同母鹿身上的斑点。主菜是山鹑，你可别以为这道菜只是在盘子里放几只去毛烤至焦黄的小鸟。山鹑上了好几份，口味各不相同，还搭配了多种酱料和沙拉，有辣有甜，依次排开。配菜有像硬币一样薄的土豆片，软硬得当；还有摆成玫瑰花形的菜心，鲜嫩多汁。我们刚一吃完烤山鹑和配菜，一直静候在旁的侍者——也许就是先前那位学监，只不过表情更加温和——立即端上了甜点。甜点周围装饰着餐巾，一入口，百般甜味在舌尖翻涌。如果管它叫布丁，那简直是对它的侮辱，因为布丁听起来像是用大米或木薯淀粉随便做成的普通甜品。与此同时，我们的酒杯里盛着澄黄或鲜红的琼浆，美酒一杯杯下肚，旋即又被斟满。渐渐地，我们感到自己的脊柱中央、灵魂安栖的地方，有什么东西被点燃了，那不是智慧的火花——它只会在我们的唇齿间绽放——而是一种更深沉、更细腻、更隐秘的光辉,是理性的交流碰撞出的暖黄色火光。不必急于求成,不必光芒四射,不必效仿别人,做自己就好。我们都会上天堂,凡·戴克[1]会与我们做伴。换句话说,点一支好烟,找一个靠窗的位置,让自己陷进柔软的靠枕,你就会发现生活是多么美好,它给予的回报是多么甜蜜,怨恨和委屈是多么不值一提,志同道合的情谊是多么值得称颂。

如果我的手边恰好有一只烟灰缸,如果我没有不合规矩地把烟灰抖到窗外,如果情形有一丁点不同,我都不会看到这一刻映入我眼帘的小东西——一只无尾猫。这只没有尾巴的小生灵脚步轻柔地踏过四方庭院,却唤起了我潜意识中的一抹理智,心中感性的火光暗淡下来,仿佛有人在我头顶投下了一道阴影。或许是那香醇的莱茵白葡萄酒的劲头消退了。我看到那只马恩岛猫在草坪中央驻足,仿佛也在怀疑这个宇宙。这时,我感到似乎少了什么,似乎有什么东西不一样了。我听着宾客们的交谈声,自问道:到底少了什么呢?什么不一样了呢?要找到答案,我必须想象自己不在这个宴会厅里,而是回到过去,准确来说是回到战前,想象自己置身于那个时代的一场午宴,宴会地点虽离这儿不远,却是另一番情景。一切都不一样。那里宾客众多,都很年轻,而且有男有女。他们谈笑风生,话音像游鱼似的自在往来,对话有趣且让人愉悦。而当我把这场另一个时空的交谈和当下午宴上人们的交谈放在一块儿对比,我发现后者无疑就是从前者演变而来的,是前者的合法继承者。什么也没变,没有任何不同,除了唯一一个区别——我全神贯注地听着两个时空的声响,不只听谈话的内容,还听着话语声背后暗潮一般的低吟。没错,我找到了,区别就在这里。在战前的此类午宴上,

---

[1] 安东尼·凡·戴克(Anthony van Dyck,1599—1641),巴洛克时期著名的宫廷画家。

人们交谈的内容与今天别无二致,听上去却不同。因为那时候,人们的话语声伴随着一种嗡嗡的哼鸣,虽然很模糊,但很动听,令人振奋,甚至改变了话语本身的意义。如何才能用文字描述那种哼鸣呢?或许只有借用诗歌,才能将它诉诸言语。我打开手边的一本书,随意地翻到丁尼生的诗歌。丁尼生咏唱道:

> 一颗晶莹的泪珠
> 从门边的西番莲上滑落。
> 她来了,我的白鸽,我的爱人;
> 她来了,我的生命,我的宿命。
> 红玫瑰高呼:"她走近了,她走近了。"
> 白玫瑰哀泣:"她来迟了。"
> 飞燕草聆听:"我听见了,我听见了。"
> 百合花低语:"我在等待。"[1]

这便是战前的男人们在午宴上发出的哼鸣吗?那女人们低吟的又是什么呢?

> 我的心是一只唱歌的鸟儿,
> 把巢筑在含露的新枝上;
> 我的心是一棵苹果树,
> 被沉甸甸的果实压弯了枝条;
> 我的心是一片七彩贝壳,
> 在平静的大海中翩翩开合;

---

[1] 出自阿尔弗雷德·丁尼生(Alfred Tennyson,1809—1892)的独白诗剧《莫德》(Maud)。

我的心比这一切都更欢快，

因为我的爱人就要来到我身边。[1]

这便是战前的女人们在午宴上的低吟吗？

我想象着战前的男女们在午宴上哼唱这些诗句，哪怕只是压低声音轻唱，也足够滑稽了，令我不禁笑出声来。为了向别人解释我为何发笑，我只好把那只曼恩岛猫指给他们看。那只可怜的没有尾巴的小东西站在草坪中央，看上去确实有些怪诞。它是天生无尾，还是在一场意外中失去了尾巴呢？听说曼恩岛上的确生活着一些无尾猫，但这种猫的数量比我们想得要少。这种猫很奇特，与其说它们漂亮，不如说是长得有趣。"真是奇怪啊，尾巴竟然对外表有这么大的影响。"你知道的，当午宴结束，人们一边找自己的外套和帽子，一边就会说些这样的话。

由于主人盛情款待，这场午宴一直到临近傍晚才结束。十月美好的一天即将逝去，我走在落叶纷纷的林荫道上，在我身后，一扇扇大门关上，像一场场温和的谢幕。数不清的学监把数不清的钥匙插进上过油的锁孔，这样，那些装有宝藏的房子便又能安度一个夜晚。林荫道的尽头是一条小路——我忘记路名了——沿着这条路，别拐错弯，就能走到芬汉姆学院。不过，晚餐要到七点半才开始，现在时间尚早。而且，午餐吃得这么丰盛，我不吃晚餐都可以。奇怪的是，那零星的几行诗句依然萦绕在我脑中，不知不觉间，我走路的速度也与诗歌的节奏重合。当我快步迈向海丁利时，这些诗句在我的身体里奔涌：

---

[1] 出自克里斯蒂娜·罗塞蒂（Christina Rossetti，1830—1894）的诗歌《生日》（*A Birthday*）。

>一颗晶莹的泪珠
>从门边的西番莲上滑落。
>她来了，我的白鸽，我的爱人——

这时，我换了一种节奏，和着河水拍打堤坝的声音唱道：

>我的心是一只唱歌的鸟儿，
>把巢筑在含露的新枝上；
>我的心是一棵苹果树……

"多么伟大的诗人！"我在暮色中大喊出我的心声，"他们是多么伟大的诗人啊！"

或许是出于嫉妒，我开始想我们这个时代有没有能与丁尼生和克里斯蒂娜·罗塞蒂比肩的诗人，虽然这种对比挺傻的。我望着水面上的泡沫，心里明白显然不可能在当世找出那般无与伦比的诗人。诗歌之所以让人忘乎所以、如痴如醉，是因为它抒发的是我们曾经拥有过的某些情感（比如在战前的午宴上）。正因如此，我们很轻松地就能与那些熟悉的情感产生共鸣，而无需费心去印证它，也无需将它与当下的感受做比较。然而，在世的诗人们所写的情感是捏造的，是此时此刻刚从我们身上剥离的。我们无法一下子识别出这些情感，而且往往莫名地害怕它们；我们谨慎地审视这些新鲜的感受，带着妒意和怀疑，试图拿它们和过去的情感相比较。现代诗晦涩难懂，便是难在这里，因此就算是优秀的现代诗人的作品，我们也最多只能记住两行连续的诗句。再加上我的记忆力不太好，所以想不出什么现代诗来证明我的观点。我继续朝海丁利走去，但心里的疑问仍未解开：为什么人们不再在午宴上低吟了呢？为什么阿尔弗雷德不再唱：

> 她来了，我的白鸽，我的爱人。

为什么克里斯蒂娜不再回应：

> 我的心比这一切都更欢快，
> 因为我的爱人就要来到我身边。

是因为战争吗？当1914年8月的枪声响起时，男人和女人的脸庞是否就在彼此的眼中黯然失色，以至于浪漫就此消亡了呢？不管怎样，看到我们的统治者们的面目被炮火照亮，着实令人吃惊（尤其是那些对教育抱有幻想的女性）。他们——德国人、英国人、法国人——看上去都如此丑陋，如此愚蠢。但无论归咎于何种原因或何许人，我们都无法否认，那一度令丁尼生和克里斯蒂娜·罗塞蒂为爱人的到来而热情歌唱的幻想，如今已十分罕见了。我们只能凭借阅读、观看、聆听、追忆，来体验这种幻想。然而，为什么要用"归咎"这个词呢？如果那仅仅是一个幻想，而灾难——不管是什么灾难——打破了幻想、带来了真相，那么为何不赞美灾难呢？因为真相……这几个点代表了我在追求真相的道路上错过的岔路口，通往芬汉姆学院的岔路口。我问我自己：到底什么是真相，什么又是幻想呢？比如眼前的这些房子，此刻它们的红色窗户在暮色中透出朦胧的灯光，洋溢着节日氛围；但在早晨九点的天光下，便显露出脏兮兮的锈红色，随处散乱的糖果和鞋带也一览无余。哪一幅景象，才是这些房子的真面目呢？又比如，细柳、河水和沿岸的花园，此刻笼罩在迷离的薄雾中；而在阳光照耀的时候，它们又会呈现出明媚的色彩。到底何为实，何为虚？我不再向你们赘述我思考的过程，因为在通往海丁利的这段路上，我也没有得出结论。现在请你们假设，我很快就发现自己少拐了一个弯，并且已经找回去芬汉姆学院的路。

　　如我先前所说，这是十月的一天。我不能任意地更改季节，去描绘花园里的墙上垂挂下来的丁香，还有番红花、郁金香和其他春日的花朵。那样的话，既辜负了你们对我的尊重，也败坏了小说的声誉。人们都说，小说必须忠于现实，而且越真实越好。所以，现在依然是秋天，金黄的落叶依然纷纷。要说有什么变化，那就是树叶飘落的速度比先前快了一点，因为现在已经入夜（准确来说是七点二十三分），起了一阵微风（准确来说是西南风）。但在这个秋夜里，有些奇异的事情正在发生：

> 我的心是一只唱歌的鸟儿，
> 把巢筑在含露的新枝上；
> 我的心是一棵苹果树，
> 被沉甸甸的果实压弯了枝条——

　　我仿佛看见花墙上垂落的丁香轻轻摇曳，钩粉蝶上下翻飞，扬起的花粉飘散在空气中。但这无疑是个幻觉。克里斯蒂娜·罗塞蒂的诗句或许是我产生这傻气的幻觉的原因之一。不知从何方来了一阵风，掀起枝上的新叶，让空中划过一道银灰色的闪光。现在正是光与暗轮转的时刻，种种色彩都变得愈发鲜明，一扇扇窗户透出火焰般的紫色与金色，仿佛有一颗激昂的心在玻璃背后鼓动。在这昼夜交替的时分，世界之美兀自显现，又转瞬即逝（我走进了花园，因为大门恰巧忘了关，附近也没有学监）。它转瞬即逝，如同一柄双刃的刀，一面是欢笑，一面是苦痛，将我的心切成两半。在我面前敞开的，是沐浴在春日薄暮中的芬汉姆花园。园内野草疯长，黄水仙和风铃草零星地点缀其间。或许即便是在最好的花期，它们照样生得随性散漫，此刻更是任风吹袭，拽着它们的根茎肆意飘摇。

房屋上的拱形窗好似轮船的窗户,在红砖的巨浪中沉浮。春天里快速漂移的云彩在窗上投下的光影,由柠黄转为银白。昏暗的光线下,我隐约看见几个幽灵般的人影,有人躺在吊床上,还有人似乎正快步穿过草地而来——没有人阻止她踩踏草坪吗?接着,我看到有人从露台上探出身子,好像是要呼吸新鲜空气,或是俯瞰花园。那人弯着腰,她额头饱满,衣衫破旧,看上去威严而又谦和。莫非她就是那位有名的学者,J——H——本人?[1]一切都很昏暗,又十分热烈,仿佛暮色为花园披上的薄纱被一抹星光或剑锋割裂——某种可怕的现实自春天的心脏中跃出,闪过一道凛冽的寒光。因为青春——

我的汤端上来了。我们在大餐厅里用晚餐。其实,现在根本不是春天,而依然是那个十月的夜晚。大家都聚集在这个大餐厅里。晚餐已经备好。这就是我的汤,一道普普通通的肉汤,它无法激起我的半点幻想。倘若盘子上有什么图案,我透过这清汤寡水就能看到,可盘子上没有图案,只是一个普普通通的盘子。第二道菜是牛肉配菜叶和土豆。这道家常菜令我联想到周一早晨泥泞的菜市场,摊铺上摆着牛臀肉和叶边干瘪发黄的甘蓝,空气中充斥着讨价还价的声音,提着网兜的女人们在摊前驻足。不过,菜的分量挺足,而且至少好过煤矿工人的伙食,因此我也没理由抱怨这普通的家常菜。接着端上来的是梅子干和蛋奶糊。或许有人会抱怨说,梅子干就算搭配着蛋奶糊一起吃,也只是一道寒碜的蔬菜(它们算不上水果)。它们有很多纤维,就像吝啬鬼的心那样枯槁,流出的汁液也像是吝啬鬼的血液一样。他们自己一辈子舍不得喝酒、舍不得穿暖,却也不肯拿钱财去救济穷人。这样抱怨的人应当想一想,对一些人来说,

---

[1] 简·艾伦·哈里森(Jane Ellen Harrison,1850—1928),英国古典学家、语言学家,曾在剑桥大学纽纳姆学院(Newnham College)求学和任教。纽纳姆学院是一所建立于1871年的女子学院,是文中芬汉姆学院的原型。

就连梅子干也算是施舍了。接下来是饼干和奶酪。大家开始传递水壶,因为饼干难免吃得人口干,更何况这些饼干实在是干透了。这就是全部的菜品,晚餐结束了。所有人都把椅子往后蹭以便起身,餐厅里响起刺耳的吱呀声;弹簧门猛烈地开开合合;剩菜和碗碟很快就被清理一空,餐厅显然已经为明天的早饭做好了准备。英格兰的年轻人们吵吵嚷嚷地唱着歌,穿过走廊上了楼梯。我只是一名外来的访客(我在芬汉姆学院就和在三一学院、萨默维尔学院、格顿学院、纽纳姆学院或基督教会学院一样,没什么特别的权利),不能说"晚餐不好吃",也不能说(现在我正和玛丽·赛顿一起坐在她的客厅里)"我们不能单独在这儿用餐吗"?我要是说了这种话,就好像是要揭穿一个家庭营造出的其乐融融、积极向上的假象,去刺探她们的家底。一个人决不能说出这样的话。一时间,我们的谈话变得索然无味。人体构造就是如此,心脏、肢体、大脑彼此相连,就算再过一百万年也不可能割裂开来独自运转。所以,有一顿美味的晚餐,才能激发一场畅快的谈话。一个人如果吃不好喝不好,就没法好好地去思考、去爱、去睡觉。牛肉和梅子干无法点亮我们脊柱中央的那盏灵魂之灯。我们也许会上天堂,凡·戴克有可能会在下一个拐角加入我们——人要是在工作了一整天后只吃上牛肉和梅子干,就会是这样飘忽不定的精神状态。幸好我这位教理科的朋友家中有个橱柜,里面有一瓶酒和几只小酒杯(要是有鲽目鱼和山鹑下酒就好了),我们可以围着炉火小酌几杯,来扫除一天的疲惫。没过多久,我们就聊得火热起来。在没能相见的日子里,我们各自攒了一大把感兴趣的话题,见面了自然要全搬出来好好聊聊。比如,谁结婚了,谁还是单身;谁这样想,谁持不同的看法;谁意外地发达了,谁竟然落魄了。聊到这些,我们不由得对人性和这个世界做一番点评。就在大家畅所欲言时,我羞愧地意识到,我总是不知不觉地想象一个场景,然后便放任当下的话题不了了之了。我们也许聊到了西班牙或葡萄牙，聊到某本书或某匹赛马，但我真正感兴趣的不是这些，而是我想象中五百年前的泥瓦匠们在高高的屋顶上劳作的情景。那时候，王室贵族们送来整袋整袋的财宝，用来筑造地基。这幅场景在我的脑中无比鲜活，难以忘怀，而在它的一旁却是另一番景象——瘦削的母牛、泥泞的菜市场、蔫黄的菜叶和老守财奴干瘪的心。这两幅画面是如此割裂，毫不相干，把它们联系在一起简直是无稽之谈。但它们又不停地同时出现在我脑海中，像是要争个高低，而我被卷入它们的争斗中无法脱身。为了避免整场谈话被歪曲，我觉得最好还是把我心里想的说出来。运气好的话，这个心结或许会像葬在温莎古堡的老国王的头颅一样，刚一打开棺木，就灰飞烟灭了。[1]于是，我简要地对赛顿小姐说，那些泥瓦匠曾在牛桥大学的小教堂顶上劳作了好多年；国王、王后和贵族们曾扛来那么多袋金银财宝，然后一铲子一铲子地把它们埋进地基；到了我们这个时代，金融大亨们又在前人埋下的金锭银锭之上，撒下了数不清的支票和债券。我问赛顿小姐：牛桥大学的那些男子学院下面埋藏了那么多财富，那我们所在的这座女子学院呢？在这些粗犷的红砖房和野草蔓蔓的花园之下，又埋藏着什么呢？在我们吃饭用的朴素瓷器背后，（我禁不住脱口而出）在那些牛肉、蛋奶糊和梅子干背后，有什么财力支持呢？

"这得说回1860年前后，"玛丽·赛顿说，"但你知道那段历史。"我猜她已经翻来覆去讲得厌烦了。但她还是告诉我："当时我们租了场地，成立了委员会，寄出一封封信函，还拟好了公告。我们开了很多场会议，在会上公开朗读回执。我们收到了这样那样的承诺，可到头来某某先生仍是一分钱都不肯出。《星期六评论》报

---

[1] 指英国国王查理一世（Charles I, 1660—1649），1649年被送上断头台，是英国历史上唯一一位被公开处死的国王，死后葬在温莎圣乔治教堂，1813年他的棺椁曾被打开。

纸还对我们很不尊重。我们要怎样筹钱支付办公费用呢？要不搞场义卖？能不能找个漂亮姑娘帮我们撑撑场面？让我们看看约翰·密尔[1]对此事怎么说。有谁能说服某某报纸的编辑，替我们刊印一封信？能找某某夫人帮我们签字吗？得到的答复是某某夫人出城去了。六十多年前，情况大概就是这样。我们付出了巨大的努力，花了大把大把的时间，在漫长的斗争中克服了无数困难，才凑齐三万英镑，得以建立这座学院。[2]所以，我们显然喝不起红酒、吃不上山鹑，没钱雇侍者头顶锡盘给我们上菜。我们买不起沙发，也没法安排单独用餐的包间。""这些便利设施，"她引用了某本书里的话，"只能等到以后再说了。"[3]

一想到有那么多女性辛苦工作好多年都挣不到两千英镑，一想到参与建校的女前辈们竭尽所能也只凑到三万英镑，我们就忍不住自嘲，我们这个性别的人是多么贫穷，真是不像话。我们的母亲都忙什么去了，怎么一点财产也没给我们留下？她们忙着涂脂抹粉吗？或是被商店的橱窗吸引了注意力？抑或去蒙特卡洛[4]晒日光浴了？我看到壁炉台上摆着几张照片，照片里可能是玛丽的母亲。玛丽的母亲也许真的把所有空闲时间都花在了享乐上（她和一位教堂牧师生了十三个孩子），可从照片上看，她的脸上没有一丝欢乐和

---

1 约翰·密尔（John Stuart Mill，1806—1873），英国功利主义哲学家、政治经济学家，著有《功利主义》(*Utilitarianism*)、《论自由》(*On Liberty*)，以及早期女性主义著作《妇女的屈从地位》(*The Subjection of Women*)，是女性选举权的支持者。
2 "我们被告知至少需要筹集三万英镑……这个数额不算太大，毕竟我们要建立的是大不列颠、爱尔兰及附属国的唯一一所女子学院，而且那些为建男子学院而设的筹款项目轻轻松松就能筹到一笔巨款。然而，真心希望妇女受教育的人少之又少，所以三万英镑已经算是一大笔钱了。"（史蒂芬女士 [Lady Stephen]《艾米莉·戴维斯与格顿学院》[*Emily Davis and Girton College*]）——原注
3 "我们筹集的每一分钱都被用来修建学院的楼房，便利设施只能以后再说了。"（蕾·斯特雷奇 [Ray Strachey]《事业》[*The Cause*]）——原注
4 摩纳哥公国的一座城市，位于地中海之滨，赌业发达。

放纵留下的幸福痕迹。相反，她是个相貌平平的老妇人，披着一条格子呢围巾，在胸前用一枚硕大的浮雕胸针别住。她坐在一把藤椅上，正在哄一条西班牙猎犬看镜头，神情忍俊不禁，又有些紧张，因为她知道相机的闪光灯一闪，狗一定会冲过去。如果她当初选择从商，开一家人造丝制造厂，或是成为证券大鳄，就可以给芬汉姆学院捐上二三十万英镑。那样的话，今晚我们就能舒舒服服地坐着，谈谈考古学、植物学、人类学、物理学，谈谈原子的性质，还有数学、天文学、相对论和地理学。倘若赛顿夫人和她的母亲、她母亲的母亲像她们的父辈和祖父辈那样掌握了赚钱这门伟大的艺术，并给女儿们留下财富，用来为女性提供更多研究员和讲师职位、设立各种奖项和奖学金，我们或许本可以很体面地单独在这里就餐，享用山鹑和美酒；或许本可以安心地坐在别人慷慨资助的专业岗位上，度过愉快而受人尊敬的一生。我们可以去探索这个世界，去写作；可以自在地游览各处圣地，在帕特农神庙的石阶上坐下来沉思；可以上午十点才出门去办公室，下午四点半便回家，然后惬意地写写小诗。然而，其中的悖论在于，假如赛顿夫人和其他像她这样的女性都从十五岁就开始发展事业，那么玛丽就不会出生。我问玛丽对此是怎么想的。十月的夜色从窗帘的缝隙里流淌进来，静谧而美好，一两点星光落在金黄的秋叶间。如果某人大笔一挥就能给芬汉姆学院资助五万英镑，而代价是玛丽必须舍弃她拥有的一切，包括此刻的夜色和童年的回忆，她甘愿这样做吗？儿时在苏格兰的嬉笑打闹一直留在她的记忆里（她虽然成长在一个大家庭，但很幸福），她总是不厌其烦地称赞那里清新的空气和美味的蛋糕。但她的母亲若要有能力资助一所学院，就注定彻底牺牲家庭生活。这世上没人能在生养十三个孩子的同时发家致富。让我们看看现实吧。首先，你得怀胎九月，生下孩子。接着，你要花三四个月给孩子喂奶，哺乳期过后，还要付出五年时间陪伴孩子玩耍，总不能让小孩自己在街上乱跑。有人在俄罗斯见过野孩子满大街撒欢，那景象可不令人愉快。据说，一至五岁是一个人性格成型的关键时期。我问玛丽：如果那时候赛顿夫人忙于赚钱，你还会拥有这些关于游戏和打闹的儿时回忆吗？苏格兰香甜的空气和蛋糕，还有其他的一切，又会留给你什么印象呢？然而，这些问题毫无意义，因为你压根不会来到这世上。同样地，假设赛顿夫人和她的母亲、她母亲的母亲积累了大量财富，用来建设这所女子学院和它的图书馆，也是无用的空想。因为，且不说那个年代女性不可能挣到钱，就算她们有了收入，法律也禁止她们持有财产。直到四十八年前，赛顿夫人才有权拥有那么一点自己的钱。而在那之前的千百年里，她们的每一枚硬币都会落入丈夫的手中。[1] 这大概就是赛顿夫人和她的母辈、祖母辈没能涉足证券交易的原因之一。她们也许会说：我挣到的每一分钱都会被夺走，由我聪明的丈夫来支配——他可能会拿这些钱给贝利奥尔学院或国王学院[2]资助一个研究员职位或设立一项奖学金。所以，就算我有挣钱的本事，我也没兴趣去挣，这种事还是留给男人去干吧。

不管照片上那位看着西班牙猎犬的老妇人有没有错，都不可否认，我们的母辈出于某种原因在自己的事业上大错特错，以至于没给我们留下一分闲钱来打造"便利设施"。所以我们享用不起山珍美酒，聘不起学监来维护草坪，没有藏书和雪茄，更别提图书馆和其他休闲设施。仅仅是从这光秃秃的地皮上建起朴实无华的外墙，就已让我们费尽心力。

我们站在窗前，一边交谈，一边俯瞰脚下这座声名远扬的城

---

[1] 1870年，英国颁布《已婚妇女财产法》，允许已婚妇女拥有和继承财产，但并未在苏格兰实行。1880年，即伍尔夫做这场演讲的48年前，《已婚妇女保障政策（苏格兰）》将英格兰和爱尔兰的相关政策延伸到了苏格兰。1881年颁布的《已婚妇女财产法（苏格兰）》进一步保护了苏格兰已婚妇女的财产权。
[2] 两所学院分别属于牛津大学和剑桥大学，在历史上很长时间都只招收男性。

市，和无数在夜里凭窗而望的人一样，看着那一座座穹顶与尖塔。这座城市美丽极了，秋夜的月色又为它笼上了一层神秘感。古老的石砌建筑洁白而肃穆，我不禁想到那里面藏有卷帙浩繁的典籍；镶有雕花饰板的房间里挂着老教长和其他大人物的画像；彩绘玻璃窗在石板路上投下光怪陆离的圆形或月牙形影子；石板和纪念碑上镌刻着铭文；还有喷泉和草坪；悄然无声的四方庭院上方环绕着同样寂静的房间。我还想到（请原谅我这样想）上好的烟酒、可以深深陷进去的沙发和柔软的地毯；想到奢华、私密、宽敞的环境带给人的高雅、舒适与尊严。和这些相比，我们的母亲给予我们的东西显然不值一提——为凑齐三万英镑而焦头烂额的是我们的母亲，为圣安德鲁斯的牧师生育十三个孩子的也是我们的母亲。

于是，我动身返回下榻的小旅馆，走在黑暗的街道上思绪纷纷。人们在结束一天的工作后，总会这样陷入沉思。我想，为什么赛顿夫人没能给我们留下一点钱呢？贫穷对人的思维有什么影响呢？而财富呢？我想起今天上午看到的那些披着毛皮垂布的古怪的老绅士，想起这些人一听到口哨声便拔腿就跑的传言。我想起小教堂里管风琴的轰鸣，想起在我面前关上的图书馆大门，被拒之门外的烦闷又浮上心头，不过被锁在门内的感觉大概更糟糕。我还想到一个性别的人可以享受安稳与富足的生活，另一个性别的人却要忍受贫穷而毫无保障的日子。我想到传统和传统的缺失如何影响一个作家的思想。最后，我想，是时候把这一整天的争吵、印象、愤怒和欢笑一股脑地揉成一团，丢进路边的灌木丛。我仰起头，天穹是一片蓝色的荒原，一千颗星星在上面留下顷刻的光辉。在这样一个神秘莫测的世界面前，我一个人显得那么孤独。所有人都已入睡，或俯卧，或仰卧，全都沉默地睡着。牛桥的街道上空无一人。一只看不见的手推开了小旅馆的门。夜太深了，没有人为我点灯，照亮回房间的路。

第二章

现在请随我步入另一个场景。仍是树叶飘落的时节，但地点已不在牛桥，而在伦敦。我要请你想象这样一个房间，它就像千百个寻常房间一样，有一扇窗户，越过行人的帽顶、运货车和汽车，与别的窗户对望。房间里的桌子上躺着一张白纸，上面写着"女性与小说"这五个大字，仅此而已。很遗憾，经历了牛桥的午宴和晚餐，我不得不去一趟大英博物馆。在那些纷繁的印象中，我必须筛去个人化的、偶然的因素，才能提炼出纯净流淌的真理的精华。牛桥之行以及那里的午宴和晚餐，在我脑中激起了无数个疑问：为什么男人可以饮酒，女人却只能喝水？为什么一个性别的人尽享繁华，另一个性别的人却囿于贫穷？贫穷对小说又有什么影响呢？艺术创作有哪些必需的条件呢？一个又一个问题涌上我的心头。然而，我需要的不是问题，而是答案。要想得到答案，我只能去请教那些有学问且不带偏见的人，他们远离了口舌的纷争，也不受肉体的困扰，得以将自己思辨与研究的成果写成书，收录在大英博物馆里。我拿上一个笔记本和一支铅笔，自问道：如果在大英博物馆的书架上都找不到真理的话，还能上哪去找呢？

我准备就绪，怀着信心和求知欲，前去探寻真理。这天虽然没有下雨，但也阴沉沉的。博物馆附近的街上遍布敞开的煤仓，一袋袋煤正被倾倒进去。一辆辆四轮马车在街边停下，一个个用绳子捆起来的箱子被卸到人行道上，那里面大概装着瑞士或意大利来的某户人家的全部家当，他们在这个冬天住进布鲁姆斯伯里的公寓，期望能在这里寻得机遇、避难所，或是别的什么东西。和往常一样，一些商贩推着小车沿街叫卖着花木和蔬菜。他们嗓音沙哑，有的吆喝，有的唱卖。伦敦是一座工厂，一架机器。我们都如梭子一般在空白的底布上奔波，好织出些花样来。大英博物馆是这家工厂的另一个部门。双开式弹簧门猛地甩开，我来到那巨大的穹顶之下，仿佛置身于一个谢顶的大脑袋中，它戴着一条由许多响当当的名字连成的华丽饰带，而我只不过是这脑袋里的一缕念头。我来到借阅台前，取了一张纸片，打开一册书目……这五个点代表了我整整五分钟的震惊、困惑和迷茫。你知不知道，在一年的时间里，有多少关于女性的书出版？你知不知道，这当中有多少是男人写的？你有没有意识到，自己可能是全宇宙被讨论得最多的生物？我带着一个笔记本和一支铅笔来到这里，打算读一上午的书。本以为到中午，我就能把真理转移到我的笔记本上。但要想遍览眼前海量的书籍，我必须变身成一群大象或一群蜘蛛，我开始拼命想象那些公认寿命最长或眼睛最多的动物。我只有长出铁打的利爪和铜铸的尖喙，才能击破真理的外壳。我禁不住自问，怎样才能从这堆混乱不堪的纸片中挑拣出真理的谷粒呢？我绝望地上下扫视这一长串书目。光是这些书名就足够我做一番思考。性别及其本质的话题可能会吸引医生和生物学家，但令我费解的是，性别话题——准确来说是关于女性的话题——还招来了受欢迎的散文家、机灵的小说家、手握文学硕士学位的年轻男人、没有学位的男人，还有除性别不是女性以外没什么其他特质的男人。这些书有的看上去肤浅而滑稽，但也有不少严肃、有远见、颇具寓意且热衷于说教的。只是看着这些书名，我就能想象到数不清的教师、牧师登上讲台或布道台，舌灿莲花，口若悬河，讲得远远超出规定的演讲时间。这个现象非常奇怪，而且我查阅了首字母为 M 的书目——这些书是关于男性的——发现只有男作家对性别问题如此痴迷。女性不会写书讨论男性，对此我不由得松了口气。倘若我要先读完所有男性写女性的书，再读完女性写男性的书，那么等不到我动笔，百年才开一次花的世纪树都已花开二度了。于是，我随意选了十几本书，把我的纸片留在金属网托盘上，便和其他追寻真理精华的人一道，在我的座位上等待。

到底是什么造成了这种奇怪的差异呢？我一边想着，一边在纸上画起了圈圈，尽管英国纳税人交钱供应的这些纸不是给我涂鸦用的。从这份书目上看，男人对女人的兴趣，远比女人对男人的兴趣大得多，这是为什么呢？真是个怪现象。我不禁开始想象，那些花时间写关于女性的书的男人过着什么样的生活，他们是老是少，有没有结婚，长着红鼻子还是驼着背。但不管怎样，想到自己受到如此多的关注，我还是隐隐有些受宠若惊，只要那些男作家不全是老弱病残就好。就这样，我想入非非，直到一大摞书雪崩似的压到我面前的桌上，打断了我不着边际的幻想。现在问题来了。一个在牛桥受过学术训练的学生，一定有办法排除各种干扰，带着他的问题一路找到他的答案，就像把羊赶进羊圈那样。比如，坐在我旁边的学生正奋笔摘抄一本科学指南，我敢肯定，每过十来分钟，他都能从知识的矿石中提取出纯金。他满足的咕哝声便透露了这一点。然而，一个人如果运气不佳，没受过大学的训练，那么非但无法让问题乖乖地直奔羊圈，疑问还会像被群狗追赶的羊群似的，慌不择路，四散奔逃。教授、老师、社会学家、牧师、小说家、散文家、记者，还有除了性别不是女性便没有其他特质的男人们，这群猎狗追击着我心中那个简单的疑问——有些女性为何贫穷？——直到这一个问题散作五十个问题，直到这五十个问题发狂地跃入河流中央，被滚滚激流卷走。我笔记本的每一页都爬满了凌乱的笔记。为了展示我当时的心境，我将念一些笔记给你们听。那一页的标题简单明了——"女性与贫穷"这五个大字，可接下来的内容却是：

中世纪的情况

斐济群岛上的习俗

被当作女神来崇拜

道德感更薄弱

唯心主义

责任心更强

南太平洋诸岛，性成熟期

吸引力

作为祭品

脑容量小

更深层的潜意识

体毛较少

智力、道德和生理上的劣等性

爱孩子

更长寿

肌肉不够发达

情感强烈

虚荣心

高等教育

莎士比亚的看法

伯肯赫德勋爵[1]的看法

英奇教长[2]的看法

拉布吕耶尔[3]的看法

---

1 伯肯赫德勋爵（Lord Birkenhead，1872—1930），英国律师、政治家。
2 英奇教长（Dean Inge，1860—1954），英国作家、圣公会牧师、剑桥大学神学教授、圣保罗大教堂教长。
3 拉布吕耶尔（La Bruyère，1645—1696），法国哲学家，著有《品格论》。

> 约翰逊博士[1]的看法
> 奥斯卡·布朗宁先生[2]的看法
> ……

我深吸了一口气,在这一页的边角上写道:塞缪尔·巴特勒[3]为何会说,"聪明的男人从来不提他们对女人的看法"?我看聪明的男人尽会谈论女人。我靠在椅背上,仰望巨大的穹顶。我原是穹顶下的一个小念头,现在却化作了一团杂乱的心绪。我接着写道:可惜聪明的男人在关于女人的问题上,从来不能达成一致。蒲柏[4]说:

> 大多数女人没有个性。

拉布吕耶尔则说:

> 女人很极端,要么比男人好,要么比男人坏——

蒲柏和拉布吕耶尔生活在同一个时代,两人都颇具洞察力,对女性的看法却截然相反。女性能否接受教育呢?拿破仑认为不能;而约翰逊博士认为可以。女性是否拥有灵魂呢?一些野蛮人觉得没有;另一些则相信女性具有神性,并因此而崇拜她们。[5]有些智者坚称女性头脑简单;有些则认为她们的感知更为深刻。歌德推崇她们;

---

1 塞缪尔·约翰逊(Samuel Johnson,1709—1784),英国诗人、散文家、评论家,著有《人的局限性》。
2 奥斯卡·布朗宁(Oscar Browning,1837—1923),英国教育家、历史学家。
3 塞缪尔·巴特勒(Samuel Butler,1835—1902),英国作家,著有《众生之路》。
4 亚历山大·蒲柏(Alexander Pope,1688—1744),英国诗人。
5 "古日耳曼人相信女人具有神性,因此由女性担任祭祀,传达神谕。"(弗雷泽[Frazer]《金枝》[Golden Bough])——原注墨索里尼蔑视她们。男人总在想着女人，可他们的想法总是各不相同。我觉得不可能解开这团乱麻了。我瞄了一眼隔壁桌的那位读者，他的笔记工工整整，用"A""B""C"清楚地标记出条目，这让我有些嫉妒。再看我自己的笔记本，乱糟糟的，散落着互相矛盾的记录。我感到痛苦、迷惘，还有几分屈辱。真理的精华已从我的指缝间流走，一滴也没有留下。

我不能就这样回家去，用这些发现充当"女性与小说"的正经研究成果：女性的体毛比男性少；南太平洋诸岛上女性的性成熟期是九岁——还是九十岁？——我连自己的笔迹也认不出来了。我忙了一上午，却拿不出任何比这更有分量的像样的成果，真叫人难堪。我若找不到有关W（为了方便起见，我把女性简称为W）的过去的真理，又怎么去展望W的未来呢？有那么多博学多才的绅士专门研究女性和她们在各个领域的影响——政治、育儿、薪酬、道德。可现在看来，向他们请教纯属浪费时间，我还不如不看他们的书。

就在我想入非非时，在疲惫与绝望中，我不自觉地在纸上画了起来，而我本应该像隔壁的学生那样在那个位置写下我的结论。我在画一张脸，还有身体的轮廓。这是冯·X教授的画像。画中，他正潜心创作他的巨著《女性在智力、道德和生理上的劣等性》。在我的笔下，他的样子并不讨女人喜欢。他身宽体胖，长着肥厚的双下巴，还有一双小眼睛。他脸色涨红，表情狰狞，在情绪的驱使下奋笔疾书。他恶狠狠地拿笔猛戳纸面，就像要杀什么毒虫，戳死了仍不满意，还要继续杀戮。可即便如此，他愤怒的源头仍然没有消失。我看着自己的画，心想，问题在于他的妻子吗？她爱上了一名骑兵军官吗？那位骑兵军官是不是身材苗条，举止优雅，还身穿羔皮戎装？按照弗洛伊德的理论，这位教授是不是在襁褓中时曾被一个漂亮女孩嘲笑过？因为我猜他打婴儿时起就不招人待见。不管出于什么原因，这位写了一部大作来论证女性在智力、道德和生理上都属劣等的教授，被我勾勒得无比愤怒、无比丑陋。在做了一上午的无用功后，我开始偷懒画画。然而，正是在这样的无所事事、胡思乱想中，真理浮出了水面。我看着自己的笔记本，通过一项非常基础的心理学训练——称不上精神分析——意识到，画中愤怒的教授诞生于我的愤怒。在我做着白日梦时，愤怒夺走了我的笔。可这种愤怒又从何而来呢？回顾这个上午，我有过好奇，有过迷茫，有过愉快，也有过无聊，所有这些情绪都有迹可循。难道愤怒如同一条黑蛇蛰伏在它们中间？这幅画给出了肯定的答案。毋庸置疑，正是冯·X教授在他的那本书里写下的那一句论断激怒了我——女性在智力、道德和生理上都属劣等。我气得心怦怦直跳，脸又烫又红。我这样很傻，但没什么奇怪的，谁都不乐意被说成生来就低某个小男人一等——比如隔壁的那个男学生，他喘着粗气，系着一条打好结的领带，看上去两星期没刮胡子了。我想，有点愚蠢的虚荣心是人之常情。我开始在愤怒的教授脸上画圈圈，直到他看起来像一团火的灌木，或是一颗燃烧的彗星——总之看不出一点人样。现在，冯·X教授什么也不是，只是汉普斯特德荒野上一捆燃烧的干草。我很快就找到了自己愤怒的原因，然后发泄了出来，但心里还留有疑问：那些教授的愤怒，到底该如何解释呢？他们为什么愤怒？他们的书留给我的印象总是带着一种强烈的情绪。这种情绪通过各种方式流露出来，或为讥讽，或为感伤，或为好奇，或为斥责。除此之外，还存在另一种难以察觉的情绪，我称之为愤怒。这种愤怒潜藏在深处，渗透了其他所有情绪。从它带来的奇怪影响来看，这是一种经过伪装的、复杂的愤怒，而非单纯的生气。

不管怎样，我桌上这厚厚一摞书对我毫无用处。虽然它们充满了带有人文情怀的说教、有趣或无趣的内容，还写到了斐济群岛上的奇怪风俗，但它们没有任何科学价值。这些书是发泄情绪的产物，而不是理性的论述。所以，我应该把它们还到柜台，让它们一一返回那个巨大蜂巢里各自的小隔间。我这一上午的唯一收获，就是捕捉到了那种愤怒。那些教授——我把他们统称为教授——很愤怒。可是为什么呢？我还好书，来到柱廊，站在群鸽和史前独木舟之间，又一次问自己：为什么？他们为什么愤怒呢？我一边琢磨这个问题，一边慢悠悠地找地方吃午饭。这种我暂且称作愤怒的东西，本质到底是什么呢？我在博物馆附近找了家小餐馆，在等上菜的间隙里还一直想着这个谜题。上一位食客落了一份午间版晚报在椅子上，菜还没上，我便浏览报上的标题打发时间。一行大写标题横跨整个版面：某人在南非大获成功。还有一些较小的标题：奥斯丁·张伯伦爵士访问日内瓦；一座地窖里惊现粘有人类毛发的切肉刀；某位大法官在离婚法庭上评论女人的无耻。其他新鲜事散布在页面的各个角落：一个女演员被人从加利福尼亚的某座山顶上吊下来，挂在半空；即将迎来大雾天气。就算是刚刚来到地球的外星人，只要看看这份报纸上零散的报道，就不可能看不出英国是个父权制社会。任何头脑清醒的人都不可能感受不到那位教授的统治地位。他是权力、金钱和影响力。他是这份报纸的所有者，也是它的主编和副主编。他是外交大臣，同时也是大法官。他是板球运动员，同时也玩赛马和游艇。他是公司的董事长，能让股东们赚到200%的分红。他向自己管理的慈善机构和学院捐赠百万英镑。他把女演员悬挂在半空中。他将断言切肉刀上的毛发是否属于人类，他还能决定谋杀的嫌疑人是被定罪绞死，还是当庭释放。除了大雾天气，万事万物无不在他的掌控之下。但他依然愤怒，我能感受到他很愤怒。我在读他写的关于女性的文字时，关注的不是他写的内容，而是他这个人。当一个论述者冷静地表达自己的观点时，他能心无旁骛地进行论证，读者也会不由得把注意力放在他的论点上。如果他像这样心平气和地谈论女性，拿出不容否认的证据来证明他的观点，而不是暴露自己的主观意愿，刻意要得出一种结论、推翻另一种，那我也不会感到愤怒。我会接受事实，就像接受豌豆是绿色的、金丝雀是黄色的。我会说，那就这样吧。然而，我如此愤怒是因为他很愤怒。我翻着这份晚报，心想，他手握这么大的权力却依然愤怒，多少有些可笑。还是说，愤怒本就与权力如影随形？打个比方，有钱人常常感到愤怒，是因为他们生怕被穷人窃走财富。教授们——准确来说是父权主义者们——的愤怒大概也是出于同样的原因。除此之外，还有一个更深层次的原因。他们或许一点也不"愤怒"，在生活中常常赞美女性，而且对待关系十分忠诚，堪称模范。或许那位教授在过分强调女性的劣等性时，他在乎的并不是女性有多劣等，而是他自己有多高等。他过分强调、忙于保护的东西，正是自身的优越感，因为这是他的无价之宝。我望着奔走在拥挤的人行道上的男男女女，心想，生活对女人和男人来说，都是一场没有尽头的苦旅。活着需要巨大的勇气和力量。更何况，我们很容易陷入幻想，所以最重要的是相信自己。如果没有自信，我们就像褴褛中的婴儿。如何才能最快地拥有这种难以把握却极为宝贵的品质呢？答案就是想象其他人都不如自己，想象自己生来就更加优越，不管这种优越感是来自财富或地位，还是来自一个挺拔的鼻子，抑或是罗姆尼[1]为祖父画的一幅肖像。人的想象力是无限的，总能找出无数可悲的理由来支撑自己的优越感。因此，对一个老想着要做征服者、统治者的父权主义者来说，想象世界上有半数之多的人天生比他低贱，就至关重要了。这一定是他权力的最主要来源之一。不过，我想我该把这个道理运用到现实中，看看它能否解释我在日常生活的边边角角碰上的那些心理学谜题。比如，之前有一天，素来温文尔雅的Z先生在读了丽贝卡·韦斯特[2]书里的一段话后，却大声惊叫："可恶的

---

[1] 乔治·罗姆尼（George Romney，1734—1802），英国肖像画家，曾为许多社会名人作画。
[2] 丽贝卡·韦斯特（Rebecca West，1892—1983），英国作家、记者、文学评论家。

女权主义者！她竟然说男人是势利眼！"他的反应让我很吃惊，韦斯特小姐不过是对另一个性别发表了不太好听但很可能是正确的见解，怎么就成了"可恶的女权主义者"呢？Z先生这么激动，不光是因为他的虚荣心被挫伤了，还因为他的自尊心遭到了侵犯。千百年来，女性一直被当作一面奇妙的魔镜，男人在这面镜子里看到的自己，要比现实中高大一倍。倘若没有魔镜的神奇力量，这个世界恐怕至今仍遍布沼泽与密林。人类创下的所有光辉战绩都不会存在。我们仍然像原始人一样，在羊骨上刻画鹿的形状，用打火石去换别人的羊皮，或者其他符合我们朴素审美的简易饰品。不会有什么超人和命运之神。沙皇和凯撒既不曾加冕为王，也不曾失去他们的王冠。不管这面魔镜在文明社会中有什么用途，它对一切暴力和英勇的举动而言都是不可或缺的。正因如此，拿破仑和墨索里尼才极力贬低女性，如果女性不低劣，就反衬不出他们的优越。这在一定程度上解释了为什么男性往往离不开女性，也解释了为什么来自女性的批评会让他们坐立难安。他们听不得一名女性说他们的书写得很差，或者画画得很绵软，但同样的批评如果出自男性之口，就不会让他们如此痛苦和愤怒。因为一旦女性说了真话，男性在魔镜中的伟岸形象就会缩水，他们对生活的把控也开始动摇。如果一个男人不能在每天的早餐和晚餐时间欣赏一番被魔镜放大的自己，他就没法好好地做出判决、教化蛮族、制定法律、著书立说，没法把自己打理得衣冠楚楚，在宴会上高谈阔论。我这样想着，一边把面包掰成小块，搅了搅咖啡，不时看看街上的行人。魔镜中的幻影如此重要，是因为它能为男人注入活力、振奋精神。男人没了这幻影就像瘾君子离了可卡因，恐怕会活不下去。我望着窗外，心想，大街上有一半的人正是在这种幻影的驱使下，迈着大步赶去上班。每天早晨，他们沐浴在魔镜的光辉里，戴好帽子，披上大衣，自信满满、底气十足地迎接新的一天。他们坚信自己是史密斯小姐茶会上的大红人。他们在迈入史密斯小姐的客厅时对自己说，我比这里半数的人都要厉害。因此，他们讲话时自信不疑。这深深地影响了公共生活，并且在人们脑海的一角留下了奇怪的印象。

另一个性别的心理，是个危险而迷人的话题，我希望等大家每年拥有五百英镑个人收入的时候，都去研究一下这个话题。但我对此的思考被打断了，该结账了。一共五先令九便士，我给了服务生一张十先令的钞票，他回去替我找零。这时，我发现钱包里还有一张十先令，仿佛我的钱包会自动生钱，这个念头令我激动得无法呼吸。只要我打开钱包，里面总会有钱。社会给我提供了鸡肉和咖啡、床榻和居所，相应地，我要为此付出一定量的纸片。这些纸片是我的一位姑妈留给我的，仅仅因为我和她有着相同的姓氏。

我得告诉你们，我的姑妈玛丽·贝顿是在孟买骑马兜风时坠马去世的。就在妇女选举权法案颁布前后的一天晚上，我得知姑妈留了一笔遗产给我。我收到了一封律师函，上面说，我之后每一年都能得到五百英镑。在选举权和钱之间，我觉得拥有自己的钱更加重要。在此之前，我靠给报社打零工为生，报道过一些色情表演和婚礼。我还帮人在信封上填过地址，给老太太念过书，做过假花，教过幼儿园的小孩子认字，零零散散地挣到了一点钱。在 1918 年以前，女性能做的工作就只有这些。我想我不必细说这些工作有多艰辛，因为你们认识的女性里一定有人做过类似的工作。我也无需多言靠这点辛苦钱过活有多困难，因为你们大概也深有体会。但比起匮乏的物质条件，那段穷日子在我内心深处种下的恐惧和苦楚至今仍在折磨我。那时，我总是在做自己不愿意做的工作，而且像个奴隶似的卑躬屈膝。虽然未必要一直看人眼色，但若不这样做，可能会付出巨大的代价，以至于我不敢去冒这个险。此外，我害怕自己那点小小的才气就这样消亡。它纵然微小，但对我弥足珍贵。如果没有它，我的自我、我的灵魂都将枯萎。所有这一切侵蚀着我，就像锈菌将春日里的花树由内而外地蚕食殆尽。然而，如我先前所说，我的姑妈去世了。每当我破开一张十先令，身上的锈迹就剥落一些，恐惧和苦楚也逐渐褪去。我让找回的零钱溜进钱包，回想起那段苦涩的日子，心中感叹，一份稳定的收入能给人的心境带来多么大的变化！这个世界上没有任何力量能从我手中夺走我的五百英镑。我永远都享有食物、居所和衣服。因此，我不光不用再辛苦劳作，也不再心怀怨恨和苦闷了。我不必憎恨任何男人，因为他们伤害不了我。我也不必讨好任何男人，因为我对他们毫无所求。不知不觉地，我开始以一种全新的眼光看待另一个性别的人。不加甄别地谴责一整个性别或阶级的人是很荒谬的，因为群体向来不为自己的所作所为负责，他们无法控制自己的行为，而是受到本能的驱使。父权主义者们、教授们同样在与数不清的困境和他们自身的弱点搏斗。在某种意义上，他们和我一样接受了错误的教育，因此养成了巨大的人格缺陷。诚然，他们手握权力与金钱，但代价是用自己的五脏六腑去供养胸中的秃鹫，永远地任它啄食自己的肝脏和双肺。这只秃鹫象征着占有的本能、强夺的冲动，它驱使着他们无休止地觊觎别人的土地和财产，不断地开疆拓土、竖立旗帜、建造战舰、研发毒气，为此付出了他们自己和子子孙孙的性命。当我穿过海军拱门（我已经走到这座纪念碑这儿），或是走在其他纪念战争的大道上时，我总会想到这些地方所歌颂的荣耀。在阳光明媚的春季，我看到股票经纪人和大律师们纷纷涌入写字楼，只为去赚钱，赚更多、更多的钱，然而一个人只需要每年有五百英镑，就足够享受阳光了。所以我觉得，那种占有和强夺的本能带不来快乐。我抬头望向剑桥公爵的雕像，目光停留在他的三角高帽上装饰的羽毛上，它们大概从未被这般凝视过。我想，那些本能是生存环境使然，是蒙昧的产物。而当我意识到他们有这些人格缺陷，我心中的恐惧和苦楚渐渐转为怜悯和宽容；又过了一两年，怜悯和宽容也消失了，我感到一身轻松，可以自由地思考事物的本质。比方说，看看那座建筑，我喜欢它吗？这幅画漂亮吗？在我看来，那本书怎么样呢？是啊，姑妈的遗产为我揭开了天空的幕帘。曾经，一个高大而威严的绅士形象挡在我的眼前，弥尔顿劝导女人向这位绅士献上永恒的爱慕，而现在，这个身影烟消云散，在我面前敞开的，是一片广袤的天空。

我一边思考，一边走回我位于河边的家。华灯初上，和早晨相比，此时的伦敦发生了无法言喻的变化。忙碌了一天后，这架庞大的机器似乎在大家的助力下编织出了一点激动人心的美丽的东西——一块像火焰一般有着鲜红双眼的织布，一头喷吐热气的黄褐色怪物。就连风也像是一面暴烈的旗帜，抽打着房屋，把围栏刮得嘎吱作响。

不过，我住的这个街区很有生活气息。粉刷匠正顺着梯子爬下来；保姆轻轻地摇着婴儿车，正要回去热甜奶茶；运煤工把一个个空煤袋叠放好；果蔬店的女店主戴着红指套清点今日的进账。然而，我尽在想你们交给我的那个问题，就连看到这些日常的情景，也不由得把它们和那个问题联系在一起。我想，和一百年前相比，如今若要给这些职业分个高低主次，真是太难了。当运煤工好，还是当保姆好呢？对这个世界来说，一位养大了八个孩子的女佣不如一名收入十万英镑的大律师有价值吗？问这些问题毫无用处，因为没人能给出答案。且不说女佣和律师的相对价值随着时代而变化，就算是在当下，我们也没有能够衡量他们价值的标准。这样一想，先前我竟要求那位教授在对女性下这样那样的定论时摆出"不容否认的证据"，是我犯傻了。即便有人能说出任何一种才能在当今的价值，它的价值也是会变的，而且过上一个世纪，很可能会有天翻地覆的变化。再说，一百年以后，女性将不再是受保护的性别。我站在自己家门口，心里推测，到那时候，她们将会驰骋在所有一度将她们拒之门外的领域。今日的保姆，未来可以运送煤炭。今日的女店主，未来能够驾驶车辆。当今人们的一些假设——比如（这时一队士兵列阵走过）女性、牧师和园丁的寿命比其他人要长——是基于女性受保护的现实，而在未来，这些假设都不再成立。如果取消对女性的保护，让她们去从事和男性一样的工作，去成为士兵、水手、司机和码头工人，她们的寿命不会比男性更短吗？到时候人们会像在过去看到一架飞机那样惊讶地说："今天我看到了一个女人。"如果女性不再充当被保护的角色，那么，一切皆有可能。我打开家门走了进去，自问道：但这一切和"女性与小说"这个主题有何关联呢？

第三章

　　我忙活到晚上才回家，却没带回来任何重要论点和真知灼见，难免有些失望。女性比男性贫穷是因为——这样那样的原因。或许我最好还是放弃寻找真相，别再由着那一大堆五花八门的观点冲击我的头脑，它们就如熔岩一般炽热，像洗碗水一样浑浊。最好还是关上窗帘，排除干扰，点一盏灯，缩小调查的范围，去请教历史学家们，他们记录的不是观点，而是史实。我想知道女性生活在什么样的环境下，但并不打算考察整个人类历史，而是将范围限制在伊丽莎白时期的英国。

　　在那个文学的鼎盛时期，似乎每一个男人都会创作歌谣或十四行诗，却不曾有一个女人在那场文学盛宴中留下自己的文字。这个谜题始终困扰着我。那时的女性究竟生活在什么样的境况中呢？我之所以这样问自己，是因为小说不同于科学，它是想象力的产物，不会像科学发现那样从天而降。小说如同一张蛛网，纵然无比轻盈，但四个角仍然附着于现实生活。它对生活的依附往往难以察觉，比如莎士比亚的戏剧看上去就完全自成一体。然而，我们若把这张蛛网从中间扯开，看到它的边缘吊在墙上，就会意识到它并不是由无形的精灵凭空织就的。相反，它的编织者是生活在苦难中的人，它紧紧地粘连着无比现实的物质生活，诸如健康、金钱，还有我们居住的房子。

　　于是，我来到放历史书的书架前，取下一本最近出版的特里维廉教授的《英国史》。[1] 我又一次在目录中寻找"女性"，找到了"女

---

[1] 乔治·麦考莱·特里维廉（George Macaulay Trevelyan，1876—1962），英国历史学家，他的《英国史》（*History of England*）首次出版于 1926 年。

性的地位"一节,翻到对应的页码。"殴打妻子,"我读道,"被公认为男性的权利。不论地位高低,男性都可以不以为耻地行使这项权利……"这位历史学家接着写道:"同理,一个女儿如果不肯嫁给父母为她选定的男士,就有可能遭到囚禁和毒打,而且这种事激不起半点舆论的水花。婚姻无关乎爱情,而是由家族的利益主导,对具有'骑士精神'的上层阶级来说尤为如此……往往当一方或双方还在襁褓中时,父母就替他们订下了婚约;他们在还离不开保姆照顾的年纪,就已结为夫妻。"那是在1470年左右,离乔叟[1]生活的时代不远。书中再一次提及女性的地位,是在大约两百年后的斯图亚特王朝。"社会中上层的大多数女性仍然没有自己选择配偶的权利,而当丈夫的人选确定下来,这个男人就会成为她的主人,手握法律和习俗赋予他的权威。但是即便如此,"特里维廉教授总结道,"不管是莎士比亚笔下的女性,还是17世纪回忆录中的(例如弗尼家族和哈钦森家族的)真实女性,似乎都不乏人格与个性。"的确,这么想起来,克莉奥佩特拉一定有她自己的处事风格,麦克白夫人有她自己的意志,罗瑟琳也是个充满魅力的姑娘。[2]特里维廉教授说莎士比亚笔下的女性不乏人格与个性,确实是这样。我虽不是个历史学家,但我敢更进一步说,在自古以来的所有文学作品中,女性人物无不如灯塔一般璀璨。让我们一一细数:剧作家们笔下的克吕泰涅斯特拉、安提戈涅、克莉奥佩特拉、麦克白夫人、费德尔、克瑞西达、罗瑟琳、苔丝狄蒙娜、马尔菲公爵夫人;小说家们笔下的米拉芒特、克拉丽莎、蓓基·夏泼、安娜·卡列尼娜、爱玛·包法利、

---

[1] 杰弗里·乔叟(Geoffrey Chaucer,约1343—1400),英国中世纪著名作家,著有《坎特伯雷故事》(*The Canterbury Tales*)。
[2] 克莉奥佩特拉七世,即通常所说的"埃及艳后",也是莎士比亚的悲剧《安东尼与克莉奥佩特拉》的女主角;麦克白夫人和罗瑟琳分别是莎士比亚的悲剧《麦克白》和喜剧《皆大欢喜》中的女性人物。

盖尔芒特夫人。[1] 一大堆名字涌入我的脑海，她们当中没有一个人"缺乏人格与个性"。如果只看男性写的小说里的女性，我们会觉得她的存在举足轻重，她的形象丰富饱满，是勇敢与刻薄、华丽与肮脏、至美与至丑的结合体，她和男性一样伟大，有时甚至超越了男性。[2] 然而，这是小说虚构出来的女性。在现实中，就像特里维廉教授所说的那样，她们被囚禁在房间里，遭受着残忍的虐待。

因此，一个奇怪而杂糅的女性形象诞生了。在想象中，她重如泰山；在现实里，她轻如蟪蚁。诗歌里处处都是她的身影；可在历史的叙述中，她却无迹可寻。在小说里，她凌驾于国王与征服者之

---

[1] 克吕泰涅斯特拉，希腊神话中阿伽门农的妻子，传说谋杀了她的丈夫，关于她的戏剧作品中最著名的是埃斯库罗斯的《俄瑞斯忒亚》。安提戈涅，希腊神话中俄狄浦斯和他的母亲伊俄卡斯忒所生的女儿，跟随犯下弑父母罪的父亲一起出走，是索福克勒斯的悲剧《安提戈涅》的女主角。费德尔，希腊神话中雅典王忒修斯的王后，在欧里庇得斯和塞涅卡等作家的戏剧中登场，让·拉辛创作了与她同名的悲剧《费德尔》。克瑞西达，希腊神话特洛伊战争中的人物，在荷马史诗《伊利亚特》和乔叟的叙事长诗《特洛伊罗斯与克瑞西达》中皆有登场，莎士比亚据此创作了戏剧《特洛伊罗斯与克瑞西达》。苔丝狄蒙娜，莎士比亚悲剧《奥赛罗》中的人物。马尔菲公爵夫人，约翰·韦伯斯特所著同名悲剧的女主角。米拉芒特，威廉·康格里夫的戏剧《世界之路》中的女主角。克拉丽莎，塞缪尔·理查德森的书信体小说《克拉丽莎：一位年轻女士的故事》中的女主角。蓓基·夏泼，威廉·萨克雷的长篇小说《名利场》中的女主角。爱玛·包法利，居斯塔夫·福楼拜长篇小说《包法利夫人》中的女主角。盖尔芒特夫人，马塞尔·普鲁斯特《追忆似水年华》中的女性人物。

[2] "一个奇怪而几乎无法解释的事实是：在雅典城邦，女性像东方女子一样受到压迫，被当作女奴或苦工，但舞台上却诞生了像克吕泰涅斯特拉和卡桑德拉、阿托萨和安提戈涅、费德尔和美狄亚这样的人物，以及'厌女者'欧里庇得斯创作的一部戏剧中的其他所有女主角。在现实中，一个得体的女性鲜少能够独自出门；而在舞台上，女性和男性平起平坐，甚至地位高于男性。这仍然是个未解之谜。在现代戏剧中，女性人物同样占据了主导地位。无论如何，只要粗略地看一看莎士比亚的作品（与韦伯斯特的作品相似，但不同于马洛和约翰逊的作品），就能发现女性人物的主导地位。从罗瑟琳到麦克白夫人，女性人物都具有主动性。拉辛的作品也是如此，他的六部悲剧都以女主角的名字命名，而他笔下又有哪个男性人物能与赫耳弥俄涅、安德洛玛刻、贝蕾尼斯、洛克桑内、费德尔和阿达莉娅媲美呢？还有易卜生，他写的哪个男性人物比得上索尔维格、娜拉、海达、希尔达·旺格尔和丽贝卡·韦斯特呢？"（F. L. 卢卡斯 [F. L. Lucas]《论悲剧》[Tragedy]，第 114—115 页）——原注

上；可实际上，只要一个男孩的父母强行给她戴上戒指，她就会沦为他的奴隶。在文学的世界里，有许多发人深省的话语、许多至为深刻的见解都出自她的双唇；而在真实的生活中，她几乎不会读书写字，她的整个人都是她丈夫的一件财产。

读完历史学家对女性的描述，再去看文学塑造的女性，我不禁想象出一种离奇的怪物——一条寄生虫，却长有苍鹰的羽翼；一个象征着生机与美丽的精灵，却在厨房里剁板油。然而，不管这种想象多么有趣，现实中都不存在这样的怪物。若要把她召唤出来，你必须同时展开诗意的和平凡的想象。你要贴近现实，想象她是马丁太太，三十六岁，蓝衣，黑帽，棕鞋；别忘了还要虚构，想象她身体里蕴藏着一切永恒奔流、闪闪发光的精神与力量。然而，我试着这样想象一位伊丽莎白时期的女性时，却发现行不通，因为现实依据太少了。我找不到任何关于她的准确、详尽的细节。历史中几乎看不到她的身影。于是，我再次翻开特里维廉教授的书，想看看历史对他来说又意味着什么。透过各章节的标题，我发现他眼中的历史是——

"庄园法庭和敞田制……西多会和牧羊业……十字军东征……大学……下议院……百年战争……玫瑰战争……文艺复兴时期的学者……解散修道院……土地争端和宗教冲突……英国海上力量的崛起……西班牙无敌舰队……"等等。书中偶尔也会提及一两个女性，比如某位伊丽莎白或某位玛丽，某位女王或某位贵妇。然而，对仅仅拥有头脑和个性的中产阶级女性来说，根本不可能有机会参与任何一起历史大事件。而在历史学家的眼里，这一桩桩大事件便是历史的全部。就连在趣闻逸事集中，我们也找不到女性的身影。奥布里[1]在他的书中几乎不曾提及女性。而女性也不曾写下自己的生

---

[1] 约翰·奥布里（John Aubrey，1626—1697），英国文物研究者、自然哲学家和作家，著有《不列颠历史遗迹》（*Monumenta Britannica*）、《名人小传》（*Brief Lives*）等。

活，甚至很少写日记，留存下来的只有一小叠书信。她也没有剧作和诗篇传世，因此我们无从评判她。我想要的是大量的信息，比如，那时的女性在什么年龄结婚？她必须生多少个孩子？她住在什么样的房子里，有没有自己的房间？她做不做饭，有没有仆人？然而，我很纳闷，为什么纽纳姆或格顿学院的优秀学生们没有收集、补充这些信息呢？所有这些信息一定还存在于某处，或许在教区登记册和账簿里就能找到。一个伊丽莎白时期的普通女性的生平散落在各个角落，如果有人能把这些碎片收集起来，就能写一本关于她的书。我一边在书架上寻找这本不存在的书，一边想，虽然我常常觉得历史书写得不真实、失之偏颇，读起来有些奇怪，但若要让那些名校的学生重新书写历史，未免野心太大了。可是，就算无法重写，她们为何不能对历史做些补充呢？她们可以起一个不那么宏大的标题，这样女性出现在里面也不会显得不合适。我常常在大人物的生平纪事中瞥见女性的掠影，但她们总是匆匆地隐没于背景中。我有时会想，那些一闪而过的脸庞，是否藏着一个眨眼、一声轻笑，抑或一滴泪水。说到底，我们对简·奥斯汀的生平已经够了解了；再去研究乔安娜·贝利[1]的悲剧如何影响了埃德加·爱伦·坡的诗歌，似乎也没有什么必要；对我个人来说，就算玛丽·拉塞尔·米特福德的故居和常去的地方对公众关闭一百年以上，我也不在乎。但令我愤慨的是——我又搜寻了一遍书架——我们对18世纪以前的女性竟一无所知。我找不到可以参考的女性原型。我想问问伊丽莎白时期的女性为什么不写诗，可我甚至不知道她们受到什么样的教育；我不知道她们有没有学过写字，有没有自己的起居室；不知道有多少女性未满二十一岁就生了孩子；简而言之，我不知道她们从早晨八

---

[1] 乔安娜·贝利（Joanna Baillie，1762—1851），苏格兰诗人和剧作家，著有《激情戏剧》(*Plays on the Passions*)和《逃亡诗》(*Fugitive Verses*)等，她的作品带有哥特风格，影响了拜伦、玛丽·雪莱、爱伦·坡等作家。

点到晚上八点,都在做些什么。很显然,她们没有自己的钱。如特里维廉教授所说,她们不管愿不愿意,都小小年纪就结了婚,很可能是在十五六岁。在这种情况下,如果她们中有谁突然写出了莎士比亚那样的戏剧,那才奇怪呢。得出这个结论后,我想起某位已故的老主教曾断言,不管是过去、现在,还是未来,都不可能有哪个女人能有莎翁那样的才华。他在报纸上这样宣称。他还告诉一位向他请教的女士,虽然猫算得上有点灵性,但事实上它们是上不了天堂的。这些老先生为了救赎众生,费了多少心力啊!在他们的努力下,多少人告别了无知,明白了猫是上不了天堂的,女人是写不出莎剧的。

话虽如此,但我看着书架上莎士比亚的作品时,还是忍不住想,那位主教至少说对了一点,在莎士比亚生活的那个时代,的确完完全全不可能有女性写得出他那样杰出的戏剧。由于缺少现实依据,我只能全靠想象。假如莎士比亚有一个才华横溢的妹妹,就叫她朱迪斯吧,又会发生什么呢?莎士比亚的母亲继承了一大笔遗产,因此她有能力送莎士比亚去文法学校学习拉丁文,研读奥维德、维吉尔和贺拉斯的作品,并且掌握语法和逻辑学。我们知道,他年少时性格狂放,喜欢狩猎野兔,或许还射杀过一头鹿。还没到该结婚的年龄,他就娶了一位邻家姑娘,两人没多久便有了孩子。惹出这些乱子后,莎士比亚被送到伦敦自谋财路。他似乎很喜欢戏剧,起初负责在剧院后门牵马,很快就进了剧团,成了一名成功的演员。就这样,他跻身于宇宙中心,广交朋友,广结人脉,不但在舞台上精进自己的演技,而且走上街头打磨自己的智慧,甚至还曾进宫觐见女王。而与此同时,我们可以想象,他那天赋异禀的妹妹依然留在家中。她就像她的哥哥一样热爱冒险,天马行空,渴望走向广阔的世界。然而,家人没有送她去上学,她没有机会学习文法与逻辑学,更别提拜读贺拉斯和维吉尔的著作。有时,她也会捧起一本书,可能是哥哥留下的，可还没读上几页，就被父母打断了。他们闯入她的房间，催她去缝补袜子，或是帮忙盯着锅里炖的汤，总之不能对着书本想入非非。他们的话虽严厉，却是出于好心，因为他们都是脚踏实地过日子的人，明白生活对一个女人来说意味着什么；也因为他们爱着自己的女儿——她很可能是父亲的掌上明珠。也许，她曾溜上存放苹果的阁楼，偷偷写下了几页文字，但小心地将它们藏了起来，或是一把火烧掉。很快，她还只有十几岁，就被迫与隔壁羊毛商人的儿子订了婚。她哭闹着不肯结婚，却因此挨了父亲一顿打。打完后，他不再责骂她，而是反过来拜托她不要伤他的心，不要让他这个做父亲的因为这桩婚事而丢脸。他眼里含泪，承诺如果她乖乖嫁人，就给她买一条珍珠项链或者漂亮裙子。她又怎能忤逆他呢？怎能让他心碎呢？然而，仅仅凭靠着一身才气，她坚决地迈向了自己的道路。在一个夏天的夜晚，她带上仅有的一点家当，顺着绳子爬下窗户，出发去往伦敦。她还不到十七岁，声音比树篱上歌唱的鸟儿还要动听。她和哥哥一样，生来对音律十分敏感，也和他一样钟爱戏剧。于是，她来到剧院的后门，说她想要演戏，却遭到了男人们的嘲笑。剧团经理是个口无遮拦的胖男人，更是笑得直喘气。他冲她大吼道，女人要是会演戏，贵宾犬都能跳舞了。他还说，女人不可能当得了演员。不过，他给了她一点暗示——你们可以想象他暗示了什么。她没有机会锻炼演技，甚至没法进小酒馆吃一顿晚饭，也不敢半夜在街头游荡。但她还有写小说的天赋，渴望观察男男女女的生活，从中汲取大量灵感。最终，因为她很年轻，而且长得和诗人莎士比亚颇为相像，同样有着灰色的眼睛和弯弯的眉毛，所以演员经理尼克·格林对她心生怜爱，可是她却怀上了他的孩子。当一颗诗人的心被困在一副女人的身体里，她的痛苦与愤怒，又有谁能想象呢？于是，在一个冬夜，她结束了自己的生命，被草草埋葬在象堡外的某个十字路口，那里如今已成了公交车站。

我想，在莎士比亚的时代，一个女性如果有他那般天赋，这大概就是她一生的故事。就我个人而言，我同意那位已故主教所说的——如果他确实当过主教的话——生在莎士比亚时代的女性拥有莎士比亚那样的才华，是不可想象的。因为那样的天才不会诞生于没受过教育的、被压迫的劳动人民之中；不会诞生于英国的撒克逊人和不列颠人之中；也不会诞生于今天的工人阶级中。而根据特里维廉教授所说，女性还没来得及告别童年，就在父母的强迫下开始劳作，并且一生都受到法律和习俗的禁锢，那么在她们当中又怎么可能诞生莎士比亚那样的天才呢？尽管如此，工人阶级也好，女性也好，当中一定存在某种天才。时不时会出现一位艾米莉·勃朗特，或是一位罗伯特·彭斯[1]，他们耀眼的才华就证明了这一点。只不过，他们注定无法跻身史册。然而，当我们在史书中读到一名被沉入水中淹死的女巫，一个被魔鬼附身的女人，一位卖草药的女智者，甚至是一名杰出男性背后的母亲，我想我们看到的其实是一个迷茫的小说家，一个压抑的诗人，一位不能发声、不敢见人的简·奥斯汀，一位饱受自己的天赋折磨的艾米莉·勃朗特，她在荒野上摔得头破血流，在公路上疯疯癫癫地游荡。事实上，我可以进一步推测，那些写了无数首诗歌却不曾署名的"无名氏"，很可能都是女人。我记得爱德华·菲茨杰拉德[2]说过，是女性创造了民谣和民歌。她轻轻吟唱这些歌谣，哄着她的孩子们，在纺纱时消磨光阴，以此度过漫长的冬夜。

这个说法可能是真的，也可能是假的——谁说得准呢？但我回想了一遍我编造的莎士比亚妹妹的故事，觉得有一点是可以肯定的：在 16 世纪，任何一位天赋过人的女性都注定走向悲惨的结局，要么

---

1 罗伯特·彭斯（Robert Burns, 1759—1796），苏格兰民族诗人。
2 爱德华·菲茨杰拉德（Edward FitzGerald, 1809—1883），英国诗人、作家。

陷入疯狂,开枪自杀,要么在远离村庄的小屋里孤独终老,被当作女巫,受到人们的畏惧和嘲弄。我用不着懂心理学,就能断言,一个才华横溢的女孩若想成为诗人,不仅会被他人百般阻挠,还会因为违背自己的本心而饱受折磨,最终一定会弄垮身体、失去理智。一个女孩要来到伦敦,闯入剧院后门站到演员经理的面前,必然要经历一番挣扎,承受没法解释但又躲不掉的痛苦,因为某些社会不知出于什么原因发明出了对女性贞洁的迷信。直到今天,贞洁在女性的生活中仍然具有宗教一般的意义,甚至已经融入了女性的本能。要摆脱它的束缚,正大光明地谈论它,需要世间罕有的勇气。对一位女诗人或女剧作家来说,要在 16 世纪的伦敦自由自在地生活,就注定承受巨大的精神压力和诸多困境,而这很可能是致命的。即便她扛住压力,侥幸活了下来,她写出的作品也会因为高度紧张和病态的精神状态而变得扭曲、怪异。而且,我看了看书架,上面没有女作家的戏剧作品,我想她就算写了,也一定不会署名,因为这是她保护自己的方式。直到 19 世纪,贞洁观仍然迫使女性隐姓埋名。科勒·贝尔[1]、乔治·艾略特、乔治·桑[2]都因此饱受内心的煎熬,这也体现在她们的作品中。她们徒劳地用男性化的笔名来掩饰自己的身份,以此向传统低头,承认女性抛头露面是可耻的。这种传统就算不是男性制定的,也是他们大力鼓吹的(伯里克利宣称,女人最大的荣耀就是不被人谈起,而他自己却是个广受议论的男人)。她们的身体里流淌着匿名的血液。她们依然渴望戴上面纱。时至今日,女性仍然不像男性那样在乎自己的名望。她们经过一块墓碑或路牌

---

[1] 科勒·贝尔(Currer Bell),即夏洛蒂·勃朗特,她以此为笔名发表了长篇小说《谢利》(*Shirley*)。

[2] 乔治·桑(George Sand,1804—1876),本名为阿芒蒂娜-露西尔-奥萝尔·迪潘(Amantine Lucile Aurore Dupin de Francueil),法国小说家、剧作家,著有《魔沼》(*La Mare au Diable*),她因穿着男装、使用男性化笔名,在当时引起了很多争议。

时，不会有种难以抑制的冲动，想要把自己的大名刻上去，而阿尔夫、博特或查斯之类的男人一定会忍不住这样做。当他们和一个漂亮女人擦肩而过，甚至是看到路边的一条狗，都会喃喃自语：这狗是我的。当然，他们想要的未必是狗，我想起议会广场、胜利大道和其他大街，他们想要的可以是任何一块土地，或是一个长着黑色卷发的男人。一个女人看到一个非常漂亮的黑人女性，不会想把她改造成一个英国女人，这是女性的一大优点。

总之，在16世纪，一名生来就怀有诗情的女性是不幸的，她将忍受内心的煎熬。她的整个生活境况，还有她的一切本能，都使她无法拥有合适的心境去释放自己脑中的一切。不过，我自问道，什么样的心境最有利于创作呢？我们能否描述出这种维持并推动创作的心境呢？想到这里，我翻开了莎士比亚的悲剧集。以莎士比亚为例，他是在什么样的心境下写出《李尔王》和《安东尼与克莉奥佩特拉》的呢？那想必是天底下最适合写诗的一种心境，但莎士比亚本人对此只字未提，我们也只是偶然得知，他写作时"从不涂改任何一句话"。大概是到18世纪，才开始有艺术家亲口讲述自己的心境。卢梭或许开了这个先河。不管怎样，到了19世纪，人们的自我意识大大增强，男作家们在忏悔录或自传中大谈心境，已是司空见惯。他们的生平被记录下来，书信也在他们死后出版成书。因此，虽然我们无从得知莎士比亚是怎样写出《李尔王》的，但我们知道卡莱尔[1]是怎样写出《法国革命》的，知道福楼拜是如何写出《包法利夫人》的，也知道济慈是怎样试图以诗歌来对抗死亡的将至与世界的冷酷。

现代文学中有大量的忏悔录和剖析自我的著作，我从这些书中

---

[1] 托马斯·卡莱尔（Thomas Carlyle，1795—1881），苏格兰哲学家、讽刺作家、历史学家。

发现，杰出的作品无不是在巨大的困境中写出来的。万事万物都在阻挠作者把脑中的构思完整地搬到纸面上。大多数时候，物质条件都会妨碍写作。屋外有狗在叫，屋里有人打扰，还得挣钱糊口，弄不好还会搞垮身体。而这个世界又是那样冷酷无情，只会雪上加霜，放大种种阻碍。这个世界没有叫人去写诗歌、小说和史书，因为它不需要这些。福楼拜是否找到了最恰当的用词，卡莱尔有没有一丝不苟地考证他所写的事实，对它来说都无关紧要。这些不被需要的文字自然是换不来报酬的。因此，济慈、福楼拜、卡莱尔等作家都曾有过无数的烦扰和沮丧，尤其是在他们极富创造力的青春时代。从那些忏悔和自我剖析的书中，发出一句咒骂，一声痛苦的哀号。"伟大的诗人在苦难中死去"[1]——这就是压在他们诗歌之上的重担。在这重负之下，任何一部作品的诞生都是一个奇迹。或许没有哪本书在面世时完好无损地保留了作者最初构想的模样。

我望着书架，上面没有女作家的作品。我想，她们面对的困难比上述种种还要艰巨百倍。一直到19世纪初，一个女性要拥有自己的房间，都是不可能的事，更别提一个安静、隔音的房间，除非她的父母极其富裕或地位极高。她的生活费完全取决于她父亲的施舍，仅仅够她维持吃穿。就连济慈、丁尼生、卡莱尔这样的穷男人，也能不时地放松一下，来场徒步旅行，或者去法国玩几天。他们还拥有自己单独的住所，即便住得再差，也能让他们免受家人的烦扰和控制。而这一切，全都与她无缘。因此，她要面对物质上的巨大阻碍，但比这更加严峻的，是精神上的困境。济慈、福楼拜，还有其他才华横溢的男性，都深感世界的冷漠令人不堪重负。然而，女性面对的不只是一个冷漠的世界，更是一个对她们怀有敌意的世界。对男作家们，它如是说：你想写就写吧，我不在乎。可对女作家们，

---

[1] 出自华兹华斯的诗歌《决心与自立》(*Resolution and Independence*)。

世界捧腹大笑道：写作？你能写出什么好东西？我又看了看书架上的空缺，心想，纽纳姆和格顿学院的心理学家们也许能帮上忙，研究一下挫折对艺术家的心理会产生什么影响。我曾看过一家乳制品公司研究普通牛奶和优质牛奶对老鼠的身体造成的不同影响。他们把两只老鼠关在相邻的笼子里，喂不同的牛奶。其中一只体型瘦弱，性情胆小；另一只则毛色油亮，胆子很大，个头也很大。那么，我问自己，我们给女艺术家们吃的是什么食物呢？我想起了那顿晚餐上的梅子干和蛋奶糊。要回答这个问题，只需翻开晚报，看看伯肯赫德勋爵是怎么说的，但我真的不想费劲转述他对女性写作的看法，也不想去管英奇教长说了些什么。哈里街[1]的那位专家尽管在那条街上大声疾呼吧，我也毫不在意。不过，我还是要引用奥斯卡·布朗宁先生的话，因为他曾经在剑桥很有声望，还在格顿和纽纳姆学院当过考官。奥斯卡·布朗宁先生屡次说过："每一场考试都给我留下了同一个印象，那就是，不管我给了多少分，从智力上看，最优秀的女生都比不上最笨的男生。"说完，布朗宁先生回到自己的房间——正是接下来的这件事让他备受大家的喜爱，成了个德高望重的人物——他回到自己的房间，发现一个马童躺在沙发上——"简直就是一具骷髅，脸颊凹陷，面色蜡黄，长着一口黑牙，四肢发育得似乎也不健全……'那是亚瑟，'布朗宁先生说，'他是个可爱的孩子，而且相当聪明。'"我一直觉得这两件事可以互为补充。令人欣慰的是，在这个时代，我们能读到很多名人传记。因此，我们可以把他们说的话和做的事结合在一起，从而更好地理解他们的观点。

然而，虽然今天我们已经能全面地看待一位名人，但即便只是在五十年前，从一个大人物口中说出这样的话，也一定相当有威力。让我们想象一下，假如一位父亲出于好心，不想让他的女儿离开家，

---

[1] 哈里街（Harley Street），伦敦著名的"百年医疗街"。

去当作家、画家或学者，他会对她说："你看奥斯卡·布朗宁先生都这么说。"而这么说的不只有奥斯卡·布朗宁先生，还有《星期六评论》。格雷格先生[1]也强调过："一个女人存在的根本意义，就是受男人供养并且侍奉男人。"有太多这类大男子主义的观点，他们都对女性的智力不抱有任何期望。即便女孩的父亲没有赤裸裸地抖出这些观点，她自己也能察觉到。就算到了19世纪，这种观点也会打击她的创作热情，并且严重地影响她的作品。你做不了这个，做不了那个——她每时每刻都要同这些声音抗争，只有克服它们，才能去做自己想做的事。对女小说家来说，这些话如今已经不太能起作用了，因为历史上有许多优秀的女小说家。但女画家仍然会被它们刺痛；而对女作曲家来说，我想，这些至今依然在耳边回荡的声音更是毒辣至极。在今天，女作曲家的处境就像莎士比亚时代的女演员一样。在我虚构的莎士比亚妹妹的故事里，尼克·格林说，女人演戏让他想到狗跳舞的样子。在两百年后，约翰逊用同样的话来形容女传教士。而现在，我翻开一本关于音乐的书，就在今天这个时代，在1928年，我再一次看到这样的词句，落在了尝试创作音乐的女性身上。"关于热尔梅娜·塔耶芙尔女士[2]的音乐，我们只需套用约翰逊博士对女传教士的评论，只不过把'传教'换成'作曲'——先生，女人作曲就像狗用后腿站着走路，虽然走得不好看，但能走上几步就已经很让人惊讶了。"[3] 历史总是惊人的相似。

抛开奥斯卡·布朗宁先生和其他名人的言行，我得出了一个结论：显然，就算到了19世纪，人们依然不希望女性成为艺术家。相

---

[1] 威廉·拉斯本·格雷格（William Rathbone Greg，1809—1881），英国散文家，该言论出自他的文章《为什么女性是多余的？》(*Why Are Women Redundant?*)。
[2] 热尔梅娜·塔耶芙尔（Germaine Tailleferre，1892—1983），法国女作曲家，"六人团"（Les Six）中的唯一一位女性。
[3] 《当代音乐概览》(*A Survey of Contemporary Music*)，塞西尔·格雷（Cecil Gray），第246页。——原注

反,她受到冷落、殴打、说教和规训。她需要反抗的东西太多了,因此难免精神紧绷,热情低迷。在这些打压中,我们又一次看到了那种耐人寻味而又隐晦的大男子主义情结,它深刻地影响了女性的行为。这种欲望深埋在男性心底,与其说是贬低女性,不如说是彰显男性的优越。它驱使男性霸占了每一个领域,不仅盘踞在艺术的阵地,而且严守着从政的道路。即便女性谦卑而执着地恳求进入这些领域,即便她们的参与丝毫无法撼动男性的地位,他们也不肯放行。就连满怀政治抱负的贝斯伯勒伯爵夫人,在给格兰维尔·莱韦森 - 高尔勋爵的信中也不得不以谦卑的口吻写道:"……尽管我对政治很有热情,也发表过不少政治见解,但我完全同意您的观点,任何女人都没资格插手政治或其他严肃的事务,顶多说一说她的看法(如果有人问她的话)。"说完这番话,她才得以充满激情、无比顺畅地谈论格兰维尔勋爵在下议院的演讲首秀这一极其重要的话题。我想,这个现象很有意思。男性反对女性解放的历史,或许比女性解放的历史本身还要精彩。如果格顿或纽纳姆学院的哪位年轻学生能收集实例并推导出一套理论,一定能写出一本有趣的书。只不过,她将需要厚厚的手套和纯金铸成的围栏来保护自己的人身安全。

暂且不谈贝斯伯勒伯爵夫人了。我想,有些事我们现在觉得可笑,在过去却被无比认真地对待。这些言论如今只会被少数人当笑话收集起来,在夏夜里消遣取乐,但我敢肯定,你们的祖母和曾祖母都曾经因为这些话掉过泪。弗洛伦斯·南丁格尔就曾因此而痛苦不堪。[1]而且,你们上了大学,拥有自己的起居室,或者只是卧室兼起居室的一个房间,所以你们会说,天才不应该理会这些谬见,不应该在意别人怎么说。然而不幸的是,有才华的男人和女人恰恰最

---

[1] 弗洛伦斯·南丁格尔(Florence Nightingale)的《卡珊德拉》(*Cassandra*),载于蕾·斯特雷奇(Ray Strachey)的《事业》(*The Cause*)。——原注

在乎别人的评价。想想济慈的墓志铭吧。[1] 想想丁尼生。我不必搬出更多例子来证明这个令人遗憾但又不可否认的事实,艺术家生来就极其在乎别人的评价。在文学界,多的是因过度在意他人言论而崩溃的人。

我回到了最初的那个问题:什么样的心境最适合创作?我觉得,艺术家的敏感加剧了他们的不幸。因为,一个艺术家要想把他脑中构想的作品完完整整地呈现出来,需要付出巨大的努力,只有拥有一颗赤诚的心才能做到。我望着那本翻开的莎士比亚悲剧集,书页停留在《安东尼与克莉奥佩特拉》。我想,那颗心一定要像莎士比亚的那样,别无杂念,不受牵挂。

我们对莎士比亚的创作心境一无所知,但这种说法本身已经是在描述莎士比亚的心境了。相比多恩[2]、本·琼森[3]和弥尔顿,我们对莎士比亚了解得很少,是因为他把自己的怨恨、恶意和烦恼隐藏了起来。他的作品中不存在什么令人联想到作者本人的"揭秘"。想要将自己受过的伤害广而告之也好,想要以牙还牙也罢,抑或想要让全世界见证自己的苦难与悲伤,所有这些渴望在莎士比亚这里都销声匿迹了。因此,他的诗如泉涌,自由奔流。如果说古往今来有谁曾完整地呈现了自己的构思,那就是莎士比亚。我又一次望向书架。如果有谁拥有过炽热、纯粹的心境,那就是莎士比亚。

---

1 此地长眠者,声名水上书。
2 约翰·多恩(John Donne,1572—1631),英国玄学派诗人。
3 本·琼森(Ben Jonson,1572—1637),英国剧作家、诗人、演员。

第四章

在16世纪，显然不可能有女性能有那样的心境。只要想一想伊丽莎白时期的墓碑周围雕刻的那些合掌跪拜的孩子，想一想早逝的女孩们，想一想她们家中那些幽暗、狭小的房间，我们就能意识到，那个年代的女性没有条件写诗。我们只能寄希望于后世，或许有哪位生活相对自由舒适的贵族女士，会冒着被当作怪人的风险，用自己的真名发表一些作品。为了不像丽贝卡·韦斯特小姐一样被说成"可恶的女权主义者"，我还是得说，男人当然不是势利眼。只不过，当看到一位女伯爵尝试写诗，大多数男人都会出于同情而称赞几句。我们可以想象，在那个年代，相比某位名不见经传的奥斯汀小姐或勃朗特小姐，一位拥有贵族头衔的女士得到的鼓励要多得多。尽管如此，她的内心仍然受到恐惧、仇恨等外在情绪的困扰，我们能在她的诗作中发现这些烦恼留下的印记。温切尔西伯爵夫人[1]就是一个例子，我从书架上拿下她的诗集。她于1661年出生在一个贵族家庭，丈夫同样地位显赫。她没有生养孩子，而是潜心创作诗歌。只要翻开她的诗集，就能感受到她对女性不平等地位的怒火喷薄而出：

  我们堕落了！因为错误的规训，
  我们并非天生愚笨，而是教育使然；

---

[1] 温切尔西伯爵夫人（Countess of Winchilsea, 1661—1720），本名为安妮·芬奇（Anne Finch），英国诗人。

> 我们被剥夺了提升心智的可能，
> 变得呆滞，任人摆布。
> 如果有人能冲出重围，
> 心怀更热忱的梦想与雄心，
> 就会遭遇更加强大的敌对力量，
> 对成功的渴望终究压不过恐惧。[1]

很明显，她的内心绝没有"扫除一切障碍，只留一片赤诚"。恰恰相反，仇恨与悲伤扰乱着她的心绪。在她眼中，人类分成了两派，男性是"敌对力量"。她憎恨他们，同时也害怕他们，因为他们能阻挡她追求自己想做的事情，那就是写作。

> 唉！一个女人若想提笔写作，
> 就会被看作一个妄自尊大的怪人，
> 无论多么美好的品德都无法弥补这个过错。
> 他们告诉我们，要认清自己的性别和使命，
> 良好的教养、时髦、跳舞、打扮、玩乐，
> 这些才是我们该追求的东西；
> 而写作、阅读、思考、探索，
> 只会遮蔽我们的美貌，荒废我们的年华，
> 让我们无暇顾及自己的首要任务。
> 他们认为，像奴仆一般操持乏味的家务，
> 就是我们最擅长的技艺，也是我们最大的用途所在。

事实上，她只有预设自己的作品永远不会面世，才有勇气写下

---

[1] 本节和下文的两节诗歌均出自安妮·芬奇的《引言》(*The Introduction*)。

来。她不得不以这首悲歌来抚慰自己：

> 寥寥几位朋友，我为你们的悲伤而歌唱，
> 因为月桂树从来不为你们而生，
> 你们身处漆黑的阴影中，就知足地待在那儿吧。

然而，倘若她能从仇恨和恐惧中解脱，不再由着苦涩与愤懑淹没自己的心，我们会清楚地看到，她的心中也燃着炽热的火焰。她的笔下不时流淌出纯粹的诗句：

> 褪色的丝线亦织不出
> 无与伦比的玫瑰凋零的模样。[1]

这两行诗得到了默里先生[2]的称赞。据说，蒲柏记住并引用了另两句：

> 黄水仙的芳香袭上我们疲惫的头脑，
> 我们淹没在馥郁的痛苦之中。

写出这般诗句的女性，她的心是如此贴近自然，又时常沉思默想。这样的一颗心，却被逼入愤怒与痛苦，实在令人痛惜。然而，想想那些讥讽与嘲笑，想想谄媚者的奉承和专业诗人的质疑，她又能怎么办呢？我猜想，她一定是把自己关在一座乡间的房子里写作，

---

[1] 本节和下文的三节诗歌出自安妮·芬奇的《脾脏》（*The Spleen*）。
[2] 约翰·米德尔顿·默里（John Middleton Murry，1889—1957），英国作家、评论家、编辑。他编辑的《温切尔西伯爵夫人安妮诗集》（*Poems, by Anne, Countess of Winchilsea*）于伍尔夫做这场演讲的同年，即1928年出版。

或许还深受苦闷和忧虑的折磨，尽管她有个最最体贴的丈夫和最最完美的婚姻。我说"猜想"，是因为倘若我们试图探寻温切尔西伯爵夫人的真实生活，就会一如既往地发现，她的生平几乎没有被记录下来。不过，我们至少可以知道，她饱受忧郁之苦。因为当忧郁袭来时，她写下了自己的所想：

> 我的诗句受人诋毁，我所做的事被看成
> 愚蠢的徒劳，抑或自负的过错。

然而据我所知，她所做的不过是在田野间漫无目的地散步，做一些无伤大雅的梦，却被这般责难。

> 我的手喜欢探索不同寻常的事物，
> 喜欢背离人们熟悉的常路。
> 褪色的丝线亦织不出
> 无与伦比的玫瑰凋零的模样。

如果这就是她的兴趣和喜好，那么她会招致嘲笑，也是意料之中。据说，蒲柏或是盖伊[1]曾讥讽她，说她是一个"手痒了乱涂鸦的女学究"。[2] 还有人认为她嘲笑过盖伊，说他的诗作《琐事》表明"他更适合做轿夫，而不是乘轿子"，因此得罪了他。但默里先生说，这只是"毫无根据的八卦""无聊透顶"。我不认同这一点。就算只是谣言，我也想收集更多关于温切尔西伯爵夫人的信息，以便拼凑

---

1 约翰·盖伊（John Gay，1685—1732），英国诗人、剧作家。
2 原文中的"blue-stocking"（蓝袜子）指受过教育的学术女性，源自18世纪中叶英国的女学者社团"蓝袜社"（Blue Stockings Society）。大致同一时期，伦敦还有一个文人社团"涂鸦社"（Scriblerus Club），蒲柏和盖伊都是"涂鸦社"的成员。

或捏造出这位忧郁女士的形象:她喜欢在田间漫步,喜欢思索一些不同寻常的事物,并且如此轻率、笨拙地表达了对"像奴仆一般操持乏味的家务"的蔑视。然而,默里先生说,她荒废了。她的才华被杂草缠绕,被荆棘捆缚,没有机会展露自己的锋芒。我把温切尔西伯爵夫人的诗集放回书架上,转向另一位贵妇人——纽卡斯尔的玛格丽特[1]。这位公爵夫人比温切尔西伯爵夫人年长,但生活在同一时代。她性格浮躁,想象力奔放,而且深受兰姆的喜爱。她们是非常不同的两个人,但也有一些共同点,都出身高贵,都没有子女,并且都拥有最好的丈夫。她们都对诗歌怀着满腔热情,也都因这种热情而饱受煎熬、支离破碎。在公爵夫人的作品中,我感受到了和温切尔西伯爵夫人同样的怒火。"女性像蝙蝠和猫头鹰一样活着,像牲畜一样劳作,像蠕虫一样死去……"[2] 玛格丽特本来也可以成为诗人,在我们今天这个时代,她付出的努力定会让命运的齿轮开始转动。可在当年,她又能如何控制并锻炼自己那野性难驯、无边无际的才华,使之为人所用呢?她的文字洋洋洒洒地倾泻出来,韵文、散文、诗歌和哲文如洪流一般,汇聚成一部部四开本或对开本的书,却无人阅读。她本该拥有一台显微镜,本该学习如何观测星辰、如何推演科学。但现实是,她的聪明才智在孤独和放纵中走上了弯路。没有人关注她在琢磨什么,没有人教导她学习。教授们只会奉承她,朝臣们只会嘲笑她。埃尔顿·布莱奇爵士[3]说她的文字很粗俗——"一个在宫廷中长大的贵族女性竟然写出这么粗俗的东西"。她最终

---

1 玛格丽特·卡文迪什(Margaret Cavendish,1623—1673),即纽卡斯尔公爵夫人(Duchess of Newcastle-upon-Tyne),英国哲学家、诗人、科学家、小说家、剧作家,创作了超过12部文学作品。
2 出自玛格丽特·卡文迪什的《女性演说》(*Female Orations*)。
3 埃尔顿·布莱奇(Egerton Brydges,1762—1837),英国作家、系谱学家,曾编辑出版玛格丽特·卡文迪什的自传和诗集。

独自幽居在维尔贝克。[1]

一想到玛格丽特·卡文迪什,我的脑中就浮现出一幅无比孤独而又混乱不堪的景象,仿佛花园里的所有玫瑰花和康乃馨被一根粗壮的黄瓜藤蔓紧紧缠住,窒息枯萎。她曾写出"心智开化的女人才最有教养"这样的话,却在乱写乱画中虚度了光阴,在晦涩和愚昧中越陷越深。以至于每当她出行,都有许多人围住她的马车,想要一睹真容,真令人唏嘘!这位疯狂的公爵夫人成了一个反面教材,用来吓唬那些聪明的女孩子。这时我想起,多萝西·奥斯本[2]在写给坦普尔[3]的信中提到过公爵夫人的新作。于是,我合上公爵夫人的书,翻开多萝西的书信集。她这样写道:"这个可怜的女人一定是有些精神错乱了,竟然试图写书,而且还是诗集,太荒唐了。我就算两个星期不合眼,也不会疯到要写书。"

一个神志清醒、为人谦逊的女人不会去写书,所以敏感忧郁、和公爵夫人性格截然相反的多萝西什么也没写。写信不算是正经的写作。一个女人可以在父亲的病榻前写信;可以在壁炉旁默默地写信,免得打扰男人们聊天。然而有趣的是,我翻看多萝西的书信,发现这个没有受过正规教育的孤独的女孩在遣词造句和场景描绘上极有天赋。她是这样写的:

> 午饭后,我们坐着聊天,聊到B先生时,我便走开了。下午天热,我们一直在屋内读书、干活。大约六七点,我出了门,走到附近的一片公地,那儿有一群年轻的姑娘在放牧牛羊,她们坐在树荫下唱着民歌。我走到她们身边,把她们的歌

---

1 玛格丽特·卡文迪什在维尔贝克度过了生命的最后几年,最终在那里离世。
2 多萝西·奥斯本(Dorothy Osborne,1627—1695),英国作家,以书信集闻名。
3 威廉·坦普尔爵士(Sir William Temple,1628—1699),英国外交官、政治家、作家,多萝西·奥斯本的丈夫。

声和美貌与我在书中读到的古时的牧羊女作比。尽管她们有很大的不同，但相信我，这些姑娘就和书中的牧羊女一样纯真。我和她们聊了起来，发现她们无欲无求，只要认为自己是世界上最幸福的人，她们就已经是最幸福的了。有很多次，我们正聊得起劲时，她们中的一个四处张望，发现她的牛正往玉米地里跑，于是她们一下子都跑开了，仿佛脚后跟长了翅膀。我跑得没那么快，被落在后面。当她们赶着牛群回家，我想我也该回去了。吃过晚饭，我走进花园，在一条小河边坐下，多希望这一刻你就在我身边……

我可以断言，她有当作家的潜质。可她却说："我就算两个星期不合眼，也不会疯到要写书。"一个这么有写作天赋的女性，也觉得女性写书是个笑话，甚至是精神失常的表现。足以见得，当时反对女性写作的风气有多么严重。于是，我把那本薄薄的《多萝西·奥斯本书信集》放回书架上，转向贝恩夫人[1]的作品。

贝恩夫人是女性写作史上的一个重要转折。前面提到的几位孤独的贵妇人没有读者，没有批评声，仅仅出于爱好而写。让我们把她们和她们的书留在花园里，来到人头攒动的街头，与普通人并肩。贝恩夫人是一位中产阶级女性，她有着普通老百姓的幽默感、活力和勇气。她经历了丈夫的亡故，还有其他种种不幸，不得不靠自己的智慧谋生。她必须和男性一样工作，而且非常勤劳，才挣到了足够的生活费。靠写作谋生这个事实，比她所写的任何作品都更加重要。就连《一千次的献祭》和《爱情坐享梦幻般的胜利》这样的好诗，也比不上这一点。因为贝恩夫人的经历代表着女性的思想开始

---

[1] 阿芙拉·贝恩（Aphra Behn，1640—1689），英国剧作家、诗人、散文家、翻译家，是最早靠写作谋生的英国女性之一。

迈向自由。或者说，这意味着随时间的推移，女性的思想终将获得解放，可以自由地书写。因为阿芙拉·贝恩的成功，女孩们可以对自己的父母说："你们不用给我零花钱，我可以用我的笔挣钱。"当然，在很多年里，她们得到的回应都是："好啊，你想活得像阿芙拉·贝恩那样！还不如去死！"紧接着，大门猛地在她们面前摔上，比以往任何时候都要沉重。可见，男性对女性贞洁的追捧，及其对女性教育的影响，是个非常有趣的话题，值得深入讨论。如果格顿或纽纳姆学院的哪个学生愿意挖掘下去，一定能写出一本有意思的书。达德利夫人[1]的肖像可以用来做这本书的卷首插图。在那幅肖像中，她满身珠宝，坐在苏格兰的荒原上，身边环绕着蠓虫。在她去世时，《泰晤士报》评论道："达德利勋爵品位高雅，成就颇丰，仁慈宽厚，却也非常专横跋扈。他要求自己的妻子必须时刻盛装打扮，就算是在苏格兰高地狩猎，住在最偏僻的乡间小屋时也不例外；他还给她戴上沉甸甸的华丽珠宝，"等等，"他给了她一切，却从不让她担任何责任。"后来，达德利勋爵中风倒下了。从那以后，她一边照顾他，一边把他的产业打理得井井有条，展现出了极高的才能。男性的这种专横跋扈在19世纪仍然存在。

话说回来，阿芙拉·贝恩证明，女性可以靠写作挣钱，只不过要牺牲某些受人欣赏的美德。渐渐地，写作对女性来说不再只是愚蠢和精神错乱的表现，而具有了实际意义。毕竟，丈夫可能会意外离世，家庭可能会遭飞来横祸，女性需要有自己挣钱谋生的手段。随着18世纪的到来，数以百计的女性为了挣自己的生活费或是补贴家用，开始从事翻译，或写下数不清的烂俗小说。这些小说就连教科书都不曾提及，但可以在查令十字街的四便士书摊上淘到。18世

---

[1] 乔治娅·沃德（Georgina Ward，1846—1929），即达德利伯爵夫人（Countess of Dudley），英国维多利亚时代的知名女性，曾为英国红十字会工作。

纪后期，女性的思想活动极为活跃。她们演讲，聚会，写文章评论莎士比亚，翻译经典作品。而这一切都建立在一个坚固的现实之上，那就是女性可以通过写作挣钱。女性写作原本被当作笑话，但有了报酬，这便是一项体面的工作。或许仍会有人嘲笑"手痒了乱涂鸦的女学究"，但不可否认的是，她们能够靠写作让自己的钱包鼓起来。所以说，在18世纪末发生了一场变革。倘若我能重写历史，我会更加全面地描述这场变革，并将它摆到比十字军东征和玫瑰战争更为重要的位置。自此，中产阶级女性开始写作。如果说《傲慢与偏见》《米德尔马契》《维莱特》和《呼啸山庄》都是文学史上的重要作品，那么这场女性写作的变革所具有的重要性，就远非我在短短一小时的讲座里所能论证的。在过去，女性写作仅限于孤独的贵妇人，她们幽居在乡间，写出的一部部对开本只有谄媚者问津。而随着这场变革，广大的女性都开始写作。如果没有那些女性写作的先驱者，就不会有简·奥斯汀、勃朗特姐妹、乔治·艾略特的创作，就好比没有马洛就没有莎士比亚，没有乔叟也就没有马洛，而倘若没有那些早已被遗忘的诗人们驯化野蛮的语言、铺平文学的道路，也就不会有后世的杰作。任何一部杰作都不是作者孤军奋战创作出来的，它是集体意识多年的产物，是人民大众思想的结晶。在作者一个人的声音背后，是人们共有的体验。简·奥斯汀应该在范妮·伯尼的墓前献上花环；乔治·艾略特应当向伊丽莎·卡特[1]那坚定的灵魂献上敬意——这位勇敢的老妇人为了能早起学习希腊语，在自己的床头系上了铃铛。每一个女人都应该在阿芙拉·贝恩的墓前撒下鲜花，因她为我们争来了讲述自己心声的权利。阿芙拉被葬在威斯敏斯特大教堂，虽然引起了许多争议，但却是恰如其分

---

1 伊丽莎白·卡特（Elizabeth Carter，1717—1806），笔名为伊丽莎（Eliza），英国诗人、古典学家、作家、翻译家、语言学家，曾是蓝袜社的一员。

的。正是阿芙拉——纵然她名声不好，风流多情——让我今晚对你们说的话不至于是无稽之谈：靠你的才智，为自己挣到每年五百英镑吧。

就这样，我们来到了 19 世纪初。我终于看到书架上有几层放满了女作家的作品。然而，我打量着这些书，不禁发问，为什么它们基本上都是小说呢？女性的写作热情始于诗歌。"诗歌之神"就是一位女诗人。[1] 在法国和英国，都是先有女诗人，后有女小说家。我看着那四位著名女小说家的名字，心想，乔治·艾略特和艾米莉·勃朗特有什么共同点呢？夏洛蒂·勃朗特不是完全不能理解简·奥斯汀吗？她们都没有孩子，这或许是唯一的共同点。这四个如此不同的人物恐怕难以在一个房间里共处，这让我很想请她们聚在一起聊一聊。然而，出于某种神秘力量，她们一提笔，写的就是小说。是因为她们都出身于中产阶级吗？艾米莉·戴维斯小姐[2]曾明确指出，19 世纪初的中产阶级家庭中只有一间起居室，这个事实与她们写小说是否有关系呢？一个中产阶级的女性若要写作，就只能在共用的起居室里写，而且还总被打断，正如南丁格尔小姐强烈抗议的那样，"女人连半个小时的个人时间都没有"。在这种环境下，写散文和小说，要比写诗和戏剧容易得多，因为注意力不需要那么集中。简·奥斯汀一生都在这样的状态下写作。"她是如何做到这一切的，"她的侄子在回忆录中写道，"真令人惊讶。她没有自己单独的书房，因此她的大部分作品一定是在共用的起居室里完成的，写的时候会受到各种杂事打扰。她很谨慎，免得仆人、客人或其他外人发现她

---

1 指古希腊女诗人萨福。诗人阿尔加农·斯温伯恩（Algernon Swinburne，1837—1909）在诗歌《挥手再见》（Ave Atque Vale）中称她为"诗歌之神"。
2 艾米莉·戴维斯（Emily Davies，1830—1921），英国女权主义者，妇女参政论者，创建了剑桥大学格顿学院。

在做什么。"[1] 简·奥斯汀要么把她的手稿藏起来，要么用吸墨纸遮住。在 19 世纪初，女性唯一能得到的文学训练就是观察人物、分析感情。几百年来，她们在共用的会客室里潜移默化地增强了感受力。人们的种种情感在她们的脑海中留下了深深的印记，复杂的人际关系日日在她们眼前上演。所以，当一名中产阶级女性提笔写作，她写的自然是小说。尽管如此，在我们提到的这四位著名女作家中，有两位都并非天生的小说家。艾米莉·勃朗特本应该创作诗剧；而乔治·艾略特思维活络，本该拓展创作领域，去写史书和传记。但她们都选择了写小说。而且，我可以更进一步地说，她们写出了优秀的小说。这么想着，我从书架上取下《傲慢与偏见》。用不着自夸，也用不着挖苦男性，我们大可以直说，《傲慢与偏见》是本好书。不管怎样，被人发现在写《傲慢与偏见》，没有什么可羞耻的。然而，简·奥斯汀很庆幸她家的房门会嘎吱作响，这样她就可以赶在有人进屋前藏好她的手稿。在她看来，写《傲慢与偏见》是件不光彩的事。我不由得想，倘若简·奥斯汀不曾觉得要在来客人时把手稿藏起来，《傲慢与偏见》会不会写得更好？于是，我读了一两页，想找到答案，却没有发现任何蛛丝马迹，能表明她当时的境况对她的作品造成了一丁点损害。这大概就是她最神奇的地方。在 1800 年前后，一个女性能够不带仇恨，不带苦涩，不带恐惧，既不抗议，也不说教，而是全心全意地写作。我想起《安东尼与克莉奥佩特拉》，莎士比亚就是这样写作的。人们会把莎士比亚和简·奥斯汀放在一起比较，或许是因为他们两人的心灵都没有任何杂念。因此，我们对简·奥斯汀一无所知，就像我们对莎士比亚一无所知。也正因如此，简·奥斯汀在她的文字里无所不在，莎士比亚也是。

---

[1]《简·奥斯汀回忆录》(Memoir of Jane Austen)，她的侄子詹姆斯·爱德华·奥斯汀 – 利（James Edward Austen-Leigh）著。——原注

如果说，简·奥斯汀的处境给她带来了什么害处，那就是生活圈子太狭隘了。那时候，女性不能独自出行。她从来没有旅行过，从来没有乘公共马车穿过伦敦的街道，从来没有独自在外面的餐厅吃午饭。不过，简·奥斯汀也许生性不愿强求她所没有的东西。她的天赋与处境完美地契合。但我觉得夏洛蒂·勃朗特未必如此。我翻开《简·爱》，把它摆在《傲慢与偏见》旁边。

我翻到第十二章，被这样一句话吸引了——"任何人都可以责怪我"。我想弄明白，他们责怪夏洛蒂·勃朗特什么呢？我读到，简·爱会在费尔法克斯太太做果冻时爬上屋顶，眺望远处的田野。她渴望着——人们正是因为这个而责怪她——"我渴望拥有一双千里眼，能够超越目所能及的极限，看到远方繁忙的世界、城镇和地区，那里的生活我有所耳闻，却从未亲眼见过；我渴望体验更多的事情，认识更多与我志同道合的人，还有其他各式各样的人，而不是仅仅和这儿的人们打交道。我珍视费尔法克斯太太和阿黛尔身上的闪光点，但我相信世界上还有更多不同类型的善意，而我希望亲眼看到这些我所相信的东西"。

有谁责怪我呢？毫无疑问，很多人都会说我不知满足。可我也没有办法，不安分的天性在我体内躁动，有时还会让我感到痛苦……

人应该满足于安宁的生活，这种说法毫无意义。人必须行动起来，如果找不到行动的目标，就自己创造一个。无数人过着比我更死气沉沉的生活，也有无数人无声地反抗着自己的命运。没有人知道，在人们生活的大地上，正酝酿着多少反叛。人们通常认为女性应该过平静的生活，但她们和男性一样有七情六欲，和她们的兄弟们一样渴望开辟自己的天地，锻炼自己的能力。她们和男性一样，因过于严苛的束缚和停滞不前的人生而备受煎熬。而她们那些生活优渥的同类却狭隘地认为，女性就该做做布丁、织织袜子，就该弹弹琴、绣绣花。女性想要打破社会习俗的束缚，去做更多的事，学更多的知识。因为这个而谴责或嘲笑她们，是很肤浅的。

当我独自一人时，我常常听见格雷斯·普尔的笑声……

我觉得话题切换得很不自然，突然提到格雷斯·普尔，让人心里咯噔一下，叙事的连贯性也被打断了。我把这本书放在《傲慢与偏见》旁边，继续比较。或许会有人说，写出这些文字的女性比简·奥斯汀还要有才华。但如果细细品读，捕捉字里行间的那种冲动和愤懑，我们就会意识到，她永远也无法完完全全地施展自己的才华。她的作品会扭曲变形。她本该心平气和地落笔，却在怒火中书写；本该明智地遣词造句，却愚蠢地乱涂乱写；本该描写她笔下的人物，却变成了写她自己。她在同自己的命运抗争。生活在阻挠与挫败之中，她又怎会不英年早逝呢？

我忍不住想，如果夏洛蒂·勃朗特每年有三百英镑收入，会怎么样呢？这个愚蠢的女人直接以一千五百英镑的价格卖掉了她的小说版权。如果她见识过远方繁忙的世界、城镇和地区，体验过更多的事情，认识更多与她志同道合的人，还结交过其他各式各样的人，又会怎样呢？她的那段文字不仅准确地指出了她作为小说家的不足之处，而且还道出了女性共同的缺陷。她拥有绝佳的天赋，却只能望着远方的原野孤独地幻想。她比任何人都清楚，倘若她能去体验生活、广结朋友、四处旅行，她的才华会释放出多么耀眼的光彩。然而，社会没有给她走出去的权利。我们不得不承认，《维莱特》《爱玛》《呼啸山庄》《米德尔马契》，所有这些优秀的小说都是由没有多少生活经验的女性写出来的。她们足不出户，最多只能造访一下当地受人爱戴的牧师的房子，在那里的公共起居室里写作。她们穷得没法一次性多买几张纸，来写《呼啸山庄》或《简·爱》。她们当中的确有人千辛万苦地逃离了原来的生活，那就是乔治·艾略特，但她也只是隐居到了圣约翰伍德的乡间别墅里。世人的责难笼罩着她，而她在那里沉下心来。"我希望人们能明白，"她写道，"我不会主动邀请任何人来我家做客。"她这样说，难道不是因为她和一个有妇之夫不道德地生活在一起，以至于见她一面都会有损史密斯太太或任何一位来访者的贞洁？所以，她不得不屈从于成规，"与所谓的人类社会隔绝"。而就在同一时期，在欧洲的另一角，一个年轻男人正无拘无束地流连在某位吉卜赛女郎或某位贵妇人之间。他可以上战场，可以积攒各种各样的生活体验，而不会受到任何阻挠或指责。这些人生阅历为他日后的写作提供了丰富的素材。我想，如果托尔斯泰和一个有夫之妇一同隐居在修道院里，"与所谓的人类社会隔绝"，那么无论他在道德上受到多少教诲，恐怕也写不出《战争与和平》了。

不过，我们或许可以更深入地聊聊小说创作，聊聊性别对小说家的影响。如果我们闭上眼睛，把小说当作一个整体来想象，它似乎是现实生活的镜像，只不过难免简化、扭曲了许多。小说的结构框架总能在我们脑海中留下一栋建筑一般的轮廓，时而方方正正，时而是一座佛塔，时而有向两侧伸展的翼楼与拱廊，时而排布紧凑，有着像君士坦丁堡圣索菲亚大教堂那样的穹顶。回想一些著名小说，我发现这些轮廓会在读者心中激起与之呼应的情感。不过，这种情感刚一产生，就和其他的情感交融在一起，因为小说的"轮廓"不是用一砖一瓦砌成的，而是建立在人与人的关系之上。因此，小说能让我们产生各种矛盾的甚至对立的情感，感受现实生活与虚构生活的冲突。也因为如此，不同的人对同一部小说的看法深受个人偏见影响，很难达成一致。一方面，我们觉得你——主人公约翰——一定要活下去，如果你死了，我们就会陷入绝望的深渊。另一方面，我们又觉得，约翰啊，你非死不可，因为你的死亡才能让这部小说的结构完整。就这样，现实生活与虚构生活相冲突。由于小说在某种程度上符合现实生活，所以我们会以现实的眼光评判它。有人会说，詹姆斯是我最讨厌的那种人。也有人会说，这简直是集世间荒谬于一体。我自己从没有过这种感受。任何一部著名的小说，它的整体结构无不复杂至极，因为它是由无数迥异的评判、无数不同的情感筑成的。然而神奇的是，这栋由这么多不同元素搭建起来的建筑，竟然可以稳稳地矗立。而且，一个英国读者对它的感受很可能与一个俄罗斯或中国读者的感受相通。在小说中，不同的元素有时的确能精妙地嵌合在一起。在这些罕见的佳作中（我想到的是《战争与和平》），将不同元素维系在一起的，是所谓的"诚实"。这种"诚实"指的不是结清自己的账单，也不是在危急情况下仍然举止得体。对小说家而言，"诚实"意味着他让读者相信，他所写的就是真相。读者会觉得：我从没想过还能有这种事，没想到还有这样的人，但你写得让我相信真有此事。非常有趣的是，自然的造物者仿佛给了我们一束内在的光，用来勘验小说家"诚实"与否。在阅读时，我们会用这束光照过每一句话、每一幕景。抑或，自然在失去理智的状态中，用看不见的墨水在我们心灵的墙壁上描绘了一个预言，而那些伟大的艺术家证明了我们心中的预言为真。只有在天才之火的灼烧下，那无形的壁画才会显露真容。当我们在他们的作品中看到预言被栩栩如生地呈现出来，便会欣喜若狂，感叹道：这正是我一直以来感受到的、隐隐知道的、渴望的东西！我们会无比激动，甚至满怀崇敬地合上书，放回书架，就好像它是一件珍宝，在有生之年可以读了再读。带着这样的心情，我把《战争与和平》放回书架上。然而，还有一种情况是，有些句子乍一看十分华丽、生动活泼，引得我们热切地回应。可一旦摆到内在的光束下，我们就会发现这些句子要么止于辞藻的华丽，经不起深究；要么仅仅是这里勾了一笔，那里描了一点，拼凑不出一幅完整的图画。于是，我们失望地叹了一口气，又是一部失败之作。这部小说一定有哪里出了问题。

当然，大多数时候，小说总会遇到些问题。在巨大的精神压力下，作者的想象力可能会衰退。洞察力也可能变得错乱，分不清真实与虚幻。写小说是个大工程，作者每时每刻都要调动各种不同的能力，若失去敏锐的洞察力，就会举步维艰。我看了看《简·爱》，还有其他女作家的小说，心想，小说家的性别对这一切又有什么影响呢？性别会影响女小说家的"诚实"吗？——在我看来，"诚实"是作家的支柱。从我引用的《简·爱》中的段落可以明显地看到，作为一个小说家，夏洛蒂·勃朗特的"诚实"被她的愤怒歪曲了。她本该全情投入地书写故事，却把故事丢在一旁，转而抒发她个人的怨气。她在写小说时想到了她自己；想到了她被剥夺的那些人生体验；想到她明明渴望自由自在地周游世界，却只能在本教区牧师的房子里缝补袜子。她的想象因怒火而突然调转了方向，我们能从她的文字中感到这种转折。然而，除了怒火，还有其他许多东西拉扯着她的想象力，使之脱离正轨。比如，无知。夏洛蒂·勃朗特在暗夜之中创造出罗彻斯特这个人物。在他身上，我们看到了她的恐惧，亦如我们在字里行间感受到压抑的生活带给她的酸楚。她的才情之下深埋着痛苦，闷闷地燃烧着。她的小说纵然精彩，却始终被一股怨恨箍住，爆发出一阵阵痛苦的痉挛。

由于小说与现实生活相呼应，所以在一定程度上，小说的价值体现了现实生活的价值。女性的价值观往往与男性不同，这很正常。然而，男性的价值观在社会上占据了主导地位。简单来说，足球和其他体育运动是"重要的"；追逐时髦、买衣服则是"琐事"。这些现实生活中的价值观难免会延伸到小说里。评论家们会先入为主地认为，一本写战争的书是重要的，而一本讲客厅里女人们的情感的书是无关紧要的。战场上的故事比商店里的故事更重要——这种微妙的价值差异无处不在、无孔不入。因此，19世纪早期的女小说家们在设计小说的整体结构时，为了迎合外界的主流价值观，不得不稍稍偏离自己原本的想法，修改原本清晰的构思。只要翻翻以前那些被人遗忘的小说，感受一下行文的语气，就知道作者遭遇了批评。她时而咄咄逼人，时而妥协迁就；时而承认"我只是个女人"，时而抗议说"我不比男人差"。她如何回应批评全凭心情，或是温和而谦逊，或是愤怒而强硬。但这不重要，重要的是她不再专注于小说本身，而是分神去想别的事了。就这样，她将个人情感掺杂在书中，强加给读者。书的内核便有了瑕疵。我想起所有那些散落在伦敦二手书店里的女作家写的小说，它们如同生了病斑的小苹果，滚落在果园里。它们腐坏的病因就在于内核的瑕疵。女作家屈从于别人的意见，而改变了自己的价值观。

但是，对她们来说，要寸土不让地坚守自己的本心，是不可能的。面对所有那些批评声，身陷于一个纯粹是父权制的社会，女作家们需要有何等天才、何等"诚实"，才能坚守自己的观点，毫不退让。只有简·奥斯汀和艾米莉·勃朗特做到了，这或许是她们的桂冠上最耀眼的一片羽毛。她们像女性一样写作，而没有去模仿男性的写作方式。当女性尝试写作，永远都会有好为人师者孜孜不倦地劝诫她们——你该写这个，你该思考那个。在千万个女小说家里，只有简·奥斯汀和艾米莉·勃朗特做到了完全无视这些说教，只有她们对那萦绕不止的声音充耳不闻。那个声音时而发牢骚，时而摆派头，时而专横跋扈，时而痛心疾首，时而震惊，时而愤怒，时而又像长辈一样慈爱。那个声音对女性纠缠不休，不给她们片刻清静，如同一位过分严苛的家庭女教师，要求她们举止优雅——埃尔顿·布莱奇爵士就这么认为。这些批评者甚至在诗歌评论中扯起了对性别的批评。[1] 他们告诫女性，如果想成为好作家，想赢得一块亮闪闪的奖牌（我猜），那就老实待在那些制定规则的绅士给女作家画的圈子里——"……女小说家只有大胆承认自己性别的局限性，才能追求卓越"。[2] 这句话点出了问题的关键。我要告诉你们，它不是写于1828年8月，而是1928年8月，你们肯定非常惊讶。我不想去搅动那些古老的深潭，只是摘取几句偶然看到的评论，分享给你们。我想你们也会同意，尽管我们现在觉得这种评论很可笑，但它的确代表了一大群人的观点，而在一个世纪以前，这种观点远比现在更流行、更强势。在1828年，一个年轻的女性只有无比坚定，才能无视一切冷落、责难和嘉奖的诱惑。她只有拥有强烈的反叛精神，才能对自己说：哦，但他们收买不了文学。文学属于每一个人。哪怕你是学监，我也不容许你把我驱逐出文学的绿草地。你大可以锁上你的图书馆，但世上没有哪扇门、哪个锁、哪道栓，能禁锢我自由的灵魂。

不管这些唱衰声和批评声对女作家们造成了什么样的影响——我相信这影响是巨大的——和她们（我想的还是那些19世纪早期的女小说家）写作时面临的另一个困难比起来，都不值一提。那就是，她们背后没有可以依靠的女性写作传统，即便有，也太过短暂和片面，对她们没有什么帮助。作为女性，我们通过自己的母辈回望过去。尽管我们能从伟大的男作家的作品中获得乐趣，但他们给不了我们实质的帮助。兰姆、布朗宁、萨克雷、纽曼、斯特恩[3]、狄

---

1 "（她）痴迷于玄学，这是很危险的，对女性来说尤为如此，因为很少有女人能像男人一样，在钟情于修辞的同时还能维持身心健康。女性在这方面的缺陷很奇怪，她们在其他事情上都更加遵循本能，也更加物质。"（《新标准》[New Criterion]，1928年7月）——原注

2 "如果你也和本文作者一样，认为女小说家只有大胆承认自己性别的局限性，才能追求卓越（简·奥斯汀[已经]展示了如何优雅地做到这一点……）"（《生活与文学》[Life and Letters]，1928年8月）——原注

3 劳伦斯·斯特恩（Laurence Sterne，1713—1768），英国小说家，著有《项狄传》(The Life and Opinions of Tristram Shandy, Gentleman)。

更斯、德·昆西[1]——无论哪位男作家——从未给予女性帮助。女作家顶多从他们的书里学些写作的小窍门，为己所用。男性思维的分量、节奏和推演的方式，都与女性截然不同。因此，她很难从他的写作中切切实实地学到些什么。由于太过不同，女性再怎么勤奋地模仿男作家，也是徒劳。当她试着下笔，第一时间可能会发现没有现成的句子供她使用。所有的大文豪，诸如萨克雷、狄更斯和巴尔扎克，他们的文字自然朴实，轻盈而不拖沓，生动而不做作，既有个人风格，又符合大众喜好。他们会采用时下流行的句式。19世纪早期流行的句式大概是这样的："他们华丽的巨著发出雄辩的声音：不要匆忙地停下，要继续前进。最能令他们振奋和满足的事，莫过于施展自己的才华，源源不断地创造真与美。成功催人奋进，习惯助人成功。"这便是男性的文字，从中我们能看到约翰逊、吉本[2]等人的影子。这样的句子并不适合女性。夏洛蒂·勃朗特在遣词造句上天赋异禀，但写起这种风格的文字来，也像拿了件不称手的武器，显得很笨拙。乔治·艾略特写这样的句子简直是犯罪。而至于简·奥斯汀，她看了眼这种句式便笑了，扭头自创了一种无比自然、优美、适合她的文风，而且从没偏离过自己的风格。因此，简·奥斯汀虽然不如夏洛蒂·勃朗特有写作天赋，但她表达出的内容却要丰富得多。对艺术来说，自由而充分地表达至关重要。那么，写作传统的缺失、写作工具的匮乏，必定大大有损于女性的写作。更何况，一个又一个句子简单相连，成不了一本书。文字要层层搭建，像盖房子一样，筑成拱廊或穹顶。而这些小说框架也是男性按照他们的写作需要设计出来的，供他们自己使用的。既然男性的句式不适合女性，那我们也没理由认为，男性设计的史诗或诗剧结构就

---

[1] 托马斯·德·昆西（Thomas De Quincey, 1785—1859），英国散文家，著有《瘾君子自白》（*Confessions of an English Opium-Eater*）。
[2] 爱德华·吉本（Edward Gibbon, 1737—1794），英国历史学家，著有《罗马帝国衰亡史》（*The History of the Decline and Fall of the Roman Empire*）。

能为女作家所用。然而，到了女性开始写作的年代，所有古老的文学形式都已定型。唯有小说还是一种相对年轻的文体，不像其他体裁那样固化，尚能供她把玩。这或许是女性选择写小说的另一个原因。可就算到了今天，谁又能说"小说"（打上引号是因为我觉得这个词不太恰当）这一最为灵活的文体已经被打磨得适合女性了呢？毫无疑问，当女性可以自由地书写，我们会看到她敲敲打打地把这种文体塑造成适合她自己的模样；我们会看到她挥洒胸中的诗情，但未必通过韵诗，而是用她新创的形式。因为纵观现存的文学题材，女性的诗情尚未找到宣泄的载体。我接着思考，如今的女性会怎样写一出五幕悲剧呢？是用韵文，还是散文？

但这些难题都属于未来。我不能继续聊这些问题了，否则我就会偏离今天演讲的主题，就像在森林里迷了路，很可能会被野兽吞噬。我不想大谈"小说的未来"这个扫兴的话题，你们肯定也不想听我说这个。所以，我就简单说两句，我想告诉你们，在未来，对女性而言，身体素质将会变得相当重要。一本书的结构多多少少与作者的体质挂钩。大胆一点地说，女性写的书应该比男性的要短小、凝练，结构也更加紧凑，这样她们就不需要长时间稳定而不受打扰地写作。毕竟，总是有各种事情来打扰她们。此外，女性和男性的生理构造中，为大脑输送养分的神经结构似乎也不同。要想让大脑发挥出最大的潜能，你必须找到合适的方式——比方说，几百年前的修道士们创造的这种长达数小时的讲座形式，是否适合女性的大脑呢？——女性的大脑需要怎样的劳逸结合呢？"逸"并非什么也不做，而是做点不一样的事，那么应该如何不一样呢？这些问题都有待讨论与解决，它们都是"女性与小说"这个话题的一部分。接下来，我再次走向书架，哪里能找到女学者对女性心理的深入研究呢？如果因为女性踢不好足球，就不许她们学医的话——

很好，我想到这儿又换了个思路。

第五章

在这一番长篇大论的最后,我来到了当代作家的书架前。上面既有男作家的书,也有女作家的,因为如今女作家已几乎同男作家平分秋色了。就算有可能尚未到平分秋色的程度,男性或许仍然比女性更会著书立说,但确凿无疑的是,现在的女作家已经不再只写小说了。我们有简·哈里森的希腊考古学著作,有弗农·李[1]的美学著作,还有格特鲁德·贝尔[2]研究波斯的作品。女作家的书已遍及各个领域,而在她们的母辈生活的年代,那些领域都还将女性拒之门外。如今,女作家的笔下诞生了诗歌、戏剧和文学评论,史书和传记,游记和学术专著,甚至还有一些哲学、科学和经济学的书。虽然最多的还是小说,但小说与其他的类型互相影响,自身也发生了变化。女性写作发展初期的史诗时代一去不复返了,她们不再只是写一些天然、质朴的文字。她们读了更多的书,接触到更多评论,从而有了更广阔的视野和更细腻的笔触。书写自传的冲动或许已经平息。她们开始把写作当成一种艺术,而不是一种抒发自我的方式。在这些新的小说中,我们也许能找到之前那些问题的答案。

我随便拿下立在书架末端的一本书,题为《生命的冒险》,或是类似这样的书名,作者是玛丽·卡迈克尔。[3] 这本书今年十月刚刚

---

[1] 弗农·李(Vernon Lee,1856—1935),本名为薇尔莉特·佩吉特(Violet Paget),英国小说家、美学家。
[2] 格特鲁德·贝尔(Gertrude Bell,1868—1926),英国作家、探险家、考古学家。
[3] 玛丽·卡迈克尔(Mary Carmichael)和她的《生命的冒险》(*Life's Adventure*)都是伍尔夫虚构的例子。

出版，似乎是她的第一部作品。但我告诉自己，要把这本书当作一套超长系列丛书的最后一卷来读。在这之前，我们已经浏览了温切尔西伯爵夫人的诗歌、阿芙拉·贝恩的戏剧，还有那四位了不起的女小说家的小说，而这本书便是它们的续作。虽然我们习惯单独评判每一本书，但它们其实是彼此接续的。同样，我必须把这位籍籍无名的女作家视作前面提到的所有女作家的后裔，看看她延续了她们的哪些特点，又继承了哪些局限。小说往往只是现实的止痛剂，而非解药，它让人滑入深深的沉眠，而不是如烧红的烙铁使人警醒。想到这些，我叹了口气，取了纸笔，坐下来读玛丽·卡迈克尔的第一部小说《生命的冒险》，看看能从中得出什么。

我上下扫了几眼，打算先了解她遣词造句的风格，然后再看她写的内容，哪个人物有双蓝眼睛，谁又是棕色眼睛，克洛伊和罗杰又有什么关系。我得先看清玛丽手里拿的是笔还是镐头，再去看她写了些什么。于是，我默念了一两句话，很快就发现有哪里不太对劲。句子与句子之间的连贯性被打破了，这儿断裂一处，那儿划破一道，不时地蹦出一个突兀的词，像炬火一般刺痛了我的眼睛。用以前戏剧里的话来说，她在"释放天性"。我觉得她仿佛在划拉一根点不着的火柴。我想象她就站在我面前，质问她：为什么简·奥斯汀的文字风格不适合你呢？难道因为她笔下的爱玛和伍德豪斯先生都死了，就要抛弃她的那些句式吗？唉，我叹了口气，看来确实如此。简·奥斯汀的文字就如莫扎特的音乐一样，在旋律与旋律、曲调与曲调之间自由翻飞。而读玛丽的这本书，却像是乘着一艘没有护栏的小船在大海上航行，浮浮沉沉。她的这种急促、简短的句子，可能意味着她在害怕些什么。或许，她担心被人说成是"多愁善感"。又或许，因为女性的文字常被指责为花里胡哨，所以她便往里掺了过多的荆棘。不过，我只有仔细阅读一个场景，才能弄明白她有没有在模仿别人。我越发认真地读了一会儿，觉得她写得至少不无聊。但她堆砌了太多事实,在这本书有限的篇幅里(它差不多是《简·爱》的一半那么长),有一大半内容都派不上用场。不过,她还是用某种办法成功地把所有人物——罗杰、克洛伊、奥莉薇娅、托尼和比格姆先生——统统塞进了一条独木舟,让他们溯河而上。等等,我向后靠上椅背,在深入思考之前,我必须再仔细地想一下这整件事。

我对自己说,基本可以确定,玛丽·卡迈克尔在戏弄读者。读她的书就像坐过山车,当你以为要下降时,小车却又突然开始爬升。玛丽打乱了读者预想的叙事顺序。她先是破坏了句子的连贯性,现在又破坏了叙事的顺序。当然,如果她为的是创造,而不是为破坏而破坏,那么她完全有权这样写。但只有当她描写一幅情境,我才能判断她是在创造还是在破坏。我可以让她随心所欲地选择想要描绘的情境。如果她想,她还可以用几个易拉罐和旧水壶组成一个场景。但必须让我相信,她自己是相信这个场景成立的。创建完这个情境后,她还必须直面它,必须纵身跃入这个情境。我下定决心,如果她能尽作者的责任,我也会履行读者的义务。我接着往下读……很抱歉突然中断,但我想确认一下,这里没有男人在场吧?你们向我保证,查特莱斯·拜伦爵士[1]没有藏在那块红色幕布后面吧?在座的都是姐妹吧?我要告诉你们,我接下来读到——"克洛伊喜欢奥莉薇娅……"先别起哄,也别不好意思。我们私底下可以承认,的确有这种事。有时候,女人确实会喜欢女人。

"克洛伊喜欢奥莉薇娅",读到这儿,我突然意识到,这是一个多么大的转变。克洛伊喜欢奥莉薇娅,这在文学史上恐怕是头一回。克莉奥佩特拉不喜欢奥克塔维亚。如果她喜欢奥克塔维亚,那

---

[1] 查特莱斯·拜伦(Chartres Biron, 1863—1940),英国法官,曾对拉德克利夫·霍尔的小说《寂寞之井》进行审判。

《安东尼与克莉奥佩特拉》的故事将发生翻天覆地的变化！我不由得暂且放下《生命的冒险》。斗胆地说，我觉得《安东尼与克莉奥佩特拉》这整个故事太简单、太老套了，甚至有些荒谬。克莉奥佩特拉对奥克塔维亚就只有嫉妒。她身材比我高挑吗？她的发型是怎么弄的？这出戏或许不需要女性人物之间有更多的情感。但是，倘若这两个女人的关系能更加复杂，那该多么有趣。我飞快地回想了一下历代文学作品中虚构的女性人物，虽然她们的形象十分耀眼，但她们之间的关系全都被写得太单薄了。女性之间有太多东西被人们忽略了，太多东西未曾被书写过。我努力回想自己读过的书里，有没有两个女性人物是朋友关系。《十字路口的戴安娜》[1]里写过女性的友谊。在拉辛的戏剧和希腊悲剧中，女性可以是知己。她们有时也是母女。但几乎毫无例外的是，她们都处在同男性的关系中。在简·奥斯汀的时代以前，小说中所有伟大的女性不仅是活在男性的凝视之下，而且只活在同男性的关系之中。这很奇怪。在女性的生活中，男女关系只是很小的一部分。性别给男性戴上了黑色或玫瑰色的有色眼镜，以至于即便是如此微不足道的两性关系，他们也所知甚少。大概是因为这样，小说里的女性形象才这么怪异。她要么美若天仙，要么恐怖至极；要么像天使般善良，要么如魔鬼般堕落——她是何种模样，取决于她爱人的视角，而他的爱意时涨时落，时而满溢，时而枯竭。当然，到了19世纪的小说家们笔下，情况发生了改变，女性的形象日益多样且立体。也许正是出于描写女性的渴望，男作家们才逐渐抛弃了诗剧这种文体，转而开始写小说。因为诗剧的戏剧冲突过于暴烈，女性人物很难融入其中，小说则更加合适。尽管如此，就算是在普鲁斯特的作品中，我们也清楚地看

---

[1]《十字路口的戴安娜》(*Diana of the Crossways*) 是英国作家乔治·梅瑞狄斯 (George Meredith) 的小说，出版于1885年。

到，男性对女性的了解仍然非常有限、片面，女性对男性也是这样。

我接着读《生命的冒险》。显然，除了日复一日地做家务，女性也和男性一样，有其他兴趣爱好。"克洛伊喜欢奥莉薇娅，她们共用一个实验室……"我继续往下读，这两名年轻女性正在切猪肝，似乎是用来治疗恶性贫血的。其中一人已经结婚，而且——我应该没说错——有两个年幼的孩子。但这一切当然不能写进小说里，因此，小说里光彩照人的女性形象就太过简单和乏味。打个比方，假如男性在文学中只作为女性的爱人出现，而不能是其他男性的朋友，不能是士兵、思想家、梦想家，那么他们在莎士比亚的戏剧中能分得多少戏份呢？文学又将遭受怎样的重创！我们或许还能看到大体完整的奥赛罗，安东尼的戏份也能保留不少，但凯撒、布鲁图斯、哈姆莱特、李尔王和杰奎斯都不会存在——文学的宝库将变得空空荡荡。事实上，文学早已贫瘠得超乎我们的想象，因为女性被广阔的世界拒之门外。她们被迫结了婚，关在房间里，被家务活牢牢拴住，剧作家又怎能把她们描绘得立体、有趣而又真实呢？他们只能从爱情的角度来写女性。诗人不得不热情洋溢，或是满腔悲愤，除非他选择"仇视女性"，而这往往意味着他不讨女人喜欢。

如果克洛伊喜欢奥莉薇娅，而且她们共用一间实验室，这一点会使她们的友谊更多彩也更长久，因为其中少了些私人色彩；如果玛丽·卡迈克尔懂得如何写作，而且我已经开始欣赏她的一些写作特色了；如果她有一间自己的房间，这我不太确定；如果她每年有五百英镑的个人收入——这一点也有待考证——那么我认为，一件意义重大的事情已经发生。

如果克洛伊喜欢奥莉薇娅，而且玛丽·卡迈克尔懂得如何描写这种情感，那么她就好比在一座无人踏足的巨大洞穴里点燃了炬火。在深邃的黑暗中，火光摇曳，她举着火把在蜿蜒的洞穴里上上下下地摸索，不知将通往何方。我继续读这本书，读到克洛伊看着奥莉薇娅把一个罐子摆到架子上，说她该回家照顾孩子了。我不禁感叹，自世界诞生以来，这样的场景从未被描绘过。我也满心好奇地注视着这个场景。我想看看玛丽·卡迈克尔如何描写那些不曾被写过的动作，那些不曾说出口或是没有说完的话语。在男性那戴着有色眼镜的、阴晴不定的凝视之外，在女性独处时，这些动作和话语就显现了，如同飞蛾在天花板上投下的阴影一般晦暗。我接着往下读，心想，玛丽要想写好这些细节，必须屏息凝神。因为女性对任何来意不明的人都抱有很强的戒备心，她们过于习惯隐藏与克制，但凡有人多看她们一眼，她们就会仓皇而逃。我假装玛丽·卡迈克尔就站在我面前，对她说，你唯一的办法就是说点别的，两眼定定地望着窗外，手头飞快地做笔记，不能用铅笔记在笔记本上，而是用最简短的速记法，用几乎没来得及说出口的词语，记下奥莉薇娅——这个在巨石的阴影下度过了几百万年的生命体——感受到光明落在她的头顶，看到一盘奇怪的食物——知识、冒险或是艺术——呈到她面前时，会是什么样的反应。我从书页上抬起视线，心想，她会伸手去够。她原本拥有的那些高度发展的才能，是为了服务于别的事情。而现在，她必须将它们与这份新的食物重新组合，才能把新的食物消化吸收，而不会破坏整体上无比复杂、精妙的平衡。

哎呀，我不小心做了原本不想做的事，忍不住开始夸自己的同性了。"高度发展""无比复杂"毫无疑问都是溢美之辞。可夸赞自己的同性总是不那么可信，甚至有些愚蠢。更何况，如何证明女性配得上这些赞美呢？我没法指着地图说，哥伦布发现了美洲，而哥伦布是个女人；或是拿起一个苹果说，牛顿发现了万有引力，牛顿也是个女人；抑或望着天空说，天上有飞机飞过，飞机是女人发明的。人类文明的功勋墙上，没有标记来衡量女性所企及的高度。没有精确到英寸的尺子用来丈量一个母亲有多称职，一个女儿有多孝顺，一个姐妹有多忠诚，一个主妇有多能干。即便是在今天，也鲜少有女性在大学里参加过考试，更别提进入海陆军、贸易、内政和外交这些职业领域接受更大的考验。直到现在，女性仍然没有被分成更具体的类别。但打个比方，如果我想知道关于霍利·巴茨爵士的一切，我只需翻开《伯克贵族名谱》或《德布雷特贵族年鉴》，就能知道他取得了这个和那个学位，拥有一座大宅，有位继承人，当过某董事会的秘书，曾代表大英帝国驻加拿大。他获得的种种学位、官职、奖章和其他荣誉，都将永世镌刻他的功绩。霍利·巴茨爵士的资料记载得如此详细，知道得比这更多的，也就只有上帝了。

所以，我说女性"高度发展""无比复杂"，只是空口无凭，没法在《惠特克年鉴》《德布雷特贵族年鉴》或大学的年鉴里找到证据。面对这样的窘境，我又有什么办法呢？我又看了看书架，上面有许多名人传记：约翰逊、歌德、卡莱尔、斯特恩、考伯、雪莱、伏尔泰、布朗宁，等等。我开始想，所有这些了不起的男性出于种种原因，都曾倾慕、追求过某些女性，与她们一同生活，向她们吐露心声，同她们做爱，书写她们，信任她们，对她们表现出需求与依赖。我不会断言这些关系都是纯粹柏拉图式的，威廉·乔因森－希克斯爵士[1]应该也会否认这一点。但如果说，这些杰出男性从男女关系中获得的只有宽慰、奉承和肉体的欢愉，那就太冤枉他们了。他们显然从中得到了一些同性给不了的东西。我们或许无需引用诗人狂放的词句，就可以肯定地说，这些东西对男性是一种刺激，能使他们的创造力复苏，而只有女性才能带给他们这种刺激。我想象着，一个男人打开客厅或是育儿室的门，看到一个女人和她的孩子们在一起，抑或膝上搭着一幅刺绣——总之，她端坐于另一种生活

---

[1] 威廉·乔因森-希克斯（William Joynson-Hicks，1865—1932），第一代布伦特福德子爵，曾任英国内政大臣，被认为是一名专制主义者，曾要求封禁他认为淫秽的文学作品。

秩序的中心，这是一个与他所熟悉的法院或下议院截然不同的世界，两个世界、两种秩序之间的反差，瞬间令他神清气爽、精神焕发。即便只是聊些最简单的话题，她与他天然存在的分歧，也会浇灌他枯竭的灵感。看到她用不同于他的形式创作，他自己的创造力一下子被点燃了，原本死水一般的脑海中开始涌现新的构思。他戴上帽子准备去拜访她的时候还想不出的句子和场景，见到她之后得来全不费工夫。每个约翰逊博士都有一位瑟赫夫人[1]，并且出于这些原因，对她念念不忘。在瑟赫夫人与她的意大利音乐老师结婚后，约翰逊被愤怒和憎恨搅得失魂落魄。不仅因为他再也不能与她在斯特里汉姆共度美好的夜晚，更因为他的生命之光"宛若熄灭"。

就算你不是约翰逊博士、歌德、卡莱尔、伏尔泰这样的大人物，你也能感受到女性与生俱来的复杂性和高度发达的创造力，只不过感受的方式和那些伟人很不同。一个女人走进了房间——但此时英语的词汇苍白无力，一个女人只有把所有词语不合规范地黏合在一起，才能说出她走进房间时发生了什么。那些房间如此不同，有的平静，有的喧闹；有的面朝大海，有的正对监狱的院子；有的晾着洗好的衣物，有的被欧珀和绸缎装点得充满生机；有的坚硬如马鬃，有的柔软似羽毛——只要走进街边的任意一个房间，你就能感受到这种极为复杂的女性力量扑面而来。一定是这样的。毕竟，女性被困在房间里几百万年，她们的创造力早已渗透了四壁，从砖石与瓦片中溢出来，必须借着钢笔与画刷挥洒出去，在商界和政坛肆意奔涌。不过，女性的创造力与男性的截然不同。我们必须承认，倘若这种创造力被压抑或荒废，那将是万般可惜，因为这是她们从数百年来严酷至极的规训中争来的力量，没有任何东西可以替代。

---

[1] 赫斯特·瑟赫（Hester Thrale，1741—1821），威尔士作家、社会名流，是塞缪尔·约翰逊的密友。约翰逊去世后，她出版了《塞缪尔·约翰逊轶事》(*Anecdotes of the Late Samuel Johnson*)，以及他们的通信集。

倘若女性像男性一样写作，像男性一样生活，甚至外表也和男性一样，那也令人无比惋惜。因为这个世界如此辽阔，如此多元，光有男女两种性别都远远不够，更别提只剩一种性别呢。比起把大家变得都一样，教育难道不是更应该培养鲜明的个性吗？人与人之间的相似性已经够多了。如果有个探险家回来告诉大家，世界上还有第三种、第四种性别的人，透过另一片树枝，仰望着另一片天空，那将是对人类最大的贡献。那时，我们将看到 X 教授急急忙忙地掏出他的测量杆，想要证明自己比那些性别的人也更加"优越"，这倒是喜闻乐见。

　　我的思绪依然游离在书页上方，心想，玛丽·卡迈克尔只需要做个观察者，她的作品自会成形。我其实有点担心她会忍不住变成一个自然主义小说家——我觉得这类作家不那么有趣——而忘了沉下来思考。有那么多新鲜事等着她去观察。她用不着再把自己束缚在中上层阶级的大房子里。她会带着友善，走进情妇、妓女、养哈巴狗的女人生活的那些香气四溢的小屋，而不是以怜悯的目光俯视她们。这些女人身上裹着的，依然是男作家强行给她们穿上的粗制滥造的成衣，但玛丽·卡迈克尔会用她的剪刀把这些衣服裁剪得贴合她们的身体曲线。到那时，我们就能看到她们本来的模样，一定非常美妙。但我们必须等一等，因为玛丽·卡迈克尔仍然会被"罪孽"的自我审视拖住脚步，这是性野蛮时代的遗毒。她的脚腕上仍然拴着旧日的阶级镣铐。

　　但大多数女性既不是妓女，也不是情妇，更不会在炎炎夏日用一块脏兮兮的天鹅绒布抱着哈巴狗坐一下午。她们又会做些什么呢？我的脑海中浮现出河流南岸的某条长街，街道两旁延绵不绝的房子里住满了人。在想象中，我看到一名中年妇女挽着一位白发苍苍的老太太过马路，她们可能是一对母女，两人衣着讲究，穿着靴子和毛皮大衣。我想，她们下午出门前的更衣打扮，一定就像一场仪式。在一个又一个夏季，这些厚衣服整齐地叠放在放有樟脑丸的衣柜里。她们穿过街道时，街灯次第点燃（黄昏是她们最喜欢的时刻）。年复一年，她们总在这个时候上街散步。老太太年近八十，如果有人问她，生活对她而言意味着什么，她会说，她还记得巴拉克拉瓦战役[1]时燃起的街灯，记得国王爱德华七世降生时，海德公园庆祝的礼炮声。但如果让她回忆某个具体的日期和季节，比如1868年4月5日或1875年11月2日她在做些什么，她会一脸茫然地说，她完全记不清了。因为她的人生在做晚餐、洗碗碟、送孩子上学中一天天地流逝。她目送孩子们奔向了外面的世界。岁月从她的指缝间流走，什么也没留下，只剩两手空空。没有一部传记或史书会提及她的生活，而小说难免在无意中编造了关于她的谎言。

我又一次假装玛丽·卡迈克尔就站在我跟前，对她说，这些无限幽微的生命，全都等待着被记录下来。然后，我再度沉入想象，回到伦敦的街头，感受着那些无言的重压落在我的肩上，普通女性未被记录的生活一层一层地垒了上来。站在街角的女人们叉着腰，戒指深深地嵌在肿胀的手指上，聊天时手舞足蹈的，宛如莎士比亚漫天翻飞的辞藻；卖紫罗兰的女孩，卖火柴的女孩，坐在门洞下的老妇；还有那些在街上游荡的女孩，她们的脸庞如海上的波浪，随天空的阴晴变换着明暗，映照出来来往往的男女和橱窗里闪烁的灯光。我对玛丽·卡迈克尔说，你要握紧手中的火把，细细挖掘这些人的生活。最重要的是，你要照亮自己的灵魂，照亮它的深邃与浅薄、虚荣与慷慨；你要明白你的美丽、你的平凡意义何在。物质世界瞬息万变，商场里的货架上高高低低地陈列着手套和鞋子，一瓶瓶化妆品溢出香气，飘过各式衣料搭起的拱廊，淌过假大理石铺就的地面，而你要认清楚自己与这个世界之间的关系。在想象中，我

---

[1] 发生于1854年10月25日，克里米亚战争期间，英、法、俄等多国参战。

便走进了这样一间商店,地上铺着黑白地砖,天花板上垂下彩色丝带,美得令人心惊。玛丽·卡迈克尔要是经过这家店,一定也会多看几眼,因为这幅景象就和安第斯山脉的雪峰与岩谷一样,适合用笔描绘下来。柜台后面站着一个女孩,我想立刻了解她的真实生活,就像读拿破仑的第一百五十本传记、关于济慈和他对弥尔顿式倒装句的运用的第七十部研究专著——老Z教授和他的同僚们还在不断地写出更多这样的书。接着,我踮着脚小心翼翼地走到她身边(我很胆小,生怕受到责骂,而且曾经差点就被骂过),小声地说,她应该学会对男性的虚荣心——或者换个不那么有冒犯性的说法,男性的特别之处——付之一笑,不往心里去。因为,每个人的后脑勺上都有一块硬币大小的盲区,自己永远无法看到。女性与男性能为彼此做的事情之一,就是替对方描述那块硬币大小的斑。回想一下,尤维纳利斯的评价、斯特林堡的批判,都曾让女性受益匪浅。[1] 回想一下,从古至今,男性是以怎样的仁慈和才智,为女性揭示她们脑后的那块黑斑!如果玛丽足够勇敢,足够诚实,她会走到男性的身后,告诉我们她看到了什么。只有当女性描绘出男性脑后那块硬币大小的斑点,我们才能看到男性真实、完整的模样。伍德豪斯先生和卡索邦先生[2] 便是男性脑后的斑点。当然,任何一个头脑正常的人都不会叫她刻意嘲笑、奚落男性——文学史已经证明,抱着这种心态写出来的东西都是徒劳无益的。我会告诉她,只要真诚,就一定会有非常有趣的收获。喜剧一定更加多彩,新的事实一定会被发现。

不过,我还是得接着看这本小说。与其猜测玛丽·卡迈克尔会怎么写、该怎么写,倒不如看看她实际写了什么。于是,我继续往下读。之前我对她有些不满,因为她打破了简·奥斯汀遣词造句

---

[1] 尤维纳利斯(Juvenal),古罗马诗人;奥古斯特·斯特林堡(August Strindberg,1849—1912),瑞典作家。两人的部分作品都被认为带有鲜明的厌女倾向。
[2] 分别是简·奥斯汀的《爱玛》和乔治·艾略特的《米德尔马契》中的男性人物。

的方式,让我无从炫耀自己无可挑剔的品位和敏锐的洞察力。她与简·奥斯汀的文字没有丝毫相似之处,因此我没机会说:"是啊,是啊,你写得很不错,但简·奥斯汀写得比你好多了。"不但如此,她还打破了读者预期的叙事顺序。可能她不是有意为之,只是以女性的角度,把事物安置在它们自然的顺序里——如果她以女性的方式写作的话。但这样做的结果有些令人困惑,读者无法预见下一阵风浪,不知道在下一个转角又会遇到什么样的危机。面对这样的叙事,我对情感的把握和对人心的了解都派不上用场。每当我读到一些熟悉的情节,想像平常阅读时那样,感受一下爱情、死亡这些文学中常见的东西,她又总是把我推开,仿佛小说的关键节点始终就在一步之遥,却无法触及。因此,她让我不能掷地有声地高谈"最基本的情感""人性的共同点""人心的深邃",还有其他诸如此类的话。这些话让我们相信,无论我们表面上多么聪明,在内心深处,我们都无比认真、无比深刻、无比善良。然而恰恰相反,她让我觉得,我们既不认真,也不深刻,更不善良——我们不愿这么想——只是思想懈怠、墨守成规罢了。

我接着往下读,有了一些别的发现。玛丽·卡迈克尔显然称不上"天才"。她不比温切尔西伯爵夫人、夏洛蒂·勃朗特、艾米莉·勃朗特、简·奥斯汀和乔治·艾略特等伟大的前辈们,没有她们那种对自然的爱、火热的想象力、狂野的诗情、过人的机敏和沉郁的智慧。她的文字也不如多萝西·奥斯本那般优美而典雅。事实上,她充其量只是个聪明姑娘。过不了十年,她那些滞销的书就会被出版商捣成纸浆。尽管如此,比起半个世纪前才华过人的女作家们,她还是拥有一些她们没有的优势。对她来说,男性不再是"敌对力量",不必浪费时间抨击他们。她也不必爬上屋顶,心烦意乱地眺望远方,渴望着出门远行、体验人生、了解世界、广交朋友。她几乎完全摆脱了恐惧与仇恨,如果说这些负面情感还留下了什么蛛丝马迹，那就是她在描述自由的喜悦时略显夸张，在描写男性时倾向于冷嘲热讽，而非怀着浪漫的情调。毫无疑问，作为小说家，她有一些天然的优势。她的感受力非常广泛、敏锐、无拘无束，就连最难以察觉的触动也捕捉得到，如同一棵刚刚冒出地面的小苗，热切地拥抱她所看到、听到的一切。她充满好奇，小心翼翼地用她的感受力探索种种不为人知或不曾被记录的东西，照亮那些微小的事物，让人们看到它们其实并不渺小。凭着这种力量，她让尘封之物重见天日，使人不禁质疑它们究竟因何被埋没。虽然她的笔法尚显笨拙，身前也没有悠久的女性写作传统可以继承，不能像萨克雷或兰姆那样，无需搜肠刮肚，轻轻旋转笔尖就能写出优美的文字。但我认为，她已经学到了重要的第一课。她以一个女性的视角写作，同时又能抛下自己的女性身份。因此，她的文字有种特殊的性别气质，那是一种只有忘掉性别才会具有的气质。

这一切都朝着好的方向发展。但她若不能抓住那些转瞬即逝的、私人的时刻，用它们筑成一栋屹立不倒的大厦，那么再丰富的感受、再细腻的洞察也无用武之地。我曾说过要等她描绘一幅"情境"。我的意思是，要等她振作起来，证明自己并非只是流于表面，而是看到了事物的本质。在某个时刻，她会对自己说：是时候了，我用不着强词夺理，就能揭示这一切的意义。到那时，她便能打起精神——她如此清晰地感受到这种振奋——其他章节里差点被她忘掉的琐事，又重回她的脑海。她会在描写某人缝纫或吸烟时，尽可能自然地注入这些细节，令读者感觉仿佛攀上了至高的山巅，看见整个雄伟的世界在脚下铺展开来。

无论如何，她正在尝试。我看着她接受一个又一个挑战，看着那些主教和学监、博士和教授、父权主义者和好为人师者纷纷跳出来对着她大声警告、百般劝诫，但愿他们没有侵扰她的视线。他们嚷嚷着：你不能做这个，不能做那个！只有研究员和学者可以踩草坪！女士没有介绍信不得入内！有抱负、有教养的女小说家应该这么写！他们像挤在护栏前看赛马的人群一样缠住她不放，而她面临的考验是无视这些人，目不斜视地跃过面前的栏架。我对她说，如果你停下来骂他们，你就输了；如果停下来嘲笑他们，你也输了。一旦心生犹豫、乱了阵脚，你就完蛋了。我恳求她一心只想着跳过栏架，仿佛把自己的全部身家都押在了她身上。然后，她就像一只小鸟飞了过去。但前方还有一道接一道的栏杆，我不确定她有没有足够的毅力，顶住掌声与叫喊声对精神的折磨。但她尽力了。毕竟，玛丽·卡迈克尔不是什么天才，她只是个无名的少女，在卧室兼起居室里写出了她的第一部小说。她的条件很有限，没有足够的时间、金钱和闲暇，我想，她做得已经不错了。

我已经读到小说的最后一章——有人拉开了客厅的窗帘，星光洒落在人们的鼻梁和裸露的肩膀上——可以得出结论，如果再给她一百年，给她一间自己的房间和每年五百英镑的收入，让她畅所欲言，并且省略掉她现在写的一半内容，总有一天，她能写出一本更好的书。再有一百年的时间，她将成为一位诗人。我这么想着，把玛丽·卡迈克尔的《生命的冒险》放回了书架的末端。

第六章

第二天一早,窗帘开着,十月的晨光透过窗户,映射出空气中的浮尘,街上传来行人与车辆的嘶鸣。伦敦这座大工厂又忙碌了起来,一架架机器开始运转。这是 1928 年 10 月 26 日的早晨,读了一晚上的书后,我很想眺望一下窗外,看看伦敦此刻在做些什么。伦敦的人们在做什么呢?我没看到有谁在读《安东尼与克莉奥佩特拉》。这座城市似乎对莎士比亚的戏剧毫不关心。无人在意小说的未来、诗歌的衰亡,也无人在意普通女性如何创造出一种能全面表达她的想法的散文风格——我不怪他们。就算用粉笔把关于这些话题的观点写到人行道上,也没有人会俯身去看。不出半个小时,这些字迹就会被行人匆忙的脚步无情地擦去。一会儿经过一个跑腿的男孩,一会儿来了一个遛狗的女人。伦敦街头的魅力在于,你找不到两个相同的人,每个人似乎都在忙自己的私事。几个生意人提着小包走过;一些流浪汉拿着棍子敲路旁的栏杆;还有些热心肠的人,把街道当成俱乐部,和马车上的人打招呼,或是主动给别人提供各种信息。偶尔有送葬的灵车经过,使人们猛地意识到自己也终会迎来死亡,不由得脱帽致意。一位气宇不凡的绅士缓步走下台阶,稍作停顿,免得撞上一位急匆匆的女士。那位女士不知从哪里弄来了一件华丽的毛皮大衣,手里还捧着一束帕尔马紫罗兰。所有人看上去都互不相干,专注于他们自己的事。

就在这一刻,车流止息,一切突然沉寂了下来。伦敦常常会有这样寂静的瞬间。街上空荡荡的,无人经过。在这万物静止的时刻,路尽头的一棵梧桐树上,一片叶子兀自飘落。它仿佛一个信号,提醒我们看到被忽视的事物中蕴藏的力量。它飘向一条无形的河流，这条河蜿蜒拐过街角，卷起路上的行人，携着他们滚滚而下，就像牛桥大学里的那条河推着划船的学生、卷着枯叶流淌。此刻，河水裹挟着一个穿漆皮靴子的姑娘斜穿过街道，接着是个披着褐色大衣的年轻男子，还卷来了一辆出租车。两人一车正好在我的窗下交汇。出租车停下来，姑娘和男子也停下脚步，坐上了那辆车。接着，车子就像被水流冲走一般，逐渐远去。

这幅景象很普通，但有趣的是，我的想象力为它注入了一种有节奏的秩序。而且，两个人上出租车这样平常的一幕，竟能传达出他们内心的满足感。我目送出租车拐了个弯消失在街角，看着两个人沿街走来，相遇在路口，似乎让我的心情舒缓了一些。要在脑海中把一种性别和另一种性别区分开来，是件劳神的事。这两天我一直在想这个，它扰乱了我内心的和谐。而此刻，看着两个人一起上一辆出租车，我不再费心琢磨这个问题，心灵也重归一统。我缩回探出窗外的脑袋，思忖着，心灵真是个神秘的存在，我们处处依赖它，却对它一无所知。当有东西压迫我们的身体，身体会感受到明显的压力，同样，我们的心灵也感受着割裂与对立，这又是为什么呢？"心灵的统一"是什么意思？我陷入了沉思。很明显，我们的心灵拥有无比强大的专注力，能够在任意一个时刻集中于任意一个点，仿佛没有一种固定的存在形式。它可以从街上的行人中抽离出来，从楼上的窗户置身事外地俯瞰他们。它也可以与其他人同步思考，比如和一大群人一起等待某个消息发布时就是如此。它还可以通过自己的父辈或母辈回溯思考，如我先前所说，女性在写作时通过她们的母亲来回望过去。身为女性，我们常常惊讶于突如其来的割裂感，就比如走在白厅街上时，我们会感觉自己并非人类文明的继承者，而成了文明的局外人，一个以批判的眼光旁观的外来者。显然，我们的心灵总是在变换焦点，以不同的视角看待世界。其中一些心境虽然是自发形成的，却也让人不舒服。为了维持这种心境，人们会不自觉地压抑一些东西，久而久之，压抑便成了负担。但有些心境让人不必压抑自我，不必耗费心力，也能从容地维持下去。我离开窗边，心想，我现在的心境或许就是如此。当我看到那对男女坐进出租车，原本分裂的内心又自然地恢复成一体。原因显而易见，女性与男性本就应该和谐共处。人们本能地认为，两性的结合能带来最大的满足和最圆满的幸福。这种观念根深蒂固，但并不理性。而看到一男一女坐进一辆出租车，我也心生满足感，这令我思考，既然生理上存在两种性别，那么心灵是否也有男女之分呢？心灵上的两性是否也要通过结合来获得完整的幸福与满足呢？于是，我画了一张粗糙的示意图，来表现每个人灵魂中都存在的两股力量，一股是男性力量，一股是女性力量。在男性的大脑中，男性力量主导着女性力量；而在女性的大脑中，女性力量则压倒男性力量。当这两股力量在精神上和谐共处，人便处在自然、舒适的状态。男性要让自己脑中的女性力量活跃起来；女性也必须发挥她脑中的男性力量。柯尔律治说，伟大的灵魂都是雌雄同体的，大概就是这个意思。只有当这两种力量融合时，人的心灵才能得到充足的养料，发挥出全部的能力。我想，纯粹男性化或是纯粹女性化的心灵，都无法从事创作。我们不妨读一两本书，看看什么是有女性气质的男性，什么又是有男性气质的女性。

　　柯尔律治说，伟大的灵魂是雌雄同体的，他的意思当然不是要对女性有任何特殊关照、从事女性的行当，或是致力于解读女性。比起单一性别的灵魂，雌雄同体的灵魂不太会去区分所谓男性和女性。他的意思或许是，雌雄同体的灵魂更能与人产生共鸣，接纳各种事物，顺畅地传达情感；它们天生就富有创造力、充满激情、完好无缺。事实上，虽然我们无从得知莎士比亚对女性的看法，但他自己便是一个有女性气质的男性，他的灵魂是雌雄同体的。如果说心智全面发展的标志之一，就是不以割裂的眼光区别看待两性，那么在今天达到这个境界，要比在过去难得多。我在当代作家的作品前驻足，心想这是否就是长久以来困扰我的根源。没有哪个时代像当今一样，有着如此尖锐的性别意识，大英博物馆里男作家写的关于女性的书汗牛充栋，就是证据。毫无疑问，女性选举权运动难辞其咎。这场运动想必激发了男性自我表达的强烈欲望，使他们急于强调自己的性别及其特质。倘若不是受到了挑战，他们本不会费心思考这些问题。当一个人受到挑战，哪怕挑战者只是几个戴黑色波奈特帽的女人，他也会发起反击。而如果这是他头一回被挑战，他更是会变本加厉地报复。我想，这或许能解释我在当代小说中发现的一些特点。我从书架上拿下A先生的新作，他正值巅峰，批评家们显然对他评价很高。我翻开这本小说。不得不说，在看了这么多女性作品后，再次读到男作家的书，还挺令人愉悦的。相比之下，男性的笔触显得格外干脆、直接。透过这些文字，我能感受到作者的身心都无比自由，而且非常自信。这颗自由的心灵吸收了充足的养分，有良好的教养，自打降生在这个世界，就从未受过任何阻碍或压迫，可以朝着自己喜欢的方向肆意发展。看到这样一颗心灵，我也觉得浑身舒爽。这一切太让人羡慕了。但读了一两章后，似乎有一道阴影横亘在书页上。这是一条笔直的黑杠，形状类似字母"I"。我左看右看，试图一睹它背后的景象。那里究竟是一棵树，还是一个行走的女人，我看不真切。我的视线总是被拉回这道"I"字形阴影上，以至于我开始厌烦它了。平心而论，这个"I"很值得尊敬，它诚实而理性，坚硬如一枚坚果，经历了几百年来优质教育和饮食的抛光润色。我打心底里钦佩它。然而——我又翻了一两页，想找点东西——最糟糕的是，被这道"I"字形阴影遮蔽的地方，一切都成了缥缈的雾气。那是一棵树吗？不，那是一个女人。但是……她的身体柔若无骨。她叫菲比，我看着她穿过一片海滩。这时，艾伦站了起来，他的身影一下子挡住了菲比。艾伦有话要讲，他吐出的见解如洪水一般淹没了菲比。他很有激情，我一边想，一边飞快地翻页，因为我预感到冲突近在咫尺。我的想法应验了，就在那阳光明媚的沙滩上，光天化日之下，场面十分激烈，没有什么比这更下流的了。但是……我说了太多"但是"，不能这样"但是"个没完，必须想办法掐掉这个话头。或许我可以这样收尾："但是——我厌烦了！"可我为什么厌烦呢？部分是因为"I"支配了这部小说，它如同一棵巨大的山毛榉，截住了阳光和雨水，树荫之下寸草不生。另一部分原因则更为晦涩。A先生的头脑中好像有某种障碍，堵住了创造力的源泉，用一圈堤坝将泉水兜在狭小的池子里。一时间，我想起了牛桥大学的午宴、烟灰、无尾猫、丁尼生与克里斯蒂娜·罗塞蒂，A先生的障碍似乎就在于此。当菲比穿过沙滩，他不再低吟："一颗晶莹的泪珠，从门边的西番莲上滑落。"她也不再回应："我的心是一只唱歌的鸟儿，把巢筑在含露的新枝上。"当艾伦走近时，他又能怎么办呢？他这个人，像白昼一样诚实坦荡，像太阳一样逻辑缜密，能做的就只有一件事，而他也确实这么做了，一遍又一遍（我边说边翻页），一遍又一遍。虽然这么说很伤人，但坦白说，他的写法有点无趣。莎士比亚的粗俗让人忘却一千桩杂事，而且一点也不枯燥，他这么写是为了取乐；而如护士们所说，A先生这么写另有目的，他是为了抗议，通过强调自己的优越感，来反对女性想要的平等。因此，他才会觉得自己碰了壁，深感压抑，自我意识才如此旺盛。莎士比亚若是认识克劳夫小姐[1]和戴维斯小姐，也会和他一样。毫无疑问，如果妇女运动始于16世纪而非19世纪，那么伊丽莎白时期的文学将大为不同。

---

[1] 安妮·克劳夫（Anne Clough, 1820—1892），英国女权主义者、妇女参政论者、女性高等教育的推动者，曾任纽纳姆学院的首任院长。

如果这一心灵两面说成立，那就意味着男性开始有意识地强调自身的男性特质，换句话说，他们在写作时只调动脑中的男性力量了。女性不该读他们的书，因为她会不自觉地在其中寻找一些不存在的东西。我拿了一本 B 先生写的文学批评，一边认真仔细地阅读他对诗歌艺术的评论，一边想，人们最怀念的是暗示的力量。B 先生的评论精辟而高深，但问题在于，他的种种情感彼此割裂了，仿佛他的大脑分成了一个个密闭的房间，声音无法从一个房间传到另一个。所以，当我在脑中回味他写的某一句话时，这个句子直挺挺地摔在地上，一命呜呼了。反观柯尔律治，他的句子会在我们脑海中炸开，激起无数的灵感，唯有这样的文字，才堪称掌握了永世流传的真谛。

不管原因为何，这都是一个令人痛惜的事实。因为这意味着——我来到高尔斯华绥先生[1]和吉卜林先生[2]的作品前——当代一些最伟大的作家的作品并不能触动女性读者。文学评论家们对女性承诺，那些书里藏着永生之泉，但她们怎么也找不到。这不仅因为它们歌颂的是男性美德，弘扬的是男性价值观，描绘的是男性的世界；还因为这些书中浸透了女性无法理解的情感。早在结局将至之前，这些书就开始铺垫情绪，积聚力量，准备轰炸读者的脑袋。那幅画会砸在老乔里恩头上；他会惊吓过度而亡；老牧师会在他的葬礼上说两三句悼词；泰晤士河上的所有天鹅将同时放声歌唱。[3]但还没等这一切发生，女读者就已匆匆逃开，躲进醋栗丛中，因为这些情节中无比深刻、微妙而有象征意义的男性情感，让女性深感困惑。

---

[1] 约翰·高尔斯华绥（John Galsworthy, 1867—1933），英国剧作家、小说家，1932 年获得诺贝尔文学奖，著有《殷红的花朵》(*The Dark Flower*) 等。
[2] 鲁德亚德·吉卜林（Rudyard Kipling, 1865—1936），英国作家、诗人，生于印度，1907 年获得诺贝尔文学奖，著有《丛林之书》(*The Jungle Books*) 等。
[3] 高尔斯华绥的系列小说《福赛特世家》(*The Forsyte Saga*) 中的情节。

吉卜林笔下背过身去的军官、播种的播种人、埋头劳作的男人，还有那面旗帜，也是如此。女读者看到这些用大写字母开头的词——后背、播种人、种子、男人、劳作、旗帜——就像被人抓到在偷听一场充斥着男性荷尔蒙的纵欲狂欢一样，难免会脸红。事实上，高尔斯华绥先生和吉卜林先生身上都毫无女性特质。因此，他们的所有特质在女性眼中，都可以概括为粗糙而幼稚的。他们缺乏暗示的力量。而当一本书缺少暗示的力量，不管它多么用力地冲击心灵的外壳，都无法触及读者的内心深处。

我焦躁地从书架上拿下一本本书，看都不看一眼又塞回书架。恍惚中，我看到一个纯粹、自负的男性气质的时代即将到来，就像教授们在信中预言的那样（比如沃尔特·雷利爵士[1]的书信），而意大利的统治者们已经将其变为现实。凡是到过罗马的人，无不被这座城市纯正的男子气概震慑。且不论这至纯至真的男子气概对一个国家有什么价值，至少对诗歌艺术来说，它的影响值得怀疑。报纸上说，意大利人对他们的小说感到担忧。那里的学者们召开了一场关于"促进意大利小说发展"的会议。那天，"名门贵族、金融和工业界巨擘，还有法西斯头目"齐聚一堂，商讨这个话题。他们向领导人发了一封电报，称"法西斯时代很快就会诞生一位无愧于时代的诗人"。我们大可以抱着这种虔诚的愿望，但我很怀疑，人造的孵化器能否孕育出诗歌。诗歌的孕育需要母亲和父亲。法西斯主义的诗歌恐怕会像某个县城博物馆装在玻璃瓶里展出的流产胎儿一样畸形。据说，这种怪物都活不长。毕竟从没有人见过这样的畸形儿在田野里除草。脖子上多长一个脑袋，并不会让人长寿。

不过，如果要把这一切归因于谁的话，女性和男性都难辞其

---

[1] 沃尔特·雷利（Walter Raleigh，1552—1618），英国伊丽莎白时期的冒险家、作家、诗人、军人、政治家。

咎。每一个教唆者和改革家都有责任，比如对格兰维尔勋爵说谎的贝斯伯勒伯爵夫人，还有对格雷格先生说出真相的戴维斯小姐。所有激起人们性别意识的人都有责任。当我想用我的才华来品评一本书时，他们迫使我回溯到那个快乐的时代，那时戴维斯小姐和克劳夫小姐还未出生，作家们同时运用脑中的男女两股力量来创作。我不得不回到莎士比亚的作品上，因为莎士比亚有着雌雄同体的灵魂，济慈、斯特恩、考伯、兰姆、柯尔律治也是如此。雪莱或许是无性别的。弥尔顿、本·琼森、华兹华斯和托尔斯泰身上的男性气质则浓了些。在当代作家中，普鲁斯特完全是雌雄同体的，又或者女性气质偏重。但这种罕见的瑕疵无伤大雅，因为倘若没有女性力量与男性力量的融合，理智就会占据主导，灵魂的其他能力则逐渐僵化、弃用。不过，我安慰自己说，当前这个时代只是过渡期。我承诺与你们分享我的思考过程，其中我讲的很多内容，迟早会显得过时。你们还很年轻，许多我认为有价值的东西，你们将来也会质疑。

尽管如此，我穿过房间，走到书桌前拿起那张写着"女性与小说"这个标题的纸，我要写下的第一句话是：对任何一个写作者来说，惦记着自己的性别都是致命的。做一个纯粹、单一的男性或女性，是致命的，你必须做一个有男性气质的女性，或有女性气质的男性。而对女性来说，强调自己所受的任何委屈，也是致命的，即便有正当的理由，也不能为自己争辩，不能有意识地作为女性来发表意见。这绝非危言耸听，因为怀着有意识的偏见写出来的任何东西都是死路一条。这样的作品缺少养分。尽管它在刚刚面世时，可能会大放异彩，令人印象深刻，有力而又精湛，但随着夜幕降临，它的光环定会萎缩，无法在读者的心中生发出更多情感与思考。要进行艺术创作，头脑中的女性力量与男性力量就必须合作，相互对立的元素必须结合。作者只有完全敞开心扉，才能将自己的体验完好无损地传递给读者。内心必须自由、平和，不能有嘎吱作响的车轮和忽明忽暗的灯光前来惊扰，窗帘也得牢牢拉好。我想，一个作者在经历完一件事后，应该躺下来，在黑暗中庆祝自己心灵中两性的结合。他不能窥视这场婚礼，亦不能质疑。相反，他要摘下玫瑰的花瓣，或是看着天鹅平静地顺流游下。我的脑海中又浮现出那条裹挟着小舟、学生和枯叶流淌的河，还有那辆载着一男一女远去的出租车。我想起他们穿过街道相遇的场景，伦敦街头隆隆的车声远远传来，他们也被流水卷走，汇入了那条宽阔的江河。

此时，玛丽·贝顿不再讲下去了。她已经告诉你们，她是如何得出这个结论的——一个平平无奇的结论：如果要写小说或诗歌，你必须有每年五百英镑的收入，和一间可以上锁的房间。她试着讲述自己得出这个结论的心路历程。她请你们随她一起，迎面撞上一个学监，在这里用午膳，在那里吃晚餐；一同在大英博物馆里埋头涂鸦，不停地从书架上拿书，然后望向窗外。与此同时，你们留意着她的缺点和癖好。这些对她的观点有什么影响，你们自有决断。你们一直不认同她的看法，并从自己的立场出发，改写她的观点。这都是应该的，因为面对"女性与小说"这样的问题，我们只有收集各种各样的谬误，才能找到真理。最后，我不再借用玛丽·贝顿的身份，而是以我自己口吻结束我的讲话。我想对刚才的论述提两点批评，这两点非常明显，你们肯定也会提出来。

你们也许会说，我没有比较女性与男性各自的优势，甚至没把女作家和男作家放在一起比一比。我有意不去做这种评判，因为时候未到。在当下，数数女性手头有多少钱、拥有多少房间，要比拿一套理论去分析女性的能力重要得多。即便时机成熟，我也不相信天赋——无论是才智还是个性——可以像糖和黄油一样以斤两来计量。哪怕是在剑桥大学也不行，那里的人善于把学生分成不同等级，给他们扣上学士帽，在名字后面添上头衔，可就算如此，他们也无法给人的天赋分个高下。我也不认为《惠特克年鉴》里的那份尊卑顺序表就能代表人们价值的高低。我们没有任何理由觉得，一名巴思勋爵士就得跟在一位精神病鉴定司法官后面入席宴会。所有性别与性别、品质与品质之间的对立，所有对自我优越性的标榜和对他人的贬低，都是人类文明小学阶段的表现。在这一阶段，人们划分成不同的"阵营"，彼此争斗。对他们而言，最重要的就是跻身于领奖台上，好从校长手里捧过一尊花哨的奖杯。随着人们走向成熟，他们不再笃信阵营、校长，或是华丽的奖杯。总之，对书而言，要给它们牢牢地贴上好坏的标签，难于登天。对当代文学的评论不就反复证明了这种评判有多困难？同一本书一会儿被奉为"伟大的作品"，一会儿又被斥为"毫无价值的东西"。褒奖和贬低都没有意义。评价一本书的好坏虽然是个不错的消遣，但作为一种职业却是最没用处的，而创作者若屈从于评判者的规则，则是最没有尊严的。只要你始终在写自己想写的东西，那便足够了。至于它能千古留名，抑或只是昙花一现，没人可以断言。但是，倘若你为了迎合某个手持银奖杯的校长，或是袖里藏着量尺的教授，而割舍掉你构思中的一根毫毛，擦去其中的一抹色彩，那将是最可鄙的背叛。失去财富、丢掉贞洁曾被人们视作灭顶之灾，但与之相比，不过就像被跳蚤咬了一口。

接下来，你们可能会反驳道，我在论证中太过强调物质的重要性。从象征意义上来说，每年五百英镑的收入代表一个人有余力去思考，房门上的锁则代表独立思考的能力。尽管如此，你们还是会说，人的心灵应该超脱于物质，而且伟大的诗人往往都很贫穷。你们的文学教授亚瑟·奎勒-库奇爵士比我更清楚是什么造就了诗人，我不妨引用他的话：

> 近百年来，有哪些伟大的诗人？柯尔律治、华兹华斯、拜伦、雪莱、兰多、济慈、丁尼生、布朗宁、阿诺德、莫里斯、

罗塞蒂、斯温伯恩——我们不必列举下去。这些人当中，只有济慈、布朗宁和罗塞蒂没上过大学。在这三人之中，只有在创作巅峰时期英年早逝的济慈家境没那么富裕。这样说可能很残酷，也很悲哀：无论贫穷还是富有，诗歌的天才在哪都能发光，这个说法其实根本站不住脚。这十二位诗人中，九位都上过大学，这是不争的事实，说明他们都有途径获得全英国最好的教育。在其余三人中，我们知道布朗宁家境殷实。我敢打赌，倘若没有富裕的家庭，他不可能创作出《扫罗》和《指环与书》。同样，罗斯金[1]如果没有一个经商致富的父亲，也写不出《现代画家》。罗塞蒂有一小笔个人收入，而且还能画画挣钱。唯有济慈，年纪轻轻就被命运女神阿特洛波斯斩断了生命之线。她还将约翰·克莱尔[2]扼死在疯人院里，放任詹姆斯·汤姆森[3]用鸦片酊麻醉自我，最终吸食过量而亡。这些都是可怕的事实，直面它们吧。尽管这是我们国家的耻辱，但不可否认，由于英联邦的某些问题，两百年来，贫穷的诗人都没有出头之日，直到今天仍是如此。过去十年，我花了大量时间考察了约三百二十所小学，相信我，即便我们自诩为民主国家，但事实上，英国穷苦人家的孩子就和雅典的奴隶之子一样，很难获得思想自由，而自由的思想是伟大作品的土壤。[4]

1　约翰·罗斯金（John Ruskin, 1819—1900），英国艺术评论家、思想家、慈善家，著有《现代画家》（*Modern Painters*）、《艺术与人生》（*On Art and Life*）等。
2　约翰·克莱尔（John Clare, 1793—1864），英国乡村诗人，曾被誉为"英国最伟大的工人阶级诗人"，在精神病院度过了生命最后的二三十年。
3　詹姆斯·汤姆森（James Thomson, 1834—1882），英国诗人，代表作为《恐怖夜之城》（*The City of Dreadful Night*）。
4　《写作的艺术》（*The Art of Writing*），亚瑟·奎勒-库奇爵士（Sir Arthur Quiller-Couch）著。——原注

没人比他说得更明白了。"两百年来，贫穷的诗人都没有出头之日，直到今天仍是如此……英国穷苦人家的孩子就和雅典的奴隶之子一样，很难获得思想自由，而自由的思想是伟大作品的土壤。"此言不虚。思想自由离不开物质基础，诗歌创作则离不开思想自由。而自古以来，女性一直都是穷人，这不是近两百年才有的事。论思想的自由，女性还比不上雅典奴隶的儿子，因此她们没有机会发挥诗才。所以，我才如此强调钱和一间自己的房间有多么重要。不过，我们该感谢过去那些无名女性的默默耕耘，真希望能了解她们更多的故事。我们还要感谢那两场战争，虽然这么说很怪，克里米亚战争让弗洛伦斯·南丁格尔走出了起居室，而六十年后的欧洲大战给了普通女性走出家庭的机会。这一切都在治愈着社会的痼疾。否则，你们今晚就不会坐在这里，每年挣到五百英镑的可能性也微乎其微，虽然现在恐怕也挣不到这么多钱。

你们可能还会反驳：照你所说，女性写作要付出那么多的努力，甚至得害死自己的姑妈，而且几乎注定赶不上午宴，还可能跟某些非常好的人大吵一架，那你为什么还如此重视女性写作呢？我承认，我带了点私心。和大多数没受过正式教育的英国女性一样，我喜欢读书，读大量的书。近期，我的书单变得有些乏味。史书满篇都在写战争；传记的主角总是大人物；诗歌也越来越枯燥；至于小说，我已经充分证明了自己不适合当现代小说评论家，就不多说了。所以，我想请你们写各种类型的书，不管题材多么微小或宏大，都不要踌躇，尽管下笔。我希望你们想方设法拥有足够的钱，去旅行，去闲逛，去思索世界的未来与过去，去梦书中的梦，去漫游街头，让思想的线深深潜入那条无形的大河。我绝非让你们只写小说。如果你们写游记和冒险故事、研究与学术专著、史书和传记、文学评论、哲学和科学著作，我和成千上万像我一样的读者都会感到高兴。写这些书无疑也会推动小说艺术的发展，因为不同类型的书能互相影响。与诗歌、哲学的交融，对小说颇有裨益。此外，回望历史上伟大的女作家，比如萨福、紫式部、艾米莉·勃朗特，你会发现，她们继承了旧的文学流派，同时也开创了新的文学风尚。她们并非凭空创作，而是得益于女性自然养成的写作习惯。因此，在女性写作的这部长诗中，你们的作品哪怕仅仅是序曲，那也弥足珍贵。

不过，我看了看笔记，审视自己的思路，发现我的动机并不全是自私的。在我方才的长篇阔论中，有个一以贯之的信念——或是直觉——那就是，我们需要好的作品，而好的作家即便有种种人性之恶，依然称得上好人。因此，我请你们写更多的书，是在敦促你们去做一件有益于自己也有益于整个世界的事。我不知道该如何解释我的这种直觉或信念，毕竟我没上过大学，容易误用那些哲学术语。什么叫"现实"呢？它似乎是种飘忽不定、无法依靠的存在——时而显现于尘土飞扬的路上，时而藏在街头一张废报纸里，时而含在一朵阳光下的黄水仙中。它启发了房间里的一群人，它镌刻下某些随口说出的话。当你头顶着星光走路回家时，现实会席卷而来，将你包围，让周遭无声的世界比有声的世界更加真实。旋即，它又显现在皮卡迪利大街的喧闹中，在一辆公共汽车上。有时候，现实是一些遥远的影子，让我们看不清它的真容。但是，一切被现实触碰过的事物，都会凝固成永恒。当天幕褪下白昼的皮囊，卷着夕阳抛进篱笆里；当往日逝去，爱恨不再，留下来的就是这些片刻的永久。我想，作家比普通人更有机会活在这种现实之中。他的职责就是找寻现实、收集现实，然后将它传递给其他人。至少，我读过《李尔王》《爱玛》和《追忆似水年华》后得出了这个结论。读这些书就像经历了一场奇特的手术，剔除了遮蔽感官的屏障，从此变得更加敏锐；世界似乎也褪去了阴霾，显现出更加夺目的生命力。那些与虚幻对抗的人，令人羡慕；那些因做事糊涂而碰得头破血流的人，令人同情。所以，我让你们去挣钱并且拥有一间自己的房间，是希望你们活在现实之中。不管你们能否将现实传递给其他人，这都是一种令人振奋的生活。

我要说的就是这些，但依照惯例，一场演讲必须有一段结语。而一场面向女性的演讲，结语应当升华立意、鼓舞人心，你们也会这么想。我应该恳请你们牢记使命，提升自我，丰富精神世界；应该提醒你们，你们是多么重要，将对未来产生多么大的影响。但我想，这些训诫还是留给男人们去说吧。他们的口才远胜于我，定能把这些话说得更加天花乱坠，事实上，他们早就这样说过了。我苦思冥想，还是觉得自己没有什么崇高的情操去呼吁大家同舟共济、平等相处、合力让世界朝着更好的方向发展。我只想简简单单地说一句，做自己比什么都重要。如果我能把话说得更加堂皇，我想告诉你们，不要妄想改变他人，要专注于事物本身。

除此之外，报纸、小说、传记无不在提醒我，一个女人和别的女人说话时，总是带着些恶毒的言外之意。女人往往为难女人，她们讨厌自己的同性。女人——这两个字难道不让你作呕吗？我是烦透这个词了。那么，让我们达成共识，一个女人面向一群女人的演讲，应该以一些格外刺耳的话作结。

但是要怎么说呢？我能想出什么难听的话呢？其实很多时候，我都很喜欢女人。我喜欢她们的不羁，喜欢她们的完整，也喜欢她们的寂寂无闻。我喜欢——我不能这样没完没了地说下去了。你们说那边的橱柜里只放了干净的桌布，但万一阿奇博尔德·博德金爵士[1]藏在那里面可怎么办？我还是严肃点吧。我之前的论述是不是向你们充分展示了世人对女性的劝诫与谴责？我已经告诉你们，奥斯卡·布朗宁对女性的评价很低。我也指明了当年的拿破仑和如今的

---

1 阿奇博尔德·博德金（Archibald Bodkin，1862—1957），英国律师，在1920至1930年任检察长，他强烈抵制他认为"淫秽"的文学作品，其中就包括《寂寞之井》。

墨索里尼对女性的看法。考虑到你们当中可能有人想写小说，我引述了评论家对女小说家的建议供你们参考，那就是要大胆承认自己性别的局限性。我还提到了 X 教授，并着重讨论了他关于女性在智力、道德和生理上都比男性劣等的观点。我没有刻意去搜集这些劝诫，只是将看到的都转述给你们。最后一条忠告来自约翰·兰登-戴维斯先生[1]："当人类不再想生孩子，女性就没有存在的必要了。"[2] 希望你们记下这句话。

我该怎么进一步鼓励你们追求自己的生活呢？年轻的女士们，请认真听我的结语。在我看来，你们无知到可耻的地步。你们从未有过任何重要的发现。你们从未撼动过任何帝国的统治，从未率领军队冲锋陷阵。你们从未创作出莎士比亚那样的戏剧，从未大发慈悲地教化任何一个蛮族。对此你们有什么借口吗？你们当然可以指着全球各地的街道、广场和森林，那里挤满了黑皮肤、白皮肤、棕皮肤的人们，个个忙于奔波，追求事业与爱情。你们可以指着他们说，我们有别的事要忙。倘若没有我们的付出，大海上就不会扬起人类的船帆，富饶的土地也终成荒漠。我们生儿育女，洗衣做饭，在孩子学龄前都亲自教育，才有了如今世界上的十六亿两千三百万人。而这一切，就算有人帮忙，也要花费很多时间。

我不否认，你们说的是事实。但同时，我要提醒你们，自 1866 年以来，英国已经有至少两所女子学院；1880 年后，已婚女性拥有了财产权；而距离 1919 年女性获得选举权，已经过去了整整九年。我还要提醒你们，大多数职业十年前就已经对女性敞开大门。想想你们手握的巨大特权，再想想你们拥有这些特权已经那么多年，而且如今每年能设法挣到五百英镑的女性想必已有两千人之多，这样

---

[1] 约翰·兰登-戴维斯（John Langdon-Davies, 1897—1971），英国作家、战地记者，他的《女性简史》（*A Short History of Women*）出版于 1927 年。
[2] 《女性简史》，约翰·兰登-戴维斯著。——原注

一来，你们也会同意，缺少机遇、锻炼、鼓励、闲暇和金钱的借口已经站不住脚了。此外，经济学家告诉我们，赛顿夫人生了太多孩子。当然，照他们的意思，孩子是不能不生的，但也别生十多个，生两三个最好。

现在，你们有了自己的时间，脑袋里也储存了一些书本知识——你们在校园外受了太多的规训，我想大学教育能部分抵消它们的影响——你们理应迈向人生的下一个阶段，而那将是一场漫长、未知的苦旅。千百支笔头在对你们指手画脚，告诉你们该怎么做、会有什么结果。我承认，我的建议有点天马行空，所以我更想以虚构的形式讲出来。

我前面说过，莎士比亚有一个妹妹，但不要在西德尼·李爵士[1]写的诗人生平里寻找她。唉，她没有写下只言片语就英年早逝，葬在象堡的对面，那儿后来成了公交车站。但我相信，这位从未写过一个字、埋骨于十字街口的诗人，至今仍活在某处。你、我，还有无数今晚不在场的女性——她们忙着洗碗，还要哄孩子睡觉——都是她生命的延续。她仍然活着，因为伟大的诗人是不死的，他们的灵魂留在世间，静候一个时机以血肉之躯重生，回到你我身边。我想，这个时机已经来临，就掌握在你们的手中。我相信，等我们再活上一百年——我说的不是每个个体渺小的生活，而是我们共同的生活、真正的生活；等到我们人人都有每年五百英镑的收入和一间自己的房间；等到我们获得自由，勇敢地写下心中所想；等到我们逃离共用起居室，不再总是透过人与人之间的关系来观察一个人，而是看到人与现实的联结；等到我们直视天空、树木，看到万事万物的本真；等到我们的目光穿透弥尔顿的亡灵，因为没人能挡住我

---

[1] 西德尼·李（Sidney Lee, 1859—1926），英国作家、传记家，著有多部莎士比亚传记和研究专著。

们的视线；等到我们直面这个不争的事实，明白没有可以依靠的臂膀，我们独行世间，并非仅仅活在男性与女性组成的世界里，而是与整个现实世界连结在一起，到那时，机会就将到来，莎士比亚的妹妹，那位死去的诗人，将会唤醒她沉眠的躯壳。就像她哥哥所做的那样，她将从那些无名的先驱者身上汲取力量，获得重生。倘若没有先驱者铺路在前，倘若我们没有为此努力，倘若我们无法保证她重生后可以好好地生活、写诗，那么我们就不能期盼她的降临，因为那绝无可能。但我坚信，只要我们努力，她定会到来，即便我们穷困潦倒、无人知晓，那也值得。

译后记

谢妤婕[1]

这本书翻译工作的尾声，是在飞驰的高铁上完成的。从北京回家，有八小时车程。北方的平原上，巨大而纤细的发电风车像落在地球表面的竹节虫，高高的电线一排排推向远处的山脉。然后大地渐起波澜，南方丘陵的浓绿会在无人察觉之时占据双眼。

这条铁路的南北两端，连接着我在家乡和北京的两个房间，只有国庆和春节的长假，我才有足够的时间从一个房间去往另一个。所以，对于这沿途的景象，我只晓得它们初秋与深冬的样子。

尽管有陌生人坐在身边，狭窄的走道上乘务员念着一些固定的台词来来回回，不时有广播报声，一节车厢七八十人的嘈杂，但是与19世纪女性小说家们写作时的共用起居室相比，列车上的一个二等座位，或许都更接近于一间不受打扰的自己的房间。

在这个如此多人共享的空间，大多数时间里我不必担心有人来与我交谈，不必像简·奥斯汀遮住《傲慢与偏见》的手稿那样，在有人投来目光时摁熄我的屏幕。我的思绪不会被某个迎面而来的学监强行打断，我可以任凭它自由地消散在车窗外的景色中，或是随着车厢内向上蒸腾的嗡鸣弥散开来，片刻后再缓缓地将它收拢、平整。

于是，在为译稿收尾的最后八小时里，我不由得怀疑起了弗吉尼亚·伍尔夫的论点：在这个人们奉行互不打扰的时代，既然连高铁这样移动的公共空间里，也有可能拥有某种程度上独立、私人的

---

[1] 谢妤婕，文字工作者，伦敦大学学院（UCL）比较文学硕士，有一只叫Rayray的猫，正在努力拥有一间自己的房间和每年五百英镑。

空间与心境,那么,一间自己的房间还是写作所必不可少的吗?

我一时没有答案。不过毫无疑问的是,弗吉尼亚这个关于女性写作与自己的房间的观点,始终是对批评与质疑敞开的,她甚至在论述的尾声主动预判了听众和读者可能有的质疑,并做了一番回应。

在她做这场演讲的时代,距离英国女性获得财产权不足半个世纪,拥有选举权也不过十年,为数不多的女子学院里供应的仍是最为寡淡的食物。尽管她颇为乐观(或许也有些许讽刺)地激励道:"如今每年能设法挣到五百英镑的女性想必已有两千人之多。"但换一个角度,这些"特权"、这"两千人之多"难免显得苦涩寒酸。所以她会说:"在当下,数数女性手头有多少钱、拥有多少房间,要比拿一套理论去分析女性的能力重要得多。"所以,弗吉尼亚如此强调物质条件对女性写作的必要性。

而在近百年之后,在世界的另一端呢?她是否依然会得出同样的结论?又或者,是时候谈谈物质条件之外的东西了?比起一代又一代的王公贵族、富商巨贾为牛桥大学筑下地基所耗费的时间,一百年短得令人遗憾,然而女性在这短短百年间走过的路却那么绚烂。

今天无疑已经有更多的女性拥有了自己的房间,哪怕只是一间租来的卧室。我们已经可以谈论关于这个房间的更多细节,它的朝向,它的面积,谈论怎样把一个八平米的空间打造成"一间自己的房间"。换句话说,我们可以谈论如何构筑自己的生活了。

我的思绪又蔓延到弗吉尼亚提到的,其实任意一个房间里都充斥着"极为复杂的女性力量",这女性力量正在溢出房间的四壁,向着广阔的世界挥洒。

是了,这幅动态的图景与我在高铁上翻译这本书的体验连上了线。倘若将自己的房间拆解成不受打扰的空间和可供自己支配的时间(南丁格尔小姐说,"女人连半个小时的个人时间都没有"),那么我们就可以把这个房间的概念向着高铁、公园、咖啡厅这样的公共空间延伸，向着人类文明的大厦，也向着蛮荒的原野。这样，我们拥有的便不仅仅是一间自己的房间，也不受限于某个固定的场所，我们可以拥有整个世界，化任何地方为"自己的房间"。

这本书翻译到最后，很难不被弗吉尼亚激励人心的话语浸润。过了将近一百年，她依然陪伴在每一个女性写作者的身边，永远充满耐心，告诉你，你写下的每一个字都有意义，这令人特别心安。

在翻译时，我也是她的读者、听众，像当时坐在台下的女性那样，不断地审视、质疑、理解、共情着她的论述，在很多个瞬间眼眶湿润，有时也会皱起眉头。不过弗吉尼亚允许我们皱眉，允许我们从自己的立场增删她的观点，这也是读者的权利。

不过对译者来说，所有这些自然的反应却像是一件不合体的衣服，我穿着它仓皇地企图隐藏自己的身形。我努力附和着弗吉尼亚的语调，试着调节自己的频率。其间最大的挑战，就是我作为一个百年后受过女性主义教育的当代年轻女性，在翻译这本如此切身的书时，究竟能否抛去深植于脑中的那些理论、历史和现状，屏蔽掉种种伤感的、愤怒的、激进的论辩，摸索到和弗吉尼亚一样摆脱了恐惧与仇恨的心境。

坦白说，我是做不到的。但是在翻译这本书的几个月里，那种心境似乎离我前所未有得近，如同一汪平静的小潭，在目所能及的地方，送来氤氲水汽。

在翻译工作结束，暂时送别弗吉尼亚·伍尔夫后，我免不了重新拥抱愤怒和其他的一切，并允许心灵中的男女两股力量相互争斗。只是我也知道，那一汪小潭仍然在那里，或许再过上数十年、数百年，我们就能近到可以用双手掬一捧潭水。

但在那之前，我们不必着急。

2024 年 10 月于北京

To the Lighthouse

到灯塔去

汪畅 译

序：父亲母亲

角恩

很多年前，世界还没有我们。风和日丽，夕阳初升。一次不经意的交媾，我们来到了这个世界。一开始，我们很小，小到没人会注意我们。医院的护士把我们交到一对男女的手上。他们的身体本来互相依偎，但当我们到来，他们所有的注意力就转移到了我们身上。这是我们认识的第一个男人和女人：父亲母亲。

很多年后，我们被送进医院。风雨如晦，夕阳西下。我们的生命走向尽头。在这被疾病和痛苦折磨的最后时刻，我们的脑中一片空白。恐惧揪住我们的脖子，我们在器官的衰竭中走向死亡。在死亡的恐惧面前，再勇敢的人也会害怕。于是许多人在最后的时刻，呼唤着母亲或父亲，沉入彻底的黑暗。

所以，父亲母亲，对我们究竟意味着什么？

这就是伍尔夫在《到灯塔去》中想要回答的问题。

作为我们一生当中也许是对我们影响最大的一对男女，我们应该怎么看待他们之间的关系？这个问题很难回答，而当我们开始回忆，我们就会回忆起所有的一切。

正如在本书的一开始我们看到的，伍尔夫的父母在她还很年轻的时候就去世了。双亲的死亡给伍尔夫带来了巨大的痛苦。在他们去世后的几年，伍尔夫常常感到一种难以忍受的孤独。如同很多失去父母的人一样，她意识到了这个世界上很难再有什么人会那样无条件、无保留地爱她。

所以《到灯塔去》对伍尔夫来说是一部非常重要的作品。有别于其他的小说，伍尔夫花了将近20年来构思这部作品。她用尽自己的才华，想把父亲与母亲之间那种难以诉说又捉摸不透的关系展现给大家。这些东西困扰了她很长时间，以至于到最后，它们就像骨头和血肉一般成了她身体的一部分。

而任何阅读这本书的人，本质上都是这段私人回忆的窥探者。但伍尔夫也没想到的是，这本书后来成了研究意识流和两性关系的代表作之一。

现在的人在讨论两性议题时常常陷入一种偏执的矛盾。这种矛盾往往来自现实与理论的背离。理论常常棱角分明，而现实生活中的人却是复杂且混沌的。

这种矛盾，只有当我们把议题的中心从抽象的概念转为具体的人时，尤其当我们在父母的身上重新审视一切的时候，才能得到答案。

父母于我们来说，不是一对抽象的男女，而是活生生的人。我们从他们身上看到的不只是性别的枷锁，更有这些枷锁背后的所有实际问题。如果我们能够像伍尔夫那样去审视这些生动的实际问题，我们就更有可能真正地理解甚至解决这种矛盾。

因此，我们需要一双审视世界的眼睛。这个世界没有表面上那么简单，大多数人无法在日复一日的生活中，感知到其内含的原理与奥妙。所以我们需要借用他人的眼睛来锻炼自己的能力，借用他人的视角来审视这个难以捉摸的世界。

而对于任何对自己的生活、对父母、对两性议题感到困惑的读者来说，伍尔夫无疑是一个杰出的观察者。

当风车摇曳，春天降临，太阳的光束沿着生命的脉络照下。我们的视线跟随伍尔夫来到那座年久失修的灯塔。岁月的沉淀又一次回荡在我们的内心世界。触摸着破旧的墙壁，我们慢慢想起所有人来，还有，还有这一切的源头：父亲母亲。

第一部　窗

第一章

"当然，只要明天放晴就出发，"拉姆齐夫人说，"那你要早点起床哦。"她紧接着补充道。

短短两句话就让她的小儿子欣喜若狂，仿佛探险之旅一言既定，势在必行。现在只需睡上一觉，度过黑夜，再坐一天的船，那个他似乎已经盼了很多很多个年头的奇观，就将触手可及了。尽管詹姆斯·拉姆齐仅仅六岁，但他早已和大多数成年人一样，无法逐一区分各式各样的情绪，只得任由未来的预期，不论是喜是悲，朦胧眼前当下的景象。对于这样的人而言，即使是在婴孩时期，情感的轮盘哪怕发生一分一厘的转动，都能当即迸发出凝结时间的力量，定格那一刻的阴郁或明朗。他现在坐在地板上，正从海陆军用品店小册子里剪下图片。一听到母亲的许诺，就连他手中的冰箱剪纸也在喜悦的环绕下，洋溢出神圣的幸福感。独轮手推车、割草机、雨前渐渐泛白的落叶、白杨树叶的簌簌响声、白嘴鸦的聒噪声、扫帚的叩地声、衣裙的窸窣声——所有一切都被他在脑海中渲染了鲜活的色彩，他甚至已经由此创建了一套自己的专属代码和秘密语言。尽管如此，他看起来仍然是一本正经、毫不妥协的神情，那高阔的前额和炯炯有神的蓝眼睛，流露出完美无瑕的坦率和纯真；甚至当他目睹人性的脆弱一面时，还会微微皱起眉头。母亲看着儿子一丝不苟地绕着冰箱轮廓裁剪的模样，脑海中不禁相继浮现出两幅他长大成人的画面：一幅是他身着猩红色法袍和白貂皮披肩，端坐在法官席之上；另一幅是他在公共危机中，指挥着一项严峻而重大的行动。

"不过，"他的父亲伫立在客厅的窗前，说道，"明天是不会放晴的。"

但凡手边有一把斧头、一根拨火棍，或者任何能在父亲的胸腔上凿穿一个窟窿好叫他当场毙命的武器，小詹姆斯都恨不得一把抓在手中。拉姆齐先生只需现身，就能在孩子们的心中激荡出如此极端的情感。此时此刻，他站在原地，消瘦得如同匕首，单薄得如同刀刃。他咧着嘴，脸上挂着讥讽的笑容，不单是因为挫败了儿子的期望，还因为嘲弄了妻子的推测（而在詹姆斯的眼里，妈妈在各方面都比爸爸强一万倍）；更重要的是，他正为自己一向精准的判断力而窃窃得意。他说的话是正确的。他每次都是正确的。他不会说谎，从未捏造过事实，也不曾为任何凡夫俗子修改自己令人不悦或不便的措辞。他对亲生骨肉尤其如此，因为他认为，子女从小就应该体会人生的艰难和事实的绝不妥协。在通往传说国度的旅程中，我们最闪耀的希望之光会熄灭，我们最脆弱的小船会在黑暗中沉没（此时，拉姆齐先生挺直腰板，眯起他那双小小的蓝眼睛，凝视着地平线）。在这段旅程中，至关重要的是勇气、真实和毅力。

"但明天没准儿会放晴呢 —— 我看会晴。"拉姆齐夫人一边说着，一边不耐烦地轻轻摆弄着尚未完工的红棕色长袜。要是她今晚就能完工，要是一家人明天还是如愿出发了，那就可以将袜子送给灯塔看守员，他的小儿子正在遭受髋关节结核病的侵害；她还打包了一摞旧杂志和一些烟草。实际上，只要是能随手捎上的闲置物品，她都会通通送给那些可怜的家伙 —— 他们除了擦拭灯泡、修剪灯芯和在那一小块花园里翻土之外，整天闲坐，别无他事可做，一定快要被无聊折磨死了。这些原本散落在家中的杂物，虽派不上用场，但或许能给他们带来一点儿乐趣。她问道：你愿意被囚禁在一个只有网球场大小的岩石上整整一个月之久吗？试想一下，在狂风暴雨的天气，没有信，没有报纸，谁都见不到；如果你结了婚，却见不到你的妻子，也不知道你的孩子们怎么样——如果他们生病了，如果他们意外摔断了胳膊腿儿；眼看着沉闷单调的海浪一周又一周地冲刷着同一片海岸，然后一场可怕的风暴突然来袭，窗户上溅满了浪花，海鸟不断撞向塔灯，整座塔楼摇摇欲坠，而你生怕被惊涛骇浪卷入深海，根本不敢把头探出门外……她特意望向女儿们，问道：你们喜欢这样的生活吗？接着，她话锋一转，补充道：生而为人，务必竭尽所能地给他人带去慰藉。

"刮的是正西风。"坦斯利——这个"不信神的人"——伸开骨节突出的手指，一边感受着从指缝间穿过的风，一边说道。他和拉姆齐先生在夜色下，沿着露台来来回回踱步。他这话意味着，风正在从最不利于去灯塔的方向吹来。没错，拉姆齐夫人承认，他的话实在惹人生厌；这样强调，只会让小詹姆斯更加失望；但即便如此，她也不允许孩子们取笑他。他们管他叫"不信神的人"和"不信神的小矮子"。露丝奚落他，普鲁讥讽他，安德鲁、贾斯珀和罗杰都嘲笑他。就连那只掉光了牙的老狗"巴杰"也咬过他。照南希的说法，明明独自一人更加自在，他却非要成为第一百一十个一路追随他们来到赫布里底群岛的男青年。

"胡说八道。"拉姆齐夫人极其严厉地呵斥道。孩子们的话不仅表明了他们从母亲那儿学来了夸大其词的习惯，还暗示了一个事实：她邀请了太多的人前来做客，甚至不得不在镇上为一些人安排住宿。她无法容忍对客人的无礼言行，尤其是对穷得叮当响的青年人；但在她丈夫的口中，这些青年"精明能干"，都是他的头号崇拜者，专程前来陪伴度假的。诚然，她将整个异性群体都置于自己的保护之下；不过，她无法解释其中的原因，或许是出于他们的英勇无畏和骑士精神，或许是因为他们缔结条约、统治印度、控制金融的能力；但最根本的原因或许是他们对待她的态度，那种混合着信赖、敬慕和稚气的态度，没有哪个女人会对此无动于衷。年长的女性大可以从年轻男子身上汲取这份情感，而又不失庄重；但要是换成年少的女孩，那可真是不幸至极！她们无法从骨子里感受到其中蕴含的价值和一切内涵。祈求上天，但愿没有一个会是她的女儿！

她看向南希，声色俱厉地训斥她：他不是在"追随他们"。她强调道：他是受邀而来的。

他们必须找到协调所有问题的法门。也许，会有一些更简单、更轻松的办法，她叹了口气，望着镜子里花白的头发、凹陷的脸颊，想到自己五十岁了，或许之前可以把一些事情安排得更好——她的丈夫，金钱，他的书。但就个人而言，她从不会为过去做出的决定后悔哪怕一秒钟，绝不会逃避困难，更不会敷衍塞责。她现在的样貌令人望而生畏。三个女儿——普鲁、南希和露丝——在她严词厉色地谈论查尔斯·坦斯利之后，一声也不敢吭，只敢微微抬起埋进餐盘的头，一边偷瞥，一边暗自畅想自己将会过上与母亲截然不同的生活：也许是移居巴黎，过一种洒脱不羁的生活，不再总是忙着照顾一两个男人。三个女儿在心中，都对所谓的尊重女性和骑士风度、英格兰银行和印度帝国、无名指上的戒指和镶有花边的婚纱，持有一种无声的质疑。当母亲在女儿们谈到那个不信神的讨厌鬼一路追随她们——或者更准确地说，是受邀与一家人同行——来斯凯岛度假时，严厉地责备了她们。对女孩们来说，这一幕蕴含着某种美的本质，既唤醒了她们少女心中的男子气概，又教她们乖乖坐在母亲眼皮底下的餐桌旁，对她那陌生的严厉和极致的礼貌而心生敬佩之情，仿佛目睹了一位女王从泥泞中抬起乞丐的双脚，亲手洗去脚上的污垢。

"明天去不成灯塔了。"查尔斯·坦斯利正和她丈夫并肩站在窗边，边说边将两只手啪的一声拍在一起。说实在的，他已经讲得够多了。她真希望他们俩能离她和詹姆斯远一点，换个地方继续聊天。她望着他。孩子们说，他的脸坑坑洼洼、凹凸不平，就是个丑八怪。他打不来板球，只能东戳一下，西挥一拍。安德鲁说，他是个阴阳怪气的野兽。一家人都知道他最大的爱好——一直跟着拉姆齐先生来来回回、上上下下地走动，聊着谁赢得了那个桂冠；谁夺得了这个奖项；谁是"一等一"的拉丁诗人；谁"才华横溢，但误入歧途"；谁无疑是"牛津大学贝列尔学院才干出众的家伙"；谁暂时在布里斯托大学和贝德福德大学埋藏了自己的才华，但等到那本关于数学或哲学某个分支的《绪论》问世之后，他的姓名必定会为世人所称道（坦斯利先生随身携带着前几页校样，随时可供拉姆齐先生有兴致时翻阅）。以上便是他们经常探讨的话题。

有时候，拉姆齐夫人也会禁不住捧腹大笑。前些天，她感叹了一句"巨浪如山"。查尔斯·坦斯利回应道："嗯，风浪确实稍显汹涌。""可你不是早已经浑身湿透了吗？"她反问道。坦斯利先生先是捏了捏袖子，接着又摸了摸袜子，回答道："湿了，但没透。"

但孩子们说，这些都不是他们讨厌的。不是他的脸，也不是他的行为，而是他这个人——他思考问题的方式。他们埋怨查尔斯·坦斯利：每当谈起什么趣事，无论是人物、音乐，还是历史，哪怕是提议趁着美好的夜色出门坐坐，他都要全盘否定一番，非得通过贬低他们来彰显自己，才会感到心满意足。他们还说，他甚至在画廊里都能逢人便问："你喜欢我的领带吗？""天都晓得答案，"露丝点评道："没一个人喜欢。"

晚餐一结束，拉姆齐夫妇的八个子女就像一只只小鹿一样，悄无声息地从餐桌上消失了，纷纷回到了卧室。那是他们在这栋没有其他隐私可言的房子里唯一可以独处的堡垒，他们可以在里面无所不谈，畅所欲言，包括坦斯利的领带、选举改革法案的通过、海鸟和蝴蝶、形形色色的人……他们的床铺彼此之间只隔着一块木板，就连每一个脚步声都能听得一清二楚:那个瑞士姑娘正在啜泣,她的父亲罹患癌症,在格劳宾登州[1]的山谷里奄奄一息。阳光倾洒进顶楼的八间小阁楼里,一一点亮了球板、法兰绒衣服、草帽、墨水瓶、颜料罐、甲虫和小鸟的脑袋……钉在墙上的海藻条拖得长长的,那逐渐风干的褶边在光照下散发出一股海盐和水草的气味,就像洗完海水澡后沾满沙粒的湿毛巾味儿。

各式各样的冲突、分歧、争执和偏见,捻成一丝丝的纤维,共同编织了人性。"唉,孩子们竟然这么小就开始显露人性了,"拉姆齐夫人悲叹道。他们太过吹毛求疵了,还总爱胡言乱语。她拉着詹姆斯的手,离开了餐室,因为他不想跟着哥哥姐姐一起走。在她看来,人类本身就已经千差万别了,却还要继续制造出种种差异来,简直荒谬至极。她站在客厅的窗边思索着,真正的差异,已经够了,够多了。此时此刻,她在心里思量的是人生的贵贱贫富竟如此悬殊,进而怀着难以为情却又不失恭敬的情绪,承认自己的高贵出身赋予了子女们某种特质:她的血管里正流淌着那个高贵而略带神秘色彩的意大利家族的血液。19世纪,这一名门世族的明珠们散落在英国各大家族的会客厅之中,她们的咬舌音是那么迷人,性情如同风暴那般狂野。她所有的智慧、风度和气质全都源于她们,而不是心慵意懒的英国人,更不是冷漠无情的苏格兰人。但另一个更能引她深思的问题莫过于每周、每天在这里或在伦敦亲眼目睹的贫富差距;当她前去探望那位寡妇和另一位苦苦挣扎的妻子时,她会拎着提包,拿着铅笔和笔记本,在事先精心划好的分栏中仔细记录下收入和开支、就业和失业等信息。她希望如此一来,自己就不再是一个默默无闻的女人(这样的慈善之举一半是为了平息自己的义愤填膺,另一半是为了满足自己的猎奇之心),从而成为一类在她未经世故的

---

[1] 格劳宾登州,瑞士面积最大的州。——译者注(后文若无特殊说明,均为译者注)

心目中顶礼膜拜的人物——阐明社会问题的学者。

她杵在原地,握着詹姆斯的小手,心想:这些问题永远都找不到解决办法了。那个年轻人——她们嘲笑的那个人——也跟着她走进了客厅。他尴尬地站在桌子旁,觉得自己与周遭格格不入,局促不安地摆弄着什么东西。她没有回头就知道身后是他。人们陆续离开了——孩子们、明塔·道尔、保罗·雷利、奥古斯都·卡迈克尔,还有她的丈夫——他们都离开了。于是,她叹了口气,转过身问道:"坦斯利先生,可以劳烦你陪我出趟远门吗?"

她要去镇上办一件枯燥乏味的差事;还有两封信要写;也许需要回屋花上十分钟的时间;再戴上帽子。十分钟后,她手里拿着篮子和遮阳伞,再次出现了,看起来一副准备就绪、随时可以出发的姿态。两人在经过草地网球场时,发现卡迈克尔先生正躺在那儿晒太阳:他就像一只猫咪,半眯着眼睛,那两颗黄色的瞳仁似乎折射出摇曳的树枝和飘逸的浮云。于是,她不得不稍作停留,上前询问卡迈克尔是否需要捎带些东西;但即便他有所需求,也丝毫没有流露内心的想法和情绪。

她笑着宣布,他们正踏上一次伟大的征程。他们要去镇上。"邮票?信纸?香烟?"她停在卡迈克尔先生的身边提议道。不,他什么也不要。他双手交叠在凸出的肚腩上,眨了眨眼睛,似乎本想亲切地回应她的一番好意(她很有魅力,但又有点神经质),却无法做到,因为他早已陷入灰绿色的困顿中。这种倦意无声无息,以一种宽宏而仁慈的祝福,笼罩着他们;整个房子;整个世界;所有栖居其中的人。孩子们一致认为,他在午餐时往杯子里滴了几滴东西,就是他那乳白色的胡须之中突然冒出了一缕金黄色的原因。不,什么都不要,他嘟囔道。

拉姆齐夫人一边和坦斯利向渔村走去,一边感慨卡迈克尔先生本可以成为一位伟大的哲学家,但却陷入了一段不幸的婚姻中。她把那把黑色遮阳伞撑得笔直，怀着一种难以言喻的期待之情前进着，仿佛期待着在街角遇见什么人似的。她开始讲述这个故事：在牛津大学，与一位女孩坠入爱河；早早成婚；穷困潦倒；前往印度；翻译了几首小诗"我想，一定非常美妙"；他心甘情愿教男孩们学习波斯语和印度斯坦语，但教这个又能有什么出路呢？——最后就是他们刚刚看到的，那副躺在草地上的模样。

　　这番掏心窝的话让查尔斯·坦斯利受宠若惊。他一直备受冷落，但拉姆齐夫人居然和他说了那么多，他为此感到宽慰，恢复了精神。而且，拉姆齐夫人的话暗示了，男人本就具有杰出的才智，即使是一时落魄的男人也不例外，还从侧面认可了每一位妻子理应无条件地支持丈夫的事业（她并没有责怪那个女孩的意思，她深信这段婚姻本身仍是幸福的）。她让他对自己感到前所未有的满意；假如打车的话，他甚至很乐意支付全部的车费。包括她的小包，他可以主动帮忙提吗？不，不用，她说，她总是自己拎着。她确实如此。是的，他能感觉到她就是这样的。他百感交集，其中有一种特别的情绪让他既兴奋又不安，但他说不出原因。他希望她能看到自己身披长袍，头顶博士帽，走在毕业队伍中的模样。一位院士、一位教授，他觉得自己什么职位都能胜任，他看见了未来的自己——不过，她在看什么呢？一个正在张贴广告的工人。那幅扑扇着的巨幅画卷逐渐铺展开来，随着毛刷的每一次挥动，画面上又冒出了活灵活现的大腿、铁环、马匹、鲜艳夺目的红蓝色和光滑细腻的质地，直到一整张马戏团广告将半面墙完全遮盖。一百名骑手，二十只表演的海豹、狮子、老虎……她有点近视，不由地伸长脖子向前探，继续念道："即将到访这座城镇。"让一个独臂的残疾人像这样站在梯子上劳作，她大叫道，真是危险至极——两年前，这位工人不幸被收割机切断了左臂。

　　"大家都一起去吧！"她一边欢呼道，一边继续前行，仿佛那些骑手和马匹在她的心间填满了孩童般的欢喜，让她遗忘了刚刚的那份怜悯。

"一起去吧。"他一字一顿地重复了她的话，但那难为情的语调让她听后蹙紧眉头。"一起去看马戏吧。"不行，他就是没法好好说出这句话。他感到言不由衷。为什么会这样呢？她暗自思忖，他在小时候都经历了什么？她此刻对他燃起了热忱的关切，问道：难道小时候没人带你去看过马戏吗？从来没有，他回答道，仿佛这个问题正中他的下怀。这些天来，他一直都在渴求一个倾诉的机会，于是顺势谈起了他们为什么不去马戏团。那是一个大家庭，有九个兄弟姐妹，全靠父亲一人辛勤赚钱养家。"我父亲是一位药剂师，拉姆齐夫人。他经营了一家药店。"他从十三岁起就自食其力了，很长时间连一件过冬的大衣都穿不起。他从未在大学里"投桃报李"（这就是他干瘪生硬的措辞）。他使用同一件日用品的时间不得不至少是普通人的两倍；他和码头上的老头们一样，抽最便宜的烟草——粗切烟丝；他卖力工作，每天干满七小时；他现在谈论的话题是某事对某人的影响。他们继续往前走，拉姆齐夫人不太能听懂他的话，传入耳畔的只剩下一串零碎的词汇：论文……研究员……准教授……正式讲师。她完全跟不上那些惹人生厌的学术行话，但他却能脱口而出，滔滔不绝。她在心中自言自语，她现在终于明白了为什么去看马戏会让他如此无所适从了，可怜的小伙子；也明白了为什么他会突然把父母、兄弟、姐妹的情况全盘托出。她决心不再让他遭受嘲笑；她准备把这件事告诉普鲁。她猜想，他可能更愿意说的是，他没有去马戏团，而是和拉姆齐一家去看了易卜生[1]的戏剧。他真是个讨人厌的假正经——没错，一个让人不堪忍受的无趣

---

[1] 亨利克·易卜生（1828—1906），挪威剧作家，他的作品如《玩偶之家》等，是对现代生活的革命性、现实主义的描绘。

之人。他们现在已经来到镇上,走在主街上,马车从鹅卵石路面上嘎吱作响地驶过,但他仍然在喋喋不休地谈论着定居、教育、工人、讲座,以及帮扶我们自己的阶级同胞,等等。她渐渐感觉到他已经从马戏团的阴影中走了出来,彻底恢复了自信。他正要继续告诉她(她此刻再次对他燃起了热忱的关切)——可话刚到嘴边,路两边的房子突然在眼前消失了,原来他们已经来到了码头。整个海湾一览无余,拉姆齐夫人不禁惊呼道:"啊,美极了!"一大片的碧蓝海水映入她的眼帘;远处是灰白的灯塔,庄严地矗立在海中央;在右边,目光所及之处,皆是长满野草的绿色沙丘。那绵延起伏的草坪形成了一层层轻柔低垂的褶皱,一路渐行渐远,似乎正朝着某个渺无人烟的奇幻国度逃逸。

这里正是她丈夫最爱的风景,她停下脚步说道,灰色的眼眸变得愈发深沉。

她沉默了片刻后才开口:但如今,艺术家们纷至沓来。果不其然,短短几步之外,就站着一位,他头戴巴拿马草帽,脚穿黄色皮靴。尽管有十个小男孩在一旁盯着他看,他仍然专心致志,神情严肃而温和,圆滚滚的红脸上洋溢着深深的陶醉。他先细细观摩,再用笔尖轻触调色盘上一团团质地柔软的油彩,蘸取些许绿色或粉色。自从三年前大画家庞斯福特[1]来这里写生以后,她说,所有的画就都成了一个样子:绿与灰的色调,配上柠檬色的帆船,还有沙滩上的粉色女子。

她路过祖母的画家朋友们那儿时,小心翼翼地瞥上一眼,感叹道,他们作起画来,真是煞费苦心:先是混合颜料,接着涂抹底色,

---

[1] 庞斯福特是一位伍尔夫虚构的艺术家,他代表了维多利亚晚期的真实画家,比如惠斯勒和西克尔特。这些艺术家在伍尔夫童年度假的家附近绘画创作,经常采用浅色画海滩和大海的风景。

然后罩上湿布，以防干裂。

坦斯利先生由此推测，她的这番话是在向他解释那个人的绘画太过寡淡，是有人曾这么说过吗？还是说色彩不够纯净？有人曾这么说过吗？在这段步行的路程中，一种非同寻常的情绪在他的心中抵达了顶峰：起初在花园里想要为她提包时，这种情绪便萌生了；在镇上想向她倾诉自己的所有经历时，这种情绪则愈演愈烈。他开始审视自己，以及他所熟悉的一切，发现全都有点扭曲了。这真是太奇怪了。

他跟着她走进一间逼仄的小屋，站在客厅里等候着，而她则上楼会见一个女人。他听见她轻快的踱步声；听见她的音调从爽朗转为低沉；又盯着地垫、茶叶罐、玻璃灯罩细看；最后实在等得不耐烦了；迫不及待地盼望着回家；决心要帮她提包；听见她走出来；关了门；听见她叮嘱着要打开窗户，关好门，有什么想要的，现在就可以说（她一定是在跟一个孩子说话）。忽然间，她走进客厅，一言不发（仿佛她在楼上时一直都在逢场作戏，需要片刻工夫才能切换回真实的自己），一动不动地杵在原地，背后则是一幅维多利亚女王佩戴着嘉德勋章蓝丝带[1]的画像。顷刻间，他豁然开朗：原来如此，原来如此——她是他见过的最美的人。

她的眼眸闪烁星辉，秀发缠绕丝巾，手捧樱草花和野紫罗兰——他到底在胡思乱想些什么？她至少已经五十岁了；有八个孩子——从鲜花盛放的田野穿行而来，捡拾折落的芽蕾，怀抱跌倒的羊羔；她的眼眸闪烁星辉，她的秀发随风飘曳——他提起了她的包。

"再见，埃尔希。"她说道。他们一起走上了街头。她把遮阳伞撑得笔直，仿佛期待着在街角遇见什么人似的，而查尔斯·坦斯利

---

[1] 嘉德勋章是英国王室的最高荣誉，其成员佩戴蓝色缎带。

平生第一次感到非同寻常的自豪；一个正在挖排水沟的男人停下了手中的活儿，望着她；垂下胳膊，就那样望着她；查尔斯·坦斯利平生第一次感到非同寻常的自豪；感到风、樱草花和紫罗兰，因为他正与一个美丽的女人并肩而行。他提着她的包。

第二章

"去不成灯塔了，詹姆斯。"他站在窗边，局促地说道。为了照顾拉姆齐夫人的情绪，他试着让自己的语气温和一些，至少听上去亲切友好，但反倒弄巧成拙。

"这讨厌的小伙子，"拉姆齐夫人心想，"为什么还要喋喋不休呢？"

第三章

"等你一觉醒来，没准儿睁开眼，就能看到灿烂的太阳和唱歌的鸟儿。"她一边轻抚小男孩的头发，一边心疼地安慰道。丈夫的那句"明天是不会放晴的"残酷地击垮了儿子的精气神，她都看进了眼里。她知道，到灯塔去点燃了他的全部激情，而这个讨厌的小伙子就好像觉得她的丈夫还没说够似的，又随声附和着那句"明天是不会放晴的"，残酷地在伤口上撒了一把盐。

"明天没准儿会放晴。"她轻抚着他的头发说道。

她现在只能大加称赞那张冰箱剪纸，然后打开商店的小册子，寄希望于翻到耙子或割草机，因为这样的物品都有尖爪和把手，需要精湛的手艺和心思才能裁剪下来。她想，这些年轻人都在拙劣地模仿她的丈夫：他一说可能会下雨，他们就跟着说绝对会刮龙卷风。

正当她不停翻页时，搜索耙子和割草机的任务突然被打断了。那粗哑的低语声，在烟斗的一吸一吐间，断断续续；她虽听不清他们在说什么（她坐在面向露台的窗前），但可以由此确定那些男人们正相谈甚欢。这种声音，以一种舒缓的音调融入了各种声音的交响乐中，其中有球板击球的响声，还有孩子们不时突然发出的刺耳吼声"这球怎么样？怎么样？"，持续了半个钟头后，渐渐平息了。只剩下一波波海浪拍打在海滩上沉闷单调的声响，多数时候能为她的万千思绪敲击出一曲节奏轻柔、舒缓低回的鼓点乐，也能为她身旁的孩子一遍又一遍重复着某首古老摇篮曲中的词句，那似乎是大自然喃喃吟唱的抚慰之音："我守护着你——我是你的依靠。"但在少数时候，尤其是当她的思绪从手头的任务中稍稍分神时，这一声音会出乎意料地一改亲切的语调，变为幽灵的隆隆鼓点，无情地敲打着生命的节拍，不禁让她在脑海中浮现出大海吞没岛屿的毁灭之景，警告着她：她的日子在一次又一次的匆忙中溜走了，而岁月正如彩虹般转瞬即逝——海浪声先前一直被纷杂的声音湮没和模糊，突然之间在她耳畔空洞地轰鸣，让她在惊恐的冲击下，不由得抬头四望。

男人们不再交谈了——这正是肇因。一刹那，她从一种扼住她的惊悸不安，突然跌落到另一个极端——冷静、愉悦，甚至略怀恶意，这种转变仿佛弥补了她在情感上无谓的投入。她断定可怜的查尔斯·坦斯利已经被弃若敝屣了。这对她来说无关紧要。倘若她的丈夫需要一个陪衬的"祭品"（他也确实需要），她会欣然献上查尔斯·坦斯利，谁让他惹她的小男孩不高兴呢。

她抬起头，再听了一会儿，似乎在等待某种惯常的声音，某种规律的机械声；然后，一种富有韵律的声音，半是低语，半是吟唱，从花园中传来；原来是她的丈夫在露台上来回踱步时发出的声音，既像是一阵咕哝，又像是一首歌。她再次感到心安，再次确信一切都很好,然后低头看向膝上的那本小册子,发现上面有一把六刀翼的小折叠刀;这要求小詹姆斯非常细心,才能裁剪下来。

突然传来一声大叫,就像一个梦游的人在半梦半醒中喊出的声音。

"弹片纷飞如暴雨!"[1]

这叫喊响彻她的耳畔,她忐忑不安地环顾四周,想看看有没有人也听到了。只有丽莉·布瑞斯珂,她庆幸只有丽莉一个人;那就不要紧了。但看到那个姑娘站在草坪边上绘画的场景让她想起了什么;为了方便丽莉作画,她本应该尽量保持头部静止不动。丽莉的画!拉姆齐夫人笑了起来。那皱巴巴的脸上眯着一对中国眼睛[2],她这辈子怕是嫁不出去了;人们也不会把她的画太当一回事;她是个独立自主的小人儿,拉姆齐夫人正因此对她喜爱有加。一想到自己的承诺,她垂下了头。

第四章

说真的,他险些把她的画架撞翻在地。只见他一边挥舞着双臂,一边大声呼喊:"我们善骑又英武!"[3]不过,幸好他及时悬崖勒马,

---

1 此句诗歌引自英国诗人阿尔弗雷德·丁尼生的《轻骑兵的冲锋》(The Charge of the Light Brigade)。这首诗描述了克里米亚战争期间(1853—1856)一场灾难性的袭击,几乎三分之一的英军负伤阵亡。在这里,拉姆齐先生之所以吟诗,是觉得自己也是一个勇敢却注定失败的英雄。
2 一些文学评论家指出,在拉姆齐夫人对丽莉的这句描述中,"中国眼睛"一词隐含着一种种族优越感,反映了大英帝国时期英国人对其他民族的傲慢态度。
3 同引自《轻骑兵的冲锋》。

急转马头。她不禁猜想，下一步就应该是他在巴拉克拉瓦战役英勇牺牲的情节。从来没有人像他这样，既可笑又可怕。只要他一直手舞足蹈，呐喊诗句，那他就不会静静地站在一旁看她的画了。这既让丽莉·布瑞斯珂感到安心，又让她不堪忍受。即使眼里满是画布上的色块、线条和色彩，还有窗前的拉姆齐夫人和詹姆斯，她也仍然时刻留意着周围的风吹草动，生怕恍然发现某个悄悄靠近的人正盯着自己作画。现在，她所有的感官都不自觉地敏锐起来，目光炯炯，全神贯注。直到墙壁的颜色和远处的蓝花楹深深印刻在眼帘，她方才觉察有人离开房屋，径直朝她走来。但不知怎的，她从步态中猜到了是威廉·班克斯，因此，尽管画笔在手中颤抖，但她并没有像瞧见坦斯利先生、保罗·雷利、明塔·道尔或别的人那样，将画布倒扣在草地上，而是任由它立在画架上。威廉·班克斯就这样站在了她的身旁。

他们在村子里有各自的房间，所以他们白天进进出出，很晚才在门口的地毯上——道别，谈论着关于汤羹、关于孩子、关于这样或那样的小事，久而久之结下了友谊。因此，当他以评点的姿态出现在她的身边时（他年龄大到足够做她的父亲了，是一名丧偶的植物学家，一丝不苟，干净利落，身上散发着肥皂的香味），她只是站在那儿。他只是站在那儿，观察到她的凉鞋很漂亮，能让脚趾头舒适地伸展开来。同住在一个屋檐下，他还观察到，她的生活是那么井井有条：在他吃早饭之前，她就早已起床，出门写生了。他相信她独自一人：大概很穷，相貌和魅力肯定也比不上多伊尔小姐，但她拥有一种良好的直觉，这让她在他的眼里比那位年轻的女士更出色。例如，当拉姆齐冲向他们，连嚷带比画时，他确信丽莉小姐一定心照不宣。

"有人发了错令！"[1]

---

[1] 同引自《轻骑兵的冲锋》。

拉姆齐先生一方面对他们怒目而视，另一方面却又似乎对他们视而不见。这难免让两人有些难堪。他们目睹了一起本不该被他们看见的事件，共同侵扰了他人生活的一桩私事。班克斯先生随即说道：天气有点转凉了，不妨一起去散步。丽莉猜想，他可能是为了尽快离开喧嚣之地而随便找了一个借口。好的，她同意了。但她费了很大的心力，才挪开锚定在画作上的目光。

蓝花楹的花朵闪耀着紫罗兰般的色泽，那面墙壁洁白而锃亮。既然眼中是这样的色彩，那画中就应该是同样的色彩，篡改静物的本色在她看来是一种虚伪。尽管自从庞斯福特先生到访之后，追求淡雅的半透明色泽成了画手们的新风尚，但她不愿去改变那闪耀的紫罗兰色与锃亮的洁白。在色彩之下，还有形状。当她在观摩风景时，神态倨傲，仿佛所有的细节都了然于心；可当她拿起画笔时，心中的风景就立刻变了样。每每正当脑海中的画面跃然画布之上时，内心的恶魔们便对她发动了袭击，常常让她吞声忍泪。作品从构思到完成的过程，如同婴孩穿过那条漆黑的通道一般可怕。她常常会有这样的感觉——在逆境中抗争，持守自己的勇气，并一遍遍坚称：“可这就是我眼中的风景，这就是我眼中的风景。”她先是把少得可怜的视觉印象铭刻在心，然后抵御着那千百种正极力将残存的印象蚕食殆尽的念想。就在那时，她在凛冽的寒风中提笔作画，而那些杂念也不由自主地涌上心头：她自己的无能，她的微不足道，她在布朗普顿路[1]为父亲打理的家务活，还有她好不容易才控制住自己没有扑倒在拉姆齐夫人的膝下说些什么（谢天谢地，她一直能克制到今天）——但她能说些什么呢？"我爱上了你"？不，那不是真的。一边说"我爱上了这一切"，一边对着篱笆、房子和孩子们

---

[1] 布朗普顿路是伦敦的一个稍显落伍的地区。小查尔斯·狄更斯于1879年指出，布朗普顿路颇受艺术家们的青睐，并且这里曾是一家结核病医院的所在地。

挥手示意？这太荒唐了，简直是无稽之谈。于是，她把一根根画笔整齐地并排收进盒子里，对威廉·班克斯说道："天气突然变冷了，阳光好像没有那么暖了。"她环顾四周，天空依然明亮，草地仍是柔和的深绿色，环绕房子的绿植上点缀着盛放的紫色花朵，白嘴鸦在湛蓝的天穹下发出爽朗的叫声。但有什么东西在空中，转动着银翅，一闪而过。毕竟是九月了，确切地说是九月中旬，而且已经过了晚上六点。于是，他们沿着往常的路线漫步：走过花园，走过草地网球场，走过蒲苇草地，来到茂密树篱间的那个豁口。守卫着树篱的红棘丛就像一根根烧得通红的拨火棍，形成了一个个煤火盆，冒出清澈的火苗。透过树篱的缝隙，蓝色海湾在火苗的映衬下显得比往常更蓝。

似乎有一种需求，驱使着他们每晚来到这里。仿佛随着大海的涨潮，那些在陆地上停滞不前的思绪也漂浮起来，扬帆起航，甚至放松了他们紧绷的身体。起初，浪涛将源源不断的蓝色涌入整片海湾，心灵也随之舒展，身体仿佛畅游其中；但仅仅是下一个瞬间，满是皱褶的波浪便携黑色刺来，让一切戛然而止，顿觉心灰意冷。几乎每一夜，一股雪白的喷泉都会从那块漆黑的巨礁后迸涌而出；由于时间不定，人们不得不在灰白的半环形海滩上耐心静候，注视着一波又一波的海浪不断地轻轻拍打着沙滩，留下一层层珍珠母贝般光滑的水膜。当喷泉终于出现时，他们无不欣喜雀跃。

两人站在原地，面带微笑。他们沉浸在一种共同的欢乐之中，起初是因奔流不息的海浪，后来是因为那艘疾驰而过的帆船：先是在海湾中划出一道弧线，接着船身在打抖中停泊，徐徐降下风帆。在观赏完帆船的风驰电掣后，他们似乎出于一种自然的本能，渴望目睹一幅完整的全景图，于是不约而同地望向远处的沙洲，可心中涌起的不再是欢乐，而是忧伤——一部分是因为今夜的漫步接近尾声；一部分是因为远方的风景不仅看上去要比看风景的人恒久百万年（丽莉心想），而且还与俯瞰着静谧大地的天空交心已久。

威廉·班克斯望着远处的沙洲，想起了拉姆齐先生，想起了威斯特摩兰郡[1]的一条小路，想起了拉姆齐独自一人沿着那条路大步流星地走着，四周弥漫着他那与生俱来的孤独气息。但威廉·班克斯转而又想起了（一定是某个真实事件）：拉姆齐当时突然刹住了脚步，原来半路冒出了一只母鸡，扑腾翅膀，保护着一群雏鸡。拉姆齐用手杖指着那只母鸡说："真漂亮——真漂亮。"一束古怪的光照进了班克斯的心头，他忽然发现拉姆齐也有淳朴的一面，对平凡事物怀有一颗慈悲之心。然而，在他看来，他们的友谊似乎就在那条小路上终结了。自那以后，拉姆齐结了婚。随着一桩桩杂事接踵而至，他们逐渐形同陌路。这究竟是谁的过错，他说不清楚，只是过了一段时间，念旧之情还是盖过了喜新之意。他们的重逢，正是为了再度叙旧。但在这场与沙洲的无言交谈中，他深信自己对拉姆齐的情谊丝毫没有衰退，就像一具青年的尸首，在泥沼里长卧了一个世纪，但双唇依旧鲜红。这就是他的友情，搁浅在海湾的沙洲之间，扎眼而写实。

班克斯迫切希望修复这段友谊，或许也是为了在心里洗清自己早已干瘪萎缩的污名——拉姆齐和一群生龙活虎的孩子生活在一起，而他却是一个膝下无子的鳏夫——他还迫切希望丽莉不要瞧不起拉姆齐（一个以自己的方式成就伟大的人物），但同时又希望她能了解他们之间的渊源。正是在威斯特摩兰郡的一条小路上，那只母鸡扑腾翅膀，保护着一群雏鸡；而他们多年前结下的友谊，也在这条路上逐渐消逝。后来，拉姆齐结了婚，两人各自走上了不同的人生道路。这当然不是谁的过错，只不过他们一碰面就会有重蹈覆

---

[1] 威斯特摩兰是英格兰西北部的一个郡，现属坎布里亚郡，以徒步旅行和远足而闻名。伍尔夫的父亲莱斯利·斯蒂芬是一位著名的徒步旅行者。

辙的势头。

没错，就是这么一回事。班克斯讲完了，将目光从海景中抽回，转过身，沿着车道往回走。这时，他恍然意识到，要不是那些沙洲向他揭示了那具长卧在泥沼里、双唇依旧鲜红的友谊之尸，那他现在就根本无法察觉一些平时不会引起注意的事物——比如，那个小女孩，卡姆，拉姆齐最小的女儿，正在海岸上采摘鸢尾花。她是个暴脾气的野孩子，可不会乖乖听女佣的话——"送叔叔一朵花吧"。"不！不！不！我偏不！"她攥紧小拳头，气得直跺脚。班克斯先生觉得自己老了，心情也十分低落。不知何故，他觉得小女孩一定是误解了他与她父亲的友谊。他一定是干瘪萎缩了。

拉姆齐一家并不富裕，但有八个孩子！靠哲学养活八个孩子？！他们究竟是怎么糊口的？这简直就是一个奇迹。又来了一个孩子，这一回是贾斯珀，他正溜达而过，漫不经心地说，他想射下一只鸟。说罢，他还不忘像摇水泵把手一样，晃了晃丽莉的手。班克斯苦涩地感叹道，她可真不愧是大家的宠儿。教育是一家人现在急需考虑的大问题（当然，拉姆齐夫人也许会亲力亲为），更不用提那些"大家伙"——个个茁壮成长、骨骼突出、蛮横无理的青少年，他们平日里要穿破多少鞋袜呀。至于记住这些孩子的名字，抑或兄弟姐妹的次序，他实在无能为力。他私下里会用英国国王和女王的姓名称呼他们；调皮的卡姆，冷酷的詹姆斯，正直的安德鲁，美丽的普鲁——普鲁一定会长成一个大美人，他想，她怎么可能会不美呢？——对了，安德鲁一定会成为一位智者。当他们沿着车道行走时，丽莉用"是"和"不是"总结着他对孩子们的点评（她爱每一个孩子，爱这个世界）。班克斯细细掂量了拉姆齐的情况，既同情他，又羡慕他，仿佛目睹着他亲手脱下年轻时加冕于身的那份孤绝朴素的荣光，坚定地换上扑腾着的双翅，头顶咯咯作响的冠帽，负重前行。当然，孩子们也带来了一些东西——班克斯承认这一点；如果卡姆在他的外套里插上一朵鲜花，或是爬到他的肩头，一起看维苏威火山[1]喷发的画面，那会是一件温馨的乐事；但孩子们也摧毁了一些东西，老朋友们不禁为此感慨。一位陌生人会怎么看？这位丽莉·布瑞斯珂又会怎么看？有没有人注意到，一些习惯在他身上根深蒂固了？怪癖，也许是弱点？像他这样才学出众之人，竟然会如此卑躬屈膝——不过，这样的措辞未免太过苛刻——竟然会如此依赖众人的赞颂，这真是令人大跌眼镜。

"噢，"丽莉说道："但想想他的著作！"

每次一想到他的书，她就仿佛看到了一张厨房里的大桌台。这全是拜安德鲁所赐。有一天，她问他："你父亲在那些书里都写了什么呀？""主体和客体，以及现实性。"他回答道。她发出"天哪"的感叹，压根不明白这些哲学术语的含义。"那就想象一下厨房里的那张大桌台吧，无论你在不在厨房，"他对她说："它都在那里存在。"

自那之后，只要一想到拉姆齐先生的书，一张擦得干干净净的大桌台总会浮现在丽莉的眼前。现在，那张大桌台挂在了一棵梨树的枝杈上，因为他们正经过一个果园。她费尽全力，不去关注树皮上隆起的银疤和鱼形的树叶，而是将注意力集中在大桌台的幻象上：那是一张擦得干干净净的木板桌，正四脚悬空地卡在树梢上，上面散布着木材的纹路和疤节，数年如一日的敦实完整将整张桌子的品质展现得淋漓尽致。诚然，如果一个人的一生都是在观察棱角分明的本质中度过的：将美好的夜晚、火烈鸟般的晚霞、湛蓝的大海和银白的树皮全都还原为一张白色的四脚桌（这是卓越思想家的标志），那么人们自然不能以普通人的标准去评判这样的人物。

---

[1] 维苏威火山，位于意大利南部，是世界著名的火山之一。它曾经的一次喷发，几乎摧毁了庞贝古城。

班克斯很欣赏她的那句"想想他的著作"的提议。其实，他不仅早已想过这一点，还会隔三岔五地细细回想。他曾无数次地强调："拉姆齐是那种在四十岁以前就能写出巅峰之作的人。"他在年仅二十五岁时，就凭借一本小书为哲学做出了明确的贡献。后续的作品或多或少都是对第一本小作的阐述和引申。"不管怎样，能对某一领域做出真正贡献的人，毕竟寥寥无几。"他在那棵梨树旁停了下来，这番话公正无私，条理清晰，措辞精确。顷刻间，仿佛由着他的随手一挥，她对他日积月累的印象汹涌澎湃，她对他的所有感情犹如一场沉重的雪崩倾泻而下。那是一阵突如其来的触动。他存在的本质继而像烟雾一般升起，另一阵触动随即而至。她感觉自己被自身敏锐的感知所震撼——这源自他的严肃，他的善良：我每一毫每一厘地尊重你（她无声地向他致辞）；你从不自视过高，全然超脱于个人情感之外；你比拉姆齐先生更加优秀，是我认识的最优秀的人；你既没有妻子，也没有子女（她渴望慰藉他的孤寂，不带有任何情欲的色彩）；你为科学而活（一片片土豆标本不由自主在她眼前冒了出来），赞颂反而是对你的一种冒犯；你是一位慷慨、纯洁、英勇的男人！但与此同时，她也记起了他在迢迢长路上是怎样使唤贴身男仆，绝不允许狗儿跳上椅子，就蔬菜中的盐分和英国厨子的拙劣厨艺，喋喋不休几小时（直到拉姆齐先生砰的一声摔门而去）。

那么，所有这些印象是怎么形成的呢？人们是怎样考量和评判他人的呢？我们如何将零零碎碎的感觉拼凑起来，又如何得出喜欢或厌恶的结论呢？至于那些词语，到底附带着什么意义呢？她站定不动，在那棵梨树旁，愣在了原地，关于那两个男人的种种印象不断涌入脑海。跟随自己的思绪，就像在追赶一个语速快到无法用铅笔记下的声音；而这声音正源于她的自我，不假思索地诉说着一些毋庸置疑、永恒不变、自相矛盾的话语，就连梨树树皮上裂开的缝隙和隆起的疙瘩也避无可避地永久定格在了那里。"你很有才华，"

她继续说道,"但拉姆齐先生可一点儿也没有。他心胸狭隘、自私自利、虚荣自负、以自我为中心。他被大家吹捧坏了,是个专横霸道的人,把拉姆齐夫人折腾得精疲力竭。而且,他还有你(她指的是班克斯先生)绝不会有的一些特质:对人情世故的狂妄无知,对日常小事的一窍不通,以及喜欢狗和孩子。他有八个孩子,而班克斯无儿无女。那天晚上,他难道不是套着两件大衣走下楼,让拉姆齐夫人为他修剪头发,还端着盛布丁的小盆去接掉落的碎发吗?"所有这些思绪像一群翩跹起舞的小蚊子,每一只思绪都各自独立,却又神奇地合成了一张隐形的弹性之网。这张网在丽莉的脑海之中,在那棵梨树的枝干之间,上下起舞。那张擦得干干净净的大桌台幻象依旧悬挂在那儿,象征着她对拉姆齐先生深切的崇敬之情。她的思绪越转越快,最终因过于剧烈的负荷而分崩离析;她如释重负。突然,附近响起一声枪鸣;紧接着,从回响中惊出了一群骚乱纷飞的椋鸟。

"贾斯珀!"班克斯喊道。他们转过身,望向飞过阳台的椋鸟。看着疾飞的鸟群在天空中散开后,他们紧接着穿过树篱间的那个豁口,迎面撞见了拉姆齐先生。他用凄凉的语调低吟道:"有人发了错令!"

他的双眸闪烁着情感,透露着极其悲壮的蔑视,与他们的目光交会了片刻,在即将认出对方的那一瞬间颤抖起来。但随后,他在恼羞成怒的痛苦中,抬起胳膊,把手半挡在脸前,像是在避开什么,像是在掸去他们正常的注视,像是在恳求他们先不要说出他知道必然会说出口的话,像是在抱怨自己被他们打断后孩子气般的愤懑。然而,他即使是在被意外撞见的这一刻,也没有溃不成军,抱头鼠窜,而是决心紧紧抓牢这种美妙的情感,这种令他羞愧难当却又沉醉其中的粗犷诗句——他唐突地转过身,对着他们砰地狠狠关上了他的房门。丽莉·布瑞斯珂和班克斯先生惶惶地抬头望着天空,发现贾斯珀用玩具枪吓飞的那群椋鸟早已栖息在了榆树的枝头。

第五章

"就算明天不会放晴，"拉姆齐夫人抬起头，瞥见威廉·班克斯和丽莉·布瑞斯珂从窗前经过，继续说道，"也总有会放晴的一天。现在……"她恍然发觉丽莉的迷人之处恰恰源于那对中国眼睛，倾斜地镶嵌在皱巴巴的白皙小脸上；但只有睿智的人才能欣赏这一点。"现在站起来，让我量量你的腿。"一家人最终也许会去灯塔，不过在此之前，她有必要考虑将长袜加织一两英寸。

就在这一刻，她的脑海里闪过一个绝妙的想法——班克斯和丽莉是天作之合——她微笑着，拿起那对开口处还交织着钢质针棒的杂色毛纱袜，放在詹姆斯的腿上比量着。

"宝贝，站住，别乱动。"她说道。詹姆斯出于嫉妒，不愿意为灯塔看守员的小儿子当量尺，故意摇头摆尾。如果他老是这样，她还怎么能看清呢？到底是太长了，还是太短了呢？她问道。

她抬起头——究竟是什么恶魔附身了她的小儿子，她最疼爱的孩子？——扫视房间，看见了几把沙发椅，觉得它们败絮褴褛。它们的"五脏六腑"，正如安德鲁前几天形容的那样，全都散落在地板上；既然房子只靠一个老妇人打理，还潮湿得简直滴水成河，她又问道，那又何必买这么好的椅子，闲置在这里一整个冬天，白白遭受湿气的毁坏呢？不过，没关系，好在租金仅需两个半便士；而且，孩子们都喜欢这里；对她的丈夫而言，离家三千英里（或者更确切地说，是三百英里），远离他的图书馆、讲座和学生，是大有裨益的；房间里还有足够的空间接待客人。地毯、帆布床、嘎吱鬼叫的桌椅在伦敦的服役期已经宣告结束，在这里尚能继续发挥余热；一两张相片，还有几本书。她想，这些书都是自己冒出来的。她可从来没时间读书。唉！甚至就连那几册友人赠送的诗集也不例外，上面还有那位大诗人的亲笔题词："愿她的心愿必定实现"……"致我们这个时代更加幸福的海伦[1]"……说来惭愧，她一本也没有翻开过。还有克鲁姆[2]的《论心灵》与贝茨的《论玻里尼西亚的野蛮习俗》（"宝贝，站住，别乱动。"她提醒道）——这两本书都不适合带去灯塔。总有一天，她想，这栋房子会变得破败不堪，到那时就必须好好修缮一番了。要是能教会孩子们在进屋前擦鞋，不要把海滩上的沙子带进来，那就更好了。对了，还有螃蟹，但要是安德鲁真的想将它们大卸八块，要是贾斯珀相信海草可以用来做汤，那她不得不承认没有人能阻止他们把这些东西带进家；当然，还有一心想要收集贝壳、芦苇和石头的露丝；她的孩子们都很有天赋，又各有不同。她一边把长袜贴在詹姆斯的腿上，一边把整个房间从地板到天花板都环视了一遍，叹息道：到头来，寒来暑往，家里的东西一年比一年破旧。地毯正在褪色；壁纸正在拍打着墙面，再也看不清上面的玫瑰花了。如果一栋房子永远敞开着每一扇门，而整个苏格兰没有一个能修门闩的锁匠，那么家具注定会腐坏。每扇门都敞开着。她听得清清楚楚。客厅的门开着；走廊的门开着；卧室的门听起来也开着；楼梯口的窗户无疑是开着的，因为那是她亲自打开的。窗户应该开着，门应该关上——再简单不过的事情，怎么没有一个孩子能记得呢？她会在夜晚走进女佣们的卧室，发现每一间都像烤箱一样密不透风；但玛丽的房间除外，那个瑞士姑娘宁愿无法洗澡，也不能没有新鲜的空气。她还在家乡时，曾感叹道："山真是太美了！"昨晚，她望向窗外，眼中噙泪，重复了这句话。"山真是太美了！"拉姆齐夫人知道，姑娘的父亲在老家气息奄奄，即将离世，留下子女们成为无父的孩子。

这时，拉姆齐夫人回忆起，自己曾经一边斥责玛丽，一边为她

---

1 指的是古希腊神话中的海伦，被认为是古代世界最美丽的女人。
2 乔治·克罗姆·罗伯逊（1842—1892），苏格兰哲学家和逻辑学家。

做示范（怎样铺床、如何开窗，像法国女人一样优雅地合拢和摊开双手）。等姑娘开口说话时，周围的一切都悄然地收叠齐整了，就像鸟儿在阳光下翱翔后，静静地收拢翅膀，那羽毛的蓝色调从闪亮的金属色调渐变为柔和的紫色。然后，她一言不发地杵在原地，因为该说的都已经说完了。她的父亲患了喉癌。再回想起那一幕——她站在那里的样子，她说着"老家的山真是太美了"时的语调，但现实是没有希望，毫无希望可言——拉姆齐夫人突然心生一阵恼怒，厉声对詹姆斯说道：

"别烦了。站好别动。"小儿子这下才明白妈妈是真的生气了，于是伸直了腿，由她好好丈量。

尽管灯塔看守员苏利的小儿子可能没有詹姆斯的个头高，但这只长袜起码短了半寸。"太短了，"她说道，"短得实在太多了。"

从来没有谁的脸如此忧郁，苦涩而阴沉，染黑了周遭，随着阳光坠入直通深渊的隧道之中。也许，有一滴眼泪汇聚成型，滑落而下；水波时而向左，时而向右，接住泪滴后，恢复了平静。从来没有谁的脸如此忧郁。

但人们不是说，这只不过是一张脸而已吗？面貌之下隐藏着什么——是她的美丽与光彩吗？人们议论着关于她的旧情人的流言：他开枪打爆了自己的头吗？他是在婚礼前一周死的吗？抑或者，一切都是子虚乌有吗？除了那无与伦比、声色不惊的美丽，隐藏在她的面貌之下，就别无他物了吗？尽管在一些私密的时刻，每当她听闻那些关于满腔热忱、情路坎坷、壮志难酬的故事时，她本可以轻描淡写地吐露自己也曾有过类似的经历和感受，但她从来只字不提，总是沉默寡言。她一早就明白事理——无需学习，就已然领悟于胸。她那质朴的直觉反而洞悉了那些智者弄虚作假的把戏。她拥有纯真且专注的心灵，思考时既像下坠的石头一样利落，又像猛扑的鸟儿一般精准，于是她的精神自然而然地向着真理俯冲而下。她对这种状态感到怡然自得，而且乐此不疲——也许，这只是一种错觉。

[有一次，班克斯先生在电话里被她的声音深深打动，而她只不过在告诉他一件关于火车的小事。他感叹道："大自然拥有的黏土本就不多，但她用来捏造你的土质，更是绝无仅有。"他的眼前不禁浮现出电话线另一端她的模样：鲜明的希腊血统，直挺的身材，碧蓝的眼睛。与这样一个女人通电话似乎是那么格格不入。希腊神话中的美惠三女神[1]在长满水仙花的草地上聚首，携手捏出了那张脸。他之后会搭上十点半从尤斯顿站出发的火车。

"可是她对自己的美懵懂无知，就像小孩子一样。"班克斯先生放下听筒，自言自语道，然后穿过房间，看了看工人们在他家后面建造的旅馆进展如何。当他望着那些尚未完工的墙壁上的忙碌景象时，他想起了拉姆齐夫人。他一直觉得，在她那张和谐的面庞上，总掺杂着一些不协调之处。她头顶猎鹿帽，脚蹬长筒雨靴，跑过草坪，一把抓住一个顽皮的孩子。因此，当他只能记起她的美丽时，就不得不回想起她鲜活灵动的一面（他看着工人们把一块块砖头搬上一块小木板），再将其融入脑海的画面中；要是他仅仅把她视作一个女人，就必须赋予她某种古怪的特质——她并不喜欢众人的赞美——或者说她有一种秘而不宣的心愿——卸下那高贵的外表，仿佛她的美和众人对她的赞美使她心生厌倦。她只想和别人一样，微不足道。他不知道。他不知道。他得去工作了。]

拉姆齐夫人继续针织着那对红棕色的毛线长袜，镀金的画框，她随手扔在画框边的那条绿色披肩，以及一幅经过专家鉴定的米开朗基罗的名作，荒诞地勾勒出她的头部轮廓。她缓和了先前粗暴的态度，托起小儿子的头，吻了吻他的前额。"我们再找一张图剪下来吧。"她提议道。

---

[1] 美惠三女神，希腊神话中分别代表着妩媚、优雅和美丽的三位女神。

第六章

但出了什么事?

有人发了错令。

在她沉思的过程中,那些长久以来在她心中毫无意义的词语开始焕发了意义。"有人发了错令——"她将近视的目光聚焦于正向她走来的丈夫身上,目不转睛地注视着,直到他的靠近让她意识到(那几句诗此时在她的脑海里打起了节拍)出了什么事,有人发了错令。但她怎么也想不出到底是怎么一回事。

他瑟瑟发抖,他战栗不止。他对自身才华所有的虚荣自负,所有的自鸣得意,就像一连骑兵,迅捷如霹雳,威猛如雄鹰,而他则是那个在死亡的幽谷率领部下冲锋陷阵的大将军;但现在,他的军队被打得丢盔卸甲,溃不成军。弹片纷飞如暴雨,他们善骑又英武,穿越死亡的幽谷,炮火连连在轰鸣——却迎面撞见了丽莉·布瑞斯珂和威廉·班克斯。他瑟瑟发抖,他战栗不止。

她决定这次不管怎样,都不会主动跟丈夫搭话,因为她从熟悉的迹象中看出,他满腔怒火,痛苦不堪,回避目光的接触,身体怪异地紧绷着,仿佛把自己包裹起来,需要一些私人空间,才能从失衡中恢复过来。她抚摸着詹姆斯的头,把对丈夫的感情转移到了小儿子身上。她看着他拿起粉笔将海陆军用品店小册子里的一件绅装白衬衫涂成了黄色,心想:要是他将来能成为一名艺术大师,自己该会有多欢喜啊!更何况,他怎么会成不了呢?他那高阔的前额预示着辉煌的前程。后来,当丈夫再次从她身边走过时,她抬眼一看,发现那种溃败的神情已经隐蓄了,于是松了一口气。家庭生活凯旋,那独特而熟悉的舒缓小曲,轻柔地吟唱起来。他再次转身后,突发奇想,故意在窗前停下脚步,弯下腰,随手摘下一根小嫩芽,在詹姆斯裸露的小腿上挠着痒。她挖苦他终究还是打发走了"那个可怜的年轻人"——查尔斯·坦斯利。"坦斯利必须回去写论文。"他一本正经地解释道。

"假以时日,你的儿子也要写他的论文。"他讽刺地补上一句后,继续甩动着手中的枝丫。

他以一种独有的方式,既严肃又古怪地逗弄着小儿子的光腿。小詹姆斯厌恶他的父亲,强忍着不理会那根挠痒痒的小枝丫。

拉姆齐夫人表示,她正忙着把这双烦琐的长袜织完,明天好带给苏利的小儿子。

拉姆齐先生恼怒地脱口而出,明天能去灯塔的机会根本就微乎其微。

他怎么就如此笃定呢?她反问道,风向经常说变就变。

在他听来,这番妇人之见简直荒谬至极,点燃了他心中的熊熊怒火。他先前率领骑兵穿越死亡的幽谷,被打得溃不成军,战栗不止;而现在,她公然蔑视事实,纵容孩子们对绝无可能之事心怀幻想,这无异于在撒谎。他气得在石阶上直跺脚。"去你的吧。"他说道。但她又说了什么呢?只不过是明天没准儿会放晴。好一个"没准儿"。

光是气压表的下降和正西的风向,就没这个准儿。

在她看来,他在追求真理的过程中,如此毫不顾及他人的感受,如此肆无忌惮、野蛮无情地撕破文明的薄纱,是对人类尊严的可怕暴行。她头晕目眩,双眼失神,在默不回应的情况下垂下头,仿佛甘愿一粒粒犬牙交错的冰雹击打在身上,任由一滴滴浑浊的脏水溅污全身。她没什么可说的了。

他默默地站在她身边。长时间的沉默后,他才低声下气地提议:如果她想的话,他可以去征询海岸警卫队的意见。

她没有崇拜过任何人,除了他。

她说,她很愿意相信他的话。那样一来,他们也就不必提前切好外带的三明治了——就这样吧。她身为一位母亲，孩子们自然会整天来找她，谈天说地；一个孩子想要这个，另一个孩子想要那个；他们都在茁壮成长。她时常觉得自己不过是一个吸满了各种人类情感的海绵块。之后，他又说："去你的吧。"先前说"要下雨"的人是他，现在说"不会下雨"的人还是他；刹那间，平安的天堂在她的面前敞开大门。她觉得，自己就连为他系鞋带都不配。

拉姆齐先生早已为自己的暴怒而惭愧，也为率领骑兵冲锋时挥舞双臂的行为而羞耻，于是他难为情地再次戳了戳小儿子的光腿。接着，他像从她那儿获得了离去的批准一般，猛地潜入了夜色之中。他的妻子看到这一幕，莫名想起了动物园里的那只大海狮：它吞下鱼后，向后翻了个跟头，接着扑通一声扎入水中，游泳池的水从一边荡到另一边。此时此刻，夜晚的空气早已愈发稀薄，渐渐模糊了树叶和篱笆的形状；不过，仿佛作为某种回报，玫瑰花和粉色的石竹花重新焕发出白昼所没有的光泽。

"有人发了错令。"他又朗诵了一遍，大步走进露台，来回踱步。

但他的语调发生了如此异乎寻常的变化！宛如布谷鸟的歌喉，"他在六月里跑了调"。他俨然一副出演戏剧的做派，但苦苦思索之后，只有这一句台词涌到嘴边，于是便脱口而出。不过，用这句话来形容自己的新心情显然是割裂的。说出诸如"有人发了错令"这样的句子荒唐可笑，几乎和抛出一个问题无异，毫无信念感可言，只是听起来优美悦耳。他一边来回踱步，一边哼唱着。拉姆齐夫人不禁笑了起来，果然不出她所料，他很快就消停了，安静下来。

他安定了，恢复了隐秘独处的状态。他停下脚步，点燃烟斗，望了望窗边的妻子和儿子，顿感精神抖擞、心满意足。这种感觉就像一个人在疾驰的火车上看书时，抬眼看见了一幅点缀着一个农场、一棵树和一片农舍的"插图"；目光重新落回书页后，发现这风景恰好呼应了书中的几句话。尽管他没有辨清妻儿的模样，但仅仅瞥见他们的身影就足以让他感到精神抖擞、心满意足，也激励着他攻克那道正调动着他的聪明才智的难题，获得一种刨根知底的灼见。

他拥有一颗出色的头脑。如果能将思想比作钢琴上繁多音符的琴键，抑或二十六个字母依次排列的字母表，那么他那出色的头脑就可以不费吹灰之力，一个接一个地碾过这些字母，坚定而精准地抵达某个字母（比如 Q）。他能一路抵达 Q，而拥有这种能力的人在整个英国都寥寥无几。此时，他在栽种天竺葵的石瓮旁，停驻了一会儿，仍然能望见窗边的妻儿，但这一次看起来相隔很远、很远，就像一群捡贝壳的孩子，他们天真无邪，聚精会神地寻觅脚边的小玩意，却对他预感到的厄运毫无防备。他们需要他的保护；他保护了他们。然而，Q 之后呢？接下来是什么？在 Q 后面，还有几个字母；最后一个字母，肉眼几乎不可见，但在远处隐约闪烁着红色的微光。在每一代人中，有且仅有一人能抵达 Z。如果他有朝一日抵达 R，那将会是一项壮举。至少，他已经到 Q 了。他在 Q 上牢牢地站稳了脚跟。这是他确信无疑的 Q，也是他能加以证明的 Q。"假设 Q 等于 Q，那么 R……"他将烟斗在石瓮的柄把上敲了敲，发出了两三声清脆的声响，继续说道："下一步就是 R。"他竖起脊梁。他咬定牙关。

船员们凭借着优秀的素养——坚韧不拔、公正无私、深谋远虑、无私奉献和精湛技艺——在仅剩下六片饼干和一壶水的情况下，在炙热的海面上漂流。这些品质正在助他一臂之力。下一步就是 R——R 又是什么？

在他高度聚焦的目光下，那扇百叶窗，宛如蜥蜴的皮质眼睑，不时眨动，遮掩了 R 的轮廓。在那一闪而过的黑暗中，他听到人们说——他是个失败者——R 是非他能力所及的目标。他将永远无法抵达 R。向 R 推进，再度进发。R——

凭借着这些品质，他会在穿越极地冰封荒原的孤独远征中，成为领队、向导和参谋；他的性情既非乐天派，亦非颓废派，沉着审视和勇敢面对即将发生的一切。这些品质正在助他一臂之力。R——

"蜥蜴"的眼睛又眨了一下。他额头上的青筋渐渐隆起。石瓮里的天竺葵变得赫然醒目；他在叶片之间，无意中看出了两类人之间古老而显著的区别：一类人是稳扎稳打的进取者，他们拥有超人的毅力，孜孜不倦，持之以恒，按照整个字母表的顺序，从头至尾重复二十六个字母；另一类人是灵感丰沛的天才，他们有如神助，能在一瞬间将所有的字母整合在一起——这就是所谓的天才之道。他不是天才；他也从未自以为是。但他拥有（或可能拥有）一种能力，能按照从 A 到 Z 的顺序，准确地重复字母表中的每一个字母。只不过，他目前一直止步于 Q。继续，接下来，向 R 推进。

雪花已经开始飘落，薄雾逐渐笼罩山顶。一种复杂的情绪悄然袭上心头，黯淡了他双眸的光彩；即使是在露台上的短短两分钟，他也显露出枯槁衰萎的煞白面容。对于一个明知自己在天亮之前必定躺着死去的领队而言，这种情绪并不会令他束手待毙。他不愿躺着死去；他会找到一处悬崖峭壁，双眼紧盯风暴，竭力穿透黑暗，坚持到最后，他要站着死去。他永远没能抵达 R。

天竺葵在石瓮里蔓生着，他站在一旁，一动不动。他问自己，十亿人中究竟有多少能抵达 Z 呢？想必，一个毫无指望的领队，即使没有叛离身后的远征队，也很有可能如此自问，接着自答："也许只有一个。"一代人中仅有一人。如果他不是那个人，难道就要遭受怪罪吗？假如他一直埋头苦干，脚踏实地，尽心尽力，最终实在无能为力呢？他的名望能流传多久？一位垂死的英雄，在生命的最后一刻，甚至也会思考后世之人将会如何评论自己。这无可厚非。他的名望或许能维持两千年。可两千年又算得了什么呢？（拉姆齐先生盯着树篱，讽刺地发问。）如果你当真能伫立峰顶，俯瞰漫长的荒芜岁月，那又会如何呢？那颗被人们提脚踢飞的小石子，都比莎士比亚恒久长存。他自己的那束微光并不耀眼夺目，会发亮一两年，然后融入一束强光之中，最后融入一束更加璀璨的光芒之中。（他盯着树篱，细细观察着枝条的盘根错节。）试问，谁能责怪一个孤立无援的领队呢？毕竟，他已经率领队伍登上了弥高的峰顶，目睹了岁月的荒芜和星辰的消逝。若是在死亡僵化他的手脚，剥夺他的运动能力之前，他能凭借意志力，抬起麻痹的手指，举到齐眉处，再挺直肩膀，那么当搜救队找到他时，便会发现他以一个英勇的军人形象，战死在自己的岗位上。拉姆齐先生挺直了肩膀，在石瓮旁站得笔直。

他的思绪沉浸在名望之中，沉浸在搜救队之中，沉浸在感激涕零的追随者们在他的遗骨上垒起的石堆纪念碑之中。如果他只是这样伫立片刻，谁又能责怪他呢？总之，谁能责怪这个劫数难逃的领队呢？毕竟，他已经耗尽最后一丝气力，率领远征队，走到了探险之路的尽头，最后倒地长眠，不再在乎自己清醒与否。现在，脚趾的刺痛提醒着他，自己还活着；总的来说，他并不想就这样死去，但他需要同情，需要威士忌，需要有人立刻传颂他的苦难故事。谁会责怪他呢？当英雄卸下盔甲，伫立窗前，目不转睛地望着他的妻儿时，谁不会暗自欣喜呢？他们起初离他很远，随后越来越近，直到嘴唇、书本和脑袋都逐渐清晰地出现在他的面前。在强烈的孤独、荒芜的岁月和消逝的群星后，妻子在他的眼里仍然楚楚动人，新奇如故。他最终还是把烟斗放回口袋里，在她面前低下了高贵的头颅——若是他向绝世佳人致敬，谁又会责怪他呢？

第七章

但小儿子厌恶自己的父亲,厌恶他走到他们的面前;厌恶他逗留不前,高高在上地盯着他们;厌恶他的打扰,厌恶他那扬扬得意和趾高气扬的姿态,厌恶他那高贵的头颅,厌恶他那求全苛责和狂妄自大的态度(他站在那里,命令他们将注意力集中在他的身上);但詹姆斯最厌恶的莫过于,父亲在情绪激昂时突然高亢的腔调和震颤空气的聒噪。这种声音在四周震荡,扰乱了母子之间原本纯朴而温馨的氛围。他愤愤地注意到,每次只要父亲一停在这,母亲的注意力就立即从自己的身上转移了。他目不转睛地盯着书页,祈求父亲赶紧走开;他用手指指向一个词,渴望唤回母亲的注意力。然而,事与愿违。没有什么能促使拉姆齐先生挪开脚步。他杵在原地,索要同情。

拉姆齐夫人起初一直把儿子抱在怀里,慵懒地坐着;现在,她振作精神,半转过身,似乎费了一番力气才挺起身板,但随即便在室内倾洒了一场活力之雨,迸射了一股能量之泉。与此同时,她看起来神采焕发,生机勃勃,仿佛她所有的活力都汇聚成了一股力量,在熊熊燃烧中熠熠生辉(尽管她只是静静地坐着,重新拿起了那双长袜);而这个贫瘠荒芜、死气沉沉的男人,一头扎进这甘美的丰饶之中,扎进这生命之泉的雾气之中,犹如一个铜制的鸟喙,光秃且空荡。他渴求同情。他亲口承认,自己是一个失败者。钢质针棒在拉姆齐夫人的手中来回闪动。拉姆齐先生的目光始终没有离开她的脸庞,一遍又一遍地重复着,说他是个失败者。她反驳了他的话,说道:"查尔斯·坦斯利自认为……"但他想要的绝不止这些。他渴求的是同情,首先是肯定他的天赋,接着是邀他进入生活圈,给予他温暖和慰藉,激活他麻痹的感官,滋养他贫瘠荒芜的心灵,然后将盎然的生机注入整栋房子的每一个房间——客厅,客厅后方的厨房，厨房上方的几间卧室，还有卧室上方的婴儿室。每一个房间都必须配有家具，都必须充盈生气。

"查尔斯·坦斯利自认为是当代最伟大的形而上学家。"她说道。但他想要的绝不止这些。他必须得到同情。他必须得到她的肯定，才会相信自己也活在生活的中心，他必须确定自己是不可或缺的一号人物；在此时此地如此，在世界各地更要如此。她信心满满地挺直腰板，舞动着闪闪发光的针线；整个客厅和厨房都在她的映衬下，焕发出温暖的柔光。她嘱咐他在这里放松身心，随意进出，尽情娱乐。她笑脸盈盈，继续编织。小詹姆斯全身紧绷地站在她的两膝之间，感到妈妈在一瞬间熊熊燃烧的全部能量，任由那个铜制的鸟喙酣饮止渴，任由那个男人残酷地挥砍那把渴血的弯刀，一次又一次，苛求同情。

他是一个失败者，他仍在喋喋不休。好吧，那就看一看，感受一下吧。他看着她挥舞的针线，接着环顾她的四周，然后望向窗外，再将视线收回房间，最后落在小詹姆斯的身上。她用亲切的笑容、优雅的姿态、娴熟的技巧（就像一个保姆在黑暗的房间提着灯，安抚一个哭闹的孩子），拨开他的疑云，向他肯定，这一切都是真实的——屋子里充满生气，花园里狂风呼啸。如果他无条件地信任她，就什么也伤害不到他；不管他把自己埋得多深，或是爬得多高，他发现自己一刻也离不开她。她以自己的形影相伴和呵护备至为荣，甚至没有留下一个自我认知的躯壳。她奉献了自己的一切，再任其蚕食殆尽。小詹姆斯全身紧绷地站在她的两膝之间，感到妈妈就像一棵拔地而起的果树，盛开着玫瑰色的花朵，枝叶繁茂，枝杈随风舞动，任由那个铜制的鸟喙刺入树干，任由那个自负的男人，他的父亲，插揷挥砍那把渴血的弯刀，苛求同情。

她的话充盈在耳畔，他就像一个听够故事才愿睡去的孩子。他终于恢复了生机，重新振作起来，怀着谦卑的感激之情望着她，说他要出门转转,要去看孩子们打板球。于是,他走了。

转瞬间,拉姆齐夫人的身体蜷缩一团,犹如蔫皱的花瓣一片接一片地向花蕊收缩,手中的毛线袜也疲软地瘫倒在地。她在纵情奉献之后,早已精疲力竭,只剩下在格林童话的书页上挪动手指的力气;而一股创造天地的狂喜在她的体内悸动,如同一根拉伸到底的弹簧,现在正轻柔地来回震荡。

随着他离开的每一声脚步,她脉搏的每一次悸动似乎都把夫妻二人绑定在一起,就像两个不同的音调,一个高,一个低,合奏时的共鸣为彼此带去了一份慰藉。但当共鸣逐渐消散时,拉姆齐夫人又潜回童话故事的世界里。她的疲惫感(自此之后,这种感觉便一直挥之不去)不仅仅来自肉体,还掺杂着一丝没来由的不快。当她高声朗读童话故事《渔夫妻子》[1]时,她还没有摸清这不快的缘由。当她翻动书页的一瞬间,那沉闷而不祥的潮落声传入耳畔;她放下了书,恍然明白了其中的来龙去脉,但她绝不允许自己将其诉诸言语:她不喜欢"我比丈夫更优秀"的感觉,哪怕只是一瞬间也不行。除此之外,当他们交谈时,一旦对于自己所说的话是否属实没有十足的把握,同样让她不堪忍受。大学需要他,人民需要他,他的讲座和著作字字千钧——她对此从未有过丝毫的怀疑。然而,令她心绪不宁的正是他们之间的关系:他在众目睽睽之下公然向她求助,人们由此哄传他仰仗着她;他们须知,他无疑才是两人之中举足轻重的那号人物,而她所能给予世界的,与他的贡献相比,简直微不足道。但她还有一件烦心事——不敢和他实话实说,比如害怕告诉他起码要花上五十英镑,才能修补好暖房的顶棚;至于他的书

---

[1] 一部著名的德国童话故事,最早由格林兄弟收集并整理。这个故事讲述了一个渔夫捕到了一条能变成人形的鱼,并向它求助,希望能改善他和妻子贫困的生活状况。然而,随着妻子的要求越来越多,包括住进城堡、成为女王等奢侈的愿望,最终导致鱼恢复原形,并使得一切回到过去。

作,她更是不敢和他谈及,因为害怕他会猜到她隐隐的质疑——最新的那本书未必是他最好的作品(她是从威廉·班克斯那里了解到的);她还要在他的面前隐瞒日常的琐事,孩子们都看在眼里,压在心头——这一切都削弱了这两个音符在合奏时全身心的纯粹愉悦感,这共鸣最终以一种沉闷的单调消逝在她的耳畔。

一片阴影在书页上掠过;她抬起了头。原来是奥古斯都·卡迈克尔,他恰巧在她痛苦不堪的时刻,慢悠悠地从旁边经过。她正在苦苦思索,人情关系皆有不足之处,再完美的情谊也会有瑕疵。她深爱着自己的丈夫,为了他不得不隐瞒事实,但她那求真务实的本能不断敦促着她审视自我,让她不堪重负。她觉得自己背负了"一无是处"的罪名,痛苦地认识到那些谎言和夸大之词阻碍了她发挥自身的长处。正当她因发现自己的出类拔萃而感到羞耻不安之时,卡迈克尔先生脚踩黄拖鞋曳步而过,她的脑海里鬼使神差地冒出了一个"有必要打个招呼"的念头,便脱口而出:"卡迈克尔先生,回来了呀?"

第八章

他默不作声。他是个瘾君子。孩子们说,他的胡子都被鸦片熏黄了。也许,的确如此。在她看来,显而易见的是,这个可怜人十分悲惨,每年都上他们这儿来,借此逃避现实。然而,她每年都会产生同样的感觉:他不信任她。她说:"我要去镇上。要不要给你带些邮票、信纸和烟草回来?"她感受到他的畏缩。他仍然不信任她。这都是他的妻子一手酿成的。她记起了那个妻子对他做出的恶劣行径:在圣约翰伍德街区那间可怕的小房间里,她亲眼目睹那个可恶的女人把他赶出房门,她当场被吓得僵在原地。那时的他衣衫不整,外套上还沾着污渍，显得无精打采，仿佛一个无所事事的老头。妻子就这样把自己的丈夫逐出了房间，操着一贯讨人嫌的语调说道："现在，拉姆齐夫人和我想单独聊一会儿。"拉姆齐夫人仿佛能透过眼前的景象，看到他生活中一幕幕无休无止的不幸。他的钱够买烟吗？他只能向她讨钱吗？每次是半克朗？还是十八便士？唉，她一想到这个女人让他受尽了各式各样的小屈辱，内心就不是滋味。而现在，他总是在躲着她（她猜不出个所以然来，唯一的缘由便只能是那个女人）。他对她只字不提自己的事情。但她还能为他做些什么呢？她已经把一套阳光明媚的房间让给了他，孩子们对他也十分亲切。她从未对他流露出一丝一毫的反感。事实上，她费尽心思想要与他友好相处。你需要邮票吗？你需要烟草吗？这本书也许你会有兴趣？诸如此类，不胜枚举。再说——再说（想到这一点，她不自觉地端正了身姿，越发感觉到自己的美丽罕见地呈现在眼前）——再说，她向来不费吹灰之力就能赢得人们的好感。就以乔治·曼宁和华莱士先生为例吧，尽管他们声名显赫，但仍然会在某个晚上悄悄地来到她的身边，在壁炉旁促膝长谈。她无法做到美而不自知，因为她的美丽犹如随身携带的火炬；无论她走进哪一个房间，这把火炬都是那么亭亭玉立。尽管她会尽力遮掩自己的美，还会对这种强加在身上的美感到单调而畏缩，但毕竟，她的美是一目了然的。她备受赞美，她深得爱慕。她曾走进那些满是哀悼者的房间，人们因她的出现而泪流满面。男男女女们都曾在她的面前，倾诉过纷繁杂乱的思绪，共同沉浸在质朴纯粹的解脱感中。但他的疏远刺伤了她，让她心生痛楚。况且，他的伤害既不干净利落，更非理所应当。正当她因为丈夫而快快不悦之时，卡迈克尔先生脚踩黄拖鞋，腋下夹着一本书，曳步而过，对她的问好仅仅点了点头。这样的态度更让她耿耿于怀。她感到自己再次遭受了猜疑；她感到那些自我奉献、救助他人的愿望，全都不过是虚荣心作祟的一场戏罢了。难道她之所以可以如此出于本能地自我奉献、救助他人，只是为了追求自我的陶醉？只是为了让众人歌功颂德："啊，拉姆齐夫人！亲切的拉姆齐夫人……真不愧是拉姆齐夫人！"？只是为了让众人需要她、邀请她、仰慕她？难道她暗自渴望着的不正是这些事情吗？因此，当卡迈克尔先生像现在这样躲着她，溜到某个角落里，没完没了地吟诵藏头诗时，她发自本能地感到自己受到了冷落，不仅意识到了自身琐碎卑微的一面，还体会到所有的人情关系即便再完美，也会有那么多的瑕疵，那么卑鄙可耻，那么自私自利。她香消玉减，心力交瘁，想必（她的脸颊凹陷，头发花白）已经不再是一道赏心悦目的风景了，最好还是专心读《渔夫妻子》的故事吧，这样才能安抚那团极度敏感的神经体——她的儿子小詹姆斯（她的其他孩子们没有一个像他那般敏感）。

"渔夫的心变得沉重起来，"她大声念道，"他不愿意去。他对自己说：'这样做是不对的。'但他最后还是出发了。当他来到海边时，发现海水变成了深深的紫色和黑黑的蓝色，既灰暗又浑浊，不再像之前那样绿黄相间，但仍然风平浪静。他站在那里说道——"

拉姆齐夫人殷切地希望，丈夫不会在这一刻打断自己。他怎么没有像先前说的那样，去看孩子们打板球呢？好在他没说话，只是看了看，然后点头赞许，最后继续往前走。他就这样一晃而过，眼前闪现了那排一次又一次令他停驻不前、曲折迂回的树篱，象征着结论的推导过程；紧接着是妻子和孩子的模样；然后是在石瓮里蔓生的天竺葵，那一朵朵红花时常装点他思考的过程，那一片片绿叶记载着结晶的文字，仿佛一张张零碎的纸片，布满了他在阅读时匆匆记下的潦草字迹——他就这样一晃而过，眼前闪现了这一切。他的思绪最后顺滑地跳转到了《泰晤士报》的一篇文章上，开始推测每年有多少美国人参观莎士比亚的故居。倘若莎士比亚从未存在过，他发问，世界会和今天大不相同吗？文明的进步是否取决于伟大的人物？芸芸众生是否比法老时代生活得更好？然而，他又反问自己，芸芸众生的生存境况是我们判断文明的标准吗？答案也许是否定的。也许，至臻至善的文明恰恰寄生于一个奴隶阶级。伦敦地铁里的电梯操作员永远不可或缺。他对这一想法深恶痛绝，不禁把头侧向一边。为了回避这种反感，他调转思考的方向，试图贬损艺术的优势地位。他会辩称，世界是为芸芸众生而存在的；艺术不过是强加在人类生活之上的一种装饰；艺术并不能表达生活本身。莎士比亚的作品也并非生活的必需品。其实，他自己都不清楚为什么要蔑视莎士比亚，也不知道为什么拥护那个永远站在电梯口的工人，他猛地从树篱上扯下了一片叶子。他想着，以上所有的思想食粮都将在下个月盛盘上桌，分发给卡迪夫大学的年轻人们；而在这里，在他的露台上，他只不过在觅食和野餐而已（他扔掉了刚才愤然摘下的那片叶子），就像一个骑着马回到儿时故地的人，一边在亲切的田野和乡间小路上悠闲漫步，一边从马背上伸手摘下一束玫瑰，或者一边把树上的坚果塞进自己的口袋里。一切都是那么驾轻就熟：这个岔路口，那个篱笆石阶，还有那条横穿田野的小道。他常常在夜色下叼着烟斗，在这些熟悉的老巷子和公共草地上，一边踱来踱去，一边思前想后，就这样度过好几个小时的时光。这些地方处处充盈着那场战役的历史，这位政治家的生平，还有诗歌和轶事，以及一些重要人物，包括这位思想家、那位士兵。一切都是那么栩栩如生。但最终，巷子、田野、公共草地、硕果累累的坚果树和花团锦簇的树篱，会把他引到更远的那个拐弯处；他在此下马，把马拴在一棵树上，独自步行前进，一路走到草地的尽头，遥望着下方的海湾。

　　这就是他的命运，他独一无二的宿命。无论他的意愿如何，他都注定要出现在这一窄块正被大海缓慢蚕食的陆地上。他伫立在那里，像一只落寞的海鸟，形单影只。

　　他拥有一种力量，一种天赋，能在眨眼之间卸除自身所有的冗余，萎缩过剩的自我意识。他面无表情，内心空荡，就连身姿也随之改变了。但他那激荡的思维丝毫没有丧失活力，他站在窄小的礁石上，面对着人类无知的黑暗，思考着我们的一无所知，以及大海吞噬着我们立足的土地——这就是他的命运、他的天赋。当他下马时，他已经放弃了所有的浮华和姿态，丢掉了所有的战利品——坚果和玫瑰；萎缩的不仅仅是自己的名望，他甚至连姓名也一并忘记了。尽管内心一片荒芜，但他仍然保持着警觉，绝不放纵幻影，更不沉溺幻想。他正是凭借这样的形象，激起了威廉·班克斯（时断时续）和查尔斯·坦斯利（阿谀奉承）深深的崇敬、怜悯和感激之情。他的妻子自然也不例外，此时此刻，她正抬头仰望着他伫立在草地的尽头，就像一根钉入海床的标桩，供海鸥们停驻栖息，遭受着海浪的拍打，独自履行着在滚滚波涛中标明航道的责任，激起了船员们欢欣的感激之情。

"但这个有八个孩子的父亲，别无选择。"他近乎大声地嘟囔着，说了一半就停下来，转身叹了口气，抬眼找寻妻子给小男孩读故事的身影，接着填满了一斗烟。倘若他能继续专注地思索人类的无知和命运，以及大海吞噬着我们立足的土地，或许会有所领悟，但他选择了背身离开，转而在琐事中寻觅慰藉。这种安慰与先前展现在眼前的宏大主题相比，显得那么渺不足道，他对此不仅讳莫如深，甚至鄙夷不屑，仿佛对正义之士来说，在悲惨的世界里获得幸福是一项最无耻的罪过。对他来说，此言非虚。他在大部分时光里都很幸福：他有爱妻，他有儿有女，他接受了卡迪夫大学的邀约，在六周后向年轻人讲授一些关于洛克、休谟、贝克莱和法国大革命起因的"闲言碎语"。但这件事，以及他从中获得的快乐，他从遣词造句、从青年的热情洋溢、从妻子的楚楚动人、从一众知名大学（斯旺西、卡迪夫、埃克塞特、南安普敦、基德明斯特、牛津、剑桥）的赞誉中收获的荣耀——这一切全都不得不被他贬低和隐瞒在

"闲言碎语"的字眼之下,因为他实际上没有做到他本可以做到的事情。这是一种掩饰;这是一个害怕拥有真情实感之人的避难所,他无法公开说出:这就是我喜欢的——我就是这样的人。威廉·班克斯和丽莉·布瑞斯珂觉得这种掩饰既可怜又可恨,他们不明白这样做究竟有何必要?为什么他总是需要他人的赞美?为什么一个思想上如此果敢的人,在生活中却如此怯懦?他既可敬又可笑,真是奇怪!

教导和说教超出了人力所及的范围,丽莉怀疑着。(她正在整理自己的画具。)如果被捧上天,就必然会摔下地。拉姆齐夫人总是对他有求必应。丽莉说道,悬殊的反差一定让他感到心烦意乱。试想一下,他刚从书本中走出来,却发现大家都在说胡话、玩游戏。这与他平时思考的事情有多么大的差别呀,她感叹道。

他正冲着他们走来。突然,他停了下来,杵在原地,沉默地凝视着大海。然后,他再次转身离开了。

第九章

是的,班克斯先生一边看着他离去,一边感叹道,这真是万分遗憾。(丽莉说过他时常吓到自己——他喜怒无常,一会儿一个样。)是的,班克斯先生感叹道,拉姆齐的行为举止异于常人,这真是万分遗憾。(他喜欢丽莉·布瑞斯珂,所以可以很坦率地同她谈论拉姆齐。)他表示,正是如此,年轻人才不读托马斯·卡莱尔[1]的书籍。一个脾气古怪的老家伙,粥凉了就大发雷霆,唠叨个没完没了,他又有什么资格对我们说教呢?班克斯先生明白当代年轻人的心声。

---

[1] 因著《法国革命史》而确立历史学家声誉的历史学家。

如果你跟他一样认为卡莱尔是最伟大的人类导师之一,那可真是万分遗憾。丽莉羞愧地说,自从她上学以来就没有再读过卡莱尔的书了。但在她的眼里,拉姆齐先生会因为自己的小拇指隐隐作痛,就叫嚣着整个世界必将灭亡,很多人反而会因此喜爱他。她对这一点倒是不介意。毕竟,又有谁会被他欺骗呢?他公然索要大家的吹捧和崇拜,他耍的那点儿小伎俩,也蒙骗不了谁。她望着拉姆齐先生走远的背影,坦白道,她讨厌的是他的狭隘和盲目。

"有点虚伪?"班克斯先生问道,同时也望着那个渐行渐远的背影。难道他没有想到自己与拉姆齐先生的友谊,没有想到卡姆不愿送他一朵花,没有想到那些男孩和女孩吗?他应该也想到了舒适惬意的家,但自从妻子去世后,屋子里就显得格外冷清了。当然了,他一定也想到了自己的工作……尽管如此,他还是希望丽莉能赞同拉姆齐先生确实如他所说,"有点虚伪"。

丽莉·布瑞斯珂继续整理着自己的画笔,时而抬头,时而低头。她抬眼一看:他就在那儿——拉姆齐——正朝他们走来,大摇大摆,漫不经心,浑然不觉,孤高冷漠。有点虚伪?她反问道。噢,不是的——他是最真诚的人,最真实的人(他来到了他们的身边),最优秀的人。但是,低头一想:他沉溺自我,他专横霸道,他偏心不公。她刻意继续低着头,因为只有这样,她才能保持镇定,与拉姆齐一家待在一起。当有人抬头看见他们时,她称之为"坠入爱河"的感觉就会涌上心头。他们成了那个刻骨铭心、引人入胜的虚幻宇宙的一部分——那是透过爱情之眼见到的世界。天空与他们亲密无间;鸟儿在他们之间翱翔歌唱。当她看到拉姆齐先生逼近又撤退,看到拉姆齐夫人和詹姆斯坐在窗边,看到白云在浮动,看到绿树在摇曳,看到生活由一个接一个独立的小事件拼凑而成,汇聚为蜷曲而完整的海浪,先将人高高托起,又狠狠抛下,再摔入沙滩之中时,她愈发激动。

班克斯先生期待着她的回应。她正要说上几句批判拉姆齐夫人的话，比如她的专横跋扈，同样令人害怕——或者诸如此类的话，却瞥见了班克斯先生如痴似醉的模样，顿时觉得毫无开口的必要，因为她想到了他的六旬高龄，他的洁身自好，他平日里的不动声色，这些就像为他披上了一件科学家的白大褂。而此时此刻，她看着他凝望着拉姆齐夫人，陷入迷恋的状态。丽莉觉得这份感情丝毫不亚于十来个年轻男子的爱慕之情（也许，拉姆齐夫人从未让这么多青年同时为她倾心）。她假装挪动画布，心想，这就是爱，纯净无瑕的爱，从不企图占有对方的爱；就如数学家对符号的爱，诗人对辞藻的爱，注定要传播到世界各地，成为人类成果的一部分。的确是这样的爱。为什么那个女人让他如此着迷；为什么他看到她给儿子读童话故事，就如同攻克了科学难题一样欣喜，让他沉浸在思绪中，仿佛证明了植物消化系统的某个绝对真理时一样，让他感到野蛮已被驯服，混沌已被征服。若是班克斯先生能解释清楚以上这些问题，那他便会尽一切办法向整个世界分享这份爱。

这样的迷恋——难道还能有别的什么名字吗？——使丽莉·布瑞斯珂彻底遗忘了原本要说的话。那些关于拉姆齐夫人的话，不关紧要。在这"痴迷"的衬托下，那些话显得苍白无力；这默默的凝望，令她心生热切的感激之情，因为没有什么能比这崇高之力、这天赐之物更能给她带来慰藉，拨散她生活的迷惘，不可思议地减轻她心头的负担。只要这种状态还在延续，人们就绝不会主动惊扰，就像他们不会阻挡铺洒在地板上的阳光一样。

她若有所思地瞟了班克斯先生一眼，心想他对拉姆齐夫人的感情是有益的，也是鼓舞人心的，人们理应像这样去爱。她卑微地拿起一块破旧的抹布，一支接一支地擦拭着画笔。她在这种笼罩在所有女性身上的敬慕之情中找到了一间庇护所，感到自己也受到了赞美。就让他尽情凝望吧，她可要趁机多看一眼自己的画。

她真想大哭一场。这幅画真是差劲，真是差劲，差到极点！当然，她本来可以不用这种画法，色彩本来可以更加稀薄淡雅，轮廓本来可以更加空灵缥缈，庞斯福特先生笔下的风景画就是这样的。可那并不是她眼中的风景。她看见色彩在钢架上燃烧，阳光倾洒在大教堂的拱顶上，构成了蝴蝶挥翅的光影。然而，这些景色仅仅沦为了画布上几根随意涂鸦的线条。这幅画永远不能被人看见，永远不能挂在墙上。坦斯利先生曾说过的话，忽然在她的耳畔低吟："女人不会绘画，女人不会写作……"

她现在想起了，刚才正要说拉姆齐夫人的事。她不知道该怎么开口才好，毕竟那都是一些批评的话。几天前的一个晚上，拉姆齐夫人的蛮横无理恼怒了她。她顺着班克斯先生的视线望向拉姆齐夫人，心想没有一个女人能像他那样崇拜另一个女人；她们只能在班克斯先生为她们两人遮挡的庇荫下栖身。她沿着他的目光看去，同时也加入了自己截然不同的目光，认为拉姆齐夫人（垂头看书）无疑是最可爱的人，也许是最好的人。但人们眼中的完美形象还是有所区别。但为何会不一样，又如何会不一样呢？她一面自问着，一面刮下调色板上那一堆堆的蓝色和绿色。她觉得这些颜料现在就像没有生命的泥块，但她发誓，明天一定要为它们注入生机，再驱使它们根据她的调遣，在画布上滑移和流动。她究竟有什么不同？

她的内在精神是什么？她的本质之处是什么？如果在沙发的角落里捡到一只皱巴巴的手套，仅凭那扭曲变形的手指，就能确定无疑这是她的手套。她像飞鸟般敏捷，像箭矢般率直。她顽固任性；她居高临下（丽莉提醒自己：我是在思考她与其他女性的交情，当然了，我不过是一个住在布朗普顿大街的无名小辈，只是比她年轻一些）。她打开卧室的窗户。她关上门。（于是，丽莉试着继续想象拉姆齐夫人的风姿。）深夜时分，她披着一件旧旧的皮大衣，轻轻地叩响丽莉卧室的门（这番布景总会格外映衬她的美——随性却又得

169

体)。丽莉会在脑海中重演各式各样的戏剧——查尔斯·坦斯利丢失了雨伞;卡迈克尔嗤之以鼻的语气;还有班克斯先生常念叨的那句话"蔬菜中的盐分全都丢失了"。所有的剧情,她都能轻车熟路地编造,甚至有时会恶意地加以扭曲。拉姆齐夫人走到窗前,假意准备离开——天刚破晓,她看到朝阳正在升起——半转过身,露出更加和蔼亲切的神色,依然笑意盈盈,斩钉截铁地说道:"你必须结婚,明塔也必须结婚,你们都必须结婚;在这个世界上,无论你戴上什么样的桂冠(但拉姆齐夫人对她的绘画不屑一顾),无论你取得了多大的成就(也许,拉姆齐夫人曾取得过一些成就)……"她讲到这里,悲从中来,黯然无神,瘫坐在自己的椅子上,接着说道:"一个没结婚的女人(她轻轻地握了握丽莉的手),一个没结婚的女人,已经错失了人生中最美好的时光,这一点毋庸置疑。"房子里似乎满是孩子们的酣眠声,拉姆齐夫人细细聆听着;透过灯罩的光线显得昏沉,均匀的呼吸声在空气中飘荡。

但丽莉会说,她有父亲,她有家。她要是能鼓起勇气,甚至还要补充一句:她有绘画。但她拥有的一切在婚姻的面前,似乎都那么渺不足道,那么天真幼稚。然而,随着夜色渐渐消退,微白的晨光拨开窗帘,鸟儿甚至不时在花园里啁啾,她鼓起孤注一掷的勇气,竭力呼求这一普遍规律对她的豁免,为此辩护:她喜欢独处,她喜欢做自己,她并非为婚姻而生。于是,她不得不直视那双无比深邃的眼睛投来的严肃目光,面对拉姆齐夫人(她现在就像个孩子)朴素而坚定的信念——她亲爱的丽莉,她的小布瑞斯珂,是个傻瓜。她记起来了,她曾把头靠在拉姆齐夫人的腿上,笑啊笑啊笑;一想到拉姆齐夫人以一种不可动摇的冷静主导着她百思不解的命运,她就笑得越发歇斯底里。拉姆齐夫人就坐在那里,朴素而严肃。丽莉的意识回到了当下——这就是手套的扭曲变形的手指。丽莉·布瑞斯珂终于抬起头,看见了拉姆齐夫人:她对发笑的原因懵然无知,仍然宣扬着自己的主张,但顽固任性的做派不见了踪影,取而代之的是豁达开朗的性情,宛如拨开云雾后露出的那一小片天空,与月亮相伴而眠。

是智慧吗?是智识吗?难道又是美的一个假象吗?一张金色大网缠绞着每一个人,导致我们在真理之路上半途而废?丽莉·布瑞斯珂深信,人们一定藏有秘密,否则这个世界根本无法继续运转,那么拉姆齐夫人是否也在心底深锁着某个秘密呢?谁都不可能像她那样手忙脚乱,糊口度日。但如果有人得知了秘密,会公之于众吗?丽莉坐在地板上,双臂环抱着拉姆齐夫人的膝盖,紧紧地挨着她,一想到拉姆齐夫人永远不会知道她如此用力的原因,就不禁笑了起来。她感受着这个此时与自己亲近的女人,想象着在她思想和心灵的密室里,矗立着一些刻有神圣铭文的石碑,就像王家陵墓中的珍宝一般;如果有人能破译上面的文字,就能洞悉一切,但这些石碑永远不会公开展示,也永远不会对外公布。究竟是怎样的艺术品——或以爱之名,或以精巧著称——才能挤进密室之中呢?有什么方法,可以让一个人同他的崇拜对象,就像倒入同一个缸里的水,密不可分地融为一体呢?肉体可以实现这一点吗?思维可以在大脑错综复杂的通道中微妙地交融,那么思维可以实现这一点吗?心灵呢?人们所谓的爱,能使她和拉姆齐夫人合二为一吗?她所渴望的不是知识,而是统一,不是碑文,也不是能用人类所知的任何语言书写的文字,而是亲密本身;她曾想过,亲密就是知识。她把头靠在拉姆齐夫人的膝盖上。

什么都没有发生。什么都没有!没有!当她把头靠在拉姆齐夫人的膝盖上时,什么都没有发生。不过,她知道拉姆齐夫人的心中蕴藏着知识和智慧。她不禁问自己,既然大家都如此封闭,那一个人又该如何去了解另一个人呢?只不过像一只蜜蜂,被空气中某种无法捉摸、难以品尝的香甜或辛辣所吸引,先是围绕着蜂巢的穹顶徘徊，然后独自游荡在世界各地上空的废气中，最后在嗡嗡声中回到了骚乱的蜂巢；而那些蜂巢，正是形形色色的人。拉姆齐夫人起身站立，丽莉起身站立。拉姆齐夫人离开了。这几天，丽莉感到拉姆齐夫人的周围似乎萦绕着一种低声的呢喃，远比她说话的声音更加栩栩如生。这就像一个人在大梦一场后，惊奇地发现梦中人竟然也在现实中发生了一些微妙的变化似的。当拉姆齐夫人坐在客厅窗边的藤椅上时，她在丽莉的眼中有着穹顶的轮廓，威严庄重。

丽莉的目光与班克斯先生的目光齐平，径直地落在拉姆齐夫人的身上：她正坐在那儿读书，膝上依偎着小詹姆斯。但就在丽莉仍在注视时，班克斯先生早已收回了视线。他戴上了眼镜，向后退了一步，举起了手，微微眯起清澈的蓝眼睛。这时，丽莉恍然回过神，看清了他的意图，就像一只看到有人扬起手的狗一样，惊恐地缩紧了身子。她本来想将画布从画架上一把揭下，但她对自己说，早晚的事。她鼓起勇气，准备承受被人打量画作的可怕审判。早晚的事，她继续在心里念叨，早晚的事。早晚要被人看到的话，班克斯先生至少会是那个不那么令她惊惶失措的人。但是，任由他人审阅她三十三年来的生活痕迹，翻看她的日常沉淀，窥探她在这些日子里从未吐露的秘密，这无疑是一种痛苦的折磨，但同时也蕴含着极大的激情。

她从来没有这样镇定和安静。班克斯先生拿出一把铅笔刀，用骨柄在画布上敲了一下，"就是这里"。"你想用那个紫色的三角形表达什么呢？"他问道。

她回答，是拉姆齐夫人在给詹姆斯读故事。她理解他的质疑，毕竟谁也看不出那是人的轮廓。但她无意追求形似，她解释道。那为什么要使用这些颜色呢？他又问道。的确是个好问题——那里，那个角落，色彩很明艳，所以在这里，她觉得有必要使用暗色。就是这样简单明了，显而易见，平淡无奇，但班克斯先生还是兴致盎然。他思忖着，母与子——举世歌颂的绘画主题，画中的母亲又以美而闻名，即便将她的形象简化为一团紫色的影子，也仍然不失崇敬之意。

但她说，画中的人物并不是那对母子。或者，至少不是他理解的"母子"。歌颂这一主题的技法还有很多，就比如这儿的阴影，那儿的光亮。她心想，倘若一幅画作必须有所歌颂的话，那么她大概就采取了这样的创作方式。将一对母子的形象简化为一团影子，也仍然不失崇敬之意。这儿有一处光亮，那儿就需要一处阴影。他思考着，对此饶有兴趣，甚至以真心实意的科学态度接受了她的回答。他解释说，他所有的成见统统都站在另一端。他客厅里悬挂的最大画作描绘了肯内特河畔[1]的樱花树，画家们都对这幅画赞扬有加，对它的估价比他当年的收购价还要高。肯内特河畔正是他的蜜月度假地，他说，丽莉一定要来亲眼看看那幅画。但现在——他转过身来，推了推鼻梁上的眼镜，以严谨的科学态度审视着她的油画。老实说，他以前从未考虑过诸如色块之间、光影之间的方位关系，因此他很想听她讲解一番——她究竟想要在画面中表现什么？他指着他们面前的风景。她看了一眼。手中没有画笔，她无法向他展示自己想要在画面中表现什么，甚至连她自己也看不清楚。她重新摆出了熟悉的作画姿态，两眼朦胧，神情恍惚，压抑着身为一个女人的全部感受，转而关注更为普遍的存在。她先前看得一清二楚，现在却必须在树篱、房屋、母亲和孩子们之间摸索那一愿景——她构思的画面，寻觅再一次置身其中的感觉。她想起一个问题：如何把右手边的色块和左手边的色块衔接在一起。也许，她可以延伸树枝的线条来实现这一点，或者在前景中增加一个物体（比如小詹姆斯）来填补画面的留白。但这样做的风险在于，整个画面的统一性很可

---

[1] 英国泰晤士河的一条支流。

能会遭到破坏。她放弃解释了，她不想让他感到乏味，轻轻地将画布从画架上取了下来。

但这幅画已经被他看到了，已经不再专属于她一个人了。这个男人已经和她分享了深埋心底的秘密。她感谢拉姆齐先生和拉姆齐夫人，感谢这个时刻和这一地点。她意识到这个世界有一种她从未察觉到的力量——她可以不再孤身一人，而是与某个人手挽着手，结伴走过那条长长的走廊——这是世界上最不可思议，也是最令人欢欣鼓舞的感觉——她激动地拨弄颜料盒的钩扣，但一时没控制住力道，于是那个钩扣在颜料盒上打起了转儿，似乎要围绕着草地、班克斯先生、飞奔而过的小淘气鬼卡姆无休无止地旋转下去。

第十章

卡姆与画架擦身而过；她才不会停下脚步，向班克斯先生和丽莉·布瑞斯珂问好；班克斯先生（他很希望自己也有一个女儿）伸出手，想拦住她；她既然都不会为自己的父亲停下脚步，自然也要与班克斯先生擦身而过了；她的母亲喊道："卡姆！过来一下！"但她同样不理不睬，像一只鸟，像一支箭，像一颗子弹，飞奔而过。但究竟是什么欲望在驱动着她？是谁发射的？朝着什么方向？谁又能说得清呢。拉姆齐夫人一边看着她，一边思索着：什么？究竟是什么？也许，是一个幻象——一片贝壳、一辆手推车、树篱另一边的童话王国；或许，她只是为跑得快而自鸣得意；没有人知道答案。但当拉姆齐夫人第二次大喊"卡姆！"时，那颗子弹在飞行途中坠落了。卡姆拖着脚步，慢吞吞地回到母亲的身边，还顺手扯下了一片叶子。

拉姆齐夫人看着卡姆站在原地，全神贯注地沉浸在自己的幻想世界之中，不禁感到好奇：她到底在做什么梦，竟然要大喊两声才能叫醒她？去帮我问问米尔德里德：安德鲁、多伊尔小姐和雷利先生回来了没有？这些话就像扔进井里的小石子，要是井水清澈的话，这些石子在水中迂回曲折的运动便可映入眼帘，甚至就连下落的轨迹都是那么蜿蜒，天晓得孩子在心灵的地板上绘制了什么图案。拉姆齐夫人在想，卡姆会给做饭的保姆捎去什么口信呢？事实证明，只有耐心等待，直到听说厨房里有一位面颊通红的老妇人正喝着大碗里的汤，拉姆齐夫人终究唤醒了小女儿鹦鹉学舌的本能：她一字不差地记住了米尔德里德的回复；稍等片刻，就能听到那毫无抑扬顿挫的唱调。卡姆来回交换着两脚之间的重心，不停复述着："没有，他们还没回来，我已经让埃伦把茶具收起来了。"

明塔·道尔和保罗·雷利还没有回来。拉姆齐夫人心想，这只能意味着一件事：她要么接受他，要么拒绝他。他们在午餐后就出门散步了，即使安德鲁也相伴左右——这意味着什么呢？只能是明塔接受了那个可能碌碌无能的老实人，拉姆齐夫人（她非常非常喜爱明塔）认为，这不失为一个正确的抉择。她转而又想——小詹姆斯正在拉扯她，催促她继续朗读《渔夫妻子》的故事——她宁愿选择一个傻瓜，也不要一个写论文的智者，就像查尔斯·坦斯利那样的人。此时此刻，要么接受，要么拒绝，一定已经有了一个结果。

她读道："第二天，天刚蒙蒙亮，妻子先醒了过来，从床上看到美丽的乡村展现在眼前。她的丈夫在一旁伸着懒腰……"

可是明塔又怎么可能拒绝他呢？否则，她就不会答应独自陪他在乡间闲逛一整个下午——安德鲁会去捉螃蟹——不过，南希也可能和他们在一起。拉姆齐夫人试着回忆他们在午饭后站在大门口的情景：她们站在那儿，抬头望着天空，担心下午会变天。她为了掩饰他们之间的羞涩，也是为了鼓励他们早点出发（出于她对保罗的同情），开口说道："方圆几英里内，没有一片云彩。"她当时隐约听到"小矮子"查尔斯·坦斯利跟在他们的身后,发出阵阵窃笑。她是故意那样说的。她在回忆的画面中,从一边扫视到另一边,却始终无法确定南希是否在场。

她继续读。"啊,老婆子,"渔夫问道,"我们为什么要做国王?我可不想当国王。""好吧,"妻子回应道,"你要是不当国王,那我来当。去找那条比目鱼吧,就说我要做国王。"

"卡姆,想进屋,还是出去玩?"她问道,心里清楚卡姆只是被"比目鱼"这个词吸引来了,要不了一会儿工夫,就会像往常一样躁动不安,和詹姆斯打闹。卡姆嗖的一声跑开了。拉姆齐夫人和詹姆斯有着相同的喜好,在一起相处得很自在。她松了口气,接着读道:"当他来到海边时,海水已经是深灰色的了,海水从下面翻涌而出,散发着难闻的臭气。他走过去,站在那儿说:

'海里的比目鱼,比目鱼,
'出来吧,我恳求你,到我这儿来;
'我的妻子,善良的伊莎贝尔,
'她许下的心愿和我的不一样。'

"'好,那她到底想要什么呢?'比目鱼问道。"

他们现在在哪里呢?拉姆齐夫人一边琢磨,一边读书,自如地一心两用着。《渔夫妻子》的故事就像一首轻柔的低音伴奏,不时出乎意料地跃入主旋律之中。什么时候该告诉她呢?要是什么都没有发生,就有必要找明塔好好谈谈。即使有南希的陪伴,她也不应该在乡间到处游荡。(拉姆齐夫人再次试着回忆他们沿着小路走远的背影,但仍然没能数清人数。)拉姆齐夫人要对明塔的父母——"猫头鹰"和"拨火棍"——负责。她读着读着,脑海里突然闪现出自己给他们起的绰号。猫头鹰和拨火棍——没错,要是他们亲耳听到了，一定会恼羞成怒——他们肯定会听到的——明塔既然和拉姆齐一家住在一起，自然有人看见，等等。"他在下议院戴着假发，而她精明能干，一路辅佐他步步高升。"她在脑海中打捞出这句在参加完某个聚会后逗丈夫开心的话，重复了一遍。天哪，天哪，拉姆齐夫人自言自语道，他们怎么就生出了这个不相称的女儿？这个袜子上破了个大洞的野丫头明塔？女佣总是用簸箕清理鹦鹉撒在地上的沙粒，谈话也几乎集中在关于那只鸟的英勇事迹——也许有趣，但毕竟狭隘。明塔究竟是怎么在那种怪诞不经的气氛中生活的呢？当然，有人邀请她共进午餐、晚餐和下午茶，最后还邀请她在芬莱[1]同住，这导致她与猫头鹰——明塔的母亲——之间产生了一些摩擦，接下来是更多的邀请，更多的交谈，还有更多的沙粒。到最后，她已经编造了太多关于鹦鹉的谎言，足以让她用一辈子了（那天晚上，她从聚会回来后这么对丈夫说道）。不管怎样，明塔回来了……是的，她来了，拉姆齐夫人心里隐隐觉得这乱如麻的念头中有什么荆棘。她在解开这团乱麻后发现，有一个女人曾经指责她"夺走了她女儿的爱"；道尔夫人的一番话让她再次想起了那项指控。渴望控制一切，渴望干涉他人，渴望人们按照她的意愿行事——这就是对她的指控，而她认为这是极不公正的。她看起来就是"这副模样"，又如何能改变呢？谁也不能指责她尽心竭力给人留下深刻的印象。她常常为自己的寒酸而感到羞愧。她既不盛气凌人，也不暴戾专横。她对医院、下水道和牛奶的关切，才更加真情实意。她的确对这类问题满怀热忱。如果有机会的话，她甚至会毫不犹豫地揪住别人的衣领，叮嘱他们好好关注。整个岛上竟然没有一家医院，简直令人羞愧难当。在伦敦，送上门的牛奶全都沾满了褐色的污垢。应该立法禁止这样的事情。在这里建造一家模范牧场和一家医院——这

---

[1] 苏格兰西部赫布里底群岛度假屋的所在地。

是她想要亲手完成的两件事。但是该怎么做呢？还有这么多的孩子呢？也许，等他们长大了，就会有时间了；先等他们上学了再说吧。

唉，她不想让詹姆斯长大，哪怕一天！还有卡姆！她真心希望这两个孩子永远保持原样——淘气的魔鬼，快乐的天使，绝不愿看到他们长大成为长腿的怪兽。没有什么能弥补失去他们的损失。当她读到"有许多士兵，他们敲着铜鼓，吹着军号"时，詹姆斯的眼神黯淡了。她想，他们为什么要长大，失去这一切呢？他是所有孩子中最有天赋、最敏感的一个。不过，她觉得每个孩子的前途都有希望。普鲁和其他孩子一样，是一个美丽的天使；有时，特别是在晚上，她的美会令人一时忘记呼吸。安德鲁——甚至连她的丈夫也亲口承认，他的数学天资出类拔萃。南希和罗杰，就像两只小野兽，整天在乡间上蹿下跳。至于露丝，她的嘴巴虽然有点大，但她的双手却有着精妙的天赋。如果孩子们一起玩过家家，露丝会负责制作服装和所有的道具；她最喜欢布置餐桌，摆放花卉和收纳所有的杂物。拉姆齐夫人不喜欢贾斯珀用枪打鸟；但这只是成长的一个阶段；每个孩子都会经历各种不同的阶段。她把下巴贴在小詹姆斯的头上，问道，为什么他们会长得这么快？为什么他们要去上学？她一直希望能有一个永远也长不大的婴儿。怀里抱着小宝宝，就是她最幸福的时刻。要是别人说她专横、霸道、强势，那又怎样？她并不在意。她的嘴唇轻触他的头发，心里想着，长大以后，他就再也不会这么快乐了。但她转而又想，要是丈夫听到了这样的话，他该有多生气呀，于是她立刻叫停了自己。但这一感受仍然是千真万确的。一家人现在比未来的任何时候都要快乐。一套十便士的茶具，就能使卡姆一连开心好几天。孩子们每天早上一醒来，她就听到他们在她头顶上方的地板上踩踏和吵闹，接着熙熙攘攘地穿过走廊，然后门砰的一声开了，他们一窝蜂涌进餐室，目光炯炯，神清气爽，宛如盛放的玫瑰一般鲜活，就好像寻觅早饭在他们的眼里是每天的头等大事似的。就这样，一件接着一件事情，在整个白天，接连上演，直到晚上她上楼去跟他们道晚安时，发现他们早已钻进放下蚊帐的小床里，就像一只只栖息在樱桃和树莓丛中的鸟儿，仍然在编造一些前言不搭后语的故事——有些是道听途说的，有些是在花园里碰巧撞见的。他们全都拥有各自的小宝贝……她下楼问丈夫：他们为什么要长大，失去这一切呢？长大以后，他们就再也不会这么快乐了。他很生气。"为什么要如此悲观地看待人生呢？"他问道，"这是不理智的。"奇怪的是，她仍然深觉这一感受是情真意切的。尽管阴郁绝望一直是他的底色，但大体上说，他仍然比她更积极乐观、更踌躇满志。没有那么多生而为人的忧虑困扰着他——也许，原因正在于此。他总能退隐到自己的工作之中。不过，她并没有像他指责的那样"悲观"。她只是思考了人生——短暂的时光在眼前闪现——她的五十年。就在她眼前——人生。人生，她思考着——但她还没有头绪。她审视了一下自己的人生，因为她对此有着明晰的感知，那是一种真实的、私密的心事，她既不与孩子们提及，也不向丈夫倾诉。她与人生，各站一方，进行着一场博弈；她始终想要战胜人生，就像人生想要击溃她一样。有时候（当她独自一人坐着的时候），她会与人生休战谈判，有很多和解的场面，历历在目。但说来奇怪，她不得不承认，她所谓的"人生"，在大多数情况下，充斥着惊悚和敌意，只要给人生一次喘息的机会，就会立刻遭到人生的迎头痛击。有一些永恒的人生问题：苦难、死亡、贫穷。即使在这里，也总有一个罹患癌症的女人正奄奄待终。然而，她对所有的孩子们说，你们将会经历这一切。她对八个孩子毫不留情地说了这句话。（修补暖房的费用是五十英镑。）正因为如此，她知道摆在孩子们面前的是什么——爱情、抱负和孤独凄凉的生活——她时常会有这样的感慨：他们为什么要长大，失去这一切呢？接着，她一边向人生挥动起宝剑，一边对自己胡言乱语。他们会非常幸福的。

她想筹划明塔和保罗·雷利的婚事,开始反省自己又在感受生活的阴暗面了。无论她对人生博弈有何感受,她都亲身经历过一些并非发生在每个人身上的事情(她没有在心中将其一一名状)。某种力量驱使着她,去说人们必须结婚,人们必须生孩子。但她很快就意识到,结婚生子似乎也为她自己带来了一种逃避。

她做错了吗?她在回顾过去一两周的言行举止后,不禁怀疑自己是不是给年仅二十四岁的明塔施加了压力,逼迫明塔尽早做出决定。她为此心神不安。难道她不是已经对这件事一笑了之了吗?难道她不是再次忘记了自己对他人的影响力究竟有多大了吗?婚姻需要——噢,各种各样的品质(修补暖房的费用是五十英镑);其中一种(她无需具体点名)是必不可少的,那就是她与丈夫之间的那种品质。他们拥有吗?

"然后,他穿上裤子,像个疯子一样跑开了,"她读道,"但是外面正刮着狂风,刮得那么厉害,他几乎站不住脚。房屋和树木纷纷倒塌,群山颤抖,岩石滚入大海,天空一片漆黑,电闪雷鸣;大海掀起的黑色巨浪,比教堂塔和山峰都要高,浪尖上泛着白色的泡沫。"

她往后翻了一页;只剩下几行字,她就可以把故事讲完了,尽管现在早已过了睡觉的时间。花园里的灯光告诉她,天色渐晚。泛白的花儿和发灰的叶子交织在一起,共同唤起了她内心的忧虑。起初,她不清楚这种情绪从何而起,后来想起来了:保罗、明塔和安德鲁还没有回来。她在脑海中再次召唤出那一小伙人:他们站在大门口的露台上,抬头仰望着天空。安德鲁拿着他的渔网和篮子,这意味着他要独自去抓螃蟹之类的东西,他很可能会掉队。他们在悬崖上的一条小路上排成纵队回来时,有人可能会跌倒,他可能会翻滚而下,摔得粉身碎骨。天色越来越暗了。

但她讲完故事后,声音丝毫没有改变,合上书,直视着詹姆斯的眼睛，仿佛即兴创作一般，为这个故事增加了一句结局："直到今天，他们都在那里生活着。"

"故事结束了。"她宣布道。她从他的眼睛里看到，他对故事的兴趣逐渐消散，取而代之的是另一个念头；某种心驰神往的灰白色，如同一道反射的光，立刻让他目不转睛、战栗不已。她转过身，朝海湾的对岸望去，果然是灯塔射出的光柱：先是两次快速的划动，然后是一次持续而平缓的划动，循环往复地穿透了海浪。灯塔已经点亮了光芒。

他马上就会问她："我们明天要去灯塔吗？"而她将不得不回答："不，明天不能去，你爸爸说不行。"幸好，米尔德里德这时进了屋，这阵忙乱分散了他们的注意力。但米尔德里德抱着他离开时，他一直不停地回头张望。她确信他心里在想：我们明天不去灯塔了。她又想，他一辈子都不会忘记这件事的。

第十一章

她一边收集他裁剪下来的几幅小画——一台冰箱，一台割草机，一位穿晚礼服的绅士——一边想：是的，孩子们永远不会忘记的。正因如此，父母的一言一行都举足轻重，等孩子上床睡觉后才能松一口气。当下，她无需为任何人考虑。她可以做自己，可以自行其是。正是在这样的时刻，她时常会产生一种需求——思考；好吧，甚至算不上思考，而是沉默和独处。所有的存在和行动，广阔无垠，闪闪发光，震耳欲聋，最终都化为乌有。她抱着一种肃穆感，向内坍缩回自我存在的状态，就像一个楔形的黑暗之核，其他人一无所见。她坐得笔直，继续织着毛线袜，但正是在这种状态下，她才感受到了自我的存在；这个摆脱了牵绊的自我，可以自由地去经历最奇异的冒险。当生命暂时沉寂时,体验的范围似乎无边无际。她想,每个人似乎都有一种取之不尽用之不竭的感觉;一个接一个人,包括她、丽莉和奥古斯都·卡迈克尔,一定都能感觉到:我们虚幻的表象——他人认知我们的途径——实在低幼至极。在表象之下,是一片蔓延到四面八方的幽暗,深不见底;但我们偶尔会浮出表面,这就是他人了解我们的途径。她觉得自己的视野似乎一望无垠,到处都是她从未领略过的风光:这一秒是印度平原;下一秒,她感觉自己掀开了罗马教堂厚重的皮革帷幔。这暗黑之核可以随心所欲地前往世界各地,因为没有人能窥见它,更没有人能阻止它,她为此感到欢欣鼓舞。有了自由,有了安宁,最可喜的是,有了一种召唤自我的完整感,一种安稳休憩的踏实感。她从未像此刻这样(她灵巧地完成了针线活),化身为一块黑暗的楔子,获得了全身心的休憩。失去了个性,一个人也就失去了忧愁、慌忙和躁动。当一切都在这安宁、这休憩、这永恒中交融时,她的唇边总会情不自禁地冒出一些战胜人生的欢呼。她停在那里,向外眺望,等候着灯塔迎面照来的光柱。光柱持续而平缓地划动着,这是三划中的最后一划,也是她自己的一次划动。在这样的时刻,面对此情此景,人们总会托物抒己,尤其是将自我寄托于眼中之物。因此,那光柱持续而平缓地划动,也是她自己的一次划动。她时常发现自己一边织毛线,一边坐着看,直到她变成她所凝视之物——比如那道光柱。接着,她的脑海中会浮现一些潜伏已久的小短句——"孩子们不会忘记,孩子们不会忘记"——她不仅会重复诸如此类的话,还会不断补充道:会结束的,会结束的。会来的,会来的,她突然又补充道,我们都在主的掌控之中。

但她立马为说了这些话而苦恼。是谁说的?不是她;她掉进了陷阱,才说出了心口不一的话。她在织毛线时,抬头看了看,恰巧与灯塔光柱的第三划不期而遇。对她来说,这仿佛就是自己的眼睛碰见了自己的眼睛，独自一人深入探索自己的思想和心灵，净化和消灭那个谎言，一切谎言。她在赞美光柱的同时，也赞美了自己，但没有丝毫的虚荣心，因为她是严肃的，她在探索，像光柱一样美丽。她想，真是奇怪，人们在独处时，总会寄情于没有生命的事物，树木、溪流、花朵。感到它们在表达他们，感到它们在成为他们，感到它们在认识他们，在某种意义上融为了一体。感到一种莫名的脉脉柔情（她注视着那持续而平缓划动的光柱），仿佛在顾影自怜。一片迷雾升起——她停下手中的针线，久久地凝视着——从心灵的地板上袅袅升起，从存在之湖中飘曳而起，化身为一位新娘，迎接自己的爱人。

她想知道，是什么促使她脱口而出"我们都在主的掌控之中"？悄然掺混在真相中的虚伪既让她警觉，也让她恼怒。她继续织着毛线。"这个世界怎么可能是由哪位主一手创造的呢？"她问道。她的脑子里总是牢牢抓住这样一个事实：这个世界上没有理性、秩序和正义，只有苦难、死亡和贫穷。没有什么卑鄙的背叛是世人不会犯下的，她了然于心；幸福不会天长地久，她了然于心。她平心静气地织着毛线，习惯性地换上严肃的神情，在不知不觉中微微噘起嘴，绷紧脸，脸上的线条看起来是那么僵硬。她的丈夫本来还在想象哲学家休谟变得肥胖无比，困在沼泽地里出不来的情景[1]，边走边暗自发笑，但刚刚经过妻子的身边时，他不禁察觉到这份严肃才是蕴藏在她美貌之下的核心。这让他黯然神伤，而她冷漠的表情更是让他痛苦不堪。当他经过时，他觉得自己无力保护她；当他走到树篱旁时，他悲从中来。他什么也帮不了她，只得袖手旁观。可憎的真相是，他甚至让她的处境每况愈下。他脾气暴躁，敏感易怒，

---

1 这是一个关于著名的无神论哲学家大卫·休谟（1711—1776）的故事，他不得不为一个卖鱼的妇人背诵《主祷文》，然后她才把他从沼泽地里拉了出来。

还为灯塔之行大动肝火。他盯着树篱,细细观察着枝条的盘根错节,以及缝隙的晦暗。

　　拉姆齐夫人一直认为,一个人总会通过抓住一些琐碎的事物、一些声音、一些景象,在不情不愿中走出独处的状态。她静静地聆听着,但周围一片寂静;板球的击打声已经停止了;孩子们正在洗澡;只剩下海浪的声音。她停下针线活,将那只长长的红棕色袜子拿在手中晃了晃。她再次看到了光柱。她的审视中带有几分讽刺,毕竟一个人在彻底清醒后,与事物的关系也就随之改变了。她望着那平稳划动的光柱,如此冷酷无情,如此铁石心肠,既和她如此相像,又与她如此不同,随心所欲地掌控着她(她在深夜醒来,看见这道光正横跨床,弯下腰,轻抚着地板)。尽管她藏着那么多的心事,仍然着迷地注视着光柱,如痴如醉,仿佛一根银色的手指正在轻轻触碰她大脑中某个密封的容器;一旦砰然打开,她将会被满心的欢喜所淹没,她曾体验过快乐,极致的快乐,强烈的快乐。随着日光逐渐消退,光柱为汹涌的海浪镀上了一层更加明亮的银光,蔚蓝色从大海中褪去了,化作一波又一波纯净的柠檬色的浪潮,翻滚,涌动,拍击着海滩。狂喜从她的双眸中迸发而出,纯粹的喜悦如潮水般奔腾,淹没她的心田。她感到,够了!足够了!

　　他转过身,瞧见了她。啊!她真美,比他以往心目中的她都要美。但他不能和她说话。他不能打扰她。但是小詹姆斯已经走了,她终于独自一人了,他急切地想要跟她谈谈。然而,他下定决心,不会打扰她。她此刻的美丽与忧伤,令他可望而不可即。他很伤心,她看起来那么遥远,远到他无法接近,爱莫能助,但他决心由她如此。要不是在那一瞬间,她满足了一个明知他永远不会开口提出的要求,主动叫住了他,从画框上拿下绿色的披肩,走向他,他又会默不作声地从她身边走过。她心里清楚,他其实是想保护她。

第十二章

她把绿色披肩搭在肩上，挽起了他的手臂，开始聊起园丁肯尼迪：他的美无与伦比，似乎一夜之间就长得如此英俊了，她甚至舍不得解雇他。一架梯子抵靠在暖房边，上面还粘着一些小块的沥青，工人们已经准备修补顶棚了。是的，当她和丈夫一起漫步时，她感到那忧虑的根源已经种下。她看到梯子时，差点脱口而出："这要花上五十英镑呢。"但是，她对钱的事心有余悸，于是转移话题，谈起了贾斯珀射鸟的事。他立刻安慰她说，这是小男孩的天性。他相信贾斯珀很快就能找到更好的游戏。她的丈夫断事以理，理正词直。她回应道："是呀，每个孩子都会经历不同的阶段。"她的思绪转向了大花坛里的大丽花，想象着明年开花时的景象。她问他，有没有听到孩子们给查尔斯·坦斯利起的外号？不信神的人，他们叫他，不信神的小矮子。"他不是一个文雅的榜样。"拉姆齐先生点评道。"还差得远呢。"拉姆齐夫人附和道。

拉姆齐夫人觉得任他我行我素也无妨，她很想知道如果把大丽花的球茎分派给园丁们，他们会好好种下吗？"噢，他还得写论文呢。"拉姆齐先生说。拉姆齐夫人表示，她对他的论文了如指掌，他只探讨了一个话题，那就是某人对某事的影响。"嗯，论文是他唯一的指望了。"拉姆齐先生说。"但愿他不会爱上普鲁。"拉姆齐夫人说。要是她嫁给他，就剥夺她的继承权，拉姆齐先生信誓旦旦地说。他没有关注妻子正在打量的花朵，而是凝视着上方大约一英尺处的空白。他补充道，自己并无恶意。他正要说，查尔斯·坦斯利是英格兰唯一一个钦佩他的年轻人——但话到嘴边，又咽了回去。拉姆齐先生再也不想因为自己的书作而扫她的兴了。他垂下目光，注意到一团团红色和棕色，称赞道：这些花看起来是挺不错的。拉姆齐夫人说，嗯，但这些都是她亲手栽种的。问题是，如果她把球茎分

185

派下去，肯尼迪会用心栽种吗？她边走边补充道，他的懒惰是根深蒂固的。如果她整天拿着一把铁锹站在他的身边，他有时确实也会卖点力。他们朝着那烧得通红的红棘丛走去。拉姆齐先生责备她说："你这是在教你的女儿们夸大其词。"拉姆齐夫人辩解道，她的姨妈卡蜜拉在这方面做得更糟。拉姆齐先生说："据我所知，从来没有人把你的卡蜜拉姑妈视为道德楷模。"拉姆齐夫人说："她可是我见过的最美丽的女人。"拉姆齐先生反驳道："另有她人。"拉姆齐夫人说，普鲁将来会比现在更加美丽。拉姆齐先生却说，没看出来一点迹象。拉姆齐夫人说："好吧，那今晚就看看吧。"他们停下了脚步。他希望安德鲁能更加用功地读书，否则，他就会失去每年的奖学金。"噢，奖学金！"她惊叹道。拉姆齐先生认为，她面对像奖学金这样严肃的事情，一惊一乍的腔调实在显得愚昧无知。他说，要是安德鲁得到了奖学金，他会为他感到万分骄傲。她回应道，即使他没有得到，她还是会为他感到万分骄傲。他们一直在这个问题上各执己见，但这一点无关紧要。她欣赏他对奖学金的崇尚，他也欣赏她为安德鲁所做的一切都感到骄傲。突然，她想起了悬崖边上的小路。

　　她问道，现在是不是太晚了？他们还没有准备回家。他漫不经心地弹开怀表。此时才刚过七点而已。他没有合上表盖，过了一会儿，他决定向她倾诉先前在露台上的感受。首先，这么惶恐不安是不合理的。安德鲁能照顾好自己。然后，他想告诉她，刚才他在露台上散步时——感到很不自在，仿佛要闯入她的那种孤独、那种超脱、那种疏离……但她主动靠近了他。她问他想要说什么，以为他会谈谈去灯塔的事，为那句"去你的吧"而道歉。但他没有。他说，他不想看到她这么难过。她有点脸红地辩解道，只是有点心不在焉而已。他们俩都感到很不自在，好像不知道是继续往前走，还是往回走。她说她一直在给詹姆斯读童话故事。不，这不是他们共同的话题，他们聊不来这个。

他们已经走到了两簇烧得通红的红棘丛旁，目光透过中间的豁口，灯塔再次映入眼帘。但她不愿正视灯塔。她心想，要是她当时知道他正看着她，她一定不会让自己坐在那里思索。所有让她想起有人看到她坐在那里沉思的事物，都让她心生厌恶。于是，她转过身，望向城镇。光芒仿佛是被风稳稳托举的银水滴，涟漪荡漾，潺潺流动。拉姆齐夫人触景感慨，所有的贫穷和苦难都凝聚成了这幕光景。城镇、港口和船只的灯光交汇在一起，撒下了一张悬浮着的幽灵之网，标记着那些早已沉没的事物。拉姆齐先生默默对自己说道，好吧，要是不能对她的想法感同身受，那他就自行离开吧。他继续漫想，为自己讲述那则休谟陷入沼泽地的故事；他想大笑一场。

但首先，为安德鲁担心是没必要的。当他像安德鲁这么大的时候，常常整天在乡下游荡，口袋里除了一块饼干什么也没装，也没有人为他操心，更没有人会担心他从悬崖上摔下去。他大声宣布，要是明天是个好天气，他要出门散步一整天，他已经受够了班克斯和卡迈克尔，需要一些独处的时间。她回应道，好呀。她的欣然赞同，反倒让他恼羞成怒。她很清楚，他绝不会这么做。他现在年纪大了，不可能口袋里揣着一块饼干走上一天的路了。她担心的是男孩们，而不是他。当他们伫立在烧得通红的红棘丛中，他眺望着海湾，想到多年前还没结婚的自己曾经一走就是一整天。他曾经在酒吧里以面包和奶酪充饥；他曾经连续写作十小时，只有一个老妇人时不时探进头来照看火炉。那是他最喜爱的乡村，就在那儿；那些沙丘渐渐湮没在黑暗中。走一整天也不会遇见一个人。方圆数英里之内，几乎没有一幢房子，也没有一个村庄。他可以独自思虑各种各样的事情。那里还有一些自古以来就无人涉足的小沙滩。海豹们会坐起身，盯着他看。有时，他觉得自己就好像生活在那里的一座小屋里，独自一人——他的思绪突然中断了，叹了口气。他没有权利这么做。他可是八个孩子的父亲呐——他提醒自己。但凡他希望改变这一点，那他就将沦为禽兽和人渣。安德鲁会成为一个青出于蓝而胜于蓝的人才；普鲁会像她的母亲说的那样，长成一个大美人。他们将来会力挽狂澜，取得一番小成就。他的八个孩子，说到底称得上他的小杰作。他想，他们的存在证明了，他并没有一味咒骂这个可怜的小宇宙。在这样的一个夜晚，他看着陆地的面积正在逐渐减少，有一半被大海吞没，整个岛屿小得可怜。

"这凄惨、渺小的地方。"他叹了口气，低声说道。

她听见了。他总会吐露出一些忧郁至极的话，但她注意到他每次说完后，看起来反而会比往常更加愉悦。她觉得他的话不过是一场造句游戏，但凡她有他一半的悲叹，那么她早就会开枪爆头而亡了。他的造句游戏惹恼了她。于是，她用毫无感情的语调对他说，真是一个非常美好的夜晚。她半笑半怨地问，他到底在抱怨什么呢？她已经猜到了他在想什么——要是没结婚的话，他本可以写出更好的书。

他说，自己并没有抱怨。她知道他从不抱怨，因为根本没什么值得抱怨的事情。然后，他紧握住她的手，举到唇边，热烈地吻了一下。她热泪盈眶，而他很快就放开了手。

他们转过身去，背对风景，手挽着手，沿着那条长满银青色尖叶植物的小路走去。拉姆齐夫人感觉他的手臂简直和年轻人一样，精瘦而有力。她欣喜地想到，他虽然早已年过六旬，但身体仍然强健，性格依旧桀骜不驯、积极乐观。但奇怪的是，像他这样，对各种可怕之事深信不疑，却没有抑郁不振，反倒欢欣鼓舞。她想，这难道不蹊跷吗？在她看来，他有时的确异于常人，天生就对平凡之事视而不见、听而不闻、闭口无言，但对非凡之事却有一双锐利如鹰的眼睛。他的悟性时常令她大吃一惊。但他关注过那些花吗？没有。他欣赏过这片风景吗？没有。他察觉到他亲生女儿的美了吗？他真的留意过餐盘里的是布丁还是烤牛肉吗？他就像一个梦中人，和他们同坐在餐桌旁。她担心，他大声说话的习惯，尤其是高声朗诵诗歌的习惯，越来越根深蒂固了；这有时会让人尴尬不堪——

　　出来吧，最美好、最明媚的！[1]

　　可怜的吉丁斯小姐，当他突然冲着她吼出这一句诗时，她几乎被吓得魂飞魄散。不过，拉姆齐夫人会立刻站在他这一边，共同抵抗世界上所有愚蠢的吉丁斯之流；她轻轻地按了按他的胳膊，暗示他上坡走得太快了，她就快跟不上了，不得不需要歇息一会儿，看看河岸上那些泥土堆是不是新的鼹鼠丘；她弯下腰仔细观察，心想，像他这样伟大的头脑，肯定在各个方面都与我们截然不同。她判定有一只野兔钻进了鼹鼠丘，转而想到，她认识的所有大人物都是他这样的，年轻人只要听到他、看到他，就能受益匪浅（然而，他的课堂氛围沉闷压抑，几乎让她不堪忍受）。她思忖着，要是不射杀这些野兔，又怎么能减少它们的数量呢？那可能是一只野兔，也可能是一只鼹鼠。总之，有什么动物正在祸害她的月见草。她抬起头，望见在稀疏的树梢之上，有一颗极速悖动的星星发出了第一束光芒。这景象给她带来了强烈的快乐，她想让她的丈夫也看一看。但她还是制止了自己。他从来不关注这些事物。即使他关注了，也仅仅会叹息着说，这凄惨、渺小的世界。

　　在那一刻，他只是为了取悦她，假装观赏着这些花儿，说道："真漂亮。"但她心知肚明，他并不是真心赞美，甚至都不曾意识到花的存在。不过是为了让她高兴罢了……啊，那不是丽莉·布瑞斯

---

[1] 出自雪莱的诗《给珍妮：一个邀请》(*To Jane*; *The Invitation*)。

珂和威廉·班克斯在散步吗？她眯起近视的眼睛，将目光聚焦于一对走远的背影。没错，确实是他们。这难道不正意味着他们会结婚吗？是的，一定是！多么精妙绝伦的提议！他们必须结婚！

第十三章

班克斯先生一边和丽莉·布瑞斯珂在草坪上漫步，一边说道，他曾去过阿姆斯特丹。他曾看过伦勃朗的画作。他曾去过马德里。遗憾的是，那天是耶稣受难日，普拉多博物馆[1]闭馆了。他还曾去过罗马。布瑞斯珂小姐从未去过罗马吗？噢，她应当去一次——这对她来说将是一次美妙的经历——看看米开朗基罗为西斯廷教堂[2]绘制的天顶画；乔托[3]为帕多瓦的阿雷纳大教堂创作的系列壁画。他的妻子多年来一直身体抱恙，所以他们不常出远门。

她曾去过布鲁塞尔；她曾到过巴黎，但只是去看望生病的姑妈。她曾去过德累斯顿市[4]，那里有一大堆她见所未见的画作。然而，丽莉·布瑞斯珂反思道，也许最好别去看名画，它们只会让她对自己的绘画失去希望和信心。班克斯认为这种观点未免有些太过极端了，说道，我们不可能都能成为提香[5]和达尔文。与此同时，他不禁怀疑，如果没有像我们这样的平凡人，达尔文和提香是否还会出现。丽莉本想恭维他一句：班克斯先生，你并不平凡。但她知道，他并不需要恭维（她想，大多数男人是需要的）。她对自己的一时兴起

---

1 普拉多博物馆位于西班牙马德里，被认为是世界上最伟大的博物馆之一。
2 西斯廷教堂位于梵蒂冈，用于举行重要的宗教仪式。
3 乔托·迪·邦多纳（1266—1337），意大利画家、雕刻家与建筑师。
4 德累斯顿市，德国十大主要城市之一。
5 提香（1490—1576），意大利文艺复兴时期威尼斯派画家。

感到有点羞愧，于是一句话也没有说，只是听着他解释自己所说的也许并不适用于绘画。丽莉抛开了那点儿虚伪的客套，说道，绘画是她的爱好，所以不管怎样，她还是会坚持画下去的。嗯，班克斯先生回应道，他确信她会的。随着他们即将走到草坪的尽头，他问她是不是在伦敦很难找到理想的绘画主题。正在这时，他们转过身，碰见了拉姆齐一家。这就是婚姻吧，丽莉心想，一个男人和一个女人看着一个女孩扔球；拉姆齐夫人那天晚上想告诉我的原来就是这个。拉姆齐夫人裹着一条绿色的披肩。夫妻俩紧紧地站在一起，望着普鲁和贾斯珀一来一回地击球和接球。刹那间，无缘无故地，也许正当人们走出地铁或按响门铃之际，一种意义降临在他们的身上，赋予了他们象征和代表的资质。人类在黄昏中伫立着，注视着，成了婚姻的象征——丈夫和妻子。在那一霎过后，两对伴侣偶遇了，那超越真实形象的象征性轮廓再次消匿，化身为正看着孩子们打球的拉姆齐夫妇。拉姆齐夫人带着一如既往的微笑（丽莉想，噢，她以为我们要结婚了）迎接他们，说道："我今晚取得了胜利。"她的言下之意是，班克斯先生难得一次同意共进晚餐，而不是像往常一样奔赴自己的寄宿屋，品尝男佣烹炒得当的蔬菜。不过，在那一刻，他们看着球高高飞起，直到球消失在视线中，只剩下那颗星星和下垂的枝条。一种支离破碎的感觉，一种虚无缥缈的感觉，一种无牵无挂的感觉，油然而生。在逐渐黯淡的光线下，他们看起来轮廓分明、空灵缥缈，仿佛被遥远的距离分隔开。接下来，普鲁在广袤的空间中（实体似乎已经完全消失了），朝着他们全速奔跑，高高举起左手，漂亮地接住了球。她的母亲问道："他们还没回来吗？"这一轮的投球回合随即暂停了。拉姆齐先生继续想象着，一个老妇人在营救陷在沼泽里的休谟之前，提出了一个要求：休谟必须念诵一遍《天主经》；想到这里，他忍不住想要肆无忌惮地放声大笑，于是一边吃吃地暗笑着，一边慢悠悠地走回自己的书房。拉姆齐夫人

叫已经跑远的普鲁重新回到球场,然后问道:

"南希跟他们一起走了吗?"

第十四章

[南希当然是和他们一起去的。她在午饭后,为了逃离可怕的家庭生活,赶忙回到了阁楼。明塔·道尔却一脸呆滞地伸出手,邀请她一起去。她当时想,她只能去了。但她不想去。她不想卷入这一切。一行人在通往悬崖的路上,明塔一会儿拉着她的手,一会儿又放下,一会儿又拉起。南希问自己,明塔到底想要什么?毋庸置疑,每个人都有想要的东西。当明塔握住她的手时,南希虽然不情愿,但她看到了整个世界在她的脚下延伸开来,仿佛是透过薄雾看到的君士坦丁堡。人们在这一状态下,无论眼皮多么沉重,势必都会发问,"这里是圣索菲亚大教堂[1]吗?""这里是金角湾[2]吗?"因此,当明塔拉着她的手时,南希问道,"她想要什么?就是那个吗?"那个又是什么呢?在薄雾中(南希俯瞰着在她脚下延伸的生活),时而冒出一个尖顶,时而露出一个穹顶;如此醒目,却又叫不上名字。但在沿着山坡往下跑的路上,每当明塔松开丽莉的手,从雾中突显的一切,无论是尖顶,还是穹顶,都再次潜入雾中,消匿无影。安德鲁观察到,明塔是一个徒步的高手。她穿着很短的裙子和黑色灯笼裤,这两件衣服比大多数女装都更加实用。她会直接跳进溪流中跟跄着,涉水登岸。他欣赏她的无所畏惧,但他也明白这是要不得的——迟早有一天,她的莽撞愚蠢会要了她的命。她似

---

1 圣索菲亚大教堂是一座地标性建筑,后来成为一座清真寺,现在则是一座博物馆。
2 金角湾,是伊斯坦布尔著名的旅游景点。

乎什么都不怕——除了公牛。她只要一看到田野里的公牛，就会吓得举起双手，尖叫着飞奔而逃。当然了，这样的行为反而会激怒公牛。不过，不得不说，她一点儿也不介意承认自己的软肋。她坦白道：我知道我在公牛面前就是个糟糕透顶的胆小鬼。她还有理有据地推测：当我还是个婴儿的时候，肯定有一头公牛撞翻过我的摇篮车。她似乎丝毫不在乎自己的言行举止。突然间，她冲到悬崖边，俯身唱起了歌：

你该死的眼睛，你该死的眼睛。

他们都不由得加入合唱，一起高歌：

你该死的眼睛，你该死的眼睛。[1]

如果在他们走到海滩前，大海就早已涨潮，淹没每一处绝佳的赶海地的话，那他们就倒霉了。

"那可真就倒霉了。"保罗一跃而起，赞同道。他们沿着蜿蜒的小路下坡时，他不停地引用旅游手册上的话："这些岛屿因公园般的天然风光和丰富多样的海洋奇观而闻名。"安德鲁小心翼翼地走下悬崖，觉得这样大喊大叫，大唱"你该死的眼睛"，拍他的后背，叫他"小老弟"之类的做法，统统不合适；全都不是什么好事。这是和女人们一起散步的最大坏处。一到海滩，他们就分头活动了。他来到那块名为"教皇鼻子"的礁石上，脱下鞋子，把袜子卷起来塞进鞋里，不再理会那对人了。南希涉水走向属于自己的那块礁石，在她的那片水洼里搜索着，不再理会那堆人了。她蹲下身子，摸了

---

[1] 出自一部流行于维多利亚时代的歌剧的歌词。

摸那些像橡胶一样光滑的海葵。它们如同果冻一样，黏在礁石的侧面。她在沉思中出了神，眼中的小水洼幻变为大海，小鱼变成了鲨鱼和鲸鱼。她像上帝一样，举起一只手，遮蔽了太阳，给这个渺小的世界蒙上了一幕巨大的乌云，给数百万无知无辜的生灵带来了黑暗和荒凉；接着，她又突然拿开了手，让阳光倾泻而下。在纵横交错的苍白沙滩上（她还在扩建自己的水洼），有一只神奇的大海怪，佩戴着铁护手，晃动着流苏边，大步流星，潜入了山腰上巨大的裂缝之中。她的目光悄无声息地从小水洼上滑过，落在那条颤抖不定的海天交界线上，落在那些在地平线附近的蒸汽中摇曳的树干上。海浪挟着野蛮的力量席卷而来，又不可避免地退去，她沉浸其中，神思恍惚。浩瀚与渺小（水洼又缩小了）的感受同时在她心中交织，这种强烈的情感不仅让她觉得自己被束缚了手脚，动弹不得，还将她自己的躯体和生命，以及全世界所有人的生命，都化为了永恒的虚无。她就这样，蹲在水洼边，聆听着海浪声，陷入了遐思。

安德鲁呼喊着，涨潮啦。南希听罢，立马跃入浅浅的波涛中，溅起阵阵水花，然后回到岸边，沿着海滩奔跑。奔跑的欲望驱使着她急不可耐地冲到了一块石头的后面，目睹了——噢，天呐！——保罗和明塔在彼此的怀里，很可能正在接吻。她满腔怒火，义愤填膺。她和安德鲁在死一般的沉寂中穿上鞋袜，对这件事只字不谈。实际上，这对姐弟经常针锋相对。安德鲁咕哝着抱怨道，她在发现那只小龙虾还是什么的时候，应该早点喊他过去。然而，他们都觉得这不是自己的错。他们也不想发生这样讨厌的麻烦事。尽管如此，让安德鲁感到恼火的是，南希竟然是个女人；南希也为安德鲁居然是个男人而恼怒。他们把鞋带系得很整齐，蝴蝶结也打得很紧。

他们再次爬到悬崖顶上时，明塔大声喊道，她弄丢了祖母的胸针——她祖母的胸针，她唯一拥有的首饰——一枚垂柳造型的胸针，上面镶嵌着珍珠（他们一定都有印象）。她的眼泪汩汩流下了双颊,接着说道,他们一定都见过,那是她的祖母在生命的最后一天为她别在帽子上的。现在,她却把它弄丢了。她宁愿失去任何东西,也不愿丢失这枚胸针!她要回去找到它。于是,一行人原路返回。他们东戳戳西瞅瞅,四处翻看。他们把头埋得很低,说起话来短促而生硬。保罗·雷利像个疯子一样,绕着他们坐过的那块礁石,找了个底朝天。当保罗吩咐安德鲁在这一点和那一点之间进行"地毯式搜索"时,安德鲁心想,就为了一枚胸针,闹出这么大的动静,真是没意思。潮水涨得很快。海水马上就要淹没他们先前坐着的地方。现在,他们根本没有一丁点找到的机会了。突然间,明塔惊恐不安,尖叫着说道:"我们会被困在这里的!"安德鲁心想,听起来这样的危险好像真的要发生了似的!这和对公牛群的恐惧没有区别——她无法控制自己的情绪。女人们都这样。可怜的保罗只好在一旁安抚她。男人们(安德鲁和保罗与平时大不相同,瞬间变得男子汉气概十足)迅速商量了一下,决定把保罗的手杖插在他们坐过的地方,等退潮后再回来。现在已经没有别的办法了。他们向明塔保证,要是胸针在这里的话,明天早上还是能找回来的。但明塔仍然在啜泣,一路哭着,走到了悬崖顶。那是她祖母的胸针,她宁愿失去任何东西,也不愿丢失这枚胸针。不过,南希觉得,她也许真的很在意丢了胸针,但她的哭泣不只是因为这件事。她还在为别的事情而哭。大家都可能会坐下来大哭一场,她想,但她却连自己为什么哭都不清楚。

保罗和明塔并肩走到前面。他想要安慰她,于是说自己之所以无人不知无人不晓,就是因为他特别擅长找东西。当他还是个小男孩的时候,他就找回了一块金表。他答应她,天一亮他就会起床,一定为她找到胸针。对他来说,在昏暗的天色下,独自一人在海滩上,似乎是一件很危险的事情。然而,他向她保证,肯定能找到。她绝不允许他黎明时分就起床,说胸针已经找不回来了;她下午在佩戴时就已经心生不祥的预感。他暗下决心，等到黎明时分，趁他们都熟睡时再悄悄溜出门。要是找不到，他就去爱丁堡，为她买一枚一模一样，但更漂亮的胸针。他想要向她证明自己的能力。他们走上山顶，鸟瞰着脚下城镇的璀璨。突然间，灯光一盏接一盏地熄灭，似乎预示着即将发生在他身上的事情——他的婚姻、他的孩子、他的房子。当一行人走上一条被高大灌木丛遮蔽的公路时，他又遥想他们未来会一起隐居到某个僻静之地。他们一直走。他总是领着她前进，而她则紧紧地依偎在他身旁（就像她现在这样）。当他们在十字路口转弯时，他在心里感慨这是一次多么惊天动地的经历啊，他必须告诉一个人——当然是拉姆齐夫人。一想到自己的所作所为，他几乎喘不过气来。向明塔求婚，无疑是他一生中最美好的时刻。他想直接去找拉姆齐夫人，因为他隐隐觉得是她让他这么做的。她让他相信自己无所不能。别人从未把他当回事。但只有她让他相信，自己可以从心所欲。今天，他感觉到她的目光一整天都落在他的身上，一直追随着他（虽然她从始至终一言不发），好像在对他说："是的，你能行。我相信你。我期待着你的成功。"

她让他感受到了这一切，一回到住处（他抬头寻找海湾上方屋子的灯光），他就要走到她的面前说："我做到了，拉姆齐夫人，谢谢您。"当一行人拐进那条通向屋子的小巷时，他看见楼上的窗户里有灯光在晃动。他们一定是回来得太晚了。大家都在准备吃晚餐了。整栋屋子灯火通明，从漆黑之地来到光明之地，使他的眼睛充盈着亮泽。他一边沿着车道往上走，一边像个孩子似的，自言自语道："光，光，光。"当走进屋子，他表情呆滞，四处张望，嘴里木讷地重复着，光，光，光。可是，天哪，他一面把手放在领带上，一面在心里嘀咕：我可不能让自己出洋相。]

第十五章

"是的,"普鲁用她那一贯若有所思的语气,回答了母亲的问题:"我想南希确实和他们一起走了。"

第十六章

那就好,拉姆齐夫人猜想,南希的确应该是和他们一起走了,但让她疑虑的是南希跟他们在一起,到底会降低出事的可能性,还是会增加呢?她放下刷子,拿起梳子,对着敲门声说道:"请进。"(贾斯珀和露丝走了进来。)不过,她还是在冥冥中觉得,出事是不太可能的,也是不合情理的;毕竟,大规模的灾祸是很少发生的。她又一次在她的老对手——人生——面前,感到孤立无援。

贾斯珀和露丝说,米尔德里德想知道要不要推迟晚餐的时间。

"不用,又不是等英国女王驾到。"拉姆齐夫人辞严色厉地说道。

"等墨西哥皇后驾到,也不行。"她对贾斯珀笑着补充道。他继承了他母亲的缺点,也经常夸大其词。

贾斯珀前去传话时,拉姆齐夫人说道,要是露丝乐意,可以帮她挑选佩戴的珠宝。有十五个人围坐在餐桌旁,不能让每个人都永远等下去。他们这么晚还不回来,实在太不照顾别人的感受了。她越来越恼怒,这份恼怒逐渐盖过了她先前对他们的担忧。他们竟然偏偏选择了在今晚迟迟不归,而她其实期望今晚的晚餐格外完美,因为威廉·班克斯终于答应和他们共进晚餐了。他们将会享用米尔德里德的招牌菜——红酒炖牛肉。出锅即上桌是美味佳肴的秘诀之所在。牛肉、月桂叶和红酒——每一种食材都必须烹饪得恰到好处。将菜肴晾在一边是绝对的大忌。然而,今晚,非得是今晚,他们不仅出门了,还久久不回;上桌的饭菜不得不重新端回去,不得不反复加热保温;那红酒炖牛肉恐怕就要被彻底炖烂了。

贾斯珀为拉姆齐夫人选了一条猫眼石项链,露丝则挑了一条金项链。哪一条更搭她的黑色连衣裙呢?拉姆齐夫人打量着镜子中的颈部和双肩(但刻意避开了自己的脸),心不在焉地说,到底哪一条呢?孩子们在她的珠宝盒里翻来翻去,她向窗外望去,又看到了那幅百看不厌的景象——一群白嘴鸦正在努力挑选着在哪个枝头歇息,它们一次次改变着主意,再一次次飞回空中。她觉得那只上了年纪的鸟爸爸实在是执拗顽固、吹毛求疵。老约瑟夫(她给它取的名字)翅膀上的羽毛已经掉光了一半,是一只其貌不扬的老鸟儿,不禁让她想起了那个在酒馆门前衣衫褴褛、戴着礼帽、吹着小号的老绅士。

"瞧啊!"她笑着说。它们竟然在吵架。约瑟夫和玛丽正在斗嘴。总之,它们又都飞了起来,黑色的翅膀把空气推到一旁,在天空中裁剪出一个又一个精致的小月牙。翅膀拍打时发出的"扑扑扑"的声音——她翻遍生平掌握的所有词汇,也未能拼凑出称心如意的描述——是她听过的最美妙的音符之一。她对露丝说,你看呀。她期望着露丝能看得更清晰些,因为孩子们的表达常常能给自己的感知带来一次小小的推进。

但究竟要挑哪一个呢?孩子们把她的珠宝盒的所有托盘都拉开了。是意大利金项链?是詹姆斯叔叔从印度给她带来的猫眼石项链?还是她的那条紫水晶项链呢?

"选吧,宝贝们,选吧。"她说着,希望他们能赶紧替她做出决定。

但她还是由着他们慢慢来:她特地让露丝拿起这个,又拾起那个,依次把她的珠宝们摆放在黑裙子上。她知道,露丝每天晚上最喜欢的环节就是挑选珠宝。露丝也格外重视为母亲亲手挑选配饰的小仪式，但她似乎另有意图。是什么意图呢？拉姆齐夫人一面细想，一面站在原地，让露丝帮忙扣上挑中的项链。她透过自己的成长经历猜测，像露丝这个年纪的小女孩，往往对母亲怀有一种深藏不露、难以言表的情感。就像所有自我感受的情感一样，拉姆齐夫人心想，总会让人感到忧伤。一个人能给出的回应是那么语竭词穷；而露丝的感受与她的年纪却又是如此格格不入。她猜想着，露丝会长大成人，会因为这些深沉的情感而遭受痛苦。她宣布自己已经准备好了，他们可以一起下楼了。贾斯珀作为绅士，应该挽她的手臂；露丝作为淑女，应该帮她拿着手绢（她把手绢递给了她），还要带什么呢？噢，对了，天气可能会转凉：一条披肩。再为我挑一条披肩吧，她提议道，深知这样会让未来注定遭受痛苦的露丝能在此时此刻更高兴一些。"瞧，"她在楼梯口的窗边喊道，"它们又飞来了。"老约瑟夫停歇在了另一个树梢上。"你不觉得它们很不想自己的翅膀被人打断吗？"她对贾斯珀说道，他为什么想射击可怜的老约瑟夫和玛丽呢？贾斯珀在楼梯上来回倒换着脚，觉得自己受到了斥责，却又没当一回事。她不明白打鸟能有什么乐趣，鸟儿不会感觉到乐趣。作为他的母亲，她远远地生活在世界的另一面，但他很喜欢听她讲玛丽与约瑟夫的故事。她逗他笑了起来。可她怎么知道那两只鸟就是玛丽和约瑟夫呢？他问道，难道她以为同一群鸟每天晚上都会飞到同一棵树上吗？但突然间，她就像所有的家长一样，一点儿也不想理睬自己的孩子了。她正听着一阵从客厅传出的谈笑声。

"他们回来了！"她惊呼道。但她对他们的恼怒转瞬之间就淹没了欣慰。接着，她很想知道，求婚成功了吗？她只要下楼，他们就会告诉她结果——不对，不会的。当着这么多人的面，他们什么也说不出来。这样一来，她只能下去开始晚餐，然后耐心等候。她就像一位女王，俯视着她的子民们集聚在大厅里，然后走到他们中间，默默地答谢他们的献礼，接受他们的爱戴和跪拜。（当她经过时，保罗站着一动也不动，直直地盯着正前方。）她走下楼梯，穿过餐室，微微低下头，仿佛接受了他们无法说出的话——对她的美丽的赞颂。

但她停下了脚步。空气中弥漫着一股烧焦的味道。红酒炖牛肉是不是炖过头了？她暗自祈祷，但愿不是这样！那洪亮的铜锣声正庄重威严地宣告：所有分散在阁楼、卧室、各自的小角落里读书、写作、整理头发和系紧连衣裙的人们，都必须放下手中的一切，包括洗脸台和梳妆台上的零碎物件、床头柜上的小说，还有那些极其私密的日记，前往餐室集合，共进晚餐。

第十七章

但我这一生都做了什么呢？拉姆齐夫人坐在餐桌一端的主位上，看着桌上一圈圈白色的圆盘，不禁开始反思。她说道："威廉，坐在我旁边。""丽莉，"她接着疲倦地说，"坐到那边。"他们——保罗·雷利和明塔·道尔——拥有爱情；她，只有一张望不到头的长桌，上面摆放着盘子和刀叉。在遥远的另一端，是她的丈夫，瘫坐在椅子上，缩成一团，眉头紧锁。又有什么事惹他心烦了？她不知道，她不在意，她不明白自己当初怎么会对他心生好感。她在帮着搅拌一锅汤时，有一种历经一切、看破一切、超脱一切的感觉，就好像有一个旋涡——在那里——一个人可以投身其中，也可以置身其外，而她正超然旋涡之外。一切都结束了，她想，这时他们一个接一个地进来了，查尔斯·坦斯利——"那边，请坐。"她说道——奥古斯都·卡迈克尔——纷纷就座。与此同时，她静静地等候着，等候着有人会主动地回答她，等候着有什么事情会发生。但这可不是件能随便聊的事，她一边舀汤，一边思索。

她对自己的表里不一惊讶得扬起眉毛——内心想着这回事，表面做着那回事——舀着汤——她越来越强烈地感觉到自己置身于那个旋涡之外；仿佛有一片阴影降临，剥夺了万物的华彩，让她看清了事物的本色。整个餐室（她环顾四周）破败不堪。她克制自己不看向坦斯利先生。大家各自坐在那里，丝毫没有一点融洽的迹象；而交融、交流和氛围的营造全都落在她一个人的肩头。她再一次切身感受到那个事实——男人们的贫瘠荒芜，但心中没有丝毫的敌意。要是她不率先开口，就不会有人说话。因此，她轻轻晃了晃自己的身体，就像在甩动一只早已停摆的机械手表似的，那再熟悉不过的脉搏又重新跳动了起来，手表开始嘀嗒作响——一、二、三；一、二、三。如此反复循环着，她一边重复着，一边倾听着，就像用报纸为微小的火苗遮风避雨一般，呵护和滋育着依然孱弱的脉搏。她停了下来，默默地朝威廉·班克斯的方向转过身子，在心里感慨道：可怜的人啊！他没有妻子，也没有孩子，除了今晚，每天都独自一人在寄宿屋里吃饭。她就这样沉浸在对他的同情中，生活却再次铆足了劲，敦促她继续前进。于是，她开始履行肩上的全部职责，就像一个根本不想启航的水手眼看着风鼓起了帆时，不禁感到百无聊赖，心里琢磨着：要是船就此沉没了，随着旋涡一圈又一圈地飞转，最终在海底得到一处安息之地，那该多好。

"看到您的信件了吗？我吩咐他们替你放在客厅了。"她对威廉·班克斯说道。

丽莉·布瑞斯珂看着她渐渐飘进了那片奇异的无人区。继续随行是绝无可能的，而她的离去却给那些注目而望的人带来了一丝寒意，独留他们一路追随的目光，就像目送一只渐行渐远的船，直到风帆沉入地平线之下。

丽莉心想，她看起来是那么苍老，那么疲惫，又那么疏远。然后，她转向威廉·班克斯，笑脸盈盈，仿佛船只转了个弯，灿烂的阳光再次照耀在了风帆上。丽莉如释重负，又忍俊不禁地琢磨着，她为什么要同情他呢？她在告诉他信在客厅里时，就让丽莉留下了这样的印象：她似乎在说可怜的威廉·班克斯，仿佛同情他人也是导致她疲惫的原因之一；她的生活，她要重新生活的决心，都是出于同情心而被迫激活的。丽莉心想，事实并非如此。这是一次错误的认识，她似乎是源自天性，是出于自身的某种欲望，而不是为了他人的需求。他一点也不可怜，丽莉对自己说，他还有自己的作品。突然间，她就像挖到了宝藏一般，转而想到自己同样有作品。那幅绘画瞬间浮现在她的眼前，她想：嗯，我要把那棵树移到更中心的位置，这样就不会有扎眼的留白了。就这么办，这个一直困扰着我的问题，终于解决了。她拿起盐罐，把它搁在桌布的图案上，以此作为更改树木位置的提醒。

"说来也怪，一封信没什么值得一读的内容，但人们却总是盼着收到信件。"班克斯先生回应道。

他们都在扯些什么废话呢，查尔斯·坦斯利在心里嘀咕道。他把汤匙精确地放在餐盘的正中央，那盘汤早已被他一扫而光了。丽莉觉得（他坐在她的对面，背对着窗户，正好处在视野的中央），他就像下定决心要确保自己有饭吃似的。他身上的一切都显得死气沉沉、枯燥乏味。尽管如此，事实依旧没有改变：只要仔细观察每个人，几乎都能找到可爱之处。她喜欢他的眼睛，它们是蔚蓝色的，深深凹陷，令人望而生畏。

"坦斯利先生，你写了很多信吗？"拉姆齐夫人问道。丽莉猜想，她仍然在同情他。拉姆齐夫人一贯如此：她总是同情男人，仿佛他们先天就缺失了什么东西；但她从不同情女人，仿佛她们先天就拥有着什么东西。坦斯利先生言简意赅地回答道，他给他的母亲写信，除此以外，一个月估计都写不了一封信。

他不想说出这些人想要听见的那些废话。他不需要这些蠢女人对他俯首帖耳。他先前一直在书房里看书;下楼之后,他发觉眼前的一切都是那么愚蠢、肤浅、虚浮。她们为什么要梳妆打扮?他没有身着正装,只是套着平常的衣服来的。"一封信没什么值得一读的内容"——诸如此类的话一直是她们的谈资。她们让男人们也开始说起这种话了。他想,没错,事实大致如此。一年到头,年复一年,她们从未收获任何有意义的内容。她们除了说、说、说、吃、吃、吃,别无他事。这是女人的错。女人利用她们全部的"魅力",她们所有的愚蠢,拖着文明寸步不前。

"明天去不成灯塔了,拉姆齐夫人。"他斩钉截铁地说道。他喜爱她,他敬仰她,他的脑海中依然浮现出那个在排水沟里抬头望着她的工人,但他觉得有必要明确自己的观点。

尽管他的确有一双好看的眼睛,丽莉·布瑞斯珂心想,但看看他的鼻子,再看看他的手,这是她所见过的最没有魅力的人,没有之一。那么,她又何必介意他说的话呢?女人不会绘画,女人不会写作——从他嘴里说出来又有什么关系呢?显然,他自己都没有对这句话信以为真,但出于某种有利的原因,他便这么说了。为什么她整个身心都耷拉着?她就像一株被狂风吹倒的小麦,只有经过一番艰苦而痛楚的努力,才能从屈辱中重新挺直身板。她必须再提醒自己一次:桌布上有小树枝的图案,这是我的画;我必须把那棵树移到更中心的位置,这才是当务之急——其他都无关紧要。她问自己,难道她就不能牢记于心,不发脾气,也不争吵吗?要是想报复的话,不是还可以直接嘲笑他吗?

"噢,坦斯利先生,"她说,"请带我去灯塔吧。我可真想上去看看呐。"

她在说谎,他听得出来。她不知为何要说出这句口是心非的话,也许是为了试图激怒他。她是想嘲笑他。他穿着那条破旧的法兰绒长裤。他没有别的裤子可穿了。他觉得自己很邋遢,很孤独,也很寂寞。他知道她出于某种原因在戏弄他,她并不想和他一同去灯塔。她看不起他,普鲁·拉姆齐也是如此。这一家人全都如此。但他不想在女人们的面前出洋相,于是他在椅子上故意转过身,望着窗外,突然粗暴地说道:不行,明天风浪太大,她会吐在船上的。

他很恼怒,因为丽莉竟然要他当着拉姆齐夫人的面用那种语气说话。要是能独自一人在书房里工作,他心想,埋在自己的书堆里,那该多好啊。那里才是他惬意自在的天地。他从未欠过一分钱的债,从十五岁起就没花过父亲的一分钱;他用自己的积蓄供养家族,还在担负妹妹的学费。尽管如此,他还是希望自己知道该如何得体地回应丽莉小姐,他还是希望自己不要像刚刚那样突然爆发情绪。"你会吐在船上的。"他真希望想出一些什么话能对拉姆齐夫人说,好让她知道他并不是一个不善言辞的学究(在大家的眼中,他正是这般印象)。他转过身,看向拉姆齐夫人,但她却在和威廉·班克斯谈论一些他从未听说过的人物。

"是的,端上来吧。"她打断了与班克斯先生的闲聊,跟女佣简短地嘱咐了一句。"我最后一次见到她——大概是十五年前——不对,有二十年了。"她一面说着,一面又转向他,仿佛她一刻也不愿耽搁,全情沉浸在他们的谈话之中。所以他今晚收到的竟然是她的来信!凯莉·曼宁还住在马洛镇[1]吗?一切都依旧如故吗?噢,她的记忆——沿河而行,寒风刺骨——恍如昨日,历历在目。但曼宁一家要是制订了计划,就一定会坚持到底。赫伯特当时在河岸上用茶匙压死了一只大黄蜂!这是她永远不会忘记的情景。记忆还在继续浮现,拉姆齐夫人沉思着,她仿佛化身为一个幽灵,在泰晤士河畔那间客厅的桌椅间游荡;而二十年前,她曾在那里体会过非常非常刺骨的寒风。现在她在一幕幕的记忆间穿行,像幽灵一般。回忆

---

[1] 英国白金汉郡的一个小镇。

让她心醉神迷：这么多年过去了，她虽然老了，但那特别的一天依旧停留在原地，在此时此刻变得静谧而美丽。是凯莉亲笔写给他的信吗？她问道。

"是的，她说他们正在新建一个台球厅。"他回答道。不！不！这绝对不可能！台球厅！在她听来，这似乎是天方夜谭。

班克斯先生实在想不通这件事有什么蹊跷之处。他们现在过上了富裕的日子。他应该代她向凯莉问好吗？

"噢，"拉姆齐夫人微微一惊，补充道："不用了。"她想，她并不认识那个新建台球室的凯莉。但真奇怪，她重复道，他们居然还住在那里。这话引得班克斯先生忍俊不禁，因为他想到他们自力更生了这么多年，而拉姆齐夫人竟然一次也没有念起过他们，真是不可思议。她在这些年里一定遭遇了不少变故！然而，凯莉·曼宁或许也根本没有念过她。想到这一点，班克斯感到一阵古怪的不快。

"人与人很快就会渐行渐远。"班克斯先生说道。不过，他转而想到自己毕竟既认识曼宁一家，又认识拉姆齐一家，不禁有些暗自得意。他放下勺子，仔细地擦拭着干净的下巴，一丝不苟地擦拭着他那刮得干干净净的嘴唇，庆幸自己还没有和他们渐行渐远。他琢磨着，也许自己在这方面比较与众不同吧；他从不流于俗套。他在各个圈子都广交朋友……拉姆齐夫人不得不再次暂停，叮嘱女佣加热饭菜。这就是他宁愿独自用餐的原因。每一次打断都让他感到心烦意乱。好吧，威廉·班克斯心想，这就是为友谊做出的一些小牺牲吧。他保持着彬彬有礼的姿态，只是将左手放在桌布上，舒展开手指，宛如一位机械师在闲暇时端详着一把锃光瓦亮、随时待命的工具。如果他拒绝前来，她肯定会很难过。但他现在觉得这根本就不值得。他盯着自己的手，心想要是他一个人的话，这会儿已经快吃完晚饭了，然后就可以无拘无束地投入工作之中。是啊，他暗想，这简直是在浪费时间。一个接一个孩子仍然在陆续走进餐室。"有谁

205

能跑上楼叫罗杰赶紧下来吗?"拉姆齐夫人对孩子们说道。他在心里感慨道,与那件事——工作——相比,这一切是多么微不足道,多么枯燥乏味啊!他本应该——他的文章在脑海中一闪而过,现在他却只能坐着,用手指敲击着桌布。毫无疑问,这一切就是在浪费时间!他转念一想:她是我最亲密的老朋友之一,我深深仰慕着她。然而,此时此刻,她的存在对他来说毫无意义,她的美在他眼里无关紧要。她和她的小儿子坐在窗前——什么都不是,什么都不是。他只想捧起那本书,一个人待着。他感到很煎熬,觉得自己背叛了她,坐在她身旁,却对她无动于衷。事情的真相是:他厌恶家庭生活。正是在这种状态下,他扪心自问:人活着是为了什么?为什么要为整个人类的延续而承受所有这些痛苦?这真的令人向往吗?作为一个物种,我们富有魅力吗?恐怕没有。他一面思索着,一面看着邋遢的男孩们。他猜想,他最喜爱的卡姆可能还在床上睡大觉呢。愚蠢的问题,徒劳的问题,只有游手好闲的人才问得出口。人生就是这样吗?人生就是那样吗?他平时根本无暇思考这样的问题。但在此时此地,他却在自我拷问。这是因为他在拉姆齐夫人指挥佣人之际,想到她对凯莉·曼宁还活着竟然表现得那么惊讶,不禁感叹:即使是最亲密的友谊,也是脆弱易碎的。朋友总会渐行渐远。他再次陷入自责。他坐在拉姆齐夫人的身旁,仍然无话可说。

"真是不好意思。"拉姆齐夫人终于转向他说道。他觉得自己僵硬而贫瘠,就像一双浸湿后又干透的皮靴,即使再用力,双脚也无法塞进去了。但他必须把脚硬塞进去,必须撬开自己的嘴巴说话。他思忖着,要是做不到谨小慎微,她就会察觉到他的背叛,就会感觉到他对她毫不在乎。那样就扫兴了。于是,他谦恭有礼地朝她那边低下头。

"你一定很讨厌在这样吵闹的环境里吃饭吧。"她用法语说道。每当心烦意乱时,她就会运用这样的社交方式。这就像议员们在大会上唇枪舌剑时,主席为了团结一致,提议所有人用法语发言。即便发言人的法语可能说得相当蹩脚,即便法语中可能并没有表达某一思想的精确词汇,讲法语也能施加某种秩序性和一致性。班克斯先生同样用法语回答她:"没有,一点也没有。"他们只是在用几个单音节的法语单词对话,而坦斯利先生对法语却是一窍不通,立刻断定他们只是在装腔作势。他想,拉姆齐一家人确实很爱胡言乱语。他兴致勃勃地抓住了这个新鲜的事例,铭记在心,打算在将来的某一天,大声说给一两个朋友听。他会在那个可以畅所欲言的小圈子里,讽刺地称其为"与拉姆齐一家共度时光",然后再将他们说的那些废话揶揄一番。他会说,这种事情来上一次还是值得的,但下不为例。他会说,这些女人真是惹人生厌。他还会说,拉姆齐先生娶了一个美丽的女人,生了八个孩子;这当然会让他本人成为人们茶余饭后的谈资。这大概就是他之后会说的话。但现在,此时此刻,他枯坐在那里,无所事事,旁边是一个空座位,根本没有人想要听他说话。耳边尽是闲言碎语,他难受极了,甚至浑身都不舒服。他期望有人能给他一个表达的机会。他急切地渴望着,坐立不安,一会儿看看这个人,一会儿望望那个人,试图插入他们的谈话中,但嘴巴刚张开,就又闭上了。他们正在讨论渔业问题。为什么没有人来求教他的意见呢?他们能懂什么渔业?

丽莉·布瑞斯珂全都看在眼里。她坐在他的正对面,难道还看不出这个年轻人躁动不安的表现欲吗?她像透过他的 X 光片,清晰地观察到一节节黑沉沉的肋骨和腿骨潜匿在肉身的雾霭之中——那层薄雾正是传统礼节,封罩在插入对话的炽热欲望之上。

然而,她眯起她的中国眼睛,回忆起他对女人的讥讽——"不会绘画,不会写作",心想:那我凭什么要主动帮他解脱呢?

她清楚,有一套行为规范,其中(或许是)第七条规定,一个女人,无论从事何种职业,在这种情况下都应该主动帮助对面的男青年；这样他就可以尽情抛头露面，满足自己的虚荣心，缓解紧迫的表现欲。她想象地铁突然失火的紧急状况，然后以一位未婚老姑娘惯有的公平公正的心态，得出结论：援救我们的确是他们的责任。接着，她又想道：我肯定希望坦斯利先生营救我，但要是我们俩现在都不伸出援手呢？因此，她就这样坐着，脸上挂着微笑。

"丽莉，你没打算去灯塔吧？"拉姆齐夫人继续说道："还记得可怜的兰利先生吗？他已经环游世界几十次了。但他告诉我，他从来没有像上次我丈夫驾船带他去那里时那样遭罪。坦斯利先生，你是个好水手吗？"坦斯利仿佛在心中抡起了大锤，在空中高高挥舞着；但当锤子落下时，他立刻意识到杀死一只蝴蝶并不需要这样的工具，于是只回答了一句：他平生从未晕过船。但这句话，像火药一般，蕴含着紧凑而有力的信息：他的祖父是渔夫，他的父亲是药剂师，而他全靠自力更生，才爬到今天这一步，他为此感到自豪，他就是查尔斯·坦斯利——在场的人似乎都没有领会到他的言外之意。但假以时日，每个人都会知晓的。他皱着眉头，怒目远视。他甚至对这些温文尔雅之士心生怜悯，他们总有一天会像一捆捆羊毛和一桶桶苹果一样，被他体内的火药炸上天。"你愿意带上我吗？坦斯利先生。"丽莉随即亲切地问道。因为她读懂了拉姆齐夫人的眼神，仿佛在亲口对她说："我亲爱的孩子，我在这火海里快要溺亡了。你赶紧给这个时刻的痛苦抹上一点药膏，对那个年轻人说上几句好话吧。要不然，生活就要触礁翻船了——真的，我现在正听到尖锐的擦响和低沉的轰鸣。我的神经紧张得像一根小提琴的弦，再碰一下，就会绷断。"当这些话在拉姆齐夫人的一瞥中流转时，丽莉·布瑞斯珂只能第一百五十次放弃这个"要是对那个小青年不好会发生什么"的实验，改善了自己对他的态度。

他准确地判断了她在情绪上的转变——她现在对他很友好——因此，他放下了自负，和她讲起了自己打小就被扔下船，他的父亲再用船钩把他钓回来。就这样来来回回，他学会了游泳。他还透露，有一个叔叔在苏格兰海岸的某块礁石上看守灯塔。他曾和叔叔在那里熬过了暴风雨。这句话是趁着大家说话的间歇高声宣布的。他们不得不听他讲述，在暴风雨中和叔叔待在灯塔里的故事。当对话朝着这个利好的方向发展时，丽莉·布瑞斯珂感受到了拉姆齐夫人投来的感激的目光（因为拉姆齐夫人终于可以抽身和自己单独闲聊几句了）。唉，她想道，为了获得你的感激，我付出了多大的代价呀！她违背了自己的初衷。

她耍了一贯的把戏——伪善。她永远也不会理解他。他也永远不会了解她。她想，人际关系都是这样的，而男女之间的关系则是最糟糕的（她和班克斯先生的关系除外）。这些关系，她觉得，虚情假意是在所难免的。接着，她的目光落在了盐罐上，那是她特意放在那里提醒自己的。她牢牢记得，第二天一早就要把树移到更中央的位置。一想到明天可以画画，她立刻精神抖擞，欣喜若狂，甚至听着坦斯利先生的话，放声大笑。要是他乐意，就随他说个通宵吧。

"可他们打算把人留在灯塔上多久呢？"她问道。他详细地回答了。他的学识广博得惊人。既然他对丽莉心存感激，既然他喜欢同她交谈，既然他开始乐在其中，拉姆齐夫人心想，那她现在可以安心回到那个梦境之地，那个虚幻但迷人的地带——二十年前曼宁一家在马洛镇的那间客厅；她可以漫游其中，不慌不忙，无忧无虑，因为她不必再为未来担忧。她已提前知悉他们的际遇，也对自己的变故一清二楚。这感觉就像重读一本好书，她熟谙故事的结局。那是二十年前的事了，而人生竟然如瀑布一般，从这张餐桌上倾泻而下；天晓得这生命之水源自何处，就像湖水一般，宁静地存储在两岸之间。他说他们新建了一个台球厅——这是真的吗？班克斯还会聊起曼宁一家吗？她很想听他继续聊下去。但是，他没有——不知为什么，他没了兴致。她试着引回话题。他没有回应。她不能勉强他。她感到失望。

"这些孩子可真不像话。"她叹了口气说道。他安慰道，守时，这种小德行，要长大以后才能养成。

"真要是这样，就太好了。"拉姆齐夫人回应道，她只是不想让他的话掉在地上，心里琢磨着班克斯变得越来越像个未婚的老姑娘了。他意识到自己的背叛，也意识到她想听他聊一些更私密的事情，但他当下却意兴阑珊，生活中的种种不快涌上心头，坐在那里等候着。也许，有人正在谈一些趣事？他们在说什么呢？

大家在聊着，今年的渔季很不景气；人们正在纷纷移民。他们在谈论收入和失业的问题。还有一个年轻人在对政府破口大骂。"这是现任政府最可耻的行为之一。"威廉·班克斯心想，自己的生活已经如此不堪了，听了这些话，反倒是有了一种宽慰的感觉。丽莉在一旁聆听着；拉姆齐夫人也在听；所有人都在听。但丽莉早就听乏了，总觉得好像缺了点什么；班克斯先生总觉得好像缺了点什么。拉姆齐夫人把披肩裹在身上，总觉得好像缺了点什么。所有人都俯身聆听着，心里嘀咕着："但愿我千万不能暴露内心的想法。"因为每个人都在想："他们都感同身受。政府对待渔民的做法，让他们义愤填膺。然而，我却一点感觉都没有。"不过，班克斯先生望着坦斯利先生，心想，也许就是这个人。人们一直在期待这样的人物出现。总是有希望的。领袖随时可能会崭露头角；天才之人，无论是在政治还是其他任何领域，皆是如此。在我们老顽固的眼里，他大概是惹人生厌的，班克斯先生竭尽所能地为他开脱，因为他的躁动不安就像脊柱上竖立的神经，透露出他的妒忌心在作祟，部分是为了他自己，更可能是为了他的工作、他的观点、他的科学；他说的那些话既没有开诚布公，也并不合情合理，因为坦斯利先生似乎在谴责：你们已经荒废了生命；你们所有人都大错特错；可怜的老顽固们，你们已经被时代彻底抛弃了。这个小伙子妄自尊大，傲慢无礼。但班克斯先生还是不忘提醒自己，他勇气可嘉，能力出众，对很多事情知根知底。坦斯利抨击政府的那些话，班克斯先生想，或许不乏一些真知灼见。

"现在告诉我……"他说。他们俩开始就政治问题争论起来。丽莉盯着桌布上小叶片的图案；拉姆齐夫人任由那两个男人喋喋不休，纳闷自己为什么会对这场谈话如此厌烦，于是望向坐在餐桌另一端的丈夫，希望他能说点什么。一个字就好，她对自己说道，因为她相信他只要开口，就可以改变一切。他能直击问题的要害。他关心渔民和他们的收入。每次想到他们，他都无法入眠。他在发表观点时，情况截然不同；他没有察觉，但愿没人能看出我有多么无动于衷，因为他的确关心这些问题。接着，拉姆齐意识到正是因为她太崇拜他了，所以才在等着他发言；她觉得就好像一直有人在她面前称赞她的丈夫和他们的婚姻，不禁容光焕发，却没有意识到只有自己一个人在称赞他。她望着他，想从他的脸上捕捉到那种神情；他应该看起来神采飞扬……但一无所获！他整张脸拧作一团，皱眉蹙额，怒火冲天。到底发生了什么事？她疑惑不解。出了什么问题？不就是可怜的老奥古斯都又要了一盘汤——仅此而已。这简直不可理喻，卑鄙龌龊（他隔着餐桌朝她眉目示意），这个奥古斯都居然又要讨汤喝！他憎恶有人在他吃完之后还要继续加餐。她看着他的愤怒像一群猎犬，扑进他的眼睛，扑进他的眉头，她预感他那蛮横的情感马上就将爆发，然后——谢天谢地！只见他仿似紧紧握住方向盘，用力踩下刹车，整个身体都迸出了火星，但只字未发。他坐在那里，双眉紧锁。他什么也没说，他想让她看看他的表现。让她给予他应有的赞扬！但为什么可怜的奥古斯都不能再要一盘汤呢？他只是碰了碰埃伦的胳膊，说了句："请再给我一盘汤吧，埃伦。"然后，拉姆齐先生就这样沉下了脸。

为什么就不行呢？拉姆齐夫人投出质问的目光。奥古斯都想喝汤，我们当然要让他喝。拉姆齐先生对她皱起了眉头，他厌恶人们沉迷美食，厌恶所有的事情都这样拖拖拉拉好几个小时。尽管这场景令他作呕，但他还是控制住了自己，这才是拉姆齐先生想让她看进眼里的事情。但拉姆齐夫人却追问，为什么非要如此直白？（他们在长桌的两端相互对视，传递着这些疑问和回答，彼此都对对方的感受一清二楚。）拉姆齐夫人想，在座的每个人都看得出来。露丝正盯着她的父亲，罗杰也正瞧着他的父亲；她知道，姐弟俩在下一秒，就会爆发出阵阵狂笑，于是赶紧说道（真是千钧一发）："该点蜡烛喽。"他们立刻从座位上一跃而下，冲到餐具柜前，手忙脚乱地翻找起来。

为什么他总是不能掩饰自己的情绪？拉姆齐夫人困惑不解，也不清楚奥古斯都·卡迈克尔是否察觉到了。也许，他早就感觉到了；也许，他还没有。她看着他泰然自若地品着汤，不禁肃然起敬。如果他想喝汤，他就会要汤。无论人们是嘲笑他，还是对他生气，他依然我行我素。他不喜欢她，拉姆齐夫人心知肚明；但也正因为如此，她对他心存敬意。他喝着汤，在逐渐黯淡的光线下，显得伟岸而沉稳，仿佛一座凝神冥思的雕像。她看着他，很想知道他当时是怎样的感受？为什么一直那么怡然自得、端庄尊贵？她想起来了，他是那么宠爱安德鲁，经常邀他进入自己的房间，给他看各式各样的小玩意。奥古斯都有时会整天躺在草坪上，估计是在反复推敲他的诗作。他那副模样让人不禁联想到一只盯着鸟儿的猫，每每逮到一个好词，就会把两只爪子啪地拍在一起。"可怜的老奥古斯都——他是一位真正的诗人。"她的丈夫曾这样点评道。这可是出自他本人之口的极高赞美。

现在，八根蜡烛伫立在餐桌的一侧，火苗们先是猛地弯下腰，接着踔立起来，把整张长桌都照亮了，中央的一盘黄色和紫色的水果随即映入眼帘。她是怎么做到的，拉姆齐夫人很惊奇，因为露丝把葡萄、香梨、香蕉和粉边的螺角摆放在一起，让她想到了从海底捞出的奖杯，想到了海神的盛宴，想到了（某幅画作中）挂在酒神肩上的那串连藤带叶的葡萄，围绕在豹皮和摇曳着红金火焰的火炬之间……果盘就这样突然显现在光亮之中，看起来遮天蔽日，深不可测。这简直就像是一个世界，她想，人们可以在其间，拿着手杖，攀登山丘，潜入峡谷。令她欣喜的是（因为他们在这一刻产生了短暂的共鸣），她看着奥古斯都同样在欣赏果盘的视觉盛宴，他的目光沉浸其中，在这里摘下一朵花，在那里折断一束麦穗，大饱眼福后，回到了他的蜂巢。这就是他的观看之道，与她的方式大不相同；但共同观赏，却将他们联结在了一起。

这时，所有的蜡烛都被点燃了，烛光拉近了餐桌两侧的脸庞，每个人的表情显得格外安详。他们围聚在长桌旁，不再置身于暮色之中。一块块窗格将黑夜隔挡在外，这些玻璃不但彻底模糊了窗外的世界，而且荡起了诡谲怪诞的涟漪，仿佛整个世界只剩下窗内这片井然有序的旱地；而窗外，窗格中的映像，在弥漫的水汽中，飘荡不定，化为泡影。

一瞬间，他们不约而同地变了样，好像正在一个岛上的洞穴里组成一个团队，这件事仿佛真的发生了。他们拥有一个共同的目标：抵抗窗外那个川流不息的世界。拉姆齐夫人先前一直忐忑不安，心神不定，等待着保罗和明塔的归来。但现在，她感到自己的担忧变成了期待。想必，他们也应该快回来了。丽莉·布瑞斯珂试着解析大家忽然欢欣鼓舞的原因，她通过类比，想到了草地网球场的那一刻：当稳固的状态突然分崩瓦解，如此广阔的空间出现在了彼此之间；而现在，这简陋的房间，许多根蜡烛，没有窗帘的窗户，以及烛光下面具般明亮的面孔，也产生了相同的效果。一些负担从他们的身上卸除了，她觉得什么事都有可能发生。他们一定来了，拉姆齐夫人盯着大门想。就在这时，明塔·道尔、保罗·雷利和一个端着大盘子的女佣一起走了进来。他们回来得太晚了。真是耽误了太久的时间，明塔道了歉。他们各自走向餐桌两端的空座位。

"我弄丢了我的胸针——我祖母的胸针！"明塔的声音透着悲伤，棕色的大眼睛里噙着泪水，一会儿垂下头，一会儿抬起头。坐在一旁的拉姆齐先生唤醒了自己的骑士精神，决定逗她开心。

他问道，她怎么会这么傻，居然戴着首饰去爬山？

她顺势装出害怕的样子——他聪明得吓人。第一天晚上，她坐在他身边，听他谈论乔治·艾略特时，当时她真的怕极了，因为她把《米德尔马契》的第三卷落在火车上了，不知道结局发生了什么。但后来，她找到了与他融洽相处的方法——故意表现得比实际更无知，因为他喜欢说她是个小傻瓜。所以今晚他取笑她时，她并不害怕。而且，她一走进餐室，就知道奇迹发生了：她的身上笼罩着一层金色的光晕。这光有时浮现，有时隐匿。她从来不知道它为何而来，又为何而去。直到她走进房间，立刻从一个人注视她的眼神中，确定了它的存在。没错，她今晚拥有了光晕，赫然夺目。她从拉姆齐先生"别做傻瓜"的语气中，确定了这一点。她坐在他旁边，面带微笑。

他们订婚了，拉姆齐夫人心想，这件事一定发生了。刹那间，她感到了一种她从未想过会再次涌现的情绪——嫉妒。因为他，她的丈夫，也感受到了——明塔的光芒。他喜爱这些女孩，她们有着一头金红色的秀发，全身上下散发出飞扬跋扈的气质，时而撒野胡闹，时而冒冒失失。她们从不"把头发紧紧地盘在脑后"，也不像他口中可怜的丽莉·布瑞斯珂那样"毫无生气"。她们身上有一种丽莉所没有的特质，一种光彩，一种富足，吸引着他，逗乐着他，使明塔这样的姑娘成了他的心头好。她们可能会帮他理发，为他编织表链，打断他的工作，招呼他（她听到了她们的叫喊声）："出来玩啊，拉姆齐先生；现在轮到我们打败他们啦。"于是，他就出门打网球去了。

不过，拉姆齐夫人其实并不嫉妒，只是偶尔看到镜子中的自己已经老了，不免心生一些愤恨。也许，是她自己的错。（还有暖房和其他费用的账单。）她很感激还有这些姑娘与他打趣（"拉姆齐先生，你今天抽了多少斗烟啦？"，等等）。他似乎重获了青春，成了一个对女人极富吸引力的小伙子，既没有背负他那繁重的工作，也没有被世间种种悲苦和他的名望或失败所压垮，而是再次变回了她最初认识他时的模样，清瘦而勇敢；她还记得，是他扶着她下船的，就像他现在这样有说有笑（她望着他，他看起来出奇年轻，逗弄着明塔）。至于她自己——"就放在这吧。"她指点那位瑞士姑娘将盛着红酒炖牛肉的棕色大陶罐轻轻地放在她的面前——她喜欢她的傻里傻气。保罗必须坐在她的旁边。她为他留了个位置。真的，她有时觉得自己最喜欢的是那些傻里傻气的人。他们至少不会拿论文来烦扰她。毕竟，那些聪明绝顶的人，错失了多少人生啊！毋庸置疑，他们是那么枯燥乏味。当保罗就座的时候，她感到他有一种格外迷人的魅力。她很喜欢他的言谈举止，还有他那轮廓分明的鼻子和明亮的蓝眼睛。他是那么善解人意。既然大家又开始聊天了，他会告诉她今天发生的事情吗？

"我们回去找明塔的胸针。"他一面说着，一面坐在她的身边。"我们"——听到这两个字就已经足够了。从他费力的表情，从他为了说出这个难以启齿的人称代词而提高的嗓门，她就能得知这是他第一次说"我们"。"我们做了这个，我们做了那个。"她想，他们会这样说上一辈子的。玛莎用优雅华丽的小动作，揭开了棕色大陶罐的盖子，一股橄榄、黄油和果汁的香气顿时扑鼻而来。厨娘花了整整三天的时间，才做好这道大菜。她想：我必须小心翼翼地用叉子插入软糯的肉块，为威廉·班克斯挑选一块格外娇嫩的牛肉。

她朝陶罐里细瞅着，看到了油光发亮的内壁，黄棕相间的美味肉块，还有月桂叶和葡萄酒。她觉得，用这道佳肴正适合庆祝今天的喜事——她心中涌起一阵奇特的感觉，仿佛是在欢度节日一般，既古怪又微妙；两种感情在她心中相伴而生，其中一种是深沉的——还有什么能比男人的求爱更严肃、更威严、更触动呢？这份爱怀揣着死亡的种子。与此同时，这些恋人两眼发光，走进幻觉，戴上花环，不得不由着起哄戏弄的人群围着他们跳舞。

"这道菜，大功告成。"班克斯先生放下刀具称赞道。他专心致志地品尝着。味道丰郁，口感嫩滑，烹饪得恰到好处。在这偏乡僻壤，她是怎么做出这道佳肴的？他问道。她不愧是个了不起的女人。他所有的爱和敬意都回来了，她也察觉到了这一点。

"来自我祖母的法国菜谱。"拉姆齐夫人回答道，声音中带着一丝狂喜。必然是法式菜肴啦。所谓的英式烹饪简直令人作呕（这是他们达成的共识）：把卷心菜丢进水里煮烂，把肉烤到像皮革一样硬，把蔬菜可口的表皮全部切掉。"菜皮，"班克斯先生解释道："可包含着蔬菜所有的营养呐。"还很糟践食物，拉姆齐夫人附和道，英国厨子扔掉的食材都能养活一整个法国家庭了。她感到威廉对自己的爱再次回来了，一切又都好起来了，她久久悬着的心也终于安放下来了。现在，她既可以欢喜若狂，也可以随性奚落，于是她放声大笑，手舞足蹈。丽莉觉得她真是太幼稚了，也太荒唐了，坐在那里，重新焕发出她所有的美丽，却喋喋不休地谈论着菜皮。她身上有某种可怖的魔力，丽莉心想，她是不可抗拒的，她最终总能如愿以偿。她已大获成功——保罗和明塔大概已经订婚了；班克斯先生正在这儿吃饭。她仅仅直截了当地许了个愿，就对他们所有人施了法。丽莉目睹着拉姆齐夫人的灵魂是多么丰富多彩，反观自己的却是那么单调乏味，忖量着坐在她身旁的保罗·雷利之所以浑身颤抖，却又超然出神、目注心凝、沉默不语，正是因为深信这种奇怪而可怕的魔力（她的脸容光焕发——虽然看着并不年轻，却显得光芒四射）。丽莉感觉到，拉姆齐夫人在谈论菜皮时，正在提升和敬奉魔力，用手捂着它，温暖着它，保护着它。她在施法成功后，莫名其妙地笑了。丽莉觉得，这就像她领着她的"祭品们"走向了圣坛。此刻，这股魔力——爱的情感和悸动——也朝丽莉袭来。她觉得在保罗身旁的自己是那么不起眼！他，光彩照人，激情燃烧；她，冷漠疏离，讽刺嘲弄；他，追求冒险；她，坚守岸边；他，莽撞启航；她形单影只——如果这是一场劫难，她恳求能有人共同承受。于是她羞怯地问道：

"明塔是在什么时候弄丢胸针的？"

他露出了一抹极其微妙的微笑，仿佛披着回忆的面纱，染着梦的色彩。他摇了摇头，回答道："在海滩上。"

"我会找回来的，"他说道，"明天一早就去。"这是一个对明塔保密的计划，于是他压低了声音，将目光转向她的位置，看到她正在拉姆齐先生的旁边，开心地笑着。

丽莉拼命想要表达一个唐突的心愿：她想要帮助他。她想象着自己会在黎明时分的海滩上，冲向那枚半掩在礁石背后的胸针，由此跻身于水手和冒险家的行列之中。但他是如何回应她的提议呢？实际上，她带着一种很少流露出的真挚情感，说道："让我和你一起去吧。"他笑了。他的意思是"是"或者"不是"——也许两者皆有。但这并不是他的本意——他那奇怪的笑声才蕴含着真正的含义，好像在说：你想跳崖，那就跳吧，我可不在乎。他在她的面前展现了爱情的炽热、恐惧、残忍和肆无忌惮。这份爱灼伤了丽莉；与此同时，她看着餐桌另一头的明塔正对着拉姆齐先生献殷勤，既为她暴露在爱情的獠牙之下而心虚胆怯，又为自己感到庆幸不已。她瞥了一眼桌布图案之上的盐罐，在心里自言自语道，不管怎样，她不会结婚，谢天谢地，她不会遭受那种屈辱，她会免于那种消融。

她会把那棵树移到更中心的位置。

人的情绪就是这么错综复杂。对于发生在她身上的事,尤其是与拉姆齐一家共处的经历,让她强烈地感受到了两种截然对立的情绪。你所感受到的,是一种;我所感受到的,是另一种。然后它们在她的心里相互搏斗,就像现在这样。这份爱情如此美好动人,如此激动人心,她不禁在咫尺之间战栗着,甚至一反常态,主动提出帮忙在海滩上找胸针的意愿。但是,爱情又是人类最愚蠢、最野蛮的激情之一,能够将一个钻石般的好青年(保罗的侧影轮廓的确很精致)变成一个在麦尔安德大道[1]上挥舞铁橇的恶霸(他趾高气扬,蛮横无理)。然而,她暗自思忖,从古至今,人们都在歌颂爱情,献上堆积如山的花环和玫瑰;如果你问十个人,定会有九个人说,他们别无渴求,除了这个——爱情。而女人,从她自己的经验来看,始终感觉到:这不是我们想要的东西;没有什么比这更乏味、更幼稚、更无人情味的了,但爱情仍然是美丽的必需品。好吧,那又如何?她在心里反问道。不知怎的,她期待着他们能接着聊下去,好像在这样的讨论中,她抛出了自己的小小观点,但明显没有溅起涟漪,只好让其他人继续下去。于是,她又悉心聆听他们的谈话,看看是否能从中拾得有关爱情的启示。

"接下来,"班克斯先生说:"还要数英国人称之为咖啡的那种液体。"

"噢,咖啡!"拉姆齐夫人回应道,但明明纯正的黄油和干净的牛奶才更成问题。(丽莉看得出来,她彻底焕发了斗志,义正词严地发表了一番言论。)她以热情而雄辩的口吻,抨击了英国乳制品行业的种种罪行,详细描述了送到门口的牛奶有多么肮脏。她已经深入调查了这件事,所以她正准备一一论证自己的指控。但就在这时,

---

[1] 位于伦敦东部,当时是一个治安状况不佳的地区。

从坐在中间的安德鲁开始，围着餐桌的孩子们纷纷大笑起来，就像野火从一簇金雀花窜到了另一簇。她的丈夫也跟着笑了。她被围困在嘲笑的战火之中，不得不偃旗息鼓，解甲休兵。她仅剩的反击是，以饭桌上的嘲弄和奚落为例，向班克斯先生表明：谁胆敢抨击英国民众的偏见，准落得和她一样惨烈的下场。

拉姆齐夫人想起了先前帮助自己照应坦斯利先生的丽莉，觉得她现在在一旁有些郁郁寡欢。拉姆齐夫人认为丽莉应该不属于那伙嘲笑自己的人，于是刻意说道："不管怎样，丽莉肯定会站在我这边。"她就这样将丽莉拉进聊天中，丽莉不禁有些慌乱，也有点吃惊。（因为她还沉浸在对爱情的思考中。）丽莉和查尔斯·坦斯利，拉姆齐夫人想，都已经双双落单了。他们俩被另一对的光彩所淹没。显而易见的是，坦斯利感到自己遭受了彻底的冷落；有保罗·雷利在场，就没有女人会看他一眼。可怜的家伙！不过，他还有自己的论文要写，那篇关于"某人对某事的影响"的论文：他可以自得其乐。而丽莉的处境就不同了：她在明塔的光芒下黯淡无光，穿着灰色的小裙子，皱巴巴的脸上还有一对小小的中国眼睛，比往常更加不起眼。她的一切都显得那么渺小。然而，拉姆齐夫人在心里对明塔和丽莉做了一番比较，想到挑选丽莉为自己声援（因为丽莉可以证明她没有说错 —— 她从来没有像丈夫谈论他的皮靴那样，讨论乳制品 —— 一聊起皮靴，他能大谈特谈好几个钟头），因此得出一个结论：到了四十岁，丽莉会是那个更优秀的人。

在丽莉的身上，时而透出一缕光亮，时而闪出一阵光耀，这些都源自她那独一无二的特质。拉姆齐夫人对此赞赏有加，但她担心没有男人会喜欢。这一点毋庸置疑，除非是一位年纪大得多的男人，比如威廉·班克斯。但他很关心，好吧，拉姆齐夫人有时候会想：他在妻子去世后，似乎很关心自己。当然，他并没有"坠入爱河"，这只是那种无法归类的众多感情之一。噢，她心想，不过都是胡思乱想，威廉必定会和丽莉结婚。他们有太多共同点了。丽莉非常喜欢花卉。他们俩都有着冷淡疏离、独立自足的性格。她有必要为他们创造一次长途漫步的机会。

真是太傻了，她居然为他们安排了面对面的座位。这一失误明天就可以加以补救。要是天气不错，他们应该会去野餐。一切似乎都有可能。一切似乎都在正轨上。此时（她想，这种状态不可能持续下去，于是她一边听着他们谈论皮靴，一边从当下抽离出神），此刻，她已经抵达安全地带；她像一只老鹰在空中盘旋，又像一面旗帜在喜悦的氛围中飘扬。这份喜悦洋溢在她身体的每一根神经里，甜蜜而充盈，静谧而隆重。她看着大家坐在家里吃着饭，想到这氛围是由自己的丈夫、孩子和朋友共同营造的，全在这深沉的寂静中升腾而起（她探头看向陶罐的深处，准备再为威廉·班克斯挑选一小块牛肉），似乎现在没有特别的理由停留在这里，犹如有一团袅袅升起的烟，早已将他们牢牢地聚在一起。无需多言，尽在不言中。喜悦就在这里，萦绕在他们的身边。她在为班克斯先生精心挑选柔嫩的肉块时，感觉到这份喜悦具有一股永恒的气息。她在那天下午之前，已经有了一些不同的感悟：事物之间存在着某种连贯性、某种稳定性；她的意思是，有些事物不受变化的影响（她瞥了一眼泛着粼粼波光的窗户），在随波逐流、转瞬即逝、神出鬼没的世界中闪闪发光，犹如一颗颗红宝石。因此，今晚，她再次感受到了白天早已有过的感觉——安宁和休憩。那些永恒不朽的事物，她想，正是由这样的时刻铸就的。

"没关系的，"她向威廉·班克斯保证："分量很足，够大家吃好啦。"

"安德鲁，"她说："把你的盘子拿低一点，不然汤汁都要被我洒出来了。"（红酒炖牛肉真可谓大功告成。）她放下汤匙，觉得这里是事物核心的静谧空间，她在此活动和安歇，现在可以静候（她为他们添好了菜），聆听，像一只突然从高空飞扑而下的鹰，悠然自如地展现英姿，沉浸在欢声笑语之中。她把全部的注意力都放在了餐桌另一端的丈夫身上，而他正在谈论一千二百五十三的平方根。答案似乎就是他怀表上的某个数字。

这到底是什么意思？直到今天，她仍然一窍不通。平方根？那是什么？他的儿子们肯定知道。于是，她侧过身，听着他们谈论着立方根和平方根，伏尔泰和斯塔埃尔夫人[1]，拿破仑的性格，法国的土地所有权制度，罗斯伯里勋爵[2]，托克维尔的《回忆录》[3]。这些充满男子气概的才智就像一根根钢梁，贯穿于摇摆不定的布料，上下蹿动，纵横交错，编织出一匹令她钦佩的织锦，托举着她，承载着她，维系着整个世界。她对此绝对信任，甚至闭上双眸，偶尔眨一下，就像一个孩子从枕头上仰起头，望着层层叠叠的树叶，扑闪着眼睛。后来，她恢复了意识，恍然发现织布机仍然在隆隆作响——威廉·班克斯正对苏格兰作家沃尔特·司各特[4]的系列小说《韦弗利》赞不绝口。

他表示，每隔半年就会读上一本。可这怎么会惹怒查尔斯·坦斯利呢？他粗暴地插入对话（拉姆齐夫人想，一定是普鲁不肯对他好点的缘故），大肆批判沃尔特的作品；拉姆齐夫人知道他实际上对这些书一无所知，压根没有读过一页，只是观察着他，并没有聆听他所说的话。她可以从他的姿态中看出是怎么一回事——他想要表现自己，表现欲会一直持续到他获得教授职位或迎娶妻子后，方才罢休。只有到那时，他才不必老是拿"我——我——我"说事，

---

[1] 斯塔埃尔夫人（1766—1817），法国女作家。
[2] 罗斯伯里勋爵，英国自由党政治家，曾任英国首相。
[3] 被公认为19世纪最伟大的回忆录之一，记录了法国1848年的革命，并对这一事件做出了精湛的评述。
[4] 沃尔特·司各特（1771—1832），英国著名历史小说家。

他对可怜的司各特爵士（简·奥斯丁或许也不可幸免）的批评，就是这么一回事。"我——我——我。"从他的语调、重音和局促窘迫的情绪中，她能看出来：他正在构想自我的形象，以及给人留下的印象，成功有益于他的身心健康。总而言之，他们又重新探讨新的话题了。现在，她不必再听了。这一切不可能一直持续下去，她对此心知肚明。但此时此刻，她的目光是那么清澈，仿佛能环视整个餐桌，轻而易举地看透每个人的内心，包括他们的思绪和情感，就像一束光线在水中悄无声息地穿行，涟漪、芦苇、保持平衡的小鱼，以及突然静止的鳟鱼，都被一一照亮了，颤抖着悬浮其中。她看见了他们，听到了他们；但无论他们说了什么，都具有相同的特性。他们所说的话就像鳟鱼似动非动的景象，同时可以看到涟漪和碎石，有的在左，有的在右，整个画面和谐统一。在忙碌的生活中，她却在不停地将所有事物一网捞尽，再分门别类。她会说她喜欢沃尔特的小说，或者坦白还没有读过。她总是在催促自己前进；而现在，她什么也没说。这一刻，她停滞不前。

"啊，那您觉得这样的作品还可以风靡多久？"有人问道。她的身上好像冒出了一根颤抖的天线，截取着某些字句，随时调动自己的注意力。这句话便是其中之一。她察觉到丈夫遭遇了麻烦。像这样的问题促使他说出的话，必然会让他联想到自己的衰败。他会立马开始思考——他的书还会被人读多久？威廉·班克斯（他完全没有这种虚荣心）笑着说道，他从不在意风尚的变迁。无论是文学，还是其他事物，谁又能预知永世长存的会是什么呢？

"让我们欣赏我们所欣赏的！"他提议道。他的真诚正直赢得了拉姆齐夫人的高度钦佩。他似乎从未考虑过一个问题："这对我有什么影响？"但如果一个人是另一种性情，渴望称赞和鼓励，那么这样的人自然会心神不安（她知道拉姆齐先生已经开始发作了）；他现在渴望有人说：噢，拉姆齐先生，但您的作品会永远流传下去，或者诸如此类的话。他的心神不安在此时此刻昭然若揭。他带着几分恼怒说道，不管怎样，沃尔特（或许想说的是莎士比亚？）的作品将会伴他一生。她想：大家都感到有些不自在，但却又不明白缘由。明塔·道尔的性子向来敏锐，她率直而唐突地说，她不相信有人真心喜欢读莎士比亚的作品。拉姆齐先生一本正经地回应道（他的思绪再次调转方向）：很少有人像他们说的那样欣赏莎士比亚。他接着补充道：不过，其中一些戏剧确实具有相当大的价值。拉姆齐夫人发现目前的情况暂时还不算糟糕；他会尽情嘲笑明塔，而拉姆齐夫人发现，明塔不仅察觉到他对个人成败的焦虑如焚，还以她特有的方式照顾他的情绪，费心设法地奉承他。然而，拉姆齐夫人但愿这只是一场小题大做：也许正是因为她的过错，才促成了这场大戏。不管怎样，她现在可以安下心，聆听保罗·雷利谈论他从小读过的书籍了。他说，这些书会永远流传下去。他在上学时读过一些托尔斯泰的作品。有一个角色，他一直记忆犹新，但现在想不起姓名了。俄国人的名字的确很难记，拉姆齐夫人回应道。"渥伦斯基。"保罗突然恢复了记忆，因为他一直认为这是个适合反派角色的好名字。"渥伦斯基，"拉姆齐夫人重复道，"啊，原来是《安娜·卡列尼娜》。"但大家并没有就此讨论太久；毕竟，读书不是他们的专长。不，真论起书，查尔斯·坦斯利可以立马纠正他们俩所有的错误，但他的论述始终掺混着"我是否说对了？""我留下了好印象吗？"的顾虑。到头来，他们听完他的话，更了解的是他本人，而不是托尔斯泰；而保罗说起来，就事论事，从不涉及自己和其他不相干的事情。他像所有愚钝的人一样，不仅有一种谦逊的态度，还能体恤他人的感受。至少，她时不时会觉得这种特质富有魅力。现在他思虑的不是他自己，也不是托尔斯泰，而是她是否着凉，是否感到了那阵穿堂风，是否想要吃个梨。

不，她说自己不想吃梨。其实，她一直小心翼翼地守护着那盘水果（自己却浑然不觉），生怕有人会上手。她的目光在水果的曲线和阴影之间来回游移，先从低地栽培的葡萄那浓郁的紫色中徘徊，然后跨过贝壳果盘隆起的角脊，最后将黄色与紫色、曲形与圆形一一配对。她不知道自己为什么要这样做，也不知道为什么每次这样做，就越发感到安谧；直到最后，哎，真可惜，居然有人干出这种事来——一只手伸了过来，拿走了一颗梨，毁了一整个造型。她在黯然惋惜中，看向露丝，看向坐在贾斯珀和普鲁之间的露丝。自己的孩子干出这种事，真是奇怪！

她的孩子们，贾斯珀、露丝、普鲁、安德鲁，几乎一声不吭地坐在那里，但从他们微微抽动的嘴唇来看，她猜想他们在自顾自地讲着什么笑话，这多么奇怪啊！这完全是另一码事，是一些他们要偷偷藏起来，准备回到自己的卧室再放声大笑的事情。她希望这与他们的父亲无关。不是的，她觉得应该不会的。那到底是怎么回事呢？她暗自纳闷，不禁有些难过，因为她想到只有自己不在场时，孩子们才会嘻嘻哈哈。在他们那一张张面具般生硬、静止的脸庞之后，隐藏着一大堆秘密，因为孩子难以加入成人的对话；他们就像一位位观察家和监察官，一副有些居高临下的派头，刻意与成年人拉开距离。但今晚，当她看着普鲁时，发现她并非如此。她的人生刚刚启程，刚刚起步，刚刚落入尘俗。她的面颊泛着一丝微弱的光，仿佛是明塔从对面发出的光芒，在她的脸上映照出某种兴奋之情，某种对幸福的期待之情，好像男女之爱的艳阳从桌布的边缘腾腾升起。她不知道那是什么，但还是向其俯身致意。她一直羞涩而又好奇地望着明塔，引得拉姆齐夫人不由自主地来回打量着她们两人，然后在心里对普鲁说道：总有一天，你会和她一样幸福的。不，你会更幸福的，她补充道，因为你是我的女儿。她的意思是，自家的闺女肯定要比别人家的女孩更幸福。晚餐已经步入尾声，是时候散场了。他们只是在摆弄盘子上的残羹剩菜。她的丈夫和明塔在讲一个关于打赌的笑话故事,她会等到大家都笑尽兴了,再起身。

她突然对查尔斯·坦斯利心生好感。她喜欢他的笑声,喜欢他对保罗和明塔愤怒的模样,还喜欢他的局促不安。这个年轻人的身上还是有很多可圈可点之处的。至于丽莉,她把餐巾放在盘子旁,她总能讲出一些独创的笑话。不必为丽莉操心。她等候着,将餐巾塞进盘子边缘的下方。嗯,他们都说好了吗?还没有。这个故事又引出了下一个故事。她的丈夫今晚情绪高涨,她猜想,他可能在那场加汤风波后,希望和老奥古斯都重归于好,于是把他拉进了新话题之中——他们俩聊起了在大学时认识的某个人的趣闻轶事。她望着那扇窗,窗上的玻璃漆黑一片,蜡烛的火焰映衬在上面,看起来烧得更亮了;飘到她耳畔的声音听起来十分怪异,好像是从大教堂里传出的做礼拜的低语,因为她并没有在听那些话。突然爆发出的一阵阵笑声,然后是一个声音(明塔)的独白,让她联想到在某个罗马天主教的大教堂里,一些男人和男孩正在高声吟诵拉丁语的祷文。她等候着。她的丈夫开口了。他在朗诵着什么,她从他的抑扬顿挫、欢乐与忧郁交替的语调中,得知那是一首诗歌[1]:

　　出来吧,登上花园小道,
　　卢琳安娜·卢琳丽。
　　月季花已然盛放,
　　黄色的蜜蜂嗡嗡相惜。

这些诗句(她望着窗子)在空气中流动着,就像浮游在水面上的花朵,与他们所有人隔绝开来,仿佛没有人在诵诗,而是诗在吟咏其自身。

---

[1] 出自查尔斯·埃尔顿的诗歌《卢琳安娜·卢琳丽》(Luriana Lurilee)。

> 在我们的前世和来生,
> 依然处处皆是欣欣向荣的树木
> 和回黄转绿的叶片。

她不明白这些诗句有何寓意,但听起来如同音乐一般,仿佛是由她本人的声音念诵的,出自她的自我之口,惬意而自然地描述着她整晚嘴上说话时在心中描绘的另一幅景象。不必举目四望,她都能确定餐桌旁的每个人都在聆听着那个声音。

> 我想知道
> 你是否感同身受,
> 卢琳安娜·卢琳丽。

大家感到与她共享着同一份宽慰和愉悦,仿佛这首诗终于道出了他们的天性,仿佛这首诗是他们用各自的声音念诵的。

但那声音突然停了下来。她环顾四周,从椅子上站起身来。奥古斯都·卡迈克尔也站了起来,他手里攥着的餐巾看起来像是一件长长的白袍,他站在那里吟咏:

> 看着国王们策马而过,
> 穿越草地和开满雏菊的田野,
> 身披棕榈叶,佩戴雪松箭,
> 卢琳安娜·卢琳丽。

当她从他身边经过时,他稍微转过身,对着她重复了最后一行诗:

卢琳安娜·卢琳丽

他向她鞠了一躬，好像是在向她致敬。不知为什么，她觉得他对自己的喜爱比往常更深了。她怀着一种宽慰和感激的心情，向他还礼，接着穿过了他为她推开的门。

现在，有必要把一切再向前推进一步。她的脚踏在门槛上，多等了片刻；就在她回头注视时，室内的场景正在悄然消逝。当她挽着明塔的手臂离开餐室时，这幕场景发生了变化，彻底变了样；她回头瞥了最后一眼，心里明白这一切都已成为过去。

第十八章

像往常一样，丽莉想。在那个特定的时刻，有一件事一直有待完成，一件拉姆齐夫人出于自己的原因决定马上去做的事。此时此刻，大家都站在原地，开着玩笑，不知道究竟是要进吸烟室，进客厅，还是上阁楼。接着，大家注意到拉姆齐夫人伫立在这一片喧哗中，身边挽着明塔的胳膊，她突然想道："对，现在是时候了。"于是，她立刻带着一副诡秘的神情匆忙离开，独自去做那件事了。而她一走，一场分崩离析似乎就此拉开序幕：他们起先踌躇不决，接着立刻分道扬镳；班克斯先生抓住查尔斯·坦斯利的手臂，走到露台上，继续探讨在晚餐伊始提及的政治议题；整个夜晚变换了氛围，重心也调转了方向。丽莉看着他们离开，听到一两句关于工党政策的只言片语，感觉他们俩就像已经登上了一艘巨轮的舰桥，正在测定方位。话题突然从诗歌转向了政治，她留下的印象大概如此；班克斯先生和查尔斯·坦斯利就这样离开了，而其他人则站在那儿，目送拉姆齐夫人独自在灯光下上楼。丽莉不禁好奇，她走得这么急，是要上哪儿去呢?

　　事实上,她并没有匆忙赶路,也没有大步流星;她走得相当缓慢。在喋喋不休的闲聊之后,她突然有了想要暂停片刻的冲动,挑选一件特别的事情:将那件要紧的事情剥离、拆解;清理所有的情绪和琐碎的杂质;举到面前,押送法庭,摆放在秘密会议上。她亲自任命的法官们将会执行裁决。这是好还是坏?这是对还是错?我们都要去哪里?等等。因此,她从求婚事件的震惊中恢复平静,不知不觉却又不合时宜地望向屋外的榆树枝条,才站稳脚跟。她的世界正在天翻地覆,而那些树枝依然纹丝不动。那件人生大事赋予了她一种激烈的律动感。一切都必须井然有序,她想,必须把这个做对,那个也要做好。她先是对树木的静止和庄严油然而生一股赞美之情,然后又为大风把榆树枝条吹得高高升腾的壮丽景象(宛如尖锐的船头掀起波浪一般)而惊叹不已。起风了(她伫立片刻,向外张望),风很大,层叠的树叶之间不时拂出一颗星辰,而那些繁星本身似乎也在颤抖,投射出光芒,努力穿透叶片的缝隙闪耀。是的,那件事已经成真了,圆满完成了,就像所有已经完成的事情一样,变得庄严而肃穆。此时此刻,她摆脱了喋喋不休的闲聊和情感的干扰,回想起那件事,似乎它一直存在着,只是现在才浮出水面,显示在她的脑海中,一切都因此稳定下来。她想到,无论他们未来多么年迈,都会回想起这个夜晚、这弯明月、这阵大风、这座房屋,也会回想起她。一想到无论他们未来多么年迈,自己都会一直萦绕在他们的心头,她为此感到受宠若惊(这是最能引她动容的事情)。还有这个,还有这个,还有这个,她一边想,一边上楼,路过了楼梯口的沙发(她母亲的遗物)、摇椅(她父亲的遗物)和赫布里底群岛[1]地图,对着它们哈哈大笑,但充满了深情。这一切都将在保罗

---

[1] 赫布里底群岛,位于苏格兰西部外海。

和明塔的生活中再度上演;"雷利夫妇"——她试着把这个新称呼念了几遍;她把手放在婴儿室的门把手上,感到一种与他人的情感共鸣,仿佛打薄了隔断的墙壁(这种感觉是一种宽慰和幸福),幻化为一个流动的整体,椅子、桌子、地图,属于她,也将属于他们。是谁的,并不重要。当她去世后,保罗和明塔会将它们继续传承下去。

她攥紧把手,稳稳转动,唯恐发出嘎吱声,然后走进房间,微微噘起嘴唇,仿佛在提醒自己千万不要大声说话。结果,她一进来,就气恼地发现,原来这么小心翼翼,完全没有必要,因为孩子们根本还没有睡觉,真是太烦人了。米尔德里德应该更细心一点。詹姆斯清醒得很,卡姆坐得笔直,米尔德里德赤着脚,还没有上床。已经快十一点了,他们居然还在聊天。这是怎么回事?肯定又是这个可怕的野猪头骨。她很早之前就吩咐米尔德里德把它拿走,可米尔德里德显然是忘记了。现在,卡姆毫无困意,詹姆斯大吵大闹,他们早在几个小时前就应该入睡了。爱德华到底是着了什么魔,非要把这个可怕的野猪头骨送给孩子们?她真是太愚蠢了,竟然让他们把那东西钉在墙上。钉子钉得很牢,米尔德里德说道,卡姆一看到头骨,就睡不着觉。詹姆斯一看到她碰头骨,就会大喊大叫。

拉姆齐夫人坐在床边说,卡姆,该睡觉了(它长着一对巨大的獠牙,卡姆说道)——睡着了,就能梦见美丽的宫殿。她只能梦见獠牙,卡姆回答道,满屋子都是。这是实话。无论他们把台灯放在哪里(詹姆斯没有灯就睡不着),总有一个影子从什么地方冒出来。

"但是你想想,卡姆,它只是一头上了年纪的猪,"拉姆齐夫人安抚道,"就和农场里的猪一样,是一头可爱的黑猪。"但卡姆还是很害怕,觉得它的影子围绕她蔓延开来,满屋子都是。

"那这样吧,"拉姆齐夫人提议道,"我们找个东西把它盖起来。"孩子们都看着她走到抽屉柜前,一个接一个地迅速拉开小抽

229

屈，却没有翻出合适的东西，于是赶忙解下自己的披肩，缠在野猪头骨上，一圈一圈又一圈。然后她回到卡姆的身旁，把头几乎平躺在旁边的枕头上，说现在看起来多么可爱啊，仙女们一定会喜欢的，就像一个鸟巢，就像她在国外见到的美丽山脉，有山谷，有鲜花，有钟声，有歌唱的鸟儿，有小山羊和羚羊……她在有节奏地诉说时，甚至可以看到卡姆的脑海里，也随之回响着这些话语。卡姆跟着她重复着，像一座山，一个鸟巢，一个花园，还有小羚羊。她的眼睛一会儿睁开，一会儿闭合。拉姆齐夫人继续以更加单调的节奏，讲述着那些毫无意义的话语，告诉她必须闭上眼睛睡觉，梦见高山、山谷、降落的星星、鹦鹉、羚羊、花园和所有美丽的东西。她一边缓缓地抬起头，一边越来越机械地复述着。直到她坐直了身子，方才发现卡姆早已睡着了。

她走到詹姆斯的床边轻声说道："你现在也得睡觉了，看见了吗？野猪头骨还在那里，没有人碰它，根据你的想法照办了，完好无损地在那里"。他确信头骨还在披肩下面。但他还有别的事情想要问她，明天会去灯塔吗？

"不，明天不行，"她说，"但很快了。"她向他许下了诺言，下一个晴天。他非常乖巧地躺下了。她为他盖上被子。但她知道，他一辈子都不会忘记的。她对查尔斯·坦斯利、对自己、对丈夫感到愤怒，因为她燃起了儿子的希望。她摸了摸自己的肩膀，想起自己的披肩还裹在野猪头骨上，只好站起身，把窗户往下拉了一两英寸，听着风声，吸了一口夜晚冰冷彻骨的寒气，向米尔德里德低声道了晚安，走出房间，将门上的锁舌慢慢地滑进锁孔里，然后离开了。

她想，但愿他不要在孩子们头顶上方的地板上，把书本砰砰地砸得震天响。她还是对讨人厌的查尔斯·坦斯利耿耿于怀。孩子们很容易担惊受怕，总是睡得很浅。既然他对灯塔之行说了那样一番话，那她觉得他很有可能会在他们正要睡着时，笨手笨脚地将桌上的一堆书肘翻在地。她猜想，他应该上楼写作去了。虽然他看起来是那么孤寂凄凉，但他一离开，她就会放下心来，并希望他明天能得到更友善的对待。虽然他在丈夫的眼里是一个值得敬佩的人，但他的言行举止确实急需改进。她很喜欢他的笑声——想到这里，她走下楼梯时，发现现在可以透过楼梯口的窗户望见月亮了——那轮金黄色的丰收之月——她转过身。他们看见她站在上方的楼梯上。

"那是我的妈妈。"普鲁心想。没错，明塔应该看到她了，保罗·雷利也应该看到她了。这就是事物的原型，她觉得，好像世界上只有一个这样的人——她的妈妈。她刚才还成熟稳重地和其他人攀谈，转眼间又变回了一个孩子。他们之前其实只是在玩一场游戏，普鲁想知道，妈妈究竟会赞成还是会指责他们的游戏呢？想到明塔、保罗和丽莉能看到此时此刻的她，感到自己能拥有这样的母亲是何等幸运，她希望永远不会长大，永远不会离开家。她像个孩子似的说道："我们本来打算去海滩看浪花的。"

突然间，毫无缘由地，拉姆齐夫人好像变回了一个二十岁的女孩，兴致勃勃。一种狂欢的情绪占据了她。当然，他们应该去；当然，他们应该去，她一边嚷，一边笑。她飞快地跑下最后三四级台阶，先是看这个，又望那个，然后笑着裹上了明塔的围巾，说她真希望自己也能去，他们会不会很晚才回来？有谁带表了吗？

"保罗带了！"明塔回答道。保罗从一个软皮表套里掏出了一块漂亮的金表。当他把表放在掌心给她看时，他心想："她知道这意味着什么。我不需要多说什么了。"他一边展示手表，一边对她说："我成功了，拉姆齐夫人。这一切全亏了您。"拉姆齐夫人看着那只躺在他手中的金表，不禁想，明塔真是幸运至极！她要嫁给一位将金表放在软皮表套里的男人！

"我真想和你们一起去呀！"她大声说道。但一股强大的力量扣留了她，她甚至没有想过问问自己这是怎么一回事。当然，她是不可能同他们一起去的。但是，要不是因为另一件事，她还是很想去的。她想起了那个荒唐的想法（嫁给一位将金表放在软皮表套里的男人是多么幸运啊！），忍不住笑了起来。然后，她嘴角挂着微笑，走进了另一间房间，她的丈夫正坐在那里看书。

第十九章

她走进房间时，在心里对自己说：当然，要想拿到她的东西，她不得不上这儿来。首先，她想坐在一把特定的椅子上，头顶之上有一盏特定的灯。但她想要的不止这些，尽管她还没有想到有哪些，也不知道自己具体想要的是什么。她望着她的丈夫（拿起那个长袜，开始针织），看得出他不希望被她打扰——这一点显而易见。他在读一些深深触动他的文字。他隐约面露笑意，她知道他正在控制自己的情绪。他翻动着书页，仿佛是在表演——也许，他将自己代入了书中的某个角色。她想知道那本书的名字。噢，原来是司各特爵士的一部旧作。她调整了灯罩的位置，好让灯光照在自己的毛线袜上。查尔斯·坦斯利不是总说（她抬起头，好像期待听到楼上传来书本砸落地板的砰咚声），总说没有人再读沃尔特的书了吗？她的丈夫想的是，"他们也会这么说我的。"于是，他才走进书房，翻出了这本书。要是他得出了"查尔斯·坦斯利说得对"的结论，那他就会接受这个关于沃尔特的说法。（她看得出来，他在阅读时，一边权衡，一边思索，一边联想。）不过，这番思考与他本人并无关联。他总是为自己感到惴惴不安。她为此忧心忡忡。他总是担忧自己的书作——会有人读吗？写得好吗？为什么没能写得更好？人们会怎么评价我？她不愿看到他这样患得患失，又想知道是否有人猜到了他为什么在大家谈论名声和经久不衰的书籍时突然烦躁发怒的原因，也想知道孩子们是不是当时在嘲笑自己的父亲。她猛地将针棒从长袜里抽了出来，嘴唇和前额的轮廓浮现出来，仿佛是由钢刀精心雕刻的线条。她就像一棵大树，起先在微风中摇曳颤抖，现在一叶接一叶，归于宁静。

她想，这些都不重要了。伟大的人物、伟大的著作、名声——谁能说得清呢？她对这些一无所知。但这就是他的作风、他的坦率——比如在晚餐时，她由衷地想，要是他能说点什么就好了！她对他满心信任。她把这一切都抛在脑后，就像潜入水中一般，时而经过一根水草，时而经过一根稻草，时而经过一串气泡。她潜得更深了，再次感到那种感觉，就像她在餐室里听着大家说话时的感觉：我想要一件东西——我是来拿东西的。她紧闭双眸，越潜越深，却想不起到底是什么。她稍稍顿了一会儿，一边织着毛线，一边思索着，慢慢地，他们在晚餐时吟诵的那些诗句，"月季花已然盛放，黄色的蜜蜂嗡嗡相惜"，开始打起节拍，在她的脑海中来回荡漾。这些辞藻宛如一盏盏灯罩下的微光，一红、一蓝、一黄，在她漆黑的思绪中闪烁着，纷纷从栖息的灯座升起，既像在半空中飞来飞去的鸟儿，又像在空中反复回荡的高喊。于是，她转过身，在旁边的桌子上摸索着，想要翻出一本书。

在我们的前世和来生
依然处处皆是欣欣向荣的树木
和回黄转绿的叶片

她喃喃有词，把针棒插进毛线袜里。她随手打开书，四处翻阅，边看边觉得自己时而向后爬，时而向上攀，正在那些压弯腰的花瓣下挤出一条小路。她只知道这朵是白色的，那朵是红色的。她当初根本就不明白那些辞藻的寓意。

掌稳舵，
到这来，
驾着你们的松木舟，
所有精疲力竭的水手们。[1]

　　她边读边翻，摆动着身子，左摇右拐，从一行诗到另一行诗，从一根树枝到另一根树枝，从一朵红白相间的花到另一朵花，直到一个小小的声响唤醒了她——她的丈夫拍打了自己的大腿。夫妻两人的目光交会了片刻，但他们都不愿跟彼此说话。他们没有什么可说的，但他似乎向她发射了某种信号。她知道，是那本书的活力，那是生命力，那是巨大的幽默感，他正是为此而拍打了大腿。别打断我，他似乎在说，别开口说话，坐在那里就好。然后，他继续读下去，嘴唇微微抽搐。这本书充实了他的心灵，振奋了他的精神。他将今夜所有的小摩擦和小屈辱彻底抛之脑后，忘却了人们没完没了的吃喝，释怀了枯坐忍受的百无聊赖，先前对妻子的一腔怒火也已平息，甚至不再为他们对他的书作只字不谈（就仿佛它们根本不存在似的）而耿耿于怀。但现在，他觉得，谁抵达 Z 一点儿也不重要了（如果思想的历程真的按照字母表的顺序从 A 到 Z 的话）。总会有人抵达——不是他，也会另有他人。司各特爵士的力量和理智，他对简单事物直截了当的感受，那些渔民，老马克尔巴基特[2] 的小屋里那个可怜的老疯子抖擞了他的精神，卸下了他心头的重负，他感到奋发昂扬，欢欣鼓舞，甚至止不住夺眶而出的泪水。他把书稍微抬高了一些，遮住自己的脸，任由眼泪滑落，左右摇着头，全情进入忘我的状态（脑海中只剩下一两点念头，他在反思道德观、

---

1 出自威廉·布朗的《海妖之歌》，描述了美人鱼试图勾引水手在海浪中丧生的致命召唤。
2 马克尔巴基特（Mucklebackit），司各特的小说《古董家》中的角色。

法国小说和英国小说，还想到司各特虽被时代束缚了手脚，但司各特也有一些真知灼见），沉浸在斯蒂尼[1]溺水身亡的凄惨与老马克尔巴基特的悲痛之中（这是司各特的巅峰之作），感受到这本书给他带来的不可思议的乐趣和活力，彻底忘却了自身的烦恼和挫败。

好吧，他读完这一章后，心想：就让他们去超越吧。他觉得自己好像之前一直在跟什么人辩论，现在终于占据了上风。无论他们怎么争辩，都无法超越这部作品；他的立场变得更加牢固了。那些小情小爱的描写都是连篇的废话，他想着，再次搜集脑海中的所思所想。那是废话，这是一流，他在心里相互比较着。但他有必要再读一遍。他已经记不起故事的大致结构了。他只能暂时将自己的判断悬置半空。于是，他转到了另一个想法——如果年轻人对这本书兴致索然，自然也不会对他的书提起兴趣。拉姆齐先生觉得自己不应该心生怨言，于是竭力压抑向妻子埋怨年轻人不赞赏自己的冲动。他已下定决心；他不会再打扰她了。他看向她，她正在看书，看上去十分安详。所有人都离开了，只剩下他们俩了，他很高兴。他想，生活的全部意义并不在于男欢女爱。他的思绪再次回到了司各特和巴尔扎克，回到了英国小说和法国小说。

拉姆齐夫人抬起头，好像一个半睡半醒的人，似乎在说：如果他想让她醒来，她就会醒来，真的会醒来；否则，她可以继续睡下去吗？哪怕再睡一会儿？就一小会儿？她爬上那些树枝，转向这边，又转向那边，触碰着一朵又一朵的花儿。

也不赞颂玫瑰花那一抹深沉的红晕[2]

---

1 斯蒂尼（Steenie），司各特的小说《古董家》中的角色。
2 莎士比亚十四行诗：第98首。

她一边默读,一边感到自己越爬越高,即将来到树冠,抵达顶峰。多么惬意!多么舒畅!一天中所有琐碎的思绪都被这块磁铁通通吸走了;她感到心灵一扫无遗,神清气爽。接着,它就在那里,突然间完整无缺了;她将其捧在手里,美妙而睿智,明晰而完备,从生活中萃取的精华凝聚于掌心——十四行诗。

但她渐渐察觉到丈夫一直在盯着她看。他疑惑地对着她微笑,仿佛在温柔地奚落她大白天还在打瞌睡。与此同时,他在想:继续读下去吧,你现在看起来不再忧伤了。他想知道她在看什么书,又在心里刻意夸大她的愚昧和无知,因为他一向乐于认为她不够聪明,从不读书。他想知道她能不能理解自己在读什么。或许不能,他想。她美得叹为观止。在他的眼里,她的美似乎仍有日增月益的可能。

> 是我仍身陷隆冬,
> 只因你人在异地,
> 我与这繁花嬉戏,
> 寄情于你的倩影。

她读完了整首诗。

"嗯?"她从书中抬起头,若梦若醒地回应着他的微笑。

> 我与这繁花嬉戏,
> 寄情于你的倩影。

她轻声低吟,把书放回桌子上。

她继续做针线活,暗自琢磨:从她见他独自一人坐在这里后,都发生了什么事?她记起了穿衣打扮;望见了月亮;安德鲁在晚餐时把盘子举得太高了;威廉说了一些扫兴的话;树上的鸟儿;楼梯口的沙发；醒着不睡的孩子们；查尔斯·坦斯利的书砸在地板上，把他们都吵醒了——噢，不是的，这是她编造的；还有保罗的软皮表套。

她该告诉他哪件事呢？

"他们订婚了，"她开始织毛线，继续说道："保罗和明塔。"

"看来我猜对了。"他回应道。这件事实在没什么可多说的。她的思绪还在随着诗歌上下起伏，波动不定。而他在读完斯蒂尼的葬礼后，仍然那么精神抖擞，襟怀坦荡。他们俩默默坐着。然后，她意识到自己希望他能说些什么。

什么都行，什么都行，她一边织毛线，一边想着，说什么都行。

"嫁给一位将金表放在软皮表套里的男人，多好呀！"她说道。这是他们在一起经常开的一种玩笑。他哼了一声。他对这桩婚事的感觉，就像他对所有婚约的感觉一样：那个小伙子远远配不上这么好的姑娘。她慢慢琢磨，为什么人们会期望别人结婚呢？婚姻的价值和意义是什么？（现在他们说的每个字都是真挚的。）说点什么吧，她想着，只渴求听听他的声音。那团阴影，她察觉到，那团笼罩他们的阴影再次逼近了她。说点什么吧，她用恳求的眼光望着他，仿佛正在呼救。

他默不作声，来回晃动着表链上的指南针，琢磨着司各特和巴尔扎克的小说。然而，他们正不由自主地透过亲密关系的朦胧间隙，彼此凝聚，肩并肩，挨得很近，她能感受到他的思想就像一只高举的手，在她的心灵中蒙下了一层阴影。她的思绪转向了一种他所厌恶的方向——一种他称之为"悲观主义"的方向，于是他开始感到烦躁不安。不过，他什么也没说，只是把手举到额头上，捻了捻一绺头发，又让它垂了下去。

"你今晚肯定是织不完了。"他指着她的长袜说道。这正是她想要的——他责备她时的那种粗暴凶悍。如果他说悲观是不对的，她想，那也许就是不对的；这段婚姻一定会美好圆满的。

"是的，"她把袜子平摊在膝盖上，回应道："我织不完了。"

接下来呢？她察觉到他还在盯着她看，但他的眼神已经变了。他渴望着什么——渴望着那个她总是难以给予他的东西，渴望着她告诉他，她爱他。而这句话，不，她开不了口。论谈吐，他觉得自己向来比她更加擅长，他能说出一些她永远说不出的话。因此，自然而然地，说这些话的人总是他，但不知为何，他会突然介意这一点，还会因此责备她。他称她为没心没肺的女人，她从未对他说过她爱他。但事实并非如此——事实并非如此。只是她一直无法说出自己的感受。他的外套上难道连一点面包屑都没有吗？她没什么能为他做的了吗？她站起身，手里拿着那只红棕色的长袜，走到窗边，既是为了避开他，也是因为她想起了夜幕下的大海时常是多么的美丽。但她知道，当她转身时，他同时也转过头注视着她。她知道他在想：你比以往任何时候都要美。她觉得自己格外美丽。你难道不能对我说"我爱你"，哪怕就这一次吗？他情绪激昂，想到了明塔和他的书，想到了一天就快结束了，他们还在为去灯塔一事而争吵。但她做不到，她说不出口。她转过身，知道他正在注视着她，但没有说话，只是拿着毛线袜，看着他，笑了起来。即便她一言不发，他也当然知道，她爱他。他无法否认这一点。她微笑着望着窗外说（心里想，世界上有什么能与这种幸福相媲美）——

"嗯，你说对了。明天有雨。你们去不成了。"她一脸笑意地注视着他。她又获胜了。她还是没能说出口，但他听得清清楚楚。

第二部　岁月流逝

第一章

"好吧,只能等待未来为我们揭晓答案了。"班克斯先生从阳台上走进来时说道。

"天太黑了,什么也看不见。"安德鲁从海滩上走来时说道。

"没人能看清哪一片是大海,哪一片是大地。"普鲁说道。

"我们要让灯一直亮着吗?"他们进卧室脱外套时,丽莉问道。

"关了吧,所有人都进来了。"普鲁回答道。

"安德鲁,"她回过头喊道,"把客厅里的灯熄了吧。"

灯一盏接一盏地熄灭了,只剩下卡迈克尔先生的房间还亮着——他喜欢躺在床上,读上几页维吉尔的诗——他的蜡烛要比其他人烧得更久更长。

第二章

就这样,所有的灯都熄灭了,月亮也下沉西行,一阵细雨先是沙沙地敲打在屋顶上,接着一场铺天盖地的黑暗倾盆而下。似乎没什么能在这洪流中幸存下来,浓郁的黑暗悄然而至,从钥匙孔和缝隙中钻出来,偷偷绕过百叶窗,涌入一间间卧室,这里淹没了一个水壶和脸盆,那里吞噬了一盆红黄相间的大丽花,还有那轮廓尖锐和敦实厚重的抽屉柜。家具的身影不仅混成一团,身体和心灵也被屏蔽得所剩无几，没法分辨"这是他"或者"那是她"。时而有人举起一只手，既像要抓住什么东西，又像在格挡什么东西；时而有人发出哀怨声；时而有人放声大笑，仿佛在和虚无分享一个笑话。

客厅、餐室、楼梯都无声无息。只有透过锈迹斑斑的铰链和受潮肿胀的木制家具，一阵水汽才能与海风相分离（这房子毕竟早已破败不堪了），蹑手蹑脚地绕过墙角，小心翼翼地溜进屋内。几乎可以想见，这阵水汽涌进客厅后，一边好奇地四处打探，一边戏弄着糊在墙上啪啪作响的纸，质疑着还能坚持多久？何时会脱落而下？这群水汽分子轻快平滑地拂过墙壁，若有所思地往前走，先是询问墙纸上的红玫瑰和黄玫瑰是否也会枯萎凋零，接着又向废纸篓里残破的信件、鲜花和书本温文尔雅地发问（因为有的是时间）——现在所有这些物品都向它们敞开心扉——你们是我们的盟友吗？你们是敌人吗？你们还能存在多久？

一束束不知从何而来的光线——可能是从一颗没有被云层遮挡的星星，从一只漂泊不定的小船，也可能是从灯塔投射而入的光柱——在楼梯和地毯上投下苍白的足迹，指引着一小股水汽登上楼梯，在卧室门口来回嗅探着。但到了这里，它们必须止步了。任凭天地万物湮灭消逝，这里的一切都坚不可摧。在这里，你可以对那些浮光掠影，对那些四处探索的空气（它们正趴在床上，细嗅着自身）宣告：请勿触摸，休要毁坏。光影和空气仿佛既有轻如羽毛的手指，又有羽毛一般持久的轻盈，像幽灵一样，懒洋洋地再次望向那紧闭的双眼和松弛蜷缩的手指，倦怠地叠起衣衫，然后悄然消失。就这样，它们嗅来嗅去，摩肩接踵，经过楼梯口的窗户，走进佣人的卧室，来到阁楼上的房间；接着走下楼梯，为餐桌上的苹果蒙上了一层白纱，在玫瑰花瓣上摸索，品鉴了画架上的画，清扫了地毯，把一些沙粒吹到了地板上。最后，它们终止了所有的行动，聚集在一起，共同唉声叹气，一齐发出漫无目的的哀号，厨房里的某扇门应声而响；突然敞开；但一无所见；随即又砰然关闭。

[此时此刻，卡迈克尔先生刚读完维吉尔的诗，吹熄了蜡烛。已经将近半夜了。]

第三章

但一夜又算得了什么呢？不过是短暂的一刻，黑暗很快就消散了，鸟儿接着歌唱，公鸡也开始啼鸣，在海浪卷起的空洞中，虚无缥缈的绿意逐渐萌动，仿佛一片逐渐泛绿的叶片。然而，夜复一夜，循环交替。冬季储蓄了一连串的夜，用不知疲倦的手指，平均分配给每一天。夜色渐长，越来越黑。在一些夜晚，天空高举着明净的行星，宛如璀璨的空盘。深秋的树木虽已饱经风霜，仍然如同一面面褴褛的旗帜，在幽暗阴冷的大教堂石窟中熠熠生辉。在那里，镌刻在大理石书页上的金字描述了士兵们在战场上伤亡，尸骨在遥远的印度沙漠中漂白和灼烧。在金黄的月光下，在丰收的月光下，深秋的树木微光闪闪。这光芒舒缓了劳作的艰辛，抚平了田地里的残株，掀起了轻柔的波浪，不断拍打着海岸，晕染出一层又一层的蔚蓝。

此时此刻，神圣的上帝似乎在目睹了人类的忏悔和劳作后，动了恻隐之心，拉开了帷幕，展现了幕后独一无二的景象：直立的野兔、下坠的海浪、摇曳的船只。这一幕，若是我们配得上，就能永恒拥有。然而，哎呀，神圣的上帝，猛地松开绳索，突然放下了帷幕，祂并不满意，用一场倾泻的冰雹掩埋了自己的宝藏，先砸碎，再搅乱，看起来似乎不可能恢复平静，也不可能从散乱的碎片中拼凑出完美的整体，更不可能从中读出清晰明确的真理之词。我们的忏悔只配换得一瞥，我们的劳作只配换得片刻的喘息。

现在，这些夜晚肆意着狂风和破坏，树木在震荡中弯下了腰，叶片纷乱飘飞，直到铺满了草坪，堆积在排水沟，堵塞了雨水管，散落在湿漉漉的小路上。大海也翻腾起伏，不断破碎。如果有一位沉睡的人幻想着在海滩上拾到疑惑的答案，偶遇共享孤寂的朋友，那么他会掀开自己的被褥，独自走下楼梯，在沙地上漫步，却寻不到那侍奉神灵和随时待命的幻影，来为夜晚建立秩序，来让世界反映灵魂的罗盘。那手在他的手中萎缩，那声音在他的耳畔咆哮。是什么？为什么？怎么回事？沉睡的人百思不得其解，忍不住从床上爬起来，去寻觅答案。然而，在一片混沌之中，向黑夜发问似乎是毫无意义的。

[一个漆黑的清晨，拉姆齐先生沿着走廊蹒跚而行，伸出了他那空空荡荡的双臂，再也没有投怀送抱的那个人了。拉姆齐夫人已于前一天晚上突然与世长辞。]

第四章

屋子空无一人，门锁紧闭，就连床垫都被卷成一摞；那群游荡的水汽，宛如大军的先锋队，气势汹汹地闯了进来，刮过光溜溜的木地板，啃啄着，吹拂着，畅通无阻地涌入卧室和客厅，只剩下飘摆的帘布、嘎吱作响的木头、光秃秃的桌腿，还有布满灰尘、黯淡无光、破损开裂的锅碗瓢盆在做无谓的抵抗。人们遗弃的物品——一双鞋子、一顶猎装帽、几件衣橱里褪了色的裙子和外套——独自留在那里，仍然保持着人的形状，在这空寂之中表明它们也曾充盈生机，也曾有双手忙着系上钩扣和纽扣，也曾有一张脸映照在梳妆镜中，还有一个空幻的世界：一个身影转过身，一只手一闪而过，门拉开了，孩子们蜂拥而入，跌跌撞撞地冲了进来，然后又跑了出去。现在，日复一日，光阴荏苒，水月镜花，在对面的墙壁上映射出清晰的影像。只有树影在风中郁郁葱葱，在墙垣上鞠躬致敬，为水池蒙上了一层阴影，池面的光线刹那间停止了反射。时而有一群鸟儿飞过，投下一串轻柔的剪影，缓缓拍打着翅膀，掠过卧室的地板。

美好与宁静相互交融，降临在整个世界，共同构成了美好本身的形态——一种生离死别的形式；孤寂如同隔着火车车窗，远远地望见了一湾夜色中的池塘，顷刻就消失于视线之中。即便望见一眼，那又如何呢？那弯苍白的池塘不会因为那一瞥，缓解一丝一毫的孤寂。美好与宁静在卧室里紧握着彼此的手，风儿甚至穿过裹着布的水壶和蒙着被单的椅子窥探着，湿漉漉的海滨空气呼着温柔的鼻息，擦揉着，嗅闻着，一遍又一遍重复询问着它们的问题——"你们会枯萎凋零吗？你们会湮灭消逝吗？"——几乎没有扰乱这份宁静、淡然、纯粹完整的氛围，仿佛它们抛出的问题根本不需要回答：我们自会存在。

似乎没有什么能破坏那幅影像，玷污那份纯真，更没有什么能扰动那片沉默的帷幕。在空荡荡的房间里，帷幕周复一周地摇曳着，将鸟儿的啁啾、船只的笛鸣、田野的嘈杂、狗的吠叫和人的呼喊编织于一身，收纳进褶皱之中，悄无声息地包裹在房屋的周围。唯独只有一次，一块木板突然从楼梯上弹了出来。那天半夜，突然爆发出一声咆哮，那爆裂声就像一块岩石经历了数百年的沉寂之后，从高山崩裂而下，冲向谷地；裹着屋子的披肩由此松落一褶，来回摆动。然后，一切恢复宁静，树影继续飘舞；光线对着卧室墙壁上的黑线弯下腰，仿佛正迷恋着自己的倒影。麦克纳布夫人用浸在洗衣盆的双手掀下了沉默的帷幕，用走过嘎吱作响的木板的靴子踩踏它，依照吩咐打开所有的窗户，擦去每间卧室的积尘。

第五章

她一边蹒跚前行（像海上的船一样颠簸着），一边斜目张望（她的目光从来不会径直落定在一个事物上，而是侧目瞥上一眼，流露出一种对世人轻蔑和愤怒的不屑之情——对于自己的愚昧无知，她有自知之明），一边紧紧抓住扶手，拖着身子爬上楼梯，一边哼着歌，从一个房间踉跄着走进另一个房间。她擦着那面长长的落地镜，瞥见了镜中摇晃的身姿，双唇之间传出一段旋律——也许是一首二十年前她在舞台上欢歌曼舞的歌曲，但如今却从一个头顶帽子、满嘴无牙的管家婆口中唱出，已然丧失了所有的意义，沦为一种愚蠢、滑稽、执拗的声调——时而沉抑到底，继而触底反弹。她颤颤巍巍地移动着，掸着灰尘，擦拭着家具，嘴上似乎在感慨：生活是多么漫长的痛苦和烦恼啊！每天起床，再上床，拿出东西，再收纳归位，周而复始。她这样生活了将近七十年之久，深知这个世界并不是安逸舒适之地。她疲惫不堪，累得弯腰驼背。她跪在床底下，膝盖嘎吱作响，嘴里发出呻吟，清扫着地板上的积灰，念叨着：这日子什么时候才是个头啊？她一瘸一拐地站起来，挣扎着站稳了身子，再一次侧目四望，甚至就连自己的脸和悲伤也一并斜目而视。她伫立在镜子前，张大口打着呵欠，憪然无知地微笑着，重新迈出那熟悉的蹒跚步态，拿起地毯，放下瓷器，歪着眼睛照镜子，仿佛她终究得到了慰藉，仿佛在她的挽歌中还缠绕着一丝不可救药的希望。

在洗衣盆中，一定也曾倒映出她欢乐的憧憬：与孩子们尽享天伦之乐（但两个是私生子，另一个离家出走），在公共酒吧里开怀畅饮；在抽屉里翻出一些零钱。黑暗必有其裂痕，那正是光芒透射而出的缝隙，扭曲了她那张在镜子中咧嘴而笑的脸。她重新干起活，嘴里喃喃哼唱着那首音乐厅里的老歌。在一个晴朗的夜晚，一群神秘主义者和幻想家在海滩漫步，搅动沙坑里的水，观摩石头，扪心自问："我是什么？""这是什么？"突然之间，他们被赐予了一个启示（他们说不出那是什么），如同霜冻中的一股暖流，荒漠中的一缕惬意。不过，麦克纳布夫人还是照旧每天喝着酒，聊着天。

第六章

初春时分，没有一片落叶在空中飘摇，一片荒芜，明晃耀眼，宛如一位严守贞操的处女，纯洁中不失轻蔑，平躺在广阔的田野上，眨着大眼睛，警觉地注视着四周，但又全然不顾旁观者的所做所想。[普鲁·拉姆齐依偎着父亲的臂膀，走进了婚礼的殿堂。人们感叹着，还有比他们更般配的一对吗？他们还连连称赞，多漂亮的新娘啊！]

随着夏日的临近，夜晚延缓了脚步，人们唤醒了精神，点燃了希望，在海滩上漫步，搅动沙坑里的水，在脑海中勾勒出诡谲怪诞的幻象：血肉化作微粒，迎风飘逸；繁星在心中闪闪发光；悬崖、大海、云彩和天空聚集在一起，用零散的碎片拼凑出了内心的愿景。在那些镜子中，映照着人们的思绪；在那些变幻莫测的水坑里，云不停翻涌，影不断浮现，梦延绵不绝；每一只海鸥、每一朵花、每一棵树、每一个男人和女人，甚至苍茫的天地，都似乎在宣告：善良必胜、幸福永存、秩序至上。没有人可以抗拒这一奇特的昭示（但若遭受质疑，便会立即召回），也没有人可以抗拒这种非同寻常的刺激，于是他们四处寻觅某种绝对的善，某种高强度的结晶：它超脱于人所共知的乐趣，逃逸于耳熟能详的美德，与家庭生活格格不入，像沙漠中的钻石一般，独一无二，坚不可摧，璀璨耀眼，赋予佩戴的人源源不断的安全感。蜜蜂嗡嗡作响，飞虫翩翩起舞，春姑娘愈发和蔼温顺，主动脱下身上的斗篷，在自己的眼眸蒙上了一层面纱,接着转过了脸庞;她在流逝的光阴和淅沥的细雨中,似乎领略了人类的种种悲苦。

[那年夏天,普鲁·拉姆齐死于某种由分娩引起的并发症。这确实是一场悲剧,人们悲叹道,本来一切都是那般美好。]

现在正值盛夏,风儿又派遣它的间谍,包围了屋子。在阳光明媚的房间里,成群的飞蝇编织了一张波荡起伏的网;深夜里,窗户附近的杂草在玻璃上轻敲着节拍。灯塔的光柱在降临的夜幕中,过去曾威风凛凛地投射在地毯上,摸黑描摹着上面的图案;现在在柔和的春光下与月色交相辉映,轻缓地滑翔而过,仿佛正爱抚着地毯,指尖悄然逗留,深情款款地对望,再情意绵绵地萦回。可是,就在这亲热的间歇,长光斜倚在床上之时,岩石崩裂而下;披肩的另一褶松落下来;挂在那儿,摆动着。在那些短暂的夏夜和漫长的夏日里,空荡荡的房间似乎充斥着田野的回声和飞蝇的嗡叫,那条长长的飘带轻轻地摇曳着,漫无目的地舞动着;太阳把每一个房间都涂鸦得斑驳陆离、纵横交错,满是金黄的薄雾。麦克纳布夫人推门而入,踉跄着走来走去,一边掸灰,一边扫地,看起来就像一条热带鱼,在阳光透射的水域里划着鳍。

夏末时分,人们昏昏欲睡,不祥的声音可能会趁机传来,像是铁锤有规律地敲击在毛毡上的闷响,没完没了的震动进一步松开了披肩,就连茶杯们也渐渐颤出了裂纹。碗橱里的玻璃器皿不时叮当作响,仿佛有一个痛苦的巨人正发出痛苦的尖叫,弄得碗橱里的平底酒杯也抖动起来。然后,宁静再次降临;接着,夜复一夜地过去。有时,在阳光普照的正午,玫瑰花绽放出明艳的光彩,墙上的光影清晰可见。突然之间,似乎有什么东西砰的一声落了下来,打破了这份宁静、淡然、完整的氛围。

[一枚炮弹爆炸了。二三十名年轻人在法国战场上被活活炸死,其中包括安德鲁·拉姆齐。他瞬间毙命,没有遭受更多的痛苦,这

算是不幸之中的万幸。]

在这个季节，有一些人沿着海滩散步，向着海洋和天空发问：它们究竟传达了什么信息，又证实了什么幻象。他们不得不细细观摩神赐的种种迹象——海上的日落、拂晓的苍白、明月的高升、月光下的渔船、捏泥饼和扔草把的孩子们——那些与欢乐宁静龃龉不合之事。比如，一只灰白的船，无声无息地出现在眼前，离奇地来了又去；又比如，在平静的海面下，似乎有什么东西在看不见的深处翻腾、渗血，浮出一片紫色的污迹。漫步原本能引发最崇高的沉思，进而得出最惬意的结论，但奇异迹象的出现却扰乱了人们的步伐。要是一个人沿着海滩漫步，一边惊叹外在之美是如何映照内在之美时，一边却又对这些迹象一扫而过，视而不见，抑或轻描淡写，那都是绝无可能的。

大自然是否充实了人类所取得的进步？她是否成就了人类所开创的事业？她目睹着人类的痛苦、卑劣和煎熬，自鸣得意。那个关于分享、成就、独自一人在海滩上寻觅答案的梦，不过是镜子里的浮影罢了；而这面镜子本身，也不过是一层由玻璃物质构成的凝滞表象而已，更崇高的力量沉睡于内。难道不是这样吗？心急如焚，绝望却又不愿离去（美既有其诱惑，也有其慰藉）；海滩漫步，绝无可能；沉思冥想，不堪忍受；那面镜子，早已破碎。

[那年春天，卡迈克尔先生出版了一本诗集，获得了意想不到的成功。有人说，战争重新燃起了人们对诗歌的兴致。]

第七章

夜复一夜，夏去冬来，狂风暴雨带来了无尽的煎熬，风和日丽馈赠了离弦之箭般的清寂；晴雨各自占据着自己的领地，互不干涉。

从这栋空房子的房间里聆听楼下的声音（倘若有人这么做的话），只能听见一片巨大的混乱声，伴随闪电来回滚动和翻腾的轰鸣，狂风和巨浪在一起玩耍嬉戏，就像那些奇形怪状的海洋巨兽，眉宇之间不见一丝一毫的理智之光；它们一个接一个叠起了罗汉，不顾黑夜还是白昼，横冲直撞，推天抢地，像傻子般游乐，直到整个宇宙似乎陷入了一场跌宕起伏的乱战，沉浸在残暴的混乱和放纵的欲望中，漫无目的，肆意妄为。

春天，随风飘扬的种子散落在花园的石瓮里，依然像往常一样，长满了绿意盎然的野草。紫罗兰开了，水仙花也绽放了。但白昼的寂静和明亮与夜晚的混乱和喧嚣一样奇异，树木伫立在那里，花朵也站在那里，向前看，抬头看，却一无所见。没有眼珠，可怕至极。

第八章

麦克纳布夫人弯下腰，采了一大束鲜花，打算带回家去。她心想，这应该无伤大雅，毕竟，听人说，这家人不会再来了，永远不会回来了，这栋房子也许会在米迦勒节[1]当天出售。她把花放在桌子上，继续掸着灰。她喜欢鲜花，看着它们白白凋零，挺可惜的。假如房子被卖掉了（她两手叉腰站在镜子前），一定还是需要有人看管的——肯定需要的。这些年来，这房子一直空荡荡地矗立着，杳无人烟。由于战争的缘故，无人进屋打扫，书和其他物品都已经发霉了，完全不像她起初想象得那般整洁。现在，单靠一个人，很难把一整栋房子收拾干净。更何况，她太老了，腿还疼得厉害。所有

---

[1] 米迦勒节，纪念天使长米迦勒的宗教节日。

的书都要摊放在草坪上晒晒太阳；走廊上随处可见脱落而下的石膏灰；雨水管堵塞了，水顺着书房的窗户流了进来；地毯被彻底泡烂了。这家人真应该回来一趟，早该派个人来看看了。每个衣柜里都挂着衣服；他们在所有的卧室里都留下了衣服。她该拿这一大堆衣物怎么办呢？里面已经生了衣蛾——拉姆齐夫人的遗物。可怜的女人！她再也穿不上它们了。她已经去世了，听人们说，多年前死在了伦敦。这是她常在花园里穿的那件灰色旧斗篷（麦克纳布夫人用手指摸了摸）。当麦克纳布夫人提着洗好的衣物，沿着车道走来，仿佛看到了拉姆齐夫人正弯下腰悉心照看着她的花卉（如今的花园满目荒凉，杂草丛生，野兔在花坛里四处逃窜）——看到了她穿着灰色的斗篷，身边跟着一个孩子。那里有一堆靴子和鞋子；梳妆台上还摆放着一把刷子和一把梳子，好像拉姆齐夫人明天就会回来似的。（据说，她死得很突然。）有一次，他们一家本来已经定下了归期，但由于战争的原因，再加上旅途的艰险，一再推迟了行程。这些年来，他们从来没有回来过，只是寄钱给她，但从未写过信，从未归来过，也从未指望一切依旧如故，如同他们离开时的样子。唉，天哪！为什么梳妆台的抽屉被塞得满满当当（她拉开了抽屉），有几块手绢和几段丝带。是的，当她提着洗好的衣物，沿着车道走来，仿佛看到了拉姆齐夫人。

"晚上好呀，麦克纳布夫人。"拉姆齐夫人会亲切地打招呼。

拉姆齐夫人对待麦克纳布夫人向来热情和善。姑娘们也很喜欢她。但是，唉，从那以后，许多事情都变了（她关上了抽屉），许多家庭都失去了他们最心爱的亲人。拉姆齐夫人去世了，安德鲁先生战死沙场，据说，普鲁小姐和她的第一个孩子一起死了。然而，这些年，人人都丧失了某个至亲。物价没脸没皮地飞涨，再也没有降下来过。她至今仍然清晰地记得拉姆齐夫人穿着灰斗篷的模样。

"晚上好呀，麦克纳布夫人。"拉姆齐夫人说道，吩咐厨娘为她留一盘牛奶汤——麦克纳布从城里一路提着沉重的篮子而来，早就心心念念想要喝上一口了。她仿佛看到了拉姆齐夫人正弯下腰悉心照看着花卉；那身影朦朦缥缈，忽隐忽现，既像是一道黄色的光柱，又像是望远镜末端的光圈：一位身穿灰色斗篷的女士，正弯下腰悉心照看着花卉，沿着卧室的墙壁游荡，走向梳妆台，经过洗漱台；而麦克纳布夫人蹒跚缓行，一边掸灰，一边收拾。厨娘叫什么来着？米尔德里德？玛利亚？——类似这样的名字。唉，她想不起来了——她的确健忘，只记得厨娘性烈如火，就和所有的红发女人一样。她们共度了很多欢声笑语的时刻。厨娘一直在厨房里大受欢迎，能把大家逗得哈哈大笑，她真有这样的本事。那时候，日子可比现在好过得多。

麦克纳布夫人叹了口气：这些活儿，对一个女人来说，实在是太繁重了。她摇了摇头，环顾左右。这里曾经是婴儿室。哎呀，湿漉漉的，石膏灰正在从墙上脱落。这家人为什么要把野兽的头骨挂在那里呢？就连这骨头都已经发霉了。阁楼上到处都是老鼠。雨水也漏进来了。但他们从来不回来，也不派人来。很多锁已经松落了，所以门会时不时砰的一声关上。她不喜欢在黄昏时分一个人待在这里。这活儿，单独一个女人可承受不了，太繁重了，实在太繁重了。她的脚步在地板上嘎吱作响，她的嘴里发出抱怨的呻吟声。她使劲摔上大门，插入钥匙，转动锁芯，背身离开了这栋门窗紧锁的空寂之屋。

第九章

人去楼空，空无一人。这栋屋子就像一个搁浅在沙丘上的贝壳，气数已尽，盛满了干燥的盐粒。漫漫长夜似乎已经降临；微弱的风，啃啄着；湿冷的气息，摸索着，仿佛都取得了胜利。锅铲生锈了，地毯糜烂了。癞蛤蟆也钻了进来。那条披肩，游荡懒散，漫无目的，来回摇曳着。一株蓟草从食物贮藏室的瓷砖缝隙中钻出头来。燕子在客厅里筑好了巢，地板上散落着稻草，石膏灰大块大块地脱落而下，房梁裸露在外，老鼠把东西叼来叼去，躲在墙板后面啃咬着。玳瑁蝴蝶破蛹而出，将生命的痕迹轻敲在玻璃窗上。罂粟在大丽花丛中自播其种，野草坪的长草随风荡漾，硕大的洋蓟矗立在玫瑰丛中，一朵流苏边的康乃馨在卷心菜地中盛放。冬夜，杂草温柔地拍打着窗户；夏日，粗壮的大树和多刺的灌木丛发出隆隆鼓声，让整个房间都变得绿意盎然。

还有什么力量能阻止大自然的生生不息和麻木不仁呢？麦克纳布夫人还在做一位女士、一个孩子和一盘牛奶汤的梦吗？这场梦像一抹阳光一样，在墙上闪烁着，最后消失了。她把门锁上离开了。这些活儿，她说一个女人可干不完。他们从未派人来过，再未写过信。她说，楼上抽屉里有好些东西正在发霉发烂——就这样丢在那儿，真是太可惜了。这栋屋子早已荒废不堪。只有灯塔的光柱偶尔会登门拜访，稍作停留，在冬季的黑夜里突然投下一束目光，扫视床铺和墙壁，镇定自若地注视着洋蓟、燕子、老鼠和稻草。现在什么也阻挡不住了，没有什么会对它们说不。让风儿吹，让罂粟自行播种，让康乃馨与卷心菜相互杂交，让燕子在客厅里筑巢，让洋蓟把瓷砖推到一边，让蝴蝶在褪色的印花棉布扶手椅上晒太阳，让破碎的玻璃和瓷器散落在草坪上，与长草和野浆果纠缠不清吧。

此时，那个时刻已经降临了，黎明颤抖，黑夜停滞，踌躇不决，一根羽毛飘落，天平就会倾倒。仅仅一根羽毛，整栋房子就会下陷、坍塌，坠入无尽的黑暗深处。在这间破败的房间里，郊游的人生火煮几壶水，情侣们躲进来躺在光秃秃的木板上，牧羊人把晚餐放进砖缝里，流浪汉睡觉时裹着旧大衣御寒。随后，屋顶会塌陷，荆棘和铁杉会遮蔽小路、台阶和窗户，在土丘上茁壮地杂乱生长，直到某个迷路的闯入者在荆棘丛中看见了一根火红色的拨火棍，或者在铁杉丛中发现了一块瓷片，才会得知曾经有人在这里生活过，这里曾经有一户人家。

如果那根羽毛飘落，如果天平由此向下倾倒，那么整个房子就会坠入深渊，俯伏在遗忘之砂上。但有一种力量正发挥着作用，一种高度无知无觉的力量，一种斜目而视、蹒跚而行的力量，一种无需庄严的典礼和颂歌就能全情劳作的力量。麦克纳布夫人痛苦地呻吟，巴斯特夫人的膝盖嘎吱作响。她们年事已高，身体僵硬，双腿酸痛难忍。她们拿着扫帚和水桶来了；她们开始干活了。一天，麦克纳布夫人突然收到了家族中某个姑娘的来信：请她打扫屋子，能不能做这个？能不能干那个？一切都是那么急迫。一家人可能要回来避暑度假，但拖到最后一刻才临时决定启程，还以为一切依旧如故，如同他们离开时的样子。麦克纳布夫人和巴斯特夫人提着水桶和扫帚，拖着，擦着，缓慢而艰苦地阻止着衰败和腐坏的进程，从即将淹没一切的时间之池中，时而打捞出一个盆，时而拯救了一个碗柜；一天早上找回了《韦弗利》小说全集和一整套茶具；下午又让一副黄铜壁炉架和一套钢制火炉用具重新沐浴在阳光和空气中。乔治——巴斯特夫人的儿子——负责抓老鼠和修剪草坪。他们还雇用了一群建筑工。铰链的嘎吱声，螺栓的尖叫声，受潮肿胀的木制家具砰咚作响。女人们弯着腰，站起身，呻吟着，唱着歌，啪的一声推开窗，再砰的一声摔上门，一会儿往楼上跑，一会儿往地窖钻。这栋屋子似乎在经历一场红锈斑斑、费心劳力的分娩。唉，她们感叹着，这活儿可真要命。

她们时不时走进卧室和书房喝点茶；中午停工休息时，她们的脸上沾满了污渍，苍老的双手因为长时间紧攥着扫帚柄而痉挛抽筋。她们一屁股瘫坐在椅子上，一会儿回想起征服水龙头和浴缸的壮举，一会儿感叹收拾那一排排藏书更是艰苦,好在已经取得了阶段性的胜利。那些书当初黑如乌鸦,如今白斑点点,甚至长出了灰白的小蘑菇,潜伏着鬼鬼祟祟的蜘蛛。麦克纳布夫人洗着衣服,感到茶水在身体内涌起阵阵暖流。此时,望远镜似乎再次自动架在了她的眼前。透过光圈,她望见了那位老爷,瘦骨嶙峋,摇晃着脑袋。她猜他大概是在草坪上自言自语。他从头到尾都没有察觉到她的存在。有人说他死了;有人说她死了。到底是哪一个呢?巴斯特夫人也毫不知情。少爷已经死了。这件事,她很确定。她在报纸上读到过他的名字。

现在,那个厨娘又出现在光圈之中,米尔德里德,玛利亚,类似这样的名字——一个红发女人,性子急躁,就和所有的红发女人一样。但只要你了解她的为人,就会发现她温柔善良的一面。她们共度过很多欢声笑语的时刻。她时常会为麦克纳布留下一盘汤,有时是一片火腿,有什么就留什么。在那些日子里,她们生活得很幸福,想要的一切都有了。(她坐在婴儿室火炉旁的柳条扶手椅上,一边感受着热茶在体内流动,一边兴高采烈地解开记忆的毛线球,畅聊着过去。)家里总是有很多活儿要做,人来人往,有时甚至会有二十多人留宿,洗衣刷碗的活儿一直要干到深夜。

巴斯特夫人(她以前从未见过这家人;当时还住在格拉斯哥[1])放下茶杯,好奇地问道,他们为什么要把那个野兽的头骨挂在那里呢?一看就是在国外什么地方猎杀的。很可能是这样的,麦克纳布夫人沉浸在她的回忆中,继续说道:他们有东方国家的朋友,绅士们在那里,女士们穿着晚礼服。有一次,她透过餐室的门看见他们都坐在那里共进晚餐。她敢说至少有二十个人都佩戴着珠宝,她还主动提出要留下来帮忙刷碗洗碟,可能一直要干到夜深。

---

1 格拉斯哥,苏格兰第一大城市,英国第四大城市。

唉，巴斯特太太说道，他们会发现这地方大变样了。她探出身子，向窗外望去，看着儿子乔治正在用大镰刀割草。他们很可能会问，草坪是怎么一回事？老肯尼迪本来应该负责的，但他从马车上摔了下来，腿受了重伤，也许有大半年，甚至一年的时间，都无人打理草坪。还有戴维·麦克唐纳，估计早就收到了寄来的花卉种子，但谁敢保证他都播种了呢？他们会发现这地方大变样了。

她望着儿子割着草。他是个很能干的人——那种埋头安心做事的人。好吧，她想，是时候去整理碗橱了。于是，她们费劲地站起身。

经过连续几天的室内大扫除，屋外割草刨地，一行人掸去了玻璃窗上的灰尘，关上了窗户，用钥匙转动每扇门的锁芯，最后砰地关上屋子的正门。终于完工了。

此时此刻，打扫、擦洗、割草和修剪的嘈杂声渐渐静默了，那先前被淹没而半听半闻的旋律——那断断续续的音乐，耳朵刚约莫听清一半，就立刻沉匿了——似乎重新冒出了头；一声犬吠，一声羊咩，错落不齐，时断时续，却又交织出了某种曲调。昆虫的嗡鸣，青草的颤音（身虽被割断，但心仍有所属），甲虫的尖叫，车轮的嘎吱，时而高亢，时而低沉，又神秘地交织在一起。耳朵竭力想把这些声音拼凑成曲，却总是在濒临协调的边缘功亏一篑，始终无法听清，也从未协调和谐一致。最后，黄昏时分，一个接一个的声响悄寂了，和声消匿了，寂静降临了。随着太阳西沉，所有的轮廓不再清晰，静谧就像雾霭一般，袅袅升起，蔓延开来，风也逐渐平息了。整个世界摇晃着身子，松弛了下来，徐徐沉入梦乡。房屋一片漆黑，没有一丝光亮，只剩下透过树叶洒下的绿意和床边石坛中白花的苍白。

[九月的某个深夜，丽莉·布瑞斯珂托人把她的行李搬进了屋子里。]

第十章

和平终于到来了。和平的讯息从海上飘向岸边。入眠的人再也不会惊醒,而是会睡得更深更沉,无论做着什么虔诚而明智的梦,都能证实这个好消息——大海还在呢喃着些什么呢?——在整洁安静的房间里,丽莉·布瑞斯珂把头靠贴在枕头上,聆听着海浪声。透过敞开的窗户,世界之美的声音正在喃喃自语,声音太轻,无法听清——但那又有何妨?含义早已清晰明了。恳求那些酣眠的人(屋子又有了人气;贝克威斯夫人和卡迈克尔先生也入住了):要是不愿来到海滩,至少也该拉起百叶窗,向外观望。那么,他们就会看到夜披着紫色的幕,正在缓缓流淌。他头顶王冠,权杖上镶嵌着宝石,眼神里透露着孩童的纯真。如果他们仍然踌躇不前(丽莉经过旅途劳顿,几乎一躺下就睡着了;而卡迈克尔先生依旧在烛光下看书),如果他们仍然说着"不",如果他们宣称夜的光彩不过是一场水汽,如果他们仍然强调露水更有力量,如果他们宁愿继续沉睡,那么夜也会毫无怨言,更不会争辩,而是温柔地哼唱起自己的歌谣。浪花会轻缓地碎落在岸边(丽莉在梦中聆听着),夜色会温婉地洒落而下(似乎透过了她的眼皮)。卡迈克尔先生心想,这里几乎依旧如故,接着合上书,很快就进入了梦乡。

黑夜的窗帘笼罩了这栋屋子、贝克威斯夫人、卡迈克尔先生和丽莉·布瑞斯珂,在他们的眼睛上蒙了好几层黑纱。这时,那个声音可能会重新响起:为什么就是不接受、不满足、不默许、不顺从呢?环绕岛屿的海洋不断拍打着浪花,发出的叹息声安抚了他们,夜包裹了他们,他们再也不会惊醒,直到鸟儿开始啼叫,拂晓编织着这尖细的歌唱,融入白茫茫的晨曦中,一辆马车嘎吱而过,一只狗在什么地方吠叫,太阳掀开窗帘,揭开了他们眼前的薄纱,丽莉·布瑞斯珂在睡梦中翻了个身。她紧紧攥着毯子,就像一个失足跌下悬崖的人正死死抓住峭壁边的一块草皮。她的眼睛睁得大大的。她重新回来了,她想,接着从床上坐起来,身子挺得笔直,彻底清醒了。

第三部 灯塔

第一章

究竟有何寓意？到底意味着什么？丽莉·布瑞斯柯在心里追问着。她只身一人在餐室，不知道是应该去厨房再拿一杯咖啡，还是继续坐在这里等候着。究竟有何寓意？——这句从某本书中摘录下来的座右铭，有些牵强附会地契合了她此刻的思绪。在拉姆齐家度过的第一个清晨，她无法收敛自己的情感，不得不任由一句话在脑海中反复回响，以此来掩盖心头的空洞，直到所有的水汽都蒸发消散。拉姆齐夫人已经去世了，这么多年也匆匆而过，如今重返故地，她心中到底作何感想？没有，什么也没有，她根本无法用言语表达。

昨天夜里，她很晚才回到屋子。当时，眼前的一切都显得漆黑而神秘。现在，她醒了，坐在吃早饭的老位置，但只有她一个人。时间尚早，还不到八点。一家人决定出行——他们要去灯塔，拉姆齐先生、卡姆和詹姆斯都要去。他们早就应该出发了——得赶上涨潮什么的。但卡姆和詹姆斯迟迟没有做好准备；南希也忘了提前吩咐厨子备好三明治；拉姆齐先生急得大发雷霆，砰的一声地冲出了房间。

"现在还怎么去？"他怒喝道。

南希不见了踪影。他在露台上怒气冲冲地来回踱步。整个屋子里似乎都回荡着摔门声和呼喊声。这时，南希匆匆忙忙地闯了进来，环视着客厅，脸上古怪的神情半是茫然，半是绝望，问道："要带什么去灯塔呢？"她看起来似乎在强迫自己做一件早就放弃希望的事情。

　　是啊，到底该带什么去灯塔呢！要是平时去别的什么地方，丽莉准能给出一些合理的建议，比如茶叶、烟草和报纸。但今天早晨，一切都显得异乎寻常，南希抛出的问题——要带什么去灯塔呢？——推开了一家人的心门，砰砰作响，来回摆动。每个人都目瞪口呆，不断发问：带什么？怎么办？到底为什么还坐在这里？

　　丽莉独自一人（南希又消失了）坐在长长的餐桌旁，面前是一排干净的杯子，觉得自己和大家切断了联系，只能继续观望、发问和琢磨。这栋屋子，这个地方，这个早晨，在她的眼里都是陌生的。她对这里毫无怀念之情，也感觉不到任何归属感。什么都有可能发生，不管发生什么——屋外的脚步，呼喊的声音（"不在衣柜，是在楼梯口！"某个人大声嚷着）——都成了一个问题。那根将事物联系在一起的纽带仿佛被斩断了，漂浮着，下沉着，游离着。她望着空荡荡的咖啡杯，在心里感叹：多么漫无目的，多么混乱不堪，多么虚幻缥缈啊。拉姆齐夫人去世了；安德鲁先生战死沙场；普鲁小姐也不在人世——尽管这可能也会是她的宿命，但她的内心对此仍然毫无波澜。在这样一个早晨，她望着窗外说道，我们在这个屋子里团聚，真是美好而宁静的一天。

　　拉姆齐先生从窗下经过时，突然抬起头，直勾勾地盯着她，眼神烦躁而狂野。他的凝视依旧那么锐利，仿佛那一眼，第一秒就能望穿一个人的永远。为了回避他的目光，为了躲避他的苛责，为了将那急迫的需求再搁置一会儿，她举起空咖啡杯，佯装一饮而尽。他对着她摇了摇头，大步流星地向前走去（"孤独"，她听到他说；"消亡"，她听到他说[1]），这些词语在这个奇怪的清晨，像其他一切

---

[1] 拉姆齐先生引用了英国诗人威廉·柯珀（William Cowper）的诗歌《漂泊者》（*The Castaway*），这首诗描述了一个水手的溺亡。

一样，统统成了符号，自行写满那几面灰绿色的墙壁。她想，要是能将它们拼凑在一起，再写出一些句子，那她就能洞悉万事万物的真理了。卡迈克尔老先生迈着轻缓的脚步，走了进来，端起一杯咖啡，然后走出门，坐在阳光下。这种非同寻常的虚幻感既令人恐惧，又令人振奋。要去灯塔了。但要带什么去灯塔呢？消亡。孤独。对面的墙壁上泛着灰绿色的幽光。座位空荡荡的。她问道：这都是一些零散的拼图，但如何将它们拼凑在一起呢？仿佛任何轻微的打扰，都能推翻她在餐桌上精心搭建的脆弱结构。于是，她转过身，背对着窗户，以免拉姆齐先生看见她。她必须逃到某个地方，独自待在某个地方。突然间，她记起了什么。十年前，她坐在这里，凝视着桌布上小树枝或小叶片的图案，突然间有了灵感，由此解决了那个画面前景的难题。把那棵树移到更中心的位置，她当时是这么说的。但她一直没有画完那幅画。她现在要完成自己的作品。这些年来，这幅未竟之画一直萦绕在她的脑海里。她想知道，颜料都放在哪里了？噢，对了，她的颜料，她昨晚把它们留在客厅里了。她想立刻开始作画。她赶在拉姆齐先生转身之前，迅速站了起来。

她给自己搬来一把椅子，用她那老姑娘式的动作，把画架精准利索地搭在草坪边上，离卡迈克尔先生不太近，但也近得足以得到他的庇护。没错，十年前，她一定就是站在这里，面前有那堵墙、那道树篱、那棵树。问题在于那些色块之间的位置关系。这些年，她一直记挂在心上。她似乎已经找到了解决办法；她现在知道自己想要怎么做了。

但随着拉姆齐先生向她逼近，她无计可施。他的每一次迫近——他正在露台上来回踱步——毁灭降临，混乱也随之而来。她无法作画。她弯下腰，转过身，拿起抹布，捏挤颜料管。但她所做的一切只是为了暂时回避他。他让她无法安心做任何事情。哪怕她给他一丝机会，哪怕他瞥见她有片刻空闲，哪怕她仅仅朝他的方向瞥上一眼,他就会向她扑去,说起昨晚那样的话:"你会发现我们这个家大变样了。"昨天夜里,他从椅子上站起身,走到她的面前停下来,说了这句话。六个孩子都坐着不动,瞠目结舌;大家过去爱用英国国王和王后的名字称呼他们——红发的某某、美丽的某某、调皮的某某、冷酷的某某——但她感受到了他们心底的怒火。慈祥和蔼的贝克威斯老太太说了几句通情达理的话。但这栋屋子里充斥着互不相干的激烈情绪——她整个晚上都感觉到了这一点。在这片混乱之中,拉姆齐先生站了起来,紧握着她的手说:"你会发现我们这个家大变样了。"谁也没有动弹,也没有一个人开口说话;他们只是坐在那里,好像不得不由着他说似的。只有詹姆斯(当然,是那个阴郁的某某)对着那盏灯皱眉头;卡姆用手帕缠绕着手指。接着,他提醒他们,明天要去灯塔,必须提前准备好,七点半,在客厅集合。然后,他把手搭在门上,停下脚步,转过身,面向他们。他质问道,难道不想去吗?要是有人胆敢说"不"(他出于某种原因,反倒希望听到这样的回答),他就会凄惨地向后退几步,当场流下绝望而苦涩的泪水。他在肢体语言方面,拥有高超的表演天赋。他现在看起来像是在饰演一位流亡的落魄国王。詹姆斯语气执拗地回了句"想去";卡姆则更加愁苦地结巴着答应了。是的,噢,是的,他们都会准备好的,他们这样表态道。她突然意识到,这才是悲剧——不是尘土,不是柩衣,也不是裹尸布;而是被迫屈服的孩子们,他们的精气神遭受了重创。詹姆斯十六岁,卡姆可能十七岁。她环顾四周,寻找着某个不在场的人,大概是拉姆齐夫人。但只有慈祥和蔼的贝克威斯夫人在灯下翻看着素描本。后来,她身心俱疲,思绪仍然随着海浪起伏不定,这片久别之地的味道和气息令她心醉神迷,烛火在她的眼中摇曳不定。她迷失了自我,沉沦其中。这是一个美妙的夜晚,繁星璀璨,海浪声伴随着他们走上楼梯。经过楼梯口的窗户时,那轮硕大而苍白的月亮令他们大吃一惊。她一上床就睡着了。

她把空白的画布稳稳地放在画架上，成了一道屏障，虽然脆弱不堪，但她希望足以抵挡拉姆齐先生和他的苛刻要求。当他背过身去时，她竭尽全力看着自己的画：这里有一根线条，那里有一片色块。可她就是无法下笔。即便他离她有十五米远，即便他不和她说一句话，即便他没看她一眼，他仍然无所不在，仍然居高临下，仍然把他的影响强加于人。他的存在改变了一切。她看不见颜色，也看不见线条；甚至当他背对着她时，她的思绪也被一个念头攫住：他马上就会来找我，要求我——给出那些我总是难以给予他的东西。她放下了画笔，又挑选了另一支。那些孩子什么时候来？他们什么时候离开？她坐立难安。她的怒火在心中熊熊燃烧，心想：那个男人从不付出，只知道索取；而她，截然相反，只能被迫付出。拉姆齐夫人不停地付出，付出，再付出；她早已去世了——留下了这一切。说实话，她对拉姆齐夫人感到生气。她望着树篱、台阶和墙壁，手中的画笔微微颤抖着。这一切都是拉姆齐夫人一手酿成的。她已经去世了，丽莉已经四十四岁了。她正在荒度自己的时间，一件事也没有完成，伫立在原地，佯装作画，佯装她唯一从未佯装过的事情。这一切都是拉姆齐夫人的错。她已经去世了。她以前常坐的那个石阶现在空荡荡的。她已经去世了。

但为什么要一遍又一遍地揪着过去不放呢？为什么他总想唤起她从未有过的情感呢？这里面带有某种亵渎的意味。一切都枯萎了，一切都凋零了，一切都消耗殆尽了。他们不该邀她来的，她也不该来的。她想，一个人总不能在四十四岁的年纪还在浪费时间。她讨厌自己佯装作画的嘴脸。在这个充斥着纷争、毁灭和混乱的世界中，画笔，是她唯一可信可靠的东西——她最不应该玩弄的东西，即使明知故犯，也是不应该的。她憎恶这样的自己。然而，都是他把她逼成这样的。他似乎一边靠近她，一边在说：不准碰你的画布，除非你先交出我想要的东西。他又来了，贪婪而狂乱地向她走来。丽莉把右手垂在身边，绝望地想道，好吧，那就干脆给他吧，这样就能早点了结。毫无疑问，她可以凭借记忆，模仿出那种神采奕奕、欣喜若狂、自我奉献的姿态，就像她曾经看到过的很多女人（比如拉姆齐夫人）那样，在这样的场合，焕发出容光——她还记得拉姆齐夫人脸上的神情——她们燃起了同情的狂喜，为得到的赞赏而欢欣鼓舞；虽然她捉摸不透其中的原因，但她们显然都因此被授予了人类所能拥有的最高幸福。现在，他走到她身边，停下了脚步。她将会竭尽所能，给予他一切。

第二章

他想，她似乎已经长出了皱纹。她看起来有点瘦弱，头发也有些稀疏，但仍然不失风韵。他对她很有好感。他曾经听说她要嫁给威廉·班克斯，但最终不了了之。他的妻子一直很喜欢她。今天吃早饭时，他还是发了点小脾气。然后，然后——正是在那个时刻，一种强烈的渴望在不知不觉中催促着他去接近每一个女人，不择手段地强迫她们给予他所急需的东西：同情。

他问道，有人帮忙照应她吗？她还需要什么吗？

"噢，谢谢，什么都有了。"丽莉·布瑞斯珂紧张兮兮地回答道。不，她做不到。她本应该趁着这波泛滥的同情，即刻随波漂流，但压在心头的重担拖着她。她被困在了原地。接下来，是一段煎熬的沉默。他们都望着大海。拉姆齐先生心想，我明明就在这儿，但她为什么偏偏要看海呢？她终于开口说道，希望明天风平浪静，好让他们顺利登上灯塔。他不耐烦地想道，灯塔！灯塔！那跟这又有什么关系？

一瞬间，某种源自原始天性的强烈情感迸发而出（因为他再也不能抑制自己了），他发出了一声极其痛苦的呻吟。要是换作这个世界上别的女人，一定会做点什么，说点什么——除了我自己，丽莉在心中苦涩地自嘲道，我大概不是个女人，而是一个性情乖戾、脾气暴躁、干瘪枯燥的老处女。

拉姆齐先生长叹了一口气。他等候着。她难道真的不打算说点什么吗？她难道没有看出他想要从她那里得到什么吗？接着，他坦白道，他想去灯塔有一个特别的原因。他的妻子在过去常常给那些人送去物资。有个可怜的男孩，患了髋关节结核病，他是灯塔看守员的儿子。他又深沉地叹了口气。他的叹息意味深长。丽莉所期望的只是，这股巨大的悲伤洪流，这份对同情贪得无厌的渴望，这个要她唯命是从的苛求——尽管他的悲痛足以源源不断地换取她的同情——统统能离她远去，统统能在吞没她之前转变流向（她一直盯着那栋房子看，希望有人能打断当下的局面）。

"这样的远行，"拉姆齐先生一边用脚擦着地面，一边说道，"是一份苦差事。"丽莉还是一言不发。（她是块朽木，他在心里自言自语道，她是块顽石。）"太累人了。"他一边继续说，一边用一种令她作呕的憔悴神情（她感觉到，他正在表演，这个大人物正在自编自演一出大戏），望着自己那双漂亮的手。真是太难熬了，太不得体了。孩子们怎么还不来？她暗自思忖，再也承受不了悲伤的千钧重负，再也支撑不了悲痛的沉重帷幔。（他装出一副老态龙钟的模样；他伫立在那儿的时候，甚至还有点摇摇欲倒。）

丽莉仍然一言不发，仿佛整个地平线之上，所有的话题皆被一扫而空。拉姆齐先生站在那里时，她惊愕地发现，他那故作忧郁的目光先是落在灿烂阳光下的草地上，青草立马为之黯然褪色，接着又瞥向坐在帆布折叠躺椅上翻阅法国小说的卡迈克尔先生身上，那面色红润、昏昏欲睡、心满意足的身影随即蒙上了一层奔丧的黑纱，仿佛这种生活——在悲惨世界里炫耀自己的幸福——本身便足以引发种种最为沉郁的思绪。看看我，他似乎在说：看看我吧。他的确一直在想：想想我，想想我吧。唉，要是这浓郁的悲伤氛围能从他们身边飘走就好了，丽莉在心里祈求着，要是画架再靠近他一两码就好了。一个男人，任何一个男人，他都会强行抑制这种宣泄，不再如此哀叹悲戚。一个女人，她掀起了这场恐怖的波澜；一个女人，她本该知道如何应对。可丽莉却站在那儿一声不吭，感觉自己极其不配成为一个女人。一个女人会说——一个女人应该说什么呢？——啊，拉姆齐先生！亲爱的拉姆齐先生！那位擅长素描的老太太，和蔼可亲的贝克威斯太太，一定能立刻脱口而出，而且说得恰到好处。但是，不行，她说不出来。他们站在那里，与世隔绝。他那无尽的自怜自艾，对同情的渴求，如大雨倾盆而下，汇聚成一个个水潭，再漫到她的脚边。而她，这个痛苦的罪人，仅仅只是将自己的裙子稍稍提到脚踝，以免裙摆沾上水。她默不作声，杵在原地，手里紧攥着画笔。

谢天谢地！她终于听到了屋子里的声响，一定是詹姆斯和卡姆要来了。可拉姆齐先生，仿佛预感到自己的时间不多了，便把他积压在胸口的悲痛，他的枯朽衰老，他的虚弱无力，他的孤寂忧伤，猛烈地倾注在她孤独的身影上。突然，他不耐烦地摇着头，恼怒不已——毕竟，哪个女人能抗拒得了他呢？——注意到自己的鞋带松开了。丽莉低着头，心里感叹道，真是一双惹人注目的皮靴：精美的雕花，立体的造型，就像拉姆齐先生穿搭的每件衣物一样，从那条磨损的领带到那半扣着的马甲，毫无疑问都彰显了他独特的格调。她甚至可以在脑海中看见这两只皮靴趁他不在的时候，自行走进卧室，惟妙惟肖地表演出他的悲怆、乖戾、魅力和火爆的性子。

"多漂亮的靴子啊！"她大声赞叹道。当他请求她抚慰他的灵魂时，她竟然在赞美他的皮靴，她为此感到羞愧。他向她展示他那双渗血的手和那颗破碎的心,恳求她的怜悯;但她却兴高采烈地说:"啊,你穿的靴子真漂亮!"她知道,她罪有应得。于是,她抬起头来,期待着在他突然大发雷霆的怒吼声中彻底湮灭。

然而,拉姆齐先生却露出了微笑。他那枢衣般的阴郁,他那帷幔般的沉重,他那虚弱的姿态,统统都从他的身上滑落而下。啊,是呀,他边说边举起脚让她看,这是一等一的好皮靴。全英国只有一个鞋匠有这手艺。靴子是人类最大的诅咒之一。"鞋匠们,"他提高音量说道:"鞋匠们以摧残和折磨人类的脚为业。"他们也是人类中最固执和最乖张的一群人。他花费了青年时代最好的时光,才找到一位能做出像样靴子的鞋匠。他想让她注意到(他先抬起右脚,接着又抬起左脚),这是她以前从未见过如此造型的皮靴。而且,他的鞋还取材自世界上最上乘的皮革,大多数皮革只不过是另一种牛皮纸和硬纸板罢了。他沾沾自喜地看着那只仍然悬在半空中的脚。她觉得,他们已经抵达了一个阳光岛屿:这里宁静安详,理性主宰着一切,太阳永远照耀——这是一座幸福的好靴子之岛。她在心里对他涌起一股暖意。他提议道:"现在,我来检测一下你是不是一个系鞋带的高手。"他对她的系法嗤之以鼻,接着向她展示了独创的绝技。他为她系了三次鞋带,又解开了三次:"看,只要你像我这样系,保证再也不会轻易松开。"

为什么偏偏是在这个完全不合时宜的时刻?当他弯下腰来为她系鞋带时,她对他的同情突然涌上心头,深深折磨着她,以至于当她也弯下腰时,血液涌向了脸颊,想到自己的冷酷无情(她先前还嘲讽他是一个戏剧演员),她的眼睛就涨满了刺痛的泪水。他专心致志的模样,在她的眼里,成了一个无尽凄凉的形象。他系好了结。他买了皮靴。拉姆齐先生在日后的人生旅途中,无依无靠,孤立无援。但正当她想要开口说点什么,也许本来可以说点什么的时候,他们来了——卡姆和詹姆斯。他们俩肩并肩出现在露台上,慢慢悠悠地走来，表情严肃而忧郁。

但他们为什么是这副面孔呢？她不禁对他们感到恼怒；他们本来可以高高兴兴地来，他们本来可以给予他一些她无法给予的东西，但他们现在要准备出发了。她突然感到一阵空虚和挫败。她的情感来得太晚了：等她酝酿好的时候，他已经不再需要了。他已经成为一位优雅高贵的老人，早就对她一无所求。她感到遭受了冷落。他把背包甩到肩上，分发包裹——有好几个，都用牛皮纸潦草地捆扎好了。他吩咐卡姆去取披风，俨然一副准备远征的领袖派头。接着，他突然一个急转身，手持牛皮纸包裹，脚蹬那双漂亮的皮靴，迈出军人般坚定的步伐，领着孩子们向那条小径进发。她看着他们，心想命运似乎注定为他们安排了某项严峻的事业，而他们正义无反顾地投身其中。他们还年轻，仍然心甘情愿地跟随父亲的脚步，但双眼却黯淡无光，让她觉得他们在默默承受着超越年龄的痛苦。他们就这样走到了草坪的尽头，丽莉觉得自己好像在目送一支部队缓缓前进，队员们虽然步履蹒跚，萎靡不振，但一股相同的情感却将他们紧密地团结在一起。这一幕给她留下了奇特的印象。当一行人跨过草坪时，拉姆齐先生举起手，向她致意，看起来既彬彬有礼，又冷漠疏离。

可那张脸是那么……她在心里感叹道，又立刻意识到没有人需要自己的同情。这让她困扰不已，难以言表。是什么让他的那张脸变成那样？也许是夜复一夜的苦思冥想吧，她猜想——关于厨房大桌台的现实性；她进而回忆起，当年她对拉姆齐先生的书作一窍不通时，安德鲁便举起了这个象征性的例子。（她恍然想到，安德鲁被弹片击中，瞬间毙命。）厨房大桌台是某种空想之物，某种质朴之物，某种简陋之物，某种坚硬之物，某种不假雕饰之物：毫无色彩，棱角分明，绝不妥协地保持着朴实无华的风格。拉姆齐先生始终将目光集中在大桌台上，从不让自己分心和迷惑，直到他的脸也变得憔悴而清苦，呈现出令她深深动容的朴素之美。接着，她（站在他刚刚与她分别的地方，手中握着她的画笔）转而想到，摧残那张脸的并非只有崇高的思想，还有世俗的烦忧。她猜想，他对大桌台一定也曾有过怀疑：这张桌子是否真的存在？是否值得为一张桌子花费时间？到底能不能从这张桌子中悟出什么真理？她推测，他应该有过这样的疑惑，否则就不会对别人有那么多的苛求了。她怀疑，夫妻二人会在深夜里探讨这些问题；拉姆齐夫人在有些日子里一脸疲惫，而丽莉曾经因为某件荒谬小事而对他怒火中烧。但现在，他再也没有人可以陪他谈论那张大桌台、他的皮靴和鞋带的系法了。他先前就像一头寻找猎物的雄狮，脸上流露出孤注一掷和虚张声势的神情，这让她惊慌失措地提起了裙摆。然后，她回想起，他刚才突然焕发了生机，眼睛闪出光亮（当她称赞他的皮靴时），恢复了对世俗事物的兴致和动力，但很快却又转瞬即逝（他总是变化无常，毫无掩饰）；他进入到另一种出发前的精神状态，这是她从未见过的他：他似乎已经摆脱了烦忧，丢弃了野心，不再渴望同情和赞誉；他似乎已经抵达了另一境界，在求知欲的驱动下，在与自我或他人的无言交谈中，率领着那个小队伍，走出了她的视线。她承认，她为过去的坏脾气而自惭形秽。那张脸是那么出类拔萃！她砰的一声关上了花园的大门。

第三章

她想，他们终于出发了。她舒了一口气，却又带着一丝失落。她的同情回掷到自己的身上，就像一片荆棘猛地从她的面庞一扫而过。她感到一种奇怪的分裂感，仿佛她的一部分随他们而去——今天是一个风平浪静的日子，海面上雾蒙蒙的；灯塔看起来似乎遥不可及；而她的另一部分则固守原地，执拗而坚定地滞留在草坪上。她看见自己的画布似乎漂浮而起，直接将那刺眼的空白，毫不留情地呈现在她的面前，仿佛在用冷眼瞪视着她，训斥她的慌张和焦虑，责备她的愚蠢和情感的泛滥；随着她混乱骚动的情绪（他已经走了，她对他深感同情，却又隐忍不言）如鸟兽散去，她的画布让她猛地回过神，起初是一份安宁在她的心灵中蔓延开来，接着是一阵空虚。她茫然若失地看着画布，与那白晃晃、直勾勾的瞪视对望。接着，她的目光从画布转向花园：那些纵横交错的线条构成了一种空间关系；那茂密的树篱是一大团洞窟形状的绿色，镶嵌着零星的蓝色和棕色。有某种东西（她站在那儿，那皱巴巴的小脸上，眯起了那对中国眼睛），某种她惦记的东西，一直萦绕在她的脑海中，在她的心头打了一个结。在往后零零碎碎的时间里，无论是走在布朗普顿大街上，还是在梳理头发时，她都发现自己正在心中不由自主地描绘着那幅画，反反复复打量着，试着解开想象中的那个结。然而，在画布之外随意构思与真正拿起笔在画布上落下一笔，两者之间存在着天壤之别。

　　拉姆齐先生一出现，她就在焦虑不安中，挑错了画笔，还慌乱地将画架腿猛插进了土里，但摆放的角度又完全错了位。现在，她调正了画架，也借此抑制了那些冒失唐突、无关紧要的情绪，不再三心二意，不再反省自己怎么会这样，又怎么会如此对待别人。她抬起手中的画笔，开始作画。有那么一会儿，画笔悬在半空中哆嗦着，她沉浸在痛苦而兴奋的狂喜之中。从哪里开始呢？——这是一道难题——究竟在哪一处落下第一笔呢？画布上的第一根线条，意味着她接下来将要承担数不胜数的风险，意味着她将频繁地做出一系列不可变更的决定。所有看似简单的想法，一旦付诸实践，就会立刻变得错综复杂。正如从悬崖之巅往下看，一波又一波的海浪宛如对称分布的图案；但在海中游泳的人看来，海浪与海浪之间却隔着巨大的鸿沟，泛着白沫的波峰。无论如何，这风险也非冒不可，第一笔终究还是要落下。

她的身体产生了一阵莫名其妙的悸动，仿佛有一股力量在推着她前进，但她同时又必须控制自己。在这种状态下，她迅速落下了决定性的第一笔，白色的画布上随即出现了一抹颤抖的棕色，一道流动的印记。她又落下第二笔，第三笔。就这样，一起一落，一顿一颤，她的动作富有舞蹈般的韵律，仿佛停顿也属于节奏的一部分，而下笔则属于另一部分，两者相互呼应，紧密衔接。在轻快而敏捷的停顿和下笔之间，一抹抹流动而亢奋的棕色线条，一落在画布上，便围出了一个立体的空间（她感觉到那树篱正在自己的眼前呼之欲出）。在一波海浪卷起的空洞之中，她看到头顶之上，下一波海浪耸立得越来越高。还有什么比这个空间更可怕的呢？她心想，又回到这儿来了。她不由得向后退了几步观察着，从闲聊、从生活、从社交圈中抽离出来，被带到这个可怕的宿敌面前——"另一件事"，这个"真相"，这个"现实"，突然抓住了她，赤裸裸地从表象的背后显露而出，夺取了她的注意力。她半情半愿，半推半就。凭什么总要对她生拉硬拽？为什么就不能安安静静地离开，留她在草坪上和卡迈克尔先生聊聊天呢？不管怎样，这种交往方式未免也太过严苛了。一些备受崇拜的对象乐于接受崇拜：男人、女人、上帝，众人都对他们屈膝下跪。但是，这种交往方式，哪怕只是白色灯罩落在柳条桌子上若隐若现的倒影，也能激起人们永不休战的欲望，让他们卷入一场注定失败的论战。每一次（这可能源自她的天性，也可能是她的性别使然，她不确定是哪一种）在她将生活的流动性转化为绘画的专注度之前，她总会经历一阵赤身裸体的感觉，仿佛一个尚未出生的灵魂，一个脱离肉体的灵魂，踌躇不决地伫立在某个狂风呼啸的山头，无遮无挡地暴露在一场场质疑的霹雳中。既然如此，她为什么还要画呢？她盯着画布，上面轻快地勾勒着流动的线条。这幅画只配被挂在佣人的卧室里，只配被卷起来塞进沙发肚里。既然如此，画这幅画又有什么用呢？她听到有个声音在说：你不会绘画，你不会创作。她仿佛由此卷入了某种惯性思维的洪流之中。长此以往，一种经验在她的心里落地生根，以至于她会不自觉地在脑海中重复一些话，却不再记得最初出自何人之口。

不会绘画，不会写作，她机械地喃喃自语着，焦急不安地斟酌着自己的反击计划。画布上的色块在她眼前隐隐隆起，正压迫着她的眼球。接着，好像有一种滋润所有官能所必需的汁液自然而然地喷洒而出，她试验性地蘸取蓝色和土黄色的颜料，在画布上四处挥舞着画笔，但下笔的动作越来越沉，速度也越来越慢，仿佛她已经与眼前风景（她一会儿抬头看树篱，一会儿低头看画布）所蕴含的节奏合上了拍。尽管她的手因洋溢的生命力而颤抖着，那强烈的节奏也足以引领她随之漂流。毋庸置疑，她此刻正在丧失对外界事物的感知力。当她彻底置身物外后，自己的名字、个性和外表，连同对卡迈克尔先生是否在场的意识都将荡然无存。她的思绪不断从心灵深处浮现而出，场景、姓名、话语、记忆和想法犹如喷泉一般，涌现在那瞠目而视、进退维艰的白色空间之上，而她仅仅需要用绿色和蓝色在画布上临摹即可。

她记得查尔斯·坦斯利曾经说过，女人不会绘画，不会写作。当年，正是在她此刻作画的地点，他从她的身后走来，站在她的身旁，这是她最为厌恶的事情之一。"粗切烟丝，一盎司五便士。"他当时不忘炫耀着自己的清贫和原则。（但战争拔除了她那根女性特质的螯刺。可怜的人呐，她在心里感叹道，男女都一样可怜。）他无论走到哪里，腋下总是夹着一本书——一本紫色封皮的书。他在"工作"。他坐在那里，她还记得，在耀眼的阳光下工作。晚餐时，他会坐在正对着风景的好位置上。不过，她想，毕竟海滩上也有美景。她一定没有忘记那一幕：一个刮风的清晨，一行人都来到了海滩上。拉姆齐夫人坐在一块岩石旁写信。她写啊写。"呀！"她抬头望着海面上漂浮着的什么东西，问道，"那是龙虾篓吗？还是翻了的船？"她近视得很厉害，几乎什么也看不清楚；别提查尔斯·坦斯利当时有多体贴殷勤了。他开始玩起了打水漂。他们精心挑选一些又小又扁的黑石头，让它们在海面上跳跃着穿过波浪。拉姆齐夫人不时地抬起头，透过镜片望着他们，发出阵阵笑声。丽莉已经记不起大家都聊了些什么，只记得她和查尔斯·坦斯利一起打水漂，突然之间他们相处得十分融洽，而拉姆齐夫人则在一旁观看着。丽莉对此记忆犹新。拉姆齐夫人，她在心里呼唤道，然后向后退了一步，眯起了眼睛。（要是她和詹姆斯坐在台阶上的话，整幅画面一定会大为改观。一定会落下一片影子。）当她想起了自己和查尔斯·坦斯利在海滩上打水漂，想起了海滩上的整幕场景时，似乎这一切都与拉姆齐夫人的形象——她坐在岩石旁，膝盖上放着一个本子，写着信——有着说不清道不明的联系。（她写了无数封信，风有时会吹飞信纸；她和查尔斯恰巧抓住了一两页，没让它们飘入大海。）但人类的灵魂蕴含着多么强大的力量啊！丽莉在心里感叹道。那个坐在岩石旁写信的女人让一切事物化繁为简；让那些愤怒和烦躁像破旧的碎布一样抖落而下；她将四分五裂的要素拼凑在一起，再从可悲的愚昧和恶意中（丽莉和查尔斯总是拌嘴和争吵，既愚蠢，又刻薄）创造新事物——比如海滩上的那一幕，那一刻的友谊和好感——在这么多年过去后依旧历历在目。她沉浸其中，重塑着对他的记忆，而这份记忆就这样停留在她的心中，感染着她，仿佛成了一件艺术品。

"仿佛成了一件艺术品。"她一边重复着，一边从画布望向客厅的楼梯，然后又回到画布上。她必须稍作休息，所以她茫然的目光在两者之间来回游移着。每当她舒缓了长期紧绷的感官，那个在灵魂的天空中不断穿梭的古老问题，那个普遍而抽象的大难题，总会在这样的时刻，变得详细而具体，耸立在她的头顶，悬置在她的脑海，在她的上方笼罩了一层阴影。生命的意义是什么？就是这个简单的问题，仅此而已。随着岁月流逝，这个问题会逼得越来越近。伟大的启示却从未到来。也许，它永远也不会到来。不过，每天都有一些小小的奇迹和灵感，就像在黑暗中出乎意料划着的火柴；此时此刻就燃起了一根。这个，那个，还有那个；她自己和查尔斯·坦斯利，还有那飞溅的海浪；拉姆齐夫人将它们拼凑在一起；拉姆齐夫人说："生活在这里静止了。"拉姆齐夫人将那一刻铸就成永恒（就像在另一片时空，丽莉也想亲手将这一刻铸就成永恒）——这就是启示的本质。混沌自有其秩序；永恒的流逝（她看着飘走的云朵，摇落的枯叶）也会有定格的一瞬。生活在这里静止了，拉姆齐夫人曾这么说。"拉姆齐夫人！拉姆齐夫人！"她反复呼唤着。丽莉将这一切全都归功于拉姆齐夫人。

万籁俱静，似乎还没有人在屋子里发出声响。她望着这栋屋子沉睡在清晨的阳光中，窗户上映着树叶的绿和天空的蓝。她对拉姆齐夫人的淡淡思念，似乎与这寂静住宅、这缕缕轻烟、这早晨的清新空气相得益彰。清微淡远，却又虚幻无实；纯净得既令她惊叹不止，又令她激动不已。她希望没有人会打开窗户，也没有人会走出房屋，就让她独自一人，继续思索，继续作画。她转过身，面向她的画。但那未曾释怀的同情心仍然闷堵于胸，于是她在某种好奇心的怂恿下，向前走了几步，一路来到草坪的尽头，想看看是否能从海滩望见那支小队伍已经扬帆起航了。在那些漂浮着的小船中，有些还没有放下帆，有些正缓慢地移动着，其中有一艘与其他船相距甚远，而且船帆竟然刚刚开始升起。她敢肯定，拉姆齐先生正和卡姆、詹姆斯一起坐在那艘遥远而沉默的小船上。现在，他们彻底拉满了帆；在一阵疲软和踌躇之后，整张帆终于鼓满了风，笼罩在深沉的静默之中。她看着这艘小船从容不迫地驶过其他船只，朝大海驶去。

第四章

　　船帆在他们头顶上飘荡着。海水拍打着船身，发出哗哗的欢笑声。船在阳光下一动不动地打着盹儿。只有一丝微风偶尔拂过，帆上会泛起皱褶，但那涟漪却转瞬即逝。他们的船纹丝未动。拉姆齐先生坐在船的中央。詹姆斯心想，他快要不耐烦了；卡姆看着父亲双腿紧紧地蜷缩着，坐在他们之间（詹姆斯负责掌舵；卡姆独自坐在船头），也有同样的预感。他厌恶漫无目的的逗留。果不其然，他烦躁地挪动了一下身子，然后对船夫麦卡利斯特的儿子来了句尖酸刻薄的话，小伙子听罢立刻拿起桨，卖力地划了起来。但他们知道，除非这艘船飞速前进，否则这位父亲是永远也不会满意的。他会殷切期盼着刮起一阵劲风，他会继续心烦意乱，小声嘟囔些什么，麦卡利斯特和他的儿子到时候会不小心听到，内心自然会感到不是滋味。明明是他盼咐所有人来的，是他强迫他们来的。他们将会在愤怒中，希望风永远不会吹起，希望他遭受百般挫败，谁叫他违背他们的意愿，逼着他们前来呢。

　　当初，一行人在前往海滩的路上，尽管这位老父亲一言不发地打着手势——"走快点，走快点。"——但他的孩子们仍然一直落在队伍的后面。他们被冷酷无情的狂风压迫着，低垂着头，没法张口说话。他们必须来，他们必须跟随。他们必须拿着牛皮纸包裹，跟在他的后面。但他们一边走一边默默地宣誓，要彼此支持，履行伟大的契约——为反抗暴政而战斗至死。他们就这样上了船，一个在船的一头，一个在另一头，沉默不语。他们什么也不说，只是时不时地望向他。他蜷曲着双腿坐在那里，眉头紧锁，焦躁不安，嘴里哼哼唧唧，对自己嘟囔着，急不可耐地等待着风的到来。他们希望一直就这样风平浪静，希望他遭受挫败，希望整个出海计划彻底泡汤，这样他们就不得不拿着包裹，打道回府。

但当麦卡利斯特的儿子划出一小段距离后，船帆慢腾腾地转动了方向，小船随即加速，压低了船身，像子弹一般飞速而去。刹那间，拉姆齐先生仿佛缓解了某种巨大的压力，立刻伸直了腿，拿出他的烟草袋，哼唧了一声，递给了麦卡利斯特。他们都知道他现在倒是心满意足了，但对他们的痛苦熟视无睹。从现在起，他们将连续航行数个小时，拉姆齐先生会问老麦卡利斯特一个问题——大概是关于去年冬季的大风暴——而老麦卡利斯特则会如实作答，他们会一起抽烟斗；老麦卡利斯特还会拿起沾满焦油的绳子，打上或解开一些结，而小麦卡利斯特会在一旁钓鱼，和谁都不说一个字。詹姆斯将不得不时刻紧盯船帆，一旦他走了神，那整张帆就会皱缩起来，瑟瑟发抖，船也会放慢速度。到时候，拉姆齐先生会厉声吼道："当心！当心！"而老麦卡利斯特则会缓缓地转过身。果然，他们听到拉姆齐先生问起了圣诞节大风暴的问题。"……是绕着岬角进来的。"老麦卡利斯特描述着去年圣诞节的那场大风暴，当时有十艘船为了避风而被迫驶入海湾，他看到"一艘在那里，一艘在那里，一艘在那里……"（他慢慢悠悠地对着四周指指点点，拉姆齐先生顺着他所指的方向，转动着脑袋。）当时，他望见有四个人紧紧抓着桅杆不撒手，然后整艘船就不见了踪影。"最后，我们终于用篙把船给撑开了。"他继续说道。（但是，在愤怒和沉默中，詹姆斯和卡姆只听到了只言片语。两人坐在船的两端，团结一致，决心为反抗暴政而战斗至死。）最后，他们终于用篙把船给撑开了，放下了救生船，驶出了岬角——老麦卡利斯特继续讲述着这个故事。他们虽然只听到了只言片语，但始终留意着父亲的一举一动——他如何向前倾身，如何使自己的声音和麦卡利斯特的声音协调一致；如何一边吞云吐雾，一边顺着老麦卡利斯特所指的方向四处张望；又如何沉浸在对暴风雨、黑夜和渔民们在海上不屈抗争的畅想中。他很乐于想象男人们在夜晚的狂风中累死累活、挥汗如雨，用肌肉和大脑顽强抵抗着波涛和风暴；在他的心目中，男人们就应该像那样卖力劳作，淹没在狂风暴雨之中；而女人们则应该负责料理家务，在家中陪伴酣眠的孩子们。当拉姆齐先生向老麦卡利斯特问起那十一艘被风暴吹进海湾的船时，詹姆斯和卡姆从父亲甩头的动作、警觉的神态、颤抖的尾音，以及那一丝苏格兰口音中，默契地识破（他们先是望着他，然后看向彼此）他此刻正在饰演一个农民。故事的结尾是三艘船就此沉入了海底。

拉姆齐先生意气风发地望向老麦卡利斯特所指的方向；卡姆不禁为他感到一阵莫名其妙的骄傲，心想：要是他当时也在的话，定会放下救生船，亲自驶向失事的船只。他是如此勇敢无畏，如此勇于冒险，卡姆这么想。但她还没有忘记那个契约：为反抗暴政而战斗至死。积压的埋怨在他们的心头越来越沉重。他们是被迫来的；他们是听从命令来的。在这个美好的早晨，拉姆齐先生又一次利用他的阴郁和权威征服了他们，让他们唯命是从，只是因为他想去，想带着这些包裹前往灯塔。他完全根据自己的兴致，设计了这一系列纪念已故之人的仪式。他们对此深恶痛绝，所以才跟在他后面走得很慢。这一天的好心情全都被他一个人糟践了。

是的，海风渐渐变得强劲而冷冽。船头倾斜着，干脆利落地劈开海水，形成了一道奔流不息、冒着水泡的绿色小瀑布。卡姆低头望着浮沫，望着蕴藏无数宝藏的海洋；船的速度使她昏昏欲睡，她和詹姆斯之间的纽带稍微松动了一些，奄拉了一些。她不禁开始想，船开得多快呐，我们要上哪儿去呢？她在疾驰中昏昏欲睡，而詹姆斯紧紧盯着船帆和地平线，冷峻地掌着舵。但同时他也开始思考：或许，他可以临阵脱逃；或许，他可以放弃这一切。他们可能会在某个地方着陆，重获自由。两人相互对望了片刻，在飞速变换的景色中，都感到了一种逃离和欢欣的情绪。但风也在拉姆齐先生心中激起了同样的兴奋。当老麦卡利斯特转身要把钓线扔到海里时,拉姆齐先生大声喊道:"我们消亡了。"接着又喊道:"各自孤独地消亡了。"[1]然后,他像往常一样,带着一阵悔恨和害羞的痉挛,站起身,向岸边挥了挥手。

"看那栋小屋子。"他边指边说,希望卡姆能看一眼。她不情不愿地抬起头,望了一眼。但山坡上哪一栋才是他们的屋子呢?她已经分辨不清了。所有的房屋看起来都是那么邈远、宁静而生疏。海岸似乎经过了精心的雕琢,显得遥亘千里,虚无缥缈。即使只不过向前航行了一小段距离,再看海岸边就似乎已经遥亘千里了,而且还在逐渐变幻着样貌——一副渐行渐远,再无瓜葛的镇定面容。哪一栋才是他们的屋子呢?她已经分辨不清了。

"但是,我曾卷入更加汹涌的浪涛。"[2]拉姆齐先生喃喃低吟。他确定了那栋屋子的位置,远眺的同时,他竟然望见了自己;他望见自己独自一人在露台上踱步。他在石瓮之间徘徊,看起来老态龙钟,弯腰驼背。他坐在船上,弯下腰,蜷伏着身体,立刻进入了自己的角色——一个丧偶失子的凄凉男人。他召集了一大群同情他的人出现在他的面前,在船上为自己出演了一场小小的戏剧;这场戏需要他同时演绎出衰弱、疲惫和悲痛的姿态(他举起胳膊,看着瘦骨嶙峋的手指,以此确定自己进入了幻梦);他收获了女人们数不尽的同情,他想象着她们会如何抚慰他、怜悯他,于是,他在梦境中反刍着女人们的同情所带来的美妙快乐。他叹了口气,温柔而哀伤地朗诵道:

但是,我曾卷入更加汹涌的浪涛

---

1 引自威廉·柯珀的《漂泊者》。
2 同上。

比他，淹没在更加深邃的深渊。[1]

结果，这些悲切之辞，被所有人听得一清二楚。卡姆猛地坐直了身子。她目瞪口呆，愤怒不已。这个动作唤醒了她的父亲；他打着哆嗦，中断了幻梦，大声喊道："看！看！"这呼喊是那么急迫，詹姆斯也扭过头，望向背后的岛屿。每个人都在看。他们都望了过去，注视着那座小岛。

但卡姆什么也看不清。她在想，他们曾在郁郁葱葱的小径和草坪上度过悠长岁月，而这些承载着密密麻麻的生活痕迹的地方，现在统统都不见了，被抹去了，一晃而过，虚无缥缈。眼下的一切才是真实的：船和那面缝着补丁的帆，戴着耳环的老麦卡利斯特，海浪的喧哗——这一切都是真实的。想到这里，她喃喃自语道："我们消亡了，各自孤独地消亡了。"父亲的话在她的脑海里碎落了一遍又一遍。这时，拉姆齐先生看见了她茫然空洞的眼神，便开始拿她取乐，问道；你看不懂指南针吗？分不清东西南北吗？莫非你当真以为我们住在那边吗？他又指了指，指给她看他们的屋子在哪儿，就在那些树的旁边。他希望她能更加准确地分辨方位，问道："告诉我——哪边是东，哪边是西？"他一半是在奚落她，一半是在责备她。一个人如果不是一个彻头彻尾的笨蛋，怎么会连指南针都看不懂呢？他捉摸不透这些人的心智。然而，卡姆仍然答不上来。看着女儿茫然无知地望着，眼神中透露出一丝惊惶失措，目光定格在一片没有房屋的地带，拉姆齐先生这时忘记了他的幻梦，忘记了他如何在露台上的石瓮之间来回踱步，也忘记了女人们如何向他伸出同情之手。他想，女人总是这样；她们的糊涂脑袋是无可救药的，这是他永远捉摸不透的事情，但事实确实如此。她——他

---

[1] 引自威廉·柯珀的《漂泊者》。

的妻子——同样如此。她们无法把任何事情都清楚地记在脑子里。但他不应该生她的气,而且,难道他喜欢的不是女人的那股子糊涂劲吗?这是她们非凡魅力的源泉之一。他想:我要逗她笑。她看起来提心吊胆,而且一直默不作声。他紧紧握起手指,决心收敛起自己的声音和表情,还有那敏捷而又极具表现力的肢体语言;这些年来,他正是运用这些表演技巧,博得了人们的同情和赞美。他会逗笑她的。他想找到一些简单轻松的话题跟她聊。但聊什么呢?过去的他全身心扑在工作上,早已忘记该如何闲聊了。哦,对了,有一只小狗。他们养了一只小狗。今天轮到谁照顾小狗呀?他问道。詹姆斯看着姐姐的头抵靠在桅杆上,冷峻地想:没错,她就要屈服了,就要留下我一个人与暴政抗争。契约将由他独自执行。卡姆永远不会为反抗暴政而战斗至死,他一边想着,一边看着她那张悲伤、阴沉却又顺从的脸庞。有时候,正如一朵云飘落在绿色的山坡上,随着地心引力缓缓下沉,周围的山峦由此笼罩在忧郁和悲伤的氛围之中,似乎不得不沉思那云雾密布、黯淡无光的命运。此时此刻,群山要么出于怜悯,要么出于恶意,在为卡姆的沮丧而欣喜:她坐在一群镇定自若、意志坚定的人之间,自己却不知道该如何回答父亲关于小狗的问题,内心布满了乌云;如何抗拒他的殷勤——他在体谅我,关心我。"立法者"詹姆斯则将镌刻永恒智慧的石板摊开在膝盖上(他那握着舵柄的手在她的眼里俨然成了一种象征),下令道:抵抗他,挑战他。他说得是那么义正辞严,刚正不阿。她想,他们必须为反抗暴政而战斗至死。在人类所有的品德中,她最崇敬的便是大公无私。她的弟弟犹如最大公无私的神灵,而她的父亲却是一个最死皮赖脸的乞丐。她在父与子之间,不知道究竟该向谁妥协让步。她对指南针的指向一窍不通,一边凝望着陌生的海岸,一边想着草坪、露台和屋子是如何无影无踪的?安宁又是如何降临在那里的?

"是贾斯珀，"她板着脸回答道，"这次该轮到他照顾小狗了。"

"那你打算给它起个什么名字呢？"她父亲锲而不舍地追问道。"我小时候也养过一条狗，叫弗里斯克。"詹姆斯看到她的脸上浮现出一种似曾相识的神情，明白姐姐即将向父亲妥协。他想起有一次，他正低头看着针线活什么的，突然抬起头，有一道蓝光闪过，然后坐在自己身旁的那个人笑了起来，宣布投降，这让他怒不可遏。他想，那个人一定是他的母亲：她当时坐在一把矮椅上，而父亲则站在她的身旁。逝去的时光轻柔而持续地在他的脑海中留下了一片接一片、一叠又一叠的印记，他开始在这无穷无尽的印象中翻找：在气味中，在声响中，在刺耳、空洞和甜美的嗓音中，在浮光掠影中，在扫帚轻叩地面的声音中，在大海的翻涌和沉寂之间，看见了一个男人踱来踱去，突然停下脚步，赫然伫立在母子面前。与此同时，他注意到，卡姆一边把手指浸入海中嬉水，一边盯着岸边，一言不发。他想：嗯，她不会妥协的；他想：她是与众不同的。好吧，既然卡姆不作答，拉姆齐先生决定，那就不打扰她了，准备从口袋里摸出一本书。但她还是想回答他的，她热切地渴望拨开压在她舌头上的一些阻碍，说出：噢，对了，弗里斯克，我就叫它弗里斯克吧。她甚至想问：就是那条独自穿越沼泽地回到家的狗吗？但是，尽管她绞尽脑汁，但还是想不出什么话，既能对契约忠贞不渝，又能在詹姆斯浑然不觉的情况下悄悄向父亲传达自己的爱意。她一边把手指浸入海中嬉水，一边观察着詹姆斯：他冷静地盯着船帆，偶尔瞥一眼地平线。她想（麦卡利斯特的儿子这时钓上来一条马鲛鱼，鱼儿在甲板上扑腾着，腮上流着血）：你还未曾面临这种压力，未曾遭遇过情感的分裂，更未经历过这种非同寻常的诱惑呀。她的父亲仍然在口袋里摸索着，再过一秒钟，他就会掏出自己的书。在她的眼中，没有人比他更有魅力；他的手很美，还有他的脚，他的声音，他的言辞，他的急躁，他的脾气，他的古怪，他的激情，他当着所有人的面直言不讳地说"我们消亡了,各自孤独地消亡了",以及他的超然疏远。(他已经翻开了书。)她直挺挺地坐着,眼睁睁看着麦卡利斯特的儿子从另一条鱼的鳃上一把扯下鱼钩,心想:正是这种粗暴的盲目和专横,荼毒了她的童年,掀起了一场接一场痛苦的风暴,这是她最不堪忍受的。直到现在,她甚至还会在夜里惊醒,浑身颤抖,怒火中烧,耳边萦绕着他的一些命令,一些傲慢无礼的行径"做这个""做那个",他的统治地位,他的"向我屈服"。

因此,她什么也没说,只是执拗而忧伤地望着海岸,那里笼罩着宁静的氛围。她想,那里的人们似乎都已经入眠了,像轻烟一样随心所欲,像幽灵一般来去自由。她想,那里的人们不会再遭受痛苦。

第五章

没错,丽莉·布瑞斯珂站在草坪边上断定,那就是他们的船。她望着那艘船在海面上扬起灰褐色的风帆,飞快地驶过海湾。他就坐在那儿,她想象着,孩子们依旧默不作声。她自然无法出现在他的身边。当初未能给予他的同情在她的心头越压越沉。她难以继续作画。

她一直觉得他很难相处。她记得自己从未当面夸奖过他。长此以往,他们的友谊逐渐简化为一种中性的关系,去除了拉姆齐先生对待明塔那般大献殷勤甚至嬉笑玩闹的两性因素。他会为明塔摘下一朵花,也会把自己的书借给她。但他真心相信明塔会读完那些书吗?她捧着书,在花园里拖着沉重的脚步,时而夹入几片树叶,当作书签。

"卡迈克尔先生,您还记得吗?"她望着这位老人,心里不禁想问他。但他已经把帽檐拉了下来,遮住了前额;她猜测:他要么在小憩,要么在做梦,要么就是躺在那里斟酌辞藻。

"您还记得吗?"她从他身边走过时,仍然很想问他。她又想起了拉姆齐夫人在海滩上的那一幕:旧木桶在海上浮浮沉沉,信纸在空中随风飞舞。这么多年过去了,这一幕为什么依旧历历在目?这份记忆仿佛在心头萦绕着光圈,灯火通明,就连每一处细枝末节都清晰可见;而之前和之后的岁月的印象却是一片绵延迢迢千里的空白。

"那是只船吗?还是块软木浮子?"丽莉猜想拉姆齐夫人大概会这样发问,不禁复述了出来,接着不情不愿地再次回到她的画前。谢天谢地,她又拿起了画笔,想着空间的问题仍然没有解决。这幅画似乎正对着她怒目而视,整个画面的视觉重心就取决于那一枚砝码。从表面上看,应该是美丽而明亮的:既像羽毛一样,纤柔轻盈,转瞬即逝;又像蝴蝶翅膀上的色彩,相互交融,交相辉映。但笔触之下,又必须像铁螺栓一般,紧紧相箍,密不可分。那会是一幅呼吸都能使画面泛起皱褶的作品,同时又会是一幅群马也无法撼动的力作。于是,她开始在画布上涂抹一层红色,接着是一层灰色,那片空洞逐渐被色彩填充了。此时此刻,她似乎正坐在拉姆齐夫人身旁的海滩上。

"那是只船吗?还是块软木浮子?"拉姆齐夫人问道。她开始四处搜寻眼镜。然后,她戴上眼镜,静静地坐着,望向大海。丽莉在一旁继续埋头画画,觉得好像有扇大门打开了,她走进去,默默环顾四周,仿佛置身于一个教堂,高大空旷,昏暗不明,庄严肃穆。呼喊声从遥远的世界传来。地平线上的蒸汽船队消失在缕缕烟雾之中。查尔斯·坦斯利在打水漂,小石子在海面上蹦蹦跳跳。

拉姆齐夫人就这样默默坐着。她的心情应该不错,丽莉猜想,在沉默中休养生息；不用再费心说话；在人际关系最为隐蔽的角落里休憩。谁了解我们是什么人，正作何感想呢？即便亲密无间，谁又了解呢？莫非这就是学识吗？拉姆齐夫人或许曾问过（这种沉默似乎经常与她如影随形）：说出来，会不会扫兴？会不会显得我们更加能言善道？起码，这一刻似乎带来了格外丰富的灵感。丽莉先是在沙滩上戳出一个小洞，然后又填实，好像这样就掩埋了此时此刻的完美成果。仿佛这一刻的灵感化为了一滴银色的颜料，她只需要拿笔轻轻一蘸，就能点亮过去的黑暗。

丽莉往后退了一步，以便从透视法的角度，端详整体构图。这是一条奇特的绘画之路：她往外走，越走越远，最后似乎走到了一块狭窄的木板上，茕茕孑立，在海上漂流。当她蘸取蓝色的颜料时，也同时蘸取了过去的回忆。现在，拉姆齐夫人站起身；她想起来了。是时候回屋了——午餐时间到了。大家一起从海滩上走了出来，她和威廉·班克斯并肩跟在队伍的后面，明塔走在他们的前面，袜子上破了一个洞。那个露出粉红脚后跟的小圆洞是那么扎眼，仿佛是在向他们耀武扬威！威廉·班克斯对此是多么深恶痛绝啊！不过，她还记得，他当时缄口未言。在他的眼里，那个洞意味着女性气质的湮灭，意味着肮脏，意味着混乱，意味着佣人的缺席，还意味着中午时分凌乱的床铺——这些都是最令他憎恶的事情。每当他看到不堪入目之物时，都会哆嗦着伸开手指，仿佛在遮挡自己的眼睛。现在，他又在这样做了——把手掩在脸前。明塔继续往前走，大概碰见了保罗，然后两人一起向花园走去。

雷利夫妇，丽莉·布瑞斯珂一边想着这对情侣，一边捏着她的绿色颜料管。她在脑海中搜集着有关雷利夫妇的印象。他们一系列的生活场景浮现在她的眼前。第一幕是在黎明时分的楼梯口。保罗早早回房上床睡觉了，明塔却迟迟未归。凌晨三点左右，明塔走上楼梯，她戴着花环，涂着脂粉，打扮得花枝招展。保罗穿着睡衣走出卧室，手里拿着一根拨火棍，以为家里进了贼。明塔正站在楼梯口的窗户旁，在苍白的晨光中吃着三明治。地毯上有一个洞。但他们说了些什么呢？丽莉问自己，仿佛一眼就能听到他们的声音似的。明塔继续吃着她的三明治，厌烦不已；保罗则压低声音，嘟囔着一些辱骂她的粗话，以免吵醒两个小男孩。他枯瘦如柴，萎靡不振；她招摇浮夸，漠不关心。婚后仅仅一年左右，两人的感情便急转直下，这段婚姻最终以惨痛的溃败告吹。

丽莉拿起画笔，蘸了蘸绿色颜料，心想：这样虚构他们的生活场景，正是大家所谓的"了解"他人，"思念"他们，"喜爱"他们！虽然没有一个字是真实的，全是由她编造的，但无论如何，这就是她对他们的了解。她继续挖掘自己的道路，钻进自己的画面中，钻进过去的记忆里。

还有一次，保罗说他"要在咖啡馆里下棋"。她单凭这一句话，就构想了一整套剧情。她还记得当他说完那句话后，她便开始了想象：保罗往家里打了一个电话，结果佣人说"雷利夫人外出了，先生"，于是他当即决定不回家了。她看见他坐在某个阴郁场所的角落之中，烟雾缭绕在红色天鹅绒座椅周围，女招待们认识每一位顾客，他正和一个小个子男人下着棋。那个人住在瑟比顿市[1]，从事茶叶生意，但这就是保罗对他的全部了解。保罗回到家时，明塔仍然在外面，随后就是在楼梯口的那一幕：他拿着一根拨火棍，以为家里进了贼（毫无疑问，也是为了吓唬她），怒不可遏地说着她毁了他的生活。不管怎么说，那一次，她前往里克曼沃斯[2]附近的一栋乡间别墅探望雷利夫妇，发现两人的关系紧张得可怕。保罗领她到花园里去看他饲养的比利时兔，明塔一边跟着，一边唱着歌，还将裸

---

1 当时是伦敦的一个相对较新的郊区。
2 伦敦西北部的一个通勤小镇。

283

露的胳膊搭在他的肩膀上，似乎时刻在提防着丈夫将她的什么秘密说漏了嘴。

明塔应该早就对兔子厌烦不堪了，丽莉猜想着。但明塔从始至终都没有暴露自己。她从未说过在咖啡馆下棋之类的话。她太警觉了，也太谨慎了。不过，他们的故事仍然要继续讲下去——夫妻俩现在已经度过了危险的阶段。去年夏天，丽莉和他们同住了一段时间。有一天，汽车抛锚了，明塔不得不在一旁递工具给他。他坐在路边修理，而她递工具的方式——公事公办、干脆利落、亲切友好——证明现在一切都没有问题了。他们已经不再"相爱"了；是的，他和另一个女人在一起了，一个严肃的女人，梳着辫子，手里拿着公文包（明塔在描述她时充满了感激，甚至还带着一股敬佩之情）；她不仅参加了议会，而且在土地价值税和财产税方面与保罗持有相同的观点（两人共同发表了越来越多的政治观点）。这段婚外情非但没有破坏这段婚姻，反而恢复了夫妻俩的关系。他坐在路边修车，她递给他工具，全然一副亲密伴侣的模样。

这就是雷利夫妇的故事，丽莉在心里总结道。拉姆齐夫人肯定充满了好奇心，很想知道雷利夫妇后来怎么样了，所以丽莉想象着自己正在把这个故事讲给她听。当丽莉对拉姆齐夫人讲到这段婚姻并不幸福时，丽莉应该会感到一丝胜利的得意。

可那些逝去的人，丽莉思索着；她的构图思路遭遇了某种阻碍，于是她放下画笔，向后退了一步，细细琢磨着。啊，那些逝去的人！她喃喃说道，有人同情他们，有人把他们撇在一边，有人甚至对他们有些不恭不敬。他们现在任凭我们摆布。她想到，拉姆齐夫人已经溘然长逝了；我们现在可以凌驾于她的意愿之上，改善她那狭隘而过时的观念。她与我们渐行渐远了。她带着几分嘲讽的意味，仿佛看见拉姆齐夫人站在岁月长廊的尽头，说着那些不合时宜的话——"结婚吧，结婚吧！"（清晨时分，鸟儿开始在外面的花园里叽叽喳喳，而她挺直腰杆，坐姿端正。）她不得不回复拉姆齐夫人：这一切都与你的愿望相违背，他们那样的生活同样很幸福，我一个人也很幸福，生活已经改天换地。听完这番话后，拉姆齐夫人整个人，乃至她的美貌，也在转瞬之间变得陈旧不堪、积尘飞扬。热辣辣的太阳晒在丽莉的背上，她站在那儿，回顾着雷利夫妇的故事。有那么一刻，她觉得自己战胜了拉姆齐夫人，因为拉姆齐夫人永远不会知道保罗一直待在咖啡馆里；不会知道他有了情妇；不会知道他坐在地上修车，明塔在一旁递工具；不会知道她站在这里作画；更不会知道她从未结婚，根本没有嫁给威廉·班克斯。

拉姆齐夫人很早就在撮合这桩婚事了。也许，如果她还活着，她会强迫丽莉成婚。那年夏天，威廉·班克斯早已是她口中"最善良的男人"了，是"当代第一流的科学家，我丈夫说的"，也是"可怜的威廉——我去看他，发现他家里没有一件赏心悦目的东西——甚至瓶子里都没有插上鲜花，这让我感到非常难过"。于是，拉姆齐夫人经常为他们安排一起散步的活动。她带着轻描淡写、捉摸不透的讽刺，告诉丽莉：你拥有科学的头脑，你喜欢花卉，你严谨精确。她为什么对婚姻如此狂热痴迷呢？丽莉一边思忖着，一边在画架前踱来踱去。

（突然间，一道红光，宛如一颗在夜空中一划而过的流星，在她的脑海里燃烧起来。那光芒先是覆盖了保罗·雷利，接着从他的身上焕发而出，就像一群野人在遥远的海滩上燃起了欢庆的篝火。她听到了呼呼声和噼啪声。方圆数英里的海域，一片红金相间的色彩。空气中混杂着一些酒气，使她陶醉其中。她又一次感到莽撞的冲动，想要跳下悬崖，奄奄一息，只为寻找那一枚珍珠胸针。她被那呼呼声和噼啪声吓退，感到恐惧和厌恶，仿佛在欣赏光辉和壮丽的同时，也在目睹大火贪得无厌地吞噬着屋里的财富，她对此深恶痛绝。但是，这一幅景象，这一份荣耀，超越了她过往的一切经历，像一座矗立在海边荒岛的烽火台,年复一年地燃烧着。只要一说出"恋爱"这个词,就像现在这样,保罗的身上就会立刻再次焕发出火光,然后又黯淡下来。她笑着自言自语道"雷利夫妇",想起了保罗去咖啡馆下棋的情景。)

她想,她只是侥幸虎口脱险。当时,她一直盯着桌布看,灵光一现,想到可以把树移到画面的中央,还想到了永远不要嫁给任何人。这让她感到无比欣喜。她觉得以前的自己无法违背拉姆齐夫人的意愿,但现在可以了——这是向拉姆齐夫人那非凡操控力的一种致敬。去做这个,拉姆齐夫人一吩咐,丽莉就会照做。就连她和詹姆斯在窗口的影子,也充满了权威的意味。丽莉还记得,威廉·班克斯看出她在画中对母子亲情的冷漠后,是那么目瞪口呆。他还质问,难道你不敬佩母子之美吗?她记得,威廉睁着他那双充满睿智的孩童之眼听她解释,那并不是不敬,这儿有一处光亮,那儿就需要一处阴影,等等。伟大的拉斐尔曾无比虔诚地创作"母与子"的作品,她无意贬低人们心目中这一神圣的绘画主题,她恰恰不是一个愤世嫉俗之人。而他凭借科学的头脑,理解了她的绘画理念——这证明了他拥有客观公正的智慧。她为此感到极大的喜悦和宽慰。从那一刻起,她有了一个可以严肃谈论绘画的男性对象。说真的,他的友谊是她的生活情趣之一。她爱着威廉·班克斯。

他们去了汉普顿宫[1],他全程像一位完美的绅士,总会贴心地为她留下充裕的如厕时间,一个人悠闲地在河边漫步。这是他们之间典型的相处方式。许多事情,他们都心照不宣,心领神会。一个夏天又一个夏天,他们漫步穿过庭院,探讨着花卉和构图的布局。他会边走边告诉她一些关于透视法、建筑学方面的知识,还会相伴驻足观赏树木和湖景,偶尔也会以一种淡泊的神情观察路边的孩

---

[1] 汉普顿宫,位于伦敦西南部泰晤士河边的里士满,是伦敦著名的人文历史景点。

子——（没有女儿——他最大的伤心事）这副表情出现在他的脸上，倒是再自然不过了。他在实验室里待得太久了，以至于他出门后，外面的世界似乎令他眼花缭乱，所以他慢慢地走着，抬起手遮住眼睛，时不时停下脚步，仰起头，只为了呼吸一口新鲜空气。接着，他会和她聊起女管家正在休假，他只能亲自去买一块新的楼梯地毯。也许，她会陪他一道去挑选。有一次，他突然谈起拉姆齐一家，称他第一次见到拉姆齐夫人时，她戴着一顶灰色的毡帽；那时的她不过才十九或二十岁，美得惊为天人。他站在那儿，俯视着汉普顿宫的林荫大道，仿佛透过那些喷泉，看见了拉姆齐夫人似的。

这时，丽莉看向客厅的台阶，透过威廉的眼睛，望见了一个女人的身影，低眉垂眼，平和而沉静。她坐在那里沉思默想（丽莉想，她那天穿着一件灰色的衣服），低垂着双眸，好像再也不抬起来了。丽莉目不转睛地端详着，心想：没错，我一定见过她这个样子，但不是穿这件灰衣服的时候，没有这么平静，没有这么年轻，也没有这么安详。她的形象随时跃然脑海之中，正如威廉所说，美得惊为天人。但美并不是一切。美也有其代价——来得太轻易，来得太彻底，从而让生活静滞不前，凝固僵化。人们因此会遗忘那些细微的悸动；那红晕，那煞白，那怪异的抽搐，那光影的变幻，都使得那张脸一时半刻难以辨认，但同时也增添了一种永世难忘的特质。在美的掩饰下，抚平一切都变得更加轻松写意。但丽莉想知道，当拉姆齐夫人戴上猎鹿帽、穿过草地、训斥园丁老肯尼迪时，那张脸又是怎样的模样？谁能回答她？谁能助她卸除心头的疑惑呢？

丽莉强行从沉浸的思绪中探出头，惊觉起码有一半的心思早已游离于绘画之外。她有些恍惚地望着卡迈克尔先生，仿佛目睹着虚无缥缈的事物。他躺在椅子上，双手交叉放在肚腩上，既没在看书，也不在睡觉，而是像一头大快朵颐的野兽，沐浴着阳光。他的书掉落在了草地上。

她真想径直走到他的面前，喊上一声"卡迈克尔先生！"他应该会像往常一样，抬起那双烟雾缭绕的灰绿色眼睛，一脸慈祥地望着她。但只有人们有话想说时，才会叫醒他人，而她想倾诉的不单单是一件事，而是一切。那些微小的词语让思想支离破碎，根本无法表达任何意义。"谈谈生，谈谈死；谈谈拉姆齐夫人"——不，她想，人与人之间根本无法交流。千钧一发之际，似乎总会偏离靶心。词语飘逸不定，言中事物的过程中总会偏低几寸。她放弃了沟通；话到嘴边的想法再次被吞回心底；变成了大多数中老年人的模样，谨言慎行，掩过饰非，眼角布满皱纹，脸上总是流露出一股经久不散的忧虑之情。如何用言语表达肉身的种种情绪呢？又该如何表达那一份空虚呢？（她望向客厅，那台阶看起来出奇的空。）这是身体的感觉，而与心灵无关。空荡荡的台阶突然引起了她极其厌恶的生理感觉。求而不得，使她浑身上下都产生了一种僵硬、空洞和紧绷的感觉。求而不得——一再欲求——一次又一次不可得，多么蹂躏人心啊！啊，拉姆齐夫人！丽莉在心中无声地呼唤着那个坐在船边的倩影，那个由她创造的抽象形象，那个穿灰衣服的女人，仿佛在责怪她离去了，责怪她再一次离去了，责怪她又回来了。想到她，一切似乎是那么安详。灵魂，空气，虚无，一种无论昼夜都可随性把玩的安全之物；她曾经便是这样的一种存在，但后来忽地伸出手，蹂躏着人心。一瞬间，空荡荡的客厅楼梯，里面那张椅子的褶边，在露台上打滚的小狗，波浪起伏的花海，窸窣低语的花园，统统变成了一环环曲线和蔓藤花纹，围绕一个完全虚空的中心而绽放。

她再次转向卡迈克尔先生，想要问他："这到底是什么意思？您会如何解释这一切呢？"在这个清晨时分，整个世界似乎都溶解在一个思想的水潭里，一个现实的深水盆地中；假如卡迈克尔先生开口回答，她甚至可以想象，一滴眼泪就会坠落水面。然后会发生什么呢？会有什么东西浮出水面。一只手会猛地伸出来，就像一把脱鞘而出的刀刃。当然，这全是无稽之谈。

一个怪异的念头突然在她脑海中冒了出来：他终究还是听到了她说不出口的心声。他是一个深不可测的老人，他的胡须上沾有黄渍，他写诗，他猜谜，他在一个怡然自足的世界里恬淡地航行着。她甚至觉得他现在只要放下手，就能从身下的草坪里捞起任何心仪的东西。她盯着自己的画。他大概会这样回答："你""我""她"耗尽岁月，灰飞烟灭，没什么能亘古长存，世事瞬息万变，但还有文字和绘画，它们永存。然而，她想到这幅画只配挂在阁楼上；只配被卷起来塞进沙发肚里。但即便如此，即便是这样的一幅画，他的话也是铁一般的事实。他大概还会说，这种信笔涂鸦，也许称不上一幅真正的画作，但凭借这份尝试，仍然会"永世长存"。她本来想说出这样的话，但连她自己听起来，都觉得太过自吹自擂了，根本无法默默无言地流露而出；当她望向自己的画时，诧异地发现什么也看不见。她的眼睛里充盈着一层滚烫的液体（起初她并没有想到那是自己的眼泪），她紧闭的双唇并未因此松动，空气却越发浓稠了，一颗颗泪珠顺着她的脸颊滚落下来。她拥有炉火纯青的自控力——啊，是呀！——在其他方面亦是如此。那她为什么明明没有体会到不幸，却还会为拉姆齐夫人流泪呢？她再次请教卡迈克尔先生：这又是什么？这到底是什么意思？事物会伸出擒拿之手吗？那把刀刃会将人割伤吗？那只拳头会攥紧吗？难道没有安全之地吗？心灵无从学习为人处世之道了吗？难道没有指导，没有庇护，只能将全部的希望押在奇迹上，从塔顶一跃而下吗？难道这就是生活吗？——步步惊心、出乎意料、前所未知？甚至对老年人也是如此吗？有那么一瞬间，她感觉如果此时此刻，他们俩站起身，伫立在这草坪上，追问一个解答：生命为什么如此短暂？又为什么如此难以言喻？如果他们毫无隐瞒，无所不言，语气激烈，仿佛全副武装,那么美会自行蜷缩,空间会自行填满,那些空洞的花言巧语终会成形;只要他们的叫喊声足够大,拉姆齐夫人就会回来。"拉姆齐夫人!"她大声呼唤着:"拉姆齐夫人!"泪水从她的脸上潸然而下。

第六章

[老麦卡利斯特的儿子抓起一条小鱼,用刀从鱼肚上刨下一块肉,再串在鱼钩上,用作鱼饵。然后,那条残缺的鱼(仍然活着),直接被扔回了大海。]

第七章

"拉姆齐夫人!"她呼唤着:"拉姆齐夫人!"但什么也没发生,痛苦反而愈演愈烈了。她想,这份痛苦竟然会让自己做出这样的傻事!所幸,老人没有听见她的呐喊。他依然和善而沉静,她甚至觉得用"崇高"一词来形容他也不为过。谢天谢地,谁也没有听到她那羞耻的叫声。终结吧,痛苦,终结吧!她显然还没有丧失理智。没有人目睹她跳下那块木板,坠入湮灭之水。她依旧是那个手握画笔的清瘦老姑娘。

现在,求而不得的痛苦和苦涩的愤怒逐渐消退了(她决心不再为拉姆齐夫人而哀伤,收敛了自己的情感。当她在一排咖啡杯前吃着早餐时,有没有在思念拉姆齐夫人?一点儿都没有),在残留的苦涩中,蕴含着一剂解药,具有抚慰和镇痛的疗效。更神秘的是,她心生了一种感觉:有人仿佛在场,拉姆齐夫人仿佛暂时卸下了这个世界加诸她的重负，轻盈地走到我的身旁（她尽情彰显了全部的美），然后举起那圈离世时佩戴的白色花环，套在自己的额前。丽莉再次捏挤颜料管，开始攻克那道树篱的着色难题。不可思议的是，她清清楚楚地望见拉姆齐夫人，像往常一样，迈着轻快敏捷的步伐，在田野间穿行，然后在柔软绵延的紫色褶皱之中，在风信子或百合花之中，突然消失得无影无踪。这或许就是画家之眼所施展的某种把戏吧。丽莉在听闻死讯之后的许多天里，眼前总是会浮现出拉姆齐夫人的形象：额头上佩戴着花环，坚定不移地跟随她的同伴——一个幽灵——穿过一片田野。这景象，这片段，具有慰藉人心的力量。无论她身在何地——是在这里作画，还是乡村，抑或伦敦——都会看见这幅幻象，她会半眯起双眸，似乎四处寻觅着某个寄托之物，支撑这虚幻的景象继续放映下去。她低头俯瞰着火车车厢和公共汽车；沿着肩膀或脸颊的轮廓划下一道线，又望向对面的窗户，看着夜晚灯火通明的皮卡迪利大街。眼前的每一处风景都已是那片死寂田野的领地之一。但总有什么——可能是一张脸，一个声音，一个吆喝着"《旗帜报》《新闻报》"的报童——闯入她的脑海，叫停她的思绪，唤醒她的意识，渴求她的注意，最终如愿俘获。因此，她不得不一次又一次重塑这幅幻象。现在，某种源自本能的抽离感和蔚蓝的色调触动了她。她望着脚下的海湾，用蓝色条纹堆积而成的小山丘来表现一波波海浪，又用紫色的色域来代表一片片荒石田野。然而，她像往常一样，又在某种干涉下惊醒了。海湾中央出现了一个棕色的斑点，那是一艘船。是的，她迟疑了一秒钟才确定。不过，是谁的船呢？拉姆齐先生的船，她回答道。拉姆齐先生，那个穿着漂亮皮靴的男人，那个领着一队人从她身边走过的男人，那个对她冷漠疏离地举起手示意的男人，那个向她寻求同情却遭到拒绝的男人。小船现在已经驶过半个海湾了。

今早的天气格外晴朗，只是偶尔会有一丝微风拂过。碧海与天穹相互交融，浑然一体，构成了一整匹布料，既像在高空中扬起了叶叶白帆，又像在大海里掷入了片片云朵。在远处的海面上，一艘蒸汽船在天幕中勾勒出一长卷浓烟，流连不散，袅绕盘旋，装点着天空。空气仿佛是一层轻纱，先轻盈地将万物包裹其中，再温柔地来回摇曳。在天气极佳的日子里，悬崖与船只有时似乎感知到了彼此的存在，就好像互相发出了某种专属的秘密暗号。有时候，灯塔距离海岸似乎近在咫尺；但今早，灯塔在雾霭中看起来却远在天边。

"他们现在到哪了？"丽莉望向大海想道。那个腋下夹着棕色包裹、默默地从她身边走过的苍老男人，他到哪了？那条小船正在海湾的中央。

第八章

卡姆望着海岸起伏不定，渐行渐远，愈发宁静，心想：我们在船上什么也感觉不到。她的手在海面上划出一缕波痕，她的思绪则将碧绿的涡流和条纹编织成图案。麻痹的感官笼罩着卡姆，她游荡在想象的海底世界：一串串的珍珠簇拥在雪白的浪花上，她的整个身心在绿光的照耀下焕然一新，仿佛裹上了一件绿斗篷，发出半透明的晶莹色泽。

随后，她手边的涡流逐渐和缓了。海水不再汹涌湍急；整个世界充斥着吱吱嘎嘎的微响。她听着海浪拍打船身的声音，仿佛船只早已停泊在了港口。一切都变得近在咫尺。就连那张被詹姆斯紧紧盯着的船帆，也彻底松弛下来，仿佛早已与他结成了熟悉的朋友。他们的小船在烈日下停滞不前，距离海岸仅仅几英里，距离灯塔仅仅几英里，却只得在海面上，晃晃悠悠地等候着起风。世间万物似乎都突然静止了。灯塔变得坚定不移，远处的海岸线也纹丝不动。

阳光日渐毒辣，大家似乎都靠得更近了，感受着彼此的存在（先前，他们一度忽略了身边的人）。麦卡利斯特的钓鱼线一头扎进海里，拉姆齐先生继续蜷着腿看书。

他正在翻阅一本在阳光下闪闪发光的小书，那封面斑驳得就像鸻蛋。他们滞留在这种可怕的风平浪静中，他时不时翻动一页。詹姆斯觉得，他每翻一页，都分别设计了独特的姿态：时而果敢自信，时而居高临下，时而告哀乞怜。当拉姆齐先生一页页翻阅时，詹姆斯全程都惊恐万分，生怕父亲会突然抬起头，就某事某物对他严厉地说教一番。他们为什么在这里停滞不前？他会这样质问，或者提出类似的不可理喻的问题。要是他真这么做了，詹姆斯想：那我就拿起刀，刺进他的心脏。

拿刀刺进他的心脏，这幅象征性的画面由来已久，早已印刻在了他的脑海中。只不过，詹姆斯已经长大成人了，只能坐在那里，带着一种无能为力的愤怒，盯着自己的父亲。詹姆斯想要杀死的不是拉姆齐先生，不是这个正在翻书的老男人，而是某个会突然降临在他身上的东西——也许他自己还懵然不知——一只扑腾着黑色翅膀的鹰妖，会猛地从天而降，用冰冷而坚硬的利爪和尖喙，朝詹姆斯来回攻击（他能感觉到那尖喙刺入了他光裸的腿，那正是他小时候被啄伤的位置），然后匆匆飞走了，于是他又变回了那个老男人，黯然神伤地读着书。那只鹰妖，是他要杀死的，是他要拿刀刺进心脏的。无论他将来从事何种职业——（他望着灯塔和远处的海岸，觉得自己拥有无限的可能性）商人、银行家、律师，还是公司主管——他都会反抗他口中的"暴政"和"专制"，力求将其斩草除根，彻底消灭，因为它们强迫人们去做不想做的事情，剥夺人们说话的权利。当拉姆齐先生发号施令"走，到灯塔去""做这个""给我那个"时，又有谁敢说一个"不"字呢？漆黑的翅膀伸展着，坚硬的鸟喙撕扯着。下一刻，他就坐在那里看书了，他也许会突然抬起头——谁知道呢——显得通情达理。詹姆斯想，他可能会跟麦卡利斯特父子俩聊天，他可能会在街上把金币塞进某个冻得发抖的老妇人手里，他可能会为渔民们的体育运动呐喊助威，他可能会激动地挥舞着双臂，或者他可能坐在餐桌的一端，从晚餐的开始到结束默不作声，寂若死灰。在炎炎烈日下，小船正遭受着波浪的拍打，晃荡不前，詹姆斯就这样漫想着；远方有一片乱石丛生的荒地，上面覆盖着一层白雪，显得孤寂而肃穆。最近，每当父亲做出一些令人大跌眼镜的言行举止时，他都会感觉到那片雪地上出现了两对脚印，只有父子俩的脚印。他们是彼此唯一的知己。那么，这份恐惧和仇恨究竟是从何而来的呢？他回顾过往的岁月，成长的经历如同树叶般折叠在心间，拨开层层叠叠的叶片，向森林的深处窥探：光和影相互交错，所有的形状都扭曲了。他神思恍惚，时而被阳光刺得睁不开眼，时而又被黑暗的阴影笼罩。他试着寻觅某幅画面，试着镇定冷静，试着超脱而出，试着将自己的感受打磨圆滑，塑造成具体的形状。想象一下，当他还是个婴儿的时候，无助地坐在摇篮车里或者某人的膝头，目睹了一辆马车浑然无知、无意之中碾碎了一个人的脚，会作何感想？假设，他先看到了草地上有一只脚，光滑而完整，然后才是车轮，接着又是同一只脚，压得粉碎，鲜血淋漓，红中透紫。可车轮不是故意的。所以，今天一大早，当父亲沿着走廊大步走来，把他们从睡梦中敲醒，要求他们做好前往灯塔的准备时，那车轮便从他的脚上碾过，从卡姆的脚上碾过，从每个人的脚上碾过，而他们只是坐在一旁看着。

但他当时在想：那是谁的脚？这一切又是在哪个花园里发生的呢？毕竟，想象这些情节，也需要布置背景：要有花草树木，充足的光线，还要安插几个人物。这一切都要出现在一个了无阴郁的花园里。没有人手忙脚乱，每个人都用平常的语调讲话。他们整天进进出出。厨房里有一个说三道四的老妇人，百叶窗被微风吸进吹出，一切都在呼吸，一切都在生长。到了夜晚，所有的锅碗瓢盆，所有亭亭玉立的红花和黄花，都披上了一层藤叶般轻薄的黄纱。黑夜让一切变得更加寂静和幽暗。但这叶片般的纱布是那么细薄，光线都能将其托起，声音都能使其皱缩；透过细纱，他看到一个弯下腰的人影，听见脚步声先是越逼越近，接着又渐行渐远，还听见衣裙摩擦的窸窣声和链条碰撞的叮当声。

就在这个世界上，车轮从人的脚上碾了过去。他记得，有什么东西在自己的头顶之上盘旋，将他遮得暗淡无光，久久不肯离去；在半空中耀武扬威；某种渴血而锋利的东西甚至从天而降，像是一把刀刃，像是一把弯刀，在那个幸福的世界里劈砍着，让那些花草树木凋零枯萎。

"明天有雨，"他想起父亲说过这样的话："你们去不成灯塔了。"

那时，灯塔在他的心里是一座雾蒙蒙的银塔，长着一只黄色的眼睛，会在傍晚时分突然睁开，发出柔和的光芒。而现在——

如今，长大成人的詹姆斯望向灯塔。他能看见那些在海浪的冲刷下越发煞白的礁石，看见光秃而笔挺的塔楼，看见上面黑白分明的棱角，看见一扇扇窗户，甚至还能看见在岩石上洗晒的衣物。所以，这就是那座灯塔，是吗？

不，另一座建筑也是灯塔，没有事物是单一存在的。另一座灯塔也是如此。隔着一片海湾，有时候很难望见它。傍晚时分，人们坐在空气清新的阳光花园里，抬起头，看到那只眼睛一睁一闭，仿佛那束光打在了自己的身上。

他强行叫停了思绪。每当他说到"他们"或"某个人"时，就会听到有人走来的窸窣声，有人离去的叮当声；他对房间里可能出现的任何一个人都极度敏感。这个人现在是他的父亲。他的神经时刻紧绷着。要是海面没有起风，他的父亲就会啪地合上书的封面，然后问道："怎么回事？我们在这儿磨蹭什么呢？嗯？"他的父亲就会像以前一样：那一次，他在露台上举起刀刃砍向他们，母亲吓得浑身僵硬；当时要是手边有一把斧头、一把刀，或者任何锋利的武器，小詹姆斯都恨不得一把抓在手中，直接刺进父亲的心脏。母亲僵在原地，接着她的胳膊才缓缓放松下来。他感觉到母亲不再听父亲说话了。不知怎么地，她站起来离开了，留下他独自一人坐在地板上，手里紧握着一把剪刀，显得虚弱无力，滑稽可笑。

海面上仍然没有一丝微风拂过。船底的水咯咯地轻笑着，汩汩地缓流着。三四条马鲛鱼在甲板上拍打着尾巴，那池水浅得都还不足以淹没它们的身子。拉姆齐先生（詹姆斯几乎不敢看向他）随时都可能回过神，合上书，说些尖刻的话；不过，他目前仍在看书，于是詹姆斯就像在赤着脚偷偷下楼梯，生怕吱吱作响的木板吵醒看门狗一样，继续琢磨着母亲那天是怎样的模样？她那天到底上哪儿去了？他开始跟着她从一个房间走到另一个房间，最后他们进入了一个泛着蓝光的房间，那光芒仿佛是从许多瓷盘子上反射出的，她正在和某个人交谈；而他在一旁仔细聆听。她想到什么就说什么，随性地和一个佣人说着话。只有她才讲真话；他也只对她倾诉实情。或许，对他而言，这就是她永葆魅力的源泉吧。她是一个可以让所有人畅所欲言的人。但每当他想起母亲时，他都能感觉到父亲正尾随着他的思绪，一路监视着，让他颤抖和动摇，最终不得不停止漫想。

他就这样坐在骄阳下，手握着舵柄，眼睁睁望着灯塔，却无力向前移动，也无力抗拒那些接踵而至的痛苦境遇——浮现在他的脑海里。似乎有一根绳子将他捆在原地，他的父亲已经系好了结，而他只有一刀刺进去才能逃脱……但就在这时，帆布慢慢摇摆，缓缓鼓起，小船似乎在睡梦中晃了一下，迷迷糊糊地启程了，逐渐清醒过来，在波浪间疾驰。这种解脱感来得喜出望外。大家感到轻松自在，似乎再次疏远了彼此，钓鱼线也在船的一侧倾斜着，绷得紧紧的。但他的父亲并没有回过神,只是故弄玄虚地将右手高高举起,又挥落在膝盖上,仿佛在指挥着一场神秘的交响乐。

第九章

[丽莉·布瑞斯珂伫立在原地,继续瞭望着海湾,在心里感叹:大海真是一尘不染。海洋如丝绸一般,在海湾上铺展开来。距离具有一种非凡的魔力;她觉得,他们已经被吞没了,永远地消失了,成为大自然的一部分。一切都是那么安宁,那么寂静。那艘蒸汽船已经自行消匿了,但一长卷浓烟依旧悬浮在空中,像一面低垂耷拉的旗帜,哀伤地寓示着告别。]

第十章

原来这就是我们居住的那座岛屿啊,卡姆心想,又一次把手指伸入波涛中。她以前从未从海上目睹过这座岛:它就那样侧卧在海面上,中间有一处凹槽,两旁各有一座悬崖峭壁,海水从中涌入,然后向岛的两侧散开,延伸了数英里之远。岛不大,形似一片竖立的叶片。我们坐上了一艘小船,她开始畅想,在心里给自己讲起一则从沉船上死里逃生的冒险故事。但随着海水从她的指间流淌,一缕海藻消失在五指之后,她并不想一本正经地给自己讲一个故事;她想要的是那种冒险和逃离的感觉。当小船继续航行时,她在想,父亲对指南针的恼怒,詹姆斯对契约的固执,还有她内心的痛苦,所有这些都溜走了,都过去了,都顺流而去了。那么,接下来会发生什么?他们要往哪里去?从她那只潜入海中、冰冷刺骨的手心中，一股欢乐之泉喷涌而出，那是对改变、逃离和冒险的欣喜之情（她竟然还活着，她竟然即将抵达那儿）。从这突如其来的、无暇思索的欢乐之泉里，一颗颗滴落而下的水珠，随处洒落在她心中那一个个幽暗、沉眠的轮廓上；那是世界成形前的地貌，仍然在黑暗中自转着，时而从各地——希腊、罗马、君士坦丁堡——采集星星点点的火光。轮廓不大，形似一片竖立的叶片，周围萦绕着金光闪闪的水流。她猜想，即使是这座小岛，不也在浩瀚宇宙中坐拥一席之地吗？她想，书房里的那些老先生或许能给她一个解答。有时候，她会特意溜进花园，抓住每一次请教他们的机会。他们各自在一把矮扶手椅上，面对面而坐（可能是卡迈克尔先生或者班克斯先生同她的父亲坐在一起）。有一次，当她走进花园时，他们正把《泰晤士报》举在面前，噼里啪啦地翻阅着，地面一片狼藉，时而有人在发表关于基督的议题，时而有人在谈论伦敦街头挖出了一具猛犸象的遗骸，时而还有人在好奇拿破仑究竟是怎样的一副模样。接着，他们用干净无瑕的手（他们穿着灰色的礼服；身上散发着石南花的香气）拾起地上凌乱的报纸，粗略地收纳在一起，继续翻阅着，跷着二郎腿，时不时只言片语地交换着意见。她会自娱自乐地从书架上取下一本书，站在那里，观察着父亲从一页写到另一页，那么流畅，那么工整；他偶尔轻咳一声，偶尔与坐在对面的老先生说上两句。她一边站立着，一边捧着书，心想她可以在花园里自由畅想，就像一片在水中舒展开来的树叶；要是她能在抽烟的老先生中，在《泰晤士报》的噼啪声中，引发积极的反响，那就证明自己的想法是正确无误的。当她看着父亲坐在书房里写作时（现在坐在船上），她觉得他既非自负虚荣，也非残暴专横，更没有在苛求他人的同情；她真心相信，要是他发现她在花园里读着书，他会像所有温柔的人一样，体贴地问候：有什么需要我解答的问题吗？

卡姆生怕这个想法是错误的，盯着父亲正在读的那本封面闪闪发亮、斑驳得像鸻蛋一样的小书。不，不会错的。她很想大声对詹姆斯说，看看父亲现在的样子！（但詹姆斯的目光一直牢牢地钉在船帆上。）詹姆斯会说，他是个尖酸刻薄的粗人；他的自负虚荣令人难以忍受；他的残暴专横是他最大的罪孽。但她说：看啊！看看父亲现在的样子！她看着他蜷着腿翻阅那本小书；她知道书页早已泛黄，但她对书页上的内容一窍不通。这本书很小巧，上面的字印得密密麻麻。她还记得，他在扉页上记录了自己花费了十五法郎吃晚饭；红酒的价格；还有服务员的小费；所有这些费用都整齐地罗列在了页面的底部。不过，她不知道他口袋里那本边角都磨圆了的小书里写了些什么。他在心里琢磨的事，他们谁也不知情。但他全神贯注地阅读着，甚至当他昂起头的时候，也不是为了看什么，而是为了用语言更精确地锚定某个思想。大功告成后，他又聚精会神，埋头读书。她想，他在阅读时，仿佛在引导着什么，既像在哄赶一大群羊，又像在奋力挤出一条不断前进的狭窄小径；有时，他健步如飞，勇往直前，冲破荆棘的阻拦，开辟出一条路；有时，一根根树枝抽打在他的身上，一丛丛荆棘遮蔽了他的视线，但是他百折不屈，继续攻读，翻过了一页又一页。她继续对自己讲述着那则从沉船上逃生的故事，因为看着父亲坐在那里，她知道自己是安然无恙的。这种安全感似曾相识，就像她曾悄悄从花园溜进书房，从书架上取下一本书，而那位老先生突然放下手中的报纸，仅仅就头版内容浅聊了几句拿破仑的性格特点。

她再次凝望着大海，望向那座岛屿。可那叶片的轮廓逐渐模糊，愈发渺小，也愈发遥远。现在，海洋比海岸更醒目。他们被汹涌的海浪所包围，时而将船只托起，时而又将船只淹没，一根原木随着一个浪头不断翻滚；有一只海鸥骑在另一个浪头上翱翔。她一边用手指拨弄着水面，一边想象：就在这里，一艘船沉没了。接着，她半梦半醒地低声呢喃着：我们消亡了，各自孤独地消亡了。

第十一章

丽莉·布瑞斯珂瞭望着几乎一尘不染的大海——那蓝色如此柔和，船帆和云朵似乎都融入其中——在心里感叹道，有太多的事情，太多太多的事情，都取决于距离，都取决于人们离我们是近还是远。随着拉姆齐先生在海湾上渐行渐远，她对他的情感也发生了变化，仿佛被拉得又细又长，延展开来；他看起来愈发遥远。那蓝色，那远方，似乎吞噬了他和他的子女们。但就在这时，就在眼前的草坪上，卡迈克尔先生突然咕哝了一声。她被逗笑了。他先是从草丛中抓起书，然后像一头海怪一样，呼哧带喘，重新坐进躺椅里。这完全是另外一番情境——卡迈克尔先生离得太近了。现在，一切又归于平静。她望着那栋屋子，心想他们这会儿应该早就起床了。然而，屋里空无一人。但她转念一想，他们总是吃完饭就立刻离开，去忙各自的事情。这一切都与清晨时分的寂静、空虚和虚幻相协调。她在原地稍作停留，望着那闪闪发光的长窗和那缕缕袅袅升起的青烟，心想，它们变得这么虚无缥缈，事物有时候就会是这样。她在旅行归来、大病初愈，抑或在新习惯尚未稳固之前，切身体会到这种惊心动魄的虚幻之感，仿佛感觉到某物正在显形。这样的生活最富有勃勃的生机，可以无拘无束，轻松自在。谢天谢地，她不再需要穿过草坪，快步招呼在一个角落里歇息的贝克威斯老太太："噢，早上好，贝克威斯夫人！多好的天气啊！您不怕在太阳下晒伤自己吗？贾斯珀把所有的椅子都藏起来了。我去给您搬一把来。"诸如此类的日常闲聊，全都不必再费口舌了。她摇摆船帆（海湾里波涛汹涌，船只纷纷起航），先滑翔在事物之间，又超脱于事物之外。海湾里不再空空荡荡，而是满满当当。她似乎正直立着陷入某种物质之中，时而移动，时而漂浮，时而下沉。没错，这些水域深不可测，有太多的生命倾注其中：拉姆齐夫妇，子女们，形形色色的流浪人，以及一些零零碎碎的杂物。一个提着篮子的洗衣妇，一只白嘴鸦，一根烧得通红的拨火棍，紫色和灰绿色的花朵——某种共鸣的情感将这一切串联为一个整体。

也许正是这种圆满的感觉，使她在十年前站在几乎与现在相同的位置上宣誓："我一定要爱上这个地方。"爱情有千百种轮廓。也许，有些恋人拥有一种天赋，他们擅长挑选出事物的各个要素，再拼接组合在一起，从而赋予事物一种不曾在生命中拥有的完整感，让某个场景或某些人的邂逅（现如今全都分道扬镳了）凝缩为一颗颗紧实的球体，思绪在上面流转，爱意在其中嬉戏。

丽莉的目光落在一面棕斑点点的船帆上，那正是拉姆齐先生的船。她猜想他们会在午饭时间抵达灯塔。但风势渐强，天空和大海都略有变化，船只也调整了方位；刚刚还纹丝不动的奇观，转眼已经不尽如人意。大风把那一长卷浓烟吹散了，那些船只在海面上横七竖八地排列着，叫人心乱如麻。

眼前错乱失衡的景象似乎扰乱了她内心的某种和谐。她感到一阵莫名的忧伤。当她转身看向自己的画时，这种感觉得到了证实——她已经荒废了一整个上午的时间。她无论如何都难以在两种截然对立的力量——拉姆齐先生和那幅画——之间抵达那种锋刃般的微妙平衡；但这一点至关重要。也许是构图出了什么问题？她琢磨着，墙壁的线条需要隔断吗？树木的色块会不会太浓重了？她自嘲一笑；难道不是在下笔前，都自以为已经想出解决方案了吗？

那么，问题究竟出在何处呢？她一定想抓住某个一直躲着她的东西。一想起拉姆齐夫人，那个东西就不见了；一想到自己的画，那个东西就又溜走了。接着，诗词萦绕耳畔，幻象浮现眼前。美妙的图画和辞藻纷至沓来。但她希望抓住的是那根高度紧绷的神经，那个物质尚未自行成型前的原物质。抓住它，重新画起；抓住它，重新画起；她绝望地说着，再次坚定地俯身站在画架前。她在心里叹息：人类用于体会和绘画的感官真是卑贱无用！总是在关键时刻掉链子。她必须像一个英雄，强行启用自己的感官。于是，她瞪大眼睛，皱起眉头。那里得画一排树篱，这一点毋庸置疑。可她越是急于求成，越是毫无头绪。她时而盯着墙壁的线条，时而想着——她戴着一顶灰色的毡帽，但两眼却眩晕迷离。她美得叹为观止。如果它要来，丽莉心想，就让它来吧。有时候，人既不能思考，也不能感受。她想，如果她既不能思考，也不能感受，那么她又身在何处呢？

在这儿，在草坪上，在陆地上，她在心里回答道。她席地而坐，用画笔拨弄着一小簇车前草，细细观察着。野草参差不齐，草坪一片杂乱。她想，在这儿，坐在这天地之间。她无法摆脱一种感觉，今天早晨的一切，对她来说都是第一次，或许也是最后一次；她觉得自己就像一个旅行者，尽管半睡半醒，昏昏沉沉，但心里很清楚现在必须从火车的窗口向外望，现在必须看上一眼，因为她即将永远见不到那座小镇，也见不到那辆骡车和那个在田间劳作的女人了。草坪就是整片天地。她看向卡迈克尔老先生，心想：我们在这儿，一起伫立在这个崇高的位置上。卡迈克尔老先生看似与她感同身受（尽管他们从始至终没有说过一句话）。也许，她再也见不到他了。他正日渐老去，名声也在节节攀升。她看着他脚上那只晃荡的拖鞋，忍俊不禁。人们说他的诗歌"太美了"。他们甚至翻出了他四十年前写的诗，然后汇编成书。现在有一个叫作卡迈克尔的知名人物诞生了，她微笑着想，一个人可以塑造多少种形象？报纸上的他是怎样的模样？但在这里，他还是过去的那个他。他看起来还是老样子——只是头发灰白了一些。没错，他看起来还是老样子，但她记起曾有人说过，一听闻安德鲁·拉姆齐的死讯（他被一发炮弹当场炸死；他本该成为一位伟大的数学家），卡迈克尔先生立刻"对生活丧失了全部的热情"。这句话到底是什么意思呢？她细细琢磨着。他有没有拄着那根敦实的拐杖,和游行队伍一同穿越特拉法尔加广场[1]?他有没有一个人坐在圣约翰林区小屋里,一页又一页地翻着书,却没有读进去一个字?尽管她不知道他在听闻安德鲁·拉姆齐的死讯后到底做了什么,但她还是能从他身上感受到某种变化。他们只是在楼梯口喃喃交谈;他们抬头望着天空,一会儿说"一切都会好",一会儿说"一切都不会好"。但这也是认识人的一种方式,她思索着:了解整体轮廓,而非局部细节。坐在花园里,望着山峦的紫红色调一路晕染到远方的石南花丛。她就是这样认识他。她知道他在某种程度上改变了。她从未读过他的一行诗。她自以为了解他的诗读起来是怎样的感受——舒缓却又铿锵有力。他的诗作仿佛历经日晒风吹,芳醇甘美:关于荒漠和骆驼,关于棕榈和日落,不夹带一丝一毫的感情色彩,提及了死亡,却只字未提爱情。他身上有一种不近人情的气质,对别人的要求少之又少。难道他不是经常在腋下夹着报纸,跌跌跄跄地走过客厅窗户,一心想避开他不太喜欢的拉姆齐夫人吗?正是出于这个原因,拉姆齐夫人总是会设法叫住他。他尽管心不甘情不愿,但还是会停下脚步,然后向她深深鞠躬。他什么都不想要,拉姆齐夫人对此十分恼火,会问他(丽莉听得一清二楚),不需要一件外套、一条地毯、一份报纸吗?不,他什么都不想要。(说到这里,他鞠了个躬。)她身上有一些特质是他不太喜欢的——也许是她的操控自如、她的积极主动,或者是她身上的某种求真务实的态度。她总是那么直截了当。

(一阵嘎吱声吸引了她的注意力,原来是微风正拨弄着客厅窗户的铰链。)

肯定也有人非常讨厌我,丽莉心想(是的,她注意到客厅的

---

[1] 特拉法尔加广场,英国伦敦的一个著名地标,位于伦敦的市中心。纪念拿破仑战争中英国海军在特拉法尔加海战中取得胜利。

楼梯上空无一人，但这对她毫无影响。她现在并没有想念拉姆齐夫人。）——觉得我太自负，也太极端了。也许，拉姆齐夫人的美同样惹人生厌。他们会这样抱怨：多么单调乏味啊，总是一个样！他们更钟爱她的另一副模样——私底下的活泼欢快。也许，是她对待丈夫时的懦弱纵容：她任由他出演那些自编自导的戏；也许，是她的矜持寡言：没有人了解她到底经历了什么。况且（说回卡迈克尔先生和他的厌恶），很难设想拉姆齐夫人会站着作画，躺着看书，在草坪上度过一整个上午。这简直是不可想象的。她一言不发，手上提着的那只篮子是出门办事的唯一标志，然后就往城里去了，往穷人那里去了，最后在一间又小又闷的卧室里坐了下来。丽莉时常看到她默默地从游戏和谈话中抽身，将篮子挎在臂弯里，昂首挺胸地离去。丽莉也曾留意拉姆齐夫人的归来。当时，丽莉一边笑着（拉姆齐夫人把茶杯摆放得那么井井有条），一边深受触动（她的美令人屏气凝神），心想：那一双双因痛苦而紧闭的双眼曾注视着你，你曾与他们待在一起。

有人迟迟不来，黄油不够新鲜，茶壶磕了个口，诸如此类的事情都会惹得拉姆齐夫人烦闷焦躁。每当她抱怨黄油不够新鲜时，丽莉就会莫名想到一座座希腊神庙，想到那间又小又闷的房间，美曾与人们相伴。她从不谈论这些善举，而是如期直接动身。这源于她的一种本能，一种燕子飞往南方、洋蓟向往太阳的本能，驱使着她坚定不移地深入人群中，筑巢安家。然而，这种本能如同所有的本能一样，对于先天缺失的人来说，多少有些令人困惑不安。对卡迈克尔先生来说，或许如此；对丽莉自己来说，必定如此。两人都认为行动是徒劳无功的，思想才是至高无上的。拉姆齐夫人的离去，在他们的眼里，不仅是一种无声的谴责，更是与这个世界背道而行，于是他们不得不反对抗议，最终眼睁睁看着一个个先入为主的成见消失殆尽，却又拼命想在它们消逝前紧紧抓在手中。查尔斯·坦斯利时常也做同样的事情：这就是他不招人喜欢的原因之一。丽莉的世界就曾被他扰乱了秩序和平衡。他最近过得怎么样呢？她一边猜测着，一边漫不经心地用画笔拨弄着那一小簇车前草。他获得了研究员的职位，结了婚，定居在戈尔德斯格林社区[1]。

战争期间的某一天，她走进一个大会堂，听到他正在台上发表演讲。他在谴责某事，他在指责某人，他在宣扬兄弟情义。然而，她的心里只有一个疑问：他这样的人怎么可能会热爱自己的同胞呢？他连一幅画也不认识，曾经站在她的身后，一边抽着粗切烟丝（"一盎司五便士，布瑞斯珂小姐"），一边义不容辞地告诫她"女人不会写作，不会绘画"（他这样说倒不仅仅是因为真心相信这种观点，更是出于某种奇怪的初衷希望如此吧）？讲台上的他身材瘦削，面红颈赤，嗓门粗哑，宣扬着爱的教义。（车前草丛里有一群正在游行的蚂蚁，她用画笔扰乱了它们的队伍——这些生气勃勃、闪闪发亮的红蚂蚁倒是与查尔斯·坦斯利有几分相像。）她坐在半空着的会堂里，一面讥讽地观察着他，一面向这冷冰冰的空间注入爱意。突然间，那幅画面再度浮上眼帘：那只旧木桶或别的什么东西在海浪中浮浮沉沉，拉姆齐夫人在一片鹅卵石中搜寻她的眼镜盒。"唉，天哪！真要命！又弄丢了。别费心找了，坦斯利先生。我每年夏天都得丢成百上千个呢。"他一听到这话，立刻把下巴缩回衣领里，似乎不敢认同这种夸大其词的说法。但面对喜欢的人，他不仅欣然包容，还不忘露出一个格外迷人的微笑。他一定是在某次长途跋涉中，趁着大家分开行动时，向她吐露过心里话。拉姆齐夫人和丽莉聊起过，他独自担负小妹妹的学费；他的确值得赞扬和尊重。丽莉心里很清楚，自己先前对他的印象是荒唐可笑的。她继续用画笔拨弄着那一小簇车前草。毕竟，在人们对他人的诸多印象中，至少有一半都是

---

[1] 戈尔德斯格林位于伦敦市北部，是当时相对较新的伦敦郊区，常住人口多为犹太人。

荒唐可笑的，不过是为了满足个人主观需求而捏造的。实际上，他成了她的出气筒。每当她发脾气时，就会在心里鞭抽他两侧的肋骨。如果她想要认真对待他，就得好好听一听拉姆齐夫人的话，透过拉姆齐夫人的眼睛重新审视他这个人。

她用泥土筑起了一座小山，想让蚂蚁们攀爬过去。她的强行干涉颠覆了蚂蚁的宇宙观，导致它们陷入了迟疑不决的狂乱之中：有些往这边冲，有些往那边跑。

她想，要是能有五十双不同的眼睛，该多好啊！但五十双不同的眼睛还是看不透拉姆齐夫人，她转而又想，因为其中一定有一双眼睛，对拉姆齐夫人的美盲目无知。她渴望拥有某种隐秘的感官，像空气一般轻盈，这样她就能从钥匙孔里悄悄潜入房间，趁拉姆齐夫人独自一人坐在窗前织着毛线、自说自话、默不作声的时候，陪伴在她的身边。这种感官会一一收纳拉姆齐夫人所有的思绪、想象和欲望，再珍藏在心中，就像空气将那艘蒸汽船的烟雾包裹起来一样。在丽莉的眼里，树篱意味着什么？花园又意味着什么？海浪拍落在海滩上又意味着什么？（她抬起头，就像她曾见到拉姆齐夫人抬起头那样；她也听到了海浪打在海滩上的声响。）当孩子们吼叫着"这球怎么样？怎么样？"时，她的心中涌起了一阵多么激烈的颤抖啊！是在打板球吗？她会暂时停下手中的针线活，脸上露出热切的神色。接着，她会再次出神。随后，拉姆齐先生在她的面前突然停住脚步，杵在原地俯视着她。一股离奇的震惊传遍了她的全身，仿佛有一股力量在她的胸口剧烈地翻涌着。丽莉能看到他。

他伸出手，将她从椅子上扶了起来。这个动作似曾相识，仿佛他以前也做过：有一次，他以同样的方式弯下腰，将她从一条小船上拉上了岸。（当时，船离小岛还有几英寸远，女士们需要绅士们的帮助，才可以登上陆地。）那真是一幅老派的剧情：要是女人们没穿上那向四周鼓出的蓬裙，男人们没换上陀螺形的猎裤，那他们甚至要与整个画面格格不入。拉姆齐夫人任由他扶着,她当时应该在想(丽莉猜测着):时机现在已经成熟了。是的,她会开口说道。没错,她愿意嫁给他。她缓慢而安静地踏上海岸。也许,她只说了"是的"这一个词,然后任由他握住自己的手。至于"我愿意嫁给你"这句话,她可能会把手握在他的手里说,也可能没说,但不会再多说别的话了。一次又一次,他们之间都有同样的激情穿流而过——显然是这样的,丽莉一边想着,一边为蚂蚁们铺平了道路。她并不是在编造剧情,而仅仅是在摊平一张被人揉得皱皱巴巴的陈年旧纸,上面记载了她曾经亲眼所见的事件。在日常生活的喧嚣和纷扰中,照顾那么多的孩子,接待那么多的客人,拉姆齐夫人总有一种周而复始的重复感——仿佛一个东西刚坠地,另一个东西就立刻朝着同一个方向继续下落,从而产生了绵绵不绝的回响,在空气中震荡。

但这么轻视他们的关系是不对的,她一边想,一边记起了他们曾经手挽着手从暖房旁走过的画面。他们的幸福也并非单调乏味——她机警敏捷,也有凭一时心血来潮行事的时刻;他同样会心惊胆战,郁郁寡欢。啊,不是的。卧室的门一大清早就砰地关上。他会气冲冲地从桌子旁站起身。他会把餐盘嗖的一声扔出窗外。接着,整栋屋子都会充斥着门砰砰作响、百叶窗扑扇的声音,仿佛屋内刮起了一阵狂风,人们火急火燎地四处奔走,关紧门窗,将一切收拾得井然有序。某一天,她在楼梯上撞见保罗·雷利时,整个屋子再次狂风大作。拉姆齐先生一定又是瞅见了一只地蜈蚣。有人还可能见过屋子里的毒蜈蚣呢。他们笑呀,笑个不停。

但这些噪音——盘子呼啸着,房门砰响着——既让拉姆齐夫人疲惫不堪,又让她有些胆怯。有时,他们会陷入漫长而僵硬的沉默之中,而她半是哀伤、半是愤恨的情绪令丽莉烦恼不已,以至于无法平静地度过这场风暴,更无法像他们那样欢声笑语。可她的疲惫或许是在掩饰着什么,她在静坐中细细琢磨着。过了一段时间,他会悄悄地在她常去的地方转悠——在她坐着写信和聊天的窗口下闲逛；当他经过时，她会刻意忙碌起来，回避他的目光，假装没有发现他。然后，他会变得如丝绸般柔顺，温文尔雅、和蔼可亲，想要努力赢回她的心。不过，她不仅会对他爱答不理，还会展现出与自身美貌相称的骄傲和气派（这是她在故意一反常态）；她会扭过头，望向身后的人，比如明塔、保罗或者威廉·班克斯，他们都是她的后盾。最后，他像一只饥饿的猎狼犬，孤立于人群之外。（丽莉从草地上站起身，站在原地，望向台阶，望向她当初看见他的那扇窗户。）他会叫出她的名字，但仅仅一次，仿佛从雪地中传来的一声狼嚎。但她仍然对他爱答不理。他还会再叫一次，而这一次的语气会唤醒她；她会突然抛下其他人，走回他的身边，和他一起在梨树林、卷心菜和覆盆子丛中漫步。他们会解开彼此的心结。但要表现怎样的态度？又要说什么话呢？在他们的关系之中，蕴含着一份庄重，甚至会令丽莉、保罗和明塔背过身，掩饰自己的好奇和不安，开始采花、扔球、聊天。直到晚餐时间，夫妻俩才姗姗归来。他们一如往常，坐在餐桌两端：一个在这一头，一个在另一头。

"你们为什么没有人选修植物学呢？……你们有胳膊有腿的，为什么就没有一个人……？"于是，他们一如往常，在孩子们之间说说笑笑。一切照旧，只是空气中偶尔会飘过一阵颤流，就像一把刀刃在他们之间来回穿梭；在梨树林和卷心菜之间漫步一小时后，就连孩子们围坐在汤盘旁的家常景象，仿佛也会在他们的眼中焕然一新。丽莉心想，拉姆齐夫人一定会特别留意普鲁的一举一动。她坐在兄弟姐妹中间，总是忙得不可开交，似乎是为了确保不出任何差错，甚至为此几乎全程一言不发。普鲁一定在为牛奶里的那只地蜈蚣而愧疚自责！当拉姆齐先生把盘子扔出窗外时，她的脸色是多么煞白啊！在父母之间的那些漫长沉默中，她是多么的衰颓啊！不管怎么说，母亲现在似乎是在弥补她的失落，安慰她一切都好，向她保证：总有一天，她也会拥有同样的幸福。然而，这种幸福仅仅持续了不到一年的时光。

拉姆齐夫人将竹篮里的鲜花撒了一地。丽莉一边回忆，一边眯起眼睛，向后退了几步，好像是在观摩自己尚未落笔的画布；然而，她的所有感官早已迷离恍惚，肉体仿佛被冻僵了，而思绪却始终星驰电走。

她任由花儿从篮子里掉落，在草坪上散落翻滚。她不情不愿，犹豫不决，却又毫无质疑和埋怨，跟着他一起走了。她不是拥有唯命是从的性格吗？他们就这样深入田野，穿过山谷，白色的花朵铺满了小路——这就是她会在画中呈现的景象。山峦肃穆，岩石嶙峋，陡峭险峻。海浪嘶哑地拍打着脚下的石块。他们走了，三个人一起走了。拉姆齐夫人走在前面，健步如飞，仿佛期待着在街角遇见什么人似的。

突然之间，她凝望着的那扇窗户后面有什么东西发出了亮光，把玻璃照得一片雪白。终于，有人走进了客厅，有人坐在椅子上。天哪，她祈祷着，就让他们静静坐在那里，千万别一窝蜂地出门找她说话。谢天谢地，不管屋里有谁，都没有一个人走出来。不知是机缘还是巧合，石阶上突然出现了一个奇特的三角形身影，稍稍改变了整幅景象的构图。这很有意思，也许可以画进她的画中。她又恢复了兴致。她必须不停地观察，激烈的情绪一刻也不能松懈，坚定的决心容不得一丝妥协和蛊惑。她必须牢牢把握眼前的景象，不让任何东西贸然闯入和破坏整幅画面。她一边小心翼翼地将画笔蘸上一些颜料，一边沉思着。她并不想脱离日常的体验，只想简单地感受：那是一把椅子，这是一张桌子；但与此同时，她又想体验奇迹和陶醉。也许，这个两难的问题最终能有一个解答。啊，可到底发生了什么？窗玻璃上突然泛起了一片白色。一道白波从窗格玻璃上掠过。一定是屋里的穿堂风吹起了裙子的荷叶边。她的心扑通扑通狂跳，就像被什么东西紧紧擒住，遭受着巨大的折磨。

"拉姆齐夫人！拉姆齐夫人！"她呼唤着，再度感到那往昔的恐惧袭上心头——一再欲求却始终不可得。她还能继续承受这种痛苦吗？接着，她不动声色，仿佛在抑制自己的情绪，将其转化为日常体验的一部分，就像感受那把椅子、那张桌子一样。拉姆齐夫人——她的形象已然成为她心中至善至臻的化身——只是静静地坐在椅子上，来回轻摆着手中的针棒，编织着那双红棕色的长袜，独留她的身影投射在台阶上。她就坐在那儿。

丽莉似乎有什么话要找人倾诉，但又在画架前挪不开脚步，满脑子都是她的所思所见。于是，她拿着画笔，走过卡迈克尔先生的身边，一路来到草坪的尽头。船现在驶到哪了？拉姆齐先生人在何方？她想见到他。

第十二章

拉姆齐先生快要将那本书读完了。只见他一只手悬在书页上，好像随时准备翻到下一页似的。他坐在船上，没戴帽子，任凭海风吹乱头发，彻底暴露在阳光之下，看起来格外苍老。詹姆斯时而侧目望向那座灯塔，时而低头观看那奔向广阔海域的滚滚水流，在心里感叹道：他看起来就像一块瘫在沙滩上的老礁石。这一形象化身为某种一直潜藏在父子心灵深处的感触——孤独。在他们的心里，孤独乃是万事万物的真谛。

他读得很快，好像急着要翻到结尾似的。不过，他们目前的确离灯塔非常近了。灯塔赫然耸现在眼前，光秃而笔挺，黑白分明。他们可以观赏海浪拍打礁石，飞溅出一波波玻璃碴般的白色碎片，可以辨清一块块礁石的线条和纹理，可以细细观察塔楼的一扇扇窗户。其中一扇糊着一小块白纸，礁石上生长着一小撮青草。一个男人走出灯塔，拿出望远镜看了看他们，又走了回去。詹姆斯心想，原来这就是自己这么多年隔着海湾相望的那座灯塔。一座光秃秃的灯塔，矗立在赤裸裸的岩块上。他现在心满意足，证实了那种模糊的情绪存在于自己的性情之中。他想起家中的花园，想象着那群老妇人拖着椅子在草坪上走来走去的情景。比如，贝克威斯老太太总是说这多么美好啊，这多么甜蜜啊，大家应该感到骄傲，应该感到幸福。但实际上，詹姆斯望着这座矗立在岩石上的灯塔，心中却是另一番滋味。他看着他的父亲紧蜷双腿，争分夺秒地读着书。父子俩拥有相同的感触。"我们迎着暴风行驶——我们注定沉没。"他压低声音，自言自语地说着，几乎跟他父亲的腔调如出一辙。

似乎很久都没有人开口说话了。卡姆厌倦了看海。一块块零碎的黑色软木漂流而过；船肚里的鱼早已死光了。她的父亲仍然手不释卷。詹姆斯看着他，她也看着他，他们曾宣誓要为反抗暴政而战斗至死，而他埋头读着书，对他们的心思一无所知。这正是他临阵脱逃的手段，她想到，没错，他凭借他的大额头和大鼻子，把那本封面斑驳的小书牢牢地举在面前，成功脱逃了。他们可能想对他发动攻势，但他就像一只鸟儿一样，展开翅膀，飞向了他们再也够不着的遥远天际，最后栖息在一根荒芜的树桩上。她凝望着浩瀚无垠的海洋。这片岛屿看起来越变越小，几乎不再像一片叶子的轮廓了，更像是礁石的一角露出了海面，稍大一些的波浪似乎就能将其淹没。然而，那些小径、露台、卧室——所有这些数不清的事物——都蕴藏在这孱弱渺小之中。不过，就像在即将入眠之际，万事万物都会返璞归真，其中只有一个细节能从万千细节中脱颖而出，彰显自身的力量。她睡眼蒙眬地望着小岛，感觉所有那些小径、露台、卧室都在逐渐消退，脑海中只剩下一个淡蓝色的香炉，有节奏地左摇右晃着，就像一个空中花园；就像一个山谷，到处都是鸟儿、花儿和羚羊……她昏昏欲睡。

"到了。"拉姆齐先生突然合上书说道。

到哪了？踏上什么非同寻常的探险？她猛地惊醒过来。是要到哪里登陆，还是上哪里攀登？他要把他们带到哪里去？在长时间的沉默后，他冷不丁的开口吓到了他们。但他的话莫名其妙。他饿了，他补充道，午餐时间到了。再说，你们瞧，他继续说："灯塔就在那。我们快到了。""他干得很好，"老麦卡利斯特向他称赞詹姆斯："他能稳稳地掌舵。"

可父亲从来没有表扬过他，詹姆斯冷峻地思忖着。

拉姆齐先生打开包裹，将三明治分给他们。他现在兴高采烈，和两个渔夫一起吃着面包和奶酪。詹姆斯看着他用小刀把奶酪切成一张张黄色的薄片，心想：他肯定想住进一间小木屋，和别的老头们一起，一边在港口闲逛，一边唾沫星子横飞地侃侃而谈。

卡姆剥着煮熟的鸡蛋，在心里体会着：这就对了，就是这样。她感到自己仿佛置身于书房之中，而房内的那些老人都在翻阅着《泰晤士报》。她想：我现在可以继续随心所欲地思考，我既不会坠落悬崖，也不会葬身大海，因为有他在那里关注着我。

与此同时，一行人正飞快地驶过一块又一块礁石。大家群情激昂——似乎每个人都在一心二用；他们既能在太阳下吃着午饭，也能在海难之后的暴风雨中奔赴安全地带。水够喝吗？干粮够吃吗？她通过追问自己的方式，为自己编造一个故事；但她同时也清楚真实的情况是什么。

拉姆齐先生对老麦卡利斯特说，我们很快就会与世长辞，子女们将来或许还会看到一些光怪陆离的新事物。老麦卡利斯特回应道，他去年三月就已经年满七十五岁了；拉姆齐先生现在七十一岁。老麦卡利斯特说他从来没看过医生，一颗牙也没掉过。卡姆确信她父亲正在展望：这就是我希望我的孩子们能够拥有的生活，因为当她要把没吃完的三明治扔进海里时，他立刻阻止了她，还告诉她如果吃不完就收回包裹里，仿佛他正在设想渔夫们是如何过活的。你不应该浪费食物，他说得是那么睿智，好像他对世界上发生的所有事情都了如指掌。于是，她立刻把三明治乖乖放回包裹里。接着，他从自己的包裹里掏出了一块姜饼，给了她。他正在饰演一位高雅的西班牙绅士，她想，将一朵花献给窗边的一位女士（他的举手投足是那么彬彬有礼）。尽管他的衣衫破旧不堪，吃着朴实无华的面包和奶酪，但他正带领着他们进行一次伟大的远征。在她的故事里，他们最终将会葬身海底。

"这就是那艘船沉下去的地方。"麦卡利斯特的儿子突然说道。

那位老人接着补充道，有三个人就在我们这个位置淹死了。他当时亲眼望见他们紧紧抓着桅杆不撒手。拉姆齐先生朝那个方位看了看，詹姆斯和卡姆在一旁心惊胆战，害怕他会放声吟诵：

　　但是，我曾卷入更加汹涌的浪涛

要是他真这么干了，他们可受不了，他们会惊声尖叫，他们再也不堪忍受他体内那股沸腾的激情再次爆发。但出乎他们意料的是，他只是"唉"了一声，好像在心中自言自语：有必要大惊小怪吗？有人在风暴中溺亡，是再正常不过的事情了；海的深处（他把三明治纸上的面包屑撒在海面上）毕竟也不过是水。然后，他点燃烟斗，掏出怀表，细细观摩着，或许是在做一些算数。最后，他得意扬扬地称赞道：

"干得好！"詹姆斯像个天生的水手一样掌着舵。

听呐！卡姆在心里默默地对詹姆斯说道，你终于得到父亲的表扬了。她知道，这正是詹姆斯一直渴求的；她还知道，现在他得到了；他的内心是那么欣喜，根本不想看向她，也不想看向父亲，更不想看向其他人。他坐在那里，手握着舵柄，笔直地端坐着，看上去有些闷闷不乐，微微皱起眉头。但他早在心里乐开了花，甚至不打算和其他人共享自己一丝一毫的快乐。父亲表扬了他。大家一定会以为他对此无动于衷，卡姆心想，但是你现在终于得偿所愿了吧。

他们已经调转航向，欢快地漂游在波澜起伏、延绵不绝的长波中。在暗礁区，浪潮带着一种非凡的韵律和欣喜，将他们从一个波峰交付给另一个波峰。在左边，海面之下的一排岩石透出褐色的光彩，眼前的海水变得愈发浅薄，也愈发碧绿。海浪不停地撞击着一块高耸的岩石，溅出一串串小水柱，接着形成一阵阵暴雨，倾泻而下。海水的拍打声，水珠坠落的滴答声，还有波浪翻滚、跳跃、扑打岩石时的沙沙咝咝声，在耳边萦绕，仿佛有一群无拘无束的野兽正在翻腾蹦跳，嬉戏玩耍，永远也不知疲倦。

此时此刻，一行人看见灯塔上有两个人，正望着他们，看起来已经做好了迎接的准备。

拉姆齐先生扣上了大衣，卷起了裤腿。那个南希准备的牛皮纸大包裹，现在已经松松垮垮了，于是他提了起来，放在膝盖上。他就这样坐在那里，回头望着那座小岛，做好了充分的登岸准备。也许，他凭借自己的老花眼，清楚地瞧见那叶片的轮廓立在金盘子上，正逐渐枯萎萎缩。他看见了什么？卡姆想知道。她随着他的目光望去，却只能看见一片模糊。他现在在想什么？她想知道。他看起来目不转睛，全神贯注，悄无声息，他究竟在寻觅什么？姐弟俩都望着他：他坐在那里，没戴帽子，膝盖上放着包裹，眼睛一眨不眨地凝望着那纤细缥缈的蓝色轮廓，仿佛有什么东西在燃烧殆尽后升起了一团烟雾。他们俩都想问：你想要什么？他们都想说：随便问我们要什么，我们都会给你。但他什么都没有问他们要。他只是坐着，盯着那个小岛。他兴许在想：我们消亡了，各自孤独地消亡了；他或者在想：我抵达了，我找到了。但他一言未发。

然后，他戴上了帽子。

"别忘了带上那些包裹。"他一边嘱咐着，一边对着南希为他们打包好准备带去灯塔的东西点了点头。"这些是给灯塔看守员们的物资。"他继续说道，接着站起身，伫立在船头。詹姆斯看着父亲魁梧伟岸的形象，心想：他仿佛俨然在宣告"上帝并不存在"似的。而卡姆看着父亲就像个年轻人，从小船轻快地跳到岩石上，心里想：他仿佛正纵身跳进太空。姐弟俩也立刻起身，紧随其后。

第十三章

"他一定已经抵达了。"丽莉·布瑞斯珂大声说道，突然感到一阵身心俱疲。灯塔隐没在一片蓝色的雾霭中，几乎不可见了。她越是努力看清灯塔，就越会费力想象他登岸的场景，仿佛这两件事似乎要花费同一种气力，将她的身心都透支到了极限。唉，不过她松了一口气。那天清晨，在他离开她出发之际，无论她曾想给予他什么，最终还是都给了他。

"他已经登岸了，"她大声说道："圆满结束了。"卡迈克尔老先生猛地站起身，站在她身边，轻轻喘着粗气，看上去像一位衰老的异教神灵，头发蓬松散乱，里面还夹杂着绿草，手持一把三叉戟（其实只不过是一本法国小说）。他同她并肩伫立在草坪的尽头，微微摇晃着肥硕的身子，用手半遮着眼睛说道："他们这会儿肯定已经登岸了。"他的这句话让她感觉自己的判断是正确的。他们不再需要交流了。他们从始至终都在琢磨同一件事，而他甚至没有等她开口，就直接回答了她的问题。他站在那里，仿佛正在向人类所有的脆弱和苦难伸出双手；她猜他在以宽容和慈悲的态度，审视他们的最终命运。随着他的手缓缓落下，她仿佛目睹了他让一个由紫罗兰和水

315

仙编织的花环从高远的天空下落,在半空中翩翩飘落,最后铺散在大地上。她想,他正在为这圆满的一幕锦上添花。

  身后仿佛有什么东西在召唤她似的,她匆忙转身。就在眼前——她的画。是的,画布上所有的绿色和蓝色,纵横交错的线条,试图描绘的主题……这幅画只配挂在阁楼上,她想,这幅画最终会被销毁。但那又有什么关系呢?她一边自问着,一边再次拿起画笔。她望向石阶,仍然空空荡荡;她又看回自己的画,眼前一片朦胧。突然之间,一股强烈的悸动贯穿全身,她仿佛一瞬间看清楚了,在画中央落下了一笔线条。画好了;完成了。她在精疲力竭中,放下了手中的画笔,在心里说道:是的,我终究画出了我心中的景象。

译后记

汪畅[1]

六个月的翻译时光在今天画上了句号。很荣幸,能成为伍尔夫的众译者之一。回首整个漫长的历程,宛如一场意识流的奥德赛。

翻译之初,我像往常一样,在社交账号上同步一些翻译近况。但出乎我意料的是,断断续续发布的有关《到灯塔去》的十篇帖子,竟然得到了十多万人的浏览。众多素昧平生的读者朋友送来的鼓励,为我每一个翻译的日日夜夜加了一把油。我不禁感慨万千:文学的生命力仍旧欣欣向荣,伍尔夫的个人魅力经久不衰……

我想,万千读者的积极反馈,也能从侧面回答几位朋友问我的一个问题:

"为什么早有译本的文学作品还要被再三翻译呢?"

我当时给出的回答是:

"有很多非常经典的文学作品具有超时代性,不仅超越了作者所属的时代,更超越了老一辈译者的时代,所以新时代格外需要新时代的译者重新诠释名著,'常翻常新'这一说也是这么来的。"

毋庸置疑,《到灯塔去》必然属于经典文学之列。

翻译意识流作品的难点几乎和创作是一致的,那些直接和间接的内心独白、自由联想、象征手法、蒙太奇和多视角的同时描述,穿插于整部小说之中,彻底打破了读者熟悉的线性叙事。梦境般的

---

[1] 汪畅,青年译者,文字共和国热心市民,利兹大学英语文学硕士,热爱文学、艺术与精神分析,立志成为一个"译著等身"(译作和身高一般高)的人。目前已翻译《局外人》《重燃文学之火》《表现主义》《一个作家的午后》《总有好书店》等 20 余本译作。

幻想和突然闪现的记忆不断侵入角色们的现实，在翻译和阅读的过程中就像戴上了一副隐形的VR眼镜，观赏着一出"虚拟现实"版本的内心大戏。

因此，翻译伍尔夫这种意识流作品，几乎不可能一气呵成，必然伴随着摸爬滚打和磕磕绊绊。在很多个日子里，我从早上一直伏案到深夜，结果在关机睡觉前统计翻译的字数——只有少得可怜的八百字，而我平时的效率起码是每日三千字。好在编辑老师给足了我翻译和打磨的时间，最终顺利译完了这部作品。

译者真的是一个很神奇的职业：既是译者，又是作者，还需要扮演好作者笔下的每一位角色。更重要的是，译者自始至终也是一位读者。这种多位一体的身份感，在翻译意识流作品的过程中，变得更为突出，犹如一位观众坐在观众席，目睹着台上的自己一人自编自导自演多个角色。

伍尔夫在叙事的过程中，会不断切换主体，甚至在一句话中同时出现多个人物的视角，而其布景则又是一幅幅流动着的蒙太奇印象。我跟随着她的文笔，沉浸在每一个人物的心理活动和发散式思维之中，努力用自己的母语还原他们的喜怒哀乐，既要在意识的洪流和涓流中随波漂流，又要时刻提醒自己抓住岸边的草根——那不断闪现的单一画面是角色们心灵深处的创伤，那寓情于景的绵密想象是他们渴望生活在别处的心愿。这些又何尝不是伍尔夫本人的生活观察和切身体验呢？

伍尔夫的作品以人物自身的感官细节作为宏大思想的载体，她告诉我们：专注于内在的细微感受，可以帮助我们理解自我与他人；而伟大的思想与生活的琐碎并不冲突。

而最后，作为这一版本的译者，我还要回应这个崭新的女性主义时代诞生的读者疑问：

"作为男译者，你为什么能翻译被大家归类为女性主义的伍尔夫?"

答案就在伍尔夫自己身上。

伍尔夫的超时代性不只在于写作手法上的突破,更在于她是个突破了二元对立的性别观念的人。"伟大的灵魂都是雌雄同体",伍尔夫在《一间自己的房间》中引用的柯尔律治的这句话正是对自身性别观的高度概括。她领时代之先,在精神层面实现了某种"超性别化",即思考万事万物不会条件反射式地以男女的生理性别为第一出发点。她也曾说过:"任何一位作家,总想着自己的性别,都是致命的。"因为"我们有根,但我们流动"。

以上是我的回答,是为记。

2024年11月于安徽省六安市

Mrs. Dalloway

达洛维夫人

唐男 译

序：人造鲜花

角恩

在没有很久的以前，在"她"出生的那片土地，她15岁开始物色对象，17岁走向各种社交场所推销自己，18岁结婚，21岁带着几个孩子，此后的日子就一直在家中当家庭主妇。如果丈夫出轨，她就忍受，因为她没有钱，也没有自己的社会资源。这就是她的一生。她这一辈子就生活在这几行字中。生活在女儿、未婚妻、主妇、母亲这几个词里。

你如果问她自己的生活有什么意义，她就只能沉默。而如果你再去追问她是否知道自己是谁，那么她的脸上就会浮现出一种惶恐。在一开始听到这个问题时，她就像被蜜蜂蜇了一下，她的目光会闪躲，会突然说出很多很多的话，但其中没有任何一句真正回答了你的问题。

这个问题对她而言不是一种解脱，而是一个痛苦的起点。会让她回想起自己是怎么从一个潇洒飘逸的少女，一步一步变成今天这个失去灵魂的主妇。她不能思考这个问题，因为思考就等于承认自己的一生都是一个错误，思考就等于否定自己在麻木下创造的一切。时间已经把伤口融进了血液，她的身上戴着镣铐，再也不能否定自己的生活。

她也曾独立坚强，渴望着掌握自己的命运。年轻的时候，很多人都反抗过。她们有的在订婚的晚宴上大哭一场；有的干脆离家出走，去别的地方生活。可是社会的残酷现实却把她们的挣扎当作滑稽的戏剧。它静静地站在一旁，看着这些企图反抗的孩子因自己的性别找不到工作，看着那个在饭店大哭大闹的少女被长辈反锁在家里，看着那场除了新娘所有人都满意的婚礼。它一边嘲笑着她们的努力，一边把哭泣的她们抓到了自己的工厂里。从这个名叫"传统"的工厂出来后，所有的少女都变了样。她们忘记了自己曾经的模样，转而把侍奉家庭当成了世界上唯一有价值的东西。

这样的规训延续千年，直到 20 世纪初一群作家的出现。

她们会为她而悲伤，为她而哭泣。因此，她必须战斗，进行一次完完全全的洗礼。而这洗礼的伊始，正是这本《达洛维夫人》。如同伍尔夫在她书中写的那样，达洛维夫人厌倦了自己现在的生活。

所以那天早上，达洛维夫人决定自己去买花。

达洛维夫人说她会亲自去买花。

因为露西有她分内的事要做。那几扇门上的铰链要拆下来,朗珀梅尔甜品店[1]的员工一会儿也该到了。况且,此刻晨光乍露,让克拉丽莎·达洛维夫人心中一动——太清新了,简直像为海滩上天真无邪的孩子们准备的。

真开心啊!真痛快啊!这种感觉,还有开门时那一声轻轻的"吱呀",勾起了克拉丽莎住在博尔顿[2]乡下时的往事。那时,在一样的"吱呀"声中,她一把推开法式落地窗,扑进户外的瞬间,好像都是这种感觉。博尔顿的清晨,空气那么新鲜,那么宁静,显然比这儿的还要安谧,如海浪轻拍,如浪花亲吻,清凉、凛冽中还透着十八岁少女眼里的庄严。当时她就站在敞开的窗前,真切地预感到有什么糟糕的事情要发生。她看着花儿,看着迷雾缭绕的树林,白嘴鸦从树上飞起又落下;她站着,凝望着,直到彼得·沃尔什说:"又在菜园子里沉思呢?"——他是说了这么一句吧?——"比起花椰菜来,我更喜欢人。"——还有这句吧?他一定在某天早餐时说过这句话,当时她已经从房间里走到露台上了。彼得·沃尔什,他要从印度回来了,就在这些天吧。六月还是七月呢,克拉丽莎记

---

1 朗珀梅尔甜品店(Rumpelmayer's)是一战前后英国伦敦上流社会人士最钟爱的下午茶场所,提供各种高档点心、饮品。最初开在德国温泉度假小镇巴登巴登(Baden-Baden),随后在欧美各国流行开来。——译者注(后文若无特殊说明,均为译者注)
2 博尔顿(Bourton)是英国西南部自然美景区科兹沃尔德(Cotswolds)的一个小镇,与附近的众多小镇一起构成了英国的最美乡村,也是当时颇受贵族青睐的消夏胜地。

不清了，因为他的信写得实在乏味。倒是他说的那些话能让人记住，还有他的眼睛、他的折叠刀、他的笑、他的臭脾气。多奇怪啊！那么多往事已然忘得干干净净，这几句聊花椰菜的话却留在了记忆里。

克拉丽莎·达洛维夫人在马路边微微挺直了身体，等着杜特纳尔公司的货车驶过。她真是个迷人的女人，斯科洛普·珀维斯心想。他了解达洛维夫人，因为在伦敦的威斯敏斯特区[1]，大家都相当了解住在隔壁的邻居。达洛维夫人身上有一种鸟儿的气质，像那种蓝绿色的松鸦，轻盈而欢快。尽管她已经年过五十，而且，生过一场病后头发白了许多，却依然给人这种感觉。她并没有看到斯科洛普·珀维斯，只是像鸟儿般轻盈地站在那里等着过马路，身姿挺拔。

在威斯敏斯特区住得久了——到现在有多少年了呢？二十多年了吧——克拉丽莎很肯定，在大本钟敲响之前，即使身边车水马龙，或者夜半醒来，她都能感受到一种特别的安静，或者说肃穆。那是一种难以形容的停滞，心都有点悬了起来（不过他们说，这可能是流感导致的心脏问题）。听！钟声轰然大作。先是一段音乐提醒，悦耳动听，接着开始报时，一成不变，低沉的、回旋的钟声在空中弥漫开来。我们真傻，走过维多利亚大街[2]的时候，克拉丽莎想，因为只有天知道，人怎么会如此热爱生活，以这样、那样的方式看待生活，构想生活的样子，辛辛苦苦地打造了自己的生活，转而又推翻，好让每时每刻都生出新鲜感来。即使最邋遢的女人和坐在台阶上最落魄、满腹牢骚的流浪汉（甘心喝着自己堕落的苦酒）也同样如此。她很肯定，就算议会的立法都解决不了这些人的问题，

---

1 威斯敏斯特区即现在的威斯敏斯特自治市，又称西敏市，曾是英国伦敦市中心的一个著名行政区，也是英国的政治、商业和文化中心之一，拥有众多著名地标，如议会大厦、大本钟、白金汉宫等，以及多个顶级富人区。考虑到本书的写作年代，沿用了旧称。
2 维多利亚大街是伦敦威斯敏斯特区的一条繁华街道，多个政府机构的所在地。

原因恰恰在于：他们热爱生活。在人们眼里，在轻松舞动的、沉重前行的、艰难跋涉着的脚步里，在怒吼和喧嚣里，在往来穿梭、摇来晃去的马车、汽车、公共汽车、货车和身穿广告服的人群里，在铜管乐队、手风琴的乐声里，在胜利的狂欢里，在广播的短歌里，在头顶上掠过的飞机怪异、高亢的轰鸣里，藏着她的热爱：生活，伦敦，还有六月的此时此刻。

此时已是六月中旬。战争早已结束，但对福克斯克罗夫特夫人这类丧亲的人来说，痛苦依然持续着。昨晚她还在大使馆里肝肠寸断，因为儿子的阵亡，也因为古老的庄园现在一定要归侄子所有了；还有贝克斯伯勒夫人，她主持了一场义卖的开幕式，据说，宣布开幕时手中还握着爱子约翰战死时的电报。不过，战争终究结束了，感谢上帝——结束了。现在是六月，国王和王后都安居王宫里。尽管天色尚早，罗德板球场、阿斯科特赛马场、拉内拉赫马球场和所有此类娱乐场所，都已到处是赛马撒欢的阵阵蹄声、练习板球的叩击声。这些建筑被笼罩在清晨那张轻柔的、蓝灰色的雾织就的网里。随着天色大亮，网弥散开来，赛马欢蹦乱跳地出现在草坪上、马场里，前蹄刚踏上地面，又猛然跃起；还有脚步生风的年轻小伙儿和身着薄纱裙、欢声笑语的姑娘们。她们跳了一夜的舞，现在居然还能带着打扮得怪可笑的、毛茸茸的小狗跑来跑去。在这样一个清晨，就连严谨刻板的贵族老寡妇们也坐上汽车，飞驰着办自己的神秘事务去了。店主们在橱窗里忙碌着，拿出一枚枚或人造或天然的宝石美钻，还把古色古香的海绿色胸针安放在18世纪风格的底座上，来吸引美国人。（不过，她一定要节俭些，不能随便给女儿伊丽莎白买这些东西。）其实，克拉丽莎对珠宝同样怀有一种荒唐而忠诚的热爱，她属于这种珠光宝气的生活——克拉丽莎的某些先祖曾经是乔治王朝的宫廷侍臣，而她自己，今晚也会精力充沛、光彩照人地好好举办一场宴会。不过，真奇怪，一走进公园就踏入了一片寂静，薄雾迷离，虫儿轻唱，鸭子快乐地、慢悠悠地游来游去，脖子上长着囊袋的鸟儿四处溜达。有人从政府大楼的方向走过来了，手中十分得体地拎着一个印有皇家徽章的公文箱，这不是休·怀特布莱德嘛，是她的老朋友休——那个大家交口称赞的休！

"早上好，克拉丽莎！"休相当亲热地打了个招呼——他和克拉丽莎是从小玩到大的朋友，"你去哪儿啊？"

"我喜欢在伦敦的街头走走，"克拉丽莎·达洛维夫人回答，"比在乡下逛舒服多了。"

休·怀特布莱德一家刚来伦敦，可惜是来看病的。别人来城里都会看看电影、听听歌剧、带女儿们见见世面，可他们得去"看医生"。克拉丽莎不知到疗养院看望过伊芙琳·怀特布莱德夫人多少次了。是伊芙琳又生病了吧？休回答说，伊芙琳经常这儿、那儿不舒服。他努努嘴，又挺挺身子，暗示夫人得的是某种内科小毛病，其实没什么大碍。休在王宫里做些轻松事务，可能是职位使然，总是穿得分外讲究：着装极其精致，男子气概十足，潇洒帅气，连衣饰都堪称完美。作为老朋友，克拉丽莎·达洛维相当心领神会，不会刨根问底的。是啊，当然，伊芙琳身体一直不好，真麻烦哪。说到这里，她突然像个小妹妹一样，莫名其妙地在意起自己的帽子来。大清早戴这么一顶帽子是不是不太合适呢？不过，休信誓旦旦地称赞克拉丽莎还美得像个十八岁少女，而且，他当然会参加克拉丽莎的宴会，伊芙琳也绝对会坚持让他去的。可他得先带吉姆的某个儿子参加王宫的宴会，所以会稍微晚一点。休很夸张地抬了抬帽子，匆匆上路了。在休面前，克拉丽莎总会觉得自己有什么地方不够完美，有一种女学生般的情愫。克拉丽莎爱慕着休，一部分原因是她一直懂他，另一方面，她也确实觉得休风度翩翩，非常出色。可理查德·达洛维几乎被休气得发疯，还有彼得·沃尔什，为了她喜欢休这件事，直到现在都没有原谅她。

克拉丽莎还记得在博尔顿时彼得妒火中烧的一幕幕情景。当然，休在哪方面都比不上彼得，但也不像彼得说得那么无能，只配当个理发师练手的模型。休的老母亲想让他放弃打猎，或让他带自己去巴斯市[1]的时候，休会马上照做，一句怨言都没有。休真的很无私。至于彼得攻击休的那些话——不讲情面啊，没头脑啊，除了英国绅士的举止和教养一无是处啊——不过是她亲爱的彼得嫉妒得口不择言罢了。彼得可能有些不可理喻，有时候让人忍无可忍，但在这样一个美丽的早晨，和他一起散散步还是很美好的。

（当年六月，绿树成荫。皮姆利科街区[2]的母亲们在给自己的小宝宝喂奶。舰队街[3]不断地传送消息到海军部。阿灵顿大街[4]和皮卡迪利大街[5]上热闹极了，似乎把公园里的空气都感染得热烈起来，翻滚着美妙的、生机勃勃的浪潮，连大树的叶子都蓬勃、灿烂地向上飞扬着。克拉丽莎爱这种感觉。还有跳舞、骑马，她喜欢热情奔放的一切。）

克拉丽莎和彼得似乎已经分手了几百年。她一封信都没给彼得写过，彼得写来的信也都索然无味。不过，一个念头突然出现在克拉丽莎的脑海里：此时此刻，如果彼得和自己在一起，他会说些什么呢？一些过往的岁月和情景闪现，将彼得带入了她的思绪，心情却波澜不惊，完全没有了往日的怨愤——这也许是她关爱身边的人

---

[1] 巴斯市是英国英格兰西南部的一个小城，温泉资源、历史遗迹丰富。
[2] 皮姆利科街区是伦敦市中心的一个居民区，当时的居民多为中产阶级。位置邻近国会，政治活动比较活跃。
[3] 舰队街是伦敦市中心的一条街道，因临近的舰队河得名，曾是各大全国性报社的所在地。
[4] 阿灵顿大街是伦敦威斯敏斯特区的一条繁华街道，汇聚了众多高端品牌店、精品店、时尚服饰店以及各类餐饮娱乐场所。
[5] 皮卡迪利大街是伦敦威斯敏斯特区著名的购物、娱乐中心，四周商场、餐馆、影院、剧院林立，连接了多个重要地标和景点。

得到的馈赠吧。克拉丽莎回忆起一个美好的早晨,她和彼得走回圣詹姆斯公园[1]的中心广场——肯定有这回事。彼得这个人哪,不管天气多么美好,树木和草地多么宁静,那个穿粉红衣服的小女孩多么可爱,他完全视而不见。只有克拉丽莎指给他看的时候,他才会戴上眼镜,扫上两眼。他感兴趣的是世界局势、德国歌剧作家瓦格纳的新作、英国诗人蒲柏的诗歌、不朽的人性,还有克拉丽莎本人"灵魂上的缺陷"。彼得指责起她来一点情面都不会留!他俩吵得那么凶。彼得说克拉丽莎就想嫁给首相,站在高高的楼梯顶端,做一位完美的女主人。他称呼克拉丽莎"完美的女主人",把她气得跑回卧室里哭了。彼得还说,她身上具备做"完美的女主人"所需要的一切。

因此,克拉丽莎发现,每次走进圣詹姆斯公园,她依然会为自己辩解,想得出一个结论——她不嫁给彼得是对的。她一定不能嫁给彼得,因为在婚姻中,两个人日复一日地生活在同一幢房子里,必须给彼此一点自由、一点独立的空间。理查德做到了,她自己也是这么做的。(比如,今天早上理查德去哪儿了?应该是某个委员会吧,她从来不会过问的。)但和彼得在一起的时候,一切都得分享,每件事都得说得明明白白。这一点让她无法忍受,于是就有了喷泉边的小花园里的那一幕——她必须和他分手,否则他俩就毁了,两个人都得崩溃,对这一点她深信不疑。尽管这么多年来,分手的悲伤和痛楚如利箭在心,她一直忍受着。后来在听一场音乐会的时候,有人告诉她,彼得娶了一个在去印度的船上认识的女人。那一刻,她无比震惊!她永远都忘不了这些往事!彼得责备她冷淡、无情、太过保守,而她永远都不明白彼得怎么会那么在乎这些东西。但那

---

[1] 圣詹姆斯公园是伦敦威斯敏斯特区的一个历史悠久、风景如画的皇家园林,紧邻白金汉宫,最初是国王亨利八世的猎鹿苑。

些印度女人能投他所好——傻里傻气、漂亮又轻浮的姑娘们。她在浪费自己的怜悯了，因为彼得过得很幸福。他很肯定地告诉过克拉丽莎，自己非常幸福，尽管他俩谈论过的事情他连一件都没有做成。他的整个生活就是一场失败。这一点仍然让她觉得生气。

克拉丽莎走到了公园门口，在那里站了一会儿，看着皮卡迪利大街上往来不绝的公共汽车。

现在，她不会再说世界上任何一个人如何如何。她觉得自己还非常年轻，同时又说不出的苍老。她像一把刀子剖析着生活中的一切，却又从生活之外远远地观望着。面前那一片出租车给她一种感觉，就是抽离、抽离，一直抽离到遥远的海上，孤零零的一个人。她总有一种感觉，哪怕只活一天都非常，非常危险。她并不自认为聪明，也不觉得自己有多出类拔萃。她不知道自己是怎么靠着丹尼尔斯小姐教的那点知识生活到现在的。她什么都不懂：不懂语言，也不懂历史。现在，除了睡前读读《回忆录》，别的书她几乎一本都不看。不过，对她来说，生活中的一切又绝对是令人神往的。所有的一切，包括来来往往的出租车。而且，她不会再评论彼得，也不会再这般那般地评论自己了。

自己唯一的天赋是几乎凭直觉就能读懂别人，克拉丽莎心中想着，继续向前走去。如果把她和某个人放在同一个房间里，她会像只猫咪一样，或者紧张地弓起了背，或者亲昵地打起了呼噜。德文郡府邸、巴斯府邸，还有那幢装饰着陶瓷鹦鹉的府邸，克拉丽莎都见识过举行宴会时整栋楼灯火辉煌的样子。她想起西尔维娅、弗雷德、萨莉·西顿——那么多人，跳了一个通宵的舞；想起沉重的货车摇摇晃晃地驶过市场；想起他们几个人坐着马车穿过公园回家；想起曾经把一先令硬币投到公园的蛇形河里祈福。这样的场面大家都会记得吧。她爱的正是这样的生活，此时、此刻、眼前的一切，包括坐在出租车里的那位胖胖的女士。那么，她热爱生活有意义吗？走向邦德街[1]的时候，克拉丽莎问自己，既然生命注定会不可避免地终结，没有她，生活中的一切也会继续下去，那么，她对生活的热爱有意义吗？对此，她是会心生怨恨，还是因为相信死亡是绝对的终结而心生安慰呢？不过，不管怎么说，在伦敦的街道上，在万事万物的此消彼长中，在此地，在远方，她活着，彼得也活着，活在彼此的生命里。她相信，自己是老家那片树林的一部分，是那幢不怎么漂亮的、规划得有些凌乱，这儿一块、那儿一块的房子的一部分，也是素未谋面的祖先的一部分。她像薄雾一样弥漫在她最熟悉的人们之间，任凭他们用家族的枝干把自己托举起来，一如曾经看到大树用枝干托举着薄雾一样。她的生命，还有她自己，会像那薄雾一样漫延到极远的地方。不过，此时，凝视着哈查兹书店[2]的橱窗，她的思绪又将飘向何方？她又想找回哪些记忆呢？当她翻开书，读出下面的诗句时，乡下又正是怎样的东方泛白的黎明景象呢？

> 不再畏惧炎夏太阳的淫威，
> 寒冬风暴的肆虐。[3]

这个世界上的男男女女，历经世事，老来都已在心中积了一口盛满眼泪的苦井，并用泪水和悲伤、勇气和忍耐，铸就了一种完美的正直和坚忍。比如，想想她最敬重的那位女士吧——那位主持义

---

[1] 邦德街是伦敦威斯敏斯特区一条著名的购物街，南起皮卡迪利大街，北至牛津街，贯穿伦敦的心脏地带，以高端的品牌、浓厚的文化氛围和独特的建筑风格闻名。
[2] 哈查兹书店是英国伦敦一家历史悠久且极具贵族气息的书店，长期为英国皇室提供书籍。历史上许多著名人物，如诗人乔治·戈登·拜伦、文豪奥斯卡·王尔德等都是哈查兹书店的常客。
[3] 这是莎士比亚戏剧《辛白林》中一首关于死亡的诗歌中的两句。整首诗描写死亡及死后世界的平和、无忧。

卖开幕式的贝克斯伯勒夫人。

  书店的橱窗里陈列着以乔罗克斯为主人公的《郊游与欢乐》和《肥皂海绵》，还有阿斯奎斯夫人著的《回忆录》和《尼日利亚狩猎记》，全都翻开着。店里有那么多书，却好像哪一本都不是非常适合带去疗养院，送给伊芙琳·怀特布莱德品读。这样的话，走进疗养院的时候，克拉丽莎手上没有任何东西能取悦伊芙琳，能在两个人坐下，没完没了地聊起女性的各种小病痛之前，让那个干瘪得难以形容的小女人脸上露出哪怕一瞬间由衷的喜悦来。克拉丽莎多渴望那个情景啊——看到人们在她进门的时候面露喜色。克拉丽莎想着，转身朝邦德街走了回去。她心中有些烦怒，因为自己做什么事居然还需要事情之外的理由，这一点挺傻的。她宁愿自己是丈夫理查德那种类型的人——他们做事情只考虑事情本身。可她不一样，克拉丽莎等着过马路的时候想，有一半的时间，她做事情并不单纯，不止考虑事情本身，还要做到让人们这样想或那样想。这种做法真是傻透了，她自己知道（现在警察举手示意可以通行了），因为从来没有人领会过她的苦心，一秒钟都没有。啊，如果她的人生能够重来一次该多好！克拉丽莎心中想着，走到了人行道上，那样，她可能会过一种完全不同的生活！

  首先，她要有贝克斯伯勒夫人那种深一点的肤色，像起皱的皮革般的肌肤纹理和那双美丽的眼睛。她还要像贝克斯伯勒夫人一样举止从容，气宇不凡，身材那么高大，像男人一样对政治感兴趣。她要住在一幢乡间别墅里，举止非常庄重，待人非常诚恳。现实中的克拉丽莎正好与此相反。她身材纤细，跟豌豆杆似的，脸庞小巧得可笑，还有点鹰钩鼻，像鸟儿的喙。不过，克拉丽莎把自己的形象维持得很好，这是真的，连手和脚都很精致。她衣着得体，并不需要花费多少心思。不过现在，她依附的这具躯体（克拉丽莎在一幅荷兰画前停下脚步，欣赏起来），这具躯体，以及这具躯体承载的所有身份，似乎跟自己并没有关系——一点关系都没有。这是一种奇怪到极点的感觉，现在，她是那个内在的自己：没人看见、没人认识，不再有婚姻，不再有孩子，只管随着这具躯体沿着邦德街走着，满心惊讶，又相当庄重。这具躯体是达洛维夫人的，她不再是克拉丽莎。她是理查德·达洛维的夫人。

邦德街让她着迷。这个季节里的清晨时分，邦德街上旗帜飘扬，商店林立，但并没有各种射灯海报，霓虹闪烁。她父亲买了五十年西服的那家店里，只看到一卷粗花呢。珠宝店里只摆着几颗珍珠。鲜鱼店里是放在冰块上的一条三文鱼。

"就这些了。"克拉丽莎凝视着鲜鱼店，喃喃地说。"就这些了。"她嘴里重复着，又在手套店的橱窗前驻足了一小会儿。战前，在这家店里能买到各种手套，品质几乎堪称完美。要通过鞋子和手套"识女人"，这是老威廉叔叔说的。战争期间的一个早晨，威廉叔叔躺在床上溘然长逝。他还说过"我已经受够啦"。关于手套和鞋子，克拉丽莎对手套酷爱不已；可她的亲生女儿——就是她的伊丽莎白——却对这两样东西一丁点儿兴趣都没有。

一丁点儿都没有啊，克拉丽莎想着，沿邦德街走到了一家鲜花店门前。每次她举办宴会的时候，都会让这家店给她准备好鲜花。伊丽莎白最爱的是她养的那条小狗。今天早上，整幢房子里都弥漫着焦油的味道[1]。喜欢小狗"灰灰"总比喜欢基尔曼小姐好些。狗的传染病、焦油味，以及它带来的所有麻烦，都比坐在闷热的卧室里捧着祈祷书，像猫叫一样装模作样地祈祷要好些！什么都比那样好，克拉丽莎想这么说。不过，可能这只是一个阶段吧，就像理查德说的，所有女孩子都会经历这个阶段。伊丽莎白可能坠入爱河了。可为什么爱上的偏偏是基尔曼小姐呢？当然，基尔曼小姐遭受过恶劣

---

[1] 焦油可抑菌、止痒、促进皮肤愈合，可用于治疗宠物皮肤病。

的对待，她必须体谅这一点。而且，理查德还说过，基尔曼小姐非常能干，具备真正的历史头脑。总之，伊丽莎白和基尔曼小姐形影不离。伊丽莎白是她克拉丽莎的亲生女儿，居然去参加圣餐会[1]了。至于伊丽莎白如何穿着，如何对待来参加圣餐会的人，克拉丽莎倒是一点儿都不在乎。克拉丽莎的经验是：对宗教的狂热会让人变得冷酷（事业也一样），还会让各种感觉迟钝起来。因为她看到，基尔曼小姐会为俄国奉献一切，会为奥地利忍饥挨饿，但私下里，她却会严酷地折磨别人。基尔曼小姐的感觉那么迟钝，现在这个季节居然还穿着一件绿色防水布大衣。其实她整年都穿着那件大衣，任由自己汗流浃背。她在房间里待不了五分钟，就绝对会让你感觉到她的优越和你的卑微：她那么贫穷，而你那么富有；她住在贫民窟里，没有垫子，没有床，没有地毯，什么像样的东西都没有。基尔曼小姐在战争期间曾经被学校辞退，这种痛楚一直如芒在背，让她的整个灵魂都锈蚀了——这个可怜的、满心怨愤的、不幸的人！其实，大家讨厌的并不是基尔曼小姐，而是她的想法。毫无疑问，基尔曼小姐的想法里已经汇聚了太多不属于她本人的东西，让她变成了一个在黑夜里和人们搏斗的幽灵，一个把我们压倒在身下，吸走我们一半生命的恶魔，堪称支配者和暴君。毫无疑问，除非再掷一次生命的骰子，颠倒了黑白，她才会爱上基尔曼小姐！不过这一世是没有机会了。没机会的。

可是，在克拉丽莎的内心深处，这个残暴的怪兽一直在骚动着！她仿佛听到了树枝断裂的声音，感觉到怪兽的蹄子踏进她那枝繁叶茂的灵魂森林的深处。她再也无法做到心满意足，或心安理得了，因为这个野兽随时蠢蠢欲动。尤其在生过病之后，克拉丽莎能

---

[1] 圣餐会是基督教的一种宗教仪式，即信徒们聚集在一起，通过领受圣餐来纪念耶稣基督的牺牲和救赎。圣餐中的饼和葡萄酒被视为耶稣基督身体和血液的象征。

感觉到这种憎恶伤害她的力度,刮擦着她的脊椎,给她的身体带来痛楚,让她在美、友谊、健康、被爱、把家收拾得赏心悦目中得到的所有快乐都动摇起来,颤抖不已,低垂下去,仿佛真的有一个怪物在啃食着她灵魂的根基,又仿佛所有心满意足的华丽表象都不值一文,都不过是自私的爱!多讨厌啊!

胡说八道,胡说八道!克拉丽莎在心里呐喊着,一把推开了马尔伯里鲜花店的旋转门。

她走进店里,脚步轻盈,身材修长,非常挺拔。长着一张纽扣脸的皮姆小姐马上迎了过来。皮姆小姐的一双手总是通红通红的,好像一直和鲜花一起浸在冷水里。

店里有许多鲜花:三角梅、香豌豆、一束束的丁香、团团簇簇的康乃馨。这边是玫瑰,那边是鸢尾。啊,真好。站在花园里和皮姆小姐说话的时候,克拉丽莎深深地嗅着泥土和鲜花的芳香。皮姆小姐常蒙克拉丽莎照顾生意,觉得她人特别好——这么多年来克拉丽莎待人一直都很好,非常好。不过,今年她看起来老了一点儿。克拉丽莎左顾右盼,在鸢尾、玫瑰和一簇簇慵懒的丁香花之间流连。摆脱了街上的喧闹,她眼睛半闭,深嗅着花儿沁人心脾的芬芳,感受着那细腻的凉意。然后,她睁开眼睛,玫瑰看起来那么清新,像洗衣店里刚清洗好的褶边亚麻裙,安放在柳条筐里;红色康乃馨颜色浓郁,整齐端庄;所有香豌豆花的花瓣都从花萼里舒展开来,有淡紫色、雪白色、米白色……克拉丽莎仿佛看到,傍晚时分,当一个美好的夏日落幕,身穿薄纱裙的姑娘们出来采摘香豌豆花和玫瑰花了。天空是一片深沉的蔚蓝,周围还开满了飞燕草、康乃馨和旱金莲……傍晚六七点钟的时候,玫瑰、康乃馨、鸢尾、丁香,每一朵花都闪耀着光泽。白色、紫色、红色、深橘,每一朵花的颜色都浓郁得似乎要燃烧起来,在雾气氤氲的花坛中,又显得那么柔和、那么纯美。灰白蛾子飞进飞出地穿梭,飞到香水草上,飞到夜来香上。克拉丽莎多喜欢这些小生物啊!

克拉丽莎跟着皮姆小姐从一个花罐走到另一个花罐,挑选着花。"胡说八道,胡说八道。"她心中还回荡着这句话,但语气越来越柔和,仿佛花朵的美丽、花朵的香味、花朵的颜色,还有皮姆小姐对她的喜爱和信任形成了一股浪潮,流过她的心田,淹没了憎恶,淹没了怪兽,淹没了一切。这股浪潮把她高高地推起,越来越高,直到——啊呀!外面的街上传来了一声枪响!

皮姆小姐走到窗前去看,手上还捧着一大把香豌豆花。"哎呀,又有汽车爆胎了。"她走回来时说,脸上带着抱歉的笑意,仿佛那些爆胎的汽车和汽车轮胎都是她的错。

* * *

让达洛维夫人吓了一跳,也让皮姆小姐走到窗前查看、并满怀歉意的巨大爆胎声来自一辆汽车,这时已经停靠到人行道边上,恰好在马尔伯里鲜花店的橱窗对面。当然,路过的人们都会驻足看上两眼。他们只来得及瞥见鸽灰色汽车内饰中一张重要人物的脸,就有一只男人的手拉上了遮帘。这下,除了鸽灰色窗口什么也看不到了。

然而,各种流言马上传开了,从邦德街中心向前传到了牛津街[1],向后传到了阿特金森香水店。流言无声无息地传播着,像一片云快速地、轻纱般地飘过群山之巅,带着云朵特有的某种突如其来的清醒和静谧,真真实实地落在大家一秒钟前还写满了人生百态的脸上。现在,神秘女神用她的翅膀拂过了人们的脸颊,让他们听到了权威的声音;宗教的圣灵现身,紧闭着双眼,张大了嘴巴。不过,

---

[1] 牛津街是英国首屈一指的购物街,被誉为"英国的时尚大道"。

没有人认出从车里瞥见的那张脸。是威尔士亲王？王后？还是首相？究竟是谁呢？没有人知道。

埃德加·J·沃基斯的胳膊上挂着一卷铅管，搞笑地大声说了一句："是朽（首）相的叉（车）啦。[1]"

塞普蒂默斯·沃伦·史密斯听到了这句话。他发现自己被堵在那里，过不去了。

塞普蒂默斯·沃伦·史密斯年纪三十上下，脸色苍白，鹰钩鼻，身穿一件旧大衣，脚上是一双棕色皮鞋，一双淡褐色的眼睛里满是恐惧，连陌生人看了也不禁忐忑不安起来。世界已经扬起了鞭子，它将在哪里落下？

一切都陷入了停顿。路上汽车引擎发出的"突突"声听起来像脉搏在整个身体里不规则地跳动。因为那辆汽车停在了马尔伯里鲜花店的橱窗外面，太阳似乎都格外炙热起来，坐在双层大巴顶层的几位老妇人撑开了黑色的阳伞。然后，这里一把绿色阳伞，那里一把红色阳伞，也纷纷绽放开来，发出轻微的"啪""啪"声。达洛维夫人怀里抱着满满一捧香豌豆花来到窗前，小巧的粉色脸庞露出疑惑的神情，向窗外张望着。每个人都看向那辆汽车。塞普蒂默斯也在看。骑自行车的男孩子们纷纷跳下了车。车辆越积越多。那辆汽车就停在那里，遮帘全拉上了。遮帘上的印花很奇特，像一棵树，塞普蒂默斯想着，眼前的景象渐渐以那个图案为中心汇聚过去，仿佛有什么恐怖的东西要突破表面，火焰即将喷薄而出，这让他惊恐万分。世界摇摆不定，颤抖不已，随时都有燃起烈焰的危险。是我挡住了路，塞普蒂默斯心想。他不是正被大家盯着，被人指指点点吗？他不是出于某种目的定在了那里，在人行道上扎了根吗？可是出于什么目的呢？

---

[1] 此处为方言。

"咱们走吧,塞普蒂默斯。"他的妻子卢克雷齐娅说。妻子是个意大利姑娘,一个娇小的女人,蜡黄的瓜子脸上长着一双大眼睛。

不过,卢克雷齐娅自己也忍不住看了看那辆汽车和遮帘上的树形图案。车里面坐的是王后吗——王后出来买东西了?

司机拿着工具箱,一会儿打开什么东西,一会儿拧几下,一会儿又盖上,这会儿又坐进了驾驶室里。

"走吧。"卢克雷齐娅说。

可她的丈夫(到现在,他们结婚已经四五年了)却惊得跳了起来,生气地说了一句"好吧!",好像卢克雷齐娅打断了他的思路似的。

别人一定注意到他们了,一定看到了。这些人,卢克雷齐娅看着盯着那辆汽车的人群,心里想,这些英国人,他们的孩子,他们的马,还有他们的衣服,在某种程度上她是很欣赏的。可现在,他们都成了"别人"。因为塞普蒂默斯说过"我想自杀",这样说多可怕啊。要是被他们听到了呢?卢克雷齐娅看着人群。帮帮我,帮帮我啊!她想向鲜肉店里的年轻男店员和购物的女人们大声呼喊。帮帮我啊!就在去年秋天,她和塞普蒂默斯曾经穿着同样的大衣站在堤岸上玩儿。见塞普蒂默斯看着报纸不跟她说话,她就当着旁边一个老人的面,一把抢过塞普蒂默斯手里的报纸,咯咯地笑起来!可人们都会把失败掩盖起来的。所以,她得把他带离人群,还是去哪个公园吧。

"咱们过马路吧。"卢克雷齐娅说。

她有权挎着他的胳膊,尽管已经没有了感觉。她才二十四岁,那么单纯,那么冲动,在英国无亲无故,塞普蒂默斯丢给她一块骨头,她就为他离开了意大利。

汽车遮帘紧闭,带着高深莫测的矜持向皮卡迪利大街驶去。街道两旁的人们仍在注视着,脸上也依然布满了敬仰的神秘气息,至于敬仰的对象到底是王后、王子还是首相，没有人知道。只有三个人在那短短的几秒钟里看到了那张脸，现在连性别还有争议。但毋庸置疑，车里坐的是一位大人物。那位大人物从邦德街经过，躲过众人，又沿着邦德街驶去，距离普通人仅一步之遥。这些普通人可能是第一次，也是最后一次和英国皇室成员、这个国家持久的象征近在咫尺。当伦敦变成一条长满青草的小路，当这个星期三早晨所有在人行道上匆匆走过的人们变成一具具白骨，尘土中夹杂着几枚结婚戒指和无数补牙的黄金填料，好奇的考古学家们仔细探查时间的废墟时，才会了解到之前的一切。到那时，人们就会知道汽车里的那张脸是谁的了。

也许是王后吧，达洛维夫人捧着花从马尔伯里鲜花店里走出来的时候，心里想，就是王后。阳光下，达洛维夫人站在鲜花店门口，遮帘紧闭的汽车以步行的速度驶过的一刹那，她的脸上露出了极其庄重的神情。王后是要去哪家医院，或者要为某个义卖开幕吧，克拉丽莎心想。

才这个时间，就已经堵成这个样子了。罗德板球场、阿斯科特赛马场、英国马球总会，是哪家要举行赛事吗？克拉丽莎心中疑惑，因为街道被管制了。英国的中产人士们手拿提包和雨伞，侧身坐在双层巴士的顶层。真是的，在这样的天气里还穿着皮草，简直荒唐、离经叛道得超出想象。连王后本人也被拦住了，王后都无法通行。克拉丽莎被拦在布鲁克街[1]的一侧，老法官约翰·巴克赫斯特爵士（约翰爵士多年来参与立法，喜欢衣着得体的女人）被拦在了另一侧，街中间正是那辆汽车。这时，那辆车上的司机微微斜了一下身子，对警察说了句什么话，或出示了一件什么东西。警察敬了个

---

[1] 布鲁克街是伦敦著名购物街，周边包括牛津街、摄政街和邦德街等其他著名购物街，入驻了大量的国际时尚大牌和高端精品时装店、艺术品店、奢侈品店等。

礼，抬起胳膊，甩了甩头，示意公共汽车开到路边，让那辆汽车先过去。那辆车缓慢地、悄无声息地开走了。

克拉丽莎猜到了，她当然知道。她看到了司机手里拿着的那个白色的、充满魔力的圆东西，那是个刻着名字的令牌——上面刻的是王后的名字？是威尔士亲王的？还是首相的呢？——它，凭借自身的光芒，一路得到放行。克拉丽莎看着那辆车愈行愈远，消失在视线里。今晚，在白金汉宫里，它还会在枝形烛台间、在耀眼的明星中、在佩戴着橡叶勋章的挺起的胸膛前、在休·怀特布莱德和他的同僚之间、在英国的绅士们之间闪耀光芒。今晚，克拉丽莎也要举办一场宴会。她挺了挺身子，她会以这样的姿态站在楼梯口上迎接来宾。

车已经开走了，却留下了一丝涟漪，顺着邦德街两旁的手套店、帽子店和成衣店荡漾开去。所有人都把头转向同一个方向——窗口，停顿了三十秒。挑选手套的女士们刚才还在纠结，该选刚好到肘部的还是肘部以上的？柠檬色的还是淡灰色的？此时也都停了下来。话刚落音，事情就发生了。这种状况，单从事情来说可能微不足道，任何数学仪器都记录不下它引起的震动，尽管这些仪器能将中国的震波传输过来。可它承载的丰富性却相当惊人，也极易引发情感共鸣——因为在所有的帽子店、裁缝店里，完全陌生的人们面面相觑，不约而同地想起了战死的士兵、国旗和大英帝国。在后街的一家公共酒吧里，一个殖民主义者对温莎王朝[1]大放不敬之词，引发口角，打碎了啤酒杯，搞得一片哗然。嘈杂声神奇地穿过了街道，连对面正在为婚礼购买纯白丝带装饰内衣的女孩子们都听到了。已开走的汽车引发的表面骚动向下沉去，触及了某种极深刻的东西。

汽车轻快地驶过皮卡迪利大街，拐进了圣詹姆斯大街[2]。几个身

---

[1] 温莎王朝是自1917年起统治英国及其海外领地的皇室家族，开创者为乔治五世。
[2] 圣詹姆斯大街及其周边地区是伦敦的购物天堂，拥有众多高端精品店、百货公司和购物中心。

材高大、体格壮硕、衣冠楚楚（身穿燕尾服、白衬衣）、头发向后梳的男人，由于某种不明原因，站在布鲁克斯私人俱乐部[1]的凸窗内。他们双手背在燕尾服后，眼睛望向窗外，本能地感知有伟大人物正在从这里经过。伟人不朽风度的淡淡光芒投在他们身上，一如刚才投在克拉丽莎·达洛维身上一样。几个男人站得越发笔直，手从背后移开，似乎随时准备为君主效命。如果需要的话，他们会像先烈一样，舍身扑向炮口。大厅里摆放的几尊白色半身雕像，以及雕像后放着几本《闲谈者》杂志[2]、几台苏打水机的小桌子，似乎都在表达赞许，又似乎象征着英国的五谷丰登和庄园府邸。汽车轮子细微的嗡嗡声似乎也从那里反射过来，如同大教堂的回音廊将一个声音扩散、折返，再经由整个大教堂的力量使其浑厚洪亮。披着披肩的莫尔·普拉特手捧一束鲜花走在人行道上，心中在为那个亲爱的小男孩祈福（她觉得车里坐的肯定是威尔士王子）。要不是看到巡警的目光落在她身上，阻碍了这位爱尔兰老太太表达忠心，她真想把一瓶啤酒钱——就是那束玫瑰花——抛向圣詹姆斯大街，纯粹为了表达无忧无虑的心情和对贫穷的蔑视。圣詹姆斯大街上的哨卫们向汽车敬了个礼，接着亚历山德拉王后的警卫也放行了。

此时，白金汉宫[3]的各个门口都已经聚集了一小群人。这些都是穷人，看上去百无聊赖，但又满怀信心。他们等在那里，眼睛看向飘扬着皇室旗帜[4]的白金汉宫，看向维多利亚女王的雕像。女王高高

---

[1] 布鲁克斯私人俱乐部是伦敦最古老的绅士俱乐部之一，位于伦敦市中心的尊贵地段，为皇室成员和英国各领域的顶级人士提供会员资格。
[2] 《闲谈者》杂志是一份专注于高端生活方式、时尚、社交和文化活动的国际知名杂志，以其对全球精英阶层生活方式的深入洞察和报道而著称，是许多社会名流和时尚爱好者必读的刊物之一。
[3] 白金汉宫是英国君主在伦敦的主要寝宫及办公处，坐落于威斯敏斯特区，也是英国国家庆典和王室欢迎礼的举办场地之一。
[4] 按照英国王室传统，君主在宫内时会悬挂皇室旗帜，君主外出时，旗帜也跟随同行。

地伫立在基座上,裙裾飞扬,欣赏着她身边奔流的水景,还有她的天竺葵。人们从广场上的汽车中辨认着,一会儿觉得是这辆,一会儿又觉得是那辆,白白地将敬意献给了某些开车前来兜风的平民,于是又在这辆车、那辆车经过时收回自己的馈赠,好使其不被浪费。一想到皇室成员在看着他们,他们就觉得各种传闻在自己的血管里汇聚,刺激着他们的大腿神经,像什么王后鞠躬啦,王子行礼啦,还会想到各位国王享受着神赐的天国般的生活,想到皇宫侍从们和深深的屈膝礼,想到王后幼年时的玩偶馆,想到玛丽公主嫁给了一个英国平民,还有王子——啊!王子!他们说王子长得跟老国王爱德华一模一样,但比老国王瘦得多。王子住在圣詹姆斯宫[1]里,不过今天早上可能会过来问候母亲。

莎拉·布莱切利正是这样说的。她怀里抱着孩子,脚一上一下地晃着,仿佛坐在皮姆利科社区里自家的壁炉护栏边,眼睛却一直看向皇家大道[2]方向。艾米莉·科茨的目光则在窗户间游移,脑中想象着宫廷侍女,数不清的侍女,还有卧室,数不清的卧室。一位牵着阿伯丁犬的老先生站到了她们身边,又来了几个无业游民,人越聚越多了。小个子鲍利先生在奥尔巴尼公寓[3]有几套自己的房产。他那通往更深邃处的生命源泉被蜡封住了,但也会突然地、不合时宜地、感情用事地被某类情景解封,像等着看王后经过的穷苦妇女、漂亮的小孩子、孤儿寡母、战争,等等——啧,啧——他的双眼真真实实地噙满了泪水。一阵微风卖弄温暖似的[4]沿着皇家大道吹

---

1 圣詹姆斯宫是英国君主的正式王宫,位于伦敦市中心的圣詹姆斯公园旁边,距离白金汉宫不远。外国派驻英国的大使和专员呈递国书时,按礼节和传统都是呈递到圣詹姆斯宫的。
2 皇家大道即"The Mall",是白金汉宫通往特拉法加广场的一段林荫道,周日、公共假日、各种庆典,如皇室婚礼、国事访问时,会封闭道路。
3 奥尔巴尼公寓是伦敦皮卡迪利大街附近的一幢公寓楼,共包括六十九套单身公寓。
4 英国六月的温度为 12℃—20℃。

来，拂过枝叶稀疏的树木，拂过那些英雄铜人像，吹起了鲍利先生心中飘扬的英国国旗。那辆汽车转弯驶入了皇家大道，鲍利先生举起了帽子。车越来越近，他就那样高高地举着帽子，站得笔直，任凭皮姆利科街区那些贫穷的母亲们紧紧地挤在他身边。那辆车开过来了。

突然，科茨夫人抬头望向天空。一阵飞机的轰鸣声钻进人们的耳朵，唤起记忆中的噩梦[1]。飞机从树木上空飞过，后面喷射出一道白烟，翻转着、旋绕着，居然写成了什么字！飞机在天空上写字！每个人都仰起了头。

飞机猛地俯冲下来，旋即直上云霄，画出一个环形，再向前直飞，再俯冲，再向上，无论做什么动作，无论飞到哪里，机尾都拖着一条浓浓的、边缘皱皱的白烟，在天空中旋曲着，弯绕着，形成一个个字母的形状。都是些什么字母呢？那两个是 A 和 C 吧？一个 E，然后是 L？这些字母只能保持一小会儿，旋即变形，渐渐消散，仿佛被从高高的天空上擦掉了。飞机向远处飞去，又开始在一片新的天空上写字了：一个 K、一个 E，或许还有一个 Y？

"Glaxo（葛兰素）[2]。"科茨夫人眼睛紧盯着天空，说出一个名字，声音里透着紧张和敬畏。小宝宝乖乖地躺在她的臂弯里，白白胖胖，也在凝望天空。

"Kreemo。"布莱切利夫人喃喃地说，像在梦呓。鲍利先生的手还以完美的姿势举着帽子，眼睛却直直地望向了天空。皇家大道两侧的人们都定定地站着，抬头看天。大家都在仰望，整个世界安静极了。一群海鸥掠过天空，先是这只海鸥领头，一会儿又换成了另一只。在这非同寻常的静谧与安宁中，在这苍茫里，在这纯净中，

---

[1] 即战时的空袭景象。
[2] 葛兰素，后更名为葛兰素史克，一家总部位于英国伦敦的跨国药企。战争期间因销售青霉素、维生素等得到迅速发展。

钟声响了十一下，声音随着渐飞渐远的海鸥消失在天际。

飞机自由自在地转弯、向前疾飞、向下俯冲，轻捷自如，像一个溜冰高手。

"那是个 E。"布莱切利夫人说，还像一个舞蹈家。

"那是 toffee（太妃糖）。"鲍利先生喃喃地说。那辆汽车驶进了王宫大门，可没有人在看它。机尾不再喷涌烟雾，飞机快速离开，越飞越远。烟雾也渐渐散开，汇聚到大朵、大朵的白云边缘，和云朵融为一体。

飞机不见了，消失在云层后面。一片寂静。吸收了字母 E、G 或 L 的云朵自由自在地飘荡，仿佛注定要从西方飘到东方，去完成一项极其重大的使命。虽然永远不会有人知道这项使命的内容，但肯定是这样——这项使命极其重大。突然，如一列火车驶出隧道，飞机再次冲出了云层，轰鸣声再次折磨着所有在皇家大道、格林公园[1]、皮卡迪利大街、摄政街上[2]、摄政公园[3]里休闲的人们的耳朵。机尾那股白烟弯弯曲曲，随着飞机起起落落，写下了一个又一个字母，但拼起来是个什么字呢？

摄政公园步行道旁的座椅上，卢克雷齐娅·沃伦·史密斯坐在丈夫身边，仰望着天空。

"快看，快看，塞普蒂默斯！"卢克雷齐娅喊道。霍姆斯医生曾经告诉卢克雷齐娅，她丈夫的身体没有什么严重问题，只是有点情绪失调而已，还嘱咐她想办法让丈夫对自身之外的事物产生兴趣。

塞普蒂默斯抬头看去，心中暗想，这么说，他们在给我发信号

---

[1] 格林公园是英国伦敦的一座皇家园林，完全由树林和草地构成。该公园介于海德公园和圣詹姆斯公园之间，连同几个其他公园构成了一段连续的开阔地带。
[2] 摄政街是伦敦的主要商业街之一，以高级服装店著称，是连接摄政王宫和摄政公园的皇家大道，也是伦敦城市文化的象征。
[3] 摄政公园是英国伦敦仅次于海德公园的第二大公园，曾是亨利八世的皇家狩猎森林。

了。信号用的并不是实际的词语,也就是说,他塞普蒂默斯现在还没有能力解读那种语言。不过信号非常清楚、非常美丽,这种极致的美丽啊,让泪水涌上了他的眼睛。塞普蒂默斯看着白烟形成的文字在天空中渐渐淡去,消散,用取之不尽、用之不竭的仁慈与满含笑意的和善将一个又一个难以想象的美丽形状赐予他,用信号传递着他们的意图。他们不求回报地、永恒地给他这种美,这种无穷无尽的美,只为他能够看到!泪水从塞普蒂默斯的脸颊上滑落。

那是"toffee",他们在给太妃糖做广告,一个婴童保姆告诉雷齐娅。于是俩人一起拼读起来:"t……o……f……"

"K……R……"那保姆说,可塞普蒂默斯听到她说的是"凯伊,阿尔",那声音如在耳边,深沉、轻柔得像来自圆润的风琴。但其实,她的声音中有一丝蚱蜢叫声的粗硬,刮擦着他的脊柱(这种感觉很美妙),源源不断地将声波顺着脊柱发送到他的大脑,震荡着,爆裂着。这真是一个了不起的发现——人类的声音在特定的大气条件下(人一定要讲科学,科学高于一切),可以让树木迅速恢复生机!雷齐娅开心地把手放在塞普蒂默斯的膝盖上,力气好大,于是他被重重地压了下来,定在了那里。不然的话,看到榆树起起伏伏,起起伏伏,所有的叶子都发着光,颜色忽深忽浅,从蓝色到绿色形成一波中空的浪潮,像马头上的鬃毛,又像女士们头上的饰羽,就那样无比骄傲地起起伏伏,壮丽极了,这种兴奋会让他发疯的。但他可不要发疯。他会闭上眼睛,不再去看它们。

但那些榆树在召唤他。树叶是有生命的。树也是有生命的。树叶里有几百万条纤维和他的身体联结在一起,就在他坐着的地方上上下下地扇动着。树枝伸展着,他也在以同样的姿态伸展。麻雀飞舞,在高高低低的喷泉中一会儿飞起,一会儿落下,这是画面的一部分。白色和蓝色的底色上,横亘着一根根黑色的枝条。各种声音都预先策划了,才创造出一派和谐,而声音与声音之间的空隙也和声音一样重要。一个小孩子哭了起来。同时,远处传来了一阵号角声。所有这一切放在一起,意味着一个新宗教的诞生。

"塞普蒂默斯!"雷齐娅在叫他。塞普蒂默斯居然被吓了那么大一跳。别人一定注意到了。

"我去喷泉那边走走就回来。"雷齐娅说。

因为她再也受不了了。霍姆斯医生可能会说没什么大不了的,可雷齐娅宁愿塞普蒂默斯死了!她没法再坐在他身边了,塞普蒂默斯一双眼睛直瞪瞪的,根本就不看她,还把身边的一切都想得可怕极了:天空、树木、玩耍的孩子、孩子拖着跑的小车、孩子吹响的哨声、孩子摔了跤——一切在他眼里都很可怕。他不会自杀的,可雷齐娅却无法跟任何人诉说。"塞普蒂默斯工作太辛苦了。"她只能这样告诉自己的母亲。爱让人如此孤苦,雷齐娅心想。她无法跟任何人诉说,现在连塞普蒂默斯都不能了。她回过头,看到穿着旧大衣的塞普蒂默斯一个人坐在长椅上,瑟缩着身子,眼睛直愣愣的。一个男人,居然说出想自杀这种话,真是太懦弱了。可塞普蒂默斯曾经上过战场啊,表现很英勇。也就是说,现在的他已经不再是那个塞普蒂默斯了。雷齐娅戴上蕾丝衣领、换了新帽子的时候,他从来不会注意到。没有她雷齐娅,塞普蒂默斯也很快乐。可没有了塞普蒂默斯,什么都不可能让她快乐起来了!什么都不能!塞普蒂默斯自私。男人们都自私。因为他没有生病。霍姆斯医生说塞普蒂默斯的身体没什么问题。雷齐娅把手伸到面前。看!结婚戒指松了,她都这么消瘦了。她才是受苦的那一个,却无人可诉说。

意大利都那么遥远了,那一幢幢白色的房子,还有她的姐妹们坐着加工帽子的房间。那里每天傍晚街道上都人头攒动,人们走着,大声笑着,不像这里的人,一副半死不活的样子,蜷缩在带篷顶的轮椅上,看着花盆里那几朵稀稀拉拉、一点儿都不好看的花!

"你们应该去看看意大利米兰的花园。"雷齐娅大声说。可是,说给谁听呢?

　　身边并没有人。话音渐渐消散了。烟花也是如此消散的。烟花火光四射,向上冲去,一路擦亮了黑夜,然后又向它投降。黑暗降临,倾泻在房屋和塔楼的轮廓上,荒凉的山坡也变得柔和,陷入其中。虽然这些都看不见了,但都在夜晚的怀抱里;它们被剥夺了色彩,窗格也不见了,却成了更加粗犷的存在,散发着坦率的日光无法传递的东西——万事万物的烦恼和焦虑在黑暗中聚集、缠结,密谋着撕碎黎明带来的轻松宽慰。当黎明将墙壁洗成白色和灰色,点亮每扇玻璃窗,拨开田野上的薄雾,露出棕红色的奶牛在安详地吃草,万事万物又重新化好了彩妆,呈现在眼前,一切又重新存在了。我好孤独,我好孤独啊!摄政公园的喷泉边上,雷齐娅凝视着那个印第安人和他的十字架,心中哭喊着。也许在午夜时分,所有的边界都消失了,这个国家又恢复了它古老的形状,就像当初罗马人看到的那样。他们登陆的时候,云雾缭绕,山丘没有名字,河流蜿蜒着不知流向何方,如同雷齐娅心中的黑暗一样。突然,好像有一块礁石冒了出来,雷齐娅站在上面,如此这般地诉说着自己是塞普蒂默斯的妻子,多年前在米兰结的婚,作为塞普蒂默斯的妻子,她永远永远不会告诉别人他疯了!她一转身,礁石翻倒,她掉了下去,向下落啊,落啊。因为塞普蒂默斯走了,雷齐娅心想——走了,就像他威胁过的那样:他说过他要自杀,扑倒在马车底下!可是并没有,塞普蒂默斯还在那儿,一个人坐在长椅上,穿着那件旧大衣,跷着二郎腿,目光直瞪瞪的,大声地自说自话。

　　一定不要砍伐树木。上帝是存在的。(塞普蒂默斯在信封背面记下了这些启示。)改变世界。不能因为仇恨杀人。昭告世人(他写下了昭告的内容)。他等待着。他倾听着。一只麻雀停在对面的栏杆上,啁啾着叫了四五遍"塞普蒂默斯""塞普蒂默斯",还在叫,然后又拉长了调子,引吭高歌,用希腊语清新而动人地唱着"世间没有罪恶"。另一只麻雀也加入进来,一起用希腊语唱起悠长而动人的歌,唱着生命之原上的绿树和远处逝者漫步的冥河,唱着世间如何没有死亡。

那是他的手。那是死去的人。有什么白色的东西正在对面的栏杆后面聚集起来。但他不敢看。埃文斯就在栏杆后面!

"你在说什么呀?"雷齐娅突然问道,并在塞普蒂默斯身边坐了下来。

又被打断了!她总是打断别人。

还是远离人群吧——他们必须远离人群。塞普蒂默斯(跳了起来)说,就去那边吧。那儿的一棵树下有几把椅子,公园的长坡像一张绿色毛呢向下延伸开去,飘在上空的蓝色和粉红色的烟雾形成了一顶天篷。远处不规则的房屋构成了壁垒,在烟雾中朦胧可见。车流在环路上嗡嗡作响。右边,黄褐色的动物从动物园的围栏上伸出长长的脖子,有的吠叫着,有的号叫着。夫妻俩在一棵树下坐了下来。

"你看。"雷齐娅指着一小队扛着板球桩的男孩子,求塞普蒂默斯看。其中一个孩子一双脚伸来伸去,还脚跟着地转了一圈,然后又伸来伸去,像一个在音乐厅里表演的小丑。

"看看吧。"雷齐娅恳求丈夫。霍姆斯医生叮嘱过她,要让塞普蒂默斯多关注真实的东西,像听听音乐、打打板球——打板球最合适了。霍姆斯医生说,板球是一种很好的户外运动,非常适合她的丈夫。

"看看呀。"雷齐娅一遍一遍地恳求着。

看哪,隐身的神灵在吩咐他,现在,神的声音在和他交流。他塞普蒂默斯是最伟大的人类,刚刚经历过出生入死,是前来重建这个社会的天主,像一张巨大的床单、一张只有太阳才能毁坏的雪毯一样铺开,永不损耗,永远受苦。他是人类的替罪羊,是永远的受难者。可他不想要这样的身份，塞普蒂默斯呻吟着，手挥动着，要把这永恒的苦难、永恒的孤独挡开。

"看看吧。"雷齐娅重复着。因为这是在外面，不能让他那么大声地自说自话呀。

"哦，看看哪。"雷齐娅恳求塞普蒂默斯。可是有什么好看的呢？那边有几只羊。仅此而已。

去摄政公园地铁站该怎么走——这两个人会指给她去摄政公园地铁站的路吗？——梅茜·约翰逊心中犹疑。她是两天前才从爱丁堡市[1]来这里的。

"不是这条路——得走那边！"雷齐娅大声说着，挥着手把她引到一旁，生怕她看到塞普蒂默斯。

这两个人看起来都挺怪的，梅茜·约翰逊心想，哪儿都特别怪。这是她第一次来伦敦。她在利登霍尔街她叔叔的公司里找了一个职位，这天清晨正穿过摄政公园到公司里去。坐在椅子上的这对夫妇吓了她一跳：那个年轻女人像是外国人，男人则看起来古怪极了。她直到老态龙钟的晚年都会记得这个五十年前晴朗的夏日清晨，她穿过摄政公园时看到的这一幕，神经也依然会受到刺激。因为这时她才十九岁，好不容易梦想成真，来到了伦敦。可她问路的这对夫妻太奇怪了，那个女人被她吓了一跳，手猛地抽动了一下，那个男人呢——看上去更是怪异得可怕。也许是吵架了，也许是要彻底分手了，一定是出什么事了，她知道。现在，公园里的这些人（她又走回了宽阔的主干道）、石头花盆、造型古板的花坛、老头和老太太们——他们大都坐在带篷顶的轮椅上无法自理——在她这个爱丁堡姑娘看来都那么古怪。梅茜·约翰逊加入了这些或缓慢地挪动着脚步，或茫然凝视的、被微风轻吻着的人群——他们盯着几只

---

[1] 爱丁堡市是英国苏格兰地区的首府。

松鼠轻盈地停在树上梳理毛发，麻雀在喷泉边飞来飞去地觅食，几只狗有的在跟栏杆较劲，有的在追逐打闹，忙得不可开交。柔和而温暖的微风沐浴般拂过，给他们呆呆的、死水般的目光增添了生命赋予的某种奇妙和抚慰——梅茜·约翰逊真的觉得自己要大叫一声"噢"！（因为坐在长椅上的那个年轻人让她吓了那么一大跳。她知道，一定发生了什么事。）

可怕！太可怕啦！梅茜·约翰逊简直要叫出声来。（她离开了自己的家人——他们警告过她会遇到什么状况。）

为什么不肯待在家里呢？梅茜·约翰逊哭起来，手攥着铁栏杆上的球饰用力扭动。

那个姑娘，邓普斯特太太心想（她经常在摄政公园吃午饭，把面包皮留下来喂松鼠吃），还一点都不谙世事呢。在她看来，女孩子最好身材粗壮一点儿、性子懒散一点儿、期望适中一点儿，真的。儿子珀西喝酒了。嗯，还是有个儿子好，邓普斯特太太心想。她经历过一段艰难岁月，所以，看到这样的女孩，不禁微微一笑。你会结婚的，因为你长得那么漂亮，邓普斯特太太心里想。结了婚，她接着想下去，你就懂事了。哦，嫁给一个厨师，或者诸如此类的人。每个男人都有自己的活法。不过，如果我早知道婚姻生活是这样的，还会做出同样的选择吗？邓普斯特太太想着，不禁想对梅茜·约翰逊耳语几句，想让自己褶皱、松弛的老脸感受一个充满怜爱的亲吻。因为这一生太苦了，邓普斯特太太心想。她还有什么没有奉献给生活吗？玫瑰，身材，还有这双脚。（她把那双关节突出的臃肿双脚收回到裙子底下。）

玫瑰，她心中涌起一阵嘲讽，那都是些没用的东西，亲爱的。因为，千真万确，生活是吃、喝、性爱、好天气和坏天气，从来都不只关乎玫瑰。更何况，让我来告诉你，我卡丽·邓普斯特，不想和肯特郡的任何一个女人交换命运！可是，她会渴求同情。同情，为了那失去的玫瑰。站在风信子花坛边,她在心中向梅茜·约翰逊请求的,正是同情。

啊,那边出现了一架飞机!邓普斯特太太不是一直渴望去国外看看吗?她有个侄子做传教士。飞机直冲云霄,子弹一样射了出去。她经常在马尔盖特[1]出海,但不会去看不见陆地的远方。不过,她也瞧不起那些怕水的女人。飞机猛地俯冲下来,让邓普斯特太太的心提到了嗓子眼,又冲上了天空。开飞机的一定是个优秀的小伙子,邓普斯特太太敢打赌。飞机速度那么快,越飞越远,越来越模糊,最终消失在天际。它高高地飞过格林尼治[2],飞过林立的船桅,飞过一片小岛般的灰色教堂,飞过圣保罗大教堂[3]和其他地方,直到伦敦的尽头。那里田野辽阔,深褐色的树林里,爱冒险的画眉大胆地跳来跳去,眼睛飞快地扫视着,倏地叼起一只蜗牛,向石头上猛敲,一下,两下,三下。

飞机越飞越远,最终只剩下了一个亮亮的点,像一个愿望、一份关注、一个象征(在本特利先生看来是这样的,他正在格林尼治起劲地平整自家的草皮),象征着人类的灵魂,也象征着他的决心。本特利先生边想边清理着雪松周围,他要通过思想、爱因斯坦、推测、数学、孟德尔的遗传学理论,让灵魂超越他的肉体,超越他的房子——飞机继续向远方疾飞而去。

这时,一个一脸疲态、毫不起眼的男人拎着皮包站在圣保罗大教堂的台阶上,心下犹豫,因为不知道走进去会得到怎样的安慰,会受到怎样热烈的欢迎。多少坟墓上有旗帜在飘扬,这旗帜是胜利

---

[1] 马尔盖特是英国肯特郡的一个海边小镇。
[2] 格林尼治是伦敦东南的一个区,同时也是一个历史小镇的名字,该小镇为著名的本初子午线所在地。
[3] 圣保罗大教堂是伦敦的宗教中心,是世界第二大圆顶教堂,见证过英国的许多历史性时刻,如皇室婚礼等。

的标志,但不是战胜了军队,而是战胜了那种追求真理的精神,男人想,正是这种麻烦的精神让我现在没有立足之地。不仅如此,教堂还提供陪伴,他又想,会邀请你成为某个团体的一员。伟人们属于某种团体,烈士们为某种团体牺牲。那为什么不进去呢?男人这样想着,把装满小册子的皮包放在一个圣坛前。那里有一个十字架,象征着一种超越了追求、探索和文字碰撞的升华,变成了一种无所不能的精神,一种无形的、幽灵般的存在——为什么不进去呢?他这样想着,正在犹豫不决,那架飞机飞到了教堂附近的路德门圆环[1]的上空。

那么奇怪,那么宁静。在车流中,一点都听不到飞机的声音。那飞机好像无人操控似的,想怎么飞就怎么飞。这时,它划着曲线向上、向上、直冲云霄,如同有什么东西在狂喜中酝酿,在纯粹的喜悦里,机尾处一股白烟喷涌而出,画出一个圆环,循环往复,写出一个 T、一个 O,还有一个 F。

***

"他们在看什么呢?"克拉丽莎·达洛维问为她开门的女仆露西。

房子的大厅像教堂里的地下墓室一样凉爽。达洛维夫人举起手,搭在眼睛上。露西关门的时候,她听到露西裙摆的窸窣声,觉得自己仿佛成了一个远离红尘的修女,面纱亲切地包裹着她的脸庞,旧日的虔诚得到了回应。厨娘在厨房里吹着口哨。她还听到了打字机的咔嗒声。这就是她的生活。达洛维夫人在大厅的长桌前低下头

---

[1] 路德门圆环是伦敦的一个著名地标,是威斯敏斯特区四条著名大街交会的一个路口,是历史建筑路德门的所在地,商业氛围浓厚。

来，沉醉在这份感动里，感觉自己得到了祝福和净化。她一边拿起便笺看记在上面的电话留言，一边自言自语。这样的时刻，多像生命之树上的颗颗花蕾、黑暗中绽放的朵朵鲜花啊（仿佛有一朵可爱的玫瑰，只在她的眼前绽放），这是她心底的想法。达洛维夫人一刻都没有信仰过上帝，但正因为如此，她手拿便笺时想，她更应该在日常生活中对仆人们心怀感恩，是的，还有狗儿和金丝雀，最重要的是，应该对她的丈夫理查德心怀感恩，是他搭建了生活的基础，然后才有了这些欢乐的声音，这绿色的灯光，还有吹着口哨的厨娘——厨娘沃克太太是爱尔兰人，一天到晚吹着口哨——一定要从这些美好时光的"秘密储蓄"中拿出一些作为回报。这时，露西站到她身边，想向她解释便笺上记下的信息。

"夫人，达洛维先生——"

克拉丽莎读出电话便笺上的记录："布鲁顿夫人想问一下，达洛维先生今天能不能跟她共进午餐。"

"夫人，达洛维先生让我转告您，他要在外面吃午餐。"

"真是的！"克拉丽莎说。于是，露西分享了夫人向她流露出来的失望（但并没有分担她的痛苦），感受到主仆之间的默契，领会了这一暗示，并由此想到了上流社会的爱情，用沉静的应对为自己的未来镀上了金光。她接过达洛维夫人的阳伞——毕恭毕敬的样子仿佛那是一件女神从战场上光荣凯旋后丢下的神圣武器——然后把伞放在了伞架上。

"不再畏惧。"克拉丽莎说。不再畏惧炎夏太阳的淫威。布鲁顿夫人邀请她的丈夫理查德共进午餐，却没有邀请她，这让她感到震惊，在听闻的那一刻不禁站在那里打了个寒战，像一株长在河床上的植物感受到从水面划过的船桨的冲击，颤抖不已。她也一样受到了冲击，一样在颤抖。

据说米莉森特·布鲁顿的午宴办得有声有色，却没有邀请她参加。庸俗的嫉妒是无法把她跟理查德分开的。克拉丽莎害怕的是时间本身。她从布鲁顿夫人的脸上读出了生命的消逝，仿佛那是在无情的石头上刻下的日暑。一年又一年，属于她的时间份额被越切越薄，留下的余额已经那么少了，不能再如青春年华里那般舒展，不能再汲取生活的色彩、风情和格调，让自己一进入房间就成为众星捧月般的存在。站在客厅门槛前踌躇的片刻里，她常常感觉到一种奇妙的悬念，一如潜水员下潜之前也会略有迟疑，会看着海水在脚下忽明忽暗，海浪汹涌、飞溅，但浪花也只是轻柔地跃出了海面，轻轻地翻滚着、覆盖着、包裹着，最终不过用溅起的几点飞珠碎玉打翻了几株海藻。

克拉丽莎把便笺放在大厅桌子上，手扶楼梯栏杆慢慢走上楼去，仿佛刚从一场宴会上回来，那里不时有这位、那位朋友让她感受到自己的音容笑貌；又仿佛她关上了门，走到外面，独自站着，孤零零地面对这骇人的黑夜，更准确地说，孤零零地面对眼前这面无表情的六月清晨的凝视。楼梯窗户开着，克拉丽莎在窗边站了一会儿。对某些人来说，玫瑰花瓣的色泽让清晨柔和可爱，克拉丽莎知道，也感受到了。外面传来百叶窗帘的拍打声、狗吠声。进来吧，她想，就让白天烦人的嘈杂声、风声、花瓣绽开的声音都进来好了。她突然觉得自己渺小无助、年老色衰，仿佛走出了家门，飘出了窗外，脱离了自己的身体和已经衰竭的大脑。这都是因为布鲁顿夫人的午宴，听说非常精彩，居然没有邀请她参加。

像一个远离社会关系的修女，又像一个探索塔楼的孩子，克拉丽莎向楼上走去，在窗前稍作停留，去了浴室。浴室里铺着绿色的地毡，有一只水龙头在滴水。生活的中心是一片空虚，是一个阁楼上的房间。女人总得褪去华丽的服饰：中午，她们都得脱掉外衣。克拉丽莎把帽针[1]插到针垫上，又把带羽饰的黄色帽子放到床上。床

---

[1] 帽针是用来将帽子固定到头上的长针，通常有一定的装饰性。

单很干净，绷得很平展，一条宽宽的白色条带横贯在上面。她的床会越来越窄的。蜡烛已经燃了一半，因为她深深地沉醉在马尔博男爵著的《回忆录》[1]中，莫斯科大撤退的部分她曾经读到深夜。议院开会的时间总是那么长，于是，克拉丽莎那次生病之后，理查德坚持说她必须有一个不受打扰的睡眠环境。她真的很偏爱莫斯科大撤退的部分，理查德是知道的。因此，她的卧房选在了安静的阁楼上，床窄窄的。因为睡眠不好，她会躺在床上看书。每当这个时候，那种虽然生过孩子却依然保留着的处女感挥之不去，如被单般紧紧裹在身上。少女时代的她很可爱，但有一种时刻会突然袭来——比如那次在克利夫登庄园[2]树林下的河上。当时，冷淡的情绪浇灭了热情，她让理查德失望了。然后是在君士坦丁堡[3]，再然后，一次又一次出现。她明白自己缺乏的东西。不是美貌，也不是智慧。她缺乏的是一种能渗透到全身的本质的东西，一种能冲破各种表面的暖流，会如涟漪般在男人和女人之间，或女人和女人之间的冷淡关系中荡漾开来。对此，她能模糊地感知到。她讨厌这个东西，在这种关系中总会有所顾忌——天知道这种顾忌是从哪儿来的，或者，如她所感觉的，是造物使然（造物一向睿智）。然而，有时候她会无法抗拒某个女人的魅力，不是少女，而是某个对她推心置腹的女人——经常会有女人向她倾诉一些烦心琐事，一些愚蠢糗事。或许出于怜悯，或许由于这些女性的美貌，或许因为自己比她们年长，或许是一些偶然性因素——比如淡淡的香味，或者隔壁的小提琴声（声音在某些时刻会产生如此神奇的力量）——她会千真万确地体会到男

---

[1] 即《马尔博将军回忆录》，是一部详细记录马尔博男爵将军在拿破仑战争时期的军事生涯与战斗经历的重要文献。马尔博男爵将军指挥过同奥地利、俄国、普鲁士等多个国家的战争。
[2] 克利夫登庄园是英国白金汉郡的一座著名贵族庄园，依山脊而建，俯瞰着辽阔的河谷。现为五星级酒店。
[3] 君士坦丁堡是现在的伊斯坦布尔，土耳其城市，世界著名的旅游胜地。

人的感受。虽然只有一瞬间，也已经足够了。那是一种突如其来的启示，像脸上刚刚泛起的潮红，你想抑制，它却漫延开来，于是你只能屈服，赶紧逃到一个远远的角落里，在那里浑身颤抖，感觉整个世界都向你靠近过来——某种惊心动魄的意义、某种心醉神迷的压力在里面膨胀，终于冲破了薄薄的外皮，喷涌着，奔流着，又用一种非同寻常的舒缓，抚平了裂口和痛楚！就在那一瞬间，她看到了一个启示，如一根火柴在一朵番红花里燃烧，一种内在的意义几乎就要显露出来。但是，靠近的世界退了回去，膨胀的坚挺软了下来。结束了——那个激情时刻。与这样的时刻（和女性之间产生的感觉也一样）形成鲜明对比的是（她放下了帽子）这张床、马尔博男爵的书和这根燃烧了一半的蜡烛。她会醒着躺在床上，听到地板的嘎吱声。灯火通明的房子突然暗了下来，如果她抬起头，还能听到理查德尽可能轻柔地松开门把手的咔嗒声——他在悄悄地上楼，脚上只穿着袜子，中间还经常把暖水袋掉到地上，然后是一声咒骂！她会笑得花枝乱颤！

但这个关于爱情的问题（她一边想，一边把外衣放好），这个爱上女人的问题又算什么呢。就拿萨莉·西顿来说吧，在过去的那段岁月里，她和萨莉·西顿的关系，不管怎么说，不就是爱情吗？

记得萨莉坐在地板上——那是克拉丽莎第一次见到萨莉——双手环抱着膝盖，还抽着烟。是在哪里呢？曼宁家吗？还是金洛克·琼斯家？或者是在某个宴会上吧（什么地方的宴会呢？她记不清了），因为她清楚地记得自己问陪在萨莉身边的男人："那是谁呀？"那人告诉了她，还说萨莉的父母关系不好（当时这句话让她震惊极了——居然还有父母会吵架！）。整个晚上，她的目光都无法从萨莉身上移开。萨莉有一种非凡的美，正是她最欣赏的那种：深色的皮肤，大大的眼睛，身上的气质是她从来没有拥有过的、一直很羡慕的——那是一种放纵，仿佛什么都可以说，什么都可以做。这种气质在外国女人身上比英国女人身上要常见得多。萨莉总说她身上有法国人的血统,她的祖先曾经侍奉过玛丽·安托瓦内特[1],也被砍了头,留下了一枚红宝石戒指。也许那年夏天萨莉就来博尔顿住下了,一天晚饭后,就那么出人意料地走了进来,口袋里一分钱都没有。而且,她还把可怜的海伦娜姑妈烦得要命,一直都没有原谅她。萨莉的父母大吵了一架。那天晚上,萨莉来到他们身边的时候,身上真的是一分钱都没有,她把一枚胸针当掉,才有了路费。她是一怒之下离家出走的。那晚,她们两个一直聊到了深夜。正是萨莉让她第一次感觉到,博尔顿的生活有多么闭塞。她还对性一无所知,对社会问题也一样。萨莉则见过一个老人倒在田里,死掉了;还见识过刚刚生下牛犊的奶牛。可海伦娜姑妈从来不喜欢谈论任何事情(萨莉想带给克拉丽莎一本威廉·莫里斯[2]的书,还得用牛皮纸包起来)。她们两个坐在克拉丽莎位于顶楼的卧室里,一个小时又一个小时地谈天说地,聊生活,聊她们要如何改造这个世界。她们打算成立一个废除私有财产的社会,还真的写了一封信,不过并没有寄出去。当然,这些想法都是萨莉提出来的。不过很快,克拉丽莎也跟萨莉一样兴奋起来,早餐前俩人窝在床上读柏拉图,读莫里斯,读雪莱,一读就是几个小时。

萨莉的能量很惊人。她有天赋,有个性。比如她用花来做装饰的方式,就很独特。在博尔顿,餐桌上总是刻板地摆着一排小花瓶。萨莉走出去,摘了蜀葵啊,大丽花啊——各种从来没有在一起搭配摆放过的花——把花朵剪下来,放在装满水的大钵里漂着。这效果真是非同一般——在夕阳里吃晚饭的时候尤其出色。(当然,海伦

---

1 玛丽·安托瓦内特是法国国王路易十六的王后,在法国大革命中,因为奢靡无度和叛国等罪行被送上了断头台。
2 威廉·莫里斯(William Morris, 1834—1896),英国设计师、诗人,设计的作品引发了工艺美术运动。他还是早期的社会主义活动家,曾成立了社会主义联盟。

娜姑妈认为这样对待花朵太淘气了。)又有一次,她洗澡时忘了拿沐浴海绵,就光着身子跑过走廊去拿,惹得总是一脸严肃的老女仆艾伦·阿特金斯到处抱怨,"要是被哪位先生看见了,成什么体统?"确实,萨莉的行为真够惊世骇俗的。这个孩子太不检点了,克拉丽莎的爸爸如此评价。

回想起来,奇怪之处在于,她对萨莉的感情那么纯洁,那么真诚。和对男人产生的感情不同,这种感情完全没有利益关系。不仅如此,它还具有一种只可能存在于女性间的,而且是刚刚步入成年的女性间的特性。从克拉丽莎的立场上看,这种感情是呵护性的,发自一种同盟般的亲密感,一种有什么东西注定要把她俩分开的预感(俩人聊起婚姻,总会说得像一场灾难),于是就走向了这种骑士精神,这种呵护性的感情。这一感情在克拉丽莎身上比在萨莉身上强烈许多。这是因为,在那些日子里,萨莉是个彻头彻尾的冒失鬼,为了出风头会做出最荒唐的傻事,比如绕着露台上的护栏骑自行车、抽雪茄。荒唐,这个萨莉,荒唐得——离谱。但她的魅力是压倒一切的,至少对克拉丽莎来说是这样的。因此,她依然能想起自己站在家里顶层的卧室中,手里拎着热水壶,大声感叹:"她就住在这个屋檐下……她就住在这个屋檐下啊!"

没意义了,对现在的克拉丽莎来说,这些话已经毫无意义了。往日的情感,她甚至连一丝共鸣都无法产生了。但她依然能记起当时自己激动得浑身发冷,在一种狂喜的心情中整理着头发(现在,克拉丽莎取下发卡放到梳妆台上,开始梳理头发,往昔的感觉又回来了)。当时,白嘴鸦在粉红色的晚霞中炫耀似的上下翻飞,克拉丽莎穿好衣服,走下楼,穿过大厅的时候,心中感觉"如果现在就死去,现在就是最幸福的时刻"。这正是克拉丽莎的感受——奥赛罗式的感受。她深深地相信,自己体会到的这种感觉,跟莎士比亚笔下的奥赛罗体会到的一样深刻,因为她正一袭白裙地走下楼去吃晚餐，就要见到萨莉·西顿啦！

萨莉穿着一件粉红色的薄纱衣——这可能吗？不管怎么说，当时她看起来那么明艳，那么光彩照人，像一只鸟儿，又像一只气球飞了进来，靠在一根荆棘上，稍作停留。不过，一个人坠入爱河的时候（不是坠入爱河又是什么呢），最奇怪的事情莫过于对其他人完全视而不见。海伦娜姑妈吃完晚饭就走了，爸爸在看报纸，彼得·沃尔什可能也在，还有老小姐卡明斯，约瑟夫·布赖特科普夫肯定也在，因为他每年夏天都来。可怜的老头子，一待就是好几个星期，假装教卡明斯小姐学德语，其实是为了弹着钢琴唱音乐大师勃拉姆斯的作品，却没有一个音在调上。

这一切不过是给萨莉做了背景。她站在壁炉旁和克拉丽莎的爸爸聊天，嗓音那么优美，让她说的每个字听起来都像一种安抚。爸爸已经开始被她吸引，这可相当违背他的本意（他曾经借了一本书给萨莉，却发现书被扔在露台上湿透了，为此一直耿耿于怀）。这时，萨莉突然说："闷在房间里多辜负好天气啊！"然后大家都去了露台上，一圈又一圈地溜达。彼得·沃尔什和约瑟夫·布赖特科普夫继续聊德国歌剧作家瓦格纳的话题，克拉丽莎和萨莉稍稍落在了后面。然后，路过一个开满鲜花的石瓮时，克拉丽莎迎来了一生中最美妙的时刻。萨莉停下脚步，摘了一朵花，亲吻了克拉丽莎的嘴唇。整个世界似乎都翻转过来了！其他人都不见了，只有她和萨莉单独待在一起。当时，她觉得自己被馈赠了一份礼物，一份包装好的礼物，被叮嘱只能保管，不能打开看——里面是一颗宝石，或一种无比珍贵的东西，藏在包装里。她俩溜达的时候（走过来走过去，走过来再走过去），她拆开了包装，或者说，是宝石的光芒透过包装射了出来，让她得到了启示，那是一种信仰般虔诚的感觉！这时，老约瑟夫和彼得从对面走了过来。

"在看星星呢？"彼得说。

359

这份惊扰，简直像在黑暗中把脸撞到了花岗岩墙上！太讨厌了，太可怕了！

这感受却并非为了她自己。克拉丽莎感觉到的，只有萨莉受到了怎样的欺负，怎样的粗暴对待，还有彼得的敌意、嫉妒，以及他想闯入她俩之间感情的决心。她看清了这一切，一如闪电亮起的刹那清晰地看到风景。可萨莉呢（她让克拉丽莎前所未有地佩服！），那么勇敢，一点都没被吓到，照样我行我素。她大笑起来，向老约瑟夫请教那些星星的名字——在这方面他可是非常想露一手的。克拉丽莎站在那里，听着他们说话。她听到了那些星星的名字。

"哦，太讨厌啦！"克拉丽莎自言自语道，仿佛一直知道会有什么事情打断她们，让她的幸福时刻变得黯淡无光。

然而，毕竟，后来她欠了彼得那么多。每次想到彼得，克拉丽莎眼前浮现的都是两个人因为什么原因吵架的情景——也许是她太想得到他的好评了。拜彼得所赐，"伤感""有教养"，每天都由这两个词开启她的生活，就像彼得每天守护着她一样。一本伤感的书。一种伤感的生活态度。伤感。想起过去，也许她真的要伤感起来了。彼得回来后，又会怎么想呢？克拉丽莎想知道。

会觉得她变老了吗？彼得回来看到她的苍老，是会说出来呢，还是说，她会看出来他在那么想呢？真的老了。那场病以来，克拉丽莎的头发有点发白了。

克拉丽莎把胸针放在桌子上，突然一阵痉挛，似乎在她沉思的时候，有一双冰冷的爪子趁机攫住了她。她还不老，才刚刚踏入人生的第五十二年，前面还有太多月份没有拆封：六月、七月、八月！每个月份都那么完整。仿佛要抓住不断滴落的光阴似的，克拉丽莎走到梳妆台前，深深地沉入这一刻的中心，把它牢牢地定格在那里——这个六月清晨的此时此刻，所有别的清晨都向这里压了过来。她重新打量着镜子、梳妆台和上面瓶瓶罐罐的护肤品，又将全部注意力集中到一个点上（她看向了镜子），看着镜中女人那精致的、粉扑扑的脸庞。就是这个女人，今天晚上要举办一场宴会。那是克拉丽莎·达洛维的脸，她自己的脸。

自己这张脸，克拉丽莎不知打量过几百万次了，每次脸上都带着一种难以察觉的紧缩感！她看着镜子嘟起嘴唇，这样会让脸型变尖。这就是她的本我——尖刻、锐利、思路清晰。这就是她自己，当有某种力量、某种召唤需要她做自己，她会把自己的每一面集中起来。只有她自己知道，她的每一面是多么不同、多么不相容，但无论如何就这样组合到了一个焦点中，一颗"钻石"里，一个女人身上，坐在客厅里，成了一个交汇点，无疑还会成为某些乏味的人们生命中的光芒，也许还是某些孤独者的庇护所。她帮助过年轻人，他们都对她心存感激；她努力让自己的形象始终如一，从来不会表现出自己的其他面——挑剔、嫉妒、虚荣、猜疑，比如布鲁顿夫人没有邀请她参加午宴这件事，她心想（她终于开始梳理头发了），简直太卑鄙了！算了，她的晚礼服在哪儿呢？

晚礼服都挂在衣橱里。克拉丽莎伸手探入橱中衣料的柔软，轻轻摘下那件绿色晚礼服，拿到窗前看。裙子的缝线撕开了一点儿，因为有人踩到了她的裙摆。那次的大使馆宴会上，她感觉到裙腰的褶子处松了一点儿。在灯光下，这抹绿色会光泽闪烁，但在此刻的阳光里却有些暗淡。她自己来缝吧，女仆们要做的事情太多了。今天晚上她就穿这件晚礼服了。她得拿上丝线、剪刀——还有什么来着——当然，得有针箍，拿到楼下的客厅里去，因为她还得写信，还要确保宴会的准备大致上井井有条。

多奇怪啊，克拉丽莎在楼梯平台上停下脚步，调整了一下心中"钻石"的形状，让自己保持一贯的风度，又想，多奇怪啊，女主人能对家里每时每刻的状态、每个人的性情都了如指掌！有微弱的声音沿着楼梯井道盘旋上升，有拖把的沙沙声，轻轻重重的敲击声，大门打开时的响声,一句吩咐在地下室里的依次传递声,托盘上银餐具的叮当声,那是宴会上要用的干净银餐具。一切都在为这场宴会做准备。

(露西端着托盘走进大厅,把巨型烛台摆在壁炉架上,小银盒摆在中间,又把水晶海豚转向了时钟方向。宾客们要光临了,那些女士们、先生们,他们会站在大厅里,拿腔拿调地交谈,她都能模仿得来。宴会上所有人中,她的女主人是最可爱的一个——她是那些银餐具、亚麻桌布和瓷器的女主人。露西把开信封用的裁纸刀放在镶花桌子上。看着明媚的阳光、闪亮的银器、摘掉了铰链的门、朗珀梅尔甜品店派来的员工,一种成就感从露西心中油然而生。看哪!看哪!露西感叹道,同时也对心里的几位老朋友们说——露西曾经在伦敦边缘小镇卡特汉姆的一家面包店里打过工,那是她的第一份工作,当时只能从玻璃窗里偷偷窥视外面的"大场面"。她觉得自己仿佛成了安吉拉女士[1],正在侍奉着玛丽公主[2]。这时,达洛维夫人走了进来。)

"噢,露西,"达洛维夫人说,"这些银器擦洗得可真漂亮啊!"

"还有,"达洛维夫人转了转那个水晶海豚,摆正了,问道,"昨天晚上的演出你觉得怎么样?""哦,还没演完他们几个就得走了。"露西说,"他们十点钟就得回去!""所以,他们不知道后来的剧情。确实有点没福气呀。"达洛维夫人说(因为她的仆人们可以晚些回来,只要向她请示一下就可以)。"这个看起来太寒碜啦。"达洛维夫人拿起沙发中间那个不带饰物的旧垫子,塞到露西手里,还轻轻推了她一下,叫道:"拿走这个垫子!去把它送给沃克太太吧,说我问候她!拿去吧!"

---

[1] 安吉拉女士是英国国王乔治五世的王后的女侍从,又称海伍德伯爵夫人。
[2] 玛丽公主是英国国王乔治五世的长公主。

露西拿着垫子走到客厅门口,又停下脚步,脸上泛起一抹红晕,十分小心地问,让她来帮忙缝那件衣服不好吗?

可是,达洛维夫人说,露西手上的事情已经够多的了,不缝裙子也够她忙的了。

"不过,谢谢你,露西,哦,谢谢你。"达洛维夫人说。谢谢你,谢谢你,她接连说了好几遍。(她在沙发上坐下来,把裙子摊放在膝盖上,拿起了剪刀和丝线。)谢谢你,谢谢你,达洛维夫人总会这样说。她在感谢她的仆人们,因为是仆人们成全她成为这样的自己,成为她想成为的那种人——温柔而宽厚。家里的仆人们都喜欢她。然后,她的这件衣服——是哪里开线了呢?她得先把丝线穿进针眼里。这是她钟爱的一件衣服,是在萨莉·帕克的店里定制的,差不多算是萨莉做的最后一件衣服了。唉,因为萨莉现在已经退休,搬去了伊灵区[1]。等我一有时间,克拉丽莎心想(可她再也不会有时间了),就去一趟伊灵,看看她。因为她是个挺有意思的人,克拉丽莎心想,一个真正的艺术家。虽然萨莉脑子里转的都是些荒诞不经的小念头,但制作的各款裙子却一点都不古怪——你既能穿着在哈特菲尔德这样的小镇逛,也能穿着去白金汉宫赴宴。克拉丽莎就在哈特菲尔德穿过萨莉做的裙子,在白金汉宫也穿过。

宁静笼罩着克拉丽莎,让她内心平和而满足。手中的银针顺滑地牵引着丝线,拉到尽头后轻轻停住,将绿色的褶子收拢起来,非常轻巧地缝在腰带上,正如夏日里的波浪,聚拢、倾翻、跌落,再聚拢,再跌落,整个世界似乎越来越深沉地说着"这就是生活",直到躺在沙滩上晒太阳的身体里的心灵也跟着说起来,"这就是生活"。不再畏惧,心灵说。不再畏惧,心灵说,把沉甸甸的心事交

---

[1] 伊灵区是伦敦西部的一个行政区,属于富人区的西向延展,自然环境比较好,与威斯敏斯特相隔两个区。

给大海，它会为所有的伤心事叹息一声，然后重获新生，从头开始，浪花聚拢再落下。只有身体孤单地听着蜜蜂嗡嗡飞过、浪花碎裂。远远地传来狗吠声，一声又一声。

"天哪，前门的门铃响了！"克拉丽莎吃了一惊，手中的针停了下来。她回到了现实里，侧耳听着。

"达洛维夫人会见我的。"客厅里传来一个略显苍老的男人声音，"嗯，会的，她肯定会见我的。"那人嘴里重复着，非常和善地婉拒了露西的劝阻，步伐矫健地跑上了楼梯。"会的，会的，会的。"他一边疾步上楼，一边喃喃自语，"她会见我的。我在印度待了五年了，克拉丽莎会愿意见我的。"

"会是谁——能有什么事？"听到上楼的脚步声，达洛维夫人心中疑惑（想想看，在她举行宴会的当天上午十一点钟还来打扰，真是太过分了）。她听到那人把手放在门上，下意识地想把裙子藏起来，一如处女想保护自己的贞洁，尊重自己的隐私。这时，球形的黄铜门把手转动起来。门开了，走进来的是——她一时竟叫不出他的名字了！在这样一个上午，看到突然出现在眼前的彼得·沃尔什，克拉丽莎·达洛维夫人又是惊讶，又是高兴，又是羞赧，整个人不由得呆在那里！（她还没看彼得写来的信呢。）

"呃，你好吗？"彼得·沃尔什激动得微微发抖，紧紧地握住克拉丽莎的双手，在每只手上都吻了一下，问道。克拉丽莎有点显老了，彼得心中感慨，坐了下来。这样的话我不会说给她听的，彼得又想，虽然她确实老了些。她在看着我呢，彼得想着，突然感觉一阵尴尬涌向全身，虽然刚才他还吻了克拉丽莎的双手。彼得把手插进兜里，掏出一把大大的折叠刀，把刀刃打开了一半。

他真是一点儿都没变哪，克拉丽莎心想，还是一脸的不合时宜，一样的格子西装，但脸型有些不一样了，也许瘦削了一些，干瘪了一些，不过整体状态看上去好极了，跟以前一模一样。

"又见到你了,真是太好啦!"克拉丽莎惊叹出声。彼得把折叠刀整个打开了。习惯都还跟以前一样呢,克拉丽莎心想。

昨晚才到城里,彼得说,还得马上去一趟乡下。一切都好吗?大家都好吗——理查德好吗?伊丽莎白好吗?

"这是要做什么?"彼得说着,用折叠刀指了指克拉丽莎那件绿色晚礼服。

他穿得倒是挺讲究,克拉丽莎心想,可就是总对我吹毛求疵。

克拉丽莎在缝开了线的晚礼服。还是跟以前一样缝着裙子,彼得心想,我去印度的这些年,她就在这个家里缝缝裙子、到处玩一玩、参加宴会,还会跑去议会,再回到这里,诸如此类。这么一想,彼得心中渐渐升腾起怒火,情绪也烦躁起来。因为他觉得,对某些女人来说,这个世界上最糟糕的事情莫过于结婚,彼得思量着,参与政治也算,还有嫁给一个保守派的丈夫,比如这位"受人敬仰的"理查德。没错,没错,想到这里,他"啪"地合上了折叠刀。

"理查德挺好的。他去委员会了。"克拉丽莎说。

克拉丽莎张开剪刀,问彼得介不介意她先把衣服缝完,因为今天晚上家里要举办一场宴会。

"我不会强求你来参加的,"克拉丽莎说,"我亲爱的彼得!"

听到克拉丽莎这么称呼自己,彼得心中愉悦起来——我亲爱的彼得!真的,一切都赏心悦目起来了,包括银器和椅子,一切都多么赏心悦目呀!

为什么不邀请我参加宴会呢?彼得问克拉丽莎。

这一刻,彼得很有魅力啊!克拉丽莎心中一动,当然了,非常有魅力!这让她回想起来当时下定决心有多艰难——为什么要下定那样的决心呢——在那个极度痛苦的夏天,下定了决心不嫁给他?真搞不懂。

"你今天上午就赶过来了,简直太不可思议了!"克拉丽莎激动地叫道，放下了手，一上一下搭在裙子上。

"你还记得吗？"克拉丽莎问，"以前在博尔顿的时候，百叶窗帘总是啪嗒啪嗒响。"

"记得啊。"彼得说。他还记得和克拉丽莎的父亲单独用早餐的情景，尴尬极了。克拉丽莎的父亲已经去世，可他却没有写信给克拉丽莎表达慰问。彼得和老帕里一直相处得不太好——那个暴躁的、腿脚不利索的老人，克拉丽莎的父亲，贾斯汀·帕里。

"我常常希望能和你父亲相处得好一点儿。"彼得说。

"可他从来没有喜欢过任何一个想要——任何一个我的朋友。"克拉丽莎说。她本可以忍住不说那句话的，因为这等于提醒了彼得，他曾经想娶她。

我当然想了，彼得心里说，这件事几乎让我的心都碎了。他沉浸在自己的悲伤里——伤感的情绪升起，像从露台上望去的一轮月亮，在落日的余光里苍白地美丽着。从那之后，我再没有像以前那样快乐过，彼得心想。他感觉自己仿佛真的坐在露台上，向克拉丽莎这边挪了一点，伸出手，举起来，又放下了。在他们的头顶，悬着那轮悲伤的月亮。克拉丽莎似乎和他一起坐在露台上，沐浴着月光。

"现在庄园归赫伯特了。"克拉丽莎说，"我再也不会去那儿了。"

一如在月光下的露台上经常出现的一幕，一个人开始为自己的厌倦感到羞愧，而另一个人却沉默地坐在那里，十分安静而又悲伤地望着月亮，不想开口说话，只是动动脚，清清嗓子，盯着桌腿上的铸铁涡卷装饰出神，摆弄一片叶子，但什么都不说——这就是彼得·沃尔什现在的样子。为什么要让他在这样的情绪中回忆过去呢？彼得心想，为什么要让他再回味一遍呢？她已经那么无情地折磨过他，为什么还要让他受苦呢？为什么？

"你还记得那个湖吗？"克拉丽莎问，声音有些发僵。一种情绪攫住了她的心，让她感觉压抑，喉咙的肌肉也因此僵硬起来，连带着嘴唇都收紧了，说到"湖"的时候还抽动了一下。她既是一个小孩子，依偎在父母身边扔着面包喂鸭子，同时又是一个成年女人，来到站在湖边的父母身旁，怀抱着她的生活。她走向父母的时候，生活也在她的怀里越变越大，直到长成一整个生活，完整的生活。她把生活放在父母身边，告诉他们："这就是我的生活的样子！这就是！"可她把生活过成了什么模样呢？什么模样？说真的？不过是在这个早上和彼得一起坐着做做针线罢了。

克拉丽莎看着彼得·沃尔什，目光穿过悠悠岁月和情感，犹疑地落在他身上，带着泪光定了一刹那，又抬起，受惊般地跳开，一如鸟儿刚落到树枝上，又起身，匆匆飞走了。她只是轻轻地擦了擦眼睛。

"记得啊，"彼得说，"记得，记得，记得。"他喃喃着，好像克拉丽莎把什么东西拉到了表面，那种一浮上来就会伤到他的东西。停下！停下！他真想喊出来。毕竟他还不算老，生命还远没有走到尽头，不管从哪个方面来说都没有。他才刚刚五十出头嘛。我该向她倾诉吗？彼得思忖着，还是不要吧？他多想把一腔心事向克拉丽莎和盘托出啊。可克拉丽莎太冷淡了，彼得心想，一直忙着缝缝剪剪。如果黛西站在克拉丽莎身边，会尽失光彩的。而且，克拉丽莎会觉得我是个失败者。用他们的眼光来判断，我的确是个失败者，彼得心想，在达洛维家族的眼里就是这样。哦，是的，他丝毫不怀疑这一点。与这里的一切相比，他就是个失败者——看看那雕花的桌子、那带底座的裁纸刀、那海豚和烛台、那华美的椅套，还有古老而贵重的英国淡彩版画——他就是个失败者！我讨厌这些贵重物品中流露着的自鸣得意，彼得心想，但那是理查德热衷的东西，不是克拉丽莎的，她只不过嫁给了理查德。（这时，露西走进客厅，端着银餐具，很多的银餐具。她看起来迷人、苗条、优雅，露西弯腰

367

放下银餐具时，彼得心想）这里的生活一直都是这样的！彼得又想，一周又一周，这就是克拉丽莎的生活。而我——他接着想了下去，这一刻，似乎所有记忆都在他身上苏醒了：旅行、骑马、吵架、冒险、桥牌会、几次恋爱、工作、工作、工作！他自然而然地又拿出了他的折叠刀——那把牛角手柄的旧折叠刀，克拉丽莎心中明白，这三十年来他一直带着——彼得把刀攥在手里，握紧了拳头。

这是一个多么与众不同的习惯啊，克拉丽莎心中暗想，手里总玩着一把刀子，给人一种浮躁、头脑空空的印象，让人觉得他不过是个愚蠢的话匣子，跟以前一样。但我也没好到哪里去啊，克拉丽莎又想。她拿起针，定了定神。彼得的这次来访让她非常意外——也让她心烦意乱，感觉自己就像一个侍卫睡着了、无人保护的王后，任何人都能溜达进来，看看她躺在荆棘丛中的样子。于是，她召唤着自己经历过的事情，喜欢的事物，丈夫达洛维，女儿伊丽莎白，甚至她本身来帮助自己。总之，召唤着现在的彼得几乎完全不知晓的事情，就让这一切都来到身边，帮她击退敌人吧。

"那么，这些年你做什么去了？"克拉丽莎问。就是这样。战斗开始之前，战马会用前蹄刨向地面，甩着头，背上的鬃毛闪闪发光，脖子也弯了下来。就在这种情绪下，彼得·沃尔什和克拉丽莎并肩坐在蓝色沙发上，向彼此发起了挑战。彼得的力量在体内汹涌着，奔腾着。他从各个方面整合了自己的经历，讲给克拉丽莎听：他收获的赞美，他在牛津的学业，他的婚姻（克拉丽莎对他这一方面一无所知），以及如何恋爱的，他都和盘托出。

"经历了很多事啊！"彼得大声慨叹着。各种力量汇集起来，鼓舞着他，在他体内横冲直撞，让他感觉自己仿佛被一群人扛在肩膀上飞奔，既害怕又兴奋不已，什么都看不到了。于是他抬起双手，搭在额头上。

克拉丽莎坐得笔直，深吸了一口气。

"我恋爱了。"彼得说,但又不像在和克拉丽莎说话,倒像对某个正在黑暗中缓缓升向高空的女人倾诉。你触碰不到她,但必须在黑暗中把花环献祭到草地上。

"我恋爱了,"彼得喃喃地重复着(现在,他对克拉丽莎·达洛维说话的语气相当冷淡),"爱上了一个印度姑娘。"他已经祭上了他的花环。随便克拉丽莎怎么想吧。

"恋爱!"克拉丽莎惊讶地说。他都这么大年纪了,居然还戴着个小领结,还会被那个叫作爱情的怪物吞没!何况他的脖子上一点肉都没有,双手发红,比我还大了六个月呢!克拉丽莎的眼睛闪了一下,收回了目光,但心中依然翻滚着那句话:他恋爱了。他拥有了爱情,克拉丽莎体会着,他恋爱了。

可是,自负像一匹不屈不挠的马,永远要把那位冒犯了它的人踏在马蹄之下。心中的洪流呐喊起来:前进,前进,前进!即使连它自己都承认,我们可能根本没有目标,但仍然会前进,前进。不屈不挠的自负让血涌上了克拉丽莎的双颊,她看起来非常年轻,脸色粉嫩,眼睛亮晶晶的。她坐在那里,裙子搭在膝上,手中的针把绿色丝线拉到尽头,微微有些颤抖。彼得恋爱了!但爱上的并不是她。会是某个更年轻的女子吧,当然了。

"爱上谁了?"克拉丽莎问。

现在,必须把这个雕塑般的形象从高处拉下来,放在他们两个中间。

"不幸啊,是个结了婚的女人。"彼得说,"一个印度陆军少校的妻子。"

他就这样面带一种奇特、讽刺、甜蜜的微笑,以这种荒唐的方式把他的恋人放在了克拉丽莎面前。

(不管怎么样,他还是恋爱了,克拉丽莎心想。)

"她有两个孩子,一个男孩,一个女孩。"彼得继续说,声音很理智,"我回来就是见见我那几位律师,咨询离婚事宜的。"

我都说出来了!彼得心想,随便你怎么处置吧,克拉丽莎!我都说出来了!在克拉丽莎揣摩那位印度陆军少校的妻子(他的黛西)和两个年幼的孩子的时候,彼得觉得,他们的可爱之处每一秒钟都增加一分。仿佛他把灯光打到一个盛在盘子里的灰色小球上,那里便长出了一棵可爱的小树,在他们两个新鲜的、带着海盐味道的亲密氛围中(因为在某些方面,没有人能像克拉丽莎那样理解他,体会他的感受了)越长越高——属于他们两个的、极度的亲密啊。

那个女人奉承了他,愚弄了他,克拉丽莎心中想着,三下五除二就在心里刻画出了这位印度陆军少校妻子的形象。真是浪费感情!蠢得不可救药!彼得的一生就是这样被愚弄过来的:先是被牛津大学开除,接着在去印度的船上娶了偶遇的那个女孩,现在又要和一位印度陆军少校的妻子结婚——感谢上帝,当时她没有答应嫁给他!可是,他还是恋爱了。她的老朋友,她亲爱的彼得,他在恋爱。

"那你打算怎么办呢?"克拉丽莎问彼得。噢,找几位律师和诉讼代理人,像林肯律师协会[1]的胡柏和格雷特里律师事务所,他们会处理的。彼得说着,居然还用那把折叠刀修起了指甲。

看在上帝的分上,放下你的折叠刀吧!一股不可抑制的怒火升起,克拉丽莎在心里吼道。他那不合常理的愚蠢,他的软弱无能,他丝毫不能体贴别人的感受,都让克拉丽莎气恼不已,也曾经一直困扰着她。到了这个年纪他依然如故,真是愚蠢至极!

我明白你所有的想法,彼得心想,我知道我要对抗的是什么。

---

[1] 林肯律师协会又称林肯律师学院,伦敦四大律师学院之一。它的另一个重要身份是作为律师界的社团,给广大法律从业者提供一个交流、学习和探讨的平台。

他这么想着，手指沿着刀刃向前滑动，我要对抗的是克拉丽莎、达洛维以及他们身边所有的贵族人士。但我就是要做给克拉丽莎看——可接下来的情景让他大吃一惊，因为他突然被那些凭空而来、无法控制的力量攫住了，泪流满面，哽咽难言。彼得坐在沙发上，索性纵情大哭起来，泪水顺着脸颊滚滚而下。

克拉丽莎向前探过身去，抓住彼得的手，把他拉到身边，去亲吻他——实际上，她还没来得及压下胸中舞动起来的银色羽毛，就感觉彼得的脸贴到了她的脸上——于是，那羽毛成了在热带飓风中狂舞的蒲草。飓风渐渐平息，只剩下她握着彼得的手，拍着他的膝盖。克拉丽莎坐回了原来的位置，感觉和彼得在一起无比放松自在，无忧无虑。一个念头突然浮上她的脑海：如果当初嫁给他，我就可以整天享受这种快乐了！

可对克拉丽莎来说，这一切已经来不及。床单绷得平平展展，床也已是窄床。曾几何时，她独自登上一个塔楼，而别人都在阳光下采摘黑莓。门关着，在掉落的灰泥粉尘和鸟巢的污物中，远处的景色显得格外遥远，外面传来的声音也细弱、清冷（那次是在利斯山[1]吧，她记得）。理查德，理查德！她喊道，一如夜里熟睡的人突然惊醒，在黑暗中伸出一只手寻求温暖。理查德在和布鲁顿夫人共进午餐呢，她猛然想起。理查德已经离开了我，余生我将永远孤独，克拉丽莎想着，双手环绕抱住了膝盖。

彼得·沃尔什起身走到窗前，背对克拉丽莎站着，掏出一块印花大手帕，甩了一下把它展开。他看上去那么打动人，落寞而孤独，瘦削的肩胛骨将外衣微微拱起，猛烈地擤着鼻涕。带我一起走吧，克拉丽莎冲动地想，仿佛彼得马上要踏上某个伟大的航程，又仿佛

---

[1] 利斯山是英格兰萨里郡的一个著名自然景点，以植被繁茂的山丘和山顶上的哥特式塔楼而闻名。

走进了一出非常精彩、感人至深的戏剧里。然后，接下来的一刻，五幕都已结束[1]，她在戏里过完了一生——她离家出走，和彼得生活在一起——现在，戏剧落幕了。

该采取点什么行动了。于是，像一个女人收拾好了自己所有的东西——她的披肩，她的手套，她看歌剧的眼镜——起身走出剧院，走到街上去一样，克拉丽莎从沙发上站了起来，向彼得走去。

这太奇怪了，看到克拉丽莎环佩叮当，衣裙簌簌地走过来，彼得心想，她怎么还会拥有这样的力量？她穿过房间走来，依然散发着那种力量，让一轮悲伤的月亮——那轮他讨厌的月亮——升上博尔顿露台上方的夏日天空。

"告诉我，"彼得抓住克拉丽莎的肩膀，问道，"你幸福吗，克拉丽莎？理查德他——"

门开了。

"这是我的伊丽莎白。"克拉丽莎介绍道，声音里爱意满满，也许，还有点表演的成分。

"你好！"伊丽莎白走过来说。

大本钟敲响了半点钟，钟声在三个人之间异常有力地响起，好像一个强壮、冷漠、毫不顾忌他人的小伙子在挥舞哑铃，这边一下，那边一下。

"你好，伊丽莎白！"彼得大声打了个招呼，把手帕塞进口袋，快步走过她身边，又说了一声"再见，克拉丽莎"，看也没看她一眼，快步走出房间，跑下楼去，打开了客厅的门。

"彼得！彼得！"克拉丽莎喊道，追到了楼梯平台上。"今晚的宴会！别忘了我今晚的宴会！"她喊道，在户外的喧嚣中提高了声

---

[1] 五幕戏剧是戏剧的一种结构形式，其中的"五幕"分别为引子、发展、转折、高潮和结局。

音,却淹没在车流的嗡嗡声、所有钟表的报时大合唱中。彼得·沃尔什关上了门,那声"别忘了我今晚的宴会!"听起来细弱、单薄,仿佛从非常遥远的地方传来。

* * *

别忘了我的宴会,别忘了我的宴会,彼得·沃尔什走在大街上,还在跟着大本钟涌动的报时音乐和直率、生硬的半点钟声的节奏喃喃着(沉闷的声浪在空中渐渐消散)。这些宴会啊,彼得心想,克拉丽莎的宴会。克拉丽莎为什么要举办这些宴会呢,他不明白。他并不是在责怪克拉丽莎,也没有责怪向他走来的这个身穿燕尾服、纽扣孔里插着一朵康乃馨的男人影像。世界上只有一个人能像他这样坠入爱河。这个人走过来了,这个幸运的人,那是他自己的身影,映在维多利亚大街一家汽车公司的厚玻璃窗上。整个印度仿佛在他身后铺开:平原、高山、霍乱疫区,那个面积比爱尔兰大一倍的地方,那是他,彼得·沃尔什,独自做出的抉择。现在,他生平第一次真正坠入了——爱河。克拉丽莎的心变硬了,彼得想,还有那么一点多愁善感。此时,他的目光被路上那些了不起的汽车吸引了过去,心中猜想——这些车用多少加仑汽油,跑多少英里呢?彼得对机械很有兴趣,还在他的印度辖区里发明过一种犁,从英国订购了一批手推车,谁知苦力们都不愿意用。所有这些过往,克拉丽莎是一丁点儿都不了解的。

克拉丽莎介绍伊丽莎白的方式让彼得恼火。"这是我的伊丽莎白!"——为什么不简单地说"这是伊丽莎白"呢?那种表达并不真诚,伊丽莎白也不会喜欢的。(巨大的钟声还在轰鸣,振动着彼得周围的空气,直到最后一丝颤音消逝。那是半点报时,时间还早,才十一点半)因为彼得了解年轻人,他喜欢年轻人。克拉丽莎身上总是有些冷漠的东西,彼得心想。她一直有点保守羞怯,在少女时代就是如此;人到中年,保守羞怯就变成墨守成规,越发不可改变了,不可改变啊。彼得沉思着,心灰意冷地望进玻璃深处,心中忐忑,不知道自己在那个时候拜访会不会让克拉丽莎烦恼。想到刚才自己的行为像个傻瓜:痛哭流涕,情绪冲动,对她尽诉衷肠,跟以前一样,一模一样。彼得突然觉得羞愧难当。

就像乌云遮住了太阳,寂静笼罩了伦敦,也笼罩了人的心灵。努力停止了。时光挂在旗杆上拍打着翅膀。我们原地停下,我们原地站着。只有习惯的骨架,硬挺挺地支撑着人类的皮囊。皮囊里什么都没有,彼得·沃尔什自言自语着,感觉自己被掏空了,完全掏空了。克拉丽莎拒绝了我,他想。他就站在那里,想啊想,克拉丽莎拒绝了我。

啊,圣玛格丽特大教堂[1]的钟声感叹着,好像一位女主人在钟声响起的那一刻踏入客厅,却发现客人们已经到了。我没有迟到。没有迟到,刚好十一点半,她说。不过,尽管她的行为非常正确,她的声音,一位女主人的声音,还是不好流露出自己的个性的。某种由往事产生的悲痛,还有对现在的顾虑,都让她不愿意流露出自己的个性。现在是十一点半,她诉说着。圣玛格丽特大教堂的钟声沉入心底,埋藏在一圈又一圈荡开的声波里,如同某个生命想要倾诉,想要传扬,想要带着喜悦的颤抖安息——正如克拉丽莎本人,彼得·沃尔什心想,身穿一袭白裙在报时的钟声中走下楼来。那就是克拉丽莎,彼得深情地想着,回忆里她的形象无比清晰,却又无法捉摸。又仿佛这钟声多年前就在房间里响起过,在某个他们两人坐在一起的亲密时刻,钟声从一个人身上荡漾到另一个人身上,然后

---

[1] 圣玛格丽特大教堂位于英国伦敦市中心的威斯敏斯特区,与威斯敏斯特大教堂、威斯敏斯特宫同属英国的标志性建筑,不仅是宗教活动的场所,还是伦敦上流社会热门的婚礼场所。

离开——钟声充盈着那一刻,如同蜜蜂携满了花蜜。可那是哪个房间呢?又是什么时刻呢?为什么当钟声敲响,他会感觉到如此深沉的幸福?听着圣玛格丽特大教堂的钟声渐渐远去,彼得又想,克拉丽莎生病了,渐远的钟声承载的是倦怠和痛苦。她的病在心脏,他记得。最后一记钟声骤然响起,如此洪亮,仿佛是在风华正茂的生命中突然宣告了死神的降临,克拉丽莎在她的站立之处倒下了,倒在她的客厅里。不!不!彼得在心里喊道。她没有死!我也没有老!他在心中呐喊着,沿着白厅街[1]快步走去,仿佛他的未来在那里铺开,朝气蓬勃,源源不断。

他还不老,也不顽固,甚至一点儿都不乏味。至于别人怎么说——达洛维家族、怀特布莱德家族,以及他们圈子里的那一帮人,彼得一丁点儿都不在乎——就是一丁点儿都不在乎(尽管确实说不定什么时候,他得考虑一下能不能让理查德帮忙搞到个什么职位)。彼得大步走着,看着,怒视着剑桥公爵的雕像。他被牛津大学开除过——这是真的。他还曾经是一名社会主义者,从某种意义上说是一个失败者——这也是真的。但文明的未来仍然掌握在这样的年轻人手中,彼得心想,像三十年前的他那样的年轻人手中。这些人热爱抽象的法则,各种书会从伦敦万里迢迢地递送到喜马拉雅山的某个山顶上,他们在那里研读科学,研读哲学。未来掌握在这样的年轻人手中,彼得心想。

一阵沙沙声从背后传来,像树林里的叶子摩挲,还伴随着一种窸窸窣窣和有规律的咚咚声。这阵声音从彼得身边经过,敲进了他的思绪里,使他走在白厅街上的步伐也不由得严肃规整起来。那是一队身穿军装的小伙子,扛着枪,目视前方,迈着行军的步子,手

---

[1] "白厅街"及后文的"白厅"都是指英国伦敦市内的一条街道,是政府部门的重要集中地,包括国防部、外交部、海军部、首相府等。整条街上的建筑以波特兰白石为基底,纯净、优雅。

臂硬挺，脸上的表情就像刻在雕像底座上的铭文，赞颂着责任、感恩、忠诚和对英格兰的热爱。

彼得·沃尔什开始跟随他们的步伐，心中暗想，这真是一种非常好的训练。可他们看起来并不健壮。这些十六岁的小伙子们，大部分都有些瘦弱。他们今天行军，明天就可能站在放着一碗碗米饭、一块块肥皂的柜台后面卖货。现在，他们手里擎着庄严的花环，那是从芬斯伯里步行街[1]上取来送到空墓去的。小伙子们脸上的表情和花环一样肃穆，没有掺杂任何感官的快乐或日常的烦恼。他们刚刚宣过誓。来往的车辆行人肃然起敬，连货车都停了下来。

我跟不上他们，彼得·沃尔什心想。队伍沿着白厅街行进，毫无悬念地超过了彼得，超过了路上的每一位行人，走得整整齐齐，好像他们的工作就是双腿和双臂一致一样，而他们的生命，连带生命的多彩和热闹，都已经被安放在纪念碑和花圈的路面下，被纪律麻醉成了一具具僵硬的、死不瞑目的行尸走肉。人们必须尊重纪律，可以嘲笑它，但必须尊重，彼得心想。队伍走过去了，彼得·沃尔什在步行街的路边停了一下，心想，所有伟人的雕像，比如纳尔逊[2]、戈登[3]、哈维洛克[4]，这些黑色的、壮观的伟大战士形象，都站在那里，目视着前方，仿佛他们都经历了同样的克己禁欲（彼得·沃尔什觉得自己也曾经克己禁欲过，真是伟大的行为），在同样的诱惑中被践踏，才最终练就了大理石般冰冷的目光。可彼得·沃尔什丝毫不希望自己有这种目光，尽管他可以尊重别人的这种目光。他

---

1 芬斯伯里步行街是英国伦敦的一个步行街，店铺众多，还是一些机构、企业的办公地点。
2 纳尔逊是英国历史上的著名海军将领，曾击败过拿破仑的舰队。
3 戈登是著名英国将军。
4 哈维洛克是著名英国将军。

可以尊重那些小伙子们的这种目光。他们还不知道血肉之躯的烦恼，彼得心想。看着行军的小伙子们消失在河岸街[1]方向，彼得又想，这些我都经历过啊。他穿过马路，站在戈登的雕像下，那个他小时候崇拜过的戈登。戈登孤独地站着，一条腿抬起，双臂交叉在胸前——可怜的戈登，彼得心想。

还没有人知道他回伦敦了，除了克拉丽莎。正是因为这一点，彼得心里觉得，虽已远航归来，这片土地仍然只是一座岛屿。所以，他十一点半站在特拉法加广场[2]，独自一人，活着，却不为人知，由此带来的陌生感蔓延到全身。这是什么情况？我在哪里？究竟为了什么，要做这样的事情？彼得心想，离婚似乎是件很愚蠢的事。思绪下沉，如沼泽般提不起劲儿来。三种强烈的情绪向他袭来：领悟、大慈大悲，最后，仿佛是前两种情绪蔓延的结果，产生了一种无法抑制的、极致的喜悦。在他的大脑里，好像有一只手拉动绳索，帘幕缓缓打开。而他，虽然与之无关，却站在帘幕后那些无尽大道的开端，似乎只要他愿意，就可以沿着这些大道游荡下去。他已经很多年没有这么年轻的感觉了。

他已经解脱了！完全自由了——就像在习惯性堕落发生的时候，心灵会像一簇不羁的火焰，弯扭着、挤压着，眼看就要冲破牢笼。我已经好多年没有感觉自己这么年轻过了！彼得心想，他逃离了生活铸就的那个自己（当然，只能逃离大约一个小时），像一个孩子跑出了家门，四下里看着，跑着，家里的老保姆在向他挥手，站的却不是他家的窗口。可是，克拉丽莎还是格外有魅力啊，彼得

---

1 河岸街濒临泰晤士河，是伦敦的一条繁华街道，拥有众多著名历史建筑，如皇家法庭、皇家空军教堂等，艺术和商业氛围都很浓郁。
2 特拉法加广场是英国伦敦市中心的一个著名广场，于1805年为纪念著名的特拉法加海战修建。英国海军名将纳尔逊在此战中击败了法国和西班牙联合舰队，打消了拿破仑侵犯英国的念头。广场上建有纳尔逊纪念碑和铜像。

心中想着，穿过特拉法加广场向草市大街[1]方向走去。迎面走来一位年轻女郎，从戈登雕像旁经过。在彼得·沃尔什眼里（他那么容易动情），女郎的面纱一层层掀开，变成一直珍藏在他心底的那个完美女人形象：年轻而不失端庄，快乐而不失谨慎，肤色黝黑却娇艳迷人。

彼得挺直身子，暗暗摸了摸口袋里的折叠刀，跟在女郎身后，追随着她。这份刺激，即便不被理睬，似乎也能向他身上洒下一束光来，把他们两个联结在一起，让他在人群中跳脱出来。车流随意的喧嚣似乎在低语，通过罩成喇叭状的双手呼唤着他的名字，那名字不是彼得，而是那个私密的、他在想象中呼唤自己的那个名字。"你。"那女郎说。她只说了一个"你"字，用她那副白手套，用她的肩膀。女郎走过科克斯普尔街[2]上的丹特品牌店[3]，风吹起她薄薄的长披风，带着一种拥抱众生的仁慈，一种悲悯的柔情，就像张开的双臂，将疲惫的"你"揽入怀中……

可她还没有结婚呢，她还年轻，相当年轻，彼得心想。女郎身上佩戴的那支红色康乃馨（他在女郎穿过特拉法加广场时看到的）在彼得眼中燃烧起来，映红了女郎的嘴唇。可她还在路边的石栏旁等着。她有一种高贵的气质，但不像克拉丽莎那样世故，也不像克拉丽莎那样富有。看着女郎走过马路，彼得心想，她，是不是个体面女子呢？聪慧，生着蜥蜴般灵巧的舌头（因为人得会创造，得允许自己有一点离经叛道），一种冷静的、静观其变的聪慧，思维敏捷的聪慧，不是那种哗众取宠的聪慧。

---

[1] 草市大街是伦敦市中心的一条剧院街，16、17世纪时曾经是一个售卖干草等农产品的市场，并由此得名。
[2] 科克斯普尔街位于特拉法加广场和草市大街之间。
[3] 丹特品牌店是英国最知名、最成功的皮手套品牌之一，同时生产其他配饰，如遮阳帽、真丝围巾等。

女郎向前走，穿过了马路。彼得跟着她穿过了马路。他一点都不想让女郎难堪。不过，如果她肯停下脚步，他就会对她说："来吃杯冰激凌吧。"而她则会很干脆地回答："噢，好呀。"

可是，街上的行人走在了他俩中间，挡住了彼得的路，也遮住了女郎的身影。彼得追了上去，可女郎却变了。她的脸颊泛起了红晕，眼睛里闪出了嘲弄。他是个冒险分子，鲁莽，彼得心想，却也机敏、无畏，简直成了一个浪漫的海盗（昨晚他刚乘船从印度归来嘛），才不在乎那些该死的礼节，不在乎商店橱窗里的那些黄色的晨衣、烟斗、钓鱼竿，不在乎体面和晚宴，不在乎那些在马甲下穿着白衬衫的衣冠楚楚的老男人。他就是个海盗。女郎继续向前走，穿过皮卡迪利大街，走上摄政街，一直走在他前面。她的披肩、手套、肩膀和橱窗里的流苏、花边、羽毛围巾相互映衬，形成了一种华丽而奇异的氛围，从商店处向人行道蔓延，渐渐消失，就像夜晚黑暗中的树篱上摇曳的灯火。

女郎笑了起来，一脸愉悦地穿过牛津街和大波特兰街[1]，又拐进了一条小街里。此时，此刻，重要时刻即将来临。这时，她松了一口气，打开包，朝彼得的方向看了一眼，但并不是看向他。那是一个告别的眼神，总结了整个局势，然后得意扬扬地把它抛弃掉，永远抛弃。女郎把钥匙插进锁孔，打开门，消失在门里！克拉丽莎的声音响起，仿佛在彼得的耳边轻唱：别忘了我的宴会，别忘了我的宴会。那是一幢庸俗的红房子，悬挂的花篮隐隐透出一股不正经的气息。一场艳遇就此结束。

好吧，我已经享受了快乐，已经享受了，彼得抬头望着苍白的天竺葵花篮在风中摇摆，心想。不过，那快乐摔得粉碎——他的快乐，因为有一半都是虚构出来的，他心中很清楚。他虚构了同女郎

---

[1] 大波特兰街是伦敦市中心的繁华商业街，与牛津街相邻。

的这番艳遇。虚构，一如人会构想生活更美好的那一部分，彼得心想——构想自己，构想女郎，创造出一种精致的娱乐，还可以构想更多的东西。虚构的快乐很奇怪，也很真实，但这个虚构的世界是永远无法与人分享的——它摔得粉碎。

彼得转身沿着大街走去，想找个地方坐坐，等到了与林肯律师协会预约的时间，再去胡柏和格雷特里律师事务所。可他该去哪儿呢？无所谓了。那就沿着大街，朝摄政公园走吧。靴子踏在人行道上发出的嗒嗒声也在叫嚣着"无所谓"，因为时间还早，还很早。

又是一个流光溢彩的上午。如遒劲有力的心跳，大街上涌动着欣欣向荣的生命力。这里没有笨拙的试探——没有踌躇犹疑。一辆汽车疾风般驶来，一个急转弯停在了一个门口，位置精确、时间精准、没有噪声，恰到好处。一个腿上穿着丝袜，头上戴着羽毛头饰，婀娜多姿的女孩下了车，但女孩对彼得来说并没有什么特别的吸引力（因为他已经有过了一场艳遇）。透过打开的门，彼得看到尽职尽责的男管家，黄褐色的松狮狗，铺着黑白菱形地板、飘动着白色窗帘的大厅，并点头赞叹了一番。毕竟，伦敦以自己的方式取得了那么辉煌的成就：社交季节、文明社会。他的赞叹源于他出生在一个受人尊敬的驻印度英国人家庭，至少有三代人曾经管理过那片大陆的事务（真奇怪啊，彼得心想，怎么会对那些场景有这样的情感呢，因为他根本不喜欢印度、帝国和军队）。在某些时刻，文明，即使是这样的文明，对彼得来说也如私人财产般宝贵。在某些时刻，他心中会涌起对英国、对管家、对松狮狗、对受到安全保护女孩们的自豪感。虽然挺可笑的，彼得心想，但就是会有这样的感觉。医生、商人和女强人们都在忙着自己的事务，他们准时、机敏、精力充沛，在彼得看来都是可敬的好搭档，人们可以放心地把自己的生命托付给他们。他们还是生活艺术上的良师益友，会和你风雨同舟。由于这种、那种因素，眼前的情景确实还是很可以接受的。他想坐在树荫里抽上一根烟了。

这是摄政公园。是的,彼得小时候就在摄政公园里散过步。真是奇怪,彼得心中纳闷,童年的情景居然接连不断地浮现在脑海里,也许是见到克拉丽莎的缘故吧。他想,因为女人比我们男人更容易沉湎于过去。她们会眷恋某些地方,眷恋自己的父亲——女人们总是为自己的父亲深感骄傲。博尔顿是个好地方,一个非常好的地方,可我从来都没办法和那个老人处好关系,彼得心中慨叹。有一天晚上的情景真是惊世骇俗——发生了一场关于什么的争吵。关于什么呢?他记不清了。可能是政治吧。

是的,彼得记得摄政公园,记得公园里那条笔直的、长长的路,记得左边有个可以买气球的小房子,还记得有一座上面刻着什么题词的荒唐雕像,位置记不清了。他用目光搜寻着空座位——实在有点困倦了,他不想被询问时间的人打扰。那边坐着一位身穿灰色衣裙的保姆老太太,孩子在身边的婴儿车里熟睡——这是他能做的最好选择了。于是,彼得在那个保姆老太太坐的长椅的另一端坐了下来。

那个小女孩长得有点奇怪,彼得心中寻思,突然想起了伊丽莎白走进房间,站在她母亲身边时的样子。伊丽莎白个子很高,身材像个成年人,算不上非常漂亮,倒是有一股健美的英气,年龄不会超过十八岁。伊丽莎白可能和克拉丽莎不太合得来。"这是我的伊丽莎白"——偏偏要用这么个说法——为什么不干脆利落地介绍"这是伊丽莎白"呢?她跟大多数母亲一样,无非是想掩饰,而真实的母女关系根本不是那个样子。克拉丽莎对自己的魅力太自信了,彼得心想。她演得太过了。

浓郁香馥的雪茄烟雾被彼得缓缓地、以漩涡的形式吸进喉咙,又化作烟圈喷吐出来。烟圈以华美的姿态向上升去,蓝色的、一圈又一圈——今天晚上,我得想办法和伊丽莎白单独谈谈,彼得琢磨着——烟圈晃动起来，变成沙漏状，渐渐消失。形状怎么这么奇怪，彼得心想。突然，彼得闭上了眼睛，吃力地抬起手，把雪茄烟蒂向远处扔去。好像有一把巨大的刷子轻轻地拂过他的脑海，拂过在风中轻摇的树枝，拂过孩子们的吵嚷声、来来往往的脚步声、身边经过的人群声、忽缓忽急的嗡嗡车流声。下沉，下沉，彼得沉入了羽毛般温柔的梦乡，陷进去，整个人被羽毛包裹、覆盖起来。

*＊＊

灰衣保姆又织起了毛衣。在她身边，彼得·沃尔什坐在暖乎乎的长椅上，开始打鼾了。保姆一身灰布衣裙，双手不知疲倦地织着，却一点儿声音都没有，好像她是睡眠者权利的守护神，是暮色里天空和树枝交错的树林中现身的幽灵。孤独的旅人在林间小径上游荡，惊扰了蕨类植物，摧残了大铁杉，抬起头，突然看到道路尽头那个巨大的身影。

说到信仰，他可能算是一位无神论者。每当出现教徒般异乎寻常的激奋瞬间，他自己都会震惊不已。他认为，在我们的肉身之外，除了精神状态，除了渴望——渴望得到慰藉，得到解脱，得到这些可怜的、微不足道的人们之外，以及这些孱弱的、丑陋的、懦弱的男女之外的东西——什么都不存在。不过，他觉得，如果他能想象出一个女人，那么在某种程度上，这个女人就是存在的。旅人一边这样想着，一边沿着小路向前走，眼睛看向天空和树枝，快速地勾勒出一些女性的形象，然后惊奇地看到她们居然那么庄重，那么高贵。当微风轻轻挑逗这些女人的身影，她们先是用黑乎乎的、摇曳的叶子表达着仁慈、理解和宽恕，然后突然高高飞扬起来，渴望寻欢作乐的狂野内心战胜了装模作样的虔诚外表。

就是这些幻象，一会儿给孤独的旅人奉上装满水果的丰硕果篮，一会儿又像懒洋洋地浮在碧波间的海妖在他耳边喃喃低语，一会儿又化作一束束玫瑰迎面掷来，一会儿又钻出海面，化作渔夫们在洪水中奋力去拥抱的苍白面孔。

就是这些幻象，不停地浮现着，就在一步之遥的地方，将它们的面庞探到现实事物的前面，常常让孤独的旅人无力抵抗，夺走他对大地的感觉，夺走他对回家的希冀，又给他一种宁静作为补偿，仿佛（他沿着林间小径前行的时候这样想）一切对生活的狂热原本简单，纷杂的万物终要归一。这个由天空和树枝化成的身影已经脱离了苦海（他年纪大了，已经年过五十），仿佛一个从苦海中度化的女子，高贵的手中抛洒着悲悯、理解和宽恕。就这样吧，旅人心想，但愿我永远不要再回到灯光之下，不要再回到客厅里，不用再写完我的书，不用倾倒烟斗，不用按铃让特纳太太收拾房间，而是径直走向这个美妙的身影。她会轻轻地抬抬头，把我放在她高高的、流水般的绸带上，让我和万事万物一起灰飞烟灭。

就是这些幻象。孤独的旅人很快走出了树林，向着一扇门走去。门里是一位老妇人暗淡的目光，可能在搜寻他归来的身影。她双手举起，风吹动她的白围裙，她似乎要跨过一整个沙漠去寻找一个失去的儿子，寻找一个被害的骑士。（这种虚弱的力量如此强大。）那是一位母亲的形象，她的几个儿子在世界大战中死在了战场上。因此，当孤独的旅人沿着村子的街道向前走去，妇女们站在街边织着毛线，男人们在菜园里锄着地，黄昏弥漫着不祥的气息。那些身影都是静止的画面，仿佛某种令人敬畏的、大家心知肚明却大无畏地等待着的命运，马上会如秋风扫落叶般把他们彻底摧毁。

房子里的摆设普普通通，橱柜、餐桌、窗台上放着几盆天竺葵。女房东的轮廓突然出现，她弯腰撤下桌布，灯光下的身体轮廓变得柔和、美好。只有冷漠的人际交往的回忆才会阻止我们去拥抱这种美好。她取出些橘子酱，又把罐子放进食品柜，关上柜门。

"今晚没别的事了吧，先生？"

可是，孤独的旅人要回答给谁听呢？

***

保姆老太太依然在摄政公园里守着熟睡的孩子织毛线。彼得·沃尔什依然打着呼噜。

彼得猛然惊醒过来，嘴里还在喃喃着："灵魂的死亡。"

"上帝，上帝啊！"彼得叫出了声，又伸了伸懒腰，睁开了眼睛。"灵魂的死亡。"这句话与他曾经一直向往的某个场景、某个房间、某段过去联系起来了。那向往中的场景、房间和过去越发清晰起来。

那是（20世纪）90年代初的一个夏天，在博尔顿，彼得和克拉丽莎正在热恋中。喝完下午茶后，许多人围坐在一张桌子旁，有说有笑，整个房间沐浴在黄色的灯光中，香烟的烟雾在房间里缭绕。大家在聊一个娶了自家女佣的男人，那是住在附近的一个乡绅，他不记得名字了。结婚后，乡绅带着夫人来博尔顿拜访亲朋——那个场面真是尴尬。新晋的乡绅夫人浓妆艳抹得夸张。"跟只葵花鹦鹉似的。"克拉丽莎一边模仿乡绅夫人的样子，一边叽叽喳喳说个不停。她说啊闹啊，一遍又一遍。克拉丽莎模仿着那位乡绅夫人。然后有人说话了——是萨莉·西顿——她说，要是知道女方婚前生过一个孩子，对两个人的感情会有什么实质性影响吗？（在那个年代，在有男有女的场合中，说这样的话是很冒失的）克拉丽莎的反应现在还如在眼前。她的小脸涨得通红，收起了笑容，说："噢，我再也没法跟她说话了！"听到这话，围坐在茶几旁聊天的人们似乎都有些坐不住了。她的反应让大家都非常不自在。

他并不是责怪克拉丽莎介意这件事，因为在那个年代，在她这个环境里长大的女孩子对这些都讳莫如深。是她的举止让他恼火：羞答答、冷冰冰，还有些傲慢，真是既无情趣，又过分保守。"灵魂的死亡。"当时他不假思索地说出了这句话，为这一幕做了个点评。过去他经常这样点评——克拉丽莎灵魂的死亡。

大家都有些尴尬。克拉丽莎说话的时候，似乎每个人都低下了头，然后神态各异地聊别的了。彼得看了看萨莉·西顿——她像个闯了祸的孩子，身体向前倾着，面红耳赤，想要说点什么，又不敢说。克拉丽莎的反应确实够吓人的。（萨莉可是克拉丽莎最要好的朋友，经常过来玩儿，却跟克拉丽莎属于完全不同的类型。萨莉是个有魅力的姑娘，肤色微深，洋溢着一种健康的美，在那个年代里属于众所周知的泼辣性格。彼得经常给她雪茄，她就躲在卧室里抽。她要么跟谁订了婚，要么和家人吵了架。老帕里对他们两个一样不喜欢，这成了联结俩人友谊的伟大纽带。）后来，克拉丽莎在大家面前还是一副受了冒犯的样子，找了个借口，一个人起身离开了。她一开门，那只正追赶羊群的毛乎乎的大狗就跑了过来。克拉丽莎高兴极了，扑过去抱住了大狗。她好像要用这种方式告诉彼得——这都是做给他看的，他得明白——"我知道你觉得我刚才对那个女人的反应不可理喻，可你看我是多有爱心的一个人，多喜欢我的罗布啊！"

他们两个之间一直有这种"此时无声胜有声"的神奇默契。克拉丽莎本能地知道彼得在批评她。然后她就会用一些很明显的行为来为自己辩解，比如和大毛狗闹成一团——但这从来都骗不了彼得，他总是能看穿克拉丽莎的心思。当然她这样闹并不是因为彼得说了什么，而恰恰是因为他死气沉沉地坐在那儿。他们两个的争吵往往就是这样开始的。

克拉丽莎关上了门。彼得的心情一下子低落到了极点。似乎怎么做都没用——没完没了地恋爱、没完没了地争吵，又反反复复地和好。于是他一个人走开了，在周围的侧房、马厩之间徘徊，看里面养的马儿们。(这个地方很简陋，帕里家并不是特别富裕的人家，但一直有几个马夫和小马童——克拉丽莎喜欢骑马——还有一个老马车夫——叫什么名字来着？——还有一位老保姆，叫老穆迪？还是老古迪？反正大家就这样称呼她，声音也差不多。她会带着客人参观一个贴着很多照片、存放着很多鸟笼的小房间。)

那天晚上多煎熬啊！彼得的心情越来越低落，不仅仅是那件事，身边的事就没有一件顺心的。他没法见到克拉丽莎，没法向她解释，也就没法把事情做了断。周围一直有人，克拉丽莎却若无其事，好像什么都没有发生过。这就是她身上像魔鬼的地方——这种冷漠，这种故作麻木，根本就刻在她的骨子里。今天上午和她叙旧的时候，彼得再次感受到了这一点，坚不可摧。然而，天知道他是爱克拉丽莎的。她身上还有一种奇怪的魔力，能拨弄他的神经，把他的神经变成小提琴的弦，就是这样。

那天晚上彼得拖到很晚才去用晚餐，因为他有个愚蠢的想法，想让别人注意到他的存在。于是，他坐在了老帕里小姐——就是海伦娜姑妈，帕里先生的妹妹——身边，她应该是主持餐前祷告的。老帕里小姐披着白色开司米羊绒披肩坐在那里，身后是窗户——那是一位不好相处的老太太，但对彼得挺和善的，因为他曾经帮她找到了一种稀有的花。老太太是位伟大的植物学家，会穿着厚厚的靴子，肩上挎着一个黑色植物标本收集箱去跋山涉水。彼得坐在老帕里小姐身边，一句话都说不出来。一幕幕情景飞快地从眼前闪过，他却只是呆呆地坐在那里，吃饭。饭吃到一半的时候，彼得打起精神，向对面的克拉丽莎看去。克拉丽莎在和坐在她右边的一个年轻人聊天。电光石火间，他恍然大悟。"克拉丽莎会嫁给那个男人的。"彼得在心里说。当时他甚至还不知道那个人的名字。

当然，就是那天下午——他俩开始冷战的那天下午——达洛维来到了博尔顿。克拉丽莎称呼他"威克姆",一切就是这样开始的。是某位客人带他过来的,克拉丽莎还记错了他的名字。她向每个人介绍他的时候,都说他叫威克姆。终于小伙子忍不住更正道:"我叫达洛维!"这是彼得第一次见到理查德·达洛维。那是个白肤金发的小伙子,坐在一把帆布躺椅上,一脸尴尬,愣头愣脑地说:"我叫达洛维!"萨莉抓住这句话不放,之后一直称呼他"我叫达洛维!"

那段时间,彼得成了各种"恍然大悟"的牺牲品。那一预感——克拉丽莎会嫁给达洛维——让他心如刀割,一时崩溃得不知所措。克拉丽莎对待达洛维的态度有一种——怎么说呢?——一种抚慰。那是一种母性的、温柔的东西。他们在谈论政治。整个晚宴上,彼得都竖着耳朵,想听清他们在说什么。

后来,彼得能记起来的是,自己在客厅里,站在帕里小姐的椅子旁。克拉丽莎过来了,举止还是那么得体,像个真正的女主人,说想把他介绍给什么人——说得好像他们从未见过似的,这让他怒不可遏。但即便如此,他还是很钦佩克拉丽莎这一点的,钦佩她的勇气,她的社交天赋,还有她处理事情的能力。"完美的女主人。"彼得嘲讽了克拉丽莎。听到这句话,克拉丽莎整个人都僵住了。彼得成心让她感受这种痛楚。看到克拉丽莎和达洛维在一起后,他就是要不择手段地伤害她。于是克拉丽莎离开了他。此后,彼得有一种感觉,大家全聚在一起密谋着对付他——他们又说又笑——背着他。彼得站在帕里小姐的椅子旁,像个木头人一样,喃喃着一些关于野花的话题。他从来没有痛苦成这个样子过,从来没有!他一定是连假装倾听都忘记了。最后,彼得终于清醒了,看到帕里小姐一脸厌烦、满心怒气的样子,一双凸眼睛一眨不眨地瞪着他。这让他差点哭喊出来,他没办法专心听她说话啊,因为他的心正在地狱里煎熬着!大家开始走出房间。彼得听到他们在说拿上披风、水上

387

会很冷之类的话。他们要在月光下去湖里划船了——这是萨莉想出来的一个疯点子。彼得听到萨莉还在描述月色如何迷人。大家都出去了,只剩下彼得一个人。

"你不想和他们一起去吗?"海伦娜姑妈问——这个老帕里小姐!——她已经猜到是怎么回事了。彼得转过身去,居然又看到了克拉丽莎。她是回来叫他的。彼得被她的宽宏大量感动了——还有她的善良。

"走吧。"克拉丽莎说,"大家都等着呢。"

彼得的人生中还从来没有感觉这么幸福过!不用说,他俩和好了。于是,他们向湖边走去。他享受了二十分钟那么完美的幸福时光——克拉丽莎的声音、克拉丽莎的笑、克拉丽莎的衣裙(衣裙飘飘,是白色搭配深红色)、克拉丽莎的活力、克拉丽莎的冒险精神。她提议大家都下船,去探索那个小岛;她惊扰了一只母鸡;她笑啊,唱啊。一路上,彼得心里一直明白,达洛维爱上了克拉丽莎,克拉丽莎也爱上了达洛维。不过,似乎什么都不重要了。没关系了。他们两个坐在地上聊天——彼得和克拉丽莎。俩人可以毫不费力地进出彼此的内心,可惜,没一会儿就结束了。大家上船的时候,彼得在心里说:"她会嫁给那个男人的。"他情绪低落,却没有任何怨愤。这是明摆着的事情,达洛维会娶到克拉丽莎的。

达洛维划船送大家回来。他什么都没说。但不知什么原因,在大家目送他离开的时候,在他跳上自行车,准备在树林中骑行二十英里的时候,在他边沿着大路颠簸地骑行,边向大家挥手远去,身影渐渐消失的时候,显然,他本能地、强烈地、坚定地感受到了这一切:那个夜晚,那份浪漫,还有克拉丽莎。达洛维值得拥有克拉丽莎。

至于他彼得,只剩了一身荒唐可笑。就连他对克拉丽莎的要求也是荒唐可笑的(他现在明白过来了)。他在索求不可能得到的东西。是他制造了那些可怕的场面。如果他的行为不那么荒唐,也许,克拉丽莎仍然会接受他。萨莉也这么认为。那个夏天,萨莉给他写了好几封长长的信,告诉他她们如何谈论他,她如何替他说好话,克拉丽莎又是如何泪流满面的!那是一个非同寻常的夏天——那么多信、那么多争吵、那么多电报。他还一大早赶到了博尔顿,在那里百无聊赖地逛到仆人们起床。早餐时他和老帕里先生进行了一场极不愉快的密谈;海伦娜姑妈虽然不好相处,但还是和善的;萨莉把他拉到了菜园里,聊了很多;克拉丽莎头疼发作,卧床不起。

最后一场争吵发生在一个炎热的日子,时间是下午三点钟。当时彼得相信,那幕情景是他此生受到的最大打击(这么说可能有些夸张,但直到现在看来依然如此)。事情的起因只是一件小事——萨莉在午餐时不知道说了些什么关于达洛维的话,还称呼他"我叫达洛维"。听到这些,克拉丽莎的表情突然僵住了,小脸涨得通红(这是她的一贯反应),语气尖利地脱口而出:"这么无聊的玩笑,我们已经受够了。"就一句话而已,但对彼得来说,克拉丽莎真正要说的是:"和你在一起我只是寻寻开心,我和理查德·达洛维已经心心相印了。"这件事让他耿耿于怀,一夜夜无法入睡。"不管是哪种结局,都该做个了断了。"彼得暗下决心。他让萨莉给克拉丽莎带了一张字条,约她下午三点钟在喷泉边见面。"发生了一件非常重要的事情。"他在字条末尾潦草地写道。

喷泉在一片小灌木丛中间,离房子挺远的,周围都是高高矮矮的树。克拉丽莎来了,甚至比约定的时间还早些。他们两个各站在喷泉一边,喷泉的喷头(已经坏了)在不停地滴水。周围的景物都深深地刻在了他的脑海里!比如,那儿的苔藓绿得那么鲜活。

克拉丽莎一动不动。"跟我说实话,跟我说实话呀。"彼得不停地喃喃着。他觉得自己的额头几乎要爆裂了。克拉丽莎似乎被他吓住了,满脸震惊,但还是一动不动。"跟我说实话呀。"彼得重复着。

突然，老头子布赖特科普夫拿着《泰晤士报》探进头来，盯着他俩看了一眼，瞠目结舌地走开了。他俩谁也没动。"跟我说实话呀。"彼得一遍遍地问。他觉得自己在碾磨某种质地非常坚硬的东西。克拉丽莎毫不屈服。她像铁，像燧石，连骨子里都是刚性的。他似乎缠磨了几个小时，泪水顺着脸颊滂沱而下。克拉丽莎终于开口了："没用的。没用的。就这样结束吧。"她说出这句话的时候，简直就像一巴掌甩在了他的脸上。克拉丽莎转过身，离开了，走远了。

"克拉丽莎！"彼得呼喊着，"克拉丽莎！"但她再也没有回来。一切都结束了。那天晚上他就要离开。他再也不要见她了。

＊＊＊

太可怕了，彼得的心在呼喊，太可怕了，太可怕了！

尽管如此，阳光还是一样热烈；尽管如此，人还是会走出过去；尽管如此，生活还是会日复一日地继续。尽管如此，彼得感慨着，打了个哈欠，开始注意到——从他小时候到现在，摄政公园几乎没有什么变化，只不过多了几只松鼠——尽管如此，人生总会得到一些补偿的——这时，小伊莉斯·米切尔捡了几颗鹅卵石，准备拿回家放到儿童房的壁炉架上，跟以前和弟弟一起收集的放到一起。她把小手里的鹅卵石放到保姆的膝盖上，又飞快地跑开，却不偏不倚地撞上了一位女士的腿。彼得·沃尔什不禁笑出声来。

卢克雷齐娅·沃伦·史密斯在想心事。这太不公平了，为什么就该我受苦呢？她在公园大道上走着，问着。不行，我再也受不了了，她在心里说。她从塞普蒂默斯身边走开了——他已不再是原来的塞普蒂默斯，兀自坐在那边的椅子上说着一些冷酷的、残忍的、恶毒的话，一会儿自言自语，一会儿又跟一个死人说话。突然，一个孩子猛地撞到了她身上，摔了个仰面朝天，哇哇大哭起来。

这个情景倒能让人心里生出几分安慰。雷齐娅把孩子扶起来，帮她掸了掸连衣裙，还亲了她一下。

在雷齐娅看来，她并没有做错任何事，她曾经爱着塞普蒂默斯，曾经很幸福。她还曾经有一个美好的家，姐妹们依然住在那里，做着帽子。为什么就该她受苦呢？

那孩子一溜烟地跑回保姆身边。雷齐娅看到保姆放下手中织着的毛线，抱起孩子，责备了几句，又安慰起来。旁边一位面容和善的男士掏出怀表，将盖子突然打开逗孩子开心——可是，为什么她就该没人保护呢？为什么不留在米兰呢？为什么要受这种折磨？为什么？

在雷齐娅的泪眼中，面前的公园大道、保姆、灰衣男士和婴儿车微微颤动，上下起伏起来。被这种恶毒的折磨来回碾压，这就是她的命运吧。可是为什么呢？她就像一只躲在一层薄薄的树叶下的小鸟，树叶稍稍一动，就会被阳光晃得直眨眼睛；一根小干枝断裂，都会突然一惊。她暴露在外，周围是巨大的树木，是冷漠世界的大片云彩，暴露在外，受尽折磨。可为什么就该她受苦呢？为什么？

雷齐娅皱起眉头，跺了跺脚。她还得回到塞普蒂默斯身边，因为去威廉·布拉德肖爵士那儿看病的时间快到了。她必须回去告诉他，必须回到他身边去——他还坐在树下的绿椅子上，不是在自言自语，就是在同那个死去的埃文斯说话。雷齐娅只在一个商店里匆匆见过埃文斯一面，那时的埃文斯看上去像个善良的、不爱说话的小伙子，跟塞普蒂默斯是非常要好的朋友，后来不幸在战争中牺牲了。可这种事每个人都会遇到啊——大家都有在战争中牺牲的朋友，都会为了结婚放弃一些东西——她就放弃了自己的家。她不是来到这里生活了吗？这个倒霉的城市。可塞普蒂默斯却任由自己去想那些可怕的事，她也可以这样放任自己的，如果她想的话。他变得越来越陌生了，居然说有人在卧室的墙后面说话，这也让房东费尔默太太觉得怪异。他还会看到一些东西——在一丛蕨类植物中间看到了一个老妇人的头。可是,只要他选择快乐,他也能快乐起来的。像那次他俩坐公共汽车去汉普顿宫[1],就玩得非常开心。他说那些红色、黄色的小花开在草地上,像一盏盏浮灯。他们两个叽叽喳喳地说啊,笑啊,编各种故事玩儿。站在河边的时候,塞普蒂默斯看向河水的眼神,仿佛有什么东西让他着迷。这种眼神,火车或公共汽车经过的时候雷齐娅也在他眼中看到过。他突然说:"现在咱们就自杀吧。"雷齐娅怕他要离开自己,不由得紧紧地抓住了他的胳膊。可回家后,他又变得非常安静,非常通情达理。他会和雷齐娅争论自杀的事情,解释人们有多邪恶,还有人们从街上走过的时候,他是如何看出来他们在编造谎言。他说他能看透人们的所有想法,看透一切。他还说,他能看透这个世界的意义。

从汉普顿宫回来之后,塞普蒂默斯几乎不会走路了。他躺在沙发上,让雷齐娅拉住他的手,免得他掉下去,掉下去!他哭喊着说,会掉进火海里!他看到墙壁上有一张张脸在嘲笑他,恶言恶语地咒骂他,还有一双双手在屏风周围冲他指指点点。明明只有他们两个人,可塞普蒂默斯开始大声说话,回答别人的问题,争论着,大哭大笑,情绪非常激动,还让雷齐娅把那些对话记下来。全都是些胡言乱语,有关于死亡的,还有关于伊莎贝尔·波尔小姐的。她再也忍不下去了。她要回意大利去。

现在,雷齐娅走到了塞普蒂默斯附近,能看到他两眼盯着天空喃喃自语,双手紧紧地扣在一起。可霍姆斯医生却说他没什么病。后来发生了什么事呢——他的心为什么离开了,为什么她坐到他身边的时候,他会猛然一惊,不满地对她皱着眉头,向远处挪了挪,

---

[1] 汉普顿宫是位于英国伦敦西南部里士满的一处皇家宫殿,被誉为"英国的凡尔赛宫",曾经是亨利八世的居所。

然后指着她的手,又拿起她的手,一脸惊恐地打量?

是因为她摘掉了结婚戒指吗?"我的手指头细了很多,"雷齐娅说,"我把戒指放在钱包里了。"

他放开了她的手。他们的婚姻结束了,塞普蒂默斯想到这里,心中一阵剧痛,又如释重负。绳索已然割断,他跨上了马,自由了。他,塞普蒂默斯,人类的主宰,被宣判了自由;他,塞普蒂默斯,独身一人(因为妻子扔掉了婚戒,她已经抛弃了他),在众人中被单独召唤出来,聆听真理,领悟意义,在经历了所有文明(希腊文明、罗马文明、莎士比亚、达尔文,现在轮到他本人了)的艰辛之后,现在终于要完整地交给……"交给谁?"他大声问道。"交给首相。"他头上的树叶沙沙地回答道。这个重大机密一定要传达给内阁:首先,那些树是有生命的;其次,罪恶是不存在的;再次,爱,普天之下的大爱。他喃喃地说着,喘息着、颤抖着、艰难地提取着这些深刻的真理。它们如此深奥,如此难懂,需要付出巨大的努力才能说出来,但世界会因为这些真理而彻底地、永久地改变。

罪恶是不存在的。爱。他反反复复地说着,伸手去摸索卡纸和铅笔。这时,一只斯凯猎犬[1]用鼻子嗅了嗅他的裤腿。他被一阵恐惧攫住,惊跳起来。它要变成人了!他不能眼睁睁地看着这种事情发生!看到狗变成人,这太可怕了,太可怕了!小狗见状,马上跑开了。

上天是极度慈悲的,充满无限的善意。上天赦免了他,原谅了他的软弱。但是,科学的解释是什么呢(因为人必须遵循科学至上)?为什么他能看透人心,看到未来,看出狗何时会变成人?大概是因为热浪吧,热浪作用于经过漫长进化而变得敏感的大脑。从

---

[1] 斯凯猎犬是苏格兰斯凯岛上的居民为猎取水獭、獾和狐狸等而培育的犬种,属于中型犬类。

科学角度来讲,他的肉体已经从这个世界上融化了。他的身体被沤烂,只剩下了神经纤维。神经纤维又像一层薄纱一样在岩石上摊开。

塞普蒂默斯向后靠坐到椅子上,精疲力竭,却仍然坚持着。他靠在椅子上休息、等待,准备再次做出努力,忍受着剧痛向人类阐释真理。他躺在高高的山上,躺在世界的屋脊上,大地在他的脚下激动地颤抖。红色的花朵从他的肉体里长出来,硬挺的叶子在头顶沙沙作响。音乐开始碰撞这里的岩石,铿锵作响。这是街上汽车的喇叭声,塞普蒂默斯喃喃自语。但到了这高处,声音便如大炮般在一块块岩石间轰击着,分裂,又在剧烈的震荡中聚合,升起,化作一根根光滑的柱子(音乐竟然是可以被看见的,这是一个新发现),成为一首颂歌,和一个牧羊男孩的笛声缠绕在一起(那是一位老人在酒吧旁吹奏一支爱尔兰哨笛[1],他喃喃着)。男孩站着不动的时候,音乐便从他的笛子里汩汩流淌出来。然后,男孩爬上了一处高地,车流从下面经过,音乐也成了美妙、哀婉的调子。这个男孩是在车流中演奏一曲挽歌啊,塞普蒂默斯心想。现在,他退回了雪地里,身边开满了玫瑰花——色泽浓郁的红玫瑰,我家卧室的墙上就长着这样的玫瑰花,塞普蒂默斯提醒自己。音乐停了。那个老人大概拿到钱了,塞普蒂默斯心中推断,所以他去下一家酒吧了。

但塞普蒂默斯的思绪依然热烈地感受着岩石,他像一个溺水的水手沉到了一块岩石上。我从船边探出身体,掉了下来,他想。我沉入了海底。我已经死了,可现在仍然活着。不过,还是让我静静地安息吧,他恳求着(他又开始自言自语了——嘴里嚷嚷着"太可怕了,太可怕了!")。就像在睡醒之前,鸟儿的啁啾声和车轮的嗡嗡声在一种奇特的和谐里交织在一起,声音越来越大,睡梦中的人

---

[1] 爱尔兰哨笛又称爱尔兰哨、便士哨,是传统的爱尔兰民族乐器,音色甜美、纯净,近似天籁。

感到自己在向生命的海岸靠近，就这样，塞普蒂默斯感觉自己受到了生命的吸引，太阳越来越热，哭声越来越响，一些惊天动地的事情即将发生。

他只能睁开眼睛，但眼皮被一种沉重感压迫着，那是恐惧的分量。塞普蒂默斯勉强地用力抬起眼皮，睁眼看去，眼前还是摄政公园。太阳洒下长长的光线，抚慰着他的双脚。树木摇摆着，热情地挥舞着枝叶。世界似乎在说，我们欢迎美，我们接受美，我们创造美。似乎为了（科学地）证明这一点，不管他看向哪里的房子、哪里的围栏，还有围栏里精力充沛的羚羊，美都会马上涌现出来。看到一片树叶在一股气旋中颤动，也是一种美妙的享受。燕子们从高高的天空上俯冲下来，疾转着，忽来忽去，一圈又一圈，却始终那么自如，仿佛身体里有几根橡皮筋牵着。苍蝇忽高忽低地飞舞。阳光调皮地闹着，时而跃上这片叶子，时而跃上那片叶子，心情好的时候，就给它涂上一层柔和的金色光芒。时不时有圣乐般的钟声在草茎上响起（可能是汽车喇叭声）——所有这一切，宁静，合情合理，一如往常。这就是此刻的真谛。美，就是此刻的真谛。美无处不在。

"到时间了。"雷齐娅说。

"时间"这个词裂开了它的外壳，其丰富的内涵向塞普蒂默斯喷涌而来，像果壳从他的唇间掉落，像刨花从飞机上抛洒。那些坚硬、洁白、不朽的词句（并不是他创造的），飞舞着落到自己的位置上，形成一首时间的颂歌，一首不朽的时间的颂歌。塞普蒂默斯唱了出来。埃文斯从树后应和起来。"死者埋葬于塞萨利[1]，"埃文斯唱道，"安息在兰花丛里。"他们曾在那里等待战争结束，而现在，已经逝去的人，埃文斯本人出现了——

---

1 塞萨利是一希腊地名。

"看在上帝的分上,别过来!"塞普蒂默斯喊道,因为他无颜面对死者。

可树枝分开了。一个一身灰衣的男人真真实实地向他们走来。那就是埃文斯!但他身上没有泥巴,没有伤口,一点儿都没变。我一定要告诉全世界,塞普蒂默斯喊道,抬起了一只手。(那个一身灰衣的"死者"越走越近。)他抬起手的样子就像某个巨大的雕像,独自在沙漠中年复一年地哀叹着人类的命运。他双手按着前额,脸颊上的皱纹诉说着绝望。现在,他看到沙漠的边缘出现了光亮,扩大着,击中了那个铁黑的身影(塞普蒂莫斯从椅子上半站了起来)。塞普蒂默斯,这个巨大的哀悼者,身后有千军万马匍匐在地,脸上刹那间出现了大彻大悟的神情——

"可我很不幸福,塞普蒂默斯。"雷齐娅说,想让他坐下来。

数百万人在哀悼,他们已经悲伤了那么久。他要转过身去,只需几分钟,再有几分钟就够了,向他们传达这种解脱,这种喜悦,这种惊人的启示——

"到时间了,塞普蒂默斯。"雷齐娅又说了一遍,"看看几点了?"

塞普蒂默斯先是自说自话,又猛然惊跳起来。那个男人一定注意到他了——他在看他们了。

"我来告诉你时间。"塞普蒂默斯说,语调非常缓慢,梦呓一般,脸上带着神秘的微笑。他就坐在那里,微笑地看着那个身穿灰色西装的"死人"。这时,一刻钟报时敲响了——差一刻就十二点了。

还是年轻啊,经过这两个人身边时,彼得·沃尔什心想。上午还没有过完,就发生了这么可怕的一幕——可怜的姑娘看起来那么绝望。为了什么事呢?他思忖着,穿大衣的小伙子对姑娘说了什么话,才会让她变成这样?他们陷入了什么可怕的困境?在一个这么美好的夏日上午,两个人都这么绝望?时隔五年再回到英国,最有意思的是，至少在最初回来的这几天，英国的一切都让彼得眼前一亮，仿佛以前从来没有见过似的：一对情侣在树下闹别扭，公园里到处都能看到家庭生活的缩影。漫步穿过草地的时候，彼得心想，从来没有见过伦敦如此迷人的样子——在游历了印度之后，目之所及是远景的柔和、色彩的丰饶、盎然的绿意和发达的文明。

感性无疑是他的致命伤。到了这个年纪，居然还像少男少女一样情绪多变，时好时坏，甚至看到漂亮脸蛋就无缘无故地满心欢喜，看到邋遢形象就心生反感。在印度生活过之后，你会理所当然地爱上在这里看到的每一个女人。她们身上有一种朝气，即使最穷的人，穿得也肯定比五年前体面些。在彼得眼里，时尚从未如此得体：长长的黑色披风、苗条的身材、优雅的举止，还有赏心悦目的、显然已经成为普遍风尚的化妆习惯。每个女人，即使是最有身份的女人，都有着如温室玫瑰般的娇艳双颊，如用刀雕刻出来的精美唇形，印度墨[1]色的卷发，到处体现着设计，到处体现着艺术。某种变化已经不容置疑地发生了。年轻一代心里在想些什么呢？彼得·沃尔什问自己。

这五年，从 1918 年到 1923 年，彼得猜想，在某种程度上是非常重要的。人们的面貌不一样了，报纸似乎也不一样了。比如，现在有人可以在知名周刊上公然发表关于抽水马桶的文章，这在十年前是不可能的事情——怎么能在周刊上公然谈论抽水马桶呢。还有，女士们在公共场合就拿出口红、粉扑，当众化起妆来。在回国的船上，很多姑娘小伙儿——他尤其记得贝蒂和伯迪——公然地打情骂俏，而她们的老母亲就坐在一旁看着，手里还织着毛衣，一副见怪不怪的样子。姑娘会随处站定，当着所有人的面往鼻子上扑粉。这两个年轻人并没有订婚，只是在一起玩得开心，双方的

1　印度墨是一种非常黑的墨水，具有出色的黑度和防水性能。

感情都不会受伤。那姑娘的性子非常倔——贝蒂，随便什么名字吧——但绝对是个好姑娘。等到三十岁，她会成为一位很好的妻子——会在该结婚的时候结婚，嫁给某个有钱人，住在曼彻斯特[1]附近的一栋大房子里。

现在，是谁实现了这种人生呢？彼得·沃尔什拐到公园大道的时候问自己，是谁嫁给了某个有钱人，住在曼彻斯特附近的一栋大房子里来着？最近有人给他写了一封长长的、热情洋溢的信，在信里大谈"蓝色绣球花"。正是因为看到蓝色绣球花，她想起了彼得，想起了过去——是萨莉·西顿，当然是她啦！就是萨莉·西顿，这个世界上最不可能嫁给某个有钱人、住在一栋曼彻斯特附近的大房子里的人，那个野性、大胆、浪漫的萨莉！

所有这些老朋友中，克拉丽莎的朋友们中——怀特布莱德一家、金德利一家、坎宁安一家、金洛克·琼斯一家——萨莉可能是最棒的一个。在任何情况下，她都能努力看到事物的本质。她看穿了休·怀特布莱德——那个大家交口称赞的休——而克拉丽莎和其他人还对休佩服得五体投地。

"怀特布莱德家？"彼得似乎又听到克拉丽莎在说，"怀特布莱德家是什么人物？煤炭大亨啊，是让人敬重的商人。"

出于某种原因，萨莉有点讨厌休，说他除了自己的外表万事不关心。休就适合成为一名公爵，娶上一位皇室公主。当然，在彼得见过的人中，休是对英国贵族报以最大、最自然、最崇高敬意的一位。即使克拉丽莎也没法不承认这一点。哦，可休还是那么亲和，那么无私的一个人，为了不让老母亲心烦，就放弃了打猎，还会记得姨妈们的生日，诸如此类。

---

[1] 曼彻斯特是英国英格兰西北部的一座大城市，英国重要的工业中心、商品集散中心和金融中心。

萨莉的眼光实在犀利，早就看穿了休的一切行为。有件事他记得特别清楚。那是一个星期天的上午，大家在博尔顿就妇女权利（一个老掉牙的话题）争论不休。萨莉突然大发雷霆，怒气冲天，指责休代表的是英国中产阶级生活中所有最恶心的部分。她跟休说，她认为休应该为"皮卡迪利大街上那些可怜女孩子们"的境况负责——休，那个完美的绅士，可怜的休！——他还从来没见过一个男人被吓成那个样子！事后，萨莉说她是故意的（彼得和萨莉经常在菜园里碰面，比较自己做的植物笔记）。"他什么书都没读过，什么想法都没有，什么感觉都体验不到。"彼得似乎又听到萨莉用抑扬顿挫的声音强调着。至于那声音能传多远，她才不会在乎。就算那些小马童都比休活得更真实，萨莉这么评价。休就是那种公立学校学生的完美典范，萨莉说，这种典范全世界只有英国能培养出来。不知什么原因，她对休真的怀恨在心，而且颇有微辞。发生过一件什么事——具体他想不起来了——在吸烟室里。休冒犯了萨莉——是吻了她吗？太不可思议了！当然，没有人相信这些攻击休的话，一句都不会信。谁会相信呢？在吸烟室里亲吻萨莉！如果这话出自身份尊贵的某位伊迪丝阁下或维奥莱特小姐之口，大家也许会相信，可说话的是小叫花子般的萨莉呀，名下没有一丁点儿财产，父亲或者母亲还是蒙特卡洛[1]的赌徒，情况就不一样了。彼得见过的人中，休是个最典型的势利小人，也是最谄媚的一个——不，准确地说，他还不算特别不堪，因为他的自命清高不允许他做得那么彻底。把他比作第一流的"贴身男仆"显然再合适不过了——他就是那种拎着行李箱亦步亦趋地跟在主人身后的那种人，一个可以放心地委派去发电报的人——女主人们简直离不开他。他找到了自己的工作——娶了他尊贵的伊芙琳阁下，并因而在宫廷里谋到一个小

---

[1] 蒙特卡洛是摩纳哥公国的著名赌城，蒙特卡洛大赌场是世界四大赌场之一。

小的职位：照看国王的酒窖，擦亮御用鞋扣，穿着及膝短裤和饰有蕾丝褶边的宫廷服装走来走去。生活多无情啊！宫廷里的一个小小职位！

休娶了那位贵族女士，尊贵的伊芙琳阁下，家就安在这儿附近，彼得凝视着那片俯瞰着公园的华丽府邸，心想。他到这儿的一栋宅邸里赴过午宴，那家和休家一样，有一些在别人家里不可能看到的摆设——比如说亚麻织品专用柜。你一定得过去看看这些东西，再花上大量时间去欣赏赞叹，不管是什么家居用品——像亚麻织品专用柜啊，枕套啊，老橡木家具啊，装饰画啊，都是休不费吹灰之力得来的。不过，休的夫人有时候会露出些蛛丝马迹的不优雅来。她是那种外貌如同小老鼠般不起眼的小个子女人，却仰慕身材魁伟的男人。作为一个几乎经常被忽视的存在，她会突然说一些出人意料的话来——一些相当尖锐的表达。也许由于她身上的一些贵族遗风，对她来说煤炭的味道有点太烈了，还会让空气浑浊起来。所以他们两个就到这儿来住了，家里摆着亚麻织品专用柜，挂着13至17世纪绘画大师的画作，枕套上镶着真正的蕾丝花边，每年大概有五千到一万英镑的收入。而他彼得呢，年纪比休还要大两岁，却还在低声下气地找工作。

五十三岁了，彼得还得来这里求他们给自己在某个秘书办公室里安排个职位，或者找一份教小男孩们拉丁文的教员工作，或者被办公室里某个高级官员呼来唤去，诸如此类的工作，一年挣上五百英镑就行——如果他娶了黛西，即使加上他的年金，也只能勉强维持生活而已。怀特布莱德也许能帮他找到一份工作，或者是达洛维。彼得求达洛维办事并不会不好意思，因为达洛维是一个十足的好人：他能力有限，还有那么点呆头呆脑，没错，但他是个十足的好人。无论什么事，他都会用一种实事求是的、理智的方式去做，毫无二致。他一丁点儿想象力都没有，一点智慧的火花都迸发不出来，却有着他这种人固有的、无法解释的认真劲儿。他很适合做一位乡间绅士，却把生命都浪费在了政治上。他最擅长的是在户外，跟马和狗打交道——有一次，克拉丽莎养的那只毛茸茸的大狗被兽夹子夹住了，爪子都被夹断了一半。达洛维表现得多出色啊！克拉丽莎几乎要吓晕过去，是达洛维处理了整件事情：包扎、用夹板固定伤腿，还安慰克拉丽莎别慌。也许这就是克拉丽莎喜欢达洛维的原因，这一品质也正是她需要的。"现在，亲爱的，别慌。托着这儿——把那个递给我。"整个处理过程中，达洛维还一直跟狗说着话，仿佛它是个人。

可是，克拉丽莎怎么受得了理查德那些关于诗歌的胡说八道呢？怎么能让他对莎士比亚大放厥词呢？理查德·达洛维脸色一正，严肃而庄重地说，正派男人都不应该读莎士比亚的十四行诗，因为诗中描写的情景就像从钥匙孔里偷听偷窥一样（而且，诗中人物的关系他也不赞成[1]）。没有一个正人君子会让自己的现任妻子去拜访已逝的前妻的姐妹的。简直匪夷所思！唯一的办法就是多丢给达洛维一些蜜糖杏仁塞住他的嘴——在吃晚饭的时候。可克拉丽莎居然全盘接受了，还觉得理查德那么诚实，那么有独立见解。天知道她会不会认为理查德是她见过的见解最新颖的人！

这一点也是彼得和萨莉之间友谊的一个纽带。他俩经常去一个小花园里散步，花园四面是一丛丛玫瑰花墙和茁壮的花椰菜——他还记得萨莉随手扯下一朵玫瑰花，又停下脚步，赞叹月光下的卷心菜叶子有多美丽（这些记忆全都回到了他的脑海，异乎寻常地生动。他有很多年没有想起这些往事了），还祈求他，当然是半开玩笑地，趁早把克拉丽莎夺走，把她从休和达洛维之流的"完美绅士"手中拯救出来，因为这些绅士会"扼杀她的灵魂"（当时萨莉还写了

---

[1] 莎士比亚十四行诗中眷恋的对象是一位贵族青年（传说是诗人的恩主）以及一位黑肤女郎。

许多诗），把她变成一个纯粹的女主人，助长她世俗的一面。不过，千万不要小瞧了克拉丽莎。无论如何她都不会嫁给休的。她非常清楚自己想要的是什么。从表面上看她是感性的，可在内心深处，她是一个非常精明的人——比如，她远比萨莉更会判断人的性格，而且，她非常有女人味儿，可以说天赋非凡（就是那种女人独有的天赋，走到哪儿都能吸引一个"小圈子"）。彼得常常看到，克拉丽莎走进一个房间，站在门口，有一群人簇拥在她身边。可人们记住的一定是克拉丽莎，虽然她并不特别妩媚动人，容貌不算很漂亮，衣饰并不标新立异，也从来没有发表过什么特别聪明的言论，可不管怎么说，她就是会给人那样的存在感，就是会令人难忘。

不要想了，不要想了，不要想了！你已经不爱她了呀！彼得只是觉得，今天上午，在克拉丽莎拿着剪刀和丝线缝晚礼服、为宴会做各种准备的间隙见了她一面之后，自己就再也无法控制不去想她，就像坐在火车车厢里，一遍又一遍地感受到枕木的颠簸。这当然不能算爱，只是想到了她，只是在评判她——对克拉丽莎的评判，时隔三十年后又重新开始了——他依然想要解读她。说起克拉丽莎，最明显的一点是，她精通世故，过分在意社会地位、社交和在社会上取得成就——这在某种意义上是对的，克拉丽莎也对他承认过这一点。（只要你不厌其烦地去聊，总能让她坦白认错。克拉丽莎还是很诚实的。）她会反驳说，她讨厌衣着守旧、思想保守、一事无成的人，大概就是他本人那副样子吧；她认为人们没有权利把手插在口袋里，懒洋洋地到处闲逛，而是必须有所作为，有所成就；出现在她家客厅里的那些大人物、公爵夫人和老古董般的伯爵夫人们，在彼得看来远非什么重要人物，简直就是一文不值，但对克拉丽莎来说却是货真价实的大人物。她曾经说过，贝克斯伯勒夫人的身姿非常挺拔（克拉丽莎本人也是这样，在她身上，连一丝懒散都找不到。她的身形总是挺拔得像一杆标枪，实际上是略显僵硬的）。她还说，这些人身上具备一种勇气，她年龄越大，心中的敬佩就越多。当然，所有这些看法中很大一部分来自达洛维，像热心公益、大英帝国、关税改革，还有统治阶级的精神，已经在她身上大量滋长，其实早就有这种倾向了。克拉丽莎的智慧高出理查德两倍，却只能通过理查德的眼光来看待问题——这是婚姻生活的悲剧之一。克拉丽莎有头脑，却必须经常引用理查德的话——好像一个人读了一个上午的《晨报》，还是不能对理查德的想法明察秋毫一样！比如说，这些宴会都是为理查德举办的，或者说，是为了克拉丽莎对理查德的期许（客观地看待理查德的话，其实他在英格兰东部的诺福克郡经营农场会更幸福些）。克拉丽莎把自己的客厅布置成了宴会场所，她在这方面很有天赋。一次又一次，理查德看到克拉丽莎请来一些不熟悉的年轻人，扭转他，改变他，启迪他，让他振作起来。理所当然地，在克拉丽莎周围也聚集了数不清的无聊、迟钝的人。但也有出乎意料的另类出现：有时候是艺术家，有时候是作家，在这种氛围中显得格格不入。这一切的背后，是拜访、留下名片、与人为善的关系网；是手捧鲜花、小礼物四处赴宴；某某要去法国了——一定会需要一个空气座垫的。克拉丽莎这个阶层的女人总在进行诸如此类的人情往来，无休无止。这些真是耗尽了她的精力，但她是真诚而由衷地这样做的，出于一种天性的本能。

奇怪的是，克拉丽莎是彼得见过的最彻底的怀疑论者之一，而且有可能（这是他以前编造出来的一套理论，用来解释克拉丽莎，因为她在某些方面让人一眼就能看穿，在另一些方面又如此高深莫测），有可能她对自己说，既然我们是注定要灭亡的种族，被锁在一艘日渐下沉的船上（少女时代的克拉丽莎最喜欢读赫胥黎[1]和丁

---

1 托马斯·亨利·赫胥黎（Thomas Henry Huxley, 1825—1895），英国著名博物学家、生物学家、教育家，达尔文进化论的最杰出代表，对神学和形而上学持怀疑态度，并倾向于自然科学。

达尔[1]的作品，他俩都喜欢用这些航海的比喻），既然整个生命不过是一个恶劣的玩笑，无论如何，让我们尽自己的一份力量，来减轻"狱友"们的痛苦（又是赫胥黎），用鲜花和气垫装饰地牢，尽可能活得体面一些。那些恶毒的神灵不会完全如愿的——克拉丽莎的想法是，如果你表现得像个淑女，那些会抓住一切机会来伤害、挫败和破坏人类生活的众神就会偃旗息鼓。这一时期出现在克拉丽莎的小妹妹西尔维娅去世之后——那真是一件可怕的事情，看到自己的亲妹妹在眼前被倒下的树砸死（这都是她们的爸爸贾斯汀·帕里的错——他太大意了）。妹妹居然走到了生命的边缘，她可是兄弟姐妹中最有天赋的一个啊，克拉丽莎总是这么说，让人听着都心痛不已。再后来，她的生活态度可能就不那么积极了。她开始认为世界上没有神，也没有人可怪罪。就这样，她的信仰逐渐走向了无神论，纯粹出于善良的美德做着善良的事情。

当然，克拉丽莎非常热爱生活，这是她的天性使然（不过天知道，她也有自己的保留。多年以后再回首，彼得常常觉得，即便是他，对克拉丽莎也只是粗略了解）。不管怎么说，克拉丽莎身上没有苦涩抱怨，也没有"淑女们"身上那种令人厌恶的道德感。她几乎热爱一切。如果这个季节你跟她一起在海德公园[2]散步，就会发现她一路都在享受郁金香花坛、坐在婴儿车里的小孩子，还有她一时兴起编造的荒诞小剧。（如果她认为哪对情侣不幸福，她还很可能会找他们聊聊。）她身上有一种非常敏锐的诙谐感，但需要身边有人配合才能发挥出来。因此，她总是需要有人在身边，结果必然是将大把的光阴虚掷在这方面——去参加午宴、晚宴，自己也马不停蹄地

---

[1] 约翰·丁达尔（John Tyndall, 1820—1893），英国物理学家，丁达尔效应发现者，登山家。其人生经历充满了对自然和科学的热爱，以及不断挑战自我和突破极限的精神。
[2] 伦敦海德公园是英国最知名、最大的皇家公园，曾经是亨利八世狩猎场的一部分，与白金汉宫仅一墙之隔。

举办各种宴会、聊一些没有意义的话题、说一些言不由衷的话，机敏的头脑因此日渐迟钝下去，鉴赏力也日渐丧失。她会坐在宴会桌的主持席位上，耐着性子和一些可能对达洛维有用的老家伙聊个没完——这些人了解欧洲最骇人听闻的无聊事件——除非女儿伊丽莎白来了，万事都得在这个女孩面前退居二线。伊丽莎白在一所中学读书。彼得上一次来的时候，她还是一个眼睛圆圆、脸色苍白的小姑娘，话还说不清楚，一点儿都不像她的妈妈，而是一副少言寡语的、呆头呆脑的小模样，把一切都当作理所当然的事。任凭妈妈大惊小怪一番后，她用四岁小孩子的语气问道："现在我可以出去了吗？"去吧，克拉丽莎接着解释说，她想去打曲棍球，脸上带着那种似乎由达洛维本人唤起的愉悦感和自豪感。现在，伊丽莎白大概真的"出去"了，会觉得他彼得就是个老顽固，还会嘲笑妈妈的朋友们了。啊，好吧，随便吧。人年纪大了会得到一种"补偿"，彼得·沃尔什手里拿着帽子从摄政公园走出来，心中暗想，这种补偿很简单，就是激情依然像以前一样澎湃，但已经收获了（终于收获了！）为生存增添无上风味的力量——那是一种把握经验，并在阳光下慢慢品味，让生活更美好的力量。

  这真是一种可怕的内心自白啊（彼得又戴上了帽子），但现在，在五十三岁这样的年纪，他身边几乎不再需要人群了。生活本身的每时每刻、点点滴滴，此地、此时、此刻，在阳光底下，在摄政公园里，就已经足够，已经太奢侈了，真的。既然已经拥有了这种体验生命全部滋味、提取每一盎司的快乐、每一丝一缕的意义的力量（与过去相比，此时的快乐和意义要可靠得多，个人色彩也少得多），人的一生又那么短暂，不可能全部奉献给别人。他不可能再像以前克拉丽莎和他分手时那样痛苦了。这段时间，他一连几个小时（祈求上帝，这些话不要被别人听到！），甚至一连几天都没有想起黛西。

405

有没有可能因为当时回忆起以前的苦难、折磨和非同寻常的激情，他才爱上了黛西？这段恋情完全是另外一种情况——一种愉快得多的情况——事实是，当然了，现在是黛西爱上了他彼得。也许正因为如此，船真正启航的那一刻，他感觉到一种异乎寻常的轻松，什么都不想，只想一个人静静。他在自己的船舱里发现黛西所有的小心思——雪茄、字条、一块航行用的小毛毯——的时候，居然觉得恼火。其实每个人都会有这样的感觉，如果肯说实话的话。人过了五十岁，就不需要身边有伴侣了，也不想再没完没了地奉承女人们，说她们有多漂亮了。年届五十的男人们大多会这么说的，彼得·沃尔什心想，如果他们够诚实的话。

可是，今天上午那些令人吃惊的情感爆发——泪流满面，又算怎么回事呢？克拉丽莎会怎么想他呢？大概会把他当成傻瓜吧，这也不是他第一次犯傻了。追根究底，还是嫉妒心在作怪——嫉妒比人类所有其他激情都来得持久，彼得·沃尔什边想边把玩着折叠刀，伸长胳膊比画着。黛西在最近一封信中说，她总遇到奥德少校。彼得知道她是故意这么说的，就是为了让他嫉妒。他仿佛看到黛西在写信的时候皱起了额头，琢磨着能写点什么话来刺激他。然而，其实写什么都没多大区别，都让他气不打一处来！他大张旗鼓地跑到英国找律师不是为了娶黛西，而是为了阻止她嫁给别人。看到克拉丽莎那么平静，那么冷漠，那么专注地缝她的晚礼服，或者做什么别的事情的时候，彼得痛苦极了，这种感觉淹没了他。他意识到，克拉丽莎本可以饶过他的，却让他陷入了窘境——成了一头哭哭啼啼、哽哽咽咽的老蠢驴。可是，女人们呐，彼得边想边把小刀折叠起来，她们就不知道什么叫作激情。她们不知道激情对于男人们的意义。克拉丽莎冷酷得像一根冰柱。她来到沙发旁，坐到他的身边，让他握住她的手，还给了他一个亲吻——彼得走到了十字路口。

一个声音打断了塞普蒂默斯的思绪。那是一个虚弱的声音，有点颤抖，就那样汩汩地冒出来，不知道来自哪里，没有活力、没有开头，也没有结尾，有气无力却又声嘶力竭地流淌着，听不出任何人类能理解的意义。

呃 啊咍 法 啊咍 唆
福 丝 喂 图 呃咍 噢

这个声音，听不出年龄，听不出性别，那是古老的泉水从地底喷涌而出的声音。声音来自摄政公园地铁站的对面，从一个高大的、颤抖的、烟囱状的物体里汩汩淌出。那物体像一个锈迹斑斑的水泵，又像一棵永远被风肆虐的、枝叶凋零的树，任凭风在它的枝头上蹿下跳，吟唱着：

呃 啊咍 法 啊咍 唆
福 丝 喂 图 呃咍 噢

在永恒的微风中轻颤、碎裂、呻吟。

穿越无数沧桑岁月——当公路坚硬的表面还是草地，还是沼泽，历经长牙动物和猛犸象的时代，历经寂静的日出的岁月，这位饱经沧桑的女人——因为她身上穿的是裙子——右手伸出，左手握拳垂在身旁，站在那里歌唱着爱情——爱情已经持续了一百万年，她唱道，爱情战胜一切。数百万年前，爱人逝去，那是很多个世纪，她柔情地唱着，依稀双双漫步在五月里。可在那像无聊夏日般漫长的岁月里，她回忆着，在漫山遍野如火焰一般盛开着的红色星星花丛中，他走了。死神的巨镰扫过巨大的山丘，当她终于将自己这颗白发苍苍、无比苍老的头颅安放在已经布满冰碴的大地上，她恳求诸神，当太阳的最后一抹余晖抚过她那高高的墓地，在她身旁放上一束紫色的石南花，整个宇宙的盛会就此结束。

　　远古的歌声在摄政公园地铁站对面汩汩流淌，大地依然绿意盎然、鲜花盛开。尽管歌声从一个如此简陋的口子里发出——那只不过是地上的一个洞，泥泞中长满了树的须根和缠结的荒草，但古老的歌声依然汩汩流淌、流淌，浸透了埋藏在无尽岁月中的盘根错节、骸骨和宝藏，流过人行道，沿着马里波恩路[1]像小河一样潺潺地奔流着，一直流向尤斯顿车站[2]，肥沃了大地，留下一道潮湿的印痕。

　　记得在那原始岁月里的某个五月天，她曾经和爱人一起散步。这个饱经沧桑的老妇人，如同一台锈迹斑斑的抽水机，一只手伸着乞讨铜板，另一只手紧握着垂在一侧。一千万年后她还会在这里，回忆起某个五月天里的那场散步，散步的地方如今有大海在汹涌。至于和谁走在一起，这并不重要——那是一个男人，哦，是的，一个爱过她的男人。可是，岁月的流逝模糊了她对那个古老的五月天的清晰印象；鲜艳的花瓣已经干枯，上面结了一层银色的霜；她再也看不见，当时自己恳求他（一如她现在非常明确地恳求过往路人的施舍一样）"用你深情的眼睛，心无旁骛地看进我的眸子"时他的模样；她再也看不见那棕色的眼眸、浓黑的胡须和被太阳晒黑了的脸，只看到一个若隐若现的身影，一个影子般的形象。在岁月中枯槁的苍老妇人，用鸟鸣般的清新音调向着那个身影呢喃吟唱，"伸出你的手，让我深情握住。"（彼得·沃尔什坐进出租车的时候，情不自禁地给了这个可怜的人一枚硬币）"就算有人看见，又有何妨？"她乞求着，攥紧的拳头垂在身侧，微笑着把那枚硬币揣进兜里，似乎所有探究的、好奇的目光都被挥落一地，而过往的世世代代——

---

[1] 马里波恩路是英国伦敦的一条重要道路，联结着伦敦的多个重要区域，周边为豪宅区、医疗专业街、商业街。

[2] 尤斯顿车站是伦敦的第一个城际列车车站，也是该市最重要的交通枢纽之一，建筑具有浓厚的维多利亚时代风格，非常宏伟壮观。

人行道上挤满了行色匆匆的中产阶级人群——像树叶一样消失,被踩在脚下,被那永恒的泉水浸透、泡在里面,化成一抔沃土。

呃 啊咿 法 啊咿 唆
福 丝喂 图 呃咿 噢

"可怜的老妇人。"等待过马路的时候,雷齐娅·沃伦·史密斯说了一句。

哦,可怜的老家伙!

假如这是一个潮湿的雨夜,这老妇人可怎么办呢?假如她的老父亲,或者一个过去的熟人碰巧经过,看到她站在那儿,沦落到生活的最底层,会怎么想呢?这个老妇人,她晚上睡在哪里?

欢快地,几乎是兴高采烈地,游丝般的歌声不屈不挠地飘向空中,如茅屋烟囱里冒出的缕缕炊烟,缠绕着一尘不染的山毛榉树袅袅升起,从树尖的枝叶间飘然而出。"就算有人看见,又有何妨?"

现在,雷齐娅过得那么不幸福,一周一周地煎熬着。因此,身边发生的所有事情,她都会赋予某种意义。有时候在街上看到长相和善、亲切的行人,她几乎抑制不住地想拦住他们,向他们倾诉自己的不幸。听到那老妇人在街上唱着那句:"就算有人看见,又有何妨?"雷齐娅突然有了信心,觉得一切都会好起来的。他们要去威廉·布拉德肖爵士那里求助了。雷齐娅觉得听名字他就是个好人,一定能马上治好塞普蒂默斯的。这时街上驶来了一辆啤酒厂的马车,拉车的几匹灰马尾巴上粘着几根直立的稻草。街边站着几个报纸公告牌。那些不开心的日子,就是一个很傻、很傻的梦吧。

塞普蒂默斯·沃伦·史密斯夫妇就这样过了马路。毕竟,他们俩身上有什么能吸引别人的目光,又有什么能让过往行人猜疑的呢——疑心这个年轻人身上携有世界上最伟大的信息,既是世界上

409

最幸福的人，又是世界上最悲惨的人？也许他们走得比别人稍慢了一些，那个男人的脚步也略有迟疑和拖沓，但如果他是一个多年来从未在工作日的这个时间逛过伦敦西区[1]的小职员，没完没了地仰望天空，这儿看看，那儿瞧瞧，不是很自然的事情吗？就好像波特兰街是他走进的一个房间。房间的主人已经搬离，屋顶的枝形吊灯上罩着粗亚麻布包，看门的女人拉开长长的百叶窗帘的一角，让飘着浮尘的光线洒在冷冷清清、看起来怪模怪样的扶手椅上，向来访者们解释这是一个多么美妙的地方；而他则一边欣赏着那些桌椅，一边想，多美妙，可是又多奇怪啊。

从外表来看，塞普蒂默斯可能像个小职员，但属于比较高级的那种。因为他穿着棕色靴子，那双手长得像受过教育的样子，他的形象也是如此——棱角分明的脸，高高的鼻子，给人一种聪明、有悟性的印象；但他的嘴唇就完全不一样了，很松散；他的眼睛（因为眼睛是心灵的窗户），就只是一双眼睛罢了，淡褐色，很大。总的来说，他处于两个阶层之间，既不属于这个，也不属于那个。他可能最终在伦敦南部的珀利郊区[2]拥有一栋房子、一辆汽车，也可能一辈子都租住在后街[3]的公寓里。他属于那种受过教育但程度不高、自学成才的人群。这些人所受的教育都是从公共图书馆里借来的书中学来的——他们会写信咨询一些知名作家，根据他们的建议，晚上下班后读一些书。

至于其他经历，都充满了孤独，就是人们独居时的样子，独自

---

1 伦敦西区是伦敦市中心的一个区域，堪称伦敦的文化和艺术中心，威斯敏斯特区是其中的重要组成部分。这一区域包含了多个著名的购物、娱乐和文化场所，如摄政公园和海德公园，牛津街、摄政街、皮卡迪利广场和特拉法加广场等。女主人公克拉丽莎逛的就是这里。
2 珀利郊区靠近伦敦市中心，但拥有乡村的宁静和自然环境。
3 后街通常指的是伦敦城镇中狭窄、不太为人注意的街道，往往远离主要的商业区和旅游景点，更多地展现了伦敦的日常生活和市井气息。

出入卧室、办公室、伦敦的田野和街道,这些塞普蒂默斯全都经历过。他离开家的时候还是个孩子,因为他那满嘴谎话的母亲指责他已经是第五十次手没洗干净就下楼喝茶了,也因为他在小城斯特劳德看不到诗人有什么前途。于是,他只告诉了和他关系亲密的小妹妹,留下一张荒唐的字条,只身去了伦敦。伟人们都会写这样的字条——等他们的奋斗故事名扬天下,整个世界都会读到的。

伦敦吞噬了千千万万个名叫史密斯的年轻人,对"塞普蒂默斯"之类的精彩教名也不会看在眼里,全然不管当初他们的父母如何绞尽脑汁想让孩子凭借名字脱颖而出。租住在尤斯顿路[1]附近,经历了各种事情,又经历各种事情,才住了两年,粉嘟嘟、天真无邪的鸭蛋脸就变成了瘦削、干瘪、充满敌意的脸。可是,对于这一切,即便最善于观察的朋友又能说什么呢?除了园丁在早晨打开温室的门,发现植物上又新开了一朵花时所说的话:开花了啊。那是从虚荣、野心、理想主义、激情、孤独、勇气和懒惰里开出的"花"。这么多普普通通的"种子"混在一起(在尤斯顿路附近的一个房间里),居然开出了"花",这让他害羞不已,说话也结巴起来,让他渴望提高自己,也让他爱上了在滑铁卢路上讲授莎士比亚的伊莎贝尔·波尔小姐。

你知道自己像济慈吗?波尔小姐问塞普蒂默斯,又费尽心思地考虑如何让他领略《安东尼与克莉奥佩特拉》[2]和其他作品的魅力。她借书给他,还给他写信,由此点燃了塞普蒂默斯心中那簇一生只能燃烧一次的火焰——那火焰并不灼热,却摇曳着金红色的火苗,无限优雅、无限缥缈地笼罩着波尔小姐,笼罩着《安东尼与克莉奥

---

1 尤斯顿路是英国伦敦的一条重要干道,贯穿伦敦市中心区域,为伦敦的交通枢纽之一。
2 《安东尼与克莉奥佩特拉》是莎士比亚著的一部悲剧,讲述了罗马三大首领之一安东尼和埃及艳后克莉奥佩特拉的爱情纠葛。

佩特拉》,也笼罩着滑铁卢路。塞普蒂默斯不仅觉得波尔小姐美丽动人,还相信她的学问也无可挑剔。他会梦到她,会给她写情诗。可波尔小姐呢,居然无视诗的主题,只用红笔做批改。一个夏日的傍晚,塞普蒂默斯看见波尔小姐一袭绿裙漫步在一个广场上。"开花了啊。"园丁可能会这么说——如果他打开门,走进房间的话。也就是说,如果他在任何一个夜晚的这个时间过来,都会发现塞普蒂默斯要么在写作,要么正撕掉刚写出的文字,要么由于在凌晨三点钟完成了一篇杰作,跑到街上踱步,或参观教堂;发现他今天斋戒,明天又喝起酒来;发现他如饥似渴地读着莎士比亚、达尔文、《文明史》和萧伯纳[1]。

布鲁尔先生知道,情况有点不对劲。布鲁尔先生管理着西伯利士-阿罗史密斯公司的全部职员,包括拍卖师、估价师、土地和房地产经纪人等。情况有点不对劲,布鲁尔先生心想。他对年轻职员们如父亲般慈爱,对塞普蒂默斯·沃伦·史密斯的能力评价尤其高。他曾经预言,十年或十五年后,史密斯会成功地坐上那间带天窗的内室办公室里的皮扶手椅,周围满是契据、文书保险箱。"如果他身体健康的话。"布鲁尔先生说。健康是风险所在——塞普蒂默斯看上去身体有点虚弱。布鲁尔先生建议他踢踢足球,还会叫上他一起吃晚饭,绞尽脑汁地考虑如何提出给他加薪的建议。可就在此时,一件大事打破了布鲁尔先生的许多预期,也带走了他手下这一年轻的得力干将:一直偷偷摸摸地试探着、窥望着的欧洲战争的魔爪终于伸了出来,打碎了麦斯威山[2]布鲁尔先生家里的一尊农业女神克瑞斯的石膏像,把天竺葵花坛炸出了一个口子,也吓疯了家里的厨师。

塞普蒂默斯是第一批志愿者中的一个。他被派去了法国战场,

---

[1] 萧伯纳即乔治·伯纳德·萧(George Bernard Shaw,1856—1950),爱尔兰剧作家,文学评论家,社会主义宣传者,1925年获得诺贝尔文学奖。
[2] 麦斯威山位于伦敦北部,是一个中产阶级住宅区。

目的是拯救那个在他眼里几乎只有莎士比亚的戏剧和身穿一袭绿裙在广场上散步的伊莎贝尔·波尔小姐的英国。在战壕里，布鲁尔先生建议塞普蒂默斯踢足球时所希望发生的变化很快得到了实现：塞普蒂默斯变得有男子气概了，还升了职。他的名字引起了长官埃文斯的注意，甚至可以说是爱慕。他们两个在一起的时候，就像两只狗在一张壁炉前的地毯上玩耍，一只在撕咬包着烟草的纸卷，嘴里咆哮着，啃嚼着，还时不时地啃一口老狗的耳朵；另一只则昏昏欲睡地躺着，睡眼蒙眬地看着炉火，举起一只爪子，翻个身，喉咙里好脾气地咕哝两声。他们两个形影不离，互相分享，一起战斗，也会吵架。雷齐娅只见过埃文斯一面，说他是一个"安静的男人"——埃文斯身材壮硕，一头红发，在女人面前含蓄内敛。可是，就在停战协议签署前，埃文斯在意大利战死了，而塞普蒂默斯却没有表现出任何情绪，也没有意识到这是一段友谊的终结，而是庆幸自己的感情波动不大，非常理智。战争已经教会了他冷血。这是崇高的。他经历了整场闹剧：友谊、欧洲战争、死亡，赢得了晋升，这时还不到三十岁，一定能活下来。塞普蒂默斯估计得没错。最后一波炮弹也没有击中他。他神情漠然地看着它们爆炸。和平到来的时候塞普蒂默斯在米兰，被军队安排在一个有庭院的旅馆老板家里，院子里摆着一盆盆鲜花，还有几张小桌子，老板的女儿们在做帽子。一天晚上，在一阵恐慌袭来的情况下——他什么都感受不到了——塞普蒂默斯和老板的小女儿卢克雷齐娅订了婚。

现在一切都结束了，停战协议已经签署，死者也已经安葬，塞普蒂默斯却陷入了晴天霹雳般的恐惧中，傍晚时分尤其难过。他什么都感受不到了。每当走到意大利姑娘们坐着缝制帽子的房间，打开门，他能看到她们，也能听到她们聊天。她们用金属丝串起碟子里的彩色珠子，她们调整着各种形状的硬衬布，这边挪挪，那边挪挪，桌子上散落着各种羽毛、穗饰、丝绸、缎带，剪刀咔嚓咔嚓地响。可是，他身上有什么地方出毛病了，什么都感受不到。尽管如此，剪刀的咔嚓声、姑娘们的笑声、制作帽子的窸窣声还是在保护着他，让他确信自己是安全的，这些成了他的避难所。可他不能整个夜晚都坐在这里啊。有时候他在清晨醒来，觉得床在下坠，他也跟着坠了下去。啊，要是身边有剪刀、灯光和各种形状的硬衬布就好了！于是他向卢克雷齐娅求婚了，她是这家的两姐妹中的妹妹，漂亮、活泼，纤细的手指像艺术家一样灵活。她有时会把手举到眼前，嘴里说："全靠这双手呀！"绸缎、各种羽毛，没有哪样东西在她手里不是有了生命的。

"帽子才是着装中最重要的一项。"他俩一起出门的时候，雷齐娅总会这么说。只要从身边经过的人戴着帽子，她都会仔细端详，还会打量她们的披风、衣裙和举止。雷齐娅反感衣着不得体、过度装扮，程度算不上激烈，但会不耐烦地挥挥手，像一个画家把一些别人出于好意购买，但明显是赝品的漂亮玩意拿开一样。可转而她又会宽厚地称赞起一个用仅有的衣饰将自己打扮得漂漂亮亮的女店员，虽然总带着那么一点挑剔；或者以热情而专业的理解，赞美一位从马车上走下来，身穿栗鼠皮草、长裙，戴着珍珠项链的法国女士。

"太美了！"雷齐娅会边喃喃着，边轻推塞普蒂默斯，好让他也看上一眼。但对塞普蒂默斯来说，那些美好跟他之间像隔了一层厚厚的玻璃。就连味道（雷齐娅喜欢冰激凌、巧克力和甜食）也一点都提不起他的兴趣。他会把手中的杯子放在小小的大理石桌上，看向外面的人群。那些人似乎都很高兴，聚在街道中央，没有来由地喊着，笑着，吵闹着。可他却品不出味道，也感受不到快乐。坐在茶室桌子中间，身边是喋喋不休的服务员，那种巨大的恐惧又向他涌来——他什么都感受不到。他可以推理，可以阅读，比如但丁的著作，读起来很轻松（"塞普蒂默斯，放下你的书吧。"雷齐娅说着，轻轻地合上了那部《神曲》，他在读里面的《地狱篇》），他还可以用加法算出账单。所以，他的大脑机能是完好的。那么，一定是这个世界出了问题——让他感受不到了。

"英国人话真少啊。"雷齐娅说。她说她喜欢这样。她尊敬这些英国人，也想看看伦敦，看看英国马，看看量身定做的西装。她有一位姨妈嫁到了伦敦的苏荷区[1]，并在那里安了家。她记得从姨妈那里听说过伦敦的商店有多棒。

有可能，部队离开英国东南部海港纽黑文的时候，塞普蒂默斯透过火车车窗望着英格兰的景色，心想，有可能，这个世界本身就是没有意义的。

回到办公室，公司把塞普蒂默斯提拔到了一个责任相当重大的职位。他赢得了奖励英勇行为的十字勋章，同事们都为他感到骄傲。"你已经尽了你的军人职责，现在该由我们来……"布鲁尔先生说。他的话并没有说完，在极度的欢喜中哽住了。塞普蒂默斯夫妇在伦敦托特纳姆法院路[2]附近租下了一套令人羡慕的公寓。

在这里，塞普蒂默斯再次打开了莎士比亚的作品。他少年时代读《安东尼与克莉奥佩特拉》时曾陶醉在优美的语言中，如今这种感觉已经完全枯萎。莎士比亚多么憎恶人类的行为啊——要穿戴各种衣饰、要生儿育女，还会有卑鄙的口腹之欲！现在，这些隐藏在美妙文字之中的信息，在塞普蒂默斯眼前一一展现了出来。由上一代人传递给下一代人的秘密信号——还做了伪装——居然是厌恶、憎恨和绝望。但丁也是如此。埃斯库罗斯[3]也是如此。雷齐娅坐在桌

1　苏荷区位于伦敦威斯敏斯特区内，最初是当地的"红灯区"，后成为集时尚酒吧、小店、高档酒店于一体的繁华区域。
2　托特纳姆法院路是伦敦威斯敏斯特区的一条道路，19世纪早期为贫民窟，中期启动改造计划后，逐渐和牛津街一起成了伦敦最繁华的中城商业区的核心部分。
3　埃斯库罗斯（Aeschylus，约前525—前456），古希腊悲剧诗人，伟大的悲剧作家，代表作有《被缚的普罗米修斯》《阿伽门农》等。

边装饰着帽子。她在给费尔默太太的朋友们装饰帽子,按小时收费。她看上去苍白、神秘,像一朵睡莲,被水淹没了,沉在水底,塞普蒂默斯心想。

"英国人都这么严肃啊。"雷齐娅总会这么说,双手环抱住塞普蒂默斯,脸颊贴着他的脸颊。

莎士比亚厌恶男女之间的爱情。对他来说,性爱在结束之前都是肮脏的。可是,雷齐娅说她一定要生几个孩子。他们都结婚五年了。

他们一起去了伦敦塔[1],还去了维多利亚与阿尔伯特博物馆[2],站在人群中间看国王宣布议会开幕。那边有很多商店——帽子店、服装店,还有橱窗里陈列着皮包的店,雷齐娅会站在橱窗前久久地凝视。但她一定要生一个儿子。

雷齐娅说,她一定要生一个儿子,要像塞普蒂默斯。但是没有人能跟塞普蒂默斯一样,那么温柔,那么严肃,那么聪明。她就不能也读读莎士比亚的书吗?莎士比亚是一个很难理解的作家吧?雷齐娅问。

我们不能把孩子带到一个这样的世界上。我们不能让苦难延续下去,不能让这些没有持久情感、只会被突发奇想和虚荣心左右着东奔西走的动物数量增加。

塞普蒂默斯看着雷齐娅裁剪料子,看着她整理形状,就像有人看着一只小鸟在草丛中跳跃、飞舞,连手指都不敢动一下。事实是(让雷齐娅忽略这一点吧),人类既没有爱心,也没有信仰,更没有慈悲心,只知道做些能增加当下快乐的事情。他们成群结队地去狩

---

1 伦敦塔是英国伦敦的一座标志性宫殿,由威廉一世建造,历时二十年完成,堪称英国中世纪的经典城堡。
2 维多利亚与阿尔伯特博物馆是英国规模仅次于大英博物馆的第二大国立博物馆,紧邻自然历史博物馆和科学博物馆。

猎,成群结队地在沙漠中搜寻,欢叫着消失在荒野中。他们抛弃倒下的同伴,他们脸上戴着各种厚厚的面具。就拿布鲁尔来说吧,他坐在办公室里,小胡子上打了蜡,戴着珊瑚领带夹,穿着白衬衣,满脸愉悦的神情——内心却一片阴郁湿冷。他种的天竺葵已经全部毁于战火,厨师被吓疯了;还有阿米莉亚(记不清她的名字了),会在下午五点钟准时地为大家挨个送上茶来——那是一个搔首弄姿,满脸媚笑,对谁都暗送秋波的小妖精;还有诸如汤姆和伯迪之流,他们浆得笔挺的衬衫前襟上,渗流着一滴滴浓浓的罪恶。他们从来没有见过塞普蒂默斯在笔记本上画的画,那是他们赤身裸体,丑态百出的模样。大街上,大蓬货车从他身边呼啸而过;布告上的字迹发出狰狞的呐喊;男人们被困在地雷阵里;女人们被活活烧死。一次,在托特纳姆法院路上,一群四肢残缺不全的疯子在放风,或者只是被展示以供民众消遣(路人都在大笑),懒懒散散地走着,经过他身边时还点头致意,咧嘴苦笑,每个人都略带歉意,却又得意扬扬地承受着自己无望的悲哀。那么他,塞普蒂默斯,会疯吗?

　　下午茶的时候,雷齐娅告诉他,费尔默太太的女儿要生孩子了。她呢,可不能这么老去,一个孩子都没有!她说她非常孤独,非常不开心!这是他们结婚以来雷齐娅第一次哭。塞普蒂默斯感觉她的抽泣声从很远的地方传来,他听得很真切,很清楚。他把雷齐娅的抽噎声比作活塞有节奏的捶击。可他什么都感受不到。

　　他的妻子在哭泣,而他却一点都感受不到她的痛苦。只是她每发出一声如此深沉、压抑、无望的抽噎,他就往深渊里又多走了一步。

　　终于,塞普蒂默斯机械地做出了一个夸张的姿势——他垂下了头,抵在双手上。这个动作是装出来的,并不真诚,这一点他心知肚明。现在,他已经妥协。他必须仰赖别人的帮助了,必须有人去请能帮助他的人。他屈服了。

什么都无法让塞普蒂默莫斯打起精神来。于是,雷齐娅扶他躺在床上,派人去请了医生——费尔默太太的医生霍姆斯。霍姆斯医生给塞普蒂默斯做了检查。他的身体一点问题都没有,霍姆斯医生说。哦,心中的石头一下子落了地!多和善的人,多好的人啊,雷齐娅心想。他出现这种感觉的时候,就带他去音乐厅吧,霍姆斯医生说,还可以让他请上一天假陪陪妻子,或者去打打高尔夫。为什么不在睡前拿两片溴化物[1],溶到水里喝掉呢?布鲁姆斯伯里街区[2]的这些老房子,霍姆斯医生用手轻轻敲着墙壁说,往往镶满了非常精美的墙板,房东们却做了傻事,用壁纸把这些墙板盖住了。就在前几天,他到贝德福德广场[3]一位什么爵士家里出诊——

这么一来,塞普蒂默斯便没有了任何借口。他的身体没什么问题,除了感受不到——因为这个罪行,他已经被人性判了死刑。埃文斯战死的时候,他一点都没有在意,这已经够糟糕了,更有甚者,他犯下的所有其他罪行都在凌晨时分在床栏的上方抬起头,乱舞着手指,嘲笑、讥讽他那具趴在那里不肯起床,正在走向堕落的身体——他如何娶了自己的妻子却不爱她,如何欺骗她、引诱她,如何凌辱了伊莎贝尔·波尔小姐,如何彰显着满身罪恶,以至于女人在街上看到他都会不寒而栗。人性对这样一个卑鄙小人的判决是——死刑。

霍姆斯医生又来过一次。医生身材魁梧,气色很好,面容英俊。他轻轻掸掸靴子,照照镜子,告诉他们所有烦恼都已经消除——头痛、失眠、恐惧、噩梦——这都是些神经症状,再没别

---

[1] 溴化物,如溴化钾和溴化钠,曾被用作镇静剂和安眠药,但由于其副作用,现在已很少使用了。
[2] 布鲁姆斯伯里街区又译作百花里,是伦敦中北部的一个街区,20世纪初期曾有许多著名的知识界人物在此居住、活动,包括弗吉尼亚·伍尔夫、E. M. 福斯特及约翰·梅纳德·凯恩斯等,使该地成了一个重要的文化和知识交流中心。
[3] 贝德福德广场是伦敦市中心北部的一个花园广场,主要作为中上阶层的居住区。

的了。霍姆斯医生体重160磅[1]，如果他发现自己轻了哪怕半磅，都会要求妻子在早餐的时候给他多盛一盘麦片粥。（雷齐娅得学着煮麦片粥了。）不过，医生接着说，健康主要是由我们自己控制的。要让自己投入对外界的兴趣中去，培养一些爱好。他打开了莎士比亚的《安东尼与克莉奥佩特拉》，又把书丢到了一边。人得有一些兴趣，霍姆斯医生说，他之所以身体这么好（他的工作强度可不亚于伦敦的任何一个人），不就是因为他总能把心思从病人身上转移到古董家具上去吗？沃伦·史密斯太太头上戴的梳子[2]可真漂亮呀，如果允许他这么说的话！

这个该死的傻瓜再次来出诊的时候，塞普蒂默斯拒绝见他。他真的拒绝见我吗？霍姆斯医生理解地微笑着说。真是的，他只好轻轻推了那位娇小迷人的史密斯太太一把，才从她身边过去，进了她丈夫的卧室。

"这么说，你的情绪非常低落了。"霍姆斯医生坐到病人身边，和颜悦色地说。你居然对妻子说要自杀，你的妻子还像个小姑娘呢，而且是个外国人吧，猜对没有？这样做，不会让她对英国丈夫们产生非常奇怪的想法吗？也许，一个男人对妻子不能没有责任吧？与其躺在床上，不如做点什么事情，那样不是更好吗？霍姆斯医生已经有四十年从医经验了，所以，塞普蒂默斯尽可以相信医生的话——什么病都没有。下次来诊视的时候，霍姆斯医生希望能看到塞普蒂默斯·史密斯下床了，不再让那位娇小迷人的女士——他的妻子——为他担心了。

总之，人性——这个讨厌的、长着两个血红鼻孔的大野兽——不肯放过他。霍姆斯医生不肯放过他。医生每天都会很有规

1　160磅相当于72.57公斤。
2　这里的梳子是一种头饰。

律地来访视。一旦你失足绊倒,塞普蒂默斯在一张明信片的背面写道,人性就会盯上你。霍姆斯医生就会盯上你。他和雷齐娅唯一的机会就是逃走,不让霍姆斯医生知道。可以逃到意大利去——或者别的什么地方,只要能逃离霍姆斯医生,什么地方都行。

可雷齐娅并不理解塞普蒂默斯的想法。霍姆斯医生是多好的一个人哪,对塞普蒂默斯那么关心。而且,他还说过,他一心想帮助他们两个。医生家里有四个孩子,还邀请她去喝下午茶呢,雷齐娅告诉塞普蒂默斯。

这么说,雷齐娅也背弃了他。整个世界都在闹嚷嚷地叫嚣着:自杀吧,自杀吧,为了我们。可是,为什么为了它们,他就该结束自己的生命呢?食物还美味可口,太阳也还热烈温暖。而且,它们说的自杀,该如何下手呢?用一把餐桌刀吗?那样会血流满地,死得很难看。吸燃气自杀呢?他又太虚弱,几乎连抬手的力气都没有了。而且现在,他非常孤独,不光被定了罪,还惨遭遗弃,跟那些即将就死的人一样孤独。这种孤独里含有一种奢侈,一种充满崇高感的遗世独立,一种有人依傍的人群永远体会不到的自由。霍姆斯医生当然赢了,那个鼻孔通红的大畜生赢了。不过,就算霍姆斯医生本人也无法触及这个游荡在世界边缘的最后的遗民,这个被遗弃的人。塞普蒂默斯像一个淹死的水手,躺在这个世界的岸上,回望着有人居住的地方。

就在那一刻(雷齐娅出去买东西了),伟大的启示降临了。一个声音从屏风后面传来,那是埃文斯在说话。死者与他同在。

"埃文斯,埃文斯!"塞普蒂默斯喊道。

史密斯先生又在大声地自说自话了,女仆艾格尼丝在厨房里向费尔默太太哭诉。艾格尼丝端着托盘走进房间的时候,听到史密斯先生在叫,"埃文斯,埃文斯!"艾格尼丝吓了一跳——是真的跳了起来,飞快地跑下楼去了。

雷齐娅回来了，手里捧着一束玫瑰花。她走进房间，把花插到了花瓶里。阳光直愣愣地撞在花瓶上，大笑了几声，满房间窜来窜去。

简直没法不买这些玫瑰花，雷齐娅说，街上卖花的男人那么可怜。可这些花其实已经快枯死了，她一边说话，一边整理着玫瑰的造型。

这么说，外面有个男人，应该就是埃文斯了。雷齐娅刚说的那些半枯死的玫瑰花，大概是他从希腊的田野里采来的。"交流就是健康，交流就是幸福，交流——"塞普蒂默斯嘴里喃喃着。

"你在说什么呀，塞普蒂默斯？"雷齐娅问，心里怕得发狂，因为塞普蒂默斯自己跟自己说话。

雷齐娅让艾格尼丝赶紧去请霍姆斯医生，说她丈夫发了疯，几乎不认识她了。

"你这个畜生！你这个畜生！"塞普蒂默斯大喊起来，他又看到了人性——那是霍姆斯医生走进了房间。

"这次又是在闹什么呢？"霍姆斯医生用世界上最亲切的态度问道，"来一通胡说八道，吓唬你太太吗？"不过，他会给塞普蒂默斯吃一点儿什么药，让他沉睡过去。要是他们两个是有钱人，霍姆斯医生说着，略带讥讽地环视了一下房间，他早就不管不顾地让他们去哈利街[1]了。要是他们对他没有信心的话……霍姆斯医生说着，面容看起来不那么和蔼了。

现在刚好十二点整，大本钟敲了十二下。钟声飘荡在伦敦北部的上空，与其他报时的钟声交织在一起，渐渐变得稀薄空灵，融进天空中飘浮的云朵和丝丝缕缕的烟雾里，随着远飞的海鸥消逝在天边——十二点的钟声响起的时候，克拉丽莎·达洛维把她的绿色晚

---

[1] 哈利街位于伦敦市中心，因众多一流私人医生在此设立门诊而被称为"医疗街"。

礼服放到了床上，而沃伦·史密斯夫妇正沿着哈利街走去。他们和医生约定的时间正是十二点。有可能，雷齐娅心想，门前停着一辆灰色汽车的就是威廉·布拉德肖爵士家吧。沉闷、回旋的钟声在空气中渐渐消散。

一点儿没错——那正是威廉·布拉德肖爵士的汽车，车盘低矮、动力强劲，灰色的车身上清晰地印着爵士姓名的两个首字母"W"和"B"，盘错交互。而爵士本人好像与这一家徽的浮华风格并不协调，他是一位神出鬼没的"救助者"，是一位科学界的"传道士"。由于汽车是灰色的，为了配合它的素雅，车里配了灰色的皮草坐垫和银灰色的毛毯等内饰，让尊贵的爵士夫人坐在车里等待的时候能享受温暖。这是因为，威廉爵士经常需要赶六十英里的路，甚至更远，到乡下去诊视那些有钱的、遭受病痛折磨，且付得起威廉爵士为给出的建议非常合理地收取的高额诊金的人。尊贵的爵士夫人得坐在车里等一个多小时。她膝上搭着毛毯，靠在车座上，心中时而想着病人，时而又情有可原地想起那金子铸成的墙，在她等待的每一分钟里，都会增高一点。金墙不断向上攀升，把爵士夫妇和所有变故、焦虑隔开（她曾经勇敢地承担着这些变故和焦虑，他们也经历过挣扎着奋斗的日子），直到她觉得周围形成了一片风平浪静的大海，只会有微风送来芬芳。他们受人尊敬，受人钦佩，受人羡慕，几乎没有什么未满足的愿望了，尽管她对自己臃肿的身材感到遗憾。每周四晚上，她都要为职业人士举办大型晚宴，偶尔为某场义卖开幕，还会受到皇室成员的接见。可她与丈夫待在一起的时间太少了，唉，因为丈夫的工作越来越多。儿子在伊顿公学上学，表现出色。她还想再生个女儿。不过，她也有自己的兴趣爱好，数量相当多，像儿童福利、癫痫病人的后续护理、摄影什么的。因此，在等待丈夫的时间里，如果发现某座教堂正在修建，或者某座教堂一派颓败，她就会去贿赂教堂司事，拿到教堂的钥匙去拍照，拍出的照片跟专业人士的作品放在一起几乎毫不逊色。

威廉爵士已经不年轻了。他工作非常努力,纯粹靠自己的能力赢得了现在的地位(他原本是一个小店主的儿子)。他热爱自己的职业,会作为完美的头面人物出席各种典礼,并奉上精彩的发言——经历过的这一切,让他在受封爵士的时候面色凝重,神情疲惫(找他看病的患者川流不息,也让他肩上担负的职责和特权如此沉重)。这种疲惫,再加上他的白发,越发使他的形象卓尔不群,给他带来的声誉(这在处理神经类病例时尤为重要),不仅仅是闪电般快捷惊人的技术和几乎无懈可击的准确诊断,还有同情、圆融和对人类灵魂的理解。在这两个人(别人都叫他们沃伦·史密斯夫妇)走进房间的那一刻,他就看出了端倪。看到那个男人,他马上断定,这是一个极其严重的病例。这个人已经完全崩溃了——肉体和精神都处于完全崩溃的状态,而且每一种症状都处于晚期,他在两三分钟内就能确定下来(一边谨慎地小声问话,一边在一张粉红色卡片上写下患者对问题的答复)。

霍姆斯医生给他看病多久了?

六个星期了。

开了点溴化物?还说他的身体没什么问题?啊,好的(看那些全科医生干的好事!威廉爵士心想。他把一半的时间都花在纠正他们的错误上了,但有些已经无法弥补)。

"你参加过战争,还获得了很高的荣誉,是吗?"

病人一脸疑惑地重复了一遍"战争"这个词。

病人在给词语附加象征性意义。这是一种严重的症状,应该在患者卡片上注明。

"战争?"病人问道。欧洲战争——是那场学校里的男孩子们用火药搞的小闹剧吧?他曾经参加过,还获得了很高的荣誉吗?塞普蒂默斯是真的忘了。就是在那场战争里,他沦落成了现在这个样子。

"参加过，他表现得非常出色。"雷齐娅向医生保证，"他被提拔了。"

"你工作的时候，同事对你的评价非常高，是吗？"威廉爵士瞥了一眼布鲁尔先生那封充满了赞誉的信，轻声问道，"这么说，你没有什么可烦恼的了，也没有经济上的忧虑，什么烦恼都没有了，是吗？"

可他曾犯下了一桩骇人听闻的罪行，已被人性宣判了死刑。

"我——我——"塞普蒂默斯开口了，"犯下了一桩罪——"

"他没干过什么坏事，根本就没有。"雷齐娅肯定地对医生说。如果史密斯先生愿意等一会儿的话，威廉爵士说，他想先和史密斯太太去隔壁房间聊聊。你丈夫的病非常严重啊，威廉爵士坦言，他威胁过要自杀吗？

哦，他说过的，雷齐娅哭出了声，但他不会真的去自杀的。当然不会，威廉爵士说，这只不过是一个有关休息的问题，他需要休息，休息，休息，好好地卧床休息一阵子。乡下有一家很舒适的疗养院，在那里，你的丈夫会得到很好的照顾。要离开我吗？雷齐娅问道。很遗憾，是的，要离开你，威廉爵士说，在我们生病的时候，心中最在意的人对我们并没有什么好处。但塞普蒂默斯没有疯，对吗？雷齐娅问。威廉爵士则回答，他从来不用"疯"去描述病情，而是把这种症状称为感觉失调。可她丈夫不喜欢身边有那么多医生，他会拒绝去那里的。威廉爵士态度和蔼地向她简要解释了病例的严重程度。塞普蒂默斯威胁过要自杀呀，所以没有别的办法了。这已经是一个法律问题了。按照法律，他得在乡下的一家漂亮的疗养院里卧床休息。那里的护士们都很敬业，威廉爵士每周会去为他诊视一次。如果沃伦·史密斯太太确信没有别的问题要问了——他从来不会催促病人的——那他们就回到她丈夫身边吧。她确实也没有什么要问的了——没有什么要问威廉爵士的了。

于是，威廉爵士和雷齐娅又回到了那个最崇高的人类、面对内心法官的罪犯、在山巅祭出自己的躯体的献祭者、亡命天涯的人、淹死的水手、写出不朽颂歌的诗人、出生入死的天主，也就是坐在天窗下扶手椅上的塞普蒂默斯·沃伦·史密斯身边——他正盯着一张布拉德肖夫人身着宫廷礼服的照片出神，嘴里喃喃着关于美的各种启示。

"我们简单聊了一下。"威廉爵士说。

"医生说你病得很重，非常重。"雷齐娅哭着说。

"刚才我们在安排，你应该住进一家疗养院接受疗养。"威廉爵士说。

"霍姆斯医生的一家疗养院吗？"塞普蒂默斯冷笑着问道。

这个家伙给威廉爵士留下了很不好的印象。爵士的父亲是商人，所以爵士天生尊重有教养、衣着光鲜的人，也因此，寒酸的样貌、举止会让他觉得刺眼。另外，还有一个更深层次的原因：威廉爵士从来没有时间读书。因此，当那些真正受过教育的人来到他的诊室，态度中透露出"精神医生本身并不是受过良好教育的人，尽管这个职业需要才能极高的人时时刻刻殚精竭虑"时，就会激起他深埋在心底的怨恨。

"是我本人办的一家疗养院，沃伦·史密斯先生。"威廉爵士说，"去了那里，我们会教你如何休息的。"

另外还有一点要说。

威廉爵士非常肯定，等沃伦·史密斯先生恢复了健康，一定是世界上最不可能去吓唬自己的妻子的男人。

可是，他说过要自杀的。

"谁都有情绪低落的时候啊。"威廉爵士说。

你一倒下来，塞普蒂默斯一遍一遍地对自己说，人性就会抓住你，霍姆斯医生和威廉·布拉德肖爵士就会抓住你。他们在沙漠里搜索，他们乘飞机呼啸着飞向荒野。肢刑架[1]和拇指夹刑具都已经准备好。人性是冷酷无情的。

"他有时候会出现冲动行为吗？"威廉爵士边问雷齐娅，边用铅笔在一张粉色卡片写着。

那是我自己的事，塞普蒂默斯说。

"没有人只为自己活着。"威廉爵士说着，瞥了一眼妻子身着宫廷礼服的照片。

"而且，以后你的事业会前途无量的。"威廉爵士说（他面前的桌子上还放着布鲁尔先生的信），"事业会非常辉煌。"

可是，如果他认罪呢？要是他统统说出来，他们会放过他吗？那些无时无刻不在拷问着他的东西？

"我——我——"塞普蒂默斯结结巴巴地说。

可他到底犯了什么罪呢？他想不起来了。

"请讲吧。"威廉爵士鼓励他。（不过时间已经不早了。）

爱、那些树、世界上没犯罪——他要传达什么信息来着？

他怎么都想不起来了。

"我——我——"塞普蒂默斯还在结结巴巴。

"尽量少想关于自己的东西。"威廉爵士和蔼地说。说真的，他不适合到处乱跑。

还有什么想问的吗？威廉爵士会把一切都安排妥当（他小声跟雷齐娅说），傍晚五六点钟会通知她的。

"都交给我好了。"威廉爵士说着，把他们打发走了。

此前，雷齐娅心中从来没有如此痛过，从来没有过！她是来

---

[1] 肢刑架是中世纪欧洲的一种极其残忍的酷刑工具，大体上是一个两端带有滑轮、可分体的桌子，通过极限拉伸受刑者的四肢达到折磨和审问的目的，和中国古代的酷刑五马分尸有些类似，但更为残忍。

寻求帮助的,却就这样被冷冰冰地打发掉了!他们的满心希望落了空!这个威廉·布拉德肖爵士,不是什么好人。

两个人走到街上。塞普蒂默斯说,威廉爵士的那辆汽车,单是保养费就一定会花掉不少钱。

雷齐娅紧紧地抓着塞普蒂默斯的胳膊。他们就这样被打发掉了。

可是,她还能奢望什么呢?

威廉爵士给病人的治疗时间是三刻钟。这是因为,如果在这门与神经系统和人脑相关的严谨科学中(毕竟我们对此不甚了解),连医生的感觉都失调了,那么作为医生,他是很失败的。我们必须拥有健康,而健康就是不失调。因此,当一个人走进你的诊室,胡说着自己就是耶稣基督(这是一种常见的妄想),要传达一个信息(患者多半会有什么信息要传达),还威胁着要自杀的时候(经常会有这种情况),你就得唤醒他的正常感觉,开出卧床休息的方子——在独处中休息、静静地休息,只管休息,不去会朋友,不去看书,也不接触什么信息,只是休息。这样休息上六个月,直到体重从 104 磅[1] 飙升到 168 磅[2]。

协调感,神圣的协调感,是威廉爵士信奉的女神。走在医院里的时候,捉鲑鱼的时候,在哈利街与布拉德肖爵士夫人生下一个儿子的时候,威廉爵士都能收获满满的协调感。布拉德肖夫人会亲自捉鲑鱼,拍摄的照片几乎与专业人士的作品不相上下。威廉爵士崇尚"协调",这不仅让他自己过得风生水起,还让整个英格兰繁荣昌盛。他把这个国家的精神病患者隔离起来,禁止他们生育;他处罚绝望情绪,让精神不健康的人无法传播他们的观点,直到这些人也拥有了和他一样的"协调感"——如果患者是男人,拥有的是和

---

[1] 104 磅约等于 47.17 公斤。
[2] 168 磅约等于 76.20 公斤。

他一样的协调感;如果是女人,就是和布拉德肖夫人一样的协调感(她会刺绣、编织、每周七天里有四个晚上在家陪伴儿子)。因此,威廉爵士不仅赢得了同事们的尊敬、下属们的畏惧,就连病人的朋友和亲戚都对他充满了最热切的感激之情,因为他坚持让这些预言世界末日或上帝降临的男女"救世主"们遵照医嘱卧床休息、喝牛奶。威廉爵士处理这类病例已经有三十年经验了,他的直觉无懈可击:这个人精神失常,那个人还有协调感,也就是说,像他那样的协调感。

不过,"协调感"还有一个姐妹,她不苟言笑,因而更令人敬畏。这个女神现在依然恪尽职守——在印度的热浪和沙滩上、非洲的泥泞和沼泽中、伦敦的教堂里,总之,在气候或魔鬼引诱人们从对这位女神的真信仰中堕落的任何地方。她现在依然忙着在那些地方推倒神龛、砸碎神像,并在它们原来的位置上树立起她自己的严厉形象。这个女神的名字叫作"皈依",她以吞食弱者的意志为乐,喜欢受人钦敬、强制信仰,尤其喜欢把自己的表情特征印在民众的脸上。她站在海德公园主要入口处的一个临时讲台上布道,穿着一身裹尸布般的白衣,迈着苦行僧般的步伐,装出一脸兄弟之爱,走过工厂和议会。她为人们提供帮助,心中却渴望着权力;她粗暴地打击有异议或有不满的人们,为自己扫清障碍;又对那些仰望着她,顺从地从她的眼睛中借来光泽的人们赐予祝福。这位女士也住在威廉爵士的心里(雷齐娅·沃伦·史密斯猜到了这一点),尽管通常隐藏在一些貌似可信的伪装里,顶着一些可敬的名称,像爱、责任、自我牺牲。威廉爵士工作非常努力——那么辛苦地筹集资金、宣传改革、组建社会收容机构!可是,皈依,这个苛求细节的女神,嗜血胜过了对砖瓦的热爱,最能巧妙地吞噬意志。就拿布拉德肖夫人来说吧。十五年前,她就已经顺从了。没人知道原因,没有发生过任何吵闹,也没有任何失控行为,她的意志就那么慢慢地,如吸了水一般，沉入了威廉·布拉德肖爵士的意志里。布拉德肖夫人笑容甜美，乖巧柔顺。在哈利街举办晚宴的时候，她要准备八九道菜供十到十五位专家阶层的客人享用，却依然那么气定神闲，从容不迫。只是，当夜色加深，她的神情出现了些许疲惫，又或许是紧张不安，让她有点神经性抽搐，说话、动作也笨拙起来，不再那么有条不紊。这一切都让人只能心痛不已地相信——这位可怜的女士前面的表现都是伪装出来的。在那段已经久违了的时光里，她也曾经自由自在地捕捞过鲑鱼；可现在呢，为了尽快满足丈夫眼中如此逢迎地闪耀着的对掌控感、对权力的渴望，她约束自己、挤压时间、修正言行举止、保持距离、窥探别人的内心。因此，虽然并不确切地知道究竟是什么让她的夜晚变得如此煎熬，也不知道是什么造成了这种讨厌的压力（很可能要归咎于那些专业性的谈话，或者一位名医的疲惫不堪——布拉德肖夫人说丈夫的整个生活都"不属于自己，而是属于他的病人们"），但夜晚就是如此煎熬。当晚上十点的钟声敲响，散去的宾客们还能兴高采烈地深吸一口哈利街的空气，而这种轻松惬意，却是爵士的病人们无论如何都无福消受的了。

在这间灰色房间的墙上挂着几幅画，家具都很贵重。雷齐娅和塞普蒂默斯坐在精美的磨砂玻璃天窗下，知道了自己的过错有多大。两个人拘谨地坐在扶手椅上，看着威廉爵士用手臂做了一个奇怪的练习动作（这是为他们两个好）——他飞快地将双臂向前伸出，又猛地收回到髋部的位置，以此来证明他是自己行为的主人（在病人执迷不悟的情况下），而病人却不是。进行到这一步，脆弱些的病人就崩溃了，啜泣着屈服了；另一些则被某种疯狂的执念（天知道是什么疯狂执念）激发，会当面骂威廉爵士是"可恶的骗子"，甚至张狂到质疑生命本身。为什么要活着？他们强烈要求爵士回答。爵士则回答说，生命是美好的。生命当然是美好的，壁炉架上方挂着布拉德肖夫人身穿鸵鸟毛奢华礼服的照片。至于爵士的收入，一年足足有一万二英镑。可对于我们，雷齐娅和塞普蒂默斯抗议道，生活并没有这么慷慨的赠予啊。爵士默认了这一点。这两个人缺乏协调感。那么，也许上帝并不存在呢？说这话的时候，爵士耸了耸肩。简单点说，要不要活着，应该是我们自己的事情吧？在这一点上，他们两个想错了。威廉爵士在萨里郡有一位朋友，在那里教授一门，威廉爵士坦言，一门很难的艺术——协调感。此外，还有家庭亲情、荣誉、勇气和辉煌的事业。所有这些，威廉爵士都是发自内心地坚定拥护的。如果两人辜负了他的好意，他就只好支持警察部门，为社会的利益着想了。警察部门，他压低了声音说，会在整个萨里郡关照这些不合群的冲动行为，让因为缺乏优良血统而滋生的最大劣根性得到控制。这时，皈依女神从她的隐居之地悄悄现身，登上了宝座。她的欲望就是凌驾于她的反对者之上，在他人的圣殿上留下自己不可磨灭的形象。塞普蒂默斯这个被剥去了尊严的外衣、毫无反抗之力、精疲力竭、没有朋友的人经历了威廉爵士的意志的洗礼。爵士居高临下俯冲而来，带着吞噬一切的力量，把人们关到疗养院里。正是这种决断和人性的结合，使威廉爵士深受被他关起来的患者亲属的爱戴。

不过，雷齐娅·沃伦·史密斯边沿着哈利街往回走，边哭着说她不喜欢那个威廉爵士。

哈利街上的钟表蚕食着六月的这一天，把它撕碎、切片，切分了再切分，苦口婆心地劝说着人们要顺从，要维护权威，并以合唱的形式指出协调感的无上好处。大片的时光就这样被切分成小块，直到牛津街的一家商店上方悬挂着的广告时钟亲切地、带着兄弟般的情谊宣布当前时间为一点半，似乎店主里格比先生和洛恩德斯先生非常乐意免费提供时间信息。

抬头看去，广告时钟上是两位店主的名字，每个字母都占了一个数字的位置[1]。大家在潜意识里对里格比和洛恩德斯为公众提供格林尼治标准时间心存感激。而这种感激，休·怀特布莱德悠闲地站在商店橱窗前，沉思道，这种感激，自然会以另一种形式回报，即到里格比和洛恩德斯商店里买双袜子或鞋子。休总会思考一些事情，已经习惯成自然了。但他的思考并不深入，只是蜻蜓点水般地随便想想而已：他研究过失传的古语，学习过活跃的现代语言，向往过君士坦丁堡、巴黎和罗马的生活，还喜欢过骑马、射击、打网球，但都成了过去。有些心怀叵测的人声称，现在休在白金汉宫的皇家护卫队供职，穿着丝袜和及膝长裤，护卫着没人知道的东西。不过，休这份宫廷工作做的效率极高。这五十五年来，他一直在英国的上流社会周旋，还认识了好几任首相。大家都知道，休的影响也很深远。如果说休确实没有参与过当时任何大的政策调整，也没有担任过什么要职的话，至少还是有一两件不那么惊天动地的改革要归功于他的：一件是改善公共避难所的生活设施，另一件是保护诺福克郡的猫头鹰[2]。女仆们也有理由感激他。休的名字还出现在了几封写给《泰晤士报》的信的末尾，信中请求提供专项资金，呼吁公众保护环境、禁止捕猎、清理垃圾、减少吸烟、杜绝公园里的伤风败俗行为等，赢得了人们的尊敬。

休那魁伟的身形在橱窗前停留了片刻（半点报时的钟声渐渐消散），用评判的目光自带威严感地看向里面的袜子和鞋子。他的人格无可挑剔，而且有钱有地位，形成了一种站在一定的高处俯瞰世界的气度，身上的衣着也和他的身份很相称。不过，休意识到了身材、财富、健康、世袭所带来的义务，因此即使在非必要的时候，他也会一丝不苟地遵守着各种细微的礼节和传统的仪式，这给他的

---

[1] 里格比和洛恩德斯的英文名字分别为 Rigby 和 Lowndes，刚好 12 个字母。
[2] 诺福克郡是英格兰东部的一个非都市郡。中世纪时猫头鹰在该地及整个英格兰东部地区都具有特殊的象征意义，经常出现在大教堂等宗教建筑中。

举止又平添了一种翩翩风度,那是一种值得仿效,并能让人记住的素质。比如说,他和布鲁顿夫人已经相识二十年了,和她共进午餐时从来不会忘记带上一束康乃馨,以手臂伸直的姿态献给她;也不会忘记跟布拉什小姐聊上两句,顺便问候她在南非的弟弟。布拉什小姐是布鲁顿夫人的秘书,不知出于什么原因非常讨厌这种殷勤问候,尽管她自己身上连一丁点儿女性魅力都没有。因此她总会敷衍地回答一声,"谢谢你,他在南非挺好的。"其实,这六年她弟弟就在英国的朴次茅斯[1],过得一点儿都不好。

布鲁顿夫人更欣赏的是理查德·达洛维,一会儿他也就该到了。其实,他们两个在门口相遇了。

布鲁顿夫人当然更欣赏理查德·达洛维了,因为他的素质比休高出许多。不过,她也不会让别人诋毁她那可怜的、亲爱的朋友休的。她永远忘不了休的善良——他真的非常善良——虽然她想不起来具体场景了,可他的的确确非常善良。不管怎么说,男人们之间的差别全部加起来也不会有多大。她从来不喜欢那种把别人内心剖开的本事,像克拉丽莎·达洛维那样——先把别人"剖开"了去分析,然后再"缝合"起来。不管怎么说,到了六十二岁的年纪,肯定喜欢不起来了。她伸手接过休的康乃馨,棱角分明的脸上露出她特有的冷峻笑容。不会再有别人来了,布鲁顿夫人说,她是找了个借口把他俩"骗"到这里来的,请他们帮忙解决一个难题——

"不过,咱们还是先用餐吧。"布鲁顿夫人说。

就这样,腰系围裙、头戴着白帽的女仆们开始在旋转门间来往穿梭,场面精美,却一点儿声音都没有。还有许多侍女,其实并没有必要在这里伺候,她们不过是梅菲尔富人区[2]的女主人们一点半到

---

[1] 朴次茅斯是英国英格兰东南部的一个海滨城市。
[2] 梅菲尔富人区是伦敦顶级富人区,也是英国乃至全球最著名的上流社会住宅区。

两点之间在或神秘或盛大的骗局上惯用的娴熟工具罢了。如魔术师般一挥手，来往穿梭的女仆们就消失不见了，客人们心头却升腾起一种深深的幻觉：主要是食物相关的——仿佛面前的丰盛美食并不需要花钱买来，又仿佛餐桌上的这一切都是自动铺开的——那玻璃杯和银餐具、小餐垫、盛放着红色水果的浅碟，棕色奶油酱浇多宝鱼片，用砂锅端上来的炖鸡，色泽比家常做法更加鲜艳诱人，还有火在加热。美酒加咖啡（似乎也不需要花钱买来），各种愉快的景象出现在客人们沉思的眼睛、微微揣测的眼睛、将生活看成充满乐章而神秘的眼睛、被红色康乃馨的美瞬间点亮的、友善地观察着的眼睛之前。那束康乃馨被布鲁顿夫人放在了她的盘子旁边（她的动作总是略显生硬），让休·怀特布莱德觉得整个宇宙都满溢着安宁，同时对自己在女主人心中的地位胸有成竹。他停下手里的叉子，说：

"这花配上您衣裙的蕾丝花边，是不是很迷人呀？"

布拉什小姐非常厌恶这种话里透出的亲密感，觉得休就是个没教养的家伙。她这副样子把布鲁顿夫人逗笑了。

布鲁顿夫人举起那束康乃馨，姿态相当僵硬，像极了她身后那幅画上的将军手拿一卷文件的样子。她保持着那个动作，一脸陶醉。她是将军的曾孙女？还是曾曾孙女呢？理查德·达洛维在心里问自己。罗德里克爵士、迈尔斯爵士、塔尔博特爵士——这就对了。这个家族的女人们有着世代传承的相似之处，非常明显。她就该去做一名龙骑兵将军，那样的话，理查德会很开心地做她的手下。理查德对布鲁顿夫人极其尊敬——他非常珍惜对这些出身名门、血统高贵的老妇人们的浪漫幻想，甚至想以他特有的令人愉快的方式，带一些自己认识的愣头小伙与布鲁顿夫人共进午餐，好像她这种个性可以从令人愉快、热爱饮茶的年轻人中培养出来似的！他了解布鲁顿夫人的家乡，也了解她的家人。她的庄园里有一棵葡萄树，依然

433

在结果,据说洛夫莱斯[1]或赫里克[2]曾经坐在树下沉吟——布鲁顿夫人一句诗都没读过,但这个故事还是流传了下来。最好等喝完咖啡,再向他们提出那个困扰她的问题(关于向公众发出呼吁,如果要呼吁的话,该用什么措辞等),布鲁顿夫人心想。于是,她把康乃馨放在了自己的餐盘旁边。

"克拉丽莎还好吧?"布鲁顿夫人突然问道。

克拉丽莎总说布鲁顿夫人不喜欢她。事实上,布鲁顿夫人早已名声在外——她对政治的兴趣要比对人浓厚,说话也像个男人,还染指了19世纪80年代一些臭名昭著的阴谋,现在的《回忆录》中也开始提及了。当然,她的客厅里设计了一个凹进去的私密空间,里面放着一张桌子,桌子上立着一张已故去的塔尔博特·穆尔爵士将军的照片。80年代的一个晚上,就在这张桌前,将军曾经当着布鲁顿夫人的面,在她的见证下(也许是在她的建议下)写过一封电报,在一个历史性的时刻命令英国军队进军。(她还保留着那支写过电报的笔,故事也是她讲述的。)因此,当布鲁顿夫人不经意地问起"克拉丽莎怎么样?"的时候,丈夫们是很难说服自己的妻子相信她对女人们有兴趣的。事实上,就连他们自己,不管对布鲁顿夫人多忠诚,也会暗自怀疑这一点,因为妻子们经常会挡在丈夫们事业的路上,阻止他们接受国外的职位,就算是开会期间也不得不带她们到海边去,好让她们从流感中康复过来。不管怎么说,她那句"克拉丽莎怎么样?"会被女人们确定无疑地理解为来自一位祝福者,或来自一位几乎从不说话的伙伴的信号。布鲁顿夫人的这一表达(也许她这辈子也只会说上五六次),象征着她对和女性建立的同志关系的一种认可,虽然远不及她同男性的午餐宴会,却将她

---

[1] 洛夫莱斯(Lovelace, 1618—1658),英国骑士诗人。
[2] 赫里克(Herrick, 1591—1674),英国著名诗人,以田园抒情诗和爱情诗著称。

和达洛维夫人用一种奇怪的纽带紧紧联结起来。她们两个很少见面，即使见面也是关系淡漠，甚至充满敌意。

"今天早上我在公园里遇到克拉丽莎了。"休·怀特布莱德边埋头吃着砂锅炖鸡边说，急切地想小小显摆一下，显示只要他来伦敦，就能马上见到所有的人。可米莉·布拉什心中却想，真贪吃，这是她见过的最贪吃的那类男人。她对男人们的观察从来都是客观公正的，永远乐此不疲，对自己的性别认识更是客观，虽然她关节粗大，瘦骨嶙峋，一丁点儿女性魅力都没有。

"你们知道谁进城来了吗？"布鲁顿夫人突然想起了一件事，"咱们的老朋友，彼得·沃尔什。"

大家脸上都浮现出笑意。彼得·沃尔什！达洛维先生是发自心底地高兴，米莉·布拉什心想，而怀特布莱德先生心里只有他啃着的鸡。

彼得·沃尔什！布鲁顿夫人、休·怀特布莱德和理查德·达洛维三人不约而同地想起了一件事——彼得曾经多么热烈地恋爱过，可惨遭拒绝，才去了印度，在那里搞得一败涂地，把生活过得一团糟。可理查德·达洛维也非常喜欢这个亲爱的老伙计。米莉·布拉什看出了这一点，她看进了理查德那双棕色眼睛的深处，看到了他的犹豫、权衡，这让她非常感兴趣——达洛维先生总会引起她的兴趣。她想知道，关于彼得·沃尔什，理查德·达洛维先生在想什么呢？

彼得·沃尔什一直爱着克拉丽莎。所以，午饭后，理查德·达洛维应该会直接回家去找克拉丽莎。他会用尽甜言蜜语对克拉丽莎说他爱她。是的，他会这么说的。

曾几何时，米莉·布拉什几乎爱上了这种沉默，而且，达洛维先生总是那么可靠，那么绅士。如今，米莉·布拉什已是四十岁的年纪，而布鲁顿夫人只需点一下头，或者有一点突然地转过头来，她就会接收到信号,无论她那超然客观的心灵、未受玷污的灵魂思考得有多深入。生活无法迷惑她,因为生活没有给予她哪怕有一点价值的装饰品:卷发、微笑、嘴唇、脸颊、鼻子,没有一处漂亮,什么都没有。布鲁顿夫人只需要点点头,她就会指示珀金斯去催一催咖啡。

"没错,彼得·沃尔什回国了。"布鲁顿夫人说。这句话让大家都隐约有点得意。彼得回来了,灰头土脸、落魄不已地回到了他们中间,像回到了安全海岸。不过,几个人都认为,要帮助他是不可能的。彼得的性格里有某种缺陷。休·怀特布莱德说,跟某位大人物提一提彼得的名字当然还是可以的,但一想到他得给政府部门的官员们写信提及"我的老朋友彼得·沃尔什"等诸如此类的话,他就必然满心阴云地皱起眉头。不过,就算他肯写信,也不会有什么结果的——不会有长期性的结果,这是彼得的性格使然。

"和某个女人有麻烦了。"布鲁顿夫人说。于是大家都猜到了,这才是他回国的真正原因。

"不管怎么说,"布鲁顿夫人急于结束这个话题,于是说,"咱们还是应该听彼得亲口告诉我们整件事情。"

(咖啡上得很慢。)

"彼得的地址?"休·怀特布莱德轻声问道。马上,那股日复一日地在布鲁顿夫人身边冲刷着的、由为她服务的灰色西装男人们组成的潮水荡开了涟漪。他们收集、拦截各种消息,为布鲁顿夫人打造了一个精致的安乐窝,挡住震荡,减轻干扰,并在这幢坐落在布鲁克街的府邸周围撒开一张细密的网。头发花白的老仆珀金斯负责接收网罗到的各类信息,并准确而即时地进行筛选。珀金斯已经跟随布鲁顿夫人三十年了,此时写下地址,交给了休·怀特布莱德先生。怀特布莱德先生拿出小记事本,挑了挑眉毛,把这张字条夹在了最重要的文件中间,说他会让伊芙琳邀请彼得共进午餐的。

（仆人们在等怀特布莱德先生做完这件事，好端上咖啡。）

休的动作可真慢哪，布鲁顿夫人心想。她还注意到，休日渐发福，而理查德却总能让体形保持在最佳状态。布鲁顿夫人等得有点不耐烦，她已经把全副精力放在了如何断然地、无可争辩地、强势地完全撇开这点鸡毛蒜皮的小事（就是彼得·沃尔什和他的风流韵事），并提出那个她思忖已久的计划。关于这个计划，她倾注的不仅是全部精神，还有灵魂的力量，那是她米莉森特·布鲁顿之所以成为米莉森特·布鲁顿的生命精粹。她的计划是让出身显赫的青年男女移民加拿大，并为他们在加拿大打造出一派大好前景。这个想法太夸张了，说不定布鲁顿夫人已经丧失了协调感。对其他人来说，移民并不是一个显而易见的解决方案，也算不上什么壮丽构想。在他们眼里，这不能作为释放被压抑的自我主义的手段（对休、对理查德，甚至对那位富有献身精神的布拉什小姐来说也不是），只不过是一位性格强硬、崇尚战争的女人内心升腾起的一种激情。布鲁顿夫人生长在富足之家，拥有显赫的血统，冲动起来不受约束，感情直率，内省能力极少（生命宽广而简单——为什么不能每个人的生命都宽广而简单呢？她心中疑惑），既然青春已然逝去，而这种激情必须释放到某个目标上——可能是移民，也可能是解放。但不管是什么，这个由她的灵魂精髓每天滋养着的计划，不可避免地变成了棱镜般光彩夺目的东西，一半是镜子，一半是宝石，一会儿小心翼翼地隐藏起来，免得被别人讥笑，一会儿又骄傲地展示出来。总之，移民这个提议，非常符合布鲁顿夫人的风格。

可是，布鲁顿夫人得把这个计划写出来。她经常对布拉什小姐说，给《泰晤士报》写一封信耗费的精力，比让她组织一次南非远征还要多（战争期间她就组织过这种活动）。经过一个上午的"战斗"——刚写出开头又撕掉，再从头写起——她体验到自己的女性性别带来的无力感，这种感觉在其他场合从来没有出现过。然后她想到了休·怀特布莱德,转而感激万分:休有给《泰晤士报》写信的才华——没有人能怀疑这一点。

休是一个与布鲁顿夫人在各方面都完全不同的人。他对语言驾驭得相当纯熟,能够按照编辑们的喜好把文章写得头头是道,身上有着各种不能笼统地归为"贪婪"的热情。布鲁顿夫人经常暂时收起对男人们的评价,来表达自己对"男人(而不是女人)与宇宙法则有着神秘契合性"的敬意——他们知道如何摆事实,也知道要讲些什么道理。因此,如果理查德能为她提供建议,休来撰写文章,她相信这件事在某种程度上就做成了。于是,她等着休吃完了蛋奶酥,又询问了一番可怜的伊芙琳的情况,一直等到他们吸烟的时候,才说:

"米莉,去把信纸拿来好吗?"

布拉什小姐走了出去,回来时把信纸铺在桌子上。休拿出了他的钢笔。笔是银质的,休一边拧开笔帽,一边介绍说,这支钢笔已经用了二十年啦,还是那么好用。他曾经把笔拿给生产商看,他们说,这支钢笔没有理由会磨损呀。当休开始小心翼翼地在页边的空白处写下花体大写字母的时候,理查德·达洛维觉得,在某种程度上,这是休的荣誉,也是他的笔所表达出来的观点的荣誉。他就这样将布鲁顿夫人叙述的一团乱麻不可思议地归纳得合情合理,文法出色,让布鲁顿夫人觉得,就算是《泰晤士报》的编辑们,看到这样绝妙的谋篇布局,也一定会心生敬意的。休做事缓慢,性格执拗。理查德则认为人需要冒些风险。考虑到人们的阅读感受,休又提出了几点修改建议。听到理查德笑他,休颇为犀利地说:"必须考虑这一点。"并读道:"因此,我们持有以下意见,认为时机已然成熟……我国的人口不断增长,这些过剩的年轻人……是我们需要给予死者的补偿……"理查德认为这些都是夸夸其谈的废话,不过,当然,写到信里也没什么坏处。然后,休继续草拟感想,将几个表达最崇高感情的词语依照字母顺序罗列了出来，还不时地拂去落到马甲上的雪茄烟灰，并总结他们取得的进展。直到最后，他读了一遍整封信的草稿，布鲁顿夫人认为这肯定算得上一篇杰作了。不过，她自己的意思是这样的吗？

休说他不能保证编辑会把这封信发表到报纸上，但他会在午宴上同某位相关人士碰个面的。

听到这里，很少有优雅之举的布鲁顿夫人把休带来的康乃馨全插到了自己衣裙的前襟处，然后向他伸出双手，叫道"我的首相大人！"要是没有他们两位帮忙，她都不知道自己该怎么办。休和理查德从座位上站起身来。理查德·达洛维像往常一样慢悠悠地走开，去看将军的画像了，因为他打算，只要有一点儿空闲，他就会写一部布鲁顿夫人的家族史。

米莉森特·布鲁顿深深地为自己的家族感到骄傲。不过，他们还是可以等的，可以等，布鲁顿夫人说。她看着墙上的那幅画，进一步解释说，在这个家族中，有军人，有行政官员，还有海军将领，他们都是有行动力的人，尽忠职守；而理查德的首要职责是为国家服务，不过，那还只是光鲜的一面，布鲁顿夫人说，只要他有了时间，所有的文件都会给他准备好的，放在奥尔德米克斯顿，她的意思是——工党政府里。"啊，印度的消息来了！"布鲁顿夫人喊道。

他们站在大厅里，从放在孔雀石桌上的钵里取了黄手套。休又在以没有必要的彬彬有礼的姿态为布拉什小姐献上一些闲置的门票或什么恭维话，而布拉什小姐从心底厌恶这些恭维，脸涨得通红。理查德手里拿着帽子转向了布鲁顿夫人，问道："今晚您会光临寒舍的宴会吗？"

听到这句话，布鲁顿夫人又恢复了被写信消磨殆尽的高贵矜持，说她可能去，也可能去不了。克拉丽莎的精力可真充沛啊，而她都害怕去参加那些宴会了。不过毕竟，她越来越老了嘛。布鲁顿夫人这样暗示着，站在门口，身姿挺拔，一副英姿飒爽的样子。松狮狗在她身后伸着懒腰，布拉什小姐手里捧着一堆信纸，消失在背景里。

布鲁顿夫人迈着生硬而威严的步子上楼去了自己的房间，一只胳膊伸展了躺在沙发上。她长舒一口气，打起了呼噜。她并没有睡着，只不过有些困倦，感觉身子很沉，仿佛六月炙热阳光下的一片苜蓿地，到处有蜜蜂飞来飞去，黄蝶翩翩起舞。她总会想起南部德文郡的田野，想起她骑着帕蒂（她的小马），带着莫蒂默和汤姆（她的两个弟弟）跳过小溪。田野里跑着好几条狗，还会有老鼠，她的父亲和母亲坐在树下的草地上，拿出了茶具。旁边是大片大片的大丽花、蜀葵和蒲苇。他们这几个小淘气，总会跑过来捣蛋！为了不被人看见，他们会从灌木丛里穿过去，搞恶作剧搞得满身泥污。家里的老保姆曾经怎样抱怨她的裙子啊！

啊，天哪，她想起来了——今天是星期三，她在布鲁克街的家里。那两个好脾气的老朋友，理查德·达洛维和休·怀特布莱德，在这么热的天气里走过好几条街回家去了。躺在沙发上，她的耳边似乎传来了他俩咕咕哝哝的抱怨声。她手握着权力、地位，有高额的收入，过着这个时代的顶级生活。她有很多关系要好的朋友，认识当代最有才华的人。伦敦的市井嘈杂向她涌了过来，她的手搭在沙发靠背上，手指蜷着，似乎握住了一根想象中的指挥棒，就像她的祖辈们手中可能拿过的那样。以手持指挥棒的姿势，布鲁顿夫人在昏昏欲睡中似乎还在指挥各个军营的部队向加拿大进军，也指挥着那两位好脾气的老朋友走过伦敦的街道，走过这个家族的领地，那一小块地毯一样的地方——梅菲尔上流社会住宅区。

俩人走得越来越远，布鲁顿夫人却觉得他们身上还有一根细丝和自己联结着（因为他俩和她共进午餐了）。这根细丝随着他们跨过伦敦的街巷，不断地拉伸、拉伸，越来越细。一个人和朋友共进午餐之后，仿佛都会有一根细丝把他们的身体联结到一起。报时或做礼拜的钟声响起的时候，这根细丝变得模糊起来（因为布鲁顿夫人打起了盹儿），就像蜘蛛的一根丝线被许多雨滴沾湿后不堪重负，垂了下来。就这样，布鲁顿夫人睡着了。

就在米莉森特·布鲁顿躺在沙发上，任凭那根细丝"啪"地绷断，一声鼾声随之响起的那一刻，理查德·达洛维和休·怀特布莱德在康迪街[1]的拐角处踌躇了起来。从相反方向吹来的两股风在街角相遇，互不相让。于是，他们看起了橱窗里的商品。俩人都没有想买东西，也不想说话，只想分头赶路，却因为在街角遇到两股从相反方向吹来、互不相让的风，身体里的潮汐涌动也有些失衡，好像上午和下午两股力量相遇，形成了一个漩涡，俩人便停下了脚步。一些报纸的海报飞上了天空，先是雄赳赳气昂昂，像一只风筝，然后在空中停留片刻，俯冲下来，胡乱扇动着；一位女士的面纱飘了起来；黄色的遮阳篷在风中抖动着。车流比上午少了，速度减慢了，几辆形单影只的运货车漫不经心地在空了一半的街道上晃悠。这让理查德·达洛维有点想起了诺福克郡[2]。在那里，一阵柔和的暖风将花瓣吹得向后卷起，吹皱了水面，惊扰了花草。晒干草的农夫在篱笆下小憩，来驱散一个上午的劳累，这时拨开绿色的草叶和一簇簇在风中微颤的欧芹，看向天空：夏日的天空湛蓝、坚毅、炽热。

理查德意识到自己正盯着一只詹姆斯一世时期的双柄银杯出神，而休·怀特布莱德则以一种鉴赏家的姿态居高临下地欣赏着一条西班牙项链。他想问问这条项链的价格，万一伊芙琳会喜欢呢——而理查德依然困倦不已，既无法思考，也无法动弹。生活造成了这番颓唐景象，商店的橱窗里摆满了五颜六色的人造宝石，而

---

1 康迪街是伦敦的一条著名商业街，布满高端零售店和精品店，是伦敦的时尚中心之一。
2 诺福克郡是位于英格兰东北部的一个郡，地势低洼，河流和湖泊密布，拥有一个国家公园和许多王室领地。

他则像老人般无精打采、僵直地站着向里面张望。也许伊芙琳·怀特布莱德会想买这条西班牙项链——也许吧。理查德打了个哈欠。休向商店里走去。

"你说得对！"理查德说着，跟了进去。

天知道他其实不想和休一起去买项链。可他的身体里有潮汐涌动，上午与下午的力量在相遇相缠。如一叶扁舟被深不可测的洪水裹挟，此时，布鲁顿夫人的曾祖父和他的回忆录，以及他在北美的征战已经被淹没，沉到了水底。米莉森特·布鲁顿也是如此。她也沉没了。至于"移民"这一建议的命运，还有那封信，不管编辑会不会发表采用，理查德一点儿都不关心。项链在休那修长优雅的手指间垂下来，伸展着。就让他把项链送给一个女孩吧，如果他一定要买首饰的话——随便哪个女孩都行，大街上的任何一个女孩。因为这种生活的毫无价值深深地震撼了理查德——给伊芙琳买一条又一条项链。如果他理查德有个儿子，肯定会鼓励他说，去工作吧，工作。可他只有一个女儿，伊丽莎白，他爱他的伊丽莎白。

"我想见见杜博内先生。"休以他惯用的老于世故的语气简洁地说。看来，这位杜博内先生了解怀特布莱德夫人颈围的尺寸，或者更不可思议一点，他了解怀特布莱德夫人对西班牙首饰的看法，以及她都有哪些款式的项链（休是不可能记清的）。这些操作在理查德·达洛维看来非常奇怪，因为他从来不送礼物给克拉丽莎，除了两三年前的那个手镯。那次送的并不成功，因为她从来没戴过。想到她从未戴过那个手镯，他的心里就一阵痛。就像一根蛛丝在左飘右荡一阵子之后，总会附着在一片叶子的某一个点上，理查德的思绪也从昏昏欲睡中恢复过来，集中到了他的妻子克拉丽莎身上。彼得·沃尔什曾经多么热烈地爱过她呀。在午宴上，理查德心中有一瞬间闪过了克拉丽莎的影子，想到了他和克拉丽莎，他们两个人在一起的生活。于是，他把装着古董珠宝首饰的托盘拉向自己，先拿起一枚胸针，又拿起一枚戒指。"这个多少钱？"他问道，但又有点怀疑自己的品位。他想打开家里客厅的门时，能拿着件什么东西走进去，作为送给克拉丽莎的礼物。只是该拿什么呢？但休又走动起来了。他简直浮夸自大到无法形容。的确，他已经在这里买了三十五年首饰了，才不会让一个并不了解他的购物习惯的小店员来敷衍他。看来杜博内不在店里。不等到杜博内先生现身，休是不会购买任何首饰的。听到这句话，小伙子脸都红了，得体地向他微微鞠了一躬，退下了。一切都合情合理得无可挑剔。可他理查德无论如何都不会说出这种话的！他无法想象，这些店员怎么会甘心忍受这种该死的傲慢。休正在变成一头让人无法忍受的蠢驴。跟他这样的人交往，理查德·达洛维最多只能忍耐一个小时。因此，理查德抬起圆顶礼帽致意告别，然后急切地转过了康迪街的街角，是的，非常急切地去追寻把自己和克拉丽莎联结起来的蛛丝——他要直接回到她身边，回到威斯敏斯特去。

不过，理查德还是想拿着点什么礼物走进家门。鲜花怎么样？没错，就鲜花吧，因为他不相信自己对金饰的品位。鲜花嘛，买多少支都可以，玫瑰、兰花都可以，用来庆祝什么活动都可以，你能想象到的任何活动都没问题。午宴上大家谈到彼得·沃尔什的时候，他突然对克拉丽莎产生了一种柔情。他们两个从来没有聊起过爱情，这么多年来从来没有说过。这种做法，理查德心想，手里紧紧地握着买来的红玫瑰和白玫瑰（好大的一束，裹在包装纸里），是世界上最大的错误。时机来了，话却说不出口。太害羞了，说不出来啊，理查德想着，把一个或者两个六便士的零钱装进了口袋，胸前抱着他那一大束玫瑰花，向着威斯敏斯特出发了。他想坦诚地对克拉丽莎倾诉很多话（随便她怎么看他吧），还要捧上鲜花，告诉她"我爱你"。为什么不呢？想想那场战争吧，想想成千上万的可怜小伙子，他们本该拥有自己的生活，可统统被葬送了，而且已经快被遗

443

忘了。他们两个的幸福生活真的堪称一个奇迹。现在，理查德正穿过伦敦城，准备用千言万语对克拉丽莎表达自己对她的爱。确实没有说出来过，他心想，一方面是懒得说，另一方面是羞于出口。而克拉丽莎——他很难想到克拉丽莎，除了某些很突然的时候，比如在这次午宴上，他心中就清晰地浮现出了克拉丽莎的形象，看到了他们共同度过的生活。理查德在十字路口停下脚步，嘴里念叨着——生性简单淳朴，因为曾经跋山涉水，也经历过枪林弹雨，所以并不沉迷于享乐；性格固执，顽强不屈，在下议院时曾经支持过被压迫的民众，不忘初心；保持了性格中的质朴，但同时成长为一个不善言辞的人，过于木讷刻板——理查德反复念叨着，他能娶到克拉丽莎是个奇迹，是个奇迹——他的人生本身就是一个奇迹，他一边想一边犹豫着要不要过马路。不过，看到几个五六岁的小家伙独自在皮卡迪利大街的街口过马路，理查德的心实实在在地揪了起来。警察应该马上截停交通的。他对伦敦的警察不抱什么幻想了。真的，他正在收集他们恶劣行径的证据：他们不允许水果、蔬菜小贩们把流动售货车推到街上；还有妓女们，天哪，错并不在她们，也不在那些年轻嫖客，而在于我们可恶的社会制度，等等。理查德走过公园，他要回家向妻子表白他的爱情，脑子里却依然在考虑这些事情，能看出来他有多操心——这个头发灰白、神情固执、衣冠楚楚、干净整洁的男人。

走进房间的时候，他要用千言万语来表达自己的爱意。因为如果从来不说出自己的感受，心中会遗憾万千的。理查德边想边穿过了格林公园，欢喜地看到树荫下有几大家子人，都是穷人家庭，大家都摊开四肢随意地坐着、躺着。孩子们踢蹬着小腿在喝奶，纸袋子扔得到处都是。如果有人反对乱扔垃圾的话，那些身穿公园制服、大腹便便的先生们中总有一个会去捡起来，不费什么劲儿。理查德认为，夏季里每个公园和每个广场都应该向孩子们开放（公园里的草地忽明忽暗，草叶的光泽映亮了威斯敏斯特的贫穷母亲和爬来爬去的婴儿们，仿佛有一盏黄色的灯在下面移动似的）。可是，又该怎样帮助那些女性流浪者呢？像那边那个可怜的女人，用胳膊肘撑着草地伸展了身体（那姿势好像挣脱了所有束缚，扑倒在大地上，好奇地观察，冒失地猜测，推论着各种来龙去脉，放荡无耻，言语轻浮，幽默滑稽）。无计可施。理查德·达洛维手拿鲜花当作武器，走近了那个女人，目不斜视地从她身边走了过去。即便这样，他们之间仍有一瞬间擦出了火花——看到他那副样子，那个女人大笑起来，他也友好地笑了笑，心中还在思忖女性流浪者的问题，虽然他们之间连一句话都没说过。他要对克拉丽莎倾诉他的爱情了，用千万言语来表达。他曾经一度对彼得·沃尔什嫉妒不已，嫉妒他和克拉丽莎的关系。不过，克拉丽莎倒是经常对他说，她不嫁给彼得·沃尔什是对的。这句话，以他对克拉丽莎的了解，显然是真诚的。她需要支持。倒不是说她软弱，她只是需要支持。

至于白金汉宫（像一位老派的、一袭白裙的首席女演员面对着观众），理查德认为，你无法否认它拥有一定程度的肃穆庄严，也不能鄙视它，毕竟它在数百万民众心中是一个象征（有一小群人正在门口等着国王的车开出来），尽管这一点挺荒唐的。就算小孩子用一盒积木来搭，也能搭得比这个建筑好些，理查德心想。他瞥了一眼维多利亚王后的纪念碑（他还记得王后戴着鹿角框眼镜驶过肯辛顿[1]时的样子），那白色的碑身，还有澎湃着母性慈爱的王后雕像。不过，他还是喜欢由霍萨[2]的后裔来统治。他喜欢这种延续，喜欢古老的传统代代相传的感觉。这是一个伟大的时代，他在这个时代生活过。事实上，他本人的生命就是一个奇迹。所以，他不要在有生

---

[1] 肯辛顿现为伦敦的一个皇家自治市，威斯敏斯特的西邻，是皇室、贵族的居住地。
[2] 霍萨在中世纪的传说中为盎格鲁-撒克逊人的领袖，5世纪时作为雇佣兵进入英格兰岛并定居，后战死。

之年做出错事。就这样,他来了,在生命的壮年,正走向他在威斯敏斯特区的家,准备向克拉丽莎倾诉他的爱情。这就是幸福啊,理查德心想。

这就是幸福,走到牧师园[1]的时候,理查德还在喃喃着。大本钟敲响了,先是音乐提醒,悦耳动听,然后是报时,一成不变。那场午宴把整个下午都浪费掉了,理查德心中想着,向着家门口走去。

钟声在客厅里回荡。克拉丽莎坐在客厅里的写字桌前,忧心忡忡,气恼不已。她没有邀请埃莉·亨德森参加宴会,这是真的,而且她是故意的。可现在呢,马香夫人写信告诉她,她已经跟埃莉·亨德森说了,自己会求克拉丽莎让她来参加的——因为埃莉非常想来。

可是,为什么她就该邀请伦敦所有了无意趣的女人参加自己的宴会呢?为什么马香夫人就能横加干涉呢?还有伊丽莎白,这段时间一直和多丽丝·基尔曼混在一起。再没有比这更让人讨厌的了。家里马上要举行宴会了,她居然还在和那个女人一起祈祷。钟声悲凉的声浪像洪水一样冲刷着整个房间,又渐渐褪去,再次和天边的云聚集到一起,消失了。心烦意乱间,她突然听到有什么东西笨手笨脚地在门上抓挠了一下。这个时候谁会来呢?三声钟响,天哪!已经三点了!大本钟坦坦荡荡、无比庄重地响了三下,声浪盖过了一切,让她一时听不见别的声音。但门把手转了一圈,理查德走了进来!真是个惊喜啊!理查德走进了房间,为她捧上鲜花。在君士坦丁堡,她让理查德失望过一次。而布鲁顿夫人,据说每次午宴她都办得特别有意思,却没有邀请她参加过。理查德为她献上鲜花——是玫瑰,红玫瑰和白玫瑰。(可他还是无法鼓起勇气说出他

---

[1] 牧师园(Dean's Yard)是位于伦敦威斯敏斯特区的一片修道院建筑和园林。现在有些建筑已用于学校。

爱她,更别提千言万语了。)

"真美啊。"克拉丽莎接过理查德手里的花,说道。她明白了他的心意。他没有开口说一句话,她就明白了。这就是他的克拉丽莎。她把花插在了壁炉架上的花瓶里。你看多美啊!克拉丽莎说。午宴有意思吗?克拉丽莎问,布鲁顿夫人有没有问起她?彼得·沃尔什回来了。马香太太写信来了。她一定要邀请埃莉·亨德森吗?那个姓基尔曼的女人在楼上呢。

"咱们一起坐一小会儿吧。"理查德说。

客厅里看起来空荡荡的。所有椅子都靠墙摆放着。他们这是干什么呢?哦,对了,是在准备晚宴。嗯,他没忘,今晚的晚宴。彼得·沃尔什回来了。哦,是的,她已经见过他了。他要去办离婚的事情,因为爱上了某个不在英国的女人。他一丁点儿都没变。那会儿她在缝自己的晚礼服……

"想起了博尔顿。"克拉丽莎说。

"休也去午宴了。"理查德说。她今天也遇见休了呢!嗯,他真是越来越让人受不了。他给伊芙琳买项链;比以前任何时候都胖;一头让人忍无可忍的蠢驴。

"那会儿我突然冒出一个想法——'我本来可以嫁给你的'。"克拉丽莎说着,想起了彼得戴着小领结坐在那儿的样子,手里拿着那把折叠刀,打开,合上,"他还是老样子,你知道吧。"

大家在午餐时聊起了彼得,理查德说。(可他还是说不出来他爱她这句话。他把克拉丽莎的手握在自己手里。这就是幸福,他想。)他们两个帮米莉森特·布鲁顿给《泰晤士报》写了一封信。休大约只干得了这点事儿。

"我们亲爱的基尔曼小姐呢?"理查德问道。克拉丽莎觉得那些玫瑰花简直美极了。起先都是聚在一起的,现在自己慢慢分散开了。

447

"我们刚吃完午饭,基尔曼就来了。"克拉丽莎说,"伊丽莎白激动得脸都红了。她们两个反锁了门,我猜是在祈祷吧。"

天啊!他不喜欢她俩这样。不过,只要不加限制,这些事情早晚会过去的。

"穿着防水布外套,还带着伞。"克拉丽莎说。

理查德还是没能说出"我爱你",可他握着她的手呢。这就是幸福,这就是幸福啊,理查德心想。

"可是,为什么我就该邀请伦敦城里所有无聊女人来参加我的宴会呢?"克拉丽莎抱怨。如果马香夫人举办宴会,她克拉丽莎能做主邀请客人吗?

"可怜的埃莉·亨德森。"理查德说——真奇怪,克拉丽莎怎么会对她举办的宴会这么在意呢,理查德心想。

不过,理查德对房间里的美好布置一点儿概念都没有。那么——接下来他又该说点什么呢?

早知道举办这些宴会可能给她带来烦恼,他就不让她举办了。她会希望自己嫁的是彼得吗?不过,他得走了。

"我得出门了。"理查德说着,站了起来,却又站在那里不动,待了一会儿,好像要说点什么。克拉丽莎心中好奇,他想说什么呢?为什么要说呢?已经有玫瑰花了呀。

"去哪个委员会吗?"理查德开门的时候,克拉丽莎问了一句。

"亚美尼亚。"理查德说。也许他说的是"阿尔巴尼亚"。

人都是有尊严的,也是孤独的,即便夫妻之间也存在着一道鸿沟。人必须尊重这一点,克拉丽莎看着理查德打开门,心里想,因为谁都不肯自己放弃尊严,也不愿违背丈夫的意愿,剥夺他的尊严,不然就会失去独立,失去自重——不管怎么说,尊严是无价的。

理查德抱着一个枕头和一床被子回来了。

"吃完午餐,要好好休息一个小时。"理查德说完这句话,才出了门。

这就是理查德！他会一遍遍地提醒"吃完午餐，要好好休息一个小时"，直到地老天荒，因为医生曾经给过这样的医嘱。他会把医生的话当成金科玉律，这正是他的风格，也是他可爱的、极度单纯的一面，再没有人会单纯到这种程度了。所以，她和彼得把时间消磨在吵吵闹闹里的时候，理查德直接就去把事情做了。理查德把她安顿在沙发上，欣赏着他送的玫瑰花，自己已经走在去下议院的半路上，去关心他的亚美尼亚人民，或者阿尔巴尼亚人民了。因此，大家总会说"克拉丽莎·达洛维被宠坏了"。比起亚美尼亚人民，她更关心的是她的玫瑰花。那里的人民被迫害得无处容身、被残害、受冻挨饿，是残暴和非人道行为的牺牲品（她已经听理查德说了一遍又一遍）——嗯，可她对阿尔巴尼亚人民（或者是亚美尼亚人民）一点儿感觉都没有，她爱的是她的玫瑰花（难道这对亚美尼亚人民没有帮助吗）——这是她唯一忍心看着被剪掉的花朵。理查德帮她解决了所有的难题，然后去了下议院，去了他的委员会。不过，不对。唉，其实并没有解决。他根本不明白她不邀请埃莉·亨德森的原因。当然，她会休息一个小时的，像理查德希望的那样。既然他拿来了枕头和被子，她会躺下休息的……可是——可是——为什么她会突然觉得，无缘无故地觉得，这么不快乐呢？就像一个人把一粒珍珠，或者一颗钻石掉进了草丛里，然后非常仔细地拨开高高的草叶，看看这边，看看那边，枉然地找啊，找啊，终于在草根里找到了，克拉丽莎以同样的方式仔细审视着一件又一件事情。不对，不是因为萨莉·西顿说理查德的脑子是二流的，所以永远也进不了内阁（她又想起来这件事了）。不，她并不介意这个；也不是因为伊丽莎白和多丽丝·基尔曼。这些都是事实而已。那是一种感觉，一种不愉快的感觉，也许在今天早些时候就有了。是因为彼得说的一些话，再加上她自己的一些郁闷情绪——就是在卧室里摘掉帽子的时候；还有理查德说的一些话，更加重了这种感觉。可是，理查德说什么来着？他送的玫瑰花就插在花瓶里。她的宴会！就是这件事！她的宴会！就是因为她的宴会！他们两个都很不公正地批评了她，还非常没道理地嘲笑了她。这才是真正的原因！这才是真正的原因啊！

那么，她又该怎样为自己辩解呢？现在，克拉丽莎弄明白了自己不快乐的原因，就转而欢喜起来了。他们两个以为，或者说是彼得以为，她喜欢引人注目，喜欢混迹于那些社会名流和大人物之间，简单来说就是势利。好吧，彼得也许会这么想。而理查德只会觉得她太傻了，明明知道兴奋对心脏不好，却偏偏喜欢那些令人激动的场面。他会觉得她太孩子气了。其实，他们两个的想法都错得离谱。她喜欢的，只是生活本身。

"这才是我举办宴会的真正原因呀。"她大声对生活说。

克拉丽莎躺在沙发上，处于一种隔断的、不被打扰的状态。于是，这个让她感觉如此显而易见的顿悟似乎被赋予了实际的形体，以街上传来的喧嚣为外衣，带着阳光和热气，喃喃着，吹拂着百叶窗帘。但是，如果彼得问她："没错，没错。可是你举办的宴会——举办这么多宴会有什么意义呢？"她就只能告诉他（并不指望有人能理解）：这些宴会是一种奉献。这个回答听起来让人相当摸不着头脑。可你彼得凭什么觉得生活就该一帆风顺呢？凭什么总是坠入情网，还总是爱错了人？你的爱情又算什么呢？克拉丽莎可能会这么反问他。她甚至知道彼得会怎么回答：爱情如何是世界上最重要的东西，女人们如何不可能理解这一点。很好。可是，又有哪个男人能理解她克拉丽莎心里的想法呢？关于生活的想法？她无法想象彼得或理查德会无缘无故地费心举办一场宴会。

但更深入一点的话，抛开人们的言语（这些看法多肤浅、多片面啊），去审视自己的内心，她所谓的生活，对她又意味着什么呢？哦，那可是非常奇怪的。某位朋友住在南肯辛顿[1]，另一位住在贝斯沃特[2]，还有那谁，嗯，住在梅菲尔。克拉丽莎时常感知到他们各自的存在，可又觉得这样多浪费啊，多遗憾哪。她觉得，要是能把大家聚在一起就好了，于是她就着手准备宴会了。这是一种奉献，把大家聚到一起，创造交流的机会。可这都是为了谁呢？

也许单纯为了奉献而奉献吧。不管怎么说，这是她的天赋所在。除此之外她一无所长——不善思考，不善写作，甚至不会弹钢琴。她分不清亚美尼亚人和土耳其人，喜欢成功，讨厌不顺心，对别人喜欢自己有执念，聊着没完没了的废话。直到今天，问她赤道是什么，她都不知道。

尽管如此，日子还是会一天一天过下去：星期三、星期四、星期五、星期六。她在清晨醒来，看看天空，去公园里散个步，偶遇休·怀特布莱德，然后突然来了个彼得，再然后就是这些玫瑰，这就够了。这之后再想到死亡，会觉得多么不可思议啊！生命居然注定会结束。在这个世界上，没有人知道她多么热爱生命中的一切，多么热爱每一个瞬间……

门开了。伊丽莎白知道妈妈在休息。她轻手轻脚地走了进来，一声不响地站在那里。也许真的曾经有蒙古船在英格兰的诺福克海岸失事（像希尔贝里夫人说的那样），大难不死的蒙古人和达洛维家族的女士们结合了？一百年前？因为达洛维家族的人一般都是金发碧眼，伊丽莎白却不一样，头发、眼睛的颜色很深，白净的脸上长着一双中国人的眼睛，充满了东方的神秘感，而且性格温柔、体贴、沉静。伊丽莎白小时候有一种非常完美的幽默感，可现在长到十七岁，却变得十分严肃。这一点，克拉丽莎完全弄不明白为什么。

1　南肯辛顿为伦敦富人居住区，位于威斯敏斯特区西南的肯辛顿－切尔西区的偏南位置。
2　贝斯沃特为伦敦富人居住区，位于威斯敏斯特区西南的肯辛顿－切尔西区的偏西位置。

她就像一株风信子，枝叶碧绿亮泽，花蕾浅淡，一株没有晒过太阳的风信子。

伊丽莎白静静地站在那里，看着妈妈。门是虚掩着的，门外站着基尔曼小姐，正如克拉丽莎所料。基尔曼小姐穿着那件防水布外套，一字不漏地听着她们说话。

是的，基尔曼小姐站在楼梯平台上，穿着防水布外套。她这样穿自然有自己的理由。首先，这种外套很便宜；其次，她已经四十多岁了；再次，穿衣服毕竟不是为了取悦别人；更何况她还很穷，穷到没有尊严的那种。否则，她也不会接受像达洛维夫妇这样的人提供的工作了——这种乐善好施的有钱人。平心而论，达洛维先生是个善良的人，但达洛维夫人不是。她只不过是在表现她的优越感罢了。她出身于所有阶层中品质最差的那一个——有钱人阶层，还有那么点一知半解的文化。他们家里到处都是贵重的东西：画像，地毯，还有很多仆人。基尔曼小姐认为，自己完全有权利接受达洛维家为她做的一切。

基尔曼小姐被生活欺骗了。没错，这个词一点都不夸张。这是因为，毫无疑问，一个女孩子是有权享受某种幸福的，对吧？可她却从来没有享受过，因为她身形笨拙，还那么穷。她本可以得到一个机会，去多尔比小姐的学校教书，可碰巧战争来了。她是一个永远都没法撒谎的人。多尔比小姐觉得，跟一些对德国人看法相同的人一起工作会更愉快些。所以，她只好离开了。基尔曼家族恰好是德国血统，千真万确。18世纪的时候，她的姓氏"基尔曼"的拼法是德文Kiehlman，而不是现在的Kilman。可她哥哥也是被德国人打死的啊。学校把她辞退了，因为她不愿意假惺惺地声称德国人都是恶棍——那个时候，她还有德国朋友，而且，她这一生中唯一的一段快乐日子也是在德国度过的！不过，不管怎么说，她还能攻读历史。她得找个工作，做什么都行。在互助会工作的时候，她偶然遇到了达洛维先生。达洛维先生让她教自己的女儿历史（他这样做真的很仁慈）。除此之外，她还在非全日制进修类学校教一点课。后来，上帝就来关照她了（说到这里，她总会低头行礼）。两年零三个月之前，她看到了光明。现在，她不再嫉妒像克拉丽莎·达洛维这样的女人了，转而同情她们。

站在柔软的地毯上，看着那幅戴着毛皮袖套的小女孩古董雕刻画的时候，基尔曼小姐从心底同情和鄙视这一家人。一直过着如此奢华的日子，心中还会向往更美好的生活吗？达洛维夫人躺在沙发上——用伊丽莎白的话来说就是，"我妈妈在休息"——可她本该在工厂里干活儿，在柜台后面卖货。不只是达洛维夫人，所有精致的贵族女士们都应该干活儿！

两年零三个月之前，在痛苦中煎熬的基尔曼小姐走进了一座教堂。她聆听了爱德华·维特克牧师的布道，还听到了唱诗班男孩子们的歌声，看到了庄严的神光降临。坐在教堂里的时候，不知道是音乐还是人声（晚上独自一个人的时候，她也会拉小提琴来寻找慰藉。但那琴声实在折磨人，她没有音乐天赋），让基尔曼小姐心中那些激烈地澎湃着的情绪得到了抚慰，让她泪流不止，后来还去维特克先生在肯辛顿的私人住宅登门拜访。这就是上帝之手，维特克先生说，上帝在为她指路。现在，每当她的心被激烈而痛苦的情绪煎熬的时候——那是对达洛维夫人的恨，对这个世界的怨——她就会想到上帝，想到维特克先生。于是，狂怒被平和取代，一股甜蜜的滋味充溢着她全身的血管，让她不再紧咬牙关。就这样，基尔曼小姐穿着那件防雨布外套，以令人敬畏的姿态站在楼梯平台上，表情沉静而阴冷地注视着和女儿一起走出来的达洛维夫人。

伊丽莎白说她忘记戴手套了。其实，真正的原因是基尔曼小姐和她妈妈互相看不顺眼，因此她不忍心看到她们两个人在一起的样子。于是，伊丽莎白跑上楼去找手套了。

其实，基尔曼小姐并不讨厌达洛维夫人。基尔曼小姐那双鹅莓般黄绿色的大眼睛看向克拉丽莎，审视着她那张小巧的、粉红色的脸，纤细的身材、清新而时尚的气质，心中感觉，愚蠢！傻瓜！你既不懂得悲伤，也不懂得快乐，把生命白白浪费掉了！基尔曼小姐心中升腾起一种征服的欲望，她想战胜克拉丽莎，撕下她的贵夫人面具。要是能把克拉丽莎击倒，她心中会很舒服的。但她想击倒的并不是肉体，而是灵魂，还有那灵魂的嘲讽，那样才会让她感觉到自己的主宰地位。要是她能让克拉丽莎流泪，能让她身败名裂，羞辱她，让她跪下来哭着说："你才是对的！"就好了。不过，这可是上帝的旨意，不是她基尔曼小姐的。这会是一场信仰的胜利。于是，她双目炯炯地瞪视着克拉丽莎，咄咄逼人。

克拉丽莎真的震惊了。这个基督徒——这个女人！就是这个女人，从她身边夺走了她的女儿！她同那些无形的存在联结在一起！她体形笨重、容貌丑陋、平平常常，身上没有一丝仁慈和优雅，可她明白生命的意义！

"你要带着伊丽莎白逛商城吗？"达洛维夫人问道。

基尔曼小姐回答说："是的。"她们两个站在那里，基尔曼小姐不会让自己那么容易相处的。她一直自己挣钱养活自己。她对现代史的了解非常透彻。她从自己微薄的收入中留出了那么大一部分，用于她所信仰的事业；而这个女人呢，什么都没做，什么信仰也没有，只养大了一个女儿——这时，伊丽莎白气喘吁吁地回来了，这个美丽的姑娘。

原来她们要去商城。奇怪的是，基尔曼小姐站在那里的时候（她就那么站着，像某种史前怪兽披上了远古战争的盔甲，威风凛凛，沉默以对），克拉丽莎对她的成见居然在一秒一秒地减弱，对她的厌恶（针对的是思想，而不是人）居然一点点地退去，眼里的基尔曼小姐也剥离了怨愤和怪兽的巨大身材，一秒一秒地变回了穿着防水布外套的基尔曼小姐——天知道克拉丽莎本来是想帮助她的。

看到眼前的"怪兽"一点点缩小，克拉丽莎笑了。跟她们两个说再见的时候，她依然满面笑容。

基尔曼小姐和伊丽莎白一起下楼去了。

看着那个女人把女儿从自己身边带走，克拉丽莎心中突然涌起一阵冲动，一阵剧烈的痛苦，于是趴在楼梯栏杆上大声喊道："别忘了宴会呀！别忘了咱们今天晚上的宴会！"

可伊丽莎白已经打开了家门，一辆小型货车驶了过去。她没有回答。

爱情和宗教！克拉丽莎心中暗念着，回到了客厅，只觉得浑身发麻。多可恶啊，这些人有多可恶！现在，基尔曼小姐本尊已经不在眼前了，这种想法却压得她透不过气来。爱情和宗教是世界上最残酷的东西，克拉丽莎心想，眼前闪过基尔曼小姐穿着防水布外套，站在楼梯平台上的样子：笨重、过激、专横、虚伪、偷听、嫉妒、无比残忍和肆无忌惮。她克拉丽莎想过改变谁的信仰吗？她不是希望每个人都能做自己吗？克拉丽莎向窗外看去，对面的老妇人正在上楼。如果她想上楼，就让她上楼好了，想停下就停下好了。就让她像克拉丽莎经常看到的那样，走进自己的卧室，拉上窗帘，再次消失在背景中。不管怎么说，人们会尊重这位老妇人——她正望着窗外，完全没有意识到有人正在注视着自己。老妇人的生活中有一种庄严——可爱情和宗教会破坏这种庄严、这种感觉，破坏灵魂的私密性。那位可恶的基尔曼会毁掉这种感觉。然而，眼前这一幕让她想哭。

爱情也具有毁灭性，让一切美好、一切真实烟消云散。就拿现在的彼得·沃尔什来说吧。他曾经是个有魅力、头脑聪明、对任何事情都有自己的想法的男人。这么说吧，如果你想了解蒲柏，了解

455

艾迪生[1]，或者没什么意义地闲聊一通，像哪个人怎么样，哪件事的来龙去脉，彼得比谁都清楚。那个时候，帮助她的是彼得，借书给她看的也是彼得。可是，看看他爱上的那些女人吧——庸俗不堪、性情浅薄、没有任何过人之处。再想想恋爱中的彼得——相别这么多年来看她，可他都说了些什么呀？只说他自己。多么可怕的激情！克拉丽莎心想，让人昏了头的激情！然后，她想到了基尔曼和她的伊丽莎白，脑海里浮现出俩人向陆海军商城走去的情景。

大本钟敲响了半点报时。

看到对面的老妇人（她们已经做了这么多年邻居了）从窗边走开，克拉丽莎突然觉得这个画面如此不寻常，如此怪异，是的，还如此令人感动，仿佛她和那记钟声，还有那根钟弦是联结在一起的。钟声如此深沉洪亮，却跟对面的老妇人息息相关。钟声下沉、下沉，一直沉到手指可触及的平凡事物之中，让这一刻变得庄严肃穆。老妇人动身了，是听到了钟声的催促吧？克拉丽莎想象着，她要去——但去哪儿呢？老妇人转身走开，看不见了。克拉丽莎的目光还在努力追随着她，只能隐约看到她的白色帽子在卧室的内侧移动。她还在家里，在房间的另一头走来走去。为什么要信那么多的教义，做那么多祈祷，还要穿防水布外套呢？克拉丽莎心想，这不就是奇迹吗？这就是无法解释的神奇现象啊——她指的是那位老妇人，她依然能看到老妇人从五斗橱走到了梳妆台。她依然能看到。基尔曼可能声称自己能解开这个超级谜团，彼得也可能说他能解释，但克拉丽莎不会相信这两个人有一丁点儿解谜思路。这个谜底很简单，就是：这是一个房间，对面同样是一个房间啊。这个谜团，是宗教能解决呢，还是爱情？

爱情——正在这时，另一只钟报起了时，它总是比大本钟晚两

---

1 约瑟夫·艾迪生（Joseph Addison，1672—1719），英国最有影响力的散文大师之一。

分钟敲响,慢腾腾地响起,仿佛指针行走时收集了一大堆七零八碎的小东西,此时才把这些东西倒了出来;又好像大本钟虽然无限权威地颁布了律法,极其庄严、极其公正,可克拉丽莎却必须操心除此之外的各种小事——像马香夫人,埃莉·亨德森,盛冰激凌的玻璃杯——庄严的报时声如同一道金光平铺在海面上,那些小事紧随其后,在金光里涌动着、拍击着、跳跃着。马香夫人、埃莉·亨德森、盛冰激凌的玻璃杯。现在,她得马上打电话了。

迟到的钟声绵绵不绝地响起,闹哄哄的,紧随大本钟之后,带着指针行走时收集的一大堆琐碎物件。在马车的冲击、货车的暴力、无数瘦削的男人和花枝招展的女人的匆匆脚步、办公楼和医院的穹顶与尖顶的狠狠碰撞击打下,携带着杂七杂八琐碎物件的钟声余音似乎已经支离破碎,如疲惫的海浪溅出的点点水花,落到了基尔曼小姐的身上。基尔曼小姐不动声色地在街上站了一会儿,嘴里喃喃道:"不过是肉体。"

基尔曼小姐必须控制的正是自己的肉体。克拉丽莎·达洛维侮辱了她,这在意料之中。不过,她还没有取得胜利,因为没能控制住自己的肉体。她相貌丑陋、体形笨重,克拉丽莎·达洛维由此嘲笑她,也唤起了她的肉体欲望——因为她跟克拉丽莎站在一起会自惭形秽。而且,她也不能像克拉丽莎那样谈吐优雅。可为什么她会希望像克拉丽莎呢?为什么?她从心底里瞧不起这位达洛维夫人。这个女人并不稳重,品质也并不优秀,她的生活不过是一层虚荣和欺骗的轻纱罢了。然而,多丽丝·基尔曼还是被击败了。事实上,克拉丽莎·达洛维看着她面露讥笑的时候,她几乎哭了出来。"不过是肉体,不过是肉体而已。"多丽丝·基尔曼一边喃喃着(她习惯说出声来),一边试图压制这股汹涌的、痛苦的感情,沿着维多利亚大街走去。她向上帝祈祷。她无法改变自己丑陋的外表,也买不起漂亮的衣服。克拉丽莎·达洛维讥笑她了——但她会让自己集中精

457

力去想些别的事情，直到走到邮筒那里。无论如何，她已经赢得了伊丽莎白的心。不过，还是想点别的吧，她要想想俄罗斯，直到走到邮筒那儿。

待在乡下一定会很好吧，多丽丝·基尔曼心想。正如维特克先生跟她聊过的那样，对这个世界的强烈怨恨折磨着她。这个世界蔑视她、讥笑她、抛弃了她，首先是侮辱——强加给了她一副不可爱的、让人不想多看一眼的身材。不管做什么样的发型，她的额头都光秃秃、白花花的像个鸡蛋。没有一件衣服适合她，因此，她随便买件什么衣服穿就好。当然，对一个女人来说，这意味着永远不可能和异性交往。她在异性眼中永远不会比任何人重要。最近，她有时候会觉得，除了伊丽莎白，她活着就是为了吃饭，那是她的安慰：晚饭、茶点、晚上的热水瓶。可人是必须奋斗的，必须克服困难，必须对上帝充满信心。维特克先生说过，她来到这个世界上是有使命的。但没有人知道她受的苦！维特克先生指着被钉在十字架上的耶稣像说，上帝知道。可是，为什么她就该承受苦难，而其他女人，比如克拉丽莎·达洛维，就可以逃脱呢？因为苦难，所以懂得，维特克先生说。

多丽丝·基尔曼嘴里喃喃着维特克先生关于"因为苦难，所以懂得"以及关于肉体的高论，走过了邮筒，而伊丽莎白早拐到陆海军商城里的棕色烟草区了，那里凉快。"肉体。"基尔曼喃喃自语。

你想去哪个区呢？伊丽莎白打断了她的思路。

"衬裙吧。"基尔曼小姐硬生生地答道，径直走向了电梯。

两个人乘电梯上了楼。伊丽莎白引着基尔曼小姐这儿拐一下，那儿拐一下，给她带着路，而基尔曼小姐则心不在焉，就像一个身形巨大的孩子、一艘笨重的战舰。衬裙区里有各式各样的衬裙，棕色的、端庄的、条纹的、活泼的、厚实的、飘逸的。她心不在焉地挑来拣去，一副盛气凌人的样子，让为她服务的女孩心中暗骂这人是不是疯了。

等着包起衬裙的时候，伊丽莎白非常好奇，想知道基尔曼小姐在想些什么。得去喝点茶了，基尔曼小姐说。她振作了一点，恢复了常态。于是，两个人去喝了茶。

伊丽莎白非常怀疑基尔曼小姐是不是饿了。其实这只是她吃东西的习惯而已——大吃大嚼，眼睛还看向旁边桌子上的一盘糖霜蛋糕，看了又看。一位女士带着孩子在那张桌旁坐了下来，孩子伸手拿起了一块蛋糕。这样一来，基尔曼小姐会不会真的介意呢？没错，基尔曼小姐的确介意。她一直想吃那种蛋糕——粉红色的那块。吃东西带来的愉悦感几乎成了她唯一的纯粹享受了，可这下，连这一点她都无法得到满足了！

人们感觉幸福的时候，会把幸福储存起来，基尔曼小姐曾经对伊丽莎白说过，在自己像个没有轮胎的车轮（她很喜欢这样的比喻），在每一颗小石子上饱受颠簸的时候，可以提取出来。那是一个星期二的上午，基尔曼小姐给伊丽莎白上完课后待了一会儿，提着一个放书的袋子（她称之为"小书包"），站在壁炉旁边，说了这番话。当时，她还谈到了战争。毕竟，有人会觉得英国人做事也不是一直都对。有类似的书，有类似的集会，还有持各种不同看法的人。她问伊丽莎白愿不愿意和她一起去听听某某（一位相貌非凡的老人）的高见？再然后，基尔曼小姐带伊丽莎白去了肯辛顿的某个教堂，俩人同一位牧师一起喝了茶。基尔曼小姐还把自己的书借给了伊丽莎白。基尔曼小姐说，法律、医学、政治，所有职业都向你们这一代女性开放。可是，说到她自己，她的职业生涯已经完全毁了，但这是她本人的错吗？天可怜见，伊丽莎白说，不是。

伊丽莎白的妈妈有时会过来，说收到了从博尔顿送来的一个礼物篮，基尔曼小姐要不要拿点花？妈妈一直对基尔曼小姐很好，非常好。可是，基尔曼小姐却会把那些花一股脑儿扎成一大束，一句闲聊的话都没有。而且，基尔曼小姐感兴趣的事情，妈妈很厌烦。所以，基尔曼小姐和妈妈在一起时会尴尬得要命。基尔曼小姐身材臃肿，相貌非常普通，可头脑却聪明极了。伊丽莎白从来没有考虑过穷人的问题。她们在生活里要什么有什么——伊丽莎白和妈妈每天都是在床上用早餐的。露西会把早餐端上来。还有，妈妈喜欢那些上了年纪的贵妇人，因为她们的身份是女公爵，是某位勋爵的后裔。可基尔曼小姐却说（有个星期二上午下课的时候）："我祖父曾经在肯辛顿经营着一家油彩店。"基尔曼小姐让人觉得自己很渺小。

基尔曼小姐又要了一杯茶。伊丽莎白后背笔挺地坐在那里，身上散发着东方美人的风韵，以及难以捉摸的神秘感。不用了，她不想再点什么东西了。伊丽莎白在找她的手套——她的白手套。手套掉到桌子下面了。啊，可是，不能让她走啊！基尔曼小姐不舍得让伊丽莎白离开！这个年轻姑娘，这个如此美丽的女孩，她真心实意地爱恋着！基尔曼小姐的大手在桌子上一开一合。

但不知为什么，伊丽莎白觉得有点没意思起来。她真的很想走了。

可基尔曼小姐说："我还没吃完呢。"

当然，这样一来，伊丽莎白会等着她吃完。可这里的空气实在太闷了。

"你今天晚上去宴会吗？"基尔曼小姐问道。伊丽莎白估计自己会去的，因为妈妈希望她去。不要让这些宴会把你迷住了呀，基尔曼小姐一边说着，一边用手指摸着最后两英寸巧克力蛋糕。

我不是很喜欢参加宴会，伊丽莎白说。基尔曼小姐张开嘴巴，微微抬了抬下巴，吞下了最后几口巧克力蛋糕，然后擦了擦手指，轻轻转动着杯子里的茶水。

基尔曼小姐觉得自己快要被撕裂成一片一片的了。这是一种极度的痛苦，如此可怕。要是能抓住伊丽莎白，紧紧抱住她，能让这个女孩绝对地、永远地属于自己,然后死去,基尔曼小姐就此生无憾了。可是,坐在这里,她想不出来要聊些什么,却眼看着伊丽莎白对她反感起来。居然被自己最爱的人厌恶——这太过分了,让她无法忍受。粗大的手指向内蜷了起来。

"我从来不参加宴会。"基尔曼小姐说,希望能够阻止伊丽莎白回家。"人家也不会邀请我去的。"——话一出口,基尔曼小姐就意识到,正是这种以自我为中心让她一败涂地。维特克先生已经警告过她了,但她还是忍不住。毕竟,她承受了那么多的痛苦。"他们干吗要邀请我呢?"基尔曼小姐说,"我这么平凡,还这么郁郁寡欢的。"她知道这样说很愚蠢。可那些路过的人——那些手中提着大包小包的人们眼中的鄙视,还是让她说出了这句话。不管怎么说,她可是多丽丝·基尔曼。她取得了自己的学位。她是一个在这个世界上闯荡过的女人。她在现代史方面的知识令人敬佩。

"我并不觉得自己可怜,"基尔曼小姐说,"我可怜的是——"她本来想说"你的妈妈",但不行,她不能说,至少不能对伊丽莎白说。"我可怜的是别人。"基尔曼小姐改口说,"他们更可怜。"

伊丽莎白·达洛维坐在位子上一言不发,好像一个不会说话的小动物,不知道为什么被带到了一个大门前,站在那里,心中渴望飞奔着离开。基尔曼小姐还想聊什么吗?

"别把我忘光了。"多丽丝·基尔曼说,声音有些颤抖。那只不会说话的小动物吓得立刻飞奔到了原野的尽头。

那只大手一开一合。

伊丽莎白转过头去。女服务员走了过来。得到服务台去结账,伊丽莎白说着,起身走开了。基尔曼小姐觉得自己的内脏都被从身体里扯了出来,随着伊丽莎白的脚步伸展开去,到了房间的另一侧。结完账,伊丽莎白最后一次转过身,很有礼貌地冲基尔曼小姐点了点头,离开了。

伊丽莎白走了。基尔曼小姐坐在大理石桌旁那一堆甜点中间，一而再，再而三地经受着痛苦的冲击。她走了。达洛维夫人胜利了。伊丽莎白走了。美丽不见了，青春不见了。

基尔曼小姐就那样坐着。终于，她站起身，从小桌子间跌跌撞撞地向外走去，身体有点摇晃。有人拿着她落下的衬裙追了出来。可她找不到回去的路了，先是闯进了专门准备运往印度的货箱堆里，又走到了孕妇用品里，然后走到了婴儿亚麻衣物里。她似乎经过了世界上所有的商品，有需要保鲜的，也有能永久存放的，像火腿、药品、鲜花、文具，还闻到了各种气味，一会儿是香甜的，一会儿是酸苦的。她从一面大镜子里看到了自己的全身形象，帽子歪了，脸涨得通红，就这样撞来撞去。终于，她走出了商城，来到街上。

耸立在她面前的是威斯敏斯特大教堂[1]的尖塔，那里是上帝的居所。上帝就居住在这车水马龙间。拎着购物袋，基尔曼小姐执着地朝着她的又一个庇护所——这座圣殿走去。她双手搭成帐篷状，举到脸前，坐到了同样被生活赶到这一庇护所的人们身旁。此时此刻，形形色色的做礼拜的人们，将双手举到面前祷告的时候，已不再有社会等级之分，几乎也没有了性别之分。可双手一旦放下，那些中产阶级的男男女女便放下了那片刻的虔诚，有人还急匆匆地去参观旁边的杜莎夫人蜡像馆[2]了。

不过，基尔曼小姐依然双手搭成帐篷状，举在脸前。她一会儿被人群抛下，一会儿又有人群聚拢到她身边。新的礼拜者从街上走来，占了那些去闲逛的人们的位置。大家左顾右盼，慢腾腾地走过

---

[1] 威斯敏斯特大教堂坐落在英国伦敦议会广场的西南侧，是英国地位最高的教堂——英国国教的礼拜堂，历代国王举行加冕典礼、王室成员举行婚礼的大礼堂，还是一个国葬陵墓。
[2] 杜莎夫人蜡像馆是一家全球知名的蜡像馆，由蜡制雕塑家杜莎夫人于1770年在法国巴黎建立。19世纪初，杜莎夫人蜡像馆开始在英国巡展。

无名烈士墓的时候，基尔曼小姐仍然用手指挡在眼前，在这双重的黑暗中（因为修道院里的光线挺暗淡的），努力让自己超越无边的虚荣、无尽的欲望和繁杂的商品，让自己从爱恨中解脱出来。她那双手在颤抖。她的内心似乎在经受折磨。可对别人来说，上帝那么容易接近，通往上帝的道路也那么平坦。从财政部退休的弗莱彻先生，还有著名皇家法律顾问的遗孀戈勒姆夫人就轻而易举地走近了上帝。做完祈祷后，他们靠在椅背上，享受着音乐（管风琴奏出甜美的乐曲）。他们看到基尔曼小姐坐在那一排的最后，祈祷了又祈祷，可仍然站在地狱的门槛上，就同情地把她看作在同一片土地上徘徊的、一个从非物质的存在中切割出来的灵魂——不是一个女人，是一个灵魂。

可弗莱彻先生得走了，他得从基尔曼小姐身边经过。弗莱彻先生的衣着光鲜、整洁得像一枚崭新的徽章，看到这位可怜女士的邋遢样子，不免有些伤感。基尔曼小姐的头发散乱下垂，购物袋也掉在了地上。她没有马上给他让路，于是，他只好在那里站了片刻，欣赏着周围的白色大理石雕像、灰色的窗玻璃和累累珍宝（因为这座大教堂让他无比自豪）。这时，坐在那里不时晃动着膝盖的基尔曼小姐那高大、壮硕的身躯和力量（她接近上帝的过程如此艰难——她的愿望又是如此强烈）深深地震撼了他，一如以前震撼过达洛维夫人（那天下午，她怎么也没办法把基尔曼小姐从脑海里赶出去）、爱德华·维特克牧师和伊丽莎白一样。

此时，伊丽莎白正在维多利亚大街上等公共汽车。出门的感觉可真好，她心中暗想，也许现在还不用回家呢。到外面透透气可真好。所以，待会儿她要上一辆公共汽车。伊丽莎白身穿剪裁得非常合身的定制衣服站着等车的时候，一场议论已经开始了……人们开始把她比作白杨、晨曦、风信子、小鹿、流水和花园里的百合花。这成了她生活中的负担，因为她更希望自己能不被打扰地到乡下做自己喜欢的事情，可人们偏偏要把她比作百合花。而且，她还得参加各种宴会。在乡下跟爸爸和爱犬们在一起该多开心啊。与那种生活相比，伦敦实在是太沉闷了。

公共汽车一辆接一辆地疾驶过来，在路边停一下，随后驶离，红、黄色的车身闪着光泽。可她该上哪辆车呢？伊丽莎白并没有什么倾向。当然，她不会去挤上哪辆车的，那就顺其自然好了。她的脸上缺少面部表情，可那双眼睛很美，充满中国风韵，东方魅力。正如妈妈所说，她的肩膀那么好看，身形那么挺拔，看上去总是那么迷人。最近，尤其是傍晚时分，伊丽莎白对什么东西感兴趣的时候（她好像从来不会激动），看上去几乎算得上完美了，非常端庄，非常娴静。她在想什么呢？身边的每个男人都爱上了她，可她却对此烦不胜烦。爱情之门已经开启。妈妈看得出来——她身边已经有不少人开始献殷勤了。可伊丽莎白对这些毫不在意——比如她的穿衣打扮——有时候会让克拉丽莎看了心烦。不过，有这些狂蜂浪蝶、各色追求者围绕着，反而会增加她的魅力吧。现在，她又和基尔曼小姐建立了这种奇怪的友谊。好吧，克拉丽莎心想（当时大概是凌晨三点，克拉丽莎睡不着了，在看《马尔博将军回忆录》），这证明伊丽莎白是有感情的。

突然，伊丽莎白向前一步，在所有人的目光中，轻盈敏捷地登上了公共汽车，在车的顶层坐了下来。公共汽车像个急躁冒进的家伙——简直就是海盗嘛——猛地窜了出去，开走了。伊丽莎白只好用手扶住栏杆，稳住身子。这车本就是海盗习性，一路不管不顾、横冲直撞、无情地逼近、危险地转弯，要么冒冒失失地争抢乘客，要么无视乘客的存在，像一条鳗鱼一样傲慢地变换着两种状态挤来挤去，然后放肆地全速冲向白厅车站。在伊丽莎白心里，可曾想起过可怜的基尔曼小姐一丝一毫？基尔曼小姐爱她且毫无嫉妒之心。对基尔曼小姐来说，伊丽莎白就是草地上的小鹿、溪谷中的明月。可伊丽莎白很高兴自己自由了。新鲜的空气如此沁人心脾，那个海陆军商城里太不通风了。现在，坐公共汽车的感觉像骑马，向着白厅街疾驰而去。伊丽莎白穿着浅黄褐色大衣的美丽身躯像个骑手，又像船头上伫立的破浪神像，自如地应和着公共汽车的每一个动作。微风吹起她的头发和衣服，热浪让她的脸颊有些苍白，像白漆木一般；那双漂亮的眼睛并没有注视着什么东西，而是把目光投向前方，眼神空茫却明亮，定定的，带着雕塑艺术般令人叹为观止的天真。

基尔曼小姐总是喋喋不休地诉说着自己的苦难，这让她很难相处。可伊丽莎白这样抛下她就对吗？如果基尔曼小姐所说的成为基督教徒就得像父亲参加委员会一样，每天花费几个小时来帮助那些穷人（住在伦敦时她几乎见不到父亲）。父亲就是这样的，天知道……可这句话太难说出口了。噢，她还想再多坐几站地。去河岸街还要再付一便士吗？那就再付一便士好了。她要去河岸街车站。

伊丽莎白关心生病的人。每个行业都向你们这一代女性开放，基尔曼小姐曾说过。所以，伊丽莎白可能去做一名医生，也可能做个农场主。动物们也经常会生病。她可能会拥有上千亩土地，手下有很多雇工，她会去这些雇工的小屋看望他们的。萨默塞特宫[1]车站到了。她有可能成为一个很好的农场主呢——真是奇怪，产生这个想法几乎完全是因为萨默塞特宫，尽管基尔曼小姐也有一份功劳。那座宏伟的灰色宫殿看起来那么华丽，那么庄严。再说，她喜欢人们工作的感觉。她喜欢那些教堂，就像一个个灰色卡纸做的模型，在河岸街的车水马龙中昂然矗立着。这里和威斯敏斯特区完全不一

---

[1] 萨默塞特宫是英国伦敦的一座华美宫殿，曾经作为政府部门的办公场所，后来成为英国一些重要组织的总部，像英国皇家美术学院、英国文物学会、英国海军等，如今作为艺术展览馆对游客开放。

样啊,伊丽莎白心中想着,在法院巷[1]下了车。这里如此肃穆,又是如此繁忙。总之,她想拥有一份职业,可能会做一名医生、一个农场主。还有可能进入议会,如果有必要的话。河岸街让她产生了这些想法。

那边忙碌着的人们脚不停歇,手也在一块一块地摆放石头,脑子里想的永远不会是琐碎的闲聊(像把女人比作白杨——当然,这种比喻相当精彩,但也够愚蠢),而是想着商船、生意、法律、管理,而这一切又是那么庄严(她走在圣殿里)、快乐(看到了河流)、虔诚(看到了教堂),这让她下定决心,不管妈妈怎么说,她要么做个农场主,要么做个医生。当然了,她还是挺懒的。

不过,工作这个话题,还是不要谈起更好些。这个想法听起来太傻了。一个人的时候,这种想法确实时常出现——那些没有刻着建筑师名字的建筑,那些从城里回来的人群,比那位肯辛顿的牧师更有力量,也比基尔曼小姐借给她的任何一本书都更有力量,能激发那些埋在心灵沙地里懒洋洋、笨乎乎、羞答答的想法,让它们破沙而出,就像一个孩子突然伸展双臂一样。也许就是这样吧,一声叹息,一次伸展双臂的动作,一种冲动,一种启示,影响虽然永远存在,可然后呢,想法又回到了沙地里。伊丽莎白必须回家了。她必须穿上晚礼服,去宴会上。可现在几点了?——钟表在哪儿呢?

伊丽莎白向舰队街望去。她怯生生地往圣保罗大教堂方向走了一段路,像一个在夜里点着蜡烛探索一栋陌生房子的人,踮着脚尖,提心吊胆,生怕主人突然推开卧室的门,质问她有什么事。她也不敢胡乱走进那些古怪的小巷、诱人的小街,那比走进一栋陌生房子还过分,仿佛不止走了进去,还打开了门——可能是卧室的门,也

---

[1] 法院巷是英国伦敦市中心的一条单行道,曾和法律界有着密切的关系,周围有许多历史建筑。

可能是起居室的门，也可能直接通向储藏室。达洛维一家平时没有来河岸街逛过，伊丽莎白是第一个探索这里的人，第一个"流浪"到这里的人，冒险而轻信。

妈妈觉得伊丽莎白在很多方面都很不成熟，还像个孩子，比如依然对洋娃娃、旧拖鞋充满眷恋，是个不折不扣的婴儿。不过，这一点也很迷人。还有，当然，达洛维家族有为公众服务的传统。家族的女性成员中就有修道院院长、学院院长、校长、政要官员——她们之中没有谁拥有过人的才华，但都成了显赫人物。伊丽莎白又朝着圣保罗大教堂方向走了一段。她喜欢这种喧闹中包含的亲切温暖，有姐妹、母子和兄弟间的亲情。她觉得这样非常好。喧闹声很大。突然，一阵"嘟嘟"的号声响起（那是失业的人们），夹在喧闹声里，连续而短促，还有军乐，好像有人在游行。然而，如果他们正在走向死亡呢——如果某个女人咽下了最后一口气，刚刚完成了"死亡"这一至高无上的庄严行为，不管是谁在房间里陪护着她，陪护人打开窗户，俯瞰舰队街的时候，那喧闹声、那军乐声就会带着胜利的节奏向他涌来，似在安慰，又似漠不关心。

死人没有意识。死人不会认识到自己的未来或者命运。正因如此，即使那些注视着垂死者脸上最后几下有意识的挣扎而心生惶惑的人，也会产生一种安慰。人们的遗忘可能会伤害他们，人们的忘恩负义可能会侵蚀他们，但街上的喧嚣，年复一年，无休无止地奔涌着，会把一切都带走的。这信誓旦旦，这货车隆隆，这生活百味，这游行队伍，都会包裹在那声音里，在裹挟中前行，一如消融的冰川汹涌流淌，席卷着封存在冰块里的一块碎骨、一片蓝色花瓣、几根橡树断枝向前奔涌。

不过，时间比伊丽莎白想象得要晚。妈妈不会愿意让她像这样一个人在外面乱逛的。她转身沿着河岸街往回走去。

一阵风吹过（要不是太热，这风还是蛮舒服的），给太阳和河岸街蒙上了一层薄薄的黑色面纱。人们的面孔模糊起来，公共汽车也突然失去了光彩。洁白的云朵巨大如山，让人心生幻想，仿佛可以用斧头劈下硬硬的几块来，而云朵的四面都是宽广的金色斜坡和草坪，如天国的游乐园一般，整体看上去如同为全世界的神灵来参加会议而准备的所在。可云朵之间又在不断地流动着。云相变幻间，似乎为了实行某个早已安排好的计划，一会儿某块山峰般的云朵渐渐低矮下去，一会儿一朵一直坚守阵地的金字塔云完整地移到了中间，或者庄严地带领着云朵队伍前往新的停泊地去了。尽管云朵们似乎都各司其位，完全一致地停歇在那里，但其实，没有什么比这些外观或雪白或金黄的云朵更鲜活、更自由、更敏感的了。要改变、离开、拆除这一庄严的"会场"，不过是一眨眼的事。尽管"会场"外形庄严稳固，似乎垒得非常坚固、硬实，却时而向大地漏下阳光，时而投下一片黑暗。

伊丽莎白·达洛维沉静而轻捷地登上了回威斯敏斯特区的巴士。

塞普蒂默斯·沃伦·史密斯躺在客厅的沙发上，看着流水般倾泻的金色阳光投在玫瑰花上、墙纸上，一会儿闪烁，一会儿消隐，如同某种敏捷得让人叹为观止的、有生命的东西。光影一会儿让墙壁变得灰暗，一会儿又呈现出香蕉般的鲜黄，一会儿让河岸街沉沉暗淡，一会儿又给公共汽车涂上亮眼的鲜黄。在他眼里，这些光影忽来忽去，在向他招手，在向他传递信号。窗外，大树拖着身上的树叶，像一张张大网从空气的深处捕捞着。房间里响起水声，从浪花里钻出鸟儿们歌唱的声音。每一种能量都把自己宝贵的精华浇灌到塞普蒂默斯的头顶上。他把一只手搭在沙发靠背上，一如泡海水澡时看到自己的手放在浪花上漂浮着，听到从遥远的岸边传来狗吠，一声又一声。不再害怕，藏在身体里的心灵说，不再害怕。

塞普蒂默斯并不觉得害怕。每时每刻，大自然都在用一些带着笑意的暗示向他展示着，比如那些在墙上跃动着的金色光斑——这边，那边，还有更远的那边——展示着她的决心。她决心通过炫耀她的羽毛、摆动她的长发、挥舞她的披风（来来回回地，优美，总是那么优美）、站在离他很近的地方，从弯成喇叭状的双手间，以呼吸般的声音向他呢喃着莎士比亚的话语，来表达她的意蕴。

雷齐娅坐在桌边，手中拿着一顶帽子来回摆弄，观察着塞普蒂默斯，看到他在微笑。这么说，他挺开心的。但是，看到他笑，雷齐娅有点受不了。婚姻不该是这样的。作为一个丈夫，怎么能做出那么奇怪的举动呢——总是一惊一乍的，要么大笑不止，要么一个小时又一个小时地沉默着，要么受到惊吓似的紧紧地抓着她，让她把他说的话写下来。桌子的抽屉里堆满了她记下来的那些东西，关于战争的、关于莎士比亚的、关于伟大发现的、关于世界上如何没有死亡的。最近，他会无缘无故地突然兴奋起来（霍姆斯医生和威廉·布拉德肖爵士都说，出现兴奋症状对他来说是最糟糕的情况），会挥舞着双手大喊起来，说他获得了真理！明白了一切！那个男人来了，塞普蒂默斯说，就是他那个已经战死的朋友，叫埃文斯的。埃文斯在屏风后面唱着歌。雷齐娅按照他说的写了下来。有些情景被描述得很优美，有些则纯属无稽之谈。而且，他总会说着说着就停了下来，要么改变了主意，要么想补充些什么，要么就是听到了一些新内容，他会把手举起来聆听。

可雷齐娅却什么都听不到。

有一次，俩人发现负责打扫房间的女仆拿着一张他们写了字的纸在看，嘴里还发出阵阵嗤笑声。真是个可怕的羞辱。因为这件事，塞普蒂默斯大声叫骂起人类的残忍——诉说着他们如何把对方撕成碎片。谁倒下，塞普蒂莫斯说，谁就会被撕碎的。"霍姆斯医生盯上我们了。"他断言。他还会拿霍姆斯编故事，什么霍姆斯喝粥，霍姆斯读莎士比亚的故事——逗得自己哈哈大笑，或怒不可遏。对他来

469

说，霍姆斯医生似乎代表着某种可怕的东西。"人性"，这是他对霍姆斯医生的称呼。然后，他会出现幻觉。他经常说自己被淹死了，躺在悬崖上，海鸥在他头顶上尖叫着。顺着沙发的边缘，他能看到大海。或者，他会听到音乐，其实那不过是街上传来的手摇风琴的曲子，或者是某个男人在街上叫喊。可是，他经常会叫着"真好听啊"，然后哭起来，泪水顺着脸颊淌个不停。这一幕在雷齐娅看来是世界上最可怕的事情——一个像塞普蒂默斯这样的男人，上过战场，作战英勇，居然会哭。他会躺在那里听啊听，直到突然哭喊起来，说他要掉下去了，会掉进火焰里！雷齐娅就真的找起火焰来，他描述得那么真切的火焰。可是什么都没有，房间里只有他们两个人。那就是个梦，雷齐娅会这样安慰他，最终让他安静下来，可有时她自己也会被吓得不轻。雷齐娅坐在那里做着针线，叹了口气。

她的叹息温柔而迷人，就像傍晚树林外的风。她一会儿放下剪刀，一会儿又转身从桌子上拿起个什么材料。随着一阵轻微的窸窣，一阵轻微的沙沙，又一阵轻微的敲击声，她做针线的桌子上就出现了一顶帽子的雏形。透过自己的睫毛，塞普蒂默斯可以看到雷齐娅模糊的轮廓——她隐在黑影里的娇小身形，她的脸和手，她在桌旁转向这边、那边的动作，那是去拿一个线轴，或者在找一块丝绸（她经常忘记东西放在哪儿了）。雷齐娅在为费尔默太太已经出嫁的女儿做帽子，那姑娘叫什么名字来着？——塞普蒂默斯想不起来她的名字了。

"费尔默太太那个已经出嫁的女儿叫什么名字？"塞普蒂默斯问道。

"彼得斯太太。"雷齐娅说。她有点担心这顶帽子做得太小了，雷齐娅说着，把帽子拿到眼前端详着。彼得斯太太是个大个子女人，不过，雷齐娅不喜欢她。雷齐娅做这个帽子是因为费尔默太太对他俩太好了。"今天早上费尔默太太送了我一点葡萄。"雷齐娅说。所以她想做些什么来表达他们的感激。有天晚上雷齐娅走进房间的时候，发现彼得斯太太在房间里——她以为他们两个出门了，在播放他们的留声机。

"真的呀？"塞普蒂默斯问，彼得斯太太在播放留声机吗？对呀，雷齐娅说，当时我就跟你说了这件事，说我发现彼得斯太太在播放留声机。

塞普蒂默斯开始小心翼翼地睁开眼睛，想看看房间里是不是真的有一台留声机。可是，眼前这些真实的东西——这些真实的东西太令人兴奋了。他必须小心一点，他可不要发疯。塞普蒂默斯先看了看书架下层的时尚杂志，又慢慢地看了看那台绿色喇叭的留声机。千真万确。他鼓起勇气，又看了看餐具柜，上面放着一盘香蕉；他看了看维多利亚女王和王储的雕刻画；又看了看壁炉架，上面的罐子里插着玫瑰。这些东西都没有在动。它们都是静止的，都是真实的。

"那个女人说话有点刻薄。"雷齐娅说。

"彼得斯先生是做什么的？"塞普蒂默斯问。

"唔。"雷齐娅说，努力回想着。她记得费尔默太太说过，彼得斯先生在某个公司工作，经常出差。"他现在在赫尔[1]呢。"雷齐娅说。

"现在！"雷齐娅说这个词时还带着意大利口音。所以，这句话是雷齐娅亲口说的。塞普蒂默斯遮住自己的眼睛，这样每次他只能看到雷齐娅脸的一小部分，先是下巴，然后是鼻子，最后是额头，以防她的脸变形，或者出现什么可怕的印记。但是没有，那就是雷齐娅，非常自然地缝着帽子，嘴唇紧闭，表情有些忧郁——那就是女人们缝衣服时的样子。这幅画面没什么可怕的，塞普蒂默斯让

---

[1] 赫尔是英国东北部的一座城市，距离伦敦约200英里。

自己放下心来，又看了看雷齐娅的脸和手，第二次、第三次。她在光天化日之下坐在那里缝帽子，这有什么可怕的，或者让人吃惊的呢？彼得斯太太说话有点刻薄。彼得斯先生当下在赫尔。那么，干吗还要怒不可遏，还要预言呢？干吗还要像遭受了折磨和遗弃般地逃离呢？干吗还要被那些云搞得战战兢兢、泣不成声呢？雷齐娅就坐在那里，针别在衣服的前襟上，彼得斯先生就在赫尔，干吗还要去追寻什么真理，传递什么信息呢？那些奇迹啊，启示啊，痛苦啊，孤独啊，坠入海里的感觉，还有掉落，掉落，一直落到火焰里的感觉，都被烧得一干二净。因为，看着雷齐娅为彼得斯太太修剪帽子的时候，塞普蒂默斯还能感觉到，床上铺着一张印满鲜花的床单。

"彼得斯太太戴这顶帽子太小了。"塞普蒂默斯说。

这么多天以来，这是塞普蒂默斯第一次跟以前一样说话！确实太小了——小得有点离谱，雷齐娅说，不过，是彼得斯太太自己选的尺寸。

塞普蒂默斯从雷齐娅手里拿过帽子，说这像一顶街头手风琴艺人的猴子戴的帽子。

听到这句话，雷齐娅多开心哪！他们两个已经好几个星期没有像这样一起笑过，享受这种已婚夫妇私下互相打趣奚落的乐趣了。她的意思是，如果这时候费尔默太太、彼得斯太太，或其他什么人走进来，都不会明白她和塞普蒂默斯在笑什么。

"别闹了。"雷齐娅说着，把一朵玫瑰花别在帽子的一侧。她从来没有感觉这么幸福过！这辈子都没有过！

可是这样就更可笑了，塞普蒂默斯说，现在再戴上这顶帽子，这个可怜的女人看起来就像集市上卖的一头猪。（从来没有人能像塞普蒂默斯那样逗得她开怀大笑。）

她的针线盒里有什么呢？有丝带，还有珠子、流苏和假花。雷齐娅把这些东西统统倒到桌子上。塞普蒂默斯开始把奇奇怪怪的颜色拼到一起——虽然他的手指并不灵活,甚至连包裹都不会整理,但他有一双神奇的眼睛,眼光也很好,当然有时候荒谬了点,可有时候简直棒极了。

"她会有一顶漂亮帽子的!"塞普蒂默斯嘴里嘟囔着,拿起这个材料,又拿起那个,比画着。雷齐娅跪在他身边,从他的肩膀上看向帽子。现在这顶帽子已经完工了——也就是说,它的设计完成了,雷齐娅得把各种素材照样子缝起来。不过,得非常非常小心哟,塞普蒂默斯说,要一丝不差地缝成他设计的样子。

于是,雷齐娅缝了起来。她缝帽子的时候,塞普蒂默斯心想,针线会发出一种声音,像搁在壁炉架上的水壶翻滚着水泡,还有轻微的流动声。她那有力的、小小的、尖尖的手指忙个不停,忽而捏紧,忽而在哪里戳一下,手里的针闪着光。阳光忽隐忽现,照在流苏上,也照在墙纸上。不过,他得等等看,塞普蒂默斯心中想着,伸展了双腿,看着沙发另一头脚上的条纹袜子。他要待在这个温暖的地方,待在这一小片静谧的空气里,等着看成品。有时在傍晚时分走到树林的边缘处,人们也会遇到这样一小片温暖静谧的空气。这是由于地势比较低,或者由于树木的某种排列(人必须科学至上),温暖萦绕不去,空气像鸟儿的翅膀一样轻拂着脸颊。

"做完啦。"雷齐娅说着,把彼得斯太太的帽子在指尖上转了几圈。"暂时就这样了,晚点再……"她的话语汩汩向外冒出,滴滴答答,像一个满心欢喜的、关不住的水龙头,只管淌着水。

这种感觉真是太棒了。他还从来没有做过让自己如此自豪的事呢。那么真实,那么实在,这位彼得斯太太的帽子。

"看哪,多漂亮啊。"塞普蒂默斯说。

是啊,看到那顶帽子,雷齐娅就会觉得幸福。这么说,塞普蒂默斯已经恢复正常了。这么说,他又会笑了。他们两个又有不被打扰的二人世界了。她会一直喜欢那顶帽子的。

塞普蒂默斯让雷齐娅试戴一下。

"可我戴上的样子一定很奇怪的!"雷齐娅嘴里喊着,跑到镜子跟前,左照照,右照照。突然,一阵敲门声传来,雷齐娅一把摘下了帽子。会是威廉·布拉德肖爵士吗?他已经派人来了吗?

还好不是!原来是送晚报的小姑娘。

生活中一成不变的事情,这时正一成不变地发生着——也就是说,他们生活中的每一个夜晚都会出现这件事情。小姑娘在门口吮吸着自己的大拇指。雷齐娅蹲下身,用柔和的语气跟她说话,还给了她一个亲吻。雷齐娅从桌子抽屉里拿出一袋糖果。每次都是这么个情景。先做这件事,然后做下一件事。就这样,她渐渐形成了习惯,先做这件事,然后做另一件事。雷齐娅带着小姑娘跳了一支舞、跳了一会儿绳,又在房间里转了一圈又一圈。塞普蒂默斯拿起了报纸。萨里郡板球队全军覆没,报纸上写着。热浪滚滚。雷齐娅又读了一遍:萨里郡板球队全军覆没。热浪滚滚。这成了雷齐娅和费尔默太太的孙女玩游戏的一部分。两个人玩得大笑起来,还在起劲儿地说着比赛的事情。塞普蒂默斯觉得很累,也很幸福,想睡上一觉。于是,他闭上了眼睛。眼前的景象一消失,游戏的声音就变得越来越微弱,越来越陌生,听起来就像人们寻找什么东西却没有找到的哭叫声,而且越走越远。他们找不到他了!

塞普蒂默斯猛然惊醒。他看到了什么?餐具柜上还是放着一盘香蕉。房间里一个人都没有(雷齐娅带着孩子去找妈妈了,该睡觉了)。这就是真相了:永远孤独。这个结局,他在米兰时走进那个房间,看到雷齐娅和她的姐妹们手持剪刀,将硬衬纸剪出帽子形状的那一刻,就已经宣判了:永远孤独。

房间里只有他和餐具柜、香蕉。他孤身一人,暴露在这荒凉阴冷的突兀之地,伸展了身体——但他并不在山顶,也不在峭壁上,而是躺在费尔默太太客厅的沙发上。至于那些幻象、面孔和死者的声音，它们在哪里呢？他的面前竖着一道屏风，上面画着几丛黑色的芦苇，几只蓝色的燕子。那个他曾经看到山脉，看到面孔，看到美的地方，只有一道屏风。

"埃文斯！"塞普蒂默斯喊。没有人回答。一只老鼠吱吱地叫了几声，也许是窗帘的沙沙声。那就是他曾经听到过的死者们的声音了。他眼前依然是屏风、煤炭桶和餐具柜。那么，他就看着屏风、煤炭桶和餐具柜好了……可是，雷齐娅突然冲进了房间，嘴里叽叽喳喳地说个不停。

来信了。所有人的计划都得变了。费尔默太太终究还是去不成布莱顿[1]了，但现在没时间通知威廉姆斯太太了。雷齐娅真的觉得这件事非常非常让人讨厌。这时，她看到了那顶帽子，她觉得……也许……她……也许可以稍稍地……雷齐娅心满意足的悦耳声音渐渐低了下去。

"啊，见鬼！"雷齐娅喊道（这是他俩之间的小玩笑，她的小脏话），针断了。帽子、孩子、布莱顿、针。她把材料堆叠到帽子上，先缝一个饰物，再缝另一个，再堆叠些材料，缝啊缝啊。

雷齐娅想听塞普蒂默斯说说，这样改一下玫瑰的位置是不是提升了帽子的外观。她坐到了沙发的一端。

现在的感觉真幸福，雷齐娅突然放下了手中的帽子，感叹道，因为现在什么话都能跟丈夫聊。心里想到什么就能说什么——那天晚上在咖啡馆里，看到塞普蒂默斯和几个英国朋友一起走进来的时候，她的第一感觉差不多就是这样的。他走进来的样子很害羞，四下里打量着，挂帽子的时候帽子还掉了。这一幕她依然能回想起来。雷齐娅知道塞普蒂默斯是英国人，虽然不是她姐姐喜欢的那种大块头英国人。他总是那么瘦，但肤色很好看，很清爽，再配上高高的

---

[1] 布莱顿是英国南部的一个城市。

鼻子，明亮的眼睛，坐着的时候背有点弓，常常让她想到一只小鹰。雷齐娅经常对他说起，第一次见到他的那个晚上，她们在玩多米诺骨牌，他走了进来——就是一只小鹰嘛。不过，在她面前，他总是非常温柔。她从来没有见过他粗鲁放荡，或者喝醉酒，只是有时候还在受这场可怕的战争的煎熬。但即便如此，每次她走进来的时候，他还是会把一切都抛开的。世界上的任何事情，是的，任何事情，还有工作上的任何小麻烦，任何让她对别人难以启齿的事情，她都会向他倾诉，而他马上就能理解。即使她的家人都做不到这种程度。他比她大几岁，又那么聪明——可他又是那么严苛，她连英语的童话故事还读不下来的时候，就要求她去读莎士比亚！——他的人生经历比她丰富得多，在这方面可以帮助她。她呢，也是可以帮助他的。

可是现在，还是聊聊这顶帽子吧。然后（天色渐晚），再聊聊威廉·布拉德肖爵士。

雷齐娅双手支着腮帮，等着塞普蒂默斯回答他喜不喜欢这顶帽子。她坐在那里，等待着，眼帘下垂。这一刻，他是能感觉到她的心思的，就像一只小鸟儿，从一根树枝飞到另一根树枝，总能恰到好处地落在树枝上。他能跟着她的思路走，而她坐在那里，姿势那么放松，那么自然。只要他开口，不管说的是什么，雷齐娅都会马上微笑起来，就像一只活力澎湃的鸟儿，爪子紧紧地抓住了枝丫。

可塞普蒂默斯还记得布拉德肖说过，"生病的时候，我们最喜欢的人对我们的健康并没有好处"。布拉德肖说，必须得有人教会他休息。布拉德肖说，他们两个必须分开。

"必须""必须"，为什么要说"必须"呢？布拉德肖有什么权力控制他呢？"布拉德肖有什么权利对我说'必须'？"塞普蒂默斯问。

"那是因为你说过要自杀。"雷齐娅回答。（谢天谢地，她现在什么都可以对塞普蒂默斯说了。)

这么说,他落入这两个人的魔爪了!霍姆斯医生和布拉德肖爵士盯上他了!那个鼻孔通红的畜生,正在嗅闻着每一处秘密的地方!那个野兽居然会说"必须"!那些他写了字的纸呢?他写的那些东西呢?

雷齐娅把那些纸拿给塞普蒂默斯,有他自己写的东西,也有雷齐娅替他写下来的。雷齐娅把这些纸片一股脑儿地倒在沙发上,两个人一起看起来。上面有各种图表、各种图案,有胳膊是两根挥舞着的小棍的、小小的男男女女,背上都长着翅膀——居然还会有翅膀?还有照着几先令和六便士的硬币描画出的一些圆圈——那是太阳和星星;一些之字形的悬崖峭壁,向上攀爬的登山者们都用绳子捆在一起,像极了一捆捆的刀子和叉子;海面上是一张张的小脸,在可能是浪花的地方笑着:这是一张世界地图。烧掉这些东西!塞普蒂默斯喊。现在该看他写的那些东西了:有死者如何在杜鹃花丛后面歌唱;有对时间的颂歌;有与莎士比亚的对话;还有埃文斯,埃文斯,埃文斯——他那来自死者世界的信息;不要砍树;告诉首相;普天之下皆有爱:世界的意义。烧掉这些东西!塞普蒂默斯喊。

可是,雷齐娅用双手护住了这些东西。有些东西非常漂亮呢,雷齐娅认为,她要用一条丝带把这些东西捆起来(因为她没有信封)。

即使他们把塞普蒂默斯带走了,雷齐娅说,她也会和他一起去的。他们不能违背他俩的意愿,将他俩分开,雷齐娅说。

雷齐娅把那些杂乱的纸片竖立起来,整理好,几乎连看都不用看就捆好了,坐到了塞普蒂默斯身边。塞普蒂默斯心想,仿佛雷齐娅身上所有的花瓣都在护卫着她。雷齐娅就像一棵开满鲜花的树,透过她的枝叶,能看到一张立法者的脸在张望。她已经到达了一个庇护所,在那里,她谁也不用怕:不怕霍姆斯医生,也不怕布拉德肖爵士。这是一个最终的、最伟大的奇迹,一个胜利。塞普蒂默斯震惊地看到,雷齐娅身上背负着霍姆斯医生和布拉德肖爵士,在攀登那个耸人听闻的楼梯。这两个人,体重从来没有低于过一百六十磅[1]。他们把妻子送进宫廷,每年有上万英镑的收入,却还在大谈协调感。他们两个对塞普蒂默斯的判决并不相同(霍姆斯医生给了一种说法,布拉德肖爵士则给了另一种说法),但这两个人都是法官。他们把幻觉和餐具柜混为一谈,分不清青红皂白,却进行着裁决,施加着刑罚。他们说了"必须",但雷齐娅居然战胜了他们。

"好了!"雷齐娅说。她已经把那些字纸捆了起来。任何人都不可以动这些字纸。她会收好的。

雷齐娅说,什么都不能把他们两个分开。她在塞普蒂默斯身边坐下,呼唤着她给他起的昵称:小鹰啊,乌鸦啊。因为这两种鸟都是大坏蛋,会破坏庄稼,跟他一模一样。没有人能把他们两个分开,雷齐娅信誓旦旦。

随后,雷齐娅站起身,准备到卧室去收拾他们的东西。这时,她听到楼下传来什么人的声音,猜到可能是霍姆斯医生来诊视了,就跑下楼去拦,不让他上来。

塞普蒂默斯听到雷齐娅在楼梯上和霍姆斯医生说话。

"亲爱的女士,我是以朋友的身份来拜访的。"霍姆斯医生说。

"不行。我不会允许你见我丈夫的。"雷齐娅说。

塞普蒂默斯能看到雷齐娅,她就像一只小母鸡,张开翅膀挡住了霍姆斯医生的路。但霍姆斯医生依然坚持要上楼。

"亲爱的女士,请允许我……"霍姆斯医生说着,伸手把她拨到了一边(霍姆斯医生是个身材魁梧的男人)。

霍姆斯医生要上楼来了。霍姆斯医生会突然打开门。霍姆斯医

---

[1] 160磅约等于72.57公斤。

生会问:"又害怕了吧,嗯?"霍姆斯医生会抓住他的。不行,不能这样,他不要霍姆斯医生,他不要布拉德肖爵士。塞普蒂默斯站起来,身体有些不稳,走路时两脚的交替更像是蹦跳,他想去拿费尔默太太那把干净漂亮的面包刀,刀柄上还刻着"面包"两个字。啊,可不能把它弄脏了。用壁炉里的燃气?可现在已经太晚了。霍姆斯在上楼了。他还可以拿剃须刀片,可雷齐娅已经把剃须刀片收起来了,她总是把他可能用来自杀的东西收起来。剩下的就只有窗户了,伦敦布鲁姆斯伯里街区这座公寓里那扇大大的窗户,还有那让人生厌的、麻烦的、相当戏剧化的一幕——打开窗户,把自己扔出去。这在人们眼里是一幕悲剧,但对他或者雷齐娅来说并不是(因为雷齐娅的心是和他在一起的)。霍姆斯医生和布拉德肖爵士是愿意发生这种事的。塞普蒂默斯坐在窗台上,但他要等到最后一刻。他并不想死。活着是美好的。阳光是热烈的。只有这些人类——他们想干什么?从对面的楼梯上走下来一个老人,停住了脚步,吃惊地看着他。霍姆斯医生出现在门口。"我把生命给你好了!"塞普蒂默斯大喊一声,用力一推,猛地往费尔默太太家的栏杆上掉落下去。

"这个胆小鬼!"霍姆斯医生猛地推开了房门,喊道。雷齐娅跑到窗前,看到了一切,明白了一切。霍姆斯医生和费尔默太太撞到了一起。费尔默太太展开围裙,挡住雷齐娅的眼睛,把她扶回卧室里。楼梯上传来一大阵跑上跑下的声音。霍姆斯医生进来了——脸色惨白,浑身发抖,手里端着一个杯子。一定要勇敢起来,喝点什么吧,他对雷齐娅说(这是什么?一点儿甜甜的东西),因为她丈夫伤得很重,不可能恢复知觉了。她不能去看丈夫,必须尽可能地不去看他。还要接受死因审讯呢,可怜的年轻女人。谁能预料到这一切呢?只是一时冲动,怨不得任何人(他对费尔默太太说)。至于他到底为什么要这么做,霍姆斯医生也想不通。

雷齐娅喝着那杯甜甜的饮料,感觉自己仿佛在打开一个个狭长的落地窗，从那些窗口走出去，踏进了某个花园里。但这是在哪儿呢？钟敲响了——一下、两下、三下。跟那些咚咚的脚步声和低低的交谈声相比，钟声显得多么理性啊，就像塞普蒂默斯本人一样。她快睡着了。但钟还在响着，四下、五下、六下，挥舞着围裙的费尔默太太（他们不会把尸体搬进来吧？会吗？）仿佛成了花园的一部分，或者一面旗子。雷齐娅在威尼斯的一个姑妈家住过，曾看到一面旗帜在旗杆上如波浪般缓缓展开。在战场上阵亡的士兵都会享有这样的礼遇，而塞普蒂默斯是上过战场的。她的记忆里，大部分时光都是快乐的。

她戴上帽子，跑过玉米地——这会是哪里呢？——跑到了某座山上，那是个靠近海的地方，因为有船、有海鸥，还有蝴蝶。他们两个坐在一个悬崖上。在伦敦，他们两个也曾经坐在这么一个地方。半梦半醒间，雨点掉落的声音、低语声、干干的玉米地里的喧闹声、海浪的轻拍声，穿过卧室的门向她涌过来。她似乎躺在海岸上，从她的角度看去，仿佛一个弓形的壳把他们罩在了里面。浪花向她低语、飞散，她觉得，就像飞花散落在某个坟墓上。

"他死了。"雷齐娅说着，向那个守着她的可怜老妇人微笑了一下，一双率真的浅蓝色眼睛定定地看向门口。（他们不会把他带到这里来吧？会吗？）费尔默太太呿、呿了两声。哦，不会，哦，不会的！现在，人们要把塞普蒂默斯弄走了。雷齐娅不该知道吗？结了婚的两个人理所应当在一起啊，费尔默太太心里想。可他们必须按医生说的做。

"让她睡吧。"霍姆斯医生说着，摸了摸雷齐娅的脉搏。雷齐娅看到一个魁梧的、黑黢黢的身体轮廓背对着窗户站在那里。所以，那是霍姆斯医生。

文明的一个重大成就啊，看到救护车闪着光，响着尖利的笛声驶过，彼得·沃尔什心想，这是文明的一个重大成就。那辆救护车赶到现场，人道地救起了一个可怜的家伙，迅速而干净利落地驶向了医院。大约一分钟之前，那人可能头被打伤了，或者疾病发作倒地，又或者在某个十字路口被车撞了，这些情况有可能发生在每个人身上。这就是文明。从东方回来之后，文明——像伦敦的高效率、组织能力和集体精神——让彼得印象深刻。每辆汽车、马车都主动靠边，让救护车通过。也许这是病态的，但换一个角度说，人们对这辆载着伤者的救护车所表现出的敬意，难道不更令人感动吗？救护车经过的时候，忙碌的、正在匆忙赶回家的男人们立刻联想到了车上可能是谁的妻子，或者也很容易想到病人可能就是他们自己，躺在担架上，身边有一位医生、一位护士陪护着……啊，不过，一旦涉及医生和死尸，思考就会变得不那么正常，还多愁善感起来。这种视觉印象也会引起一点快感、一种欲望的勃发，警告人们不要再想下去了，这对艺术致命，对友谊致命。没错。然而，看着救护车闪着光转过街角，听着尖利的笛声沿着下一条街一路鸣叫，穿过托特纳姆法院路渐行渐远，声音依然连绵不断，彼得·沃尔什心想，这就是孤独的特权。只有在独处的时候，人们才可以遵循自己的心意做出选择。如果没人看见，他可能会哭的。在这个英印社会中，这一直是他的弱点——多情易感，会在不大合适的时候哭，在不大合适的时候笑。我就是有这个弱点，彼得站在邮筒旁边想，现在就有可能让我泪流满面。至于为什么，只有天知道。也许是由于某种美吧，还有这一天的重压，让他精疲力竭——从拜访克拉丽莎开始，那种激动、那种情感的强烈，再加上点点滴滴的往日印象，滴落，滴落，落到那个属于他们两个的地窖里，深不见底，黑暗如漆，无人知晓。还有一部分是因为生活那完整而不可侵犯的隐秘。他发现生活就像一座无人了解的花园，里面全是弯弯绕绕的小路，让人惊讶不已，的确如此。人生中的这些感慨时刻，真的让人喘不过气来。站在大英博物馆对面的邮筒旁边，他正经历其中的某一时刻。在这一刻，五味杂陈，奔涌而来——这辆救护车，还有生与死。他的灵魂仿佛被那股汹涌澎湃的情感洪流吸上了某个极高的所在，而他身体的其他部分，就像散布着白色贝壳的沙滩一样，成了一片光秃秃的不毛之地。这正是他在英印社会中的致命伤——这种多情易感。

曾经，彼得和克拉丽莎一起坐在一辆公共汽车的顶层去什么地方，克拉丽莎那么容易触景生情，至少从表面上看是这样，一会儿绝望不已，一会儿又激情澎湃。那些日子，他俩整天都亢奋不已。两个人是那么好的伙伴，一起发现奇奇怪怪的小场景、名字，还有坐在公共汽车顶层的人们。他们经常用这种方式探索伦敦，从卡利多尼亚市场[1]上带回一大袋一大袋的"宝贝"——那时的克拉丽莎自有一套理论——他们都有一堆一堆的理论，开口闭口都是理论，年轻人不都是这样嘛。克拉丽莎用这套理论来解释"不了解别人"和"不被别人了解"的糟糕状态。人们怎么可能相互了解呢？先是每天都见面，然后半年不见，甚至几年不见，这是不够的。他们两个一致认为，人与人之间的了解太少了。不过，坐在开往沙夫茨伯里大道[2]的公共汽车上，克拉丽莎说，她觉得自己无处不在，不只是"这里，这里，这里"，她敲了敲座位的靠背，而是无处不在。在经过沙夫茨伯里大道时，克拉丽莎挥舞着手。克拉丽莎就是这样引人注目。要了解克拉丽莎，或者了解任何一个人，都必须寻找成就了他们的人，甚至成就了他们的地方。奇怪的是，克拉丽莎跟谁都能聊得来，从未交谈过的人、街上遇到的某个女人、柜台后卖货的男人——甚至是树，还有谷仓。这一探索最后以克拉丽莎提出的一个

---

1 卡利多尼亚市场是英国伦敦的一个旧货市场。
2 沙夫茨伯里大道是伦敦西区的一条繁华街道，始于皮卡迪利圆环，止于新牛津街，是剧院区的核心。

超验理论[1]告终。克拉丽莎对死亡的恐惧让她相信,或者说曾经让她相信(她可是满脑袋怀疑论的),既然我们的幻影,也就是我们显现的部分,与我们的另一部分,即不显现的部分相比,是如此短暂,那么,我们不显现的部分可能会存活下来。不显现的部分遍布四周,可能以某种方式重新获得形体,比如依附在这个人或那个人身上,甚至在死后萦绕在某些地方……也许吧——只是也许。

　　回首这段长达近三十年的友谊,克拉丽莎的理论到此为止是说得通的。实际上,他和克拉丽莎的会面时间很短、断断续续的,还常常痛苦不堪。这是因为彼得经常不在,即便见面了也总会被打断(比如今天上午,他刚要向克拉丽莎吐露心声,伊丽莎白就像一匹帅气、安静的长腿马驹般闯了进来),这些对他的生活的影响是无法估量的。其中有一种难以言说的神秘:你被赠了一颗锋利、尖锐、棘手的种子——这是实际相会时的感觉,往往极度痛苦。然而,不在她身边的时候,那颗种子却又在最不可能的地方长出蓓蕾,绚然开放,散发出它特有的芬芳,让你触摸、品味。你会环顾四周,在多年的迷失之后,全身心地去感受它、理解它。克拉丽莎就是以这种形式来到了他的身边,在出国的船上,在喜马拉雅山上,在最不可思议的事物的提示下(一如萨莉·西顿,那个豪迈、热情的女人,会在看到蓝色绣球花时想到他彼得)。克拉丽莎对他的影响超过了他所认识的所有人。她总是这样不经意地以这种方式出现在他面前,要么淡淡的像个淑女,还有些挑剔;要么极其迷人、浪漫,让人想起某处的原野,或者英国的丰收景象。他最常见到她的地方是乡下,而不是在伦敦。博尔顿的一幕又一幕啊……

　　彼得到了他下榻的旅馆。他穿过大厅,厅里摆放着很多淡红色

1　超验即超出一切可能的经验之上,指不能用常规的逻辑和概念进行理解和描述。超验理论即超验类型的理论。

的椅子和沙发，还有细长叶片的植物，蔫巴巴的。他从挂钩上取下了钥匙。前台小姐递给他几封信。彼得往楼上走去——他最常在博尔顿见到克拉丽莎，夏末的时候，他在那里一住就是一个星期，甚至两个星期，那时人们都爱去那里消夏。第一次见到克拉丽莎是在某个小山丘的顶上，她用手拢着头发，身上的披风在风中翻飞，手指向一个地方，招呼他们来看——她看到了山下的塞文河[1]。或者是在一个小树林里，她要把一壶水烧开——她用手胡乱拨着火，根本烧不旺；浓烟如同在行屈膝礼，直扑到他们的脸上；克拉丽莎粉扑扑的小脸从烟里露出来；他们去一处农舍里向一位老妇人讨水喝，那老妇人还走到门口，目送着他们离开。他们两个全程步行，其他人骑着车。克拉丽莎觉得骑车很无聊，也不喜欢小动物，除了她那只狗。他们两个沿着公路跋涉了几英里，她会停下来弄清方位，然后领着他穿越这片土地回家。其间俩人一直在争论，讨论诗歌，讨论人物，也讨论政治（她那时是个激进派）。克拉丽莎前行的时候什么都不去注意，一停下来就会对着一处风景，或者一棵树大声赞叹，让他和她一起欣赏。就这样又走了一段路，穿过收割后的庄稼地，克拉丽莎走在前面，手里拿着一朵花，要送给她的姑妈。尽管她外表那么精致娇弱，走起路来却从来不嫌累。黄昏时分，俩人走回了博尔顿。晚饭后，老布赖特科普夫会打开钢琴，五音不全地唱起歌来。他们两个则懒洋洋地躺在扶手椅上，努力忍住不笑，但又总是忍不住笑出声来，笑啊，笑啊——最后都不知道在笑什么了。他们觉得布赖特科普夫应该看不见的。到了第二天早晨，他又跑到那栋房子前面来回踱步了，像一只求偶的鹡鸰……

哦，这是克拉丽莎写来的一封信！那是个蓝色信封，信封上正是她的字迹。他怎么也得打开看看，虽然这相当于又一次类似的会

---

[1] 塞文河是英国境内最长的河流。

面，注定了会痛苦！读她的信需要极大的勇气。"见到你的感觉真美好啊。我一定得告诉你。"这就是信的全部内容。

可这封信让彼得很是心烦，恼火不已。他倒希望克拉丽莎没写这封信。在他心潮澎湃的时候来这么一句话，无异于一记肘击撞在他的肋骨上。克拉丽莎为什么就不肯放过他呢？毕竟，她已经嫁给了达洛维，这些年来一直和他幸福地生活在一起。

这些酒店并不是能给人带来抚慰的地方。远远不是。各色各样的客人会把帽子挂在挂钩上，甚至还会有苍蝇落到某些客人的鼻子上，你可以尽情想象。至于那映入眼帘的干净整洁之处，与其说干净整洁，倒不如说光秃秃、冷冰冰更贴切些，那是一种没东西可放的不得已。黎明时分，某位长相乏味的女管理员就开始一圈圈巡视，闻嗅着、仔细打量着，让那些装得毕恭毕敬的女仆们好好刷洗。看那阵势，仿佛下一位访客是一大块带骨肉，要放在一个绝对干净的盘子里端上桌似的。用来睡觉的，只有一张床；用来坐着的，只有一把扶手椅；用来刷牙刮脸的，只有一个玻璃水杯、一面镜子。书本、信件、睡衣，就像不协调的鲁莽之物，散落在毫无温情的马毛垫子上。是克拉丽莎的信让彼得看到了这一切。"见到你的感觉真美好啊。我一定得告诉你。"他把信折起来，放到了一边。什么都不能诱惑他再去读这封信了！

为了在六点钟之前把信送到他手里，克拉丽莎一定是在他刚离开她家时就坐下来写了，然后贴上邮票，派人送去了邮局。这种周到，正如人们所说，非常符合克拉丽莎的风格。他的来访让克拉丽莎很难过，感慨良多。亲吻他的手的时候，有那么一瞬间，克拉丽莎有些遗憾，甚至有些羡慕他。她想起了他可能说过的一些话（他从克拉丽莎的表情上能看出来）——如果她嫁给彼得，或许他们两个能一起想办法改变世界，可现在却落得这样一个结果：人到中年，生活平庸。然后，克拉丽莎用她那份不屈不挠强迫自己抛开了这些想法。在她的生命中，有一丝坚韧、耐力、克服困难的力量，带着她走向成功，彼得从来没有在别人身上见过这样的力量。是的。可他一离开那个房间，克拉丽莎就会有不同的反应。她会为他感到非常非常惋惜；她会想，在这个世界上，她还能做些什么来让他感到欣慰（这是他向来缺乏的一种东西），他似乎能看到泪水从克拉丽莎的脸颊上滴落，看到她走到写字台前，匆匆写下那一行字，好让他知道自己对他的欢迎……"见到你的感觉多美好啊！"克拉丽莎是发自真心的。

这时，彼得·沃尔什已经解开了皮靴的带子。

可是，如果他们两个走进婚姻，是不会幸福的。毕竟，嫁给达洛维，才是更加自然而然的事情。

这样说很奇怪，但这就是事实，很多人都感觉到了。彼得·沃尔什举止还算得体，能胜任一般职位，人们喜欢他，但又觉得他脾气有点暴躁，还自视甚高。这个人，真不该有这种心满意足的表情，尤其现在头发已经灰白，更显得不合时宜。他的表情中还有一种不可一世的样子，但也正是这一点吸引了很多女人。她们喜欢他不完全像个古板男人的感觉。彼得身上有一些与众不同的东西，或者说他是个有故事的男人。也许是那股书卷气——他明明是来看你的，却每每会拿起放在桌子上的书（现在他就在看书，靴子的绑带拖在地上）；也许他是个绅士，从他磕烟斗里的烟灰的方式就能一览无余；当然，还有他对待女人的举止：连那个毫无头脑的女孩都能轻易地把他玩弄于股掌之间，真是够可以，也够可笑的。不过，那女孩得自己承担风险。也就是说，虽然彼得可能很随和，他的乐天派性格和良好教养也确实让人着迷，但也是有限度的。黛西说了些什么话——不，不，他已经看得透透的了。他受不了了——不行，不行。然后，他就去跟一群男人为着什么笑话大喊大叫，手舞足蹈，捧腹大笑了。他是印度最好的烹饪鉴定家。他是个男人，但不是那种让人一见面就肃然起敬的人——幸好如此。比如说，他跟西蒙斯少校就不一样，连一丁点儿像的地方都没有，黛西想。尽管她已经养育了两个孩子，还是经常拿他们做比较。

彼得脱下了脚上的靴子，把口袋里的东西也倒了出来。随着他那把折叠刀滑出来一张黛西在阳台上的随拍照片。照片上的黛西一袭白衣，膝盖上趴着一只猎狐犬，肤色黝黑，非常迷人——这是他见过的黛西最美的一面。的确如此，这张照片那么自然，比克拉丽莎自然多了。没有大惊小怪。没有各种烦恼。没有过分挑剔和烦躁不安。一切都轻松惬意。阳台上那个肤色黝黑的、可爱的漂亮女孩在呼唤他（他听得见）。当然，当然了，黛西会把一切都献给他！她叫嚷着（一点谨慎的意识都没有）要给他想要的一切！她会欢呼着、奔跑着去迎接他，才不管谁能看到。黛西才二十四岁，可已经生了两个孩子。好吧，好吧！

确实，到了这个年纪，彼得还把自己的生活搞得一团糟。有时候夜半惊醒，这个想法便会袭上心头。假如他真的和黛西结婚了呢？对他来说一切都会非常不错。可黛西呢？彼得曾向伯吉斯太太倾诉过自己的处境。伯吉斯太太是个好心人，从来不会多嘴多舌。她认为，彼得去英国的这段日子，从表面上看是去请教律师，对黛西来说可能是一个机会，她可以重新考虑，仔细斟酌这一选择带来的生活。伯吉斯太太还坦言，黛西面临的问题包括社会地位、社交障碍，还得抛下她的两个孩子。总有一天，黛西会成为一个有污点的寡妇，拖儿带女地住在市郊，更有可能会不加分辨地滥交（你知道，伯吉斯太太说，那种女人像个什么样子，浓妆艳抹的）。但彼得·沃尔什对此嗤之以鼻。他还没考虑过死后呢。总之，黛西还是得自己决定、自己判断，彼得一边想，一边穿着袜子在房间里踱来踱去，把自己的正装衬衫弄弄平整，因为他可能去参加克拉丽莎的宴会，也可能去某个音乐厅，还可能安静地待在房间里，读一本挺

487

引人入胜的书，那是他以前在牛津大学时认识的一个人写的。如果他真的退休了，这也恰好是他想做的事情——写几本书。他会去牛津大学，到伯德雷恩图书馆[1]里搜罗灵感。那个肤色黝黑的、可爱的漂亮女孩枉然地跑到露台尽头，枉然地挥着手，枉然叫嚷着她一点也不在乎别人说什么。彼得，这个占据了她的全部世界的男人，这个"完美的绅士""迷人的杰出人物"（他的年龄对她来说没有丝毫障碍），正在这里——布鲁姆斯伯里街区的一家旅馆的房间里——踱来踱去、刮胡子、洗脸，继续踱来踱去，拿起洗漱用的瓶瓶罐罐，又放下刮胡刀，好去伯德雷恩图书馆里搜罗素材，探索一两件他感兴趣的小事的真相。在印度时，不管遇到谁他都会聊上几句，因而越来越不在乎午餐的用餐时间，错过约会；当黛西要求他亲吻、欢爱（她总会这样），他却无法表现得如她所愿（尽管他真心爱着她）——总之，正如伯吉斯夫人所说，忘记彼得，或者只记住他在 1922 年 8 月的样子，黛西可能更幸福些。彼得是黄昏里站在十字路口的一个身影，随着马车轮子的滚动，那影子越来越远。黛西的身体被安全带[2]牢牢地固定在马车后座上，徒劳地向他伸着双臂。看到那个身影越来越小，渐趋消失，黛西还在呼喊着，她如何愿意为他做世间的任何事情，任何事情，任何事情……

　　彼得从来不了解别人在想些什么。对他来说，集中精力成了一件越来越困难的事情。他会沉浸在自己的思路里，忙着自己关心的事情，一会儿阴郁暴躁，一会儿快乐开朗。他依赖女人，心不在焉，情绪化。他越来越无法理解为什么克拉丽莎不能简单地给他和黛西找个住处（他一边刮胡子，一边这么想），对黛西好一点儿，把她介绍给别人认识，然后他就可以——可以做什么呢？可以到处游

---

1 伯德雷恩图书馆是牛津大学的主要图书馆。
2 最早的安全带专利注册于在 1885 年，使用在马车上，目的是防止乘客从马车上摔下去。

荡鬼混（实际上，此刻他正忙着整理各种钥匙和文件），猎艳尝鲜，独来独往——总之，逍遥自在。不过，当然，他比谁的依赖性都强（他系上马甲扣子），这一直是他的致命伤。他离不开吸烟室，喜欢那些上校们，喜欢高尔夫，喜欢桥牌，最喜欢的是女人们的社交圈子，喜欢她们的细腻陪伴，喜欢她们在爱情中的忠诚、奔放和伟大，尽管这种特性也有缺点，但在他看来（信封上放着一张肤色黝黑的、可爱的漂亮脸庞）让人发自内心地膜拜，是盛开在人类生命之巅的极其绚烂的花朵。然而，他却无法攀登到那个高度去摘取那花朵，总是很容易陷入某种循环（克拉丽莎永久性地从他身上带走了一些东西）。他很容易厌倦默默无闻的奉献，渴望经历各式各样的爱情。不过，如果黛西爱上了别人，他一定会大发雷霆，怒不可遏的！这是因为他的嫉妒，那种天生的、无法抑制的嫉妒。他饱受折磨！嗯，他的折叠刀、手表、印章、钱包、克拉丽莎那封他不愿再看却又喜欢回味的信，还有黛西的照片放到哪儿了？现在，该吃晚饭了。

顾客们在用晚餐。

他们坐在摆放着花瓶的小桌旁，有的穿了正装，有的衣着随意，身旁放着披肩和包，脸上带着假装出来的镇定，因为他们并不习惯晚餐时享用这么多道菜；带着自信，因为这顿饭钱还是付得起的；带着乏累，因为这一整天都在伦敦跑来跑去地购物、观光；还有天生的好奇心，因为当那位戴着角质框眼镜[1]、相貌堂堂的绅士走进来的时候，他们还在四处张望、抬头打量；带着天性的善良，因为他们很乐意为别人做一点小事，比如借给别人一张时间表，或者提供点有用的信息；带着渴望，在内心涌动着，潜移默化地牵引着他们——渴望通过某种方式建立联系，哪怕只是出生在同一个地方

---

1 角质框眼镜是一种镜框和镜腿由动物的角为材质制成的眼镜，多用牛角、鹿角等。由于是纯天然材质、手工制作，价值不菲。文中的王后就戴着镜框为鹿角材质的眼镜。

（比如利物浦），或者和某个朋友的名字相同；还有躲躲闪闪的眼神、奇怪的沉默，突然一家人说说笑笑，不再理会他人。总之，顾客们正在用晚餐，沃尔什先生走了进来，在窗帘边的一张小桌子旁坐下了。

并不是因为沃尔什先生说了什么话才赢得了大家的敬意，他是一个人来的，只能亲自招呼侍者。为他赢得敬意的是他看菜单的风度，用食指指着某一种酒的样子，还有倚在桌边，认真而不是贪吃的用餐方式。在用餐的大部分时间里，大家并没有把这种敬意表达出来，但沃尔什先生在用餐结束时点了一道"巴特利梨"，这种敬意就突然在邻桌的莫里斯夫妇身上爆发出来了。他怎么能说得这么温和而坚定，仿佛在行使自己拥有的一种建立在正义基础上的权力，带着雷厉风行的气度，不仅小查尔斯·莫里斯不了解这种权力，就连老查尔斯、伊莱恩小姐和莫里斯太太都一无所知。听到一个人坐在餐桌旁的沃尔什先生说出"巴特利梨"的时候，这家人觉得他正在某种合法要求上期待他们的支持，又觉得他是某种事业的拥护者。于是，他们马上把这一事业当成了自己的。他们的目光与沃尔什先生的目光相遇时产生了共鸣，又同时去了吸烟室。这时，略作交谈就成了一种必然。

谈话的内容并不很深入——大致上是关于伦敦人多拥挤，三十年来已经变了样；莫里斯先生更喜欢利物浦[1]；莫里斯太太去威斯敏斯特区看过花展；他们全家都见过威尔士亲王。然而，彼得·沃尔什心想，世界上没有一个家庭能比得上莫里斯家，绝对没有。这家人之间的关系非常完美，对上流社会毫不羡慕，只管喜欢自己喜欢的东西。伊莱恩小姐正在接受家族企业的培训，男孩在利兹大学[2]

---

1 利物浦是英国英格兰西北部的一个著名港口城市，英国第五大城市。
2 利兹大学是英国老牌商学院之一，所在城市利兹是英国的金融中心城市之一。

获得了奖学金,太太(和沃尔什先生年龄相仿)还有三个孩子在家里;他们有两辆汽车,但莫里斯先生仍然会在星期天补补靴子。好极了,这种生活真是好极了,彼得·沃尔什心想。他手拿利口酒杯,坐在毛茸茸的红椅子上,身体偶尔探向烟灰缸,感觉非常得意,因为莫里斯一家人都喜欢他。是的,他们喜欢一个会点"巴特利梨"的人。他们喜欢他,沃尔什先生能感觉出来。

他会去参加克拉丽莎的宴会的。(莫里斯一家已经走了,但他们还会再见面的。)他要去参加克拉丽莎的宴会,因为他想问问理查德,他们会有什么关于印度的新政策——那些保守党的笨蛋们。再问问目前上演什么剧目,还有音乐会……哦,对了,还有各种纯粹的八卦。

这就是关于我们的灵魂的真相了,彼得·沃尔什心想,我们身体里的本我像鱼儿一样栖息在深海里,在晦暗中穿行,从巨大的水草枝干间挤过,跨越阳光闪烁的空间,向前,向前,沉入阴暗、冰冷、深邃、神秘莫测的空间。突然,它又冲出水面,在被风吹起的波浪上嬉戏。这就是说,它有一种积极的需求,需要自我刷洗、刮擦,激发出热情——通过八卦闲聊。政府的意思是——理查德·达洛维应该了解——如何对待印度呢?

当晚的天气非常炎热,报童们手中的报纸海报上赫然印着"热浪滚滚"几个红色大字。酒店台阶上放着几把柳条休闲椅,绅士们坐在椅子上各自小酌、吸烟。彼得·沃尔什也坐在那里。大家可以想象,这一天,伦敦的一天,才刚刚要真正开始。就像一个女人脱掉了身上的印花连衣裙,摘掉了白围裙,郑重地换上蓝色晚礼服,戴上珍珠首饰一样,白天也变了,褪去厚重的呢绒,换上轻纱,变成了傍晚。如同女人把衬裙扔到地板上,于呼吸间欢欣地长叹一声,白天也褪去了灰尘、热气和色彩。车流少了,缓慢笨重的货车被喇叭滴滴、飞驰的汽车取代;广场上浓密的树叶间,到处都是晃眼的路灯。我该让位了,傍晚似乎这样说。于是在林立的酒店、公寓、商厦那或方或圆、或凸或尖的轮廓上空,傍晚变得苍白、褪去了色彩。我要逝去了,它又开始喃喃,我要消失了。可伦敦绝不同意,抽出刺刀投向天空,把夜色钉在了那里,迫使它一起进入狂欢。

自从彼得·沃尔什上次回国以来,威利特先生的伟大变革——夏令时——开始推行了。这延长了的夜晚时光彼得前所未闻,更准确地说,让他的精神为之一振。这是因为,下了班的年轻人提着公文包走过的时候,满身洋溢着自由自在,开心极了;能走在这条著名大道上,还让他们得意非常。他们脸上洋溢的那种快乐,可能你觉得没什么大不了,还有些庸俗,但同样是一种兴高采烈。他们衣着光鲜,粉红色的丝袜搭配着漂亮的鞋子。现在,他们可以去电影院里消磨两个小时了。傍晚的金色夕阳和湛蓝天空下,人的轮廓鲜明而优雅。广场上的树叶闪烁着华丽的乌青色的光彩,仿佛浸在海水中一般,像是一座水下城市的树叶。彼得·沃尔什被这一美景惊呆了,同时也感到振奋,因为那些从印度归国的人们(他认识很多这样的人)都心安理得地坐在东方俱乐部[1]里,义愤填膺地总结着世界的毁灭,而他却在这里,一如既往的年轻,艳羡着年轻人的夏日时光及其拥有的一切,还从女孩的话语中,从女佣的笑声里——那是无法实际触摸到的、无形的东西——猜测到,长期积累起来的整个社会金字塔发生了变化。他年轻的时候,这个金字塔似乎是无法撼动的。它曾经压在年轻人身上,让他们喘不过气来,对女性的压迫尤其严重,一如克拉丽莎的海伦娜姑妈常做的压花一样——晚饭后,海伦娜姑妈常常坐在台灯下,把一些花夹在两张灰色吸墨纸之间,上面还要压上一部利特雷字典。现在老太太已经去世了。彼

---

[1] 东方俱乐部是位于伦敦市中心的一个会员制的私人俱乐部,当时是为曾经在东方国家工作、旅行过,或热爱东方文明的上流社会人士提供的社交场所,并提供餐饮等各种服务。

得听克拉丽莎说过,她有一只眼睛失明了,装了一只玻璃眼珠。这似乎再合适不过了——简直是大自然的一大杰作——帕里老小姐应该全身都变成玻璃。她就该像一只鸟儿,紧紧抓着自己栖息的树枝,死在霜冻里。她属于一个不同的年代,属于得那么彻底、那么完整,因而将永远矗立在地平线上,显赫无比,像一座用白色石头垒成的灯塔,在这充满艰险的、无比漫长的生命航程中,在这无休止的(他摸出一个硬币,想买一份报纸,看看萨里板球队和约克板球队的新闻——他已经数百万次地掏出硬币买报纸了。萨里队再次全军覆没)——在这无休止的生活里,标志着某个过去的年代。但板球还不仅仅是比赛这么简单。板球可是大事。他从来都是迫不及待地去读报上的板球赛部分。他先看了最新消息栏里的比分,又看了天气如何炎热,然后是一桩谋杀案。事情做过千百万次后,会变得注重内涵,尽管据说可能会让事情的表面被忽视。那些过去丰富了他的生活,增长了他的阅历。他还喜欢过一两个人,从而获得了年轻人所缺乏的能力,即为生活做减法,做自己喜欢的事,而不去在乎人们说些什么,以及在往来奔忙中,对什么都不抱太大的期望(他把报纸放在桌上,走开了)。然而(他在找自己的帽子和外套),他也无法完全做到这一点,至少今晚不行——因为现在,他要去参加一个宴会了。在这个年纪,他相信自己即将获得一种体验。会是什么样的体验呢?

总之,会是一种美。并不是那种视觉上的粗俗的美,也不是纯净而单纯的美——从贝德福德广场是能直通罗素广场[1]的。当然是美的,这种美是广场的平直和空旷,是走廊的对称,也是窗口透出的灯光,是钢琴、留声机的乐声,是从没拉窗帘的窗口中透出的隐秘的欢愉感,时不时地闪现出来。窗户敞开着,从外面可以看到坐在桌边参加宴会的宾客、轻旋曼舞的年轻人、聊天的男男女女、闲

---

[1] 罗素广场是贝德福德广场的延伸,曾是上流社会家族的聚居地。

散地向外张望着的女仆们（她们做完了自己的工作，便发表起千奇百怪的评论来）、晾在衣杆上的丝袜、一只鹦鹉、几株植物。这种拥有无尽富裕的生活，神秘且令人陶醉。在大广场上，出租车飞快地穿梭、转弯。广场上有几对闲逛的情侣，消磨着时光，拥抱着，缩在大树的枝叶底下躲开行人。这一幕很动人，如此安谧、如此投入，以至于从他们身边走过的人个个小心翼翼、羞羞怯怯，仿佛来到了某种神圣仪式的现场，而对这种仪式的打扰会是一种亵渎。这可真有意思。彼得·沃尔什就这样走到了耀眼的灯光里。

他的薄大衣被风吹开了，步态透着个人特色，有点不好形容：身体微微向前倾，脚步轻快，双手背在身后，眼神依然带着些许鹰隼般的犀利。他脚步轻快地穿行在伦敦的街道里，向威斯敏斯特区走去，欣赏着沿途的景致。

这么说，大家都在外面用餐吗？这边一个男仆正在开门，恭送一位穿着时髦的扣带皮鞋、发髻上插着三根紫色鸵鸟毛、步态高傲的老夫人出来。又有门打开，恭送几位女士出来，她们身上紧紧地裹着花样艳丽的披肩，形如木乃伊，没戴羽毛头饰。在那些粉刷过立柱的高档住宅区里，头发上轻盈地插着梳子头饰的女人们穿过前院的小花园（刚匆匆地去看了看孩子们），走了过来。男人们在等她们，大衣在风中翻飞，汽车已经启动。每个人都在往外走。那么多车门打开，那么多女人上车，那么多汽车驶离，仿佛整个伦敦的人都坐上了停泊在岸边的小船，在水面上颠簸，又仿佛整个世界都沉浸在狂欢里。白厅街如一片银箔上覆着道道蛛丝，弧形灯周围蠓虫飞舞。天太热了，人们到处站着聊天。走到威斯敏斯特，一位退休的法官（看样子像），穿着一身白衣，端坐在家门口。应该是个长期定居印度的英国人[1]。

---

[1] 印度男子喜欢穿白衣服。白色在印度文化中象征着纯净与凉爽。

这边有一小群闹嚷嚷的女人,其中几个醉醺醺的;那边是一个警察和赫然出现的住宅区,高大的建筑、带圆顶的宅邸、教堂、议会大厦,河上传来蒸汽船的汽笛声和空洞、缥缈的呼喊声。这就是她住的街道了,克拉丽莎住的街道。出租车在街角处来来往往,在彼得·沃尔什看来,一如水流绕过桥墩聚到一起——因为这些车都是载着宾客去参加她的宴会的,克拉丽莎的宴会。

眼前的景象如泛着凉意的溪水奔涌而来,让彼得目不暇接,眼睛似乎成了一只盛满水的杯子,多余的水只能顺着瓷壁流走,无法留下任何痕迹。大脑必须苏醒过来,身体必须振作起来,好走进那幢房子里,那幢灯火通明的房子。大门开着,几辆汽车停在那里,光彩照人的女士们从车上下来。他的灵魂必须鼓起勇气,忍受这一切。彼得不由得打开了折叠刀的大刀刃。

* * *

露西飞快地冲下楼。刚才她匆匆跑到客厅里,把这个椅套拉平,把那张椅子摆正,又停留了片刻,觉得不管谁进来,看到这么漂亮的银器、黄铜炉具、崭新的椅套和黄色绸面印花窗帘,一定会觉得好干净啊,好醒目啊,布置得好漂亮啊。她一样一样地审视着,然后听到了一阵欢声笑语——宾客们已经吃完晚饭上楼来了,她得赶紧离开!

首相也要来赴宴呢,艾格尼丝端着一托盘酒杯走进厨房,说道。她是在餐厅里听到来宾们这么说的。可首相来不来又能怎样,跟仆人们有什么关系吗?对沃克太太来说,首相来与不来没有任何区别。在宴会之夜的这个时刻,沃克太太埋在一大堆盘子、炖锅、漏勺、煎锅、水晶鸡肉冻、冰激凌冷冻箱、削掉的面包皮、柠檬、盛汤盖碗和布丁蒸盘里。不管她们在洗碗间里干得有多卖力,这些用具似乎永远没完没了地堆在她的身边，堆在厨房的桌子上，堆在椅子上。炉火熊熊地燃烧着，电灯散发着明亮的光，她们还得准备夜宵。沃克太太只觉得，对她来说，什么首相不首相的，压根不会有任何区别。

女士们已经在上楼了，露西说，女士们在上楼，一个接着一个，达洛维夫人走在最后，还一直让人向厨房里传话："我爱沃克太太。"一个晚上就这样过去了，第二天一早，她们会把各道菜品评一番——像汤和三文鱼。拿三文鱼来说吧，沃克太太知道，照例又做得欠些火候，因为她总在担心布丁，所以把三文鱼交给珍妮去做了。就这样，三文鱼总会做得欠些火候。但据露西描述，一位戴着银首饰的金发女士曾打听，主菜真的是家里的厨师做的吗？不过，沃克太太一边为三文鱼心烦，一边还忙着转动炉里烹饪着的那些主菜，将控制火候的风门一会儿调大，一会儿调小。餐厅里传出一阵大笑。有一个声音在说话，接着又爆发出一阵笑声——女士们出去后，先生们在肆意享受属于自己的欢乐时光呢。"送点托卡伊白葡萄酒[1]。"露西跑进来说，"达洛维先生让人送托卡伊白葡萄酒呢，要皇帝御用酒窖里产的那种，皇家托卡伊白葡萄酒。"

葡萄酒从厨房送了过去。露西又从沃克太太的肩上探过头报告新闻了，说伊丽莎白小姐装扮得漂亮极了，穿着一件粉色连衣裙，戴着达洛维先生送的项链，让她挪不开眼睛。珍妮一定要记着那条狗，就是伊丽莎白小姐的猎狐犬。它会咬人，所以必须关起来。伊丽莎白小姐觉得它可能想吃点什么东西。珍妮一定要记得照顾狗啊。不过，有这么多人在，是用不着珍妮上楼的。门口又来了一辆车！门铃响了——还有，先生们还在餐厅里，喝着托卡伊白葡萄酒！

---

[1] 托卡伊白葡萄酒是匈牙利的顶级名酒，深受皇室和文人们追捧，曾被法国国王路易十四盛赞为"王者之酒，酒中之王"。

听，先生们上楼去了。这是第一批上楼的，后面的客人会来得越来越快的，帕金森太太（雇来服务宴会的）得让门厅的门半开着。厅里会站满等着进去的先生们（他们站在那儿等着，把头发梳得光光的），女士们则会在走廊边上的衣帽间里脱掉披风。巴尼特太太会在那里侍奉她们，老艾伦·巴尼特已经在这个家里服务了四十年，每年夏天都会来侍奉女士们。她还记得那些妈妈们少女时代的模样。虽然她为人非常低调，还是和女士们一一握了手，嘴里按照上流社会的规矩毕恭毕敬地称呼着"贵夫人"，表情举止却透着诙谐。她看着年轻女士们，同往常一样技巧娴熟地帮洛夫乔伊夫人调整着内衣，因为她的内衣出了点问题。洛夫乔伊夫人和爱丽丝小姐自然能觉出来，自己在用化妆刷上妆和梳头时享受着一点小小的优待，因为她们认识巴尼特太太有——"三十年啦，贵夫人。"巴尼特太太接话道。以前住在博尔顿的时候，洛夫乔伊夫人说，年轻女士们并不经常涂胭脂、口红。爱丽丝小姐根本不需要涂胭脂口红呀，巴尼特太太宠溺地看着女孩说。巴尼特太太会坐在衣帽间里，拍拍皮草，理理西班牙披风，整整梳妆台。除去皮草和刺绣衣衫，巴尼特太太很清楚哪些是真正美好的女士，哪些不是。这个亲爱的老太太啊，洛夫乔伊夫人边上楼边说，克拉丽莎的老保姆。

洛夫乔伊夫人姿态挺拔地停下了脚步。"洛夫乔伊夫人和洛夫乔伊小姐。"她对威尔金斯先生（雇来服务宴会的）说。威尔金斯先生的举止极其出色，一遍又一遍地先弯腰行礼，再挺直身体，字正腔圆地宣布："洛夫乔伊夫人和洛夫乔伊小姐……约翰爵士和尼德姆夫人……韦尔德小姐……沃尔什先生……"风度好得令人赞叹。他的家庭生活一定完美无缺。不过，这么一个唇边、两颊剃得光光的、透着胡茬青色的男人，似乎不太可能一失足陷入生养孩子们的麻烦中。

"见到你真高兴啊！"克拉丽莎说。她对每位来宾都这样招呼。

见到你真高兴啊！这是她最糟糕的时刻——热情洋溢，但矫揉造作。来参加宴会是个巨大的错误，还是应该待在家里看看书，彼得·沃尔什心想，去音乐厅也好啊。还是应该待在家里，因为他谁都不认识。

噢，天哪，这场宴会将是一次失败，一次彻底的失败。亲爱的老莱克萨姆勋爵站在面前为妻子不能前来赴宴而致歉的时候——她参加白金汉宫的花园宴会时感冒了——克拉丽莎从骨子里感觉到了这一点。从眼角的余光里，克拉丽莎看到彼得站在那边的一个角落里，一脸批评的神色。为什么，她到底为什么要举办这场宴会呢？为什么要追求万众瞩目，其实像站在火中被烤得大汗淋漓？无论如何，她都会被火吞噬的！那就把她烧成焦炭好了！与其像埃莉·亨德森那样让生命逐渐虚弱、消逝，倒不如挥舞起火把，将它猛地掷向大地！什么都比那样要好！彼得只要来到这儿，站在一个角落里，就能让她进入这种状态，真是不可思议。他让克拉丽莎看清了自己，太夸张了，行为太愚蠢了。那他为什么还要来呢，专门来批评她的吗？他为什么总是索取，从来不付出呢？为什么不能为了自己的一个小小想法冒点险呢？他溜达到别处去了，她必须找他谈谈。但她不会有机会的。生活就是这样——蒙受屈辱、放弃挣扎。莱克萨姆勋爵还在解释，他的妻子不肯在花园宴会上穿皮草，因为"亲爱的，你们女士们都一样"——莱克萨姆勋爵夫人至少有七十五岁了！这对老夫妻，相亲相爱的，看上去就让人心里舒服。克拉丽莎是真的喜欢老莱克萨姆勋爵。而且，她也真心认为宴会很重要，她的这场宴会。一旦知道一切都偏离了初衷，都那么平淡无奇，她心里非常难受。发生任何事情，哪怕爆炸、恐怖袭击，都比客人们像埃莉·亨德森那样漫无目的地溜达，或一群人一起站在角落里，甚至连站都懒得站直要好些。

印着各种天堂鸟图案的黄色窗帘被风轻轻吹了起来，仿佛许多鸟儿扇着翅膀飞进了房间，正想飞出去，却又被吸了回来（因为窗户是开着的）。是不是太通风了呢，埃莉·亨德森心想，不禁打了个寒战。不过，就算第二天会打几个喷嚏，也没什么大不了的。她担心的是那些裸露着肩膀的姑娘们。受她那残疾的老父亲，曾经的博尔顿牧师的教诲，她总爱替别人着想。老父亲现在已经去世，而她的着凉感冒从来都没有蔓延到肺部过，从来没有。她担心的是那些女孩子们，那些年轻女孩，裸露着肩膀，而她自己呢，一直都像一捆干柴，头发稀疏，身材瘦小。现在，年过五十，她身上却开始闪现出一些柔和的光辉，一些被多年的克己净化得与众不同的东西。可她的举止间有一种让人不舒服的谨小慎微，一种透着恐慌的忧虑——因为她只有三百英镑的收入，再加上这种手无缚鸡之力的状态（她自己挣不来一分钱），把那种光辉又遮蔽了起来。这让她胆小怕事，而且，一年年过去，她越来越没有资格跟这些衣着华丽的人们一起参加宴会了。在这个季节，她们每天晚上都会参加这种欢宴，只要告诉自己的侍女们"我要穿这件衣服，戴那个首饰"就行了。而她埃莉·亨德森呢，急慌慌地跑出去，买了六朵便宜的粉色花做装饰，又在那件黑色旧裙子外裹了一条披肩来遮掩。她是最后一刻才收到克拉丽莎宴会的邀请函的。对此，她不太高兴。她有一种感觉，克拉丽莎今年并不想邀请她。

克拉丽莎为什么要邀请她呢？其实真的没什么理由，只不过她们自小就认识罢了。她们两个原本是表姐妹，但因为克拉丽莎在社交场合那么受欢迎，就自然而然地疏远了。对埃莉·亨德森来说，参加宴会可算一桩大事，光是看看那些漂亮衣服就已经很享受了。那不是伊丽莎白吗？她都长成大姑娘了，梳着时髦的发型，身穿一件粉色礼服裙。不过，她的年龄不可能超过十七岁。这个姑娘非常健美端庄。现在的女孩子们刚参加社交宴会的时候，似乎不像以前那样穿白色晚礼服了（她一定要记住宴会上看到的一切，好回家讲给伊迪丝听）。女孩子们穿着挺括的礼服裙，非常合身，露出一大截脚踝。这样太不雅观了呀，埃莉·亨德森心想。

埃莉·亨德森的视力不好，于是，她只好拼命向前伸着脖子。没有人和她聊天（这个宴会上她几乎谁都不认识），以她的个性，也并不十分介意，反倒觉得这些人都非常有意思，看着就好了：理查德·达洛维的那些朋友，大约都是政客吧。倒是理查德自己觉得，怎么能让这个可怜的女人一晚上都一个人站在那儿呢。

"嗨，埃莉，你最近过得怎么样呀？"理查德用一贯热情友好的语气招呼道。埃莉·亨德森顿时紧张起来，脸都羞红了，心里觉得理查德真是个大好人，居然专门过来和她说话。于是她回答说，好多人真的热情澎湃呀，都不觉得冷了。

"是啊，他们热情澎湃。"理查德·达洛维说，"是啊。"

可是还能聊些什么呢？

"哎呀，理查德。"有个人嚷道，一把拉住了理查德的胳膊肘。天哪，原来是老熟人彼得啊，老朋友彼得·沃尔什。看到彼得，理查德高兴极了——从没见他这么高兴过！彼得真是一点儿都没变哪。两个老朋友亲昵地你拍我一下，我拍你一下，一起走开了。这两个人好像有点久别重逢的样子，看着他们离去的背影，埃莉·亨德森心想。她肯定在哪儿见过那个男人。一个高挑身材的中年男人，眼睛很有神，皮肤颜色有点深，戴着眼镜，很有些著名演员约翰·伯罗斯的风采。伊迪丝肯定知道是谁。

印着飞翔的天堂鸟图案的窗帘又被风吹起来了。克拉丽莎看到，拉尔夫·里昂随手把窗帘塞了回去，继续聊天。这么说，这场宴会根本不失败嘛！现在，一切都要好起来了——她的宴会。宴会已经开始了。已经运转起来了。但最终会怎么样还不好说。所以目前，她还得站在这里迎宾，似乎有点宾客如潮了。

加罗德上校和夫人……休·怀特布莱德先生……鲍利先生……

希尔贝里夫人……玛丽·马多斯夫人……奎因先生……威尔金斯拖着长音一一介绍。克拉丽莎用六七个字跟每位来宾打过招呼，来宾们就往里走了，进到各个房间里。现在他们应该在享受什么乐趣，而不是百无聊赖——既然拉尔夫·里昂会随手把窗帘塞回去。

不过，就克拉丽莎自己的角色而言，这太煎熬了。她并不享受这一角色。这太像一个——一个普通人了，只是站在这里，谁都可以做得到。不过，这个"普通人"确实也让她一点欣赏。她忍不住想，不管怎么说，她还是办成了这场宴会。宴会标志着一个舞台，她觉得自己已经融入了女主人的角色。很奇怪，她已经完全忘记了自己的模样，只觉得自己像一根木桩，被赶到这里，立在自家楼梯的顶端。每次举办宴会，克拉丽莎都会有这种感觉——仿佛她已经不再是自己，而是变成了别的什么东西。她还觉得，每个人都会在某一个维度上不真实，但在另一个维度上会真实得多。原因嘛，她想，一部分是着装，一部分是被带离了日常的生活方式，还有一部分是背景。在这种情况下，人们有可能说出一些在其他环境里无论如何也说不出来的话，一些需要鼓足勇气才能讲述的事情，有可能会聊得深入得多。但她还不行，至少现在还不行。

"见到你太高兴了！"克拉丽莎说。那是亲爱的老哈里爵士！他谁都认识。

最奇妙的是那种参加宴会的感觉，宾客们一个接一个上楼的时候都会感受到的。蒙特夫人和西莉亚、赫伯特·艾恩斯蒂、戴克尔斯夫人——哦，还有布鲁顿夫人！

"您能来真是太好了！"克拉丽莎说，她是真心这么觉得——站在这里，看着一位位贵宾从面前走过，走过，有的年纪已经很大了，有的……这种感觉多奇妙啊。

这是谁的名字？罗斯特夫人？这个罗斯特夫人会是谁呢？

"克拉丽莎！"这个声音！是萨莉·西顿的声音！萨莉·西

501

顿！过了这么多年！仿佛穿过一团迷雾，萨莉·西顿突然就出现在眼前了。当初克拉丽莎手里拿着热水壶，心心念念着"她就住在这个屋檐下，她就住在这个屋檐下"的时候，萨莉·西顿可不是这个样子啊！绝对不是这个样子！

两个人抢着说话，有点尴尬，又大笑起来，话像爆豆一样不停地往外蹦——萨莉说，刚好路过伦敦，从克拉拉·海顿那儿听到了举办宴会的消息，多好的来看你的机会呀！于是我就闯进来了——真是不请自来呀……

克拉丽莎可以在心中从从容容地放下那把热水壶了。萨莉身上的光彩已经消失殆尽。不过，再次见到她的感觉还是好极了。她老了点，也更快乐了，但没以前那么可爱了。她们在客厅门口亲吻着彼此，亲了这边脸颊，又亲那边。克拉丽莎握着萨莉的手，转身看到她的各个房间里宾客盈门，又听到一阵高过一阵的欢声笑语，目光扫过璀璨的烛台、被风吹动的窗帘和理查德送她的玫瑰花。

"我生了五个大胖小子呢。"萨莉说。

萨莉性格里有种最单纯的自负、最坦率的欲望，总想成为最引人注目的那一个。她居然还是以前那个样子，让克拉丽莎爱恋不已。"我简直不敢相信！"克拉丽莎叫道，回想起过去的岁月，浑身的热情都被愉悦点燃了。

可是，唉，威尔金斯，宣读客人名单的威尔金斯要她过去呢。他用一种命令式的威严语调宣布了一位来宾，仿佛在敬告宴会的全部来宾，同时让女主人从轻松的闲聊中回过神来。

"是首相大人。"彼得·沃尔什说。

首相大人来了？首相大人真的来了吗？埃莉·亨德森惊叹不已。真有的跟伊迪丝讲了！

没有人敢取笑首相大人，可他的样貌居然如此普通。你可能会把他当成一个站柜台的销售人员，从他手里买上几包饼干——可怜的家伙，身上的衣服挂满了金色绶带。他巡视了整个宴会，公平起见，先是由克拉丽莎陪同，然后是理查德。首相大人做得非常好，努力让自己看起来像个大人物。这个场面很有意思。其实并没有人看他，大家只是继续聊天，但很明显，谁都知道首相大人来了，从骨子里都能感觉到这位伟人正从身边走过。他象征着大家共同拥护的东西——英国社会。老贵妇布鲁顿夫人今天的形象也很出众，衣服上的绶带透着对政党的忠诚。她分开人群走了过来，和首相几个人去了一个小房间里。于是，这个房间一下子就吸引了大家窥探的目光，同时也被守卫了起来。某种骚动，还有窃窃私语声从每个人身边荡漾开去，公然暗示着：首相大人来了！

天哪，天哪，看看英国人的势利吧！彼得·沃尔什站在角落里，心中暗想。他们有多喜欢穿饰有金色绶带的衣服，有多喜欢表达敬意！看那边！那一位，以天神朱庇特的名誉发誓，那一定是休·怀特布莱德，正在大人物身旁献着殷勤。他比以前胖多了，白头发也多了，那个大家交口称赞的休！

休总是一副执行公务的样子，彼得心想，他拥有特权，却又守口如瓶。他让自己知晓的宫廷秘密堆在心里，哪怕只是从宫廷侍从嘴里偶然听到的一些小道消息，他也会誓死捍卫，尽管第二天，这些"秘密"就会出现在各大报纸上。这就是他的煞有介事、他的小伎俩，一路玩弄着，他头上长出了白发，走到了年老的边缘，享受着大家——所有有资格认识他这种英国贵族公学男人的人群——的尊敬和爱戴。关于休，大家免不了编排出各种类似的事情，因为那就是他的风格，也是《泰晤士报》上刊登的那些令人钦佩的信件的风格。彼得曾在千里之外的大洋彼岸读到过这些信，还感谢上帝让他摆脱了这种毒害人心的高谈阔论，哪怕让他去听狒狒的吱哇乱叫和苦力打老婆的鬼哭狼嚎都更好些。一位来自某所大学的橄榄色皮肤的年轻人谄媚地站在一旁。休会庇护他，指导他，教他怎样钻营。休最喜欢的莫过于做些善事，让年老的贵夫人们因为自己被人惦记而高兴得心花怒放。这是因为，在那个年纪、那种处境里，她们以为自己早就被人遗忘了。而亲爱的休却开车前来探望，花上一个小时陪她们聊过去的岁月，回忆点点滴滴的琐事，赞美她们家中自制的蛋糕——尽管在休的生活里，任何一天都可能会和某位公爵夫人一起吃蛋糕。看休那副样子，可能确实花了很多时间在这项"令人愉快"的工作上。全知全能的上帝也许会原谅他，但彼得·沃尔什毫不留情。恶棍肯定是有的，天知道，总的来说，那些在火车上把一个女孩打得脑浆迸裂而被处以绞刑的无赖，都比休·怀特布莱德和他的"仁慈"造成的罪孽要小得多。看看他现在的那副德性，首相和布鲁顿夫人刚一露面，他就踮着脚尖，趋着小碎步迎上前去，又是鞠躬又是帮着开路。他在向全世界暗示，他休就是有这个特权，能在布鲁顿夫人经过的时候跟她说上几句话，还是几句体己的话。只见布鲁顿夫人停下脚步，晃了晃精致的老脑袋，大概在感谢休的某一番奴性的服务。布鲁顿夫人身边围着一堆马屁精，都是政府办公室里的小官员，为她四处跑腿，办些鸡毛蒜皮的小事。作为回报，布鲁顿夫人会邀请他们参加午宴。不过，布鲁顿夫人是个18世纪的老古董了，她的行为也没什么可指摘的。

　　此时此刻，克拉丽莎正陪同着她的首相大人走过房间，步态轻盈，光彩照人，略显灰白的头发更为她增添了一份庄重。她戴了耳环，身穿一件银绿色美人鱼款晚礼服，如一条美人鱼在碧波上徜徉着，梳理着发辫——她依然具备那种天赋——鹤立鸡群，出类拔萃。她款步走过，把所有的天赋都发挥到了极致。一位女士的裙子挂住了她的丝巾，她回身解开，笑意盈盈，浑身散发着极其完美的从容气度，那是一种在属于自己的世界里的游刃有余。只是，岁月已经拂过她的脸庞，如同某个晴朗的傍晚，美人鱼手持玻璃酒杯，看向波光粼粼里的夕阳。现在，克拉丽莎身上洋溢着一股温柔的气息,性格里的严厉、拘谨、木讷,都被一种温暖浸润了。她在向那位身上挂满金色绶带、极尽所能让自己像个大人物的男士道别,祝他好运,举手投足间是一种难以形容的尊贵端庄,一种雅致的热诚,仿佛在祝愿整个世界美好祥和,而自己走到了万事万物的边缘,必须离开。这是克拉丽莎带给彼得的感觉(但这种感觉里没有爱恋)。

的确,克拉丽莎觉得首相大人能光临真是太好了。还有,陪同首相走过房间的时候,萨莉在场,彼得在场,理查德非常高兴,所有来宾还有那么一点儿嫉妒吧,说不定。那一刻,她感觉到一种强烈的陶醉,心脏上的神经不由自主地膨胀,直到似乎颤抖、上扬、挺立起来——是的,就是这样。可是,这依然像是别人的感受。这是因为,尽管她很享受这种感觉,能体会到来自它的刺激,但这些感觉都还只是表象,这些成功(就说亲爱的老朋友彼得吧,他会觉得她克拉丽莎如此出色)都是空的,与自己隔了一个手臂的长度,没有进入她的内心。也许因为年纪渐长,这些东西不再像以前那样让她心甜意洽。克拉丽莎目送着首相走下楼梯的时候,约书亚爵士[1]的那幅镀金边框装饰画突然跃入眼帘,画中戴着毛皮袖套的小女孩让她猛然想起了基尔曼。基尔曼,她的仇敌。想到基尔曼的感觉反而是令人满意的,因为它真实。啊,克拉丽莎有多恨她——恨她的不好对付、伪善、堕落,恨她拥有那么大的能量。这个女人引诱了伊丽莎白,偷偷摸摸地潜入了她的心里,玷污她的灵魂(理查德会说,哪有这种事!)。她恨基尔曼,也爱基尔曼。她想要的是敌人,而不是朋友——不是达兰特夫人和克拉拉、威廉爵士和布拉德肖夫人、特鲁洛克小姐和埃莉诺·吉布森(她正好看到这几个人上楼来了)。如果他们需要她,一定会找她的。她随时准备着为宴会

---

[1] 约书亚·雷诺兹爵士(Sir Joshua Reynolds),18世纪英国著名画家,以其肖像画和"雄浑风"艺术闻名,作品深受贵族和富豪们的喜爱,成为当时英国社会风尚的引领者。

服务!

那边是她的老朋友哈里爵士。

"亲爱的哈里爵士!"克拉丽莎走上前去,招呼着这位值得敬佩的老先生。哈里爵士画坏了的画作,比起在圣约翰森林画院供职的任何两位院士加起来还要多(哈里爵士的画作主题总是牛,站在落日余晖下的池塘里饮水,或者用体态来表达象征意义。爵士已经掌握了一定规模的体态,比如一只前蹄抬起,昂头将角甩向后方来表示"陌生生物靠近"——他参与的所有活动,像外出就餐、赛马,靠的都是那些站在夕阳余晖下的池塘里饮水的牛)。

"笑什么呢?"看到威利·蒂特科姆、哈里爵士和赫伯特·安斯蒂都在开怀大笑,克拉丽莎问道。但是不能说。哈里爵士不肯向克拉丽莎·达洛维讲述他那些音乐厅舞台故事(尽管他非常喜欢克拉丽莎,认为她在这种类型的贵妇中堪称完美,还扬言要把她画下来),反而向她打趣起她的宴会来。他说想念自己家的白兰地,还说这些贵族圈子太高不可攀了。但他喜欢克拉丽莎,尊重她,尽管她那可恶的、难以应付的上流社会的高雅,让他无法要求克拉丽莎·达洛维坐在他的膝盖上。老贵妇希尔贝里夫人走了过来,像一团飘忽的磷火,那是她衣服上的荧光。她向着开怀大笑的公爵(在聊他和夫人的趣事)伸出了双手。她在房间的另一头听到了笑声,觉得这笑声似乎在某一点上宽慰了她:如果早上很早醒来,又不愿意叫醒女仆给她端来一杯茶,这个问题就会来打扰她——我们一定会死的,这是多么确定无疑的事啊。

"他们不肯把故事讲给我们听。"克拉丽莎说。

"亲爱的克拉丽莎!"希尔贝里夫人惊呼起来,说克拉丽莎今晚像极了她第一次见到克拉丽莎妈妈的样子。当时她妈妈戴着一顶灰色的帽子,在花园里散步。

这句话让克拉丽莎热泪盈眶。她的妈妈,在花园里散步!可惜，她得离开了。

因为布赖尔利教授和小吉姆·赫顿吵起来了。布赖尔利教授教弥尔顿相关课程，在那边跟小吉姆·赫顿（这个小吉姆·赫顿，在参加这样的宴会时都不肯扎上领带、穿上西服马甲，也不肯把头发弄平整）说着什么。即使隔着这么远，克拉丽莎也能看出来两个人在争吵。布赖尔利教授是个古怪得出奇的人。他荣获了那么多学位、荣誉和讲席，让那些小文人们望尘莫及，而且，遇到这些人时他马上感觉气氛不对，察觉到小文人们对他这个古怪个性的组合体并不那么友好。布赖尔利教授学识惊人，性格却羞怯；浑身散发着冷傲的魅力，一点都不热情和气；天真单纯，却混合着虚荣势利。如果一位女士蓬乱的头发、一位青年的靴子让他意识到下层社会，进而联想到必然充斥其中的叛逆分子、热血青年、自诩为天才的人，他会气得颤抖起来，微微晃着脑袋，嗤之以鼻地"哼"上一声，向他们暗示"自我克制"的价值，建议他们应该稍微接受一点古典文学的熏陶，才能欣赏弥尔顿。克拉丽莎看得出来，布赖尔利教授和小吉姆·赫顿（脚上穿着红袜子，他的黑袜子还在洗衣店里）谈起弥尔顿来并不愉快。于是，她打断了他们。

克拉丽莎说她喜欢听巴赫，赫顿也喜欢，这是他们之间的纽带。赫顿这位末流诗人一直认为，对艺术感兴趣的贵夫人中，达洛维夫人是最出色的一位，远远超过其他人。可奇怪的是，她对自己要求非常严格；谈到音乐，居然能完全不带个人色彩；而且，她总是那么恪守道德。尽管如此，达洛维夫人看上去多么有魅力啊！还把自己的房子布置得这么漂亮，要是不邀请那些教授们就好了。而克拉丽莎真想把赫顿一把拉走，让他坐到后面房间里的钢琴旁奏上一曲，因为他的琴弹得堪称出神入化。

"太热闹啦！"克拉丽莎说，"太热闹啦！"

"这才说明宴会成功嘛。"教授彬彬有礼地点了点头，迈着优雅的步子走开了。

"他对弥尔顿研究得特别透彻，没有他不知道的。"克拉丽莎说。

"真的吗？"赫顿说。以后的日子里，他会在整个汉普斯特德区[1]模仿这位教授，模仿他对弥尔顿的看法，模仿他讲的自我节制，模仿他迈着优雅的步子走开。

不过，克拉丽莎得去和那边的一对小情侣聊上几句了——那是盖顿勋爵和南希·布劳。

倒不是他们明显地增加了宴会的喧闹，其实，他们两个只是并肩站在黄色窗帘边上，没有交谈（至少没有明显交谈）。他们很快就会去别的地方的，两个人一起。不过，在任何场景里两个人都不会有太多的话要说。他们只是到处看看，仅此而已，看看就够了。这对小情侣看起来那么干净、那么智慧。女士涂了脂粉，粉面如杏花般娇艳；男士仪容干净清爽，眼睛如鸟儿般敏锐——没有哪个球能逃过他那双眼睛，任何击球动作也不会出乎他的意料。在球场上，他挥拍击球，跳跃腾挪，杆杆击中。在马场上，马儿的嘴都在他的缰绳下颤抖。他拥有荣誉，拥有先祖纪念碑，府邸的教堂里悬挂着旗帜。他有自己的职务、佃户，家里有母亲和几个姐妹。他整天泡在罗德板球场里，这也正是俩人在聊的话题——板球啊，表兄弟姐妹啊，电影啊——直到达洛维夫人走到了身边。盖顿勋爵非常喜欢达洛维夫人。布劳小姐也一样。达洛维夫人待人接物非常优雅迷人。

"天使一样——你们两个能来我真是太开心了！"克拉丽莎说。她喜欢罗德板球场，喜欢年轻人，喜欢南希。南希身穿一条极其昂贵的礼服裙，是由巴黎最知名的艺术家精心设计的。她站在那里，

---

[1] 汉普斯特德是英国北伦敦的一个区域，长期以来以知识分子、艺术家和文学家居住区著称，同时是伦敦老牌的富人区。

礼服裙上那道绿色褶边自然得仿佛是从身体里长出来的。

"我本来还计划让大家跳跳舞的。"克拉丽莎说。

因为这些年轻人们不会聊天。干吗非要聊天呢?他们会呼朋引伴,会拥抱到一起,会跳起摇摆的舞步,会在拂晓时分起床,给小马驹们带几块糖,亲一亲、摸一摸可爱的中国松狮犬的鼻子,直到玩得汗水直淌,全身刺痒起来,就跳到水里去游泳。可是毕竟,英语这一巨大的语言资源依然承载着交流感受的力量(在他们这个年龄,克拉丽莎和彼得会整个傍晚争论不休),他们却不加以利用。他们会和年轻人抱团,会对整个庄园里的各色人等好得无以复加,可一旦独处呢,可能会觉得相当无聊。

"真遗憾!"达洛维夫人说,"我本来还想让大家跳跳舞来着。"

他们肯来真是再好不过了!可是跳舞只能说说而已了!每个房间里都挤满了人。

海伦娜姑妈来了,披着她的披肩。唉,克拉丽莎得离开这两个年轻人了——盖顿勋爵和南希·布劳。海伦娜·帕里老小姐来了,她是克拉丽莎的姑妈。

海伦娜·帕里小姐并没有死:帕里小姐还活着。她已经八十多岁了,拄着拐杖,在慢慢地上楼。她被安置到了一把椅子上(理查德已经安排好了)。19世纪70年代去过缅甸的人会被请到她身边来。彼得去哪儿了呢?他们两个曾经是那么要好的忘年交。只要一提到印度,甚至锡兰[1],帕里小姐的眼睛(有一只是玻璃的)颜色就会慢慢变深、变蓝,凝视着,看到的却并不是人类——她对那些总督啊,将军啊,兵变啊并没有什么温情回忆,也没有什么骄傲的幻想——她看到的是各种兰花,是山间小径,是她自己在60年代被苦力们背着翻越一座又一座孤峰,或者下到洼地,把某种不同寻常、

---

[1] 锡兰即现在的斯里兰卡。

以前从没见过的兰花连根挖起，后来还把这些兰花画成了水粉画。她是一个性格强硬的英国女人，如果战争打断了她的思绪，比如说在她家门口投下一枚炸弹，她会暴怒不已——她的思绪总是深深地沉浸在各种兰花，或者（20世纪）60年代在印度的旅行里。彼得走过来了。

"快来跟海伦娜姑妈聊聊缅甸吧。"克拉丽莎说。

可是，整个晚上，彼得还没有和克拉丽莎说上一句话呢！

"咱们稍后再聊。"克拉丽莎说着，把彼得带到了披着白色披肩、拄着拐杖的海伦娜姑妈面前。

"彼得·沃尔什来啦。"克拉丽莎说。

海伦娜姑妈没有反应。

克拉丽莎邀请她来参加宴会。虽然宴会又累人、又吵闹嘈杂，但既然克拉丽莎邀请了她，她就只好来了。他们两个住在伦敦——理查德和克拉丽莎——真是遗憾哪。如果单单从克拉丽莎的健康考虑，还是住在乡下更好一些。可是，克拉丽莎一直都喜欢社交。

"彼得去过缅甸。"克拉丽莎说。

啊。海伦娜姑妈不由得想起查尔斯·达尔文对她那本关于缅甸兰花的小书的评价。

（克拉丽莎必须去和布鲁顿夫人聊一会儿了。）

毫无疑问，海伦娜姑妈那本关于缅甸兰花的书，现在已经被人遗忘了。但她跟彼得说，那本书在1870年之前曾经出了三版呢。这下老姑妈想起来彼得了，他在博尔顿待过（彼得·沃尔什记得，那天晚上他待在客厅里，克拉丽莎邀请他去划船，他一句话都没跟海伦娜姑妈说就离开了）。

"理查德非常喜欢今天的午宴。"克拉丽莎对布鲁顿夫人说。

"理查德帮了大忙了，"布鲁顿夫人回答，"帮我写了一封信。你身体好吗？"

"哦,好极了!"克拉丽莎说(布鲁顿夫人最讨厌政治家的妻子生病了)。

"这是彼得·沃尔什吧!"布鲁顿夫人说(因为她总是想不出要跟克拉丽莎聊点什么,虽然她挺喜欢克拉丽莎的。克拉丽莎有很多美好的品质,但她们两个没有任何相同的地方——她和克拉丽莎。要是理查德娶了一个不这么有魅力的女人也许会更好些,那样的女人可能会在工作中给他带来更多帮助。理查德已经失去进入内阁的机会了)。"彼得·沃尔什来了啊!"她和那个讨人喜欢,却满身缺点的人握了握手。这是个非常能干的家伙,本该出人头地,却并没有(总是和女人们纠缠不清)。这位嘛,当然,就是帕里老小姐了。了不起的老太太!

布鲁顿夫人站在帕里小姐的椅子旁,一身黑衣,活像一个神出鬼没的投弹手,邀请彼得·沃尔什共进午餐。她很热情,但并没有客套寒暄,对印度的动物植物一概不记得。当然,她是去过印度的,同三位总督打过交道,觉得有些印度平民非常出色,但堪称悲剧啊——印度的状况!首相刚刚跟她聊了这一话题(帕里小姐蜷缩在披肩里,并不关心首相跟她聊的内容),于是,布鲁顿夫人想听听彼得·沃尔什的意见,因为他刚从话题的中心——印度——回来。她会安排桑普森爵士跟彼得见面,因为那里的状况真的让她夜不能寐。这太荒唐了,甚至有些邪恶。作为一个军人的女儿,她有权作出这样的评判。但现在她已经是个老妇人了,很多事都力不从心啦。不过她的房子、仆人,还有她的好朋友米莉·布拉什——彼得还记得米莉·布拉什吗?总之一句话,任凭调遣,当然,如果能派上用场的话。她从来不谈论英格兰,但这个属于人类的小岛,这块亲爱的土地,已经融入了她的血液里(她没有读过莎士比亚的作品)。如果这个国家有一个女人能戴上头盔搭弓射箭,能率领军队进攻敌人,能以不屈不挠的正义感统治野蛮人的部落,去世后能无声无息地安眠在教堂里，身上盖着盾牌，或在某个原始山坡上筑起一座绿草如茵的土丘，这个女人一定是她米莉森特·布鲁顿。尽管有性别的限制和某些逻辑能力的缺失（她发现自己根本没办法完成一封写给《泰晤士报》的信），她还是时时刻刻记挂着大英帝国。出于对铠甲女神的崇拜和向往，她形成了干脆利落的举止和雷厉风行的性格。因此，谁也别想让她和这片生活过的热土分离，即便死后成为精神的存在，她也不会漫游在没有英国国旗飘扬的地方，即便死后也不能丧失英国人的身份——不行，不行！门都没有！

那是她以前认识的那位布鲁顿夫人吗？那个是彼得·沃尔什吗？头发已经灰白了。罗斯特夫人心中暗想（她的闺名曾经叫萨莉·西顿）。那位肯定是老帕里小姐了——她住在博尔顿那段时间经常气哼哼的那位老姑妈。她永远也忘不了那次自己光着身子在走廊上跑，被帕里小姐派人叫过去训斥！克拉丽莎过来了！哦，克拉丽莎！萨莉抓住了克拉丽莎的胳膊。

克拉丽莎在他们身边停下脚步。

"可我还不能在这儿待着。"克拉丽莎说。"我一会儿再过来。等着我。"克拉丽莎看着彼得和萨莉，又嘱咐了一句。克拉丽莎的意思是，他俩得等着，直到宾客们都散了。

"我会回来的。"克拉丽莎看着萨莉和彼得说——这对老朋友正在握手，萨莉肯定回想起了往事，笑个不停。

但萨莉的嗓音已没有了往日让人陶醉的那种醇美，眼睛也不像以往那样熠熠闪光。那时的她抽雪茄，光着身子跑到走廊里去拿她的盥洗包，一丝不挂。艾伦·阿特金斯还问了一句，要是被先生们撞见了可怎么得了？但大家都原谅了她。有天晚上她从食品柜里偷拿过一只鸡，因为饿了；她在卧室里抽过雪茄，还把一本珍贵的书落在了船舱里。可所有人都很喜欢她（也许除了克拉丽莎的爸爸），喜欢她的热情、她的活力——她还会画画，会写作。那个村子里的老太太们至今都不会忘记问起"你那位穿着红披风的朋友，样子很聪慧的那个"。萨莉曾当着所有人的面指责休·怀特布莱德（那不是吗？她的老朋友休就在那边，正和葡萄牙大使聊天呢），说他在吸烟室吻了她，来惩罚她发表"妇女应该有选票"的言论。下流男人们才会做这样的事，萨莉说。克拉丽莎还记得，自己曾经劝说萨莉不要在家庭祈祷的时候揭发休——以萨莉的大胆、鲁莽、对成为一切事件的中心和制造戏剧性场面的荒唐热爱，她是能做出这种事来的。克拉丽莎还常常想，这种做法一定会以某种可怕的悲剧收场，比如萨莉因此而死，或者在人言可畏中殉道。谁知，她却出人意料地结了婚，嫁给了一个头顶上秃了一大片的男人。据说这个男人在曼彻斯特拥有一家棉纺厂。而且，她还生了五个儿子！

萨莉和彼得一起坐下，聊了起来：这一幕似乎如此熟悉——他们是该好好聊聊了，聊聊过去的岁月。克拉丽莎与他俩一起经历的过去，甚至比与理查德一起经历的还要多：花园、树木、老约瑟夫·布赖特科普夫哼唱着音乐大师勃拉姆斯的歌曲，没有一个音在调上；客厅的墙纸；垫子的味道。萨莉一直是这段生活里的一部分，彼得也是，一直都是。可她必须先离开他们一会儿。布拉德肖一家人在那边，其实她并不喜欢这家人。她得过去跟布拉德肖夫人寒暄两句——布拉德肖夫人穿着灰银相间的晚礼服，活像一头海狮在水槽边上努力保持着平衡，吠叫着渴望别人的邀请、公爵夫人们的欢心，真是一个典型的成功人士的妻子。她得跟布拉德肖夫人打个招呼，跟她说……

布拉德肖夫人早就在那儿盼着克拉丽莎了。

"我们迟到了，真不好意思，亲爱的达洛维夫人。我们差点不敢进来了。"布拉德肖夫人说。

威廉爵士也在，灰白头发，蓝眼睛，看上去非常杰出的一个人。确实太晚了，他说，但他们还是抵挡不了宴会的诱惑。他大概在和理查德聊那个法案吧,他们想让下议院通过。为什么看到威廉爵士和理查德说话,克拉丽莎会感觉到一阵寒意呢?威廉爵士名副其实,是个伟大的医生,绝对堪称行业中的佼佼者,非常有权威,但也一身疲惫。这是有原因的。想想看,他面对的都是些什么样的病例——陷入极度痛苦的人、在精神错乱边缘挣扎的人,那么多的丈夫和妻子。他必须为极为棘手的难题做出决断。然而,克拉丽莎的感觉却是,大家不会愿意让威廉爵士看到自己不快乐的一面的。不行,他不是一个能让人袒露心声的人。

"您儿子在伊顿公学里怎么样?"克拉丽莎问布拉德肖夫人。

这孩子得了腮腺炎,布拉德肖夫人说,因此刚好错过了十一岁生日。她觉得孩子爸爸比孩子本人还在意。"好像爸爸自己也成了个大孩子了。"布拉德肖夫人说。

克拉丽莎看向正在跟理查德聊着的威廉爵士。他看上去可不像个孩子,一丁点儿都不像。她曾经和别人一起去向威廉爵士寻求意见。他说得非常对,非常明智。可是,天哪,再次来到大街上,简直是一种解脱!她记得,在候诊室里,有个可怜的人在啜泣。不过,她不知道是他身上的哪一点——她指的是威廉爵士——到底是哪一点让她不喜欢。只有理查德认同她的看法,"不喜欢他的品位,也不喜欢他身上的味道"。不过,威廉爵士非常有能力。他们在讨论那个法案。威廉爵士提到了一个案例,然后压低了嗓音。案例跟他所说的战争创伤后应激障碍[1]的延迟效应有关。法案里一定有什么相关规定。

布拉德肖夫人将达洛维夫人拉进了一种女人间的惺惺相惜里——都为丈夫的杰出素质而骄傲,又都因为他们工作过忙而伤

---

[1] 战争创伤后应激障碍(PTSD)是一种严重的心理障碍,主要由于个体在战争或其他极端、生命威胁性事件中经历或目睹极端事件后引发。其症状包括反复闪回、情感麻木与回避、高度警觉等。

感。她（真是个可怜的女人——这么说并没有不喜欢她的意思）接着压低了声音说:"我们正要出门,我丈夫接到了一个电话,是一个非常悲惨的案件。一个年轻人自杀了（威廉爵士也正在向达洛维先生讲述这件事情）,他当过兵。"哦!克拉丽莎想,我的宴会刚进行了一半,死神闯进来了。

克拉丽莎继续往前走去,来到首相和布鲁顿夫人去过的那个小房间。那里也许有人。但是没有。椅子上还留着首相和布鲁顿夫人坐过的印痕,当时布鲁顿夫人将身体恭敬地转向首相,首相则四平八稳、威严地坐着。他们一直在聊印度的话题。现在这里没人了。宴会的光彩散落了一地,她再次穿着华丽的礼服走进这个房间,感觉如此奇怪。

布拉德肖夫妇有什么资格在她的宴会上谈论死亡的话题？一个年轻人自杀了。他们居然在她的宴会上聊起这件事——布拉德肖夫妇聊起了死亡的话题。那个年轻人自杀了——是怎么自杀的呢？每次克拉丽莎突然听别人讲起某个意外事件,身体总会先体验一遍意外的经过。这时她的晚礼服仿佛着了火,把身体烧得滚烫。那人是从窗户上跳下去的,他会感觉地面倏地向上升起,然后铁篱笆上锈迹斑斑的尖头猛地刺穿了他的身体,把他刺得遍体鳞伤。他躺在那里,脑子里还回响着"砰、砰、砰"的心跳,然后眼前一片漆黑,没了气息。就这样,她"目睹"了一切。可是,他为什么要这么做呢？而且,布拉德肖夫妇居然在她的宴会上聊起这件事情!

克拉丽莎曾经往公园的蛇形湖里扔过一先令硬币,再也没有扔过别的东西。那个年轻人居然把生命扔了出去。他们则继续活着（她得回去了,各个房间里仍然宾朋满座,还在不断有人来）。可他们（这一整天克拉丽莎想的都是博尔顿,还有彼得和萨莉）,他们也会老去的。生命中有一件非常重要的东西。在克拉丽莎的生命里,这个东西被喋喋不休的话语淹没、毁伤,失去光彩,并在堕落、谎言和八卦中一天天流逝了。而那个自杀的年轻人保留了这件宝藏。死亡是一种抵抗。死亡是一种沟通的尝试。人们感觉不可能触及那个核心，而那个核心也在神秘地躲避着他们。亲密的人们会分开，狂喜会消退，人到底是孤独的。死亡之中，却存在着一种拥抱的暖意。

可那个自杀的年轻人——他是怀抱着他的宝藏跳下去的吗？"如果现在就死去，现在就是最幸福的时刻。"克拉丽莎曾经喃喃着这句话，一袭白裙地走下楼去。

或者，诗人和思想家也会这么认为吧。也许那个年轻人有着诗人和思想家的激情，去找威廉·布拉德肖爵士看病了。爵士"伟大的医生"名声在外，但对克拉丽莎来说，却是个隐晦的恶魔，没有性别或欲望，对女人极其彬彬有礼，却会做出某些难以形容的暴行——他会强迫你的灵魂，没错——假如这个年轻人去找他看病，威廉爵士使出他的权威去强迫那个年轻人，那年轻人难道不会当场脱口而出（此时此刻，克拉丽莎真真实实地感觉到了），说生活被弄得让人忍无可忍？正是像威廉·布拉德肖爵士这样的人，把生活弄得让人忍无可忍。

然后是恐惧，还有压倒性的无力感（克拉丽莎是今天上午才感觉到的）。父母把生命交到了我们手中，希望我们能活到生命的尽头，希望我们风平浪静地度过一生。在克拉丽莎的内心深处，埋藏着一种深深的恐惧。即使现在，要不是理查德经常坐在家里读《泰晤士报》，让她能够在旁边像小鸟一样渐渐从恐惧中恢复过来，跳上这根、那根树枝，理顺这件、那件事情，再展翅将无穷的喜悦送上高空，她一定早就死了。可那个年轻人已经自杀了。

无论如何这都是她的灾难、她的耻辱。这是对她的惩罚，让她眼看着这里一个男人、那里一个女人堕落、消失在深邃的黑暗里，而她却不得不穿着晚礼服站在宴会上。她处心积虑。她窃取名声。

她从来都不值得谁钦佩。她渴望成功,像贝克斯伯勒夫人等人物一样成功。可是,曾几何时,她也在博尔顿的露天平台上悠然散步啊。

是理查德让她前所未有地幸福。没有什么足够缓慢,也没有什么足够持久。没有什么比这种生活更美好了,克拉丽莎心中想着,把椅子摆正,把书架上的一本书往里推了推。现在的生活,已经结束了年轻时的各种争强好胜,让她能沉醉在生活的过程中。当太阳升起,当白昼隐去,她都会发现别样的美好,欢喜不已。在博尔顿有很多次,大家都在聊天的时候,她走开去仰望天空;晚餐时,她会从人们肩膀间的空隙里望向天空;在伦敦无法入眠的夜里,她也会去看看天空。克拉丽莎走到了窗前。

天空似乎和她生命中的什么东西交融在一起,不管是博尔顿乡村的天空,还是威斯敏斯特市区的天空,虽然这个想法挺傻的。克拉丽莎拉开了窗帘,看向外面。哦,真是出人意料!——对面房间里,那位老妇人刚巧凝视着她的方向!老妇人准备上床睡觉了。那么,还是看看天空吧。她以为那会是一方肃穆的天空、一片暗淡的天空,正在转开它那美丽的面颊。可眼前的天空一片灰白,有许多大朵的云快速滑过,在你追我赶中渐渐分散、变小。克拉丽莎还没见过这样的天空呢,一定是起风了吧。对面房间里,老妇人要上床睡觉了。看着老妇人在对面走来走去,走过房间,来到窗前,真是令人着迷。老妇人能看见她吗?来宾们还在客厅里欢声笑语,而她却静静地站在这里看着那位老妇人上床睡觉,看得入了迷。她拉上了窗帘。钟敲响了。那个年轻人自杀了,克拉丽莎并不可怜他。钟声敲响,一声、两声、三声,克拉丽莎并不可怜他——这样的生活还得继续。瞧!老妇人把灯熄了!现在那幢房子漆黑一片了,这样的生活还得继续。克拉丽莎脑中闪现出一句话,喃喃地反复吟诵:不再畏惧炎夏太阳的淫威。她得回到宾客们身边去。这是一个多么不同寻常的夜晚啊!她觉得自己很像那个人——那个自杀的年轻人。他自杀了，万物全抛，克拉丽莎为他感到高兴。钟声还在响，低沉的、回旋的钟声在空中弥漫开来。他让克拉丽莎感受到了美，让她感受到了愉悦。但她得回去了，她得回到大家身边，她得去找萨莉和彼得。她从小房间里走了出来。

"克拉丽莎去哪儿了？"彼得问。彼得和萨莉坐在沙发上（一起玩过那么多年，他真的没法开口称呼她"罗斯特夫人"）。"那个女人去哪儿了？"彼得又问道，"克拉丽莎去哪儿了？"

萨莉猜想（彼得也是这样想的），情况可能是，宴会上有一些重要人物、政治家，这些人他们两个都不认识，只在附了照片的报纸上看到过，而克拉丽莎得对他们友好招待，得陪着他们聊天。她应该和那些人在一起。然而，内阁成员中并没有理查德·达洛维。理查德的仕途并不算成功吧？萨莉猜想。性格使然，她几乎从来不看报纸，只是偶尔瞥到一眼理查德的名字被提及。不过，怎么说呢——嗯，她过着一种相当离群索居的生活，住在荒郊野地里（克拉丽莎大概会这么说），可她身边都是些大生意人和大生产商，他们都干出了一番事业。她也曾经干了不少事儿呢！

"我生了五个儿子！"萨莉告诉彼得。

天哪，天哪，萨莉的变化太大了！多了母性的温柔，还有母亲式的炫耀。他们两个上次见面的时候，彼得记得，是在花椰菜园里。那天月色如水，萨莉说花椰菜的叶子"像粗糙的青铜质地"，带着她的文艺腔调；还摘了一朵玫瑰花。那个可怕的晚上，喷泉边的一幕发生后，萨莉曾强迫彼得跟着她来回溜达，因为他想赶午夜的火车离开。天哪，当时他曾怎样痛哭流涕啊！

这是他的老毛病了，萨莉心想，一激动起来就拿出折叠刀，打开，合上，再打开，再合上。在彼得爱上克拉丽莎的那段时间里，他们两个，萨莉和彼得·沃尔什，曾经是非常非常亲密的朋友。一次吃午饭的时候，围绕理查德·达洛维发生了一场可怕又可笑的争吵。萨莉管理查德叫"威克姆"。为什么不能叫他"威克姆"呢？克拉丽莎突然就发飙了！事实上，从那以后，她们两个——萨莉和克拉丽莎——就很少见面了，在过去的十年里可能总共见了不超过五六次。彼得·沃尔什去了印度，萨莉隐约听说过他的婚姻不幸福，也不知道他有没有孩子，现在也不好问，因为毕竟他还是有变化的。她觉得彼得的脸有些枯瘦，但比以前和气了些。对彼得，萨莉怀有一种真挚的感情，因为他与自己的青春息息相关。而且，她还留着彼得送给她的艾米莉·勃朗特写的一本薄薄的小书。想必彼得也会写书吧？在那段岁月里他想写作来着。

"你写书了吗？"萨莉张开手——她的手又有力又好看——搭在自己的膝盖上，问道。还跟过去一样，彼得心想。

"一个字也没写过！"彼得·沃尔什回答。萨莉笑了起来。

萨莉风采依旧，依然是个显眼人物，这个萨莉·西顿。可那位罗斯特又是谁呢？在结婚那天，那位罗斯特戴了两朵山茶花——这就是彼得对他的全部了解。"他们家里雇工多得数不清，温室有好几英里长。"克拉丽莎在信里写道。萨莉大笑起来，承认确实如此。

"没错，我每年有一万英镑的收入。"——是交税前还是交税后，她记不清了，因为丈夫替她管理着所有账目。"你一定要见见他，"萨莉说，"是你喜欢的那种类型。"

萨莉曾经衣衫褴褛。她典当了祖母的戒指（那可是玛丽·安托瓦内特王后送给她曾祖父的），才去了博尔顿。

对了，萨莉想起来了，她还留着那枚红宝石戒指呢，就是玛丽·安托瓦内特王后送给她曾祖父的那枚。在过去的那些日子里，她的名下没有一分钱，去博尔顿总是要以可怕的节衣缩食为代价。可去博尔顿对她来说意义重大——她相信在那里能让她的心智保持正常，因为待在家里太不开心了。不过，那都是过去的事了——现在早结束了，萨莉说。帕里先生已经过世了，帕里小姐还健在。彼得说，他这辈子还从来没有这么震惊过。他一直那么肯定地以为帕里小姐过世了。克拉丽莎和达洛维的婚姻挺美满吧？萨莉猜测道，那边那位非常健美、非常自信的年轻女士就是伊丽莎白，就是窗帘那边，穿着粉红晚礼服的那位。

（这个姑娘像一棵小白杨、一条小河、一株风信子，威利·蒂特科姆出神地想着。哦，伊丽莎白心里想的却是，要是能住在乡下，做些自己喜欢的事情，会比这样好得多！她确信能听到自己那只可怜的狗在哀号。）她一点儿都不像克拉丽莎，彼得·沃尔什说。

"哦，克拉丽莎！"萨莉说。

萨莉的感受很简单。她觉得自己亏欠克拉丽莎很多，很多。她们两个曾是朋友，并非泛泛之交，而是真正的朋友。直到现在，萨莉眼前还会浮现出克拉丽莎一袭白裙、手捧鲜花在房子里到处溜达的样子——直到现在，看到烟草类植物，她还是会想起博尔顿。不过，彼得会明白吗？克拉丽莎身上缺少点什么东西。那么缺的是什么呢？她有魅力，而且魅力非凡。但坦率地说（萨莉觉得彼得是老朋友了，一位真正的朋友——多年未见有什么关系？距离遥远又有什么关系？她曾经总想给他写封信，但写了又撕掉了。但她觉得他能理解，因为有些事人们不用说出来也能理解，一如认识到自己在变老。她也老了，那天下午她去伊顿公学探望得了腮腺炎的儿子们的时候，就意识到了），坦率地讲，克拉丽莎怎么会那么做呢？——居然会嫁给理查德·达洛维？一个运动能手、一个心里只在意狗的男人。千真万确，达洛维走进房间里的时候，身上还带着一股马厩的味道。然后呢，就忙这些宴会吗？萨莉挥了挥手。

那是休·怀特布莱德，穿着他的招牌白西服背心慢悠悠地踱了过去，行动迟缓、大腹便便，对经过的一切视而不见，眼里只有自己的尊严和富足。

"他认不出我们啦。"萨莉说，而且，她真的没有勇气叫住他——这就是休！那个大家交口称赞的休！

"休做什么工作呢？"萨莉问彼得。

彼得告诉她，休在温莎[1]，给国王的靴子擦擦鞋油，或者数数酒瓶什么的。彼得说话还是那么尖酸刻薄！但萨莉得坦白一件事，彼得说。现在说说那个吻吧，关于休的。

休吻在了她的嘴唇上，萨莉肯定地告诉彼得，那天傍晚在吸烟室里。她气极了，直接跑去找克拉丽莎诉说。休不可能干这种事的！克拉丽莎说，大家交口称赞的休！休穿的每双袜子都是她见过的最漂亮的，没有例外——现在，他的晚礼服也是如此。好极了！休有孩子吗？

"在座的每个人都有六个儿子在伊顿公学读书。"彼得告诉萨莉，除了他本人。谢天谢地，他没有儿子。既没有儿子，也没有女儿，连妻子都没有。噢，你似乎并不介意，萨莉说。彼得看起来更年轻一点，萨莉心想，比他们哪位都年轻。

不过，从许多方面来看，踏入那种婚姻都挺愚蠢的，彼得说。"她就是一个漂亮的傻妞。"彼得又说，"我们在一起度过了一段非常美好的时光。"可这怎么可能？萨莉想不明白。他想表达什么意思呢？真奇怪，她了解彼得，却理解不了发生在他身上的任何一件事情。他这么说会不会是出于自尊呢？很有可能，毕竟那场婚姻对他来说一定很痛苦（虽然他是个怪人，更像一种精灵，根本不是一个普通人）。在他这个年纪，还没有家庭，无处可去，一定很孤独吧。萨莉请彼得一定和他们在一起住一段时间，住上几个星期。彼得说他当然愿意，也很想和他们待在一起，就这么说定了。这些年，达洛维一家人一次都没去过萨莉家。他们曾经一次又一次地邀请，但

---

[1] 温莎是一个历史悠久的英国皇家小镇。著名的温莎城堡是皇室住所，另有多处皇家设施。

克拉丽莎（当然是克拉丽莎决定的）是不会来的。因为，萨莉说，克拉丽莎骨子里有点势利——不能不承认这一点，势利。这就是隔在她们两个之间的东西，萨莉心知肚明。克拉丽莎认为萨莉嫁的门第比她低，萨莉的丈夫是个矿工的儿子——但她自己感觉挺骄傲的。家里的每一分钱都是丈夫辛苦挣来的，他很小的时候（萨莉的声音有些颤抖）就去扛大麻袋了。

（彼得觉得萨莉会一直这样讲下去，一个小时又一个小时：矿工的儿子，人们认为她嫁得门第太低了，她的五个儿子，还有些别的东西——植物，绣球花、紫丁香，还有非常非常稀有的木槿百合，从来没有在苏伊士运河以北生长过。不过，她在曼彻斯特附近的郊区只雇了一个园丁，就种出了一坛又一坛，长势好极了！现在克拉丽莎才不会做这些事情呢，她那么缺乏母性。）

克拉丽莎势利吗？是的，体现在很多方面。她去哪儿了呢，这么久了？时间越来越晚。

"不过，听说克拉丽莎要举办宴会，我觉得我不能不来——我一定得再见见她（我正好住在维多利亚大街，几乎就是邻街）。所以我没经过邀请就来了。可是，"萨莉压低了声音说，"告诉我，快点。这是谁？"

那是希尔贝里夫人，在找门。因为天已经这么晚了！她边找边喃喃地说，夜越来越深了，大家走着走着，就遇到一些老朋友，走进各种安静的角落，看到最可爱的景色。客人们知不知道，她自问，自己身处一个迷人的花园里呢？灯光、树林、闪着微光的湖泊和天空。不过是几串彩色灯带罢了，克拉丽莎·达洛维说过，亮在后花园里！可克拉丽莎简直是一位魔术师！这是一个好大的庭园……希尔贝里夫人不知道来宾们的名字，但她知道，大家都是朋友。没有名字的朋友，就像没有歌词的歌，总是最好的。可是这里有好多的门，还有那么多让人惊喜的地方，她找不到出去的路了。

"那是希尔贝里老夫人。"彼得说。可那边又是谁呢？那位女士一晚上只站在窗帘旁，不去和人聊天？彼得见过这张面孔，把她和博尔顿的记忆联系了起来。以前她肯定常在窗边的大桌子上裁剪内衣吧？戴维森，她是不是叫这个名字？

"哦，那是埃莉·亨德森。"萨莉说。克拉丽莎对她真的非常不好。她是克拉丽莎的表姐，人很穷。克拉丽莎真的对人挺刻薄的。

确实如此，彼得承认。不过，萨莉又说，声音里充满了感情，透着一股热烈（彼得过去很喜欢她的热烈，可现在多少有点怕了，因为她可能没完没了地感慨起来）——克拉丽莎对她身边的朋友们多慷慨啊！这是多么难能可贵的品质啊。有时候在晚上或圣诞节，萨莉细数着身边的幸福，会把这段友情放在第一位。那个时候她们都还年轻，这算一个原因；克拉丽莎心地纯洁，这又是一个原因。彼得可能会觉得她有点伤感了吧。确实有点。因为她已经渐渐感觉到，只有一种东西值得聊——那就是人的感受。聪明反被聪明误啊。人都应该直截了当地说出自己的感受。

"可我不知道，"彼得·沃尔什说，"不知道我到底有什么感受。"

可怜的彼得，萨莉心想。克拉丽莎怎么还不过来找他俩聊聊天呢？那才是彼得满心渴望的。萨莉明白他的心思。整场宴会上，他心里只想着克拉丽莎，还拿着他的折叠刀焦躁地不停摆弄。

彼得说，他觉得生活没有那么简单。他之前和克拉丽莎的关系就没有那么简单。这段关系毁了他的生活。（他们两个曾经是那么亲密的朋友——彼得和萨莉·西顿，要不这么坦诚才可笑。）一个人不可能两次陷入爱河，彼得说。萨莉还能说什么呢？不管怎样，爱过总好过没爱过（可彼得会觉得她故作姿态——他以前就是这么犀利）。萨莉邀请彼得一定要来曼彻斯特，和他们一起住一阵子。说得很对，彼得说，非常对。他很想去跟萨莉他们住一阵子，他在伦敦的事一办完就去。

还有，克拉丽莎对彼得的喜欢程度超过了她对理查德的喜欢，萨莉深深地相信这一点。

"不会，不会，不会！"彼得说（萨莉不该说出来的，她说得太多了）。那个老好人，亲爱的老朋友理查德，就在房间的另一头，滔滔不绝地发表着高论，一如既往。跟理查德聊天的那个人是谁？萨莉问道，看上去很尊贵的样子？萨莉家在野外，因此总是满心好奇，想了解人们。可彼得也不认识那个人。我不喜欢那个人的样子，彼得说，可能是位内阁大臣吧。在他眼里，所有这些政客中，彼得接着说，理查德应该是最好的一位——最无私。

"理查德都干过哪些事？"萨莉问道。公共事务吗？萨莉猜想了一下。他们两个在一起幸福吗？萨莉又问（她觉得自己非常幸福）。萨莉承认，自己对达洛维夫妇的生活一无所知，只能直接跳向结论。其实，即使每天都生活在一起的人，我们又能了解多少呢？道理是一样的。我们不都是囚徒吗？萨莉曾经读过一部精彩的戏剧，讲的是一个人在牢房的墙上涂写情绪的故事，她觉得这就是人生的真实写照——不过是一个人在墙上涂写生活。她已经对人与人之间的关系不抱希望了（人们都如此难以相处），于是她经常走进自己的花园里，从花花草草中收获一种平静，这是人类的男男女女给不了她的。不过，我不行，彼得说，跟卷心菜比起来，我更喜欢人类。看到伊丽莎白走过房间，萨莉不由得感叹，年轻人真美好啊，真的。不过，这孩子跟少女时代的克拉丽莎一点都不一样！彼得了解她吗？她根本就没开口说过话。了解得不多，至少现在还不多，彼得承认。她就像一朵百合花，萨莉说，一朵开在池塘边的百合花。不过，彼得并不同意萨莉"我们对达洛维夫妇的生活一无所知"的说法。我们什么都能看出来，彼得说，至少他能看出来。

这两个人，萨莉用耳语般的声音说，现在走过来的这两个人（要是克拉丽莎一会儿还不来，她真得走了），男人气质高贵，妻子相貌平平，两个人一直在跟理查德聊天——像这样的人，我们又能看出来些什么呢？

"能看出来，这就是两个该死的骗人精。"彼得随便瞥了他们一眼，答道。萨莉被逗得哈哈大笑。

不过，威廉·布拉德肖爵士在门口停下脚步，看向一幅画，在画作的角落里找作者的落款。他的妻子也在看。威廉·布拉德肖爵士对艺术那么感兴趣。

年轻的时候，彼得说，人都太容易激动了，没办法好好了解别人。现在年龄大了，准确地说，五十三岁[1]了（我五十五岁啦，但那是身体年龄，萨莉说，我的心还像二十岁的女孩子呢）。现在咱们成熟了，彼得接着说，会观察、会体谅，而且并没有失去感受力。确实如此，真的，萨莉说。她的感受一年比一年深刻，一年比一年热烈。感受力增强了，彼得说，唉，也许吧，不过大家应该因此而高兴——在人生体验里，感受力是在不断增强的。在印度，有一个对彼得来说很重要的女人。他想跟萨莉聊聊这个女人的事，还想介绍她给萨莉认识。这个女人已经结婚了，彼得说，两个孩子都还小。那你们一定要到曼彻斯特来呀，萨莉说——一定要先答应，然后再离开宴会。

伊丽莎白在那边，彼得说，这个小姑娘的感受力还不及我们的一半深刻，还差得多。不过，看着伊丽莎白走向她的父亲，萨莉说，能看出来，这对父女深爱着对方。她能从伊丽莎白走向父亲的样子感觉出来。

因为作为父亲，理查德的眼光一直没有离开过伊丽莎白。即使在那儿站着跟布拉德肖夫妇聊天的时候，他心中还在想，那个漂

---

[1] 原文为"五十二岁"，不知道是不是书籍整理者的笔误。因为前文交代过彼得五十三岁，克拉丽莎也说过彼得"比我还大一岁呢"（克拉丽莎五十二岁）。

亮女孩是谁呢？然后他突然意识到，这就是他的伊丽莎白呀，他竟然没有认出来！伊丽莎白穿上这件粉色礼服裙的样子多漂亮呀！伊丽莎白和威利·蒂特科姆聊天的时候，感受到了父亲的目光，于是走到父亲身边，跟父亲站在一起，目送宾客们陆续离去——现在宴会几乎结束了，各个房间越来越空，各色东西散落在地上。就连埃莉·亨德森都走了。她几乎是最后一个离开的，虽然没有人跟她说过话，但她还是想看看宴会上的一切，好回去讲给伊迪丝听。理查德和伊丽莎白也都很高兴宴会结束，理查德更是为自己的女儿感到骄傲。他本来不想告诉她，但还是忍不住说了出来。他说自己看到伊丽莎白的时候，心中疑惑了一下，这么漂亮的女孩子，会是谁呢？居然正是他自己的女儿！伊丽莎白听了很高兴。不过，她那可怜的爱犬在哀号呢。

"理查德长进了，你说得对。我得过去跟他聊上两句，再道个晚安。"萨莉·罗斯特夫人站起身来，又说，"跟温暖的心灵相比，大脑慢一点又算得了什么呢？"

"我这就过去。"彼得说。不过，他又坐了一会儿。怕什么呢？狂喜什么呢？彼得暗想，又是什么让我的心兴奋成这个样子？

是克拉丽莎，彼得告诉自己。

因为，克拉丽莎就在那里。

译后记

唐男[1]

译完《达洛维夫人》,正值初冬。

华北的初冬更像深秋的尾巴,银杏树依然满头金黄的叶子,有些叶脉里还留有未褪尽的绿意。书中的达洛维夫人亦走进了人生的深秋,五十二岁的年纪,头发略显灰白。

我自己的头发,也不时看到银丝闪烁,拔掉了又长出来。

翻译《达洛维夫人》之前,编辑和我通了一个长长的电话,一方面聊译文在尊重原作风格的基础上要"照顾到85%的读者",因为伍尔夫意识流作品的难读之处众所周知;另一方面表达欣慰,因为我跟"达洛维夫人",以及创作《达洛维夫人》时的伍尔夫在年龄上比较接近,生活状态也有相似之处,比如,都喜欢"到街头走走",都对生活有着细腻敏锐的感触(她看了我的朋友圈),都已有多年的家庭生活。"如果将翻译《达洛维夫人》的译者比作将要演绎一个角色的演员,我最终选择了一位年龄和生活状态与达洛维夫人较为接近的演员。"她说。

于是在这将近六个月的时间里,我走进了达洛维夫人的人生,活过了她的少女、青春和中年,经历了她的幸福和悲伤、希望与绝望,和她一样感觉自己依然年轻,却又说不出的苍老。

---

[1] 唐男,一位经常被搞错性别的女性译者,一度在医疗、旅游翻译领域耕耘。在陪伴女儿阅读时发现书籍译本良莠不齐,从此踏上文学翻译之路。希望沿着许渊冲先生的足迹,奉献给读者美好的阅读体验。已翻译译作有伊迪丝·华顿的《高尚的嗜好》、乔治·威尔斯的《时间机器》等。

少女时代的达洛维夫人——她那时叫克拉丽莎——是个充满活力的姑娘：她热爱知识，最喜欢赫胥黎和丁达尔的作品，前者是英国著名博物学家、生物学家，后者是英国物理学家、登山家；她热爱大自然，会和伙伴们去爬山、去湖里划船、去树林里淘气；她喜欢探索，跟初恋男友彼得·沃尔什坐着公共汽车在伦敦乱逛，从旧货市场上淘回一袋又一袋的"宝贝"；她思维活跃，创造了一堆一堆的理论，来解释生活中的一切；她有野心，想和好友萨莉一起改造世界；她活力满满，外表精致娇弱，走路却永远都不嫌累；她外向活泼，跟谁都聊得来；她魅力十足，走到哪儿都能吸引一个小圈子，而且永远是给人留下最深刻印象的那一个。

在内心深处，她渴望成功和社会地位，也想要在婚姻生活中给彼此留有一点自由、独立的空间。因此，她没有选择嫁给"两人可以毫不费力地进出彼此的内心"、要求她"一切都得分享，每件事都说得明明白白"的彼得·沃尔什——直觉告诉她，俩人在一起"就毁了，两个人都得崩溃"。她嫁给了能给她独立空间，也更有前途的理查德·达洛维。

婚后的达洛维夫人度过了一段幸福时光。在养尊处优的生活里，她的虚荣、优雅和社交天赋得到了充分的滋养，她举办一场又一场的奢华宴会，将善良和关怀"像那薄雾一样漫延到极远的地方"。几乎每个人都喜欢她——身边的朋友，家里的仆人，蒙她照顾生意的店主，受她点拨、鼓励的年轻人。她如一枚璀璨的钻石，向众人展示着自己最完美的形象，也收获着大家的羡慕和赞扬。

在这个过程中，她和少女时代的好友萨莉越来越疏远。萨莉真实、大胆、犀利，是克拉丽莎曾经仰慕的、心意相通的灵魂伴侣，但终因不羁的言行、不亲近上流社会圈层而被克拉丽莎排除在外。

可是，当年纪渐长，由社会地位带来的社交上的"成功时刻"不再那么让她心甜意洽，达洛维夫人看到了一个更真实的自己：在笑意盈盈、迎来送往中，她生命中最有活力的那一部分已然枯萎，真实的自我在一点一点地流失。她重复着丈夫的观点，恪守着上流社会贵夫人的本分，将自己活成了一个戴着幸福和成功的面具的、孤独的假人。这是那个时代被压抑的妇女的共性，像一条"吸了水的海绵"般沉没在男权的家庭里。

但达洛维夫人依然热爱生活。走在伦敦的街头，她就仿佛变回了少女时代的克拉丽莎，享受着美景、闹市、鲜花，甚至对遇到的每一位路人都发自内心地欢喜。这个时候的她，眼里依然是美好，心头依然是年轻。

可同时，敏感带来的心灵煎熬又让她感觉无比苍老。她像一把刀子剖析着生活中的一切：放弃初恋男友的不甘，对自身价值的怀疑，每天用贵夫人的优雅、和善、体贴入微来掩盖嫉妒与虚荣的处心积虑，举办宴会、迎来送往中的真真假假、虚与委蛇，家庭教师的敌意，女儿的叛逆，再加上年龄和心脏疾病带来的挥之不去的死亡阴影，沉甸甸地压在她的心里。在那个社会下，她无力改变这种处境，一样的日子将在她的余生无望地持续下去。

同样被生活挟持、无力改变的还有塞普蒂默斯。面对被关进疯人院的前景，这个年轻人选择了从窗口一跃而下。达洛维夫人在宴会上听到这个故事，觉得年轻人的处境像极了自己。因此，她并不觉得他可怜，反而为他高兴，因为他获得了解脱，守住了生命中的宝藏——我想，那是自由——也是达洛维夫人和作者伍尔夫可望而不可即的东西。

饱受精神疾病折磨的伍尔夫一步一步走进河里的时候，一定也是怀抱着这一宝藏的。有些人唏嘘不已，有些人听到了她的笑声。

"高度敏感"这种难得的天分是一把双刃剑，拥有者比别人获得更多、更深的生命体验的同时，往往会失去心灵的安宁，甚至会走向深渊。书中，对精神疾病有亲身经历的伍尔夫在塞普蒂默斯疾病发作时所呈现的幻象，透着一种仿佛整个宇宙都活了过来的、癫狂的美，一种在梵高的画作中流动着的力量。她对彼得、克拉丽莎和塞普蒂默斯死后精神受到重创的妻子雷齐娅都有幻象的描写，虽然柔和了许多，但依然美得让人窒息。这注定会成为一个很难超越的艺术高峰。

与达洛维夫人同样敏感，也同样过得不真实的彼得·沃尔什，始终无法走出和少女时期的克拉丽莎的那场热恋，只能活在一场场想象中的爱情和艳遇里。

而理查德·达洛维和萨莉·西顿过的则是另外一种人生。

理查德心地单纯，一方面投入地工作着，一方面尊重且体贴入微地照顾着他心爱的克拉丽莎，虽然以他的迟钝，不可能知道自己只走进了克拉丽莎的一部分内心世界。他无疑带给了克拉丽莎幸福和安慰，让她敏感的神经得到了最大的安抚，"像小鸟一样渐渐从恐惧中恢复过来"。可惜，他无法带给克拉丽莎激情。没有激情的幸福，与爱情近在咫尺，却到底不同。所以，彼得和理查德之于克拉丽莎，终究还是一场爱情和生活之间的较量。克拉丽莎选择了嫁给生活。

萨莉·西顿则毫不介意门第，嫁给了一个矿工的儿子，俩人用勤奋的双手实实在在地创造着幸福，活着属于自己的人生。从萨莉对丈夫的叙述来看，他们之间应该是有爱情的。整部小说中，这应该是唯一一对完满的夫妻了。

小说的结尾让萨莉和彼得在宴会结束的时候等到了克拉丽莎，让人看到了一丝克拉丽莎走出困局、被温暖疗愈的希望。

伍尔夫以意识流的手法，于思维跳跃闪回间，写尽了几位主人公的人生。其情感的丰富细腻、想象的瑰丽让人叹为观止。对人生感悟的发人深省之处也不胜枚举。

在翻译过程中，我对涉及英国地标、文化及专业领域的地方尽量做了注释，希望能帮助读者理解本书。

  愿读者享受这场由意识流呈现的盛宴，也享受自己来之不易的自由人生。

2024 年 11 月于石家庄